냉혹한 이야기

THE BRUTAL TELLING

옮긴이 김보은

서울대학교에서 미학을, 호주 맥쿼리 대학교 대학원에서 통번역을 공부했다. 현재 '펍헙 번역 그룹'에서 전문 번역가로 활동하고 있다. 옮긴 책으로『안나 키퍼의 패션 일러스트레이션』,『게 으른 작가들의 유유자적 여행기』등이 있다.

이 도서의 국립중앙도서관 출판시 도서목록(CIP)은 서지정보유통지원시스템 홈페이지(http://seoji.nl.go.kr)와 국가자료공동목록시스템(http://www.nl.go.kr/kolisnet)에서 이용하실 수 있습니다. CIP제어번호: CIP2014024294

The Brutal Telling

루이즈 페니 지음 | 김보은 옮김

냉혹한 이야기

LOUISE PENNY

피니스
아프리카에

SPCA 몽테레지와 천국의 종을 울린 모든 사람들에게 바칩니다.

그리고 마침내 모든 이에게 사랑을 주고 떠난 매기에게

1

"전부 다요? 아이들까지?" 벽난로의 불이 타닥거리며 그가 헉하는 소리를 삼켰다. "학살됐습니까?"

"더 끔찍했죠."

침묵이 뒤따랐다. 그리고 그 침묵 속에는 학살보다 더 끔찍한 모든 것이 담겨 있었다.

"그들이 가까이에 있나요?" 그는 무시무시한 것이 숲을 지나 자신들을 향해 살며시 다가오는 것을 상상하자 등이 따끔거렸다. 그는 주위를 둘러보았다. 어두운 창밖에서 자신을 바라보는 빨간 눈이 보일지도 모른다는 생각이 들었다. 창밖이 아니면 방구석이나 침대 밑에서.

"우리 주위에 있어요. 밤하늘의 빛을 본 적 있습니까?"

"난 그게 북극광인 줄 알았는데요." 분홍색, 녹색, 흰색의 빛이 별을 배경으로 이동하며 흘러갔다. 마치 살아 있는 것처럼 반짝이며 커졌다. 그리고 점점 다가왔다.

올리비에 브륄레는 시선을 떨구었다. 건너편에 앉은 남자의 불안하고 광기 어린 눈을 더 이상 바라볼 수 없었다. 올리비에는 오랫동안 감수해온 이 이야기를 사실이 아니라고 되뇌었다. 그것은 신화였다. 오랜 세월 동안 사람들이 그들처럼 불가에 앉아 수없이 말하고 반복하면서 꾸며낸 이야기였다.

이건 그냥 이야기에 불과해. 아무런 해를 끼치지 않아.

하지만 퀘벡 숲 속에 파묻힌 소박한 통나무 오두막에서 이야기는 이야기 이상으로 느껴졌다. 올리비에마저 그 이야기가 믿어질 정도였다. 은둔자가 너무 확실히 믿고 있기 때문이리라.

돌로 쌓은 벽난로 양쪽으로 안락의자가 놓여 있었고 한편에는 늙은 남자가, 다른 한편에는 올리비에가 앉아 있었다. 올리비에는 10년 이상 살아 있는 불을 바라보았다. 항상 꺼지지 않게 두는 오래된 불꽃이 벽난로의 쇠살대 안에서 작게 탁탁거리며 오두막을 은은하게 밝혔다. 그는 단순한 모양의 쇠 부지깽이에 붙은 삽으로 잉걸불을 뒤적여 불똥을 굴뚝 위로 날려 보냈다. 촛불이 어둠 속에서 불꽃에 번뜩이는 눈처럼 반짝이는 물체 위에서 일렁였다.

"이제 얼마 남지 않았습니다."

은둔자의 눈이 마치 녹는점에 도달한 금속처럼 빛났다. 그는 이야기를 하는 시간이면 종종 그러듯이 몸을 앞으로 기울이고 있었다.

올리비에는 단출한 단칸방을 훑어보았다. 촛불이 깜빡일 때마다 찾아드는 어둠이 기괴한 그림자를 드리웠다. 밤이 통나무 틈새로 스며들어 오두막에 자리를 잡고 방구석과 침대 아래에 웅크리는 것 같았다. 원주민들은 구석진 곳에 악마가 산다고 믿었다. 그래서 그들의 전통 가옥은 둥글었다. 정부가 제공한 사각형 주택과는 달랐다.

올리비에는 구석에 악마가 산다고 믿지 않았다. 정말로 믿는 건 아니었다. 어쨌든 대낮에는 그랬다. 하지만 그도 은둔자만 아는 오두막의 어두운 구석에는 뭔가가 도사리고 있다고 믿었다. 그것이 올리비에의 심장을 쿵쿵 뛰게 했다.

"계속해요." 목소리가 흔들리지 않도록 애쓰며 그가 말했다.

늦은 시간이었고 올리비에가 스리 파인스로 돌아가려면 숲 속을 20분 동안 걸어가야 했다. 격주마다 오가는 길이라 어둠 속에서도 잘 알고 있었다.

어둠 속에서만 잘 알았다. 그들의 관계는 해가 진 이후에만 존재했다.

그들은 오렌지페코스리랑카산 고급 홍차를 홀짝였다. 올리비에는 이것이 은 둔자가 아껴 두고 귀한 손님에게만 주는 차라는 것을 알고 있었다. 그의 유일한 손님에게.

하지만 이제 이야기를 들을 시간이었다. 그들은 좀 더 불 가까이 몸을 숙였다. 9월 초여서 밤에는 한기가 스며들었다.

"어디까지 했었죠? 오, 그래. 이제 기억나네요."

올리비에는 따뜻한 머그컵을 더 꽉 쥐었다.

"끔찍한 군대는 자신들 앞에 있는 모든 것을 파괴했습니다. 구세계와 신세계에서 모든 것이 사라졌죠. 단지……."

"단지?"

"단지 작은 마을 하나만 남았습니다. 골짜기에 숨겨진 마을이라 잔혹한 군대도 그곳을 보지 못했어요. 하지만 곧 보겠죠. 그리고 그때가 되면 위대한 지도자가 군대의 선두에 섭니다. 그는 어떤 나무보다 크고 거대하지요. 바위와 뾰족한 껍데기, 뼈로 만들어진 갑옷을 입었고요."

"혼돈."

작게 속삭인 단어가 어둠 속으로 사라져 구석에 웅크렸다. 그리고 기다렸다.

"혼돈. 그리고 분노지요. 질병, 기근, 절망. 모든 것이 몰려다니며 찾고 있습니다. 그리고 그들은 절대 멈추지 않아요. 한 번도 멈추지 않았죠. 그걸 찾을 때까지는 멈추지 않을 겁니다."

"도둑맞은 물건 말이군요."

은둔자가 고개를 끄덕였다. 근심이 가득한 얼굴이었다. 그는 학살과 파괴를 보고 있는 듯했다. 무자비하고 무감각한 군대 앞에서 도망가는 남자들과 여자들, 아이들을 보았다.

"그런데 그게 뭐죠? 모든 걸 파괴하고 되찾아야 할 만큼 중요한 게 뭔 가요?"

올리비에는 은둔자의 우락부락한 얼굴에서 어둠 속으로 시선을 휙 돌리지 않으려 애썼다. 둘 다 아는 그것이 들어 있는 누추하고 작은 캔버스 자루가 놓인 방 한구석을 보지 않으려 했다. 하지만 은둔자는 올리비에의 마음을 읽은 듯했다. 그의 얼굴에 악의적인 웃음이 떠올랐다 사라졌다.

"그걸 되찾으려는 건 군대가 아닙니다."

두 사람 모두 끔찍한 군대 너머로 어렴풋이 나타나는 것을 보았다. 혼돈조차 그것을 두려워했다. 그것이 절망, 질병, 기근을 앞서 보냈다. 주인이 빼앗긴 것을 찾기 위해.

"학살보다 더 끔찍한 것이죠."

그들의 목소리는 거의 바닥을 긁을 정도로 낮아졌다. 이미 잃어버린 명분을 위해 모인 공모자들 같았다.

"찾고 있는 것을 결국 찾으면 군대는 멈춥니다. 그리고 한쪽으로 물러서지요. 그러면 이어서 상상할 수 있는 최악의 것이 올 겁니다."

다시 침묵이 흘렀다. 그리고 상상할 수 있는 최악의 것이 그 침묵 속에 있었다.

바깥에서 코요테 무리가 울부짖기 시작했다. 뭔가를 구석에 몰아넣은 모양이었다.

이건 신화일 뿐이야. 올리비에는 자신을 안심시켰다. 그냥 이야기라고. 그는 은둔자의 얼굴에 서린 공포를 보지 않으려고 다시 한 번 잉걸불을 살폈다. 그리고 시계 유리가 주황빛을 받아 시간이 보이도록 불 쪽으로 기울여 손목시계를 확인했다. 새벽 2시 반이었다.

"혼돈이 몰려오고 있습니다. 친구old son 호칭으로 '어이', '자네'라는 뜻. 맏아들을 가리키기도 하지만 호격으로 쓰이는 경우는 드물다. 그걸 멈출 수 있는 건 없지요. 오래 걸렸지만 마침내 이곳까지 왔어요."

은둔자는 끄덕였다. 충혈된 그의 눈에서 눈물이 흘렀다. 나무 때는 연기 때문일 수도 있고 다른 것 때문일지도 몰랐다. 올리비에는 몸을 다시 기대다가 서른여덟 먹은 육신이 갑자기 쑤시는 바람에 놀랐다. 끔찍한 이야기가 계속되는 내내 자신이 긴장하고 있었다는 사실을 깨달았다.

"죄송해요. 늦어서 가브리가 걱정하겠어요. 그만 가 볼게요."

"벌써요?"

올리비에는 자리에서 일어나 싱크대에서 차갑고 깨끗한 물을 펌프질해 자신의 컵을 씻었다. 그리고 다시 방으로 돌아왔다.

"곧 다시 올게요." 그가 미소 지었다.

"줄 게 있습니다." 은둔자가 오두막을 둘러보며 말했다. 올리비에의 시선이 방구석에 있는 작은 캔버스 자루에 가서 꽂혔다. 자루는 노끈으로 묶여 있었다.

은둔자가 킬킬거리며 웃었다. "언젠가는 줄게요, 올리비에. 하지만 오늘은 아닙니다."

그는 손으로 투박하게 깎아서 만든 벽난로 선반으로 걸어가서 작은 장식품 하나를 가져와 금발에 매력적인 올리비에에게 내밀었다.

"식료품 값입니다." 은둔자가 조리대 위에 놓인 통조림과 치즈, 우유, 차, 커피, 빵을 가리켰다.

"아뇨, 괜찮아요. 제 성의인걸요." 올리비에는 그렇게 말했지만 두 사람 모두 그 몸짓을 알았고 그가 작은 선물을 받으리란 것을 알고 있었다. "메르시Merci 감사합니다." 올리비에가 문간에서 말했다.

숲에서는 맹렬한 추격전이 벌어지고 있었다. 불운한 동물 한 마리가 운명에서 벗어나기 위해 내달렸고 코요테 무리가 그 운명을 확정 짓기 위해 쏜살같이 달려갔다.

"조심해요." 은둔자가 밤하늘을 재빠르게 살피며 말했다. 그러고는 한 단어를 속삭인 뒤 문을 닫았다. 그 단어는 즉시 숲으로 빨려 들어갔다. 올리비에는 은둔자가 두껍지만 충분히 두껍지는 않은 문 뒤에 기대어 성호를 긋고 기도를 중얼거리는 것은 아닌지 궁금했다.

그리고 강력하고 잔인한 군대가 혼돈을 몰고서 분노를 이끌고 온다는 이야기를 은둔자가 정말 믿는지 궁금했다. 거침없고 막을 수 없는 그들이 가까이에 있다는 이야기를.

그리고 그 뒤에 또 다른 뭔가가, 말할 수 없는 그 무엇이 있다는 이야기를 그는 믿는 걸까?

그리고 올리비에는 은둔자가 기도를 믿는지도 궁금했다.

올리비에는 손전등을 켜고 어둠 속을 살폈다. 주위에는 회색빛 나무들이 빽빽했다. 그는 여기저기 빛을 비추며 늦여름 숲 사이로 난 좁은 길을 찾았다. 일단 길에 들어서자 그는 서둘렀다. 그리고 서두를수록 더 두려워졌고 두려워질수록 달리는 속도는 점점 더 빨라졌다. 결국 그는 어두운 숲 사이로 따라오는 어두운 이야기에 쫓기며 비틀거렸다.

올리비에는 마침내 숲을 빠져나와 휘청거리며 멈춰 서서 손으로 무릎을 짚고 숨을 내쉬었다. 그리고 천천히 몸을 바로 펴고 골짜기에 있는 마을을 내려다보았다.

스리 파인스는 언제나 그렇게 보이는 것처럼 잠들어 있었다. 평화로운 세상과 마을은 주위에서 무슨 일이 벌어지는지 모르는 것 같았다. 아니, 모든 것을 알고 있으면서도 어쨌든 평화를 택한 건지도 몰랐다. 몇몇 창문에 은은한 불빛이 비쳤고 수줍은 듯한 오래된 집들에는 커튼이 드리워져 있었다. 가을 들어 처음 땐 장작불의 달콤한 냄새가 그에게 퍼져 왔다.

그리고 퀘벡의 작은 마을 중앙에는 세 그루의 커다란 소나무가 야경꾼처럼 서 있었다.

올리비에는 무사했다. 그는 자신의 주머니를 더듬었다.

선물. 작은 보답. 그것을 두고 왔다.

올리비에는 욕을 내뱉으며 등 뒤에서 끝난 숲을 돌아봤다. 그리고 오두막 구석에 있던 작은 캔버스 자루를 또다시 생각했다. 은둔자는 그것을 눈앞에서 흔들며 주겠다고 약속하면서 올리비에를 괴롭혔다. 그것은 숨어 있는 그가 숨기고 있는 물건이었다.

올리비에는 지쳐 있었다. 값싼 장식품을 놓고 온 자신에게 화가 나고 신물이 났다. 그리고 다른 것을 주지 않은 은둔자에게 화가 났다. 올리비에는 지금쯤 그것을 손에 넣었어야 했다.

그는 망설이다가 다시 숲 속으로 휙 뛰어들었다. 두려움이 점점 커지며 분노를 북돋우는 것이 느껴졌다. 그는 걷다가 뛰기 시작했다. 목소리가 따라왔다. 뒤에서 쿵쿵 울리는 목소리가 그를 몰아갔다.

"혼돈이 이곳에 왔습니다, 친구."

2

"자기가 좀 받아."

가브리는 이불을 끌어 올리고 그대로 누워 있었다. 하지만 전화가 계속 울렸다. 옆에 누운 올리비에는 세상모르고 잠들어 있었다. 가브리는 가랑비가 유리창을 때리는 모습을 보며 축축한 일요일 아침이 자신들의 침실에 자리 잡는 것을 느꼈다. 하지만 이불 속은 포근하고 따뜻해서 가브리는 움직이고 싶은 생각이 전혀 없었다.

그는 올리비에를 쿡쿡 찔렀다. "일어나 봐."

올리비에는 쌕쌕거리기만 할 뿐 꿈쩍도 하지 않았다.

"불이야!"

여전히 무반응.

"에설 머먼미국의 가수 겸 배우이다!"

그래도 반응이 없었다. 이런, 죽은 거 아냐?

가브리는 파트너에게 몸을 기울여 가늘어지는 소중한 그의 머리카락이 베개와 얼굴 위로 펼쳐져 있는 모습을 보았다. 꼭 감은 눈이 평화로워 보였다. 가브리는 올리비에의 진한 체취와 약간의 땀 냄새를 맡았다. 곧 샤워를 하고 나면 두 사람 모두 아이보리 비누 향이 나리라.

전화가 다시 울렸다.

"당신 어머니야." 가브리가 올리비에의 귀에 속삭였다.

"뭐?"

"전화 받아. 어머니야."

올리비에는 일어나 앉았지만 간신히 뜬 눈은 긴 터널을 빠져나온 것처럼 게슴츠레했다. "어머니라고? 하지만 어머니는 몇 년 전에 돌아가셨어."

"당신을 돌아 버리게 하려고 살아 돌아오셨을 거야."

"날 돌아 버리게 하는 사람은 바로 자기야."

"좋을 대로 해. 전화나 받아."

올리비에는 산처럼 누워 있는 파트너를 넘어가 전화를 받았다.

"위, 알루Oui, allô 네, 여보세요?"

가브리는 따뜻한 침대 속으로 다시 파고들었다. 야광시계를 보니 6시 43분이었다. 일요일 아침. 노동절미국과 캐나다에서는 9월 첫째 월요일이 낀 주말 연휴였다.

도대체 누가 이런 시간에 전화를 하는 거지?

가브리는 몸을 일으켜, 비행기 승객이 이륙 때 승무원의 얼굴을 살피듯이 파트너의 얼굴을 바라보았다. 걱정하는 건가? 겁먹었나?

약간 근심하는 듯한 올리비에의 표정이 당혹해하는 표정으로 바뀌었다. 이내 곧 금발 눈썹이 툭 떨어지며 얼굴이 하얗게 질렸다.

맙소사, 우리는 추락하고 있어. 가브리가 생각했다.

"무슨 일이야?" 그가 입 모양으로만 물었다.

올리비에는 조용히 듣고만 있었다. 하지만 그의 잘생긴 얼굴이 뭔가 대단히 잘못되었음을 말해 주었다.

"무슨 일이야?" 가브리가 나지막하게 물었다.

가브리와 올리비에는 바람 속에 비옷을 펄럭이며 마을 광장을 가로질러 급히 뛰어갔다. 머나 랜더스가 커다란 우산과 씨름하며 그들 쪽으로 다가왔고, 세 사람은 함께 비스트로편안한 분위기의 작은 식당로 서둘러 갔다. 새벽이었고 세상은 잿빛으로 젖어 있었다. 비스트로까지 달려오는 몇 걸음 만에 이들의 머리카락은 머리에 들러붙었고 옷은 흠뻑 젖었다. 하지만 올리비에도 가브리도 이번만은 그런 것에 신경 쓰지 않았다. 그들은 벽돌 건물 앞에서 머나 옆에 미끄러지듯 멈춰 섰다.

"내가 경찰에 연락했어. 그들도 곧 도착할 거야." 머나가 말했다.

"정말 확실한 거예요?" 올리비에가 친구이자 이웃인 머나를 바라보았다. 크고 둥근 몸집의 머나는 연녹색 비옷을 입고 밝은 노란색 장화를 신고 빨간 우산을 움켜쥔 채 축축이 젖어 있었다. 그녀는 마치 터진 비치볼 같았다. 하지만 그 어느 때보다도 심각해 보였다. 물론 그녀는 확신했다.

"내가 들어가서 확인했어." 머나가 말했다.

"오, 하느님 맙소사! 누구예요?" 가브리가 속삭였다.

"몰라."

"어떻게 모를 수가 있어요?" 올리비에가 물었다. 그리고는 희미한 아침 햇살을 가리기 위해 가느다란 손을 얼굴 옆에 대고 중간문설주가 있는 창을 통해 비스트로 내부를 들여다보았다. 머나가 자신의 빨간 우산을 그에게 씌워 주었다.

올리비에가 내쉬는 숨 때문에 창이 뿌옇게 되었다. 하지만 그 전에 그도 머나가 봤던 걸 보았다. 비스트로 안에 누군가가 있었다. 오래된 소나무 바닥에 얼굴을 위로 한 채 똑바로 누워 있었다.

"뭔데?" 가브리가 물었다. 그는 올리비에 주위에서 목을 쭉 빼고 안을 들여다보기 위해 안간힘을 썼다.

하지만 올리비에의 얼굴이 그가 알길 원하는 모든 것을 말해 주었다. 가브리는 옆에 있는 덩치 큰 흑인 여인에게 주의를 돌렸다.

"죽었어요?"

"더 끔찍해."

죽은 것보다 더 끔찍한 게 뭐지? 가브리는 의아했다.

머나는 마을 사람들에게 의사나 다름없었다. 그녀는 몬트리올에서 심리학자로 일했다. 하지만 너무 많은 슬픈 사연과 지나치게 요구되는 분별을 이기지 못하고 일을 그만두었다. 그리고 차에 짐을 싣고 떠났다. 몇 달간 돌아다니다 마음에 드는 곳 아무 데나 정착할 작정이었다.

그녀는 몬트리올을 벗어난 지 한 시간쯤 지났을 때 우연히 스리 파인스를 발견하고는 올리비에의 비스트로에서 카페오레와 크루아상을 먹기 위해 잠시 멈춘 뒤 다시 떠나지 않았다. 그녀는 차에 있던 짐을 풀고 비스트로 옆 가게와 그 위에 딸린 방을 얻었고 헌책방을 열었다.

사람들은 책과 대화를 찾아 서점으로 왔다. 그들은 책이나 기억의 형

태로 자신들의 이야기를 그녀에게 가져왔다. 머나는 이야기들 중 일부
는 사실이고 일부는 허구라는 것을 알았다. 그녀는 모든 것을 사들이지
는 않았지만 모든 이야기를 존중했다.

"들어가 봐야겠어. 누가 시체를 건드리지 않았는지 확인해야지. 자기
괜찮아?" 올리비에가 말했다.

눈을 감고 있던 가브리는 이제 다시 눈을 떴고 훨씬 침착해 보였다.
"난 괜찮아. 좀 충격을 받아서. 아는 사람 같지는 않아."

그리고 머나는 가브리의 얼굴에서 안도감을 보았다. 그녀도 처음 멋
모르고 들어갔을 때 똑같이 느꼈었다. 안타깝지만 친구보다는 낯선 사
람이 죽은 편이 훨씬 나았다.

마치 죽은 이가 손을 뻗어 자신 중 한 사람을 데려갈지도 모른다는 듯
그들은 서로 꼭 붙은 채 줄지어 비스트로로 들어갔다. 그들은 시체를 향
해 조금씩 다가가서 내려다보았다. 그들의 머리와 코에서 시체의 해진
옷 위로 빗물이 뚝뚝 떨어졌다. 두꺼운 마룻널 바닥에 웅덩이가 생겼다.
이내 머나가 둘을 부드럽게 끌어당겨 시체에서 물러나게 했다.

두 사람은 서 있던 곳이 벼랑 끝처럼 느껴졌다. 편안한 삶을 살며 편
안한 집의 편안한 침대에서 휴일 아침에 일어나서 갑자기 벼랑 끝에 서
있었다.

세 사람은 말없이 돌아서서 휘둥그레진 눈으로 서로를 쳐다보았다.

비스트로에 죽은 사람이 있었다.

그냥 죽은 게 아니었다. 더 끔찍했다.

경찰을 기다리는 동안 가브리가 커피를 끓였다. 머나는 비옷을 벗고
창가에 앉아 안개 낀 9월의 하루를 바라보았다. 올리비에는 비스트로의

양쪽 끝에 있는 두 개의 벽난로에 모두 불을 지폈다. 그는 한쪽 벽난로에서 불을 거칠게 쑤시며 젖은 옷 위로 온기를 느꼈다. 그가 멍한 상태인 것은 서서히 스며드는 추위 때문만은 아니었다.

아까 자신들이 죽은 이를 내려다보며 서 있었을 때 가브리가 중얼거렸다. "불쌍한 사람."

머나와 올리비에가 고개를 끄덕였다. 허름한 옷을 입은 노인이 그들을 올려다보고 있었다. 그의 얼굴은 창백했고 눈은 놀란 듯했으며 입은 약간 벌어져 있었다.

머나가 시체의 뒤통수를 가리켰다. 고인 빗물이 핑크색으로 변하고 있었다. 가브리는 머뭇거리며 가까이 몸을 기울였지만 올리비에는 움직이지 않았다. 올리비에를 꼼짝 못하게 만든 것은 죽은 이의 박살 난 뒤통수가 아니라 앞, 바로 그의 얼굴이었다.

"맙소사, 올리비에. 이 사람은 살해당했어. 이런, 세상에."

올리비에는 죽은 이의 눈을 계속 노려보았다.

"그런데 이 사람 누구지?" 가브리가 속삭였다.

은둔자였다. 그가 죽은 채로, 살해당한 채로 비스트로에 있었다.

"모르겠어." 올리비에가 말했다.

아르망 가마슈 경감이 전화를 받았을 때 그와 렌 마리는 일요일 브런치의 뒷정리를 막 마친 참이었다. 몬트리올 우트레몽 지구에 있는 그들의 아파트 식당에서 가마슈는 자신의 부관 장 기 보부아르와 자신의 딸 아니의 목소리를 들을 수 있었다. 그들은 대화하고 있는 게 아니었다. 그들은 결코 대화하지 않았다. 늘 언쟁했다. 특히 완충 역할을 하는 보부아르의 아내 이니드가 없을 때는 더했다. 그런데 오늘 이니드는 수업 계획을 짜야 해서 브런치에 오지 못했다. 반면 보부아르는 공짜 식사 초대를 거절하는 법이 없었다. 대가가 따르더라도. 그리고 그 대가는 언제나 아니였다.

막 짜낸 신선한 오렌지 주스를 마실 때부터 다시 시작한 언쟁은 스크램블드에그와 브리 치즈를 거쳐 신선한 과일과 잼을 바른 크루아상을 먹을 때까지 계속되었다.

"하지만 전기 충격기 사용을 어떻게 옹호할 수가 있죠?" 아니의 목소리가 식당에서 들려왔다.

"브런치 맛있었어요. 메르시, 어머님." 데이비드가 식당에서 접시를 가져와 싱크대에 놓고 장모의 뺨에 키스하며 말했다. 중간 체격의 데이비드는 짧고 짙은 색 머리카락이 조금씩 빠지고 있었다. 서른 살인 그는 아내인 아니보다 실제로는 몇 살 더 많았지만 가끔은 더 어려 보였다. 가마슈가 종종 느끼기에 그의 주된 성격은 생동감이었다. 과도한 흥분이 아닌 생기발랄함. 가마슈는 5년 전 딸이 아내와 자신에게 소개하던 순간부터 그를 좋아했다. 아니가 집에 데려왔던 다른 젊은이들, 대부분 아니와 마찬가지로 변호사였던 그들과는 달리 데이비드는 가마슈에게 남자다움을 과시하지 않았다. 남자다움은 가마슈의 관심사가 아니었고 그에게 깊은 인상을 남기지도 않았다. 가마슈에게 남은 깊은 인상은 데이비드가 아르망과 렌 마리 가마슈 부부를 만났을 때 보였던 반응이었다. 데이비드는 방을 가득 채울 듯한 미소로 활짝 웃으며 단순하게 말했다. "봉주르Bonjour 안녕하세요."

데이비드는 아니가 여태껏 관심을 가졌던 다른 남자들과 달랐다. 그는 학자나 운동선수 타입이 아니었고 후들거릴 정도로 잘생기지도 않았다. 미래의 퀘벡 주지사는커녕 자신이 다니는 법률 회사의 사장이 될 운명도 아니었다.

그렇지만 데이비드는 솔직담백하고 친절했다.

아니는 그와 결혼했다. 가마슈는 자신과 렌 마리가 외동딸의 양옆에서 결혼식장에 나란히 입장할 수 있어서 기뻤다. 그리고 딸이 착한 사람과 결혼해서 기뻤다.

가마슈는 착하지 않은 게 어떤 것인지 알고 있었다. 그는 잔인함과 절망, 공포를 알았고, 사람들이 잊고 있는 소중한 '선善'이라는 자질을 알았다.

"그럼 우리가 용의자를 그냥 쏘는 게 낫다는 거냐?" 식당에서 들리는 보부아르의 목청이 높아졌다.

"고맙네, 데이비드." 렌 마리가 접시를 가져가며 말했다. 가마슈가 사위에게 깨끗한 마른 행주를 건넸고 두 사람은 렌 마리가 설거지한 접시들을 닦았다.

"그래서 몬트리올 카나디앵캐나다 프로 아이스하키 팀이 올해 리그에서 우승할 가능성이 있다고 보세요?" 데이비드가 가마슈에게 말을 건넸다.

"아니죠. 제가 바라는 건 사람을 불구로 만들거나 죽이지 않고 체포하는 법을 배우라는 거예요. 정직하게 용의자를 용의자로만 보길 바란다고요. 두들겨 패거나 전기 충격을 주고 총을 쏴도 되는 인간 이하의 범죄자로 보지 말고요." 아니가 소리쳤다.

"그럴 거라 생각하네." 가마슈가 닦아야 할 접시 한 장을 데이비드에게 건네주고 자신도 한 장 집으며 말했다. "난 팀의 새 골리가 마음에

드네. 포워드 라인도 탄탄해진 것 같더군. 올해는 분명 그들의 해야."

"하지만 여전히 수비가 약해. 그렇지 않아?" 렌 마리가 물었다. "몬트리올 카나디앙은 항상 공격에 너무 집중하잖아."

"그럼 직접 무장한 살인자를 체포해 보렴. 네가 낑낑대는 모습을 보고 싶어 죽겠구나. 너, 네가……." 보부아르가 씩씩거리며 말했다. 부엌에서는 보부아르의 다음 말을 들으려 대화가 잠시 중단되었다. 이런 논쟁은 브런치, 크리스마스, 추수감사절, 생일 때마다 매번 벌어졌다. 사용하는 단어만 조금씩 바뀔 뿐이었다. 그들은 전기 충격기가 아니더라도 보육 서비스나 교육, 환경에 관해 논쟁을 벌였다. 아니가 파랗다고 말하면 보부아르는 빨갛다고 말했다. 10여 년 전 보부아르가 퀘벡 경찰청 살인반의 가마슈 경감 밑에서 일하기 시작했을 때부터 이런 식이었다. 보부아르는 팀의 일원이 되면서 가족의 일원도 되었다.

"제가 뭐요?" 아니가 따졌다.

"넌 헛소리나 지껄이는 한심한 변호사 조무래기야."

렌 마리가 좁은 철재 발코니와 비상계단으로 연결되는 부엌 뒷문을 가리켰다. "어때?"

"도망가자고?" 가마슈는 렌 마리가 진심이었길 바라면서 속삭였지만 그런 것 같지는 않았다.

"저들을 그냥 총으로 쏴 버리는 건 어때요?" 데이비드가 물었다.

"안타깝지만 장 기가 총을 빨리 뽑아서 말이네. 내가 먼저 당할 거야." 가마슈가 말했다.

"그래도 시도는 해 볼 만하지." 렌 마리가 말했다.

"변호사 조무래기요? 잘나셨어요. 이런 파시스트 바보 멍청이 같으니." 아니가 경멸하는 투가 가득한 목소리로 말했다.

"전기 충격기를 쓸까 봐." 가마슈가 말했다.

"파시스트? 파시스트라고?" 보부아르는 거의 꽥꽥대고 있었다. 부엌에 있던 가마슈네 셰퍼드 앙리가 자신의 잠자리에서 일어나 앉아 머리를 곧추세웠다. 앙리는 귀가 엄청나게 커서 가마슈는 앙리가 순종이 아닌 셰퍼드와 위성 안테나 접시의 교배종이 아닐까 생각했다.

"이런." 데이비드가 말했다. 앙리는 잠자리 위에서 몸을 둥글게 웅크렸다. 분명히 데이비드는 그럴 수만 있다면 앙리의 옆에서 몸을 웅크렸으리라.

세 사람은 모두 아쉬운 듯 문밖의 비 내리는 쌀쌀한 9월의 하루를 바라보았다. 몬트리올의 노동절 주말 연휴를. 아니가 알아듣기 힘든 무언가를 말했다. 하지만 보부아르의 대답은 똑똑히 들렸다.

"엿이나 먹어."

"말다툼이 거의 끝난 것 같은데." 렌 마리가 말했다. "커피 더 마실 사람?" 그녀가 에스프레소 머신을 가리켰다.

"농, 파 푸르 무아Non, pas pour moi 아뇨, 저는 됐습니다. 메르시. 그리고 아니한 테도 더 주지 마세요." 데이비드가 웃으며 말했다.

"어리석은 것." 보부아르가 부엌으로 들어오며 중얼댔다. 그는 선반에서 마른 행주를 낚아채 맹렬히 접시를 닦기 시작했다. 가마슈는 접시의 인디아 트리 무늬를 보는 게 지금이 마지막이라고 짐작했다. "아니는 입양하셨죠?"

"아뇨, 홈메이드예요." 렌 마리는 다음 접시를 남편에게 건넸다.

"아저씨나 엿 먹어요." 아니의 시커먼 머리가 부엌으로 불쑥 들어왔다가 사라졌다.

"어머나, 저런." 렌 마리가 말했다.

가마슈 부부의 두 자녀 중 좀 더 아버지를 닮은 쪽은 다니엘이었다. 큰 몸집과 사려 깊고 학구적인 성격을 물려받은 다니엘은 친절하고 온화했으며 강했다. 아니가 태어났을 때 렌 마리는 어쩌면 당연하게도 이번 아이는 자신을 훨씬 많이 닮을 거라 생각했다. 따뜻하고 지적이며 총명한 점을. 책을 너무나 사랑한 렌 마리는 사서가 되었고 결국엔 몬트리올 국립도서관에서 한 부서를 총괄하고 있었다.

그러나 아니는 부모를 놀라게 했다. 그녀는 똑똑하고 경쟁심이 강하고 남을 웃겼다. 그녀는 모든 면에서 치열했고 그렇게 느꼈다.

가마슈 부부는 이런 점을 눈치챘어야 했다. 아니가 갓난아기였을 때 가마슈는 울부짖는 아니를 달래려고 아니를 차에 태우고 끝도 없이 달리곤 했다. 가마슈는 깊은 바리톤으로 비틀스나 자크 브렐^{벨기에 출신의 샹송 가수}의 노래들을 불렀고, 보 도마주^{캐나다 록밴드}의 「알래스카 바다표범에게 바치는 애가」도 불러 주었다. 그 노래는 다니엘이 가장 좋아하는 곡이었고 감동적인 비가였다. 하지만 아니에게는 전혀 통하지 않았다.

어느 날 가마슈가 악을 쓰는 아이를 카시트에 앉히고 시동을 걸자 카오디오에서 위버스^{미국 4인조 포크 그룹}의 옛 노래가 흘러나왔다.

가성으로 부르는 위버스의 노래가 흘러나오자 아니는 잠잠해졌다.

처음에는 기적처럼 느껴졌다. 그러나 깔깔대는 아이를 위해 위버스의 '윔모웨, 아 윔모웨^{〈The Lion Sleeps Tonight〉으로 잘 알려진 노래. '윔모웨'라는 후렴구가 반복된다.}'를 들으며 동네를 1백 번쯤 돌고 나자 가마슈는 옛 시절이 그리웠고 비명을 지르고 싶었다. 하지만 위버스가 아기 사자를 잠재웠다.

아니 가마슈는 새끼 사자가 되었다. 그리고 암사자로 자랐다. 하지만 때로는 조용히 함께 산책하며 아니는 아버지에게 자신의 두려움과 실망, 젊은 시절에 느끼는 일상적인 슬픔에 대해 이야기하곤 했다. 그러면 가마슈 경감은 아니가 항상 그렇게 용감한 척하지 않아도 되도록 그녀를 자신 곁에 두고 싶은 바람에 사로잡혔다.

아니는 두려웠기 때문에 치열했다. 모든 것에 대하여.

세상 사람들은 강하고 당당한 암사자를 보았지만 가마슈는 딸에게서 버트 라르영화 〈오즈의 마법사〉에서 겁쟁이 사자를 연기한 배우를 보았다. 하지만 그 사실을 아니에게 말한 적은 없었다. 아니의 남편에게도.

"얘기하실 수 있어요?" 아니가 보부아르를 무시한 채 가마슈에게 물었다. 가마슈는 고개를 끄덕이고 마른 행주를 데이비드에게 넘겨주었다. 아니와 가마슈는 복도를 지나 따뜻한 거실로 갔다. 거실에는 책이 책꽂이에 가지런히 꽂혀 있었고 탁자 밑과 소파 옆에도 어지럽게 쌓여 있었다. 커피 테이블 위에는 「르 드부아르」와 「뉴욕 타임스」가 놓여 있었고 벽난로에는 불이 은은하게 타고 있었다. 불꽃은 추운 겨울에 때는 불길처럼 활활 타오르지 않고 초가을에 걸맞게 부드럽고 잔잔했다.

두 사람은 잠깐 동안 다니엘에 대해 이야기했다. 그는 지금 아내, 딸과 함께 파리에 살았고 이달 말에 딸이 한 명 더 태어날 예정이었다. 둘은 아니의 남편 데이비드와 그의 아이스하키 팀, 또다시 시작되는 겨울철 준비에 대해서도 이야기했다.

가마슈는 대부분 듣기만 했다. 그는 아니가 특별히 할 말이 있는 건지 아니면 그냥 수다를 떨고 싶은 건지 확실히 알 수가 없었다. 앙리가 거실로 총총 뛰어와 아니의 무릎에 머리를 올렸다. 아니는 앙리의 귀를 만져 주었고 앙리는 끙끙거리며 낮은 신음 소리를 냈다. 그러더니 결국 불가에 가서 누웠다.

바로 그때 전화가 울렸다. 가마슈는 전화벨을 무시했다.

"아빠 방에 있는 전화 같은데요." 아니가 말했다. 그녀는 컴퓨터와 노트북이 놓인 오래된 나무 책상 위에 있는 전화기를 떠올렸다. 백단과 장미 향이 나는 책으로 가득한 그 방에는 의자가 세 개 있었다.

거기서 아니와 다니엘은 나무 회전의자에 앉아 멀미가 날 때까지 서로 돌려 주곤 했다. 그동안 가마슈는 안락의자에 가만히 앉아 책을 읽거나 때로는 그저 바라보았다.

"그런 것 같구나."

전화가 다시 울렸다. 그들은 이 소리를 익히 알고 있었다. 다른 전화들과는 어쩐지 소리가 다르게 들렸다. 죽음을 알리는 전화벨이었다.

아니는 편치 않아 보였다.

"좀 있다 받으마. 그보다 나한테 얘기하고 싶은 게 있던 것 아니니?" 가마슈가 조용히 말했다.

"제가 받을까요?" 보부아르가 들여다보았다. 그는 아니를 향해 미소지었지만 곧바로 경감에게 눈을 돌렸다.

"부탁하네. 금방 가지."

가마슈는 다시 딸에게로 몸을 돌렸지만 데이비드가 자리에 와 있었고 아니는 다시 공적인 얼굴을 하고 있었다. 그 얼굴은 사적일 때와 그리다르지 않았다. 덜 연약해 보인다고 할까. 데이비드가 자리에 앉아 아니의 손을 잡을 때 가마슈는 왜 그녀가 남편 앞에서 공적인 얼굴을 해야하는지 잠시 궁금해했다.

"살인 사건입니다, 경감님." 보부아르가 속삭였다. 그는 방 바로 안쪽에 서 있었다.

"위Oui 알았네." 가마슈가 딸을 바라보며 말했다.

"가 보세요, 아빠." 아니가 손을 내저었다. 가마슈를 내쫓는 게 아니라 같이 있어 줘야 할 의무에서 해방해 준다는 뜻이었다.

"이따 갈 거다. 산책하는 게 어떻겠니?"

"밖에 비가 퍼붓습니다." 데이비드가 웃으며 말했다. 가마슈는 사위를 진심으로 사랑했지만 그는 가끔 눈치가 없었다. 아니도 웃었다.

"정말이에요, 아빠. 앙리도 이런 날씨에는 밖에 안 나갈 거예요."

앙리가 벌떡 일어나 공을 가지러 달려갔다. '앙리'와 '밖'이라는 결정적인 단어가 합쳐지면 거스를 수 없는 힘이 풀려났다.

"그럼 난 일하러 가야겠다." 앙리가 다시 거실로 껑충껑충 뛰어 들어오자 가마슈가 말했다.

가마슈는 아니와 데이비드에게 의미심장한 눈빛을 던진 뒤 앙리를 힐끗 쳐다보았다. 데이비드조차 그 의미를 알 수 있었다.

"젠장." 데이비드가 기분 나쁘지 않은 투로 속삭였다. 그와 아니는 편안한 소파에서 일어나 앙리의 목줄을 찾으러 갔다.

가마슈와 보부아르가 스리 파인스에 도착했을 때쯤에는 경찰들이 비스트로에 현장 경계선을 친 상태였고 마을 사람들은 우산을 쓰고 주위를 서성이며 오래된 벽돌 건물을 바라보고 있었다. 그렇게 많은 식사와 술자리, 축하 행사가 벌어지던 곳이 이제는 범죄 현장이 되었다.

보부아르가 마을로 들어서는 낮은 경사로로 진입했을 때 가마슈는 차를 한쪽으로 대라고 말했다.

"왜 그러십니까?" 보부아르가 물었다.

"그냥 좀 보고 싶네."

두 사람은 따뜻한 차 안에 앉아 와이퍼가 느릿하게 그리는 부채꼴 사이로 마을을 바라보았다. 그들 앞으로 보이는 마을의 잔디 광장에는 연못과 벤치가 있었고 장미와 수국, 개화기가 늦은 꽃잔디와 접시꽃이 심긴 화단이 있었다. 그리고 커먼스마을의 공동 소유 토지를 의미하는 것으로 주로 마을 한복판의 광장을 의미 끝에는 광장과 마을을 단단히 고정시키는 세 그루의 소나무가 서 있었다.

가마슈는 잔디 광장을 감싸 안은 주위의 집들로 이리저리 눈길을 돌렸다. 하얀 비늘판 벽 오두막들에는 널찍한 포치출입구 앞에 지붕이 없힌 공간에 고리버들 의자가 있었다. 수 세기 전 초기 정착민들이 땅을 개간하면서 캐낸 자연석으로 지은 작은 집들도 있었다. 하지만 대부분의 집들은 미국 독립 혁명을 피해 도망쳐 온 왕당파 사람들이 지은 붉은 벽돌집이었다. 스리 파인스는 미국 버몬트 주 경계에서 고작 수 킬로미터 떨어진 곳에 있었고 지금은 버몬트 주와 우호적이고 애정 어린 관계를 유지하고 있지만 독립 혁명 당시에는 그렇지 않았다. 마을을 세운 이들은 자신들이 옳지 않다고 믿는 전쟁으로부터 숨을 안식처를 필사적으로 찾던 사람들이었다.

가마슈의 눈이 물랭 길을 따라 올라갔다. 마을 밖으로 이어지는 언덕 한편에 작은 흰색 예배당이 있었다. 세인트 토마스 성공회 성당이었다.

가마슈는 우산을 쓴 채 수군대고 손가락질하며 지켜보는 몇몇 사람들에게로 다시 눈을 돌렸다. 올리비에의 비스트로는 반원을 그리고 있는 상점가 한가운데에 있었다. 각 상점은 옆 가게에 나란히 붙어 있었다. 무슈 벨리보의 잡화점 옆에 사라의 빵집이 있었고 그다음에 올리비에의 비스트로, 끝으로 머나의 서점이 자리했다.

"이제 가지." 가마슈가 고개를 끄덕였다.

그 말을 기다리고 있던 보부아르는 차를 천천히 앞으로 움직였다. 그들은 옹송그리며 모여 있는 용의자들을 향해, 살인자를 향해 나아갔다.

하지만 보부아르가 명성이 자자한 퀘벡 경찰청 살인반에 들어왔을 때 가마슈가 그에게 처음으로 가르친 교훈은 살인자를 잡기 위해서는 앞으로 나아가지 말라는 것이었다. 그들은 뒤로, 과거로 움직여야 했다. 범죄가 시작되고 살인자가 시작된 곳으로. 살인자는 아마도 모든 이에게 오래전에 잊힌 어떤 사건 속에 머물러 있었다. 그리고 살인자는 곪기 시작했다.

가마슈는 보부아르에게 살인을 유발하는 것은 보이지 않는다고 경고했다. 살인이 그토록 위험한 이유는 그 때문이었다. 그것은 총이나 칼, 주먹이 아니었다. 다가오는 것이 보이는 그런 물체가 아니었다. 그것은 감정이었다. 부패하고 상한 감정. 그리고 공격할 기회를 노렸다.

차는 천천히 비스트로를 향해, 시체를 향해 다가갔다.

"메르시." 잠시 후 지역 경찰서의 한 경찰관이 그들을 위해 비스트로 문을 열어 주자 가마슈가 말했다. 새파란 경찰관은 이 낯선 남자를 검문하려다 망설였다.

보부아르는 이런 순간을 좋아했다. 50대 초반의 이 덩치 큰 사내가 그냥 호기심 많은 시민이 아니란 것을 확신했을 때 지역 경찰관이 보이는 반응을 즐겼다. 젊은 경찰관들에게 가마슈는 아버지 같아 보였다. 가마슈에게는 품위가 느껴졌다. 그는 항상 양복을 입었고, 아니면 오늘처럼 회색 플란넬 바지에 넥타이를 매고 재킷을 입었다.

젊은 경찰관들은 잘 다듬어진 가마슈의 희끗희끗한 콧수염에 주목했다. 짙은 색 머리칼 역시 귀 주변으로 약간 곱슬곱슬하게 말린 부분이 희끗해지는 중이었다. 그는 오늘처럼 비가 오는 날에는 모자를 쓰고 있다가 실내에 들어가면 벗었는데, 젊은 경찰관들은 모자를 벗을 때 드러나는 그의 벗어진 머리를 보았다. 그것으로도 충분치 않다고 판단되면 그의 눈을 보았다. 모두가 그랬다. 가마슈의 깊은 갈색 눈동자는 사려 깊고 지적이며 특별했다. 그 특별함이 퀘벡 경찰청 살인반의 수사반장을 다른 고위급 경찰들과 구별해 주었다.

가마슈의 눈은 다정했다.

이것이 가마슈의 장점이자 약점이라는 것을 보부아르는 알고 있었다.

자신이 퀘벡에서 가장 유명한 경찰과 마주하고 있다는 사실을 알고 깜짝 놀란 젊은 경찰관을 향해 가마슈는 미소를 지었다. 가마슈가 손을 내밀자 그는 자신의 손을 내밀기 전에 잠깐 그 손을 지켜보았다. "파트롱-Patron 반장님." 경찰관이 말했다.

"오, 경감님이 오셨으면 했는데 오셨네요." 가브리가 비스트로를 가로질러, 피해자 위로 몸을 굽히고 있는 수사관들을 지나 서둘러 다가왔다. "우리가 경찰서에 전화해서 경감님을 보내 달라고 했거든요. 하지만 듣자하니 용의자가 어떤 경찰을 콕 집어 불러 달라고 하지는 않는다더군요." 가브리는 가마슈 경감을 끌어안은 뒤 방 안 가득한 수사관들에게 돌아서서 말했다. "봤죠. 저 이분 안다고요." 그러고 나서 가마슈에게 속삭였다. "키스는 하지 않는 게 좋겠어요."

"참 현명한 생각이군요."

가브리는 지치고 스트레스를 받은 것 같았지만 침착해 보였다. 또 부스스하기도 했지만 특별히 이날만 그런 건 아니었다. 가브리 뒤에 거의 가려진 채로 올리비에가 말없이 서 있었다. 그도 부스스했는데 아주 특별한 경우였다. 그리고 역시 피곤해 보였고 눈 아래 다크서클이 있었다.

"검시관이 지금 도착했습니다, 경감님." 이자벨 라코스트 형사가 방을 가로질러 와 가마슈를 맞이했다. 라코스트는 심플한 치마에 가벼운 스웨터 차림이었고 꽤 멋져 보였다. 대부분의 프랑스계 퀘벡 사람이 그렇듯 그녀는 맵시 있고 자신감에 차 있었다. "해리스 박사네요."

모두가 창밖을 내다보았고, 밖에 모여 있던 사람들이 의사 가방을 든 한 여성이 지나갈 수 있도록 길을 내주고 있었다. 해리스 박사도 심플한 치마에 가벼운 스웨터 차림이었지만 라코스트와는 달리 유행과 약간 거리가 있어 보였다. 하지만 편안해 보였다. 그리고 오늘처럼 비참한 날에 '편안함'은 아주 매력적이었다.

"좋아, 지금까지 알아낸 게 뭐지?" 가마슈가 라코스트를 다시 돌아보며 말했다.

라코스트가 가마슈와 보부아르를 시체가 있는 곳으로 안내했다. 그들은 무릎을 꿇었다. 수백 번 해 온 동작이자 의식이었다. 대단히 친숙한 행동이었다. 그들은 시체를 만지지는 않았지만 아주 가까이 몸을 기울였다. 사랑하는 사이를 제외하면, 살아 있는 어느 누구에게도 그렇게 가깝게 다가가는 일은 없었다.

"피해자는 뒤에서 둔탁한 물체로 얻어맞았습니다. 깨끗하고 단단하며 폭이 좁은 물체입니다."

"부지깽이일까?" 보부아르가 올리비에가 피워 놓은 불을 건너다보며 물었다. 가마슈도 보았다. 비 오는 아침이었지만 그렇게까지 춥지는 않았다. 불을 피울 필요는 없었다. 그렇지만 열기가 아니라 위안을 얻으려 피웠으리라.

"부지깽이라면 깨끗한 것이어야 합니다. 물론 검시관이 더 자세히 보겠지만, 상처에 먼지나 재, 나무 같은 것들이 보이지 않습니다."

가마슈는 자신의 부하의 말을 들으면서 피해자의 머리에 난 큰 구멍을 보고 있었다.

"그럼 흉기로 보이는 건 없나?"

"아직은요. 물론 찾고 있습니다."

"피해자 신원은?"

"모릅니다."

가마슈 경감은 상처에서 눈을 떼고 라코스트를 보았지만 말은 하지 않았다.

"아무런 신분증도 발견되지 않습니다. 주머니를 다 뒤져 봤는데 아무것도 없었습니다. 휴지조차 없었습니다. 그리고 그를 안다는 사람도 없습니다. 피해자는 백인 남성이고 제 생각에 칠십 대 중반인 것 같습니다. 말랐지만 영양실조는 아니고요. 키는 백칠십 센티미터에서 백칠십삼 센티미터 정도입니다."

몇 년 전 처음 살인반에 들어왔을 때 라코스트는 경감도 직접 똑똑히 볼 수 있는 이런 사항들을 열거하는 것이 이상해 보였다. 하지만 경감은 그들 모두에게 그렇게 하라고 가르쳤고 그래서 라코스트도 그렇게 했다. 그녀는 몇 년이 지나서야 다른 사람들을 가르치면서 이런 훈련의 가치를 깨달았다.

이렇게 보고를 해야 자신들이 본 것이 똑같다는 사실을 확신할 수 있었다. 누구나처럼 경찰도 실수를 할 수 있었고 주관에 치우칠 수 있었다. 뭔가를 놓치거나 잘못 해석하기도 했다. 이런 보고는 그럴 가능성을 줄여 주었다. 아니면 같은 실수를 거듭하게 했다.

"손에 쥔 것은 없고 손톱 밑도 깨끗해 보입니다. 멍 자국도 없고요. 저항한 흔적은 보이지 않습니다."

그들은 일어섰다.

"저항하지 않았다는 건 비스트로의 상태를 보면 알 수 있습니다."

그들은 주위를 둘러보았다.

아무것도 어질러지지 않았다. 엎어진 것도 없었다. 모든 것이 깨끗하고 정돈되어 있었다.

편안한 공간이었다. 기둥이 세워진 비스트로의 양 끝에 있는 벽난로에 피워진 불이 하루의 우울을 털어 주고 있었다. 수년간 연기와 농부의 발에 색이 어두워지고 윤기가 나는 나무 바닥 위로 불빛이 어렴풋이 빛났다.

각 벽난로 앞에는 앉아 보고 싶은 커다란 안락의자들과 소파가 있었고 의자 천은 색이 바래 있었다. 짙은 색 나무 식탁들 주위로는 오래된 의자들이 놓여 있었다. 중간문설주가 있는 퇴창 앞에 놓인 서너 개의 윙체어등받이 양쪽이 날개처럼 튀어나온 안락의자는 마을 사람들이 뜨거운 카페오레와 크루아상, 혹은 스카치나 부르고뉴 와인을 조심스레 들고 앉을 수 있도록 기다리고 있었다. 가마슈는 밖에서 빗속에 서성이는 사람들이 독한 술 한 잔을 원하는 게 아닐까 생각했다. 적어도 올리비에와 가브리는 분명히 그럴 것이라고 생각했다.

가마슈 경감과 수사 팀원들은 전에도 여러 번 비스트로에 왔었다. 겨울에는 활활 타오르는 불 앞에서 식사를 즐기기도 했고 여름에는 조용히 테라스에서 시원하게 한잔하기도 했다. 대화 주제는 거의 언제나 살인이었다. 하지만 진짜 시체를 바로 옆에 두고 이야기한 적은 없었다.

샤론 해리스 박사가 그들에게 다가왔다. 그녀는 자신의 젖은 비옷을 벗은 뒤 라코스트 형사에게 미소 짓고서 가마슈 경감과 엄숙한 표정으로 악수했다.

"해리스 박사님, 주말 연휴를 방해해서 죄송합니다." 가마슈가 살짝 고개를 숙이며 말했다.

해리스 박사는 집에 앉아 텔레비전 채널을 돌리며 자신에게 설교하지 않는 사람을 찾고 있었는데 때마침 전화가 울려서 신이 준 선물이라 생각했다. 하지만 이제 와 시체를 보고 있으려니 그녀는 이것이 신과 무관한 일이란 사실을 깨달았다.

"일을 하시게 비켜 드리지요." 가마슈가 말했다. 창밖으로 그는 새로운 소식을 기다리며 아직 그 자리에 있는 마을 사람들을 보았다. 반백의 머리에 키가 크고 잘생긴 남자가 흐트러진 머리에 키가 작은 여자의 말을 들으려 허리를 굽히고 있었다. 마을에 사는 예술가 부부인 피터와 클라라 모로였다. 그들 옆에 쇠꼬챙이같이 서서 눈도 깜빡이지 않고 비스트로를 뚫어지게 바라보고 있는 사람은 루스 자도였다. 그리고 꽤 거만해 보이는 그녀의 오리도 함께 있었다. 루스가 쓰고 있는 방수모가 빗속에서 번들거렸다. 클라라가 루스에게 말을 건넸지만 무시당했다. 가마슈는 루스 자도가 술과 고통에 취한 늙은 사람이라는 사실을 알고 있었다. 또한 가마슈가 세상에서 가장 좋아하는 시인이기도 했다. 클라라가 다시 말을 걸었고 이번에는 루스가 대답했다. 가마슈는 유리창 너머로도 루스가 뭐라고 말했는지 알 수 있었다.

"꺼져."

가마슈는 웃었다. 비스트로에 시체가 있다는 것은 분명 달라진 점이었지만 전혀 변하지 않은 것도 있었다.

"경감님."

낮고 단조로운 익숙한 목소리가 가마슈를 반겼다. 그는 돌아서서 머나 랜더스를 보았다. 머나가 선명한 노란색 장화를 신은 발로 바닥을 쿵쿵거리며 비스트로를 가로질러 걸어왔다. 그녀는 핑크색 트레이닝복을 장화 안에 넣어 입고 있었다.

머나는 모든 의미에서 색깔 있는 여성이었다.

"머나." 가마슈가 웃으며 그녀의 양 볼에 키스했다. 이 광경을 본 몇몇 지역 경찰관들이 놀란 표정을 지었다. 경감이 용의자에게 키스할 거라 예상치 못했기 때문이다. "다른 사람들은 모두 밖에 있는데 여기서 뭐 하십니까?" 가마슈가 창을 향해 손을 내저었다.

"제가 시체를 발견했어요." 머나가 그렇게 말했고 가마슈의 얼굴이 심각해졌다.

"그랬습니까? 유감이군요. 충격이 크셨겠군요." 가마슈가 머나를 불가에 있는 의자로 안내했다. "이미 진술은 하셨겠죠?"

머나는 고개를 끄덕였다. "라코스트 형사에게요. 말할 건 별로 없었지만요."

"커피나 차 한잔하시겠습니까?"

머나가 웃었다. 커피나 차는 그녀가 가마슈에게 자주 대접하던 것이었다. 그녀는 장작 난로에서 보글보글 끓은 주전자의 물로 모두에게 차나 커피를 대접했다. 이제 그녀가 대접을 받고 있었다. 그리고 그녀는 그것이 실제로 얼마나 위로가 되는지 알았다.

"차를 마실게요."

머나가 불 곁에 앉아 몸을 덥히는 동안 가마슈는 가브리에게 차를 부탁하고 돌아왔다. 가마슈는 안락의자에 앉아 몸을 앞으로 기울였다.

"무슨 일이 있었습니까?"

"전 매일 아침 산책을 해요."

"새로운 소식인데요? 산책을 하시는지 미처 몰랐군요."

"네, 그래요. 어쨌든 이번 봄부터 하고 있어요. 쉰이 되면서 몸매를 가꿔야겠다고 결심했거든요." 머나는 아주 커다란 미소를 지었다. "아니, 적어도 몸매를 바꾸려고요. 사과보다는 배 형태의 몸매를 목표로 하고 있죠." 그녀가 자신의 배를 토닥였다. "제 본능을 따르자면 과수원 몸매가 되겠지만요."

"과수원보다 좋은 게 뭐가 있겠습니까?" 가마슈가 웃으며 자신의 허리둘레를 살펴보았다. "전 확실히 어린 묘목은 아니군요. 몇 시에 일어나시죠?"

"자명종 시계를 여섯 시 반에 맞춰 놓고 여섯 시 사십오 분에는 밖으로 나가요. 오늘 아침에는 막 집을 나서는데 비스트로 문이 조금 열려 있더라고요. 그래서 안을 들여다보고 누가 있나 불러 봤죠. 보통 때 올리비에는 일요일에 더 늦게 문을 열거든요. 그래서 좀 놀랐어요."

"하지만 불안하진 않았군요."

"네." 머나는 가마슈의 말에 놀란 듯했다. "그러다 그냥 가려는데 그를 발견한 거예요."

머나는 방을 등지고 앉아 있었고 가마슈는 그 너머의 시체로 눈을 돌리지 않았다. 대신 그는 아무 말도 하지 않은 채 머나의 눈을 마주 보고 고개를 끄덕이며 격려했다.

가브리가 차를 가져왔다. 그는 이 자리에 끼고 싶어 했지만, 가마슈의 사위 데이비드와는 달리 무언의 신호를 직관적으로 알아들었다. 가브리는 찻주전자, 두 개의 도자기 잔과 받침, 우유, 설탕, 한 접시의 생강 쿠키를 탁자에 놓고 물러났다.

"처음엔 어젯밤에 웨이터가 두고 간 식탁보 더미인 줄 알았어요." 가브리가 그들의 말을 들을 수 없을 만큼 멀어지자 머나가 말했다. "웨이터 대부분이 꽤 어려서 혹시나 했지요. 하지만 더 가까이 가서 보니 시체더라고요."

"시체요?"

살아 있는 사람이 아니라 죽은 사람을 가리키는 말이었다.

"전 그가 죽었다는 걸 바로 알았어요. 아시겠지만 제가 시체를 좀 봤었잖아요."

가마슈도 알고 있었다.

"그는 지금 경감님이 보시는 그대로 있었어요." 머나는 가마슈가 머나와 자신의 잔에 차를 따르는 모습을 지켜봤다. 그녀는 우유와 설탕을 가리킨 뒤 자신의 차와 비스킷을 받아 들었다. "가까이 다가갔지만 만지진 않았어요. 그가 살해된 거라는 생각은 못 했어요. 처음에는요."

"뭐라고 생각하셨습니까?" 가마슈는 큰 손으로 찻잔을 들었다. 차는 진하고 향기로웠다.

"뇌졸중이나 심장마비라고 생각했어요. 얼굴 표정을 보고 갑자기 죽은 거라고 생각했죠. 놀란 것처럼 보였거든요. 겁먹거나 고통스러운 표정은 아니었어요."

좋은 표현이라고 가마슈는 생각했다. 죽음이 이 남자를 놀라게 했다. 하지만 대부분의 사람들이 그랬다. 늙고 병들었다 해도 마찬가지였다. 정말로 죽음을 기대하고 있는 사람은 없었다.

"그러고 나서 머리를 봤어요."

가마슈는 고개를 끄덕였다. 놓치기 힘든 부분이었다. 머리가 아닌 머리에서 사라진 부분.

"그가 누군지 모르십니까?"

"한 번도 본 적 없는 사람이에요. 봤다면 기억했을 거예요."

가마슈는 동의할 수밖에 없었다. 그 남자는 부랑자처럼 보였다. 그리고 부랑자들은 쉽게 무시되지만 쉽게 잊히지 않는다. 가마슈는 섬세한 찻잔을 섬세한 받침에 올려놓았다. 그는 전화를 받고 스리 파인스의 비스트로에서 살인 사건이 일어났다는 말을 듣자마자 떠오른 질문을 계속 생각했다.

왜 이곳일까?

가마슈는 재빨리 저편에 있는 올리비에를 쳐다보았다. 올리비에는 보부아르 경위와 라코스트 형사에게 이야기를 하는 중이었다. 차분하고 침착했다. 하지만 그는 그 모습이 어떻게 보이는지 의식하지 못했다.

"그다음에는 어떻게 하셨습니까?"

"경찰에 신고하고 올리비에한테도 전화했어요. 그리고 밖으로 나가 그들을 기다렸고요."

머나는 경찰이 도착할 때까지의 상황을 설명해 주었다.

"메르시." 가마슈는 자리에서 일어섰다. 머나는 자신의 차를 가지고 저편에 있는 올리비에와 가브리에게로 갔다. 세 사람은 벽난로 앞에 함께 서 있었다.

비스트로 안에 있는 모두가 세 명의 유력한 용의자가 누구인지 알고 있었다. 그러니까 그 세 명의 유력한 용의자를 제외한 모두가.

3

샤론 해리스 박사가 일어서서 치마를 털고 가마슈 경감을 향해 희미하게 웃었다.

"교묘하게 처리한 건 아니에요." 그녀가 말했다.

가마슈는 죽은 남자를 내려다보았다.

"부랑자처럼 보입니다." 보부아르가 허리를 숙여 피해자의 옷을 살피며 말했다. 옷은 서로 어울리지 않았고 낡아 있었다.

"분명 노숙을 했을 거예요." 라코스트가 말했다.

가마슈는 무릎을 꿇고 가까이에서 늙은 남자의 얼굴을 다시 보았다.

얼굴은 세월의 풍파를 겪고 야위어 있었다. 태양과 바람, 추위가 그대로 기록되어 있었다. 많은 것을 겪은 얼굴이었다. 가마슈는 엄지손가락으로 죽은 남자의 뺨을 부드럽게 문질렀다. 까칠했다. 남자는 깨끗하게 면도를 한 상태였지만 수염을 길렀을 수도 있었고 수염은 하얬을 것이다. 머리는 백발이었고 성의 없이 잘려 있었다. 여기 싹둑, 저기 싹둑.

가마슈는 마치 위로하듯이 피해자의 한 손을 들어 올렸다. 그는 손을 잠시 잡았다가 손바닥이 위로 향하게 뒤집었다. 그리고 자신의 손바닥으로 피해자의 손바닥을 천천히 문질렀다.

"정체는 모르겠지만 이 남자는 거친 일을 했군. 굳은살이 박여 있어. 대부분의 부랑자는 일을 하지 않는데 말이야."

가마슈가 천천히 고개를 저었다. 그래서 당신은 누구입니까? 그리고 왜 여기 있는 겁니까? 어째서 이 마을의 비스트로인 겁니까? 지구 상에 이 마을을 아는 사람은 몇 명 없었다. 마을을 발견하는 사람은 더더욱 없었다.

그런데 당신은 발견했군요. 남자의 차가운 손을 여전히 잡은 채 가마슈가 생각했다. 피해자는 마을을 발견했고 죽음을 발견했다.

"이 남자는 죽은 지 여섯 시간에서 열 시간 정도 됐어요. 사망 시각은 자정에서 새벽 네다섯 시 사이고요." 해리스 박사가 말했다.

가마슈는 남자의 뒤통수와 그를 죽게 만든 상처를 응시했다.

비극적이었다. 아주 단단한 물체로 단 한 번 가격한 것으로 보였다. 그리고 범인은 극도로 분노한 상태였으리라. 오직 분노만이 이 정도의 힘을 설명할 수 있었다. 두개골과 그 안에 보호되던 것까지 완전히 박살 낼 정도의 힘이었다.

그 머리 속에는 그 사람을 만든 모든 것이 있었다. 누군가가 그것을 때려 부쉈다. 잔인하고 치명적인 한 번의 가격으로.

"피가 많지 않군요." 가마슈는 자리에서 일어났고 현장 감식 요원들이 커다란 공간에 흩어져서 증거를 수집하는 모습을 지켜보았다. 비스트로는 처음에는 살인으로, 이제는 그들 때문에 유린되고 있었다. 반갑지 않은 손님들이었다.

올리비에가 선 채로 불을 쬐고 있었다.

"그게 문제예요. 머리의 상처는 출혈이 심하죠. 피가 더 많아야 돼요. 아주 많이요." 해리스 박사가 말했다.

"깨끗이 치웠는지도 모릅니다." 보부아르가 말했다.

해리스 박사가 상처 위로 다시 몸을 굽혔다가 일어났다. "가격한 힘으로 봤을 때 다량의 내출혈이 있었을 겁니다. 거의 즉사했고요."

그것은 가마슈가 살인 현장에서 듣는 가장 좋은 소식이었다. 죽음은 감당할 수 있었다. 살인이라 하더라도. 그를 괴롭히는 것은 고통이었다. 가마슈는 끔찍한 살인을 많이 목격했다. 공격이 빠르고 치명적이었다는 사실을 알게 되면 크게 안도했다. 그것은 거의 인간적이라고까지 할 수 있었다.

그는 어떤 판사에게서 사형을 집행하는 가장 인간적인 방법에 대해 들은 적이 있었다. 사형수에게 이제 자유라고 말해 준 뒤 그를 죽이는 것이었다.

가마슈는 이 문제로 씨름하고 반론하고 욕했지만 결국 지쳐서 그렇다고 믿게 되었다.

그는 피해자의 얼굴을 보면서 고통을 겪지 않았다는 사실을 알았다.

뒤통수를 가격당했으므로 남자는 공격이 다가오는 것조차 보지 못했으리라.

자다가 죽은 것이나 마찬가지였다.

하지만 완전히 똑같지는 않았다.

그들은 시체를 운구용 가방에 담아 들고 나갔다. 밖에 있던 사람들은 침울하게 한쪽으로 비켜서서 그것이 지나가게 해 주었다. 남자들은 젖은 모자를 벗어 들었고 여자들은 입을 꾹 다문 채 슬픈 모습으로 지켜보았다.

가마슈는 창에서 돌아서서 보부아르에게로 갔다. 그는 올리비에, 가브리, 머나와 함께 앉아 있었다. 현장 감식반은 별실, 직원 사무실, 주방, 비스트로의 뒷방으로 이동한 후였다. 비스트로의 주된 공간은 이제 거의 정상처럼 보였다. 단지 해결되지 않은 의문들만 맴돌고 있었다.

"이런 일이 있어서 유감이군요. 괜찮으십니까?" 가마슈가 올리비에에게 말했다.

올리비에는 깊게 숨을 내쉬었다. 그는 진이 빠져 보였다. "아직 충격이 가시질 않네요. 그는 누구죠? 아세요?"

"아뇨. 혹시 누가 이 지역에서 수상한 사람을 봤다고 신고한 적 없습니까?" 보부아르가 말했다.

"신고요? 누구한테요?" 올리비에가 말했다.

세 사람 모두 당혹스러운 눈빛으로 보부아르를 보았다. 보부아르는 스리 파인스에 경찰이 없으며 교통 신호등이나 인도, 시장市長이 없다는 사실을 잊고 있었다. 정신 나간 늙은 시인 루스 자도가 운영하는 의용소방대가 있긴 했지만 대부분의 사람은 그녀에게 전화하느니 차라리 불에 타 죽으려 할 터였다.

이곳에서는 범죄조차 일어나지 않았다. 살인만 빼면. 이 마을에서 일어나는 유일한 범죄는 최악의 범죄였다.

그리고 여기에 또다시 시체가 나타났다. 그렇지만 이전의 시체들에게는 적어도 이름이 있었다. 하지만 이번 피해자는 하늘에서 뚝 떨어진 듯했다. 머리부터.

"여름에는 좀 더 힘들어요." 머나가 소파에 앉으며 말했다. "방문객이 많아지니까요. 휴가를 보내러 오는 가족들도 있고, 타지에서 학교를 다니다가 집에 돌아온 아이들도 머물고 있어요. 여름의 마지막 주말 연휴잖아요. 이번 주말이 지나야 다들 돌아갈 거예요."

"지금은 브림 컨트리 축제 주말이에요. 내일이 마지막 날이죠." 가브리가 말했다.

"그렇군요." 축제에는 전혀 관심 없는 보부아르가 말했다. "그러니까 이번 주말이 지나면 스리 파인스가 텅 빈다는 거군요. 하지만 말씀하신 방문객들은 친구와 가족이라고요?"

"대부분 그렇죠." 머나가 그렇게 말하고 가브리를 돌아보았다. "방문객 중에는 자기네 비앤비B&B Bed&Breakfast 아침 식사를 제공하는 여관에 묵는 사람도 있지?"

가브리가 고개를 끄덕였다. "사람들 집에 방이 모자랄 땐 비앤비에 묵기도 해요."

"그러니까 지금 스리 파인스에 오는 사람들 중에 진짜 낯선 사람은 없다는 겁니까? 직접적으로 말하자면요." 짜증이 난 보부아르가 말했다.

"저희가 직접적인 건 전공이 아니라서 말이죠. 죄송해요." 가브리가 말했다. 이 말 덕분에 올리비에의 지친 얼굴에까지 미소가 떠올랐다.

"낯선 사람에 대한 얘기를 듣긴 했지만 그냥 흘려버렸어요." 머나가 말했다.

"누가 얘기했습니까?"

"로어 파라요." 머나가 머뭇거리며 말했다. 약간 고발하는 듯한 느낌이어서 누구라도 그렇게 선뜻 말하진 않았을 터였다. "그가 숲에서 누군가를 봤다고 올드 먼딘과 와이프에게 말하는 걸 들었어요."

보부아르는 이 사실을 메모했다. 그가 파라 가족에 대해 들은 건 이번이 처음은 아니었다. 그들은 유명한 체코인 가족이었다. 하지만 올드 먼딘과 와이프라니? 농담이겠지. 보부아르는 입술을 앙다물고 재미없다는 듯 머나를 쳐다보았다. 하지만 되돌아오는 머나의 눈빛 역시 재미있어하지 않았다.

"맞아요. 그게 그들의 이름이에요." 머나가 보부아르의 마음을 읽고 말했다. 어렵지 않았다. 그의 마음은 찻주전자도 읽을 수 있었다.

"올드Old와 와이프Wife요?" 보부아르가 되뇌었다. 더 이상 화는 내지 않았지만 당혹스러움은 남아 있었다. 머나가 고개를 끄덕였다. "본명은 뭡니까?"

"그게 본명이에요. 올드와 와이프요." 올리비에가 말했다.

"그래요. 올드는 그렇다고 칩시다. 그럴 수 있죠. 하지만 새로 태어난 아기를 와이프라고 부를 사람은 어디에도 없습니다. 적어도 없길 바랍니다."

머나가 웃었다. "그 말이 맞네요. 그 이름이 너무 익숙해서 한 번도 생각해 보지 못했어요. 저도 그녀의 본명은 전혀 몰라요."

보부아르는 얼마나 한심한 여인이기에 자신이 와이프라고 불리는 걸 용납하는지 궁금했다. 와이프는 사실 살짝 구약성경에 나오는 이름처럼 들렸다.

가브리가 맥주와 콜라, 견과류 두 접시를 가져와 탁자 위에 내려놓았다. 바깥에 있던 마을 사람들도 마침내 집으로 돌아갔다. 바깥 날씨는 궂고 음산했지만 안은 포근하고 따뜻했다. 이 자리가 사교 모임이 아니라는 사실도 깜빡 잊을 정도였다. 현장 감식 요원들은 나무 기둥 속으로 사라진 것처럼 가끔 뭔가를 긁거나 중얼거리는 소리가 작게 들릴 때만 느껴졌다. 쥐나 유령 같았다. 아니면 살인반 형사들이나.

"어젯밤 일을 말씀해 주십시오." 가마슈 경감이 말했다.

"정신없이 시끄러웠죠. 올여름 마지막 주말 연휴라서 모든 사람들이 왔었어요. 사람들은 대부분 낮에는 축제에 가기 때문에 피곤해서 직접 요리를 하기 싫어해요. 노동절 주말에는 항상 그렇죠. 우리는 준비가 돼 있었어요." 가브리가 말했다.

"무슨 뜻이죠?" 라코스트가 자리에 동참하며 물었다.

"직원을 추가로 더 고용했습니다. 비스트로는 별일 없이 잘 돌아갔어요. 사람들은 아주 편안해했고 저희는 제시간에 문을 닫았습니다. 새벽한 시쯤에요." 올리비에가 말했다.

"그 이후엔 무슨 일이 있었나요?" 라코스트가 물었다.

살인 사건 수사는 복잡해 보이지만 사실은 꽤 단순했다. 그저 '그리고 다음엔 무슨 일이 있었습니까?'라고 거듭 묻기만 하면 됐다. 그리고 대답을 듣는 일도 도움이 되었다.

"보통은 매상을 정리하고 청소하는 야간 직원을 두고 갑니다. 하지만 토요일은 달라요." 올리비에가 말했다. "폐점 후에 올드 먼딘이 오거든요. 그 주에 고친 가구들을 배달해 주고 그동안 부서진 물건이 있으면 수거해 갑니다. 오래 걸리진 않아요. 그는 웨이터와 주방 직원들이 청소를 하는 동안 그 일을 다 끝냅니다."

"잠시만요." 보부아르가 말했다. "먼딘이 토요일 밤마다 그 일을 한다고요? 왜 일요일 오전이나 다른 적당한 시간에 하지 않는 겁니까? 왜 하필 늦은 밤중이죠?"

그 일은 보부아르에게 수상하게 들렸다. 그에게는 비밀스럽고 교활한 일을 탐지하는 능력이 있었다.

올리비에가 어깨를 으쓱했다. "습관이겠죠. 올드 먼딘이 처음에 이 일을 시작했을 때는 와이프와 결혼하기 전이었어요. 그래서 토요일 저녁에 여기서 놀다가 우리가 문을 닫으면 그도 그때 부서진 가구를 가져가곤 했습니다. 이 패턴을 굳이 바꿀 이유가 없었죠."

모든 것이 거의 변하지 않는 마을에서는 말이 되는 이야기였다.

"그래서 먼딘이 가구를 가져갔고, 그다음엔 무슨 일이 있었습니까?" 보부아르가 물었다.

"저도 갔죠."

"당신이 비스트로에 마지막으로 있었습니까?"

올리비에가 망설였다. "그런 건 아닙니다. 너무 바빴기 때문에 해야 할 일들이 더 남아 있었거든요. 직원들은 다 착한 아이들입니다. 아시잖아요. 책임감도 있고."

가마슈는 대화를 쭉 듣고만 있었다. 그는 이런 방식을 좋아했다. 형사들이 질문을 하는 동안 그는 자유롭게 관찰하면서 무슨 말을 하는지, 어떻게 말하는지, 무엇을 빼고 말하는지 들었다. 그리고 지금 가마슈는 도움을 주려는 차분한 올리비에의 목소리에서 방어적인 느낌을 포착했다. 그는 자신의 행동에 대해 방어적인 걸까? 아니면 직원들이 의심을 살까 봐 보호하려는 걸까?

"마지막으로 나간 사람은 누굽니까?" 라코스트 형사가 물었다.

"영Young 파라예요." 올리비에가 말했다.

"영 파라요? 올드 먼딘처럼 그게 이름입니까?" 보부아르가 물었다.

가브리가 얼굴을 찌푸렸다. "물론 아니죠. 이름이 '영'은 아니에요. 그럼 이상하잖아요. 그 애 이름은 하보크Havoc 큰 피해, 큰 혼란이라는 뜻예요."

보부아르는 눈을 가늘게 뜨고 가브리를 노려보았다. 놀림당하는 걸 싫어하는 보부아르는 이 덩치만 크고 여린 남자가 지금 자신을 놀리는 건 아닌지 의심스러웠다. 그는 웃고 있지 않은 머나를 건너다보았다. 그녀가 고개를 끄덕였다.

"그게 그 애 이름이에요. 로어가 아들의 이름을 하보크라고 지었죠."

보부아르는 메모를 했지만 감흥이나 확신은 없었다.

"그가 문단속을 했나요?" 라코스트가 물었다.

이것이 아주 결정적인 질문임을 가마슈와 보부아르는 알고 있었지만 올리비에는 질문의 중대성을 이해하지 못한 듯했다.

"물론이죠."

가마슈와 보부아르가 시선을 교환했다. 이제 약간의 진척이 보였다. 살인범은 열쇠를 가지고 있어야만 했다. 용의자의 범위가 극적으로 좁혀졌다.

"열쇠를 볼 수 있을까요?" 보부아르가 부탁했다.

올리비에와 가브리가 자신들의 열쇠를 꺼내 보부아르에게 건네주었다. 그런데 누군가가 세 번째 열쇠를 내밀었다. 보부아르가 돌아섰다. 머나가 커다란 손에 열쇠 한 벌을 달랑거리고 있었다.

"저도 갖고 있어요. 혹시 우리 집 열쇠를 깜빡하고 문을 잠글 수도 있고 비상사태가 생길 수도 있으니까요."

"메르시." 보부아르가 아까보다는 자신감이 떨어진 채로 말했다. "최근에 누군가에게 열쇠를 빌려 주신 적 있으십니까?" 그가 올리비에와 가브리에게 물었다.

"아니요."

보부아르는 미소 지었다. 잘됐군.

"물론 올드 먼딘은 제외하고요. 자기 열쇠를 잃어버렸다면서 하나 복사해야 한다고 빌려 갔었죠."

"그리고 빌리 윌리엄스도." 가브리가 올리비에를 상기시켰다. "기억 안 나? 그는 원래 현관 앞 화분 밑에 있는 열쇠를 사용하는데 장작을 가져올 때는 허리 숙이는 걸 싫어했잖아. 그가 열쇠를 가져가서 몇 개 더 복사했을걸."

보부아르의 얼굴이 일그러지면서 완전히 믿을 수 없다는 표정이 되었다. "그럴 바에 귀찮게 문단속은 왜 하는 겁니까?" 그가 마침내 물었다.

"보험 때문에요." 올리비에가 말했다.

누군가의 보험료가 곧 오르겠군. 보부아르는 생각했다. 그는 가마슈를 바라보며 고개를 저었다. 정말이지 자다가 살해당해도 싼 인간들이었다. 그러나 물론 얄궂게도 살해당하는 쪽은 문단속을 하고 경계하는

사람들이었다. 보부아르의 경험으로 보면 다윈은 한참 틀렸다. 적자適者
는 생존하지 못한다. 적자는 이웃의 백치에게 살해당하고 이웃들은 아
무것도 모른 채 계속 갈팡질팡 살아간다.

4

"그는 아는 사람이 아니었어?" 클라라가 사라의 빵집에서 가져온 신
선한 빵을 썰면서 물었다.

머나의 친구인 클라라가 말하는 '그'는 단 한 명밖에 없었다. 머나가
고개를 저으며 샐러드에 들어갈 토마토를 얇게 썬 뒤 샬롯을 다듬기 시
작했다. 모든 채소는 피터와 클라라의 텃밭에서 갓 수확한 것이었다.

"그리고 올리비에와 가브리도 모르는 사람이고?" 피터가 물었다. 그
는 그릴로 구운 통닭을 자르고 있었다.

"이상해, 그렇지?" 머나는 잠시 멈추고 친구들을 바라보았다. 키가
크고 머리가 희긋해지는 피터는 우아하고 꼼꼼했다. 그리고 옆에 서 있
는 그의 아내 클라라는 작고 통통했고 헝클어진 짙은 색 머리카락에는
빵 부스러기가 광채처럼 드문드문 박혀 있었다. 클라라의 푸른 눈에는
평소에 유머가 가득했지만 오늘은 아니었다.

클라라가 혼란스럽다는 듯 고개를 저었다. 빵 부스러기 몇 개가 조리대로 떨어졌다. 그녀는 멍하니 그 부스러기를 집어 먹었다. 머나는 시체를 처음 발견했을 때의 충격이 가시고 모두가 같은 생각을 하고 있다고 확신했다.

이것은 살인 사건이었다. 죽은 남자는 낯선 사람이었다. 그런데 살인범은?

그리고 다들 같은 결론에 도달했을 터였다. 믿기 힘든 결론이었다.

머나는 그것에 대해 생각하지 않으려 했지만 그 생각이 자꾸 그녀의 머릿속을 파고들었다. 그녀는 바게트 한 조각을 집어 오물오물 씹었다. 빵은 따뜻하고 부드럽고 향긋했으며 겉은 바삭했다.

"어휴, 제발." 클라라가 머나의 손에 들려 있는 반쯤 먹은 빵을 향해 칼을 흔들며 말했다.

"좀 줄까?" 머나가 클라라에게 빵 한 조각을 주었다.

두 사람은 조리대에 선 채 신선하고 따뜻한 빵을 먹었다. 그들은 평소 일요일 점심을 비스트로에서 먹었지만 오늘은 시체와 이런저런 일들 때문에 가능할 것 같지 않았다. 그래서 클라라, 피터, 머나는 바로 옆 머나의 서점 위층에 있는 그녀의 로프트옛날 공장을 개조한 아파트로 갔다. 아래층 가게로 들어오는 문에는 경보기가 달려 있어서 누가 들어오면 알려 주었다. 사실 경보기라기보다는 문이 열릴 때 짤랑거리는 작은 종일 뿐이었다. 종소리에 머나는 내려가 볼 때도 있고 그렇지 않을 때도 있었다. 손님 대부분은 마을 사람들이었고 그들 모두는 계산대에 얼마를 두고 가면 되는지 알았다. 게다가 머나는 헌책을 훔칠 만큼 책이 그렇게 필요한 사람이라면 훔쳐 가도 좋다고 생각했다.

머나는 한기를 느꼈다. 그녀는 혹시 창문이 열려 있어서 차갑고 축축한 공기가 들어오는 것인지 방 안을 둘러보았다. 노출된 벽돌 벽과 튼튼한 들보, 예전에 공장이었던 시절부터 남아 있는 커다란 창문들이 보였다. 그녀는 창문으로 다가가 확인해 보았지만, 신선한 공기가 들어오도록 조금 열어 둔 창문을 제외하면 모두 닫혀 있었다.

머나는 넓은 소나무 바닥을 가로질러 돌아오다가 커다란 방 중앙에 놓여 있는 검은색 배불뚝이 장작 난로에 멈춰 섰다. 난롯불이 탁탁 소리를 내며 잦아들고 있었다. 그녀는 난로의 둥근 뚜껑을 들어 올리고 장작한 개비를 더 밀어 넣었다.

"정말 끔찍했겠다." 클라라가 머나 곁에 다가와 말했다.

"그랬지. 불쌍한 사람. 그냥 거기 누워 있더라. 처음엔 상처를 못 봤었어."

클라라는 머나와 함께 장작 난로를 마주한 소파로 가서 앉았다. 피터가 스카치 두 잔을 갖다 주고 조용히 부엌 쪽으로 물러났다. 피터는 그곳에서도 그들을 보고 대화를 들을 수 있었고 방해하지 않았다.

그는 두 여인이 몸을 가까이 기울이고 술을 홀짝이며 조용히 대화를 나누는 모습을 지켜보았다. 친밀해 보였다. 그는 그들의 그런 모습이 부러웠다. 피터는 돌아서서 체다 치즈와 사과를 넣은 수프를 저었다.

"가마슈 경감님은 어떻게 생각해?" 클라라가 물었다.

"그도 우리만큼이나 어리둥절해하는 것 같아. 그러니까 진짜 왜," 머나가 몸을 돌려 클라라를 마주 보았다. "낯선 사람이 비스트로에 있었을까? 죽은 채 말이야."

"살해된 채." 클라라가 말했다. 두 사람은 잠시 그에 대해 생각했다.

클라라가 마침내 말했다. "올리비에가 아무 말 안 해?"

"아무 말도 안 했어. 충격받은 것 같던데."

클라라가 고개를 끄덕였다. 어떤 느낌인지 알고 있었다.

문 앞에 온 경찰은 금세 그들의 집 안으로 들어와 부엌과 침실, 그리고 그들의 머릿속으로 비집고 들어온다.

"가마슈 경감이 우리를 어떻게 생각할지 상상도 못 하겠어. 그가 올 때마다 시체가 있으니까." 머나가 말했다.

"퀘벡의 모든 마을에는 소명이 있어. 어디서는 치즈, 어디서는 와인, 어디서는 그릇을 만들지. 우리는 시체를 만들어 내는 거야." 클라라가 말했다.

"소명은 마을이 아니라 수도원에 있는 거야." 피터가 웃으며 말했다. 그는 진한 향이 나는 수프를 그릇에 담아 머나의 기다란 식탁에 놓았다. "그리고 우리는 시체 같은 거 만들지 않아."

하지만 그는 그다지 확신할 수 없었다.

"그는 경찰청 살인반 수사반장이잖아. 분명 이런 일을 항상 겪을 거야. 사실 그는 시체가 없다면 오히려 더 놀랄걸." 머나가 말했다.

머나와 클라라가 피터와 함께 식탁에 앉았다. 여자들이 이야기를 하는 동안 피터는 수사를 책임지고 있는 인물에 대해 생각했다. 피터는 그가 위협적이란 사실을 알고 있었다. 바로 옆 비스트로에서 살인을 저지른 범인에게는. 살인범은 그런 사람이 자신을 쫓고 있다는 사실을 알지 궁금했다. 하지만 또한 살인범이 모든 것을 너무 잘 알고 있을까 봐 불안했다.

보부아르 경위는 새 수사본부를 둘러보며 숨을 들이마셨다. 그는 이곳의 냄새가 얼마나 친숙하고 떨리기까지 하는지 깨닫고 조금 놀랐다.

흥분의 냄새와 사냥의 냄새. 퍼즐을 맞추느라 장시간 켜 둔 뜨거운 컴퓨터의 냄새. 팀워크에서 맡을 수 있는 바로 그 냄새였다.

사실 그것은 디젤 연료, 나무 땐 연기, 광택제와 콘크리트 냄새였다. 보부아르는 스리 파인스의 옛 기차역에 다시 와 있었다. 캐나다 태평양 철도 회사가 수십 년 전에 버리고 방치해 둔 곳이었다. 하지만 그 사이 스리 파인스의 의용소방대가 아무도 눈치채지 않길 바라며 슬쩍 들어와 차지하고 있었다. 물론 아무도 눈치채지 못했다. 철도 회사는 마을의 존재를 오랫동안 잊고 있었다. 그래서 이제 작은 기차역은 소방차와 불룩한 소방복, 여러 장비들의 보금자리가 되었다. 제혀쪽매로 이어 붙인 나무판자가 버티고 있는 벽은 로키 산맥의 관광 포스터와 인명 구조법을 설명한 포스터로 도배되어 있었다. 그 밖에도 화재 안전 수칙, 자원봉사자들의 교대 근무표, 옛 기차 시간표가 다닥다닥 붙어 있었고, 그와 함께 시詩 부문 총독상 수상자를 알리는 거대한 포스터도 걸려 있었다. 그 포스터에는 사람들을 영원히 노려보는 미친 여자가 있었다.

그녀가 지금 보부아르의 눈앞에서 그를 미친 듯이 노려보고 있었다.

"망할 것들, 여기서 뭐 하고 있는 거야?" 그녀 곁의 오리도 그를 노려보았다.

루스 자도. 아마 이 나라에서 가장 유명하고 존경받는 시인이리라. 그리고 그녀의 오리 로사. 그는 가마슈 경감이 루스를 재능 있는 시인으로 본다는 사실을 알고 있었다. 하지만 보부아르는 소화불량만 느낄 뿐이었다.

"살인 사건입니다." 목소리에 품위와 권위가 실리길 바라며 보부아르가 말했다.

"살인 사건이 일어난 건 나도 알아. 바보가 아니라고."

루스 옆에서 오리가 고개를 저으며 날개를 퍼덕거렸다. 보부아르는 루스가 오리와 함께 있는 모습에 익숙해져서 더 이상 놀랍지 않았다. 사실 그는 결코 인정한 적은 없지만 로사가 아직 살아 있다는 사실에 안도하고 있었다. 그는 대부분의 것들이 이 미친 노인네 곁에서 오래 견디지 못하리라 생각했다.

"저희가 이 건물을 또 사용해야 합니다." 보부아르는 그렇게 말하고 그들에게서 돌아섰다.

루스 자도는 엄청나게 많은 나이와 절뚝거리는 다리, 사악한 성깔에도 불구하고 의용소방대 대장으로 선출되었다. 그녀가 언젠가 불 속에서 죽으리란 기대 때문이었을 거라고 보부아르는 생각했다. 하지만 또한 그녀가 불에 타지 않을 거라는 생각도 들었다.

"안 돼. 못 들어와." 루스가 지팡이로 콘크리트 바닥을 세게 쳤다. 로사는 가만히 있었지만 보부아르는 펄쩍 뛰어올랐다.

"죄송합니다, 마담 자도. 하지만 저희는 이곳이 필요하고 사용할 계획입니다."

보부아르의 목소리는 더 이상 이전만큼 정중하지 않았다. 셋은 서로를 노려보았고 로사만이 눈을 깜빡이고 있었다. 보부아르는 이 미치광이가 승리할 수 있는 유일한 길은 그녀가 음울하고 이해되지 않는 자신의 시를 암송하는 것임을 알고 있었다. 운율도 맞지 않고 말조차 되지 않는 시를 읊는다면 그녀는 순식간에 그를 꺾을 수 있었다. 그러나 또한 보부아르는 모든 마을 사람 중에 루스가 가장 시를 인용하지 못한다는 사실도 알고 있었다. 그녀는 자신이 쓴 글을 쑥스러워했고 심지어 부끄러워했다.

"요즘 시는 잘 쓰고 계십니까?" 보부아르가 물었다. 루스의 흔들리는 모습이 보였다. 그녀의 짧게 자른 머리카락은 희고 가늘었으며 머리에 착 붙어 있어서 마치 표백한 두개골이 노출되어 있는 것처럼 보였다. 거죽만 남은 목은 상태가 좋지 않았다. 그녀는 키가 컸고, 보부아르가 생각하기에 한때는 강인했겠지만 지금은 기력이 없었다. 하지만 그녀의 나머지 부분은 허약하지 않았다.

"곧 책을 또 내실 거라는 소식을 어디선가 봤습니다."

루스가 약간 물러섰다.

"경감님도 여기 오셨습니다. 아시겠지만요." 그의 목소리는 이제 친절하고 이성적이며 따뜻했다. 루스는 마치 악마를 보고 있는 듯한 표정이었다. "경감님이 당신과 새 책 얘기를 나누길 얼마나 학수고대하시는데요. 곧 오실 겁니다. 경감님은 당신의 시를 외우고 계시죠."

루스가 돌아서서 떠났다.

보부아르가 해냈다. 그녀를 내쫓았다. 마녀는 죽었거나 적어도 사라졌다.

그는 수사본부를 설치하는 일에 착수했다. 책상과 통신 장비, 컴퓨터, 프린터, 스캐너, 팩스 등을 주문했다. 코르크판과 향긋한 매직펜도. 그는 비웃음을 날리고 있는 미친 늙은 시인의 포스터 바로 위에 코르크판을 붙일 터였다. 그리고 그녀의 얼굴 위로 살인에 대한 것들을 기록할 터였다.

비스트로는 조용했다.

현장 감식반이 떠난 후에도 라코스트 형사는 시체가 발견되었던 바닥에 한결같이 무릎을 꿇고 있었다. 단서를 하나라도 놓치지 않았는지 철저하게 확인하는 중이었다. 가마슈가 본 바로 올리비에와 가브리는 꿈쩍도 하지 않았다. 그들은 큰 벽난로를 마주한 빛바랜 낡은 소파에 여전히 앉아 있었다. 불꽃에 홀린 듯 난롯불을 응시하며 각자 자신만의 생각에 빠져 있었다. 가마슈는 그들이 무슨 생각을 하고 있는지 궁금했다.

"무슨 생각 하십니까?" 가마슈가 다가가 그들 곁에 있는 큰 안락의자에 앉았다.

"죽은 남자를 생각하고 있었습니다. 그가 누구인지, 그가 여기서 무엇을 하고 있었는지 궁금해요. 그리고 그의 가족도요. 누군가가 그를 그리워하고 있을까요?" 올리비에가 말했다.

"전 점심 생각을 하고 있었는데. 저 말고 또 배고픈 사람 없어요?" 가브리가 말했다.

방 저편에서 라코스트가 고개를 들었다. "저요."

"저도 그렇군요, 파트롱Patron 주인장." 가마슈가 말했다.

가브리가 주방에서 냄비와 팬을 탕탕거리는 소리를 들으며 가마슈는 몸을 앞으로 기울였다. 그와 올리비에 둘뿐이었다. 올리비에는 텅 빈 표정으로 가마슈를 바라보았다. 하지만 가마슈는 전에도 이런 표정을 본 적 있었다. 사실 표정이 텅 비어 있다는 것은 거의 불가능했다. 일부러 그런 표정을 짓지 않는 한. 가마슈에게 텅 빈 얼굴은 미친 듯이 머리를 굴린다는 의미였다.

주방에서 마늘 향이 분명한 냄새가 퍼져 나왔고 가브리의 노랫소리가 들렸다. "술 취한 선원을 어떻게 하지_{영국의 뱃노래}."

"가브리는 그 남자가 부랑자일 거라고 하던데, 당신은 어떻게 생각하십니까?"

올리비에는 유리알 같던 그 눈, 멍하게 응시하던 그 눈을 떠올렸다. 그리고 마지막으로 오두막에 갔던 때를 기억했다.

혼돈이 몰려오고 있습니다. 친구. 오래 걸렸지만 마침내 이곳까지 왔어요.

"부랑자가 아니면 뭐겠어요?"

"왜 여기서 살해됐을 거라고 생각하십니까? 당신의 비스트로에서?"

"모르겠습니다." 올리비에는 축 처져 보였다. "저도 그걸 알아내려고 머리를 쥐어짜 봤어요. 왜 여기서 사람을 죽었을까요? 이해가 안 돼요."

"이해가 됩니다."

"정말요? 어떻게?" 올리비에가 앞으로 나앉았다.

"아직은 모르지요. 하지만 곧 이해할 겁니다."

올리비에는 조용하지만 가공할 만한 이 남자를 응시했다. 목소리를 높이지 않았는데도 갑자기 전체 공간을 채우는 듯했다.

"그를 아십니까?"

"아까도 물어보셨는데요." 올리비에는 쏘아붙였다가 자신을 추슬렀다. "죄송해요. 그런데 정말 물어보셨잖아요. 좀 짜증 나네요. 전 그를 모른다니까요."

가마슈는 그를 응시했다. 올리비에의 얼굴이 붉어져 있었다. 하지만 왜지? 화가 나서? 난롯불의 열기 때문에? 아니면 거짓말을 한 걸까?

"누군가가 그를 알 겁니다." 가마슈가 마침내 말했다. 그는 몸을 뒤로 기대며 올리비에의 압박감을 덜어 주고 숨 쉴 틈을 주었다.

"하지만 저나 가브리는 아닙니다." 올리비에가 눈썹을 찌푸렸다. 가마슈는 올리비에가 진심으로 기분 나빠 한다고 생각했다. "그는 여기서 뭘 하고 있었을까요?"

"'여기'는 스리 파인스를 말하는 겁니까, 비스트로를 말하는 겁니까?"

"둘 다요."

하지만 가마슈는 올리비에가 방금 거짓말을 했다는 사실을 알았다. 올리비에는 비스트로를 의미한 것이 분명했다. 임하는 살인 사건 수사마다 사람들은 항상 거짓말을 했다. 전쟁의 첫 번째 제물이 진실이라면 살인 사건 수사의 첫 번째 제물은 사람들의 거짓말이었다. 자기 자신에게 하는 거짓말과 남에게 하는 거짓말. 그리고 춥고 어둑한 아침에 잠자리에서 일어날 수 있게 해 주는 거짓말. 가마슈와 수사 팀은 거짓말을 추적하고 밝혀냈다. 일상생활을 편하게 하기 위해 하는 작은 거짓말이 모두 사라질 때까지. 사람들이 무방비 상태가 될 때까지. 그리고 사람들은 벌거벗은 채 남겨졌다. 중대한 거짓말을 하찮은 거짓말에서 구분해내는 것이 요령이었다. 지금 이 거짓말은 사소해 보였다. 그렇다면 왜 힘들게 거짓말을 한 거지?

가브리가 김이 모락모락 나는 네 개의 접시를 쟁반에 받쳐 들고 왔다. 곧 그들은 불가에 둘러앉아, 마늘과 올리브오일로 볶은 새우와 가리비를 곁들인 페투치니파스타의 일종를 먹었다. 신선한 빵이 나왔고 달지 않은 화이트 와인이 잔을 채웠다.

그들은 식사를 하는 동안 노동절 주말 연휴에 대해, 밤나무와 마로니에 열매에 대해 이야기했다. 학교로 돌아가는 아이들과 점점 빨리 시작되는 밤에 대해서도 이야기했다.

그들을 제외하면 비스트로는 텅 비어 있었다. 하지만 가마슈에게는 북적북적하게 느껴졌다. 이미 입 밖으로 나온 거짓말과 진행 중인 거짓말과 앞으로 하게 될 거짓말로.

5

점심 식사 후에 라코스트가 자신들이 가브리의 비앤비에 묵을 수 있도록 예약하는 동안 가마슈는 길 건너편으로 천천히 걸어갔다. 가랑비는 이미 그쳤지만 마을을 둘러싼 숲과 언덕에는 안개가 끼어 있었다. 사람들이 집 밖에 나와 허드렛일이나 정원 일을 했다. 가마슈는 질척거리는 길을 따라 걷다가 왼쪽으로 꺾어 벨라벨라 강을 가로지르는 아치형 돌다리를 건넜다.

"배고픈가?" 가마슈가 옛 기차역의 문을 열고 갈색 종이 가방을 내밀었다.

"배고파 죽겠습니다. 메르시." 보부아르가 거의 달려 나왔다. 그리고 종이 가방을 가져가며 브리 치즈와 페스토 소스가 들어간 두꺼운 치킨 샌드위치를 꺼냈다. 콜라와 파이도 들어 있었다.

"경감님은요?" 보부아르가 물었다. 소중한 샌드위치를 앞에 두고 그의 손이 머뭇거렸다.

"아, 나는 먹었네." 경감이 보부아르에게 자신이 뭘 먹었는지 말하지 않는 게 좋겠다고 생각하며 말했다.

두 사람은 따뜻한 배불뚝이 난로 곁으로 의자를 가져왔고, 보부아르가 점심을 먹는 동안 메모한 것들을 비교했다.

"현재 우리가 모르는 것은 피해자의 신원, 살인범의 정체, 피해자가 비스트로에 있었던 이유, 범행 도구로군." 가마슈가 말했다.

"흉기로 보이는 건 아직 없습니까?"

"없어. 해리스 박사는 쇠막대기나 그 비슷한 물체일 거라고 했네. 매끈하고 단단한 것 말일세."

"부지깽이요?"

"아마도. 검사를 위해 올리비에의 부지깽이들을 압수했네." 가마슈가 잠시 말을 멈췄다.

"뭡니까?" 보부아르가 물었다.

"올리비에가 양쪽 벽난로에 모두 불을 피운 점이 약간 이상하게 생각되는군. 비가 오고 있었지만 그렇게 춥지는 않았어. 그런데 올리비에는 시체를 발견한 뒤 처음 한 일이……."

"그 부지깽이 중 하나가 범행 도구였다고 생각하시는 겁니까? 올리비에가 그걸 사용하려고 불을 피웠다고요? 부지깽이에 묻은 증거를 태워 없앨 수 있게요?"

"가능한 얘기지." 가마슈가 말했다. 그의 목소리는 중립적이었다.

"확인해 보지요. 하지만 설사 부지깽이 중 하나가 흉기로 밝혀진다해도 올리비에가 그걸 사용했다는 뜻은 아닙니다. 누구든 그 부지깽이로 피해자를 내리칠 수 있었습니다."

"맞는 말일세. 하지만 오늘 아침에 불을 지피고 부지깽이를 사용한 사람은 올리비에뿐이야."

가마슈는 수사반장으로서 모든 사람을 용의자로 의심해야 하는 것이 분명했다. 하지만 그 일이 달갑지 않은 것도 분명했다.

보부아르가 문간에 나타난 몇 명의 덩치 큰 사람들에게 들어오라고 손짓했다. 수사본부에 필요한 물품들이 도착했다. 라코스트도 나타나 난로 곁에 있는 그들과 합류했다.

"비앤비에 숙소를 예약해 뒀습니다. 그건 그렇고 클라라 모로를 우연히 만났는데 오늘 밤에 우리 모두 저녁 먹으러 오라던데요."

가마슈가 고개를 끄덕였다. 좋은 기회였다. 취조를 할 때보다 사교 모임에서 더 많은 것을 알아낼 수 있었다.

"올리비에한테 어젯밤 비스트로에서 일했던 사람들의 명단을 받았습니다. 전 그들을 만나러 가 볼게요. 그리고 지금 반원들이 마을과 주변 지역에서 범행 도구를 찾고 있습니다. 부지깽이나 그 비슷한 것에 특별히 관심을 두고서요." 라코스트가 보고했다.

보부아르 경위는 점심을 마저 먹은 뒤 수사본부 설치를 지시하러 갔고, 라코스트 형사는 사람들을 만나러 떠났다. 가마슈는 팀원들이 자리를 뜨는 모습을 보는 것이 마음 한편으로 늘 싫었다. 그는 팀원들에게 그들이 무엇을 하고 있는지, 누구를 찾고 있는지 잊지 말라고 몇 번이나 경고했다. 그들이 쫓는 것은 살인자였다.

가마슈 경감은 몇 년 전 형사 한 명을 살인자에게 잃었다. 또 다른 형사를 잃는 일은 절대 있어서는 안 되었다. 하지만 그가 항상 모두를 보호할 수는 없었다. 아니처럼 결국 그들도 보내 줘야 했다.

　그날의 마지막 면담이었다. 지금까지 라코스트는 어젯밤 비스트로에서 일했던 다섯 명의 사람들과 이야기했고 똑같은 대답을 들었다. 다들 평소와 다른 점은 없었다고 했다. 토요일 밤인 데다 노동절 주말 연휴였기 때문에 저녁 내내 비스트로는 만원이었다. 학교가 화요일에 개학이라 여름 동안 내려와 있던 사람들은 월요일, 그러니까 내일 몬트리올로 돌아갈 예정이었다.

　웨이터들 중 네 명도 다음 날 여름 방학이 끝나는 대학으로 돌아간다고 했다. 사실 그들은 어젯밤에 매력적인 아가씨들이 앉아 있던 테이블에만 온통 정신이 팔려 있었기 때문에 그다지 도움은 되지 않았다.

　다섯 번째 웨이터는 여자였고 비스트로에 가득했던 젖가슴만 본 것은 아니었기 때문에 좀 더 도움이 되었다. 그러나 이야기를 종합해 보면 정신없이 바빴지만 정상적인 저녁이었다. 시체를 언급한 사람도 없었다. 젖가슴만 보던 녀석들도 그 정도는 알았으리라고 라코스트는 생각했다.

　라코스트는 차를 몰아 마지막 웨이터의 집으로 갔다. 평소에 올리비에가 가고 나면 이 청년이 책임자였다. 그가 비스트로를 마지막으로 확인하고 문단속을 했다.

　집은 주도로에서 멀찍이 떨어져 있어서 흙먼지 날리는 진입로를 한참 들어가야 했다. 진입로를 따라 줄지어 서 있는 단풍나무는 아직 선명한 가을빛으로 물들지는 않았지만 주황색과 빨간색이 조금씩 눈에 띄기 시작하고 있었다. 라코스트는 몇 주 후면 이 길이 장관을 이루리라고 확신했다.

차에서 내린 라코스트는 놀란 채로 한곳을 응시했다. 그녀가 마주한 것은 콘크리트와 유리로 된 사각형 건물이었다. 건물은 이곳과 너무 맞지 않아서 5번가미국 뉴욕의 번화가에 친 텐트를 발견한 느낌이었다. 이런 곳에 있어야 할 건물이 아니었다. 라코스트는 건물로 다가가면서 또 다른 점을 알아차렸다. 건물이 자신을 위협하고 있었다. 그녀는 왜 그런 느낌을 받는지 궁금했다. 그녀의 취향은 전통적인 편이지만 고루하지는 않았다. 그녀는 벽돌과 기둥이 노출된 인테리어는 좋아했지만 난잡한 것은 싫었다. 그나마 아이들이 생긴 이후로는 집을 가꾸려는 시늉도 포기하고 말았다. 요즘은 방을 가로질러 가다가 꽥 소리를 내는 것을 밟지만 않으면 대성공이었다.

이곳은 확실히 대성공이라 할 만했다. 그런데 정말 가정집일까?

한 건장한 중년 여인이 문을 열어 주었다. 그녀는 약간 지나치게 정확했지만 꽤 훌륭한 프랑스어를 구사했다. 라코스트는 자신이 이런 모난 집에는 모난 사람들이 살고 있을 거라 생각했다는 사실을 깨닫고 깜짝 놀랐다.

"마담 파라?" 라코스트가 신분증을 내밀었다. 여인은 고개를 끄덕이고 따뜻하게 웃으며 안으로 들어갈 수 있도록 한 걸음 물러났다.

"엉트레Entrez 들어오세요. 올리비에의 비스트로에서 일어난 일 때문이군요." 해나 파라가 말했다.

"위." 라코스트가 허리를 숙여 진흙투성이 부츠를 벗었다. 신발을 벗는 행위는 늘 어색하고 품위 없게 느껴졌다. 세계적으로 유명한 퀘벡 경찰청 살인반의 수사관이 양말만 신은 채 용의자를 심문하다니.

해나 파라는 라코스트를 말리지 않았다. 대신 문 옆에 있는 나무 상자에서 실내화를 꺼내 주었다. 상자 안에는 오래된 신발이 가득 뒤섞여 있었다. 모든 것이 깔끔하게 정돈되어 있고 엄격하리라 예상했던 라코스트는 또다시 놀랐다.

"아드님을 만나러 왔습니다."

"하보크."

하보크. 보부아르는 그 이름을 재미있어했지만 이자벨 라코스트는 우스운 점을 전혀 찾을 수 없었다. 그리고 이상하게도 그 이름은 차갑고 잘 부러질 것 같은 이곳과 잘 어울렸다. 여기가 아니면 어디에 하보크가 있겠는가?

라코스트는 차를 타고 나오기 전에 파라 가족에 대해 약간의 조사를 했다. 간략하지만 도움이 되는 내용이었다. 지금 머드룸현관 가까이 흙 묻은 옷이나 신발 등을 두는 방 혹은 공간에서 라코스트를 안내해 들어가는 이 여자는 생레미의 지방의회 의원이었고 그녀의 남편 로어는 지역의 큰 저택들에서 일하는 관리인이었다. 그들은 1980년대 중반 체코슬로바키아에서 탈출해 퀘벡으로 왔고 스리 파인스 외곽에 자리를 잡았다. 사실 이 지역에는 크고 영향력 있는 체코인 커뮤니티가 있었다. 커뮤니티는 자유와 안전을 찾을 때까지 도망 다니던 망명자들로 구성되어 있었다. 해나와 로어 파라는 스리 파인스를 발견했고 여기에 멈췄다.

그리고 이곳에서 하보크를 낳았다.

"하보크!" 해나 파라가 숲을 향해 외쳤다. 그녀가 연 문틈으로 개들이 튀어 나갔다.

그녀가 몇 번 더 소리쳐 부른 후에 작고 다부진 청년이 나타났다. 그의 얼굴은 고된 노동으로 달아올라 있었고 곱슬곱슬한 짙은 머리카락은 헝클어져 있었다. 그가 미소를 지었고, 라코스트는 비스트로의 다른 웨이터들이 여자들과 잘될 가능성은 없었을 거라는 사실을 알았다. 그녀들의 마음은 이 아이가 다 차지할 테니까. 그는 라코스트의 마음 한 조각도 훔쳤고 그녀는 재빨리 셈을 해 보았다. 그녀는 스물여덟 살이었고 그는 스물하나였다. 25년간은 그리 큰 문제가 되지 않으리라. 남편과 아이들은 그렇게 생각하지 않을 테지만.

"무슨 일이시죠?" 그가 몸을 숙여 무릎까지 오는 긴 녹색 장화를 벗었다. "물론 오늘 아침 비스트로에서 발견된 남자 때문이시겠지요. 죄송해요. 제가 알았어야 하는데."

그가 말하는 동안 그들은 아주 멋진 부엌으로 들어갔다. 라코스트가 현실에서 본 여느 부엌과는 다른 곳이었다. 부엌 가구들은 라코스트가 꼭 그래야만 한다고 생각했던, 고전적인 기억 자형 구조로 놓여 있지 않았다. 이 집의 부엌 집기들은 환한 방의 안쪽 벽을 따라 일렬로 배치되어 있었다. 아주 기다란 콘크리트 조리대와 스테인리스스틸 기기들, 순백색 접시가 가지런히 정렬된 선반이 있었고 아래쪽에는 어두운 합판으로 된 수납장도 있었다. 복고적이면서도 현대적인 느낌이었다.

아일랜드 식탁은 없지만 반투명 유리로 된 식탁과 의자들이 조리대 앞에 있었다. 의자는 오래된 티크 의자처럼 보였다. 자리에 앉은 라코스트는 의자가 놀랍도록 편안하다는 걸 깨닫고 진짜 프라하에서 가져온 골동품이 아닐까 생각했다. 그러곤 사람들이 정말로 티크 의자를 들고 국경을 몰래 넘었을지 궁금했다.

집의 저쪽 벽은 바닥에서 천장까지 전체가 창문이었다. 그리고 양쪽 벽에도 창문이 있어서 들판과 숲, 그 너머의 산이 멋진 전망을 선사해 주었다. 라코스트는 저 멀리로 성당의 하얀 첨탑과 한 줄기의 연기를 볼 수 있었다. 스리 파인스 마을.

큰 창문 앞 거실 공간에는 소파 두 개가 완벽하게 열을 맞추어 마주 보게 놓여 있었고 낮은 커피 테이블이 중간에 있었다.

"차 드릴까요?" 해나의 질문에 라코스트는 고개를 끄덕였다.

해나와 하보크 파라는 무균에 가까운 이런 환경에 어울리지 않아 보였다. 차가 우러나길 기다리면서 라코스트는 이 자리에 없는 파라가 궁금했다. 아버지 로어 파라. 이 집을 이렇게 각지고 딱딱하게 만든 사람은 아마 그였으리라. 확실함과 직선, 텅 비다시피 한 공간, 각 잡힌 선반을 갈망한 이가 정말 그 사람일까?

"죽은 사람이 누군지 아세요?" 해나가 라코스트 앞에 차를 내려놓으며 물었다. 쿠키가 수북이 담긴 흰 접시도 티끌 하나 없는 탁자 위에 놓였다.

라코스트는 해나에게 감사 인사를 하고 쿠키를 하나 먹었다. 부드럽고 따뜻한 쿠키는 건포도와 오트밀 맛이 났고 황설탕과 시나몬이 약간 가미되어 있었다. 포근한 가족의 맛이었다. 라코스트는 찻잔에 그려진 , 웃으며 손을 흔드는 빨간 모자의 눈사람을 보았다. 본옴므 카니발. 매년 열리는 퀘벡 겨울 축제의 마스코트였다. 그녀는 차를 한 모금 마셨다. 진하고 달콤했다.

라코스트는 해나의 성품도 그러리라고 생각했다.

"아니요. 저희도 아직 누군지 몰라요." 라코스트가 말했다.

"듣기로는," 해나가 망설였다. "자연사가 아니라던데. 사실인가요?"

라코스트는 그의 두개골이 기억났다. "네, 자연사가 아니에요. 살해

당했어요."

"어머나 세상에. 정말 끔찍하군요. 누가 그랬는지 전혀 모르고요?" 해나가 말했다.

"곧 알아낼 겁니다. 우선은 어젯밤 이야기를 듣고 싶은데요." 라코스트는 맞은편에 앉은 청년에게로 몸을 돌렸다.

바로 그때 뒷문에서 부르는 목소리가 들렸다. 라코스트는 알아들을 수 없었지만 체코어 같았다. 키가 작고 어깨가 떡 벌어진 남자가 니트 모자로 외투를 탁탁 치며 부엌으로 들어왔다.

"여보, 머드룸에서 털고 와야지." 해나가 프랑스어로 말했다. 살짝 질책 섞인 목소리임에도 분명히 그를 반기고 있었다. "경찰이 왔어. 시체 때문에."

"무슨 시체?" 로어도 체코어 억양이 살짝 남아 있는 프랑스어로 바꿔 말했다. 염려하는 목소리였다. "어디? 여기서?"

"여기는 아니고요, 아버지. 오늘 아침에 비스트로에서 시체가 발견됐어요. 누가 죽었대요."

"살해당했단 말이냐? 어젯밤에 비스트로에서 누가 살해됐다고?"

그는 믿지 못하는 것이 분명했다. 아들과 마찬가지로 그도 다부지고 근육질이었다. 머리카락도 곱슬곱슬하고 짙은 색이었지만 아들과는 달리 희끗해지고 있었다. 라코스트는 그가 40대 후반이리라 짐작했다.

라코스트가 자신을 소개했다.

"압니다." 로어가 날카롭고 꿰뚫어 보는 듯한 시선으로 응시하며 말했다. 그의 눈은 당황스러울 만큼 파랗고 냉랭했다. "당신은 전에도 스리 파인스에 왔었죠."

라코스트는 그가 사람들의 얼굴을 잘 기억한다는 사실을 알아챘다. 대부분이 가마슈 경감은 기억했고 가끔은 보부아르 경위까지도 기억했다. 하지만 자신이나 다른 형사들까지 기억하는 사람은 없었다.

이 남자는 자신을 기억했다.

그는 차를 한 잔 따라서 자리에 앉았다. 그도 역시 이렇게 깨끗하고 현대적인 공간에는 약간 어울리지 않아 보였다. 그럼에도 그는 완전히 편하게 있었다. 그는 거의 어디서나 편하게 있을 사람처럼 보였다.

"시체에 대해 모르셨습니까?"

로어 파라가 쿠키를 한입 물고 고개를 저었다. "숲에서 하루 종일 일하고 있었거든요."

"빗속에서요?"

로어가 코웃음을 쳤다. "뭐요? 비를 좀 맞는다고 죽진 않아요."

"하지만 머리에 뭔가를 얻어맞으면 죽죠."

"그가 그렇게 죽었습니까?" 라코스트가 고개를 끄덕이자 로어가 말을 이었다. "누구였습니까?"

"아무도 모른대." 해나가 말했다.

"아마 당신은 아실 수도 있을 것 같은데요." 라코스트가 말했다. 그녀가 주머니에서 사진을 꺼내 앞면이 보이지 않도록 뒤집어서 딱딱하고 차가운 탁자 위에 올려놓았다.

"내가요? 난 죽은 사람이 있었다는 사실조차 몰랐습니다." 로어가 코웃음을 치며 말했다.

"하지만 올여름 마을 주변에서 어슬렁거리는 낯선 사람을 보셨다고 들었습니다."

"누가 그럽디까?"

"그건 중요하지 않고요. 당신이 얘기하는 걸 들은 사람이 있습니다. 비밀이었나요?"

로어는 주저했다. "딱히 그런 건 아닙니다. 딱 한 번뿐이었어요. 어쩌면 두 번일 수도 있지만 중요하지 않습니다. 어떤 남자를 봤다고 생각했다니 어리석었지요."

"어리석다니요?"

로어가 갑자기 미소를 지었다. 라코스트가 그에게서 처음 본 표정이었다. 미소는 그의 근엄한 얼굴을 완전히 바꾸어 놓았다. 마치 껍질이 갈라진 듯했다. 볼에 주름이 패고 눈이 잠깐 빛났다.

"내 말 믿어요. 그저 어리석은 생각이었습니다. 난 십 대 아들을 키워서 어리석은 것이 뭔지 압니다. 얘기는 하겠지만 별것 없습니다. 옛 해들리 저택에 새 주인이 왔어요. 몇 달 전에 한 부부가 저택을 샀거든요. 그들은 저택을 수리 중인데 헛간을 짓고 오솔길을 치워 달라고 날 고용했습니다. 정원도 정리해 달라고 했고. 만만찮은 작업이죠."

옛 해들리 저택은 라코스트도 알고 있었다. 스리 파인스를 내려다보는 언덕 위에 있는 빅토리아 시대풍의 버려진 저택이었다.

"나는 숲에서 누군가를 본 것 같습니다. 어떤 남자를요. 숲에서 일할 때 누가 나를 지켜보는 느낌이 들곤 했었지만 상상일 거라 생각했지요. 숲에서는 그러기 쉬우니까요. 어떤 때는 진짜 누가 있는지 보려고 재빨리 주위를 돌아보기도 했지만 늘 아무도 없었습니다. 단지 딱 한 번 누군가가 있었습니다."

"그래서 무슨 일이 있었죠?"

"그가 사라졌습니다. 내가 소리쳐 부르고 뒤쫓아서 숲 속으로 달려가 보기도 했지만 없더군요." 로어는 잠시 말을 멈췄다. "어쩌면 처음부터 있지도 않았을 겁니다."

"하지만 그렇게 생각하지 않으시죠, 그렇지 않습니까? 정말로 누군가가 거기 있었다고 생각하시잖아요."

로어가 라코스트를 쳐다보고 고개를 끄덕였다.

"그를 알아볼 수 있나요?" 라코스트가 물었다.

"아마도."

"오늘 아침에 찍은 피해자의 사진입니다. 좀 불쾌하실 수도 있어요." 라코스트가 경고했다. 로어가 고개를 끄덕이자 라코스트는 똑바로 보이게 사진을 뒤집었다. 세 사람은 모두 사진을 유심히 지켜본 뒤 고개를 저었다. 라코스트는 사진을 탁자 위 쿠키 옆에 두었다.

"어젯밤에 모든 것이 평소와 같았나요? 특이한 점은 없었습니까?" 라코스트가 하보크에게 물었다.

뒤이은 설명은 다른 웨이터들이 했던 말과 똑같았다. 바빴고 팁을 많이 받았으며 생각할 시간조차 없었다고 했다.

낯선 사람은?

하보크는 생각해 보고 고개를 저었다. 여름휴가나 주말을 보내기 위해 방문한 사람들이 있었지만 그는 모두를 알고 있었다.

"그리고 올리비에와 올드 먼딘이 떠난 뒤에는 뭘 했죠?"

"접시를 치우고 잠깐 돌아본 뒤 불을 끄고 문을 잠갔습니다."

"문을 잠근 게 확실해요? 오늘 아침에는 문이 열려 있었어요."

"확실합니다. 제가 항상 잠그거든요."

이 잘생긴 청년의 목소리에 두려운 기색이 밀려들었다. 하지만 라코 스트는 그것이 정상적인 반응이라는 것을 알고 있었다. 대부분의 사람들은 아무 잘못이 없더라도 살인반 형사에게 심문을 당하면 두려움을 느꼈다. 하지만 그녀는 또 다른 점을 눈치챘다.

로어 파라가 아들을 보다가 재빨리 눈을 돌렸다. 라코스트는 로어 파라가 진짜 어떤 사람인지 궁금했다. 그는 지금 숲에서 일을 했다. 풀을 베고 정원을 만들었다. 하지만 예전에 그는 무슨 일을 했을까? 많은 사람들은 삶의 잔혹함을 알게 된 이후에나 정원의 평온함에 끌린다.

로어는 잔혹한 공포를 경험했을까? 그가 그런 공포를 만들었을까?

6

"가마슈 경감님? 샤론 해리스예요."

"위, 해리스 박사님." 가마슈가 수화기에 대고 말했다.

"아직 부검 중인데요. 사전 작업에서 몇 가지 알아낸 것이 있어요."

"말씀하십시오." 가마슈가 책상으로 몸을 굽혀 수첩을 가까이 끌어당겼다.

"피해자의 몸에는 신원을 알 수 있는 흔적이나 문신, 수술 자국이 없어요. 그리고 치아를 검사한 내용을 이메일로 보냈어요."

"치아 상태는 어떻습니까?"

"그게 흥미로운 사안이에요. 예상했던 것만큼 나쁘지 않았거든요. 치과에 자주 갔던 건 분명 아니지만, 어금니가 두 개 빠지고 잇몸 질환이 약간 있는 것 외에는 전체적으로 나쁘지 않아요."

"양치질을 했습니까?"

작게 웃음소리가 났다. "믿을 수 없지만 그랬어요. 치실까지 사용했더라고요. 잇몸 퇴축, 치석, 잇몸 질환이 어느 정도 있긴 하지만, 관리는 하고 있었어요. 한때 치과 치료를 받은 흔적도 꽤 있고요. 충치를 때우고 근관 치료를 받았더군요."

"돈이 꽤 들었겠네요."

"맞아요. 한때는 이 남자에게 돈이 있었던 거죠."

태어날 때부터 부랑자는 아니었군. 가마슈는 생각했다. 하긴 모두가 그렇지.

"치과 치료를 얼마나 오래전에 받았는지 알 수 있습니까?"

"마모된 정도와 사용한 재료를 봐서는 적어도 이십 년 전이에요. 하지만 치과법의학자에게 샘플을 보냈으니까 자세한 결과는 내일 들을 수 있을 거예요."

"이십 년 전이라." 가마슈가 혼잣말을 했다. 그는 계산을 하며 수첩에 숫자를 끼적였다. "남자는 칠십 대였으니까 치과 치료는 오십 대에 받았다는 얘기군요. 그리고 그때 무슨 일이 벌어졌고요. 그는 직장을 잃고 술을 마시며 신경쇠약에 걸렸을지도 모릅니다. 어떤 일이 그를 낭떠러지로 밀고 갔겠죠."

"어떤 일이 있었죠." 해리스 박사가 동의했다. "하지만 오십 대가 아니에요. 그런 일은 그가 삼십 대 후반이나 사십 대 초반이었을 때 일어났어요."

"그렇게나 오래전에요?" 가마슈는 자신의 메모를 내려다보았다. 20년이라고 쓰고 동그라미를 쳐 둔 것이 보였다. 그는 혼란스러웠다.

"그게 제가 말씀드리고 싶은 점이에요, 경감님." 해리스 박사가 말을 이었다. "피해자에 대해 뭔가 잘못 생각하고 있는 게 있어요."

가마슈는 상체를 똑바로 세우며 독서용 반달 안경을 벗었다. 건너편에서 보부아르가 이 모습을 보고 경감의 책상으로 다가왔다.

"계속하시죠." 가마슈가 보부아르에게 앉으라고 고갯짓을 하며 말했다. 그러고는 전화기의 버튼을 눌렀다. "스피커폰으로 전환했습니다. 보부아르 경위도 여기 있어요."

"좋아요. 그러니까 저는 부랑자로 보이는 사람이 이를 닦고 치실질까지 했던 점이 이상하게 느껴졌어요. 그렇지만 부랑자들은 이상한 짓을 하기도 하니까요. 아시다시피 그들은 대개 정신적으로 온전치 않고 어떤 것에 집착하기도 하죠."

"하지만 청결에 집착하는 경우는 드뭅니다." 가마슈가 말했다.

"맞아요. 이상했죠. 그리고 그를 벗겨 봤더니 몸도 깨끗하더라고요. 그는 최근에 목욕이나 샤워를 했어요. 그리고 머리카락도 헝클어져 있긴 하지만 깨끗한 상태였고요."

"복지 시설이 있으니까 어쩌면 그는 그런 곳에 있었는지도 모릅니다. 하지만 형사가 이 지역의 복지 기관에 모두 전화해 봤는데 그를 아는 곳은 없었습니다." 가마슈가 말했다.

"확신하시나요?" 해리스 박사는 가마슈 경감에게 좀처럼 질문을 하지 않았지만 이번에는 궁금했다. "그의 이름도 모르고 그에 대한 묘사도 분명 다른 노숙자와 별반 다르지 않았을 텐데요."

"그렇죠." 가마슈가 인정했다. "형사는 그를 칠십 대의 마른 노인이며 백발에 푸른 눈, 햇볕에 그을린 피부였다고 설명했습니다. 인상착의에 맞고 이 지역의 시설을 이용한 사람 중에 실종된 사람은 없었습니다. 그래도 피해자 사진을 주변에 돌리는 중입니다."

전화상에 잠시 침묵이 흘렀다.

"뭡니까?"

"그 인상착의는 잘못됐어요."

"무슨 말씀입니까?" 분명히 가마슈는 다른 사람과 같이 똑똑히 그를 보았다.

"그는 노인이 아니었어요. 이 말씀을 드리려고 경감님께 전화한 거예요. 그의 치아에서 단서를 얻은 뒤 계속해서 살펴봤어요. 그의 혈관에는 플라크가 거의 없고 동맥경화증도 없어요. 특히 전립선이 비대해지지 않았더군요. 관절염도 보이지 않고요. 저는 그가 오십 대 중반이라고 생각해요."

내 나이군. 가마슈는 생각했다. 마룻바닥에 있던 그 시체가 자신과 같은 또래일 가능성이 있다는 말인가?

"그리고 전 그가 노숙자 같지 않아요."

"어째서 그렇습니까?"

"우선 너무 깔끔해요. 그는 자신을 돌봤어요. 분명『GQ』잡지에 나올 정도는 아니죠. 하지만 우리도 모두 보부아르 경위처럼 하고 다니지는 않잖아요."

보부아르는 약간 멋을 부리는 편이었다.

"또 한 가지, 그는 칠십 대처럼 보이긴 하지만 건강 상태가 괜찮았어요. 그리고 옷을 살펴봐도 깨끗했어요. 수선도 되어 있고요. 옷은 오래되고 낡긴 했어요. 하지만 프로프르propre 정갈했죠."

그녀는 퀘베쿠아프랑스계 퀘벡 사람가 쓰는 말을 사용했다. 나이 든 부모 세대 외에는 더 이상 쓰지 않는 말이었다. 하지만 이 상황에는 딱 들어맞는 듯했다. 프로프르. 화려하거나 유행을 따르지는 않지만 튼튼하고 깔끔하며 남부끄럽지 않다. 이 단어에는 낡은 품격이 있었다.

"부검을 더 진행해 봐야 하지만, 어쨌든 이게 사전 작업에서 알아낸 것들이에요. 전부 이메일로 보내 드릴게요."

"봉Bon 좋습니다. 그가 어떤 일을 했는지는 짐작이 가시나요? 건강관리는 어떻게 했습니까?"

"그가 어느 체육관을 다녔냐는 말씀이신가요?" 가마슈는 그녀의 목소리에서 웃음기를 알아챌 수 있었다.

"그래요. 그가 조깅이나 웨이트를 했습니까? 스피닝이나 필라테스 수업을 들었을까요?" 가마슈가 말했다.

이제 해리스 박사는 웃음을 터트렸다. "제 짐작에 그는 많이 걷지는 않았지만 무거운 걸 많이 들어 올렸어요. 하체보다 상체가 조금 더 탄탄하거든요. 하지만 부검하는 동안 그 질문을 염두에 두고 있을게요."

"메르시, 독퇴르docteur 박사님." 가마슈가 말했다.

"한 가지 더요." 보부아르가 말했다. "범행 도구 말입니다. 다른 단서는 더 없습니까? 다른 의견이라도?"

"그 부분의 부검은 이제 막 하려는 참이에요. 잠깐 보긴 했는데 제 의견은 똑같아요. 둔기예요."

"부지깽이요?" 보부아르가 물었다.

"가능해요. 상처에서 흰색 물질을 발견했는데 아마 재일 수도 있죠."

"실험실에서 가져간 부지깽이에 대한 검사 결과는 내일 아침에 나올 겁니다." 가마슈가 말했다.

"말씀드릴 게 더 생기면 또 연락드릴게요."

해리스 박사가 전화를 끊자 곧 라코스트 형사가 돌아왔다. "밖에 날이 개었어요. 일몰이 멋질 것 같은데요."

보부아르가 그녀를 알 수 없다는 듯 쳐다보았다. 분명히 라코스트는 단서를 찾아 스리 파인스를 샅샅이 뒤지며 범행 도구와 살인범을 수색하고 용의자를 심문하고 돌아오는 길일 터였다. 그런데 그녀의 입에서 나온 첫마디가 어떻게 멋진 일몰일 수가 있는가?

보부아르는 가마슈 경감이 커피를 홀짝이며 창문으로 다가가는 모습을 보았다. 가마슈가 돌아서며 미소 지었다. "아름답군."

수사본부 중앙에는 회의용 테이블이 마련되어 있었고 한쪽에는 책상과 의자들이 반원 형태로 놓여 있었다. 각 책상에는 컴퓨터와 전화가 설치되어 있었다. 본부는 약간 스리 파인스 같아 보이기도 했다. 회의 테이블이 잔디 광장, 책상이 상점가였다. 오래되고 검증된 구도로 배치되어 있었다.

지역 경찰서에서 파견된 젊은 경찰관 한 명이 뭔가 하고 싶은 말이 있는 것처럼 주위를 서성였다.

"무슨 일인가?" 가마슈 경감이 물었다.

지역 경찰서의 다른 경찰관들도 하던 일을 멈추고 주목했다. 그중 몇 몇은 다 안다는 듯한 미소를 교환했다.

젊은 경찰관은 어깨를 똑바로 폈다.

"수사를 돕고 싶습니다."

쥐 죽은 듯 고요한 정적이 흘렀다. 끔찍한 재앙을 목격한 것처럼 기술 반원들조차 하던 일을 멈추었다.

"뭐라고? 방금 뭐라고 했지?" 보부아르가 앞으로 다가서며 말했다.

"돕고 싶다고요." 이제 젊은 경찰관은 자신에게 돌진하는 트럭을 볼 수 있었고 제어할 수 없이 빙글빙글 도는 자신의 차를 느낄 수 있었다. 그는 실수를 깨달았지만 이미 너무 늦었다.

그는 모든 사태를 바라보며 꿋꿋이 서 있었다. 겁에 질렸는지 용기가 나서인지는 알 수 없었다. 뒤에 있는 네다섯 명의 덩치 큰 경찰관들은 팔짱을 낀 채 아무런 도움도 주지 않았다.

"책상과 전화선 설치가 자네 일 아닌가?" 보부아르가 그에게 더 가까이 다가가며 말했다.

"그렇습니다. 일은 다 했습니다." 그의 목소리는 작아지고 약해졌지만 아직 그 자리에 있었다.

"무슨 근거로 자네가 도울 수 있다고 생각하지?"

가마슈는 보부아르 뒤에 서서 조용히 지켜보았다. 젊은 경찰관은 보부아르를 바라보며 질문에 대답했지만 눈은 다시 가마슈에게 돌아갔다.

"저는 이 지역을 알고 사람들도 압니다."

"저들도 그래." 보부아르가 젊은 경찰관 뒤에 벽처럼 서 있는 다른 경찰관들을 향해 손짓했다. "우리가 도움이 필요하다면 왜 자네를 선택하겠나?"

젊은 경찰관은 이 말에 충격을 받은 듯 조용히 서 있었다. 보부아르는 그만 가라고 손을 흔들며 자리를 떴다.

"왜냐하면," 젊은 경찰관이 가마슈를 향해 말했다. "제가 부탁드렸으니까요."

보부아르가 발걸음을 멈추고 믿을 수 없다는 표정으로 돌아섰다. "파르동Pardon 뭐라고? 파르동? 이건 살인 사건이라고. '엄마, 저 이거 해도 돼요?' 놀이가 아니란 말일세. 경찰서에 근무하는 건 맞나?"

심한 말은 아니었다. 그 경찰관은 열여섯 살 정도로밖에 보이지 않았고, 제복은 몸에 맞게 입으려 노력한 흔적이 역력함에도 불구하고 헐렁했다. 앞에 서 있는 그와 뒤에 늘어선 동료들은 마치 진화의 단계처럼 보였고 그는 멸종 위기에 처한 생물 같았다.

"더 이상 할 일이 없으면 그만 가 보지."

젊은 경찰관이 고개를 끄덕이고 업무에 복귀하려 돌아섰지만, 늘어선 다른 경찰관들에게 부딪혀 멈춰 섰다. 그는 그들을 빙 둘러서 갔고, 가마슈와 살인반원들은 그 모습을 지켜봤다. 젊은 경찰관의 등과 몹시 붉어진 목을 마지막으로 가마슈와 살인반원들은 돌아섰다.

"이리 모여 보게." 가마슈가 보부아르와 라코스트에게 말했고, 그들은 회의 테이블에 와서 앉았다.

"어떻게 생각하나?" 가마슈가 나직이 물었다.

"시체에 대해서요?"

"저 아이에 대해서."

"또 시작이십니까." 보부아르가 화를 내며 말했다. "우리 팀에 사람이 필요한 거라면 살인반에 더할 나위 없이 훌륭한 형사들이 이미 있잖습니까. 그들이 다른 사건 때문에 바쁘더라도 대기자들은 늘 있습니다. 다른 부서 형사들이 살인반에 들어오고 싶어 목을 맨다고요. 그런데 왜 검증도 안 된, 촌구석에서 온 어린애를 들이시려는 겁니까? 수사관이 더 필요하다면 경찰청에서 불러오자고요."

그들이 늘 하는 논쟁이었다.

퀘벡 경찰청 살인반은 이 지방에서, 그리고 아마 캐나다 전역에서 가장 존경받는 자리였다. 그들은 최악의 조건에서 최악의 범죄를 다뤘다. 그리고 그들은 가장 존경스럽고 유명한, 최고의 수사관과 일했다. 바로 가마슈 경감과.

그런데 왜 보잘것없는 녀석을 뽑으시겠다는 거지?

"물론 그러면 되지." 가마슈가 인정했다.

그러나 보부아르는 가마슈가 그러지 않으리라는 것을 알았다. 이전에도 가마슈는 교통과에서 면직되기 직전, 경정의 사무실 밖에 앉아 있는 이자벨 라코스트를 발견했다. 그리고 모두의 놀라움을 뒤로하고 그녀에게 자신의 팀에 들어오라고 했다.

가마슈는 좌천되어 트루아 리비에 분견대에서 증거물을 지키는 보부아르 자신 역시 찾아냈다. 당시 형사였던 보부아르는 매일 경찰 제복을 입고 증거물 보관창고로 가는 수치를 겪었다. 그리고 그냥 그곳에 있어야 했다. 우리에 갇힌 동물처럼. 그는 동료들과 상관들을 열 받게 했다. 그래서 그곳이 그에게 남은 마지막 장소였다. 거기서 그는 홀로 무생물들과 함께 있었다. 다른 형사들이 와서 증거물을 맡기거나 찾아갈 때를 제외하면 온종일 고요했다. 다른 형사들은 그와 눈을 마주치지 않았다.

그는 접촉하거나 언급해서는 안 되며 보이지 않는 사람이 되었다.

하지만 가마슈 경감은 그를 보았다. 어느 날 한 사건을 맡게 된 가마슈가 직접 증거물을 들고 증거물 보관소에 왔다가 그곳에서 장 기 보부아르를 발견했다.

아무도 원하지 않던 형사는 이제 살인반의 부사령관이 되어 있었다.

하지만 보부아르는 이제껏 가마슈가 운이 좋았을 뿐이라는 확신을 떨쳐 버릴 수 없었다. 몇몇 두드러진 예외가 있었을 뿐이다. 검증되지 않은 형사는 위험하다는 것이 현실이다. 그들은 실수를 한다. 그리고 살인반에서 실수는 죽음으로 이어진다.

보부아르는 몸을 돌려 어려 보이는 그 경찰관을 질색하며 쳐다보았다. 저 친구가 결국 어리석은 실수를 저지르지 않을까? 또 다른 죽음으로 이어질 커다란 실수를? 보부아르는 그 대가를 받을 사람이 자신일 수도 있다고 생각했다. 아니면 더 끔찍할 수도 있다. 그는 옆에 있는 가마슈를 힐끗 보았다.

"왜 저 친굽니까?" 보부아르가 속삭였다.

"멋져 보이는데요." 라코스트가 말했다.

"일몰처럼 말이지." 보부아르가 비웃었다.

"일몰처럼 말이에요." 라코스트가 그의 말을 반복했다. "그는 내내 혼자 서 있었어요."

침묵이 뒤따랐다.

"그게 다야?" 보부아르가 물었다.

"그는 저기에 어울리지 않아요. 좀 보세요."

"제일 작고 약한 녀석을 고르겠다고? 살인 사건 수사관으로? 맙소사,

경감님." 보부아르는 가마슈에게 호소했다. "여긴 동물 구조 협회가 아니라고요."

"아니라고 생각하나?" 가마슈가 작게 웃으며 말했다.

"우리 팀과 이 사건에는 최고가 필요합니다. 우리는 지금 사람을 훈련시킬 시간이 없다고요. 게다가 솔직히 저 녀석은 신발 끈 묶는 데도 도움이 필요해 보이잖습니까."

가마슈는 젊은 경찰관이 서툴러 보이는 건 사실이라고 인정해야 했다. 그러나 그에게는 뭔가 더 특별한 점 또한 있었다.

"그를 우리 팀으로 데려오겠네. 자네가 찬성하지 않는다는 것도 알고 그 이유도 이해하네." 가마슈가 보부아르에게 말했다.

"그런데 왜 데려오시겠다는 겁니까?"

"그가 부탁했으니까." 가마슈가 일어서며 말했다. "다른 사람들은 부탁하지 않지."

"하지만 그들도 우리 팀에 오라고 하면 바로 들어올 겁니다. 누구나 수락할 거예요." 보부아르도 일어서며 주장했다.

"우리 팀원으로 어떤 사람이 적합하다고 생각하나?" 가마슈 경감이 물었다.

보부아르는 생각했다. "저는 똑똑하고 강인한 사람을 원합니다."

가마슈가 젊은 경찰관 쪽으로 머리를 까딱했다. "그럼 얼마나 강인해야 한다고 생각하나? 얼마나 강인해야 저 친구가 매일 출근할 수 있을 것 같나? 트루아 리비에에 있던 자네 정도면 될 듯한데." 그는 라코스트를 향해서도 말했다. "아니면 교통과에 있던 자네만큼이거나. 다른 사람들도 우리 팀에 들어오고 싶어 했겠지만 부탁할 만큼의 머리나 용기가 있는 사람은 없었네. 우리의 젊은이는 둘 다 가졌고."

우리라니. 보부아르는 생각했다. 우리의 젊은이. 그는 방 건너편에 있는 그를 바라보았다. 혼자서 전선을 조심스럽게 감아 상자에 넣고 있었다.

"나는 자네의 판단을 소중히 여기네. 자네도 알지 않나, 장 기. 하지만 이 문제에 대한 내 생각은 확고해."

"알겠습니다, 경감님." 그는 진심이었다. "이게 경감님께 중요하다는 걸 압니다. 하지만 경감님이 항상 옳은 건 아니에요."

가마슈가 보부아르를 빤히 응시했다. 보부아르는 흠칫했고 자신이 너무 멀리 간 건 아닐까 걱정됐다. 자신들의 사적인 관계를 너무 많이 이용했다. 그러나 곧 경감은 미소를 지었다.

"내가 실수할 때면 말해 주게. 기꺼이 듣지."

"지금 하고 계신 것 같습니다."

"기억해 두지. 고맙네. 저 젊은이를 우리 팀으로 데려와 주겠나?"

보부아르는 단호하게 방 저편으로 걸어갔고 젊은 경찰관 앞에 멈춰섰다.

"따라 오게." 그가 말했다.

젊은 경찰관이 몸을 펴고 일어섰다. 걱정스러운 표정이었다. "네, 경위님."

뒤에서 한 경찰관이 킬킬거렸다. 보부아르가 가던 걸음을 멈추고 자신을 따라오던 젊은 경찰관에게 돌아섰다.

"이름이 뭔가?"

"폴 모랭입니다. 코완스빌 경찰서에 있습니다."

"모랭 형사, 회의 테이블에 가서 앉지. 이번 살인 사건 수사에 대한 자네의 생각을 듣고 싶네."

모랭은 깜짝 놀란 듯 보였다. 그러나 그 뒤의 건장한 남자들만큼은 아니었다. 보부아르는 다시 돌아서서 회의 테이블을 향해 천천히 걸어갔다. 기분이 좋았다.

"보고하게." 가마슈 경감은 그렇게 말하고 손목시계를 보았다. 5시 반이었다.

"오늘 아침 비스트로에서 수집한 증거들에 대한 검사 결과가 나오기 시작했습니다. 피해자의 피는 마룻바닥과 마룻장 사이에서 발견됐지만 그리 많은 양은 아니었습니다." 보부아르가 말했다.

"곧 해리스 박사가 더 자세한 보고서를 줄 걸세. 박사는 내출혈 때문에 피가 많지 않았을 거라고 생각하더군." 가마슈가 말했다.

보부아르가 고개를 끄덕였다. "옷에 대한 검사 결과도 받았습니다. 역시 신원을 확인할 만한 것은 전혀 없었습니다. 옷은 오래됐지만 깨끗했고, 원래는 고급 제품이었습니다. 메리노 울 스웨터, 면 셔츠, 코듀로이 바지입니다."

"제 생각에 그는 가진 옷 중에 제일 좋은 걸 입었던 거 같아요." 라코스트가 말했다.

"계속해 보게." 가마슈가 말했다. 그는 몸을 앞으로 기울이며 안경을 벗었다.

"그러니까." 라코스트는 자신의 생각을 정리하며 조심스레 운을 뗐다. "그가 중요한 누군가를 만날 예정이었다면 샤워와 면도를 하고 손톱까지 깎은 게 설명이 되죠."

"그리고 깨끗한 옷을 구해 입은 거지." 그녀의 의견을 따라 보부아르가 말했다. "헌 옷 가게나 재활용 센터 같은 곳에서 말이야."

"코완스빌과 그랜비에 그런 곳이 한 군데씩 있습니다. 제가 확인해 보겠습니다." 모랭 형사가 말했다.

"좋아." 가마슈가 말했다.

모랭이 건너편의 보부아르를 바라보자 그도 찬성한다는 듯 고개를 끄덕였다.

"해리스 박사는 피해자가 부랑자가 아니라고 생각하네. 전형적인 의미에서는 말이야. 또 그는 칠십 대처럼 보이지만 박사는 그가 오십에 가까울 거라고 확신하고 있어." 가마슈가 말했다.

"정말이에요? 그에게 무슨 일이 있었던 거죠?" 라코스트가 말했다.

가마슈는 그게 바로 자신들이 풀어야 할 의문이라고 생각했다. 그에게 무슨 일이 있었을까? 무슨 일이 그를 20년이나 더 늙어 보이게 만들고 죽음으로 몰고 갔을까?

보부아르가 일어나서 벽에 핀으로 고정한 깨끗한 새 종이 앞으로 걸어갔다. 그는 새 매직펜을 하나 집어서 뚜껑을 열고 무의식적으로 코밑에 냄새가 퍼지도록 흔들었다. "어젯밤 일들을 차근차근 짚어 봅시다."

라코스트가 자신의 메모를 보면서 비스트로 직원들과 만난 내용을 전했다.

그들은 지난밤에 무슨 일이 있었는지 알아 가기 시작했다. 이야기를 들으면서 가마슈는 활기찬 비스트로의 모습을 떠올릴 수 있었다. 그곳에는 노동절 주말을 맞아 식사를 하거나 술을 마시는 마을 사람들이 가득했다. 사람들은 브륌 컨트리 축제, 말 경진 대회, 가축 심사, 공예품을 파는 천막 등에 대해 이야기했다. 여름의 끝을 기념하고 가족과 친구들에게 작별의 말을 했다. 가마슈는 끝까지 남아 있던 사람들이 떠난 뒤의 모습도 그려 볼 수 있었다. 웨이터들이 정리를 하고 난롯불을 끄고 설거지를 했다. 그리고 문이 열리고 올드 먼딘이 들어왔다. 가마슈는 올드 먼딘이 어떻게 생겼는지 몰랐기 때문에 피터르 브뤼헐의 그림에 등장하는, 몸이 구부정하고 쾌활한 농부를 상상했다. 먼딘이 수리한 의자들을 비스트로에 갖고 들어왔을 때 젊은 웨이터 한 명이 도와주었으리라. 그리고 먼딘과 올리비에가 만나 상의했고 먼딘은 돈을 받고 고쳐야 할 새 물건들을 가지고 떠났다.

그다음에는?

라코스트가 들은 바로는 웨이터들이 떠나고 곧 올리비에와 먼딘도 나갔다. 비스트로에는 한 사람만 남아 있었다.

"하보크 파라에 대해 어떻게 생각하나?" 가마슈가 물었다.

"사건 때문에 놀란 것 같았습니다. 물론 연기였을 수도 있고요. 잘 모르겠습니다. 하지만 그의 아버지가 흥미로운 얘기를 했어요. 우리가 전에 들은 말이 맞다고 그러더군요. 그가 숲에서 누군가를 봤답니다." 라코스트가 말했다.

"그게 언제라던가?"

"올여름 초에요. 그는 옛 해들리 저택의 새 주인에게 고용되어 일하고 있는데 그곳에서 누군가를 본 것 같다고 합니다."

"본 것 같다고? 봤다고?" 보부아르가 물었다.

"본 것 같다고요. 어떤 남자를 쫓아갔는데 사라졌다고 했습니다."

그들은 잠시 침묵에 잠겼다. 이윽고 가마슈가 말했다. "하보크 파라는 비스트로 문을 잠그고 새벽 한 시쯤 떠났네. 그리고 여섯 시간 후에 산책 나온 머나 랜더스가 시체를 발견했지. 왜 낯선 사람이 스리 파인스에서, 비스트로에서 살해됐을까?"

"하보크가 정말로 문을 잠갔다면 살인범은 열쇠가 어디 있는지 아는 사람이 분명해요." 라코스트가 말했다.

"아니면 이미 열쇠를 갖고 있거나." 보부아르가 말했다. "내가 궁금한 게 뭔지 아나? 나는 살인범이 시체를 왜 그곳에 두고 갔는지가 궁금해."

"무슨 뜻이죠?" 라코스트가 물었다.

"글쎄, 그곳엔 아무도 없었어. 그리고 어두웠지. 그런데 왜 시체를 가져다 숲에 버리지 않았을까? 멀리 갈 것도 없이 몇십 미터만 가도 충분하잖아. 동물들이 뒤처리를 해 주면 시체가 발견되지 않을 수도 있는데 말이야. 그럼 우리는 살인이 일어났다는 사실을 전혀 몰랐겠지."

"왜 시체를 놔두었다고 생각하나?" 가마슈가 물었다.

보부아르는 잠시 생각했다. "누군가가 시체가 발견되길 바랐던 것 같습니다."

"비스트로에서?" 가마슈가 물었다.

"비스트로에서요."

7

올리비에와 가브리는 마을의 잔디 광장을 가로질러 천천히 걸었다. 저녁 7시였다. 창문마다 불빛이 빛나기 시작했다. 어둡고 텅 비어 있는 비스트로만 빼고.

"이런, 게이 녀석들이 나오셨구먼." 으르렁거리는 소리가 어스름을 뚫고 들려왔다.

"메르드Merde 제기랄. 바보 할망구가 다락에서 빠져나왔군." 가브리가 말했다.

루스 자도가 다리를 절뚝이며 다가왔고 로사가 뒤를 따랐다.

"마침내 자네가 그 날카로운 재치로 누굴 죽였다면서." 루스가 보조를 맞추며 가브리에게 말했다.

"사실 그는 당신 시를 읽고서 머리가 터진 거라고 하던데요." 가브리가 말했다.

"그게 사실이면 좋겠군." 루스가 말했다. 그녀가 앙상한 팔을 올리비에와 가브리의 팔 밑으로 밀어 넣었고 그들은 팔짱을 낀 채 피터와 클라라네 집으로 걸어갔다. "자넨 어때?" 그녀가 나직이 물었다.

"괜찮아요." 어두운 비스트로를 지나갈 때 올리비에가 그곳을 외면하며 말했다.

비스트로는 올리비에의 자식이자 창작품이었다. 그는 자신에게 있는 좋은 것을 모두 다 그곳에 쏟아부었다. 최고급 골동품, 가장 좋은 레시

피, 훌륭한 와인. 그는 가끔씩 저녁에 바 뒤에 서서 유리잔을 닦는 척하면서 사실은 웃음소리를 들으며 사람들을 바라보곤 했다. 비스트로에 오는 사람들은 그곳에서 행복해했다. 사람들은 그곳에 소속감을 느꼈고 올리비에도 그랬다.

이번 사건이 일어나기 전까지는.

살인 사건이 일어났던 장소에 누가 오고 싶어 하겠는가?

게다가 내가 실은 은둔자를 알고 있었다는 사실을 사람들이 알기라도 한다면? 그들이 내가 한 일을 알기라도 한다면? 안 돼. 아무 말도 하지 말고 사태의 추이를 지켜보는 게 최선이야. 상황은 지금 이대로도 충분히 나빠.

세 사람은 피터와 클라라네 집 바로 앞에서 걸음을 멈추었다. 집 안에서는 머나가 저녁 식사를 위해 준비된 식탁 위에 야단스러운 꽃꽂이를 올려 두고 있었다. 꽃꽂이의 아름다움과 예술성에 감탄하는 클라라의 모습도 보였다. 뭐라고 하는지 밖에서 들을 수는 없었지만 클라라가 기뻐하는 건 분명했다. 거실에서는 피터가 불에 장작을 한 개비 더 집어넣었다.

루스는 따뜻한 집 안 풍경을 뒤로하고 곁에 있는 남자에게 돌아섰다. 그녀는 몸을 기울여 가브리조차 들을 수 없게 그의 귀에 속삭였다. "시간을 가져. 괜찮아질 거야. 자네도 알잖나, 그렇지?"

루스는 몸을 돌려 다시 불빛이 흘러나오는 곳을 바라보았다. 클라라가 머나를 껴안고 부엌으로 들어온 피터 역시 꽃꽂이에 감탄했다. 올리비에는 몸을 숙여 늙고 차가운 뺨에 키스하고 고맙다고 말했다. 하지만 올리비에는 루스가 틀렸다는 것을 알았다. 그녀는 자신이 아는 것을 알지 못했다.

혼돈이 스리 파인스를 발견했다. 혼돈이 그들에게 몰려오고 있었다. 안전하고 따뜻하고 친절한 모든 것은 곧 사라질 터였다.

피터가 모두에게 마실 것을 주었다. 이미 난로와 마주한 소파 중앙에 앉아 병에 가득한 스카치를 홀짝이고 있는 루스를 빼고. 로사가 뒤뚱뒤뚱 방을 돌아다녔지만 이제는 아무도 주목하지 않았다. 심지어 피터와 클라라의 골든레트리버 루시조차 로사를 쳐다보지 않았다. 루스가 처음 로사를 데리고 나타났을 때 친구들은 로사를 밖에 둬야 한다고 했었지만 로사가 너무 꽥꽥댔기 때문에 조용히 시키기 위해서 안에 들여놓을 수밖에 없었다.

"봉주르?"

낮고 낯익은 목소리가 머드룸에서 들려왔다.

"세상에, 클루소 형사영화 〈핑크 팬더〉 시리즈의 주인공인 엉성한 수사관 자크 클루소를 초대한 건 아니겠지?" 루스가 텅 빈 방에 대고 물었다. 홀로 남아 있던 로사만이 루스 곁으로 달려왔다.

"정말 멋진데요." 머드룸에서 널찍한 부엌으로 들어오면서 라코스트가 말했다. 저녁 식사를 위해 준비된 긴 나무 식탁에는 잘라 놓은 바게트를 담은 바구니와 버터, 물주전자와 와인병 들이 놓여 있었다. 마늘, 로즈메리, 바질 향이 났고 모두 텃밭에서 갓 따 온 신선한 것들이었다.

그리고 식탁 중앙에는 접시꽃, 하얀 덩굴장미, 클레마티스, 스위트피, 향기로운 분홍색 꽃잔디로 꾸민 아름다운 꽃꽂이가 놓여 있었다.

더 많은 잔에 술이 채워졌고, 손님들은 거실에서 부드럽고 촉촉한 브리 치즈나, 오렌지와 피스타치오를 넣은 순록 고기 파테를 바게트에 얹어 조금씩 먹으며 서성였다.

방 저편에서 루스가 가마슈 경감을 추궁했다.

"죽은 남자가 누군지 설마 진짜 모르는 건 아니시겠지."

"유감스럽지만 모릅니다. 아직은요." 가마슈가 차분히 말했다.

"그럼 뭐로 죽였는지는 아시나?"

"농Non 아니요."

"누가 그랬는지 짐작은 가고?"

가마슈는 고개를 저었다.

"왜 비스트로에서 그런 일이 벌어졌는지는?"

"전혀요." 가마슈가 시인했다.

루스가 그를 노려보았다. "당신이 여전히 무능한지 확인하고 싶었어. 변함없는 게 있다니 좋군."

"좋으시다니 저도 기쁩니다." 가마슈가 말했다. 그는 살짝 고개를 숙여 인사한 뒤 난롯가로 자리를 옮겼다. 그리고 거기서 부지깽이를 들고 살펴보았다.

"부지깽이예요. 불을 쑤실 때 사용하는 거죠." 클라라가 가마슈의 팔꿈치께에서 나타나 말했다.

그녀는 미소를 지으며 그를 지켜보았다. 가마슈는 기다란 쇠막대기를 얼굴 가까이 들고 마치 처음 보는 물건인 양 들여다보고 있는 자신이 분명히 좀 이상하게 보였으리라는 사실을 깨달았다. 그는 부지깽이를 내려놓았다. 핏자국은 없었다. 그는 안심했다.

"몇 달 후에 개인전이 열린다는 소식을 들었습니다. 두근거리시겠군요." 가마슈가 클라라를 돌아보며 미소 지었다.

"치과 의사가 드릴을 코앞에 들이대고 있는 게 두근대는 일이라면, 맞아요."

"그렇게나 심각한가요?"

"뭐 아시잖아요. 고문이 따로 없죠."

"그림은 완성하셨습니까?"

"완성하긴 했어요. 물론 형편없지만 적어도 완성은 했죠. 전시장 배치를 의논하러 데니스 포틴이 직접 내려올 거예요. 전 구체적인 순서를 생각해 뒀어요. 그리고 포틴이 반대할 경우를 대비한 계획도 있어요. 눈물 작전이죠."

가마슈가 웃음을 터트렸다. "저도 그 작전으로 경감이 됐답니다."

"거봐, 내 뭐랬어." 루스가 로사에게 낮게 속삭였다.

"당신 작품은 정말 멋져요, 클라라. 당신도 아시겠죠." 가마슈가 그녀를 사람들에게서 멀리 데려가며 말했다.

"어떻게 아세요? 경감님은 한 작품밖에 보지 않으셨잖아요. 어쩌면 다른 것들은 형편없을 거예요. 색칠 공부 같은 그림을 가지고 실수나 저지르는 게 아닌지 모르겠어요."

가마슈가 얼굴을 찌푸렸다.

"보고 싶으세요?" 클라라가 물었다.

"물론이죠."

"좋아요. 이따 저녁 식사 후에 봐요. 그럼 한 시간 정도는 할 말을 연습하실 수 있을 거예요. '세상에, 클라라. 이 세상 그 어떤 사람이 그린 작품보다 최고군요.' 이런 거요."

"아부 작전 말인가요?" 가마슈가 웃었다. "제가 경위가 될 때 쓴 작전이군요."

"경감님은 르네상스맨이세요."

"당신도 그 방면에 소질이 있다는 걸 압니다."

"메르시. 경감님, 일 얘기가 나와서 말인데 죽은 남자가 누군지 알아내셨어요?" 클라라가 목소리를 낮췄다. "루스한테는 모른다고 하시던데 그게 사실인가요?"

"제가 거짓말을 한 것 같습니까?" 가마슈가 물었다. 하지만 못 할 것도 없다고 그는 생각했다. 모두가 거짓말을 한다. "사건 해결에 얼마나 진척이 있느냐는 말씀이신가요?"

클라라가 고개를 끄덕였다.

"말씀드리기 어렵군요. 단서와 추측들은 있습니다. 그의 신원을 모르니 살해당한 이유를 알아내기가 더 힘듭니다."

"누군지 계속 알아내지 못하면요?"

가마슈는 클라라를 내려다보았다. 그녀의 목소리에 무슨 낌새가 있었을까? 죽은 남자의 신원을 알아내지 못하길 바라는 마음이 살짝 드러난 걸까?

"그럼 일이 더 힘들어겠지요." 그가 인정했다. "하지만 불가능하지는 않습니다."

가마슈의 목소리가 느긋하면서도 순간적으로 단호해졌다. 그는 자신들이 어떻게든 사건을 해결하리란 사실을 그녀가 알길 바랐다. "어젯밤에 비스트로에 가셨습니까?"

"아뇨. 우리는 머나와 함께 축제에 갔었어요. 우리는 튀김, 햄버거,

솜사탕으로 고약한 저녁을 먹고 놀이기구를 좀 타다가 동네 장기 자랑을 보고 돌아왔어요. 머나는 비스트로에 갔는지 모르겠지만 우리 부부는 피곤했어요."

"피해자가 마을 사람이 아니라는 건 알고 있습니다. 방문객이었을 듯한데, 주위에서 낯선 사람을 보신 적 있으십니까?"

"배낭여행이나 자전거 여행을 하는 사람들이 마을에 오기는 해요." 클라라가 레드 와인을 마시며 생각을 더듬었다. "하지만 그런 사람들은 대부분 젊죠. 죽은 남자는 꽤 나이가 많다면서요."

가마슈는 오후에 검시관이 한 이야기를 말하지 않았다.

"로어 파라가 라코스트 형사에게 말하길, 그가 올여름 숲에 숨어 있는 누군가를 봤답니다. 들어 보셨나요?"

"숨어 있다고요? 좀 과장된 얘기 아니에요? 아뇨. 전 아무도 보지 못했어요. 피터도 그렇고요. 누굴 봤으면 제게 말했을 거예요. 그리고 우리는 텃밭에서 시간을 많이 보내는데 누군가가 저기 있었다면 봤을 거예요."

그녀가 뒷마당 쪽을 손짓했다. 그곳은 지금 어둠에 싸여 있지만 가마슈는 이 집 텃밭이 크고 벨라벨라 강을 향해 약간 경사져 있는 것을 알고 있었다.

"로어 파라는 그를 여기서 본 게 아니라 저기서 봤다고 합니다." 가마슈가 말했다.

그는 언덕 위에 있는 옛 해들리 저택을 가리켰다. 두 사람은 술잔을 들고 문밖으로 나가 앞 베란다로 갔다. 가마슈는 회색 플란넬 바지와 셔츠에다 넥타이를 매고 재킷을 입고 있었다. 클라라는 스웨터를 입고 있었고 그게 필요한 때였다. 9월 초라서 밤이 점점 길어지고 추워지고 있었다. 온 마을엔 집집마다 불빛이 빛나고 있었다. 심지어 언덕 위의 저택에도.

두 사람은 저택을 바라보며 잠시 침묵에 잠겼다.

"해들리 저택이 팔렸다는 이야기를 들었습니다." 가마슈가 마침내 말을 꺼냈다.

클라라는 고개를 끄덕였다. 거실에서 대화 소리가 나직이 들려왔다. 그리고 불빛도 새어 나와 가마슈는 클라라의 옆얼굴을 볼 수 있었다.

"몇 달 전일 거예요. 지금이 언제죠? 노동절이죠? 저택은 지난 칠월쯤에 팔렸을 거예요. 그 이후로 계속 수리 중이죠. 새 주인은 젊은 부부예요. 적어도 제 나이 정도요. 이 나이도 제게는 젊게 느껴지니까요."

클라라가 웃었다.

가마슈는 옛 해들리 저택을 스리 파인스의 여느 곳과 똑같이 보기 힘들었다. 무엇보다 그곳은 이 마을에 속한 것 같지 않았다. 그곳은 언덕 위에서 사람들을 훔쳐보고 비난하는 듯했고 사람들을 심판하고 잡아먹었다. 그리고 때로 마을 사람 중 한 명을 데려다 죽였다.

끔찍한 일이 그곳에서 벌어졌었다.

올해 초 가마슈와 그의 아내 렌 마리는 이곳에 와서 마을 사람들이 저택을 다시 칠하고 수리하는 일을 도왔다. 모든 것은 두 번째 기회를 가질 자격이 있다고 믿었기 때문이었다. 그것이 건물이라 하더라도. 그리고 누군가가 저택을 사기를 바랐다.

그런데 정말 누군가가 산 것이다.

"그들이 저택 부지에서 일하도록 로어를 고용한 건 알아요. 정원 손질도 하고 말이죠. 심지어 마구간도 짓고 오솔길까지 다시 내기 시작했어요. 티머 해들리가 살아 있던 시절 그 숲에는 오십 킬로미터에 달하는 말이 다니는 길이 있었어요. 물론 지금은 풀로 뒤덮였지만요. 로어가 할일이 많을 거예요." 클라라가 말했다.

"로어가 그 숲에서 일을 하다가 낯선 사람을 봤다고 했습니다. 한동안 누군가가 자신을 지켜보는 느낌이 들었는데 그 사람을 언뜻 한 번 봤다더군요. 그를 쫓아가 봤지만 사라졌고요."

가마슈는 옛 해들리 저택에서 눈을 돌려 스리 파인스를 바라보았다. 마을의 잔디 광장에는 아이들이 터치풋볼을 하며 여름방학의 마지막 순간까지 알뜰히 쓰고 있었다. 포치에 앉아서 초저녁을 즐기는 마을 사람들의 목소리가 간간이 바람에 실려 왔다. 하지만 대화의 주된 소재가 익어 가는 토마토, 추워지는 밤, 겨울 장작을 모으는 일은 아닌 듯했다.

조용한 마을에 불쾌한 것이 기어들었다. 밤바람에 '살인', '피', '시체' 같은 단어가 떠다녔다. 그리고 다른 무언가도 있었다. 클라라 곁에 서 있는 조용한 남자의 은은한 백단과 장미 향이었다.

집 안에서는 이자벨 라코스트가 피아노 위에 올려놓은 술 쟁반에서 물 탄 스카치를 직접 한 잔 더 따랐다. 그녀는 방 안을 둘러보았다. 벽은 창문과 베란다로 통하는 문을 빼고는 책이 잔뜩 꽂힌 책장으로 채워져 있었다. 그녀는 문밖의 경감과 클라라를 볼 수 있었다.

피터가 부엌에서 일을 하고 있는 동안 거실 저편에서는 머나가 올리비에, 가브리와 대화를 하고 있었고, 루스는 난롯불 앞에서 술을 마시고 있었다. 라코스트는 전에도 이 집에 와 본 적이 있었지만 수사차 왔을 뿐이었다. 손님으로 온 적은 없었다.

그녀가 상상했던 것만큼 편안한 분위기였다. 그녀는 몬트리올에 있는 남편에게 가서 집을 팔고 아이들의 학교를 옮긴 다음 남편과 자신의 직장을 그만두고 여기로 이사 오자고 남편을 설득하는 자신의 모습이 그려졌다. 마을 광장에서 조금 벗어난 곳에 작은 집을 얻고 비스트로나 머나의 서점에서 일자리를 구할 수 있으리라.

그녀는 안락의자에 주저앉아 부엌에서 나오는 보부아르를 지켜보았다. 그는 한 손에 파테를 올린 빵 조각을 들고 다른 손에는 맥주를 든 채 소파를 향해 걸어왔다. 그러다 갑자기 멈춰 서더니 마치 쫓겨나기라도 한 듯 방향을 바꿔 밖으로 나갔다.

얼굴에 사악한 냉소를 머금은 루스가 일어나더니 절뚝거리며 술 쟁반으로 다가갔다. 그녀는 잔에 스카치를 채운 뒤 소파로 돌아갔다. 마치 먹잇감을 노리는 바다 괴물이 다시 수면 아래로 들어가는 듯한 모습이었다.

"비스트로를 언제 다시 열 수 있을까요?" 가브리가 올리비에, 머나와 함께 라코스트 곁으로 와서 물었다.

"가브리." 올리비에가 난처하다는 듯 말했다.

"왜? 그냥 물어보는 거야."

"필요한 일은 다 했으니까 언제든지 좋으실 때 열어도 돼요." 라코스트가 올리비에에게 말했다.

"비스트로를 오래 닫아 두면 안 돼. 우리 다 굶어 죽을 거라고." 머나가 말했다.

피터가 머리를 디밀고 큰 소리로 말했다. "저녁 식사 합시다!"

"그래도 지금 당장 굶어 죽지는 않겠네." 부엌으로 향하며 머나가 말했다.

루스가 힘겹게 소파에서 일어나 베란다 문으로 향했다.

"귀먹었어? 저녁 다 식어. 어서 들어와." 그녀가 가마슈, 보부아르, 클라라에게 소리쳤다.

서둘러 루스 곁을 지나치는 보부아르는 괄약근이 조여드는 느낌이었다. 클라라도 보부아르의 뒤를 따라 저녁 식탁으로 갔다. 하지만 가마슈는 남아 있었다.

잠시 후 그는 자신이 혼자가 아니라는 사실을 깨달았다. 루스가 곁에 서 있었다. 키가 크고 완고한 그녀는 지팡이에 몸을 의지했고, 빛이 반사된 얼굴에는 깊은 주름이 더 어둡게 도드라졌다.

"올리비에가 이상한 걸 받았지. 아니오?"

마을 광장에서 들려오는 웃음소리를 가르고 날카롭고 뾰족한 늙은 목소리가 들려왔다.

"뭐라고 하셨습니까?" 가마슈가 루스를 향해 돌아섰다.

"시체 말이오. 당신이라 해도 그 정도로 멍청하진 않겠지. 누군가가 올리비에에게 시체를 줬다고. 올리비에는 욕심 많고 게으르고 아마 꽤 나약할지도 모르지만 사람을 죽이진 않아요. 그러니 누군가가 비스트로를 살인 장소로 택한 이유가 있지 않겠소?"

가마슈는 눈썹을 추켜올렸다. "누군가가 의도적으로 비스트로를 선택했다고 생각하십니까?"

"글쎄, 우연히 일어난 일은 아니지. 살인범이 올리비에의 비스트로를 살인 장소로 선택한 거요. 그자가 올리비에에게 시체를 준 거지."

"사람도 죽이고 사업도 망치려고요? 금붕어에게 흰 빵을 주는 것처럼 말입니까?" 가마슈가 물었다.

"꺼지쇼." 루스가 말했다.

"내가 준 것은 당신에게 좋을 게 없네. 금붕어에게 준 흰 빵처럼." 가마슈가 시를 읊었다.

그의 곁에서 루스가 어색하게 경직되더니 곧 낮고 으르렁거리는 목소리로 자신의 시를 마무리했다.

"꾸역꾸역 먹은 흰 빵이 금붕어를 죽였지.
금붕어는 배를 뒤집은 채 연못에 둥둥 떠다녔어.
해로운 걸 과식한 것은
자신들의 잘못이 아니라는 듯이
놀란 얼굴을 하고
우리의 죄책감을 이용하네."

가마슈는 시를 들었다. 자신이 좋아하는 시 가운데 하나였다. 그는 이 밤에 마을 사람들로 활기 넘쳐야 할 어둡고 텅 빈 비스트로를 건너다보았다.

루스의 말이 맞을까? 누군가가 고의로 비스트로를 선택했을까? 하지만 그 말은 올리비에도 어떻게든 연루가 되어 있다는 뜻이었다. 올리비에가 자초한 사건일까? 마을 사람 중에 부랑자를 죽일 만큼 싫어하고, 비스트로에서 살인을 할 만큼 올리비에를 싫어하는 자가 누굴까? 부랑자는 단지 편리한 도구였을까? 번지수를 잘못 찾은 불쌍한 사람이었을까? 올리비에를 공격할 무기로 이용되었을 뿐일까?

"누가 올리비에게 이런 짓을 하고 싶어 했을지 짐작이 가십니까?"
가마슈가 루스에게 물었다.

그녀는 어깨를 으쓱하더니 돌아서서 가 버렸다. 가마슈는 그녀가 친구들 사이에 마련된 자신의 자리에 앉는 모습을 지켜보았다. 그들은 모두 서로를 스스럼없이 대했고 이제는 가마슈도 그렇게 대했다.

그리고 살인자도?

8

저녁 식사가 서서히 마무리되어 가고 있었다. 그들은 달콤한 버터를 바른 옥수수, 피터와 클라라네 텃밭에서 수확한 신선한 채소, 숯불에 통째로 구운 연어를 먹었다. 손님들은 따뜻한 빵과 샐러드를 나누면서 사이좋게 이야기했다.

접시꽃, 스위트피, 꽃잔디가 무성한 머나의 꽃꽂이 덕분에 정원에서 밥을 먹는 기분이었다. 가마슈는 라코스트가 식탁에 둘러앉은 사람들에게 파라 가족과 올드 먼딘에 대해 묻는 걸 들었다. 경감은 사람들이 자신이 조사를 받고 있다는 사실을 아는지 궁금했다.

보부아르는 브룀 컨트리 축제와 방문객에 대해 옆자리 사람들과 이야기 중이었다. 그의 맞은편에 앉은 루스가 보부아르를 노려보고 있었다. 가마슈는 그 표정이 루스의 거의 유일한 표정이라는 것을 알면서도 왜 인지 궁금했다.

가마슈는 루콜라, 양상추, 잘 익은 신선한 토마토로 만든 샐러드를 덜고 있는 피터에게 말을 건넸다.

"옛 해들리 저택이 팔렸다던데요. 새 주인을 만나 보셨습니까?"

피터가 가마슈에게 옹이가 있는 나무 샐러드 그릇을 건네주었다.

"만나 봤습니다. 마르크와 도미니크 질베르 부부죠. 마르크의 어머니도 함께 삽니다. 그녀는 퀘벡 시에서 왔죠. 간호사였다던가? 뭐 그랬습니다. 은퇴한 지 오래됐고요. 도미니크는 몬트리올에서 광고 일을 했고 마르크는 투자 중개인이었습니다. 돈을 많이 번 뒤 시장이 안 좋아지기 전에 일찍 은퇴를 했답니다."

"운이 좋은 사람이군요."

"똑똑한 사람이죠." 피터가 말했다.

가마슈는 자신 몫의 샐러드를 덜었다. 마늘, 올리브오일, 신선한 타라곤이 섞인 드레싱의 은은한 향을 맡을 수 있었다. 피터가 자신들의 잔에 레드 와인을 더 따르고는 긴 식탁 저편으로 병을 건넸다. 가마슈는 피터의 말에 단서나 숨은 의미가 있는지 살폈다. 피터가 말한 '똑똑하다'는 뜻은 '약삭빠르다', '교활하다', '음흉하다'는 뜻일까? 하지만 가마슈는 피터가 진심으로 말했다는 느낌이 들었다. 그것은 칭찬이었다. 피터는 남들을 욕하지도 않지만 칭찬도 잘 하지 않았다. 피터는 마르크에게서 깊은 인상을 받은 것 같았다.

"그들을 잘 아십니까?"

"저녁을 몇 번 같이 먹었습니다. 호감 가는 부부더군요." 피터로서는 거의 과장된 평가였다.

"그 돈으로 해들리 저택을 샀다니 흥미롭군요. 그곳은 일 년 넘게 버려져 있었잖습니까. 이 주위에서 얼마든지 다른 곳을 살 수 있었을 텐데요." 가마슈가 말했다.

"우리도 조금 놀랐습니다. 그들 말로는 깨끗한 캔버스를 원했대요. 자신들만의 그림을 그릴 수 있는 곳 말입니다. 그 저택은 사실상 건물 껍데기만 남아 있었으니까요. 게다가 대지도 넓고요. 도미니크가 말을 키우고 싶어 하더군요."

"로어 파라가 말이 다니는 길을 내고 있다고 들었습니다."

"오래 걸리는 일이죠."

이야기를 하는 동안 피터의 목소리가 속삭이듯 점점 작아져서 두 사람은 뭔가를 공모하는 이들처럼 서로 몸을 가까이 기울였다. 가마슈는 자신들이 뭘 공모하는지 궁금했다.

"세 사람이 살기에는 집이 클 텐데요. 그들에게 아이가 있습니까?"

"음, 없어요."

피터의 눈이 식탁 저편으로 갔다가 다시 가마슈를 바라보았다. 방금 누구를 본 거지? 클라라? 가브리? 알 수 없었다.

"그들이 이 동네에서 친구를 좀 사귀었습니까?" 가마슈가 몸을 바로 세우고 포크로 샐러드를 한입 먹으며 정상적인 톤으로 말했다.

피터는 식탁 저편을 다시 한 번 보고 목소리를 더 낮추었다. "그렇진 않습니다."

가마슈가 미처 더 알아보기 전에 피터가 일어나서 식탁을 정리하기 시작했다. 싱크대로 간 피터는 담소를 나누는 친구들을 돌아보았다. 그들은 가까웠다. 서로 손을 뻗어 만질 수 있을 만큼 가까웠고 가끔씩 진짜 만지기도 했다.

하지만 피터는 그럴 수 없었다. 그는 따로 떨어져서 보기만 했다. 그는 옛 해들리 저택에 살던 벤이 그리웠다. 피터는 어릴 때 그곳에서 놀았었다. 그는 저택의 구석구석을 잘 알았다. 유령과 거미가 사는 으스스한 곳까지 모두 알았다. 하지만 이제 그곳엔 다른 사람들이 살면서 저택을 전혀 다른 곳으로 바꿔 놓았다.

질베르 부부를 떠올리며 피터는 기분이 약간 나아지는 듯했다.

"무슨 생각 하십니까?"

피터는 가마슈가 바로 옆에 서 있는 걸 알고 흠칫 놀랐다.

"별것 아닙니다."

가마슈는 피터의 손에서 핸드믹서를 받아 들고 휘핑크림과 바닐라 에센스 한 방울을 차가운 그릇에 부었다. 그는 믹서를 작동시키고 피터에게 몸을 기울였다. 그의 목소리는 왱왱거리는 기계 소리에 묻혀 피터 외에 다른 사람에게는 들리지 않았다.

"해들리 저택과 그곳 사람들에 대해 말해 주시죠."

피터는 망설였지만 가마슈가 이쯤에서 멈추지 않을 것이란 사실을 알았다. 그리고 지금은 그 어느 때보다 조심스럽게 말할 수 있었다. 피터의 이야기는 기계 소리와 뒤섞여 15센티미터 밖에서는 누구도 알아들을 수 없었다.

"마르크와 도미니크는 고급 스파 리조트를 열 계획입니다."

"옛 해들리 저택에요?"

가마슈가 너무 깜짝 놀라는 바람에 피터는 웃음을 터트릴 뻔했다. "기억하시는 모습과는 전혀 다른 장소가 되었습니다. 직접 보셔야 해요. 기가 막힙니다."

가마슈는 새 페인트칠과 새 가전제품이 악령을 내쫓을 수 있을지, 그리고 가톨릭교회가 그 사실을 아는지 궁금했다.

"하지만 모두가 이 일을 반기는 건 아닙니다." 피터가 말을 이었다. "그들이 올리비에의 직원 몇 명을 면접한 뒤 더 높은 임금을 제시하며 일자리를 주겠다고 했거든요. 올리비에는 직원들 대부분을 붙잡긴 했지만 월급을 더 많이 줘야 했습니다. 그 둘은 거의 말을 섞지 않지요."

"마르크와 올리비에가요?" 가마슈가 물었다.

"한 방에 있지도 않을 겁니다."

"작은 마을에서 분명 어색하겠군요."

"꼭 그렇지도 않습니다."

"그럼 우리가 왜 속삭이고 있죠?" 가마슈가 핸드믹서를 끄고 정상적인 톤으로 말했다. 피터는 허둥지둥하며 또다시 식탁 쪽을 바라보았다.

"올리비에가 괜찮아질 거란 건 알지만 지금은 얘기를 꺼내지 않는 게 더 편할 겁니다."

피터가 가마슈에게 쇼트케이크를 건넸다. 가마슈는 케이크를 반으로 갈랐고 피터는 선명한 빨간색 과즙이 배어 나온 얇게 썬 딸기를 케이크 위에 올렸다.

가마슈는 자리에서 일어나는 클라라와 그녀의 뒤를 따르는 머나를 보았다. 올리비에가 다가와 커피메이커로 커피를 준비했다.

"도와줘요?" 가브리가 물었다.

"여기, 크림 좀 올려 줘." 피터가 말했다. "케이크에 말이야, 가브리."

가브리는 휘핑크림을 한 스푼 떠서 올리비에에게 다가가려던 참이었다. 곧 딸기 쇼트케이크 주위로 남자들이 콩가여러 명이 허리를 잡고 긴 줄을 만들어 추는 춤를 추듯 짧은 대열을 이루었다. 그들은 완성된 디저트를 식탁으로 가져가려고 몸을 돌렸다가 그 자리에 우뚝 멈춰 섰다.

촛불만 켜진 그곳에 클라라의 작품이 있었다. 아니, 이젤에 세워진 커다란 캔버스 세 개가 있었다. 가마슈는 갑자기 약간 어지러웠다. 마치 렘브란트나 다빈치, 티치아노가 살던 시대로 돌아간 듯했다. 그때는 그림을 햇빛이나 촛불 아래에서만 볼 수 있었다. 〈모나리자〉가 처음 공개됐을 때도 이랬을까? 시스티나 성당은? 횃불을 가지고 봤을까? 동굴벽화처럼?

가마슈는 마른 행주에 손을 닦고 세 개의 이젤에 가까이 다가갔다. 그는 다른 손님들도 자신처럼 그림에 이끌려 다가가는 모습을 보았다. 그림 주변에서 깜빡이는 촛불이 가마슈의 예상보다 더 밝은 빛을 비추고 있었다. 하지만 클라라의 그림 자체가 빛나는 것일 수도 있었다.

"물론 다른 그림들도 있지만 이 세 점이 포틴 갤러리에서 할 전시의 하이라이트예요."

하지만 이 말을 제대로 듣는 사람은 없었다. 모두들 이젤에 놓인 그림을 뚫어지게 보고 있었다. 몇 명은 여기, 몇 명은 저기 모여 있었다. 가마슈는 잠시 물러서서 그 광경을 바라보았다.

세 점의 초상화에 그려진 세 명의 나이 든 여인이 자신을 응시했다.

하나는 분명히 루스를 그린 그림이었다. 데니스 포틴의 눈을 사로잡은 작품이었다. 포틴으로 하여금 클라라에게 개인전을 하자는 아주 특별한 제안을 하게 한 그림이었다. 이 작품은 몬트리올에서 토론토, 뉴욕과 런던에 이르는 예술계를 들썩이게 만들었다. 그들은 퀘벡의 이스턴 타운십스에 묻혀 있던 보물, 새롭게 나타난 재능 있는 작가에 대해 떠들어 댔다.

그리고 지금 그들 앞에 그 작품이 있었다.

클라라 모로는 루스를 기억에서 사라진 늙은 성모마리아로 그렸다. 망령 들고 성난 얼굴의 초상화 속 루스는 절망과 비통함으로 가득했다. 남겨진 삶과 잃어버린 기회를 기억했고, 현실과 상상에서 만들고 경험했던 상실과 배신을 떠올렸다. 그녀는 수척한 손으로 파란색 거친 숄을 움켜쥐고 있었다. 숄이 흘러내려 앙상한 어깨가 드러났고 피부는 못에 걸린 거죽처럼 축 처져 있었다.

그럼에도 초상화는 빛났다. 작은 점에서 나오는 빛이 방 안을 채웠다. 그녀의 눈. 적의를 품은 미친 루스가 먼 곳을 응시하고 있었다. 아득한 저편에서 다가오는 무언가를 현실이 아닌 상상 속에서 보고 있었다.

희망.

클라라는 절망이 희망으로 변하는 순간, 삶이 시작되는 순간을 포착했다. 어떻게 했는지는 몰라도 은총을 포착했다.

가마슈는 숨이 멎을 것 같았고 눈에서 타는 듯한 뜨거움을 느꼈다. 그는 눈을 멀게 할 만큼 눈부신 무언가를 피하듯 눈을 깜빡이며 시선을 돌렸다. 그는 방 안의 모든 이가 그림을 바라보고 있는 모습을 보았다. 그들의 얼굴이 촛불에 은은하게 빛났다.

다음 초상화는 피터의 어머니가 분명했다. 가마슈는 그녀를 한 번 만난 적이 있었고 잊지 않았다. 클라라는 그녀가 관람객을 정면으로 응시하도록 그렸다. 그림 속 그녀는 루스처럼 먼 곳이 아니라 아주 가까운 곳을 보고 있었다. 지나치게 가까웠다. 그녀의 백발은 느슨하게 말아 올려져 있었고 얼굴을 뒤덮은 미세한 주름은 떨어지기 일보 직전의 산산 조각 난 유리창 같았다. 흰 피부에 분홍빛이 감도는 그녀는 건강하고 사랑스러웠다. 조용하고 부드러운 미소가 다정한 파란 눈까지 이어졌다. 가마슈는 탤컴파우더와 시나몬 향을 맡을 수 있을 것 같았다. 그럼에도 이 초상화는 그를 몹시 불안하게 만들었다. 그리고 그때 그는 바깥쪽으로 미묘하게 향해 있는 손의 모습을 알아챘다. 그녀가 캔버스 너머로 손가락을 뻗은 듯했다. 자신을 향해. 가마슈는 온화하고 사랑스럽고 나이 든 이 여인이 자신을 만지려 한다는 인상을 받았다. 그리고 그녀가 진짜 만진다면 그는 한 번도 겪어 보지 못한 슬픔을 알게 될 것 같았다. 아무것도 존재하지 않는, 고통조차 없는 공허함을 알게 될 것 같았다.

그녀는 불쾌했다. 그럼에도 가마슈는 고소공포증이 있는 사람이 낭떠러지에 끌리듯 그녀에게 끌렸다.

세 번째 나이 든 여인은 가마슈가 모르는 사람이었다. 그는 그녀를 한 번도 본 적 없었고, 클라라의 어머니가 아닐까 생각했다. 어딘지 모르게 클라라와 닮은 구석이 있었다.

그는 그림을 자세히 들여다보았다. 클라라는 사람의 영혼을 그렸고, 가마슈는 이 여인의 영혼에는 무엇이 있는지 알고 싶었다.

그녀는 행복해 보였다. 어깨 너머로 미소를 지으며 관심 있는 무언가를 바라보았다. 상당히 마음을 쓰고 있는 무언가를. 그녀 또한 숄을 둘렀는데, 울로 된 낡고 거친 진빨강 숄이었다. 그녀는 한때 부자였다가 갑자기 가난해진 사람 같았다. 그렇지만 그녀에게는 별문제가 아닌 듯했다.

흥미롭군. 가마슈는 생각했다. 그녀의 몸과 시선은 각각 다른 방향을 향했다. 뒤를 돌아보고 있었다. 그녀 때문에 그는 압도적인 갈망을 느꼈다. 그는 이 초상화 앞으로 안락의자를 끌고 오고 싶은 마음뿐이었다. 커피 한 잔을 들고 저녁 내내 그림을 바라보고 싶었다. 남은 평생 동안 내내. 이 그림은 유혹적이었다. 그리고 위험했다.

그는 애써 눈을 돌렸다. 클라라가 자신의 작품을 보는 친구들을 어둠 속에 서서 지켜보고 있었다.

피터 역시 지켜보고 있었다. 자존심이 상한 표정은 아니었다.

"봉 디유. 세 텍스트라오르디네르Bon Dieu. C'est extraordinaire. 맙소사. 정말 대단해." 가브리가 말했다.

"펠리시타시옹Félicitations 축하해요, 클라라. 세상에, 진짜 멋지네. 다른 그림이 더 있어요?" 올리비에가 말했다.

"자기를 그린 그림이 있냐는 말이지?" 클라라가 웃으며 물었다. "농, 몽 보Non, mon beau 아니. 자기는 없어. 루스와 피터의 어머니뿐이야."

"이 사람은 누구예요?" 라코스트가 가마슈가 보고 있던 그림을 가리켰다.

클라라가 미소 지었다. "얘기 안 할래요. 맞혀 보세요."

"나야?" 가브리가 물었다.

"응, 가브리. 자기 맞아." 클라라가 말했다.

"정말요?" 가브리는 클라라가 웃는 모습을 뒤늦게 보았다.

기묘하게도 그게 가브리일 수도 있을 것 같다고 가마슈는 생각했다. 그는 다시 은은한 촛불 아래에서 초상화를 보았다. 신체적으로는 아니지만 정서적으로 비슷했다. 행복함이 있었다. 하지만 또 다른 것이 있었다. 가브리와 어울리지 않는 어떤 점이 느껴졌다.

"그래, 어떤 게 나지?" 루스가 물었다. 그녀는 절뚝이며 그림 가까이 다가갔다.

"이 주정뱅이 할망구. 이거잖아요." 가브리가 말했다.

루스는 자신과 꼭 닮은 그림을 자세히 들여다보았다. "아닌 것 같은데. 네 녀석 같아 보이는구먼."

"쭈그렁 할망구." 가브리가 투덜댔다.

"호모 자식." 루스가 중얼거리며 되받아쳤다.

"클라라가 당신을 동정녀 마리아로 그렸군요." 올리비에가 설명했다.

루스가 더 가까이 몸을 기울이더니 고개를 저었다.

"동정녀라고?" 가브리가 머나에게 속삭였다. "분명히 마음속으로 하는 그 짓은 치지 않은 걸 거야."

"이야기가 나왔으니 말인데." 루스가 보부아르를 바라보았다. "피터, 종이 한 장 있나? 시가 떠오르는 것 같네. 근데 '개자식'과 '빌어먹을 놈'이 한 문장에 나오면 너무 과하겠지?"

보부아르가 움찔했다.

"그냥 눈을 감고 영국을 생각해_{부인이 남편과 원치 않는 성교를 할 때 국가에 보탬이 될 자식을 생각하며 참았다는 데서 나온 말}." 루스가 한 영어에 대해 생각하고 있던 보부아르에게 루스가 충고했다.

가마슈가 피터에게 다가갔다. 피터는 아내의 작품을 보고 있었다.

"어떻습니까?"

"제가 이 그림들을 면도칼로 조각내서 불태워 버리고 싶은지 묻는 겁니까?"

"뭐 그런 거지요."

둘은 이전에도 이런 대화를 했었다. 분명히 곧 피터가 가족 내에서, 마을 내에서, 퀘벡 주 내에서 최고의 예술가라는 지위를 곧 아내에게 내놓아야 할 것이라는 내용이었다. 피터는 이 사실을 받아들이려고 애썼지만 늘 성공적이지는 않았다.

"전 그녀를 막을 수 없어요. 그러고 싶지도 않고요." 피터가 말했다.

"막는 것과 적극적으로 지지하는 것은 다르지요."

"이 그림들은 너무 좋아서 제가 더 이상 부정할 수도 없군요. 그녀에게 놀랐습니다." 피터가 인정했다.

두 사람은 저편에 있는 작고 통통한 여인을 쳐다보았다. 그녀는 자신이 걸작을 그렸다는 사실을 깨닫지 못한 게 분명한, 걱정스러운 표정으로 친구들을 바라보고 있었다.

"그림을 그리고 계십니까?" 가마슈가 피터의 작업실로 통하는 닫힌 문을 고갯짓으로 가리켰다.

"늘 그렇지요. 통나무를 그리고 있습니다."

"통나무요?" 대단하게 들리지는 않았다. 그렇지만 피터 모로는 이 나라에서 가장 성공한 예술가 중 한 명이었다. 그는 일상적이고 평범한 사물을 가져다 엄청나게 자세히 그렸다. 그래서 사물의 원래 모습을 더 이상 알아볼 수 없을 정도로. 그는 사물의 일부분에 가까이 다가가 그 부분을 확대해서 그렸다.

그의 작품들은 추상적으로 보였다. 그것이 추상화가 아니라는 점이 피터에게 큰 만족감을 주었다. 그림은 극사실적이었다. 지나치게 사실적이어서 아무도 뭘 그렸는지 알아보지 못했다. 그리고 이번 소재는 통나무였다. 벽난로 옆 장작더미에서 가져온 통나무가 지금 그의 작업실에서 그를 기다리고 있었다.

디저트가 차려지고 커피와 코냑이 나왔다. 사람들은 편하게 돌아다녔다. 가브리는 피아노를 연주했고 가마슈는 계속해서 그림에 매료되어 있었다. 그는 특히 뒤를 돌아보는 이름 모를 여인의 초상화에 빠져 있었다. 클라라가 가마슈에게 다가왔다.

"세상에, 클라라. 이 세상 그 어떤 사람이 그린 작품보다 최고군요."

"진심이세요?" 클라라가 짐짓 진지한 척 물었다.

가마슈가 미소 지었다. "아주 멋집니다. 두려워할 거 하나도 없어요."

"그게 사실이라면 전 그림을 그릴 수 없겠네요."

가마슈가 자신이 보고 있던 그림을 고개로 가리켰다. "누굽니까?"

"오, 그냥 제가 아는 사람이에요."

가마슈는 기다렸다. 하지만 클라라는 평소답지 않게 입을 열지 않았고 가마슈는 정말 중요한 문제는 아니라고 생각했다. 그녀가 자리를 떴고 그는 계속해서 그림을 보았다. 그리고 그가 바라보는 동안 그림이 변했다. 아니, 아마 불안정한 빛의 눈속임이리라고 생각했다. 하지만 바라보면 볼수록 클라라가 그림에 뭔가 특별한 것을 집어넣었다는 느낌이 들었다. 비애에 찬 루스가 희망을 찾은 것처럼 이 초상화에도 예기치 못한 점이 있었다.

그림 속 행복한 여인은 멀지 않은 곳에 있는 어떤 것을 보고 있었다. 그녀에게 기쁨과 위안을 주는 것이었다. 하지만 그녀의 눈은 이제 막 다른 것을 알아채고 거기에 초점을 맞추었다. 그것은 아직 저 멀리에 있지만 그녀에게 다가오고 있었다.

가마슈는 코냑을 홀짝이며 지켜보았다. 그리고 그녀가 막 알아챈 것이 무엇인지 그도 서서히 느꼈다.

공포.

9

세 수사관들은 작별 인사를 하고 잔디 광장을 가로질렀다. 밤 11시였고 칠흑같이 어두웠다. 라코스트와 가마슈는 잠시 걸음을 멈추고 밤하늘을 보았다. 평소처럼 몇 걸음 앞서 가던 보부아르가 혼자 걷고 있다는 사실을 마침내 깨닫고 멈춰 섰다. 마지못해 하늘을 올려다본 그는 별이 엄청나게 많이 보여서 적잖이 놀랐다. 루스의 작별 인사가 생각났다.

"'장 기'와 '나를 물어뜯지'는 각운이 맞아, 그렇지?"

보부아르는 곤경에 빠졌다.

바로 그때 머나의 서점 위층 집에 불이 켜졌다. 그들은 차를 끓이고 쿠키를 접시에 담는 그녀의 움직임을 볼 수 있었다. 그리고 불이 꺼졌다. "우리는 방금 머나가 차를 따르고 쿠키를 접시에 담는 모습을 보았습니다." 보부아르가 말했다.

나머지 두 사람은 보부아르가 왜 뻔한 말을 하는지 의아했다.

"지금은 어둡죠. 실내에서 뭔가를 하려면 불빛이 필요합니다." 보부아르가 말했다.

가마슈는 이 당연한 말에 숨겨진 의미를 생각했다. 하지만 라코스트가 먼저 알아챘다.

"어젯밤 비스트로 말이군요. 살인범도 불을 켰어야 했겠죠? 그리고 그랬다면 누군가 보지 않았을까요?"

가마슈는 미소를 지었다. 그들의 말이 옳았다. 비스트로의 불빛이 분명 보였으리라.

그는 주위를 둘러보며 뭔가를 목격했을 만한 집을 찾아보았다. 하지만 집들은 비스트로 양쪽으로 날개처럼 퍼져 있었다. 어떤 집도 완벽한 시야를 확보하지 못했다. 정확히 맞은편에 자리한 곳이어야 했다. 가마슈는 뒤돌아섰다. 세 그루의 위풍당당한 소나무가 마을의 잔디 광장에 서 있었다. 그것들이 한 사람이 다른 사람의 목숨을 빼앗는 장면을 지켜보았다. 하지만 비스트로의 맞은편에는 소나무 말고 또 다른 것이 있었다. 맞은편 저 위쪽에.

옛 해들리 저택은 꽤 떨어진 곳에 있지만 밤에 비스트로의 불이 켜졌다면 새 주인이 살인을 목격했을지도 모를 일이었다.

"아니면 혹시 살인범이 불을 켜지 않았을 가능성도 있어요. 자신이 보일 수도 있다는 사실을 알았을 테니까요." 라코스트가 말했다.

"손전등을 사용했을 거란 말인가?" 보부아르가 물었다. 그는 지난밤 저곳에서 피해자를 기다리던 살인범이 손전등을 켜서 발밑을 비추는 모습을 상상했다.

라코스트가 고개를 저었다. "그런 불빛도 밖에서 보일 수 있죠. 제 생각에 살인범은 그 정도의 위험조차 원치 않았을 거예요."

"그럼 그는 불을 켜지 않고 있었겠군." 가마슈가 말했다. 그는 이것이 어떤 결론을 향해 가는지 알았다. "왜냐하면 불빛이 필요 없었으니까. 범인은 어둠 속에서도 비스트로를 잘 아는 사람이었어."

다음 날이 밝았다. 환하고 상쾌한 아침이었다. 다시 햇볕의 따스한 기운이 감돌았고 아침 식사 전 마을 광장을 거닐던 가마슈는 스웨터를 벗어 들었다. 부모나 조부모보다 일찍 일어난 아이들 몇몇이 연못에서 마지막 개구리 잡기에 한창이었다. 그들은 가마슈를 본체만체했고, 그는 멀리서 아이들을 즐겁게 바라보다가 다시 홀로 평화로운 산책을 계속했다. 그는 머나에게 손을 흔들었다. 그녀도 혼자 언덕을 오르며 산책을 하고 있었다.

여름방학의 마지막 날이었다. 가마슈는 학교를 졸업한 지 수십 년이 되었지만 여전히 그 기분을 느낄 수 있었다. 여름이 끝난 슬픔과 친구들을 다시 본다는 설렘이 뒤섞인 기분을. 여름 동안 훌쩍 큰 키에 맞게 새로 산 옷, 끝이 뾰족해지도록 깎고 깎은 새 연필과 깎아 낸 나무 부스러기 냄새. 그리고 새 공책. 그런 것들은 항상 묘한 떨림을 가져다주었다. 아무것도 손상되지 않았고 아직 아무런 실수도 없었다. 그것들이 품고 있는 것은 장래성과 가능성이었다.

새로운 살인 사건 수사도 꽤 비슷한 느낌이었다. 자신들이 벌써 공책을 더럽힌 걸까? 어떤 실수라도?

가마슈는 뒷짐을 지고 먼 곳을 바라보며 천천히 마을 광장을 도는 동안 이 문제를 생각했다. 그는 느긋하게 몇 바퀴를 돌고서 아침을 먹으러 안으로 들어갔다.

보부아르와 라코스트가 이미 내려와 거품이 떠 있는 카페오레를 앞에 두고 앉아 있었다. 그들은 가마슈가 들어서자 일어났고 그는 앉으라고 손짓했다. 주방에서 메이플 시럽에 절인 등살 베이컨, 달걀, 커피 냄새 가 풍겨 왔다. 가마슈가 자리에 앉고 곧 가브리가 에그 베네딕트, 과일, 머핀이 담긴 접시들을 들고 주방에서 나왔다.

그날 아침 따라 상당히 줄리아 차일드미국의 요리 연구가처럼 보이는 이 덩치 큰 남자가 말했다. "올리비에는 막 비스트로로 갔어요. 오늘 문을 열지 말지는 잘 모르겠대요. 전 문을 열어야 한다고 말했지만 봐야 알겠죠. 그러지 않으면 손해 볼 거라고 지적은 했어요. 보통은 그 말이 먹히거든요. 머핀 드실 분?"

"실 부 플레S'il vous plait 하나 주세요." 라코스트가 핵폭발한 것처럼 보이는 머핀을 하나 집었다. 그녀는 아이들과 남편이 보고 싶었다. 하지만 놀랍게도 이 작은 마을이 그 구멍을 메워 주는 듯했다. 물론 머핀을 충분히 채워 넣으면 아무리 큰 구멍이라도 메워지리라. 잠시 동안은. 그녀는 기꺼이 그렇게 해 보기로 했다.

가브리가 가마슈에게 카페오레를 가져다주고 간 뒤 보부아르가 몸을 앞으로 기울였다.

"오늘 할 일은 뭡니까, 경감님?"

"배경 조사를 해야지. 올리비에에 관한 모든 걸 알아보고 그에게 원한을 가질 만한 사람이 누군지 찾아보게."

"다코르D'accord 알겠습니다." 라코스트가 말했다.

"그리고 파라네 가족에 대해서도. 이곳과 체코에서의 행적을 모두 조사해 보게."

"그러겠습니다. 경감님은요?" 보부아르가 말했다.

"옛 친구와 약속이 있네."

아르망 가마슈는 스리 파인스 밖으로 뻗은 언덕을 올랐다. 트위드 재킷을 팔에 걸치고 걸으며 가는 걸음에 놓인 밤을 찼다. 나무에 달린 사과에서 달콤하고 기분 좋은 냄새가 났다. 모든 것이 익어 가고 무성했지만 몇 주 후면 된서리가 내릴 터였다. 그리고 모든 것이 사라지리라.

그가 걸어갈수록 옛 해들리 저택이 점점 커졌다. 그는 마음을 단단히 먹었다. 슬픔의 파도에 대비했다. 어리석게 저택 가까이 다가가는 사람들은 저택에서 밀려온 슬픔의 파도에 휩쓸렸다.

하지만 그의 방어가 생각보다 훌륭했거나 무언가가 달라져 있었다.

가마슈는 햇빛이 내리쬐는 자리에 멈춰 서서 저택을 마주했다. 그곳은 무질서하게 확장해 나간 빅토리아 시대풍의 고급 주택으로 작은 탑, 비늘 같은 지붕널, 넓은 베란다, 연철 난간이 있었다. 새로 칠한 페인트가 햇빛을 받아 빛났다. 기분 좋게 반짝이는 붉은색 현관문은 피가 아니라 크리스마스, 그리고 체리와 아삭한 가을 사과를 떠올리게 했다. 가시덤불이 치워진 길에는 단단한 판석이 깔려 있었다. 가마슈는 다듬어진 산울타리와 손질된 나무들을 알아봤고 죽은 나무가 치워졌다는 것도 눈치챘다. 로어 파라가 한 일이었다.

그리고 가마슈는 놀랍게도 자신이 옛 해들리 저택 앞에 서 있으면서 미소를 짓고 있다는 사실을 깨달았다. 게다가 집 안으로 들어가고 싶어 죽을 지경이었다.

70대 중반의 여성이 문을 열었다.

"위?"

그녀의 세련된 커트 머리는 푸르스름한 회색이었다. 그녀는 약간의
눈 화장을 제외하면 거의 민낯이었다. 호기심 어린 눈빛으로 가마슈를
바라보다가 곧 알았다는 듯이 미소를 지으며 문을 활짝 열었다.

가마슈는 그녀에게 신분증을 제시했다. "번거롭게 해 드려 죄송합니
다. 마담. 저는 아르망 가마슈라고 합니다. 퀘벡 경찰청에 있습니다."

"누군지 알아요, 무슈. 들어오세요. 전 카롤 질베르예요."

현관 안으로 그를 안내하는 그녀의 태도는 친절하고 우아했다. 가마
슈는 전에도 이곳에 온 적이 있었다. 그것도 여러 번. 하지만 이제 옛 모
습은 찾아볼 수 없었다. 마치 앙상한 뼈다귀에 새로 근육과 힘줄, 피부
가 생긴 것 같았다. 저택의 구조는 그대로였지만 나머지는 모두 달라져
있었다.

"이곳을 아시죠?" 그녀가 가마슈를 바라보며 물었다.

"알았죠." 가마슈가 그녀에게로 눈을 돌리며 말했다. 그녀는 흔들림
없이 그를 마주 보았지만 도전적이지는 않았다. 저택의 여주인으로서
자신의 위치에 대한 자신감이 있었고 그걸 증명할 필요는 없었다. 가마
슈는 그녀가 친절하고 따뜻하며 관찰력이 아주 뛰어난 것 같다고 생각
했다. 피터가 뭐라고 했었지? 그녀가 간호사였다고 했던가? 훌륭한 간
호사였으리라 짐작했다. 최고의 간호사는 관찰력이 뛰어나다. 어떤 것
도 그냥 흘려버리지 않는다.

"많이 변했군요." 가마슈가 그렇게 말하자 그녀가 고개를 끄덕였다.

그녀는 가마슈를 집 안으로 안내했다. 그는 반짝이는 나무 바닥을 더럽히지 않으려고 러그에 발을 문지른 뒤 그녀의 뒤를 따랐다. 현관은 넓은 홀로 통했고 그곳에는 산뜻한 새 흑백 타일이 깔려 있었다. 만곡을 이루는 계단이 정면에 있었고 아치형 입구들이 각각 여러 방으로 이어졌다. 가마슈가 지난번에 왔을 때 이곳은 스러져 가는 폐허였다. 마치 저택이 넌더리가 나서 자해한 듯했다. 물건들이 나뒹굴었고 벽지는 너덜너덜했으며 마룻장은 들썩이고 천장도 뒤틀려 있었다. 그런데 지금은 홀 중앙에 반들반들한 탁자가 있었고 그 위에는 크고 화사한 꽃다발이 놓여 있어서 향기가 가득했다. 벽은 베이지 색과 회색의 중간 정도인 세련된 황갈색으로 칠해져 있었다. 밝고 따뜻하고 우아했다. 자신의 앞에 있는 여인처럼.

"우리는 아직 공사 중이에요." 그녀가 오른편 아치 입구로 그를 안내하며 말했다. 두 계단 아래로 넓은 거실이 있었다. "'우리'라고 했지만 사실 제 아들과 며느리가 하는 거죠. 물론 인부들도요."

그녀는 이 말을 하면서 자조 섞인 작은 미소를 지었다. "한번은 어리석게 제가 뭘 한다고 나섰다가 망치로 석고보드를 박으라는 걸 수도관과 전선을 때렸지 뭐예요."

그녀의 웃음은 꾸밈없고 전염성이 있어서 가마슈는 자신도 모르게 따라 웃었다.

"이제 저는 차를 담당하고 있죠. 다들 절 '티 레이디'라고 부른답니다. 차 드릴까요?"

"메르시, 마담. 아주 좋지요."

"마르크와 도미니크에게 당신이 여기 있다고 전할게요. 비스트로에서 발견된 불쌍한 남자 때문에 오셨죠?"

"그렇습니다."

그녀는 동정했지만 걱정하지 않았다. 자신과는 상관없는 일이라는 투였다. 그리고 가마슈는 그게 사실이길 바랐다.

그는 기다리는 동안 거실을 둘러보며 천장에서 바닥까지 이어진 창문으로 다가갔다. 햇살이 쏟아져 들어왔다. 방에는 좋아 보이는 소파와 의자가 편안하게 놓여 있었다. 모던한 느낌을 주는 비싼 천을 씌운 의자들이었다. 벽난로 주위에는 임스체어가구 디자이너 찰스와 레이 임스 부부가 만든 안락의자가 두 개 놓여 있었다. 현재와 과거가 편하게 어우러졌다. 이 방을 꾸민 사람은 안목이 있었다.

창문 양옆으로는 원목 바닥에 딱 떨어지는 실크 커튼이 달려 있었다. 가마슈는 커튼을 친 적이 거의 없으리라고 짐작했다. 이런 전망을 왜 가리겠는가?

장관이었다. 저택은 언덕 위에서 골짜기를 내려다보고 있었다. 가마슈는 벨라벨라 강이 마을을 빠져나가 산을 빙 둘러 건너편 계곡으로 구불구불 흘러가는 모습을 보았다. 산꼭대기의 나무들은 색이 변해 있었다. 그 위쪽은 이미 가을이었다. 빨간색, 적갈색, 주황색의 단풍이 곧 산을 타고 내려와 숲 전체가 불타게 되리라. 그리고 이곳에서는 모든 걸 아주 잘 볼 수 있었다. 경치뿐만 아니라 다른 것들도.

창가에 서서 그는 마을의 잔디 광장 주변을 걸어 다니는 루스와 로사를 보았다. 루스는 오래된 빵인지 돌인지를 다른 새들에게 던지고 있었다. 클라라의 텃밭에서 일하는 머나와 수사본부인 옛 기차역을 향해 돌다리를 건너는 라코스트도 보았다. 그는 라코스트가 돌다리 중간에 멈쳐서 잔잔하게 흐르는 강물을 바라보는 모습을 지켜보았다. 그녀가 무슨 생각을 하는지 궁금했다. 라코스트가 다시 걸음을 옮겼다. 마을 사람들도 집 밖으로 나와 오전의 허드렛일이나 정원 일을 하거나 포치에 앉아 신문을 읽고 커피를 마셨다.

그곳에서 가마슈는 모든 것을 볼 수 있었다. 비스트로까지.

폴 모랭 형사는 라코스트보다 일찍 도착해 옛 기차역 밖에 서서 메모를 하고 있었다.

"어젯밤에 이 사건에 대해 생각해 봤는데요." 모랭이 말했다. 그는 라코스트가 문을 여는 모습을 지켜보다 그녀를 따라 춥고 어두운 건물 안으로 들어갔다. 라코스트는 불을 켜고 자신의 책상으로 걸어갔다. "제 생각에 살인범은 분명히 비스트로의 조명을 켰을 거예요. 그렇지 않아요? 제가 어제 집에서 새벽 두 시에 걸어 다녀 봤는데 아무것도 안 보이더라고요. 완전히 깜깜했죠. 도시에서는 창문으로 가로등 불빛이 들어오지만 여기는 그런 게 없으니까요. 살인범이 피해자를 어떻게 알아봤겠어요?"

"그가 피해자를 그곳으로 초대했다면 알아봤겠죠. 비스트로에 있는 유일한 사람을 죽이면 되니까."

"그러네요." 모랭이 라코스트의 책상 쪽으로 자신의 의자를 끌고 왔다. "하지만 살인은 심각한 일이잖아요. 잘못되길 바라지 않을 거라고요. 피해자가 머리를 세게 맞았죠?"

라코스트는 컴퓨터에 패스워드를 입력했다. 남편의 이름을. 그녀는 모랭이 메모를 보며 이야기하는 데 정신 팔려 있어서 못 봤을 거라 확신했다.

"그건 보기보다 쉬운 일이 아닌 것 같아요. 제가 어젯밤에 해 봤거든요. 망치로 멜론을 때려 봤죠."

이제 라코스트는 그에게 집중했다. 어떻게 됐는지 알고 싶기도 했지만 새벽 2시에 일어나 어둠 속에서 멜론을 때린 사람이라면 마땅히 주목을 받아야 했기 때문이었다. 어쩌면 의사의 관심도 필요하리라.

"그래서요?"

"처음에는 스치기만 했어요. 제대로 맞힐 때까지 여러 번 때려야 했죠. 정말 지저분해지던데요."

잠시 모랭은 여자 친구가 일어나 구멍 뚫린 멜론을 보고 무슨 생각을 할지 궁금했다. 쪽지를 남기고 왔지만 도움이 될 것 같지는 않았다.

내가 그랬어. 실험하느라. 그는 그렇게 적어 두었다.

어쩌면 좀 더 분명하게 설명을 했어야 했는지도 모른다.

그래도 라코스트는 그가 한 말의 의미를 이해했다. 그녀는 의자 뒤로 기대며 생각에 잠겼다. 모랭은 그녀의 생각을 방해하지 않을 만한 분별이 있었다.

"그래서 어떻게 생각하죠?" 그녀가 마침내 물었다.

"살인범은 분명히 불을 켰을 거라고 생각해요. 하지만 그럼 들킬 위험이 있죠." 모랭은 만족스럽지 않은 듯 보였다. "전 이해가 안 돼요. 왜 비스트로에서 살인을 했을까요? 몇 미터 떨어진 곳에 컴컴한 숲이 있는데 말이에요. 거기서는 아무리 많은 사람을 죽여도 아무도 눈치채지 못할 거예요. 그런데 왜 범인은 시체가 발견되고 자신이 목격될 수도 있는 곳에서 살인을 저질렀을까요?"

"맞아요. 이해가 안 되는 일이죠. 경감님은 뭔가 올리비에와 관계있는 일이 아닐까 생각하세요. 아마 범인은 일부러 비스트로를 택했을 거예요." 라코스트가 말했다.

"올리비에를 연루시키려고요?"

"혹은 비스트로를 망하게 하려고."

"어쩌면 올리비에가 그랬을지도 몰라요. 생각해 보세요. 비스트로에서 불을 켜지 않고도 잘 다닐 수 있는 유일한 사람이잖아요. 열쇠도 가지고 있고……."

"비스트로의 열쇠는 모두가 가지고 있어요. 그곳 열쇠는 온 동네에 떠돌아다니는 것 같더군요. 올리비에는 현관 앞 화분 밑에도 하나 놔둔대요."

모랭은 놀란 기색 없이 고개를 끄덕였다. 시골에서는, 적어도 작은 마을에서는 여전히 그렇게 하니까.

"분명히 올리비에가 주요 용의자이긴 해요." 라코스트가 말했다. "하지만 그가 왜 자신의 비스트로에서 사람을 죽이겠어요?"

"어쩌면 그 남자 때문에 놀랐는지도 모르죠. 비스트로에 침입한 부랑자를 올리비에가 발견했고 서로 싸우다가 죽였을 수도 있잖아요." 모랭이 말했다.

라코스트는 모랭이 끝까지 결론을 내릴 수 있는지 보려고 잠자코 기다렸다. 모랭은 뾰족하게 모은 손끝에 얼굴을 기대고 허공을 응시했다. "그렇지만 그때는 한밤중이었어요. 그가 비스트로에서 누군가를 봤다면 경찰을 부르거나 적어도 애인을 깨우지 않았을까요? 올리비에 브륄레는 야구방망이를 들고 혼자 달려 나갈 사람으로 보이지 않았어요."

라코스트는 숨을 내쉬고 모랭을 바라보았다. 이 가냘픈 청년의 얼굴을 똑바로 비추는 불빛이 정확하다면 그는 멍청해 보였다. 하지만 그는 절대 그렇지 않았다.

라코스트가 말했다. "나는 올리비에를 알아요. 내가 장담컨대 그는 진짜 놀랐어요. 충격받은 상태였어요. 가짜로 그러기도 힘들고, 나는 올리비에가 그런 척한 게 아니라고 확신해요. 절대 아니에요. 그는 아침에 일어났을 때 비스트로에서 시체를 발견하리라곤 상상도 못 한 거예요. 하지만 그렇다고 해서 그가 전혀 관련되지 않았다는 뜻은 아니죠. 자신도 모르는 어떤 연관이 있을 수도 있으니까. 그래서 경감님도 올리비에에 대해 조사하라고 하셨어요. 그의 출생지, 배경, 가족, 학교, 그리고 여기 오기 전엔 뭘 했는지, 또 그에게 원한이 있는 사람이나 그가 열 받게 한 사람이 있는지 조사해 보라고 하셨어요."

"이건 그냥 열 받게 한 정도가 아닌데요."

"왜 그렇게 생각하죠?" 라코스트가 물었다.

"글쎄요, 전 열 받았다고 사람을 죽이진 않아요."

"그렇겠죠. 멜론 이야기만 빼면 당신은 꽤 정신이 멀쩡해 보이니까요." 그녀가 미소 짓자 모랭의 얼굴이 빨개졌다. "하지만 우리 기준으로 다른 사람을 판단하는 건 큰 실수예요. 가마슈 경감님과 있으면서 배워야 할 첫 번째는 남이 나처럼 생각하지는 않는다는 거예요. 게다가 살인자의 생각은 훨씬 다르죠. 이 사건은 피해자가 머리를 맞은 데서 시작된 게 아니에요. 다른 종류의 타격이 일어났던 수년 전부터 시작됐죠. 살인범에게 있었던 그 일에 대해 우리는 중요하지 않게, 심지어 하찮게 여길 수도 있어요. 하지만 그에게는 엄청나게 충격적인 일이었겠죠. 대부분의 사람들이 대수롭지 않게 넘길 일이나 무시, 언쟁 등을 살인자들은 그냥 넘기지 않아요. 그걸 곱씹어요. 분노를 모으고 키우죠. 살인에 중요한 요소는 감정이에요. 나빠지고 거칠어진 감정이죠. 기억하세요. 다른 사람의 감정에 신경 쓰지 않으면서 그가 어떤 생각을 하고 있는지 안다고 절대 확신하면 안 돼요."

이것이 그녀가 가마슈 경감에게 배운 첫 번째 교훈이었고, 이제 자신이 후배에게 첫 번째로 가르쳐 주는 교훈이었다. 물론 살인범을 찾기 위해서는 단서를 따라가야 했다. 그러나 또한 감정을 따라가야 했다. 악취가 나는 감정, 더럽고 부패한 감정. 그것이 남긴 끈적한 흔적을 따라가면 구석진 곳에서 그들이 쫓는 것을 발견하게 될 터였다.

그 밖에도 많은 가르침이 있었다. 그리고 그녀는 그것들도 알려 줄 작정이었다.

그것이 라코스트가 돌다리 위에서 하던 생각이었다. 생각하고 또 걱정했다. 자신이 이 젊은이에게 살인자를 잡는 데 필요한 기술과 충분한 지혜를 전해 줄 수 있기를 바랐다.

"나다니엘은 남편 이름이에요? 아니면 아들?" 모랭이 일어나 자신의 컴퓨터로 가며 말했다.

"남편." 라코스트가 약간 당황하며 말했다. 모랭은 그녀의 암호를 보고 있었다.

전화가 울렸다. 검시관이었다. 그녀는 급하게 가마슈 경감에게 할 말이 있었다.

10

가마슈 경감의 요청으로 마르크와 도미니크가 저택을 구경시켜 주었다. 그리고 이제 그들은 가마슈도 잘 아는 방 앞에 서 있었다. 옛 해들리 저택에서 가장 큰 침실, 티머 해들리가 쓰던 방이었다.

그 방에서 두 번의 살인이 있었다.

가마슈는 반짝이는 흰색 페인트로 새로 칠해져 있는 닫힌 문을 보며 그 너머에 무엇이 있을지 궁금했다. 도미니크가 문을 열자 햇살이 쏟아졌다. 가마슈는 놀라움을 숨길 수 없었다.

"많이 변했지요." 마르크 질베르가 말했다. 그는 가마슈의 반응에 확실히 즐거워했다.

방은 간단히 말해서 놀라웠다. 그들은 세대를 거치며 더해진 돈을새김과 장식들을 모두 없앴다. 화려한 몰딩과 칙칙한 벽난로 장식을 비롯해 퇴창으로 들어오는 햇빛을 막고 있던, 먼지와 두려움의 무게에 짓눌린 빅토리아 시대의 퇴물 벨벳 커튼 등 모든 것이 사라졌다. 무겁고 불길한 사주식 침대도 없어졌다.

질베르 부부는 방의 기본 구조가 드러나도록 되돌려 놓았다. 깔끔한 선들이 방의 우아한 비율을 돋보이게 했다. 회녹색과 회색의 넓은 줄무늬가 있는 커튼 사이로 빛줄기가 들어왔다. 커다란 창문 위쪽에는 건물이 생길 때부터 있던 한 세기도 더 된 스테인드글라스가 있었다. 그것이 활기 넘치는 빛깔을 방 안에 흩뿌렸다. 새로 칠해진 바닥이 빛났다.

천을 씌운 헤드보드가 있는 킹사이즈 침대에는 단순하고 깨끗한 하얀색 이부자리가 깔려 있었다. 장작이 쌓인 벽난로는 첫 고객을 맞을 준비가 되어 있었다.

"욕실을 보여 드릴게요." 도미니크가 말했다.

그녀는 키가 크고 호리호리했다. 가마슈는 그녀가 40대 중반일 거라고 생각했다. 그녀는 묶지 않은 금발에 청바지와 소박한 흰 셔츠 차림이었다. 자신감 있고 건강한 인상을 주었다. 손에는 흰 페인트 얼룩이 묻어 있었고 손톱은 짧았다.

그녀 곁에서 마르크 질베르가 미소 짓고 있었다. 자신들의 창조물을 자랑하며 즐거워했다. 그리고 가마슈는 옛 해들리 저택의 부활이 창조의 행위라는 의미를 이들보다 잘 알고 있었다.

마르크도 180센티미터가 넘는 장신이었다. 가마슈보다 조금 더 컸지만 10킬로그램은 덜 나가는 듯했다. 그의 짧은 머리카락은 거의 삭발에 가까웠고, 머리가 벗어지고 있어서 기르지 않는 것처럼 보였다. 파란 눈은 날카롭고 자신감에 차 있었으며 태도는 따뜻하고 에너지가 넘쳤다. 하지만 아내의 느긋함에 반해 마르크에게서는 초조함이 느껴졌다. 불안해하는 정도는 아니었고 뭔가를 원하고 있었다.

내가 인정해 주길 바라고 있군. 가마슈는 생각했다. 자신이 한 일을 선보일 때 인정을 중요하게 여기는 것은 사실 유별난 일이 아니었다. 도미니크가 물빛 모자이크 유리 타일, 스파 욕조, 따로 마련된 입식 샤워실 등 욕실의 특징들을 소개했다. 그녀는 자신이 한 일을 자랑스러워했지만 가마슈가 감탄해 주길 바라지는 않았다.

하지만 마르크는 그것을 원했다.

마르크가 원하는 걸 해 주기는 쉬웠다. 가마슈는 진심으로 감탄했다.

"그리고 이 문은 지난주에 달았습니다." 마르크가 말했다. 그들은 욕실에서 문을 열고 발코니로 나갔다. 저택 뒤편과 정원, 그 너머의 들판이 보였다.

탁자 둘레에 의자 네 개가 있었다.

"이것 생각이 간절하실 것 같네요." 뒤에서 목소리가 들려왔다. 마르크가 어머니에게 달려가 쟁반을 받아 들었다. 쟁반 위에는 아이스티 네 잔과 스콘이 있었다.

"앉을까요?" 도미니크가 탁자를 가리켰고 가마슈는 카롤을 위해 의자를 잡아 주었다.

"메르시." 카롤이 그렇게 말하며 앉았다.

"두 번째 기회를 위해." 가마슈가 말했다. 그가 아이스티 잔을 들어 올렸고, 건배하는 동안 가마슈는 그들을 지켜보았다. 이 세 사람은 유린되고 버려진 슬픈 저택에 이끌렸고 이곳에 새 생명을 불어넣었다.

그리고 저택은 은혜를 갚았다.

"아직 할 일이 많긴 하지만 곧 완성될 겁니다." 마르크가 말했다.

"추수감사절에는 첫 손님을 받을 수 있길 바라고 있어요." 도미니크가 말했다. "어머님이 앉아만 계시지 말고 일을 해 주신다면요. 하지만 울타리 기둥을 파내거나 콘크리트 붓는 일까지는 못 하시겠대요."

"어쩌면 오늘 오후엔 할 수 있을 거다." 카롤이 웃으며 말했다.

"골동품들이 눈에 띄던데요. 집에서 가져오신 겁니까?" 가마슈가 그녀에게 물었다.

카롤이 고개를 끄덕였다. "우리 물건을 가져다 놓기도 했지만 산 것도 많아요."

"올리비에한테서요?"

"일부는요." 여태껏 들었던 대답 중 가장 퉁명스러웠다. 가마슈는 좀 더 기다렸다.

"그에게서 아주 예쁜 러그를 샀어요. 현관에 깔려 있는 게 그걸 거예요." 도미니크가 말했다.

"아니, 그건 지하에 있지." 마르크가 말했다. 목소리가 날카로웠다. 그는 미소로 누그러뜨려 보려 했지만 그리 효과가 없었다.

"그리고 의자도 몇 개 샀던 거 같네요." 카롤이 재빨리 말했다.

의자 몇 개라면 이 넓고 오래된 저택에 있는 가구의 1백분의 1정도일 터였다. 가마슈는 아이스티를 홀짝이며 세 사람을 살펴보았다.

"나머지는 몬트리올에서 구입했습니다. 노트르담 거리에서요. 거기 아세요?" 마르크가 말했다.

가마슈는 고개를 끄덕였고 그들이 골동품 가게가 즐비한 유명한 거리를 누비고 다녔다는 마르크의 이야기를 들었다. 그곳의 어떤 가게들은 완전히 고물상이었지만 어떤 가게들에는 정말 힘들게 구한 진짜 값진 골동품이 있었다.

"창고 세일에서 산 물건들을 올드 먼딘이 수리해 주기도 했어요. 손님들에겐 말하지 마세요." 도미니크가 웃으며 말했다.

"왜 올리비에한테는 더 많이 구입하지 않으셨습니까?"

여자들은 스콘에 집중했고 마르크는 자신의 잔에 있는 얼음을 콕콕 찔렀다.

도미니크가 마침내 말했다. "올리비에네 물건은 가격이 좀 높더라고요. 우리도 그에게서 구입하고 싶었지만……."

가마슈는 그녀가 말을 맺길 기다렸다. 결국 마르크가 이야기했다.

"우리는 그에게서 탁자와 침대를 사기로 했었습니다. 약속까지 다 했는데, 그가 원래 불렀던 가격의 두 배를 청구한 사실을 알게 됐습니다."

"마르크, 확실한 건 아니야." 카롤이 말했다.

"거의 사실이에요. 어쨌든 우리는 주문을 취소했습니다. 그가 어떻게 반응했을지 짐작하실 거예요."

이야기가 오가는 동안 조용히 있던 도미니크가 입을 열었다.

"아직도 저는 우리가 그 돈을 지불했어야 한다고 생각해요. 아니면 올리비에와 조용히 얘기했든지요. 어쨌든 그는 이웃이니까요."

"난 바가지 쓰고 싶지 않아." 마르크가 말했다.

"누구나 그렇지. 하지만 다르게 잘 처리할 수 있었잖아. 그냥 돈을 줬어야 했는지도 몰라. 무슨 일이 일어났는지 봐." 도미니크가 말했다.

"무슨 일이 일어났습니까?" 가마슈가 물었다.

"올리비에는 스리 파인스에서 영향력 있는 사람이에요. 그의 심기를 거스르면 대가가 따르죠. 우리는 마을에 가는 게 편하지만은 않아요. 비스트로에서도 확실히 환대받지 못하고요." 도미니크가 말했다.

"당신들이 올리비에의 직원에게 접근했다고 들었습니다." 가마슈가 말했다.

마르크가 얼굴을 붉혔다. "누가 그러던가요? 올리비에입니까?" 그가 딱딱거렸다.

"사실입니까?"

"사실이면 어쩌시려고요. 올리비에는 그들에게 사실상 노예 임금을 주고 있었습니다."

"오겠다는 직원이 있었습니까?"

마르크는 머뭇거리다가 아무도 없었다고 인정했다. "그렇지만 단지 올리비에가 월급을 올려 줬기 때문이에요. 적어도 우리는 그들에게 좋은 제안을 했습니다."

도미니크가 불편하게 지켜보고 있다가 남편의 손을 잡았다. "저는 직원들이 올리비에에 대한 의리도 있었다고 생각해요. 그를 좋아하는 것 같았어요."

마르크가 콧방귀를 뀌고 화를 눌렀다. 가마슈는 그가 자기 뜻대로 되지 않으면 못 참는 성격이라는 것을 알아챘다. 적어도 그의 아내는 이 모든 것이 어떻게 비칠지 이해했고 이성적으로 보이기 위해 애썼다.

"올리비에는 온 마을에 우리 험담을 하고 다닙니다." 마르크가 참지 못하고 한마디 했다.

"마을 사람들 생각은 바뀔 거야. 그 예술가 부부는 친절하더라." 카롤이 아들을 걱정스럽게 바라보며 말했다.

"피터와 클라라 모로요. 맞아요. 저도 그들이 맘에 들어요. 클라라는 말을 타 보고 싶다고 했어요. 일단 말이 오면요." 도미니크가 말했다.

"언제 오죠?" 가마슈가 물었다.

"이따 오후에요."

"브레망Vraiment 정말입니까? 정말 좋으시겠군요. 몇 마리나 됩니까?"

"네 마리입니다. 순종이지요." 마르크가 말했다.

"실은 약간 변동 사항이 있다고 하지 않았니?" 카롤이 며느리를 보며 말했다.

"그래? 난 당신이 순종을 원하는 줄 알았는데." 마르크가 도미니크에게 말했다.

"그랬지. 그런데 사냥용 말을 보니까 시골에서는 그런 말이 적당할 것 같더라고." 도미니크가 다시 가마슈를 보았다. "사냥하려는 건 아니에요. 말의 품종이 그렇다는 거죠."

"장애물 넘기를 할 때 타는 말이죠." 가마슈가 말했다.

"승마를 하세요?"

"그 정도 수준은 아니고 즐기는 정도였지요. 말을 타지 않은 지 벌써 몇 년은 되었습니다."

"나중에 꼭 오세요." 카롤이 말했다. 하지만 그 자리에 있는 모두는 가마슈가 승마 바지에 몸을 밀어 넣고 사냥용 말에 올라타는 일은 분명 없으리란 사실을 알았다. 가마슈는 가브리가 이들의 초대를 받으면 어떤 반응을 보일지 상상하며 미소 지었다.

"말 이름은 뭐야?" 마르크가 물었다.

도미니크가 주저하자 카롤이 끼어들었다. "기억하기 어려운 이름이었어. 그렇지 않니? 그래도 한 마리는 천둥이라고 했던가?"

"네, 맞아요. 천둥, 트루퍼, 트로이, 그리고 나머지 한 마리는 뭐였죠?" 도미니크가 다시 카롤에게 넘겼다.

"번개."

"진짜? 천둥과 번개?" 마르크가 물었다.

"형제야." 도미니크가 말했다.

아이스티 잔이 바닥을 드러냈고 스콘도 부스러기만 남았다. 그들은 일어나 다시 저택 안으로 걸어 들어갔다.

"왜 여기로 오신 겁니까?" 1층 홀로 내려가며 가마슈가 물었다.

"파르동?" 도미니크가 물었다.

"왜 시골로 이사 오셨죠? 왜 하필 스리 파인스였습니까? 찾아오기도 쉽지 않은데요."

"우리는 그래서 좋아요."

"누가 찾아오는 게 싫은가요?" 가마슈가 말했다. 목소리에 장난기가 묻어 있었지만 눈은 날카로웠다.

"우리는 평화롭고 조용한 곳을 원했어요." 카롤이 말했다.

"우리는 도전을 원했던 겁니다." 마르크가 말했다.

"우리는 변화를 원했잖아. 기억나?" 도미니크가 남편을 쳐다본 뒤 다시 가마슈를 향해 말했다. "우리는 둘 다 몬트리올에서 상당히 좋은 직업을 갖고 있었지만 힘들었어요. 에너지가 완전히 고갈되었죠."

"꼭 그런 건 아니었습니다." 마르크가 반박했다.

"뭐 비슷했어요. 우리는 더 이상 해 나갈 수 없었죠. 그러고 싶지도 않았고요."

도미니크는 그쯤 해 두었다. 있었던 일을 인정하고 싶어 하지 않는 마르크를 이해할 수 있었다. 그는 불면증과 공황 발작을 겪었다. 마르크는 숨을 고르기 위해 고속도로 한쪽에 차를 세워야 했고 가까스로 운전대에서 손을 뗄 수 있었다. 점점 자신을 통제하지 못했다.

그는 날마다 그렇게 일을 하러 갔다. 몇 주, 몇 달이 흘러 1년이 되었을 때 그는 마침내 도미니크에게 자신의 상태를 털어놓았다. 그들은 몇 년 만에 처음으로 주말 휴가를 떠났고 대화를 했다.

공황 발작은 없었지만 도미니크도 뭔가를 느끼고 있었다. 공허함이 커졌고 허무했다. 그녀는 매일 아침 눈을 뜰 때마다 자신의 광고 일이 중요하다는 사실을 자신에게 설득시켜야 했다.

설득은 점점 더 힘들어졌다.

이내 도미니크는 오랫동안 묻어 놓고 기억하지 못했던 어린 시절의 꿈을 떠올렸다. 시골에 살면서 말을 갖고 싶어 했던 꿈을.

그녀는 여관을 차리고 싶었다. 사람들을 환영하고 보살피는 일을 하고 싶었다. 그들 부부에게는 아이가 없었고 도미니크는 누군가를 돌보고 싶은 강한 욕구를 느꼈다. 그래서 그들은 스트레스 많은 직장과 미성숙한 삶을 뒤로하고 몬트리올을 떠났다. 그리고 그간 번 돈을 들고 스리파인스로 왔다. 우선은 자신들을 치유하기 위해. 그다음엔 다른 이들을 치유해 주기 위해.

그들은 확실히 저택의 상처는 치유했다.

"우리는 어느 토요일에 「가제트」에서 이곳을 매매한다는 광고를 봤고 차를 타고 내려와 집을 구입했어요." 도미니크가 말했다.

"참 간단하게 말씀하시는군요." 가마슈가 말했다.

"정말 간단했어요. 일단 우리가 원하는 게 뭔지 정하고 난 뒤로는요."

그리고 그녀를 보면서 가마슈는 그 말을 믿을 수 있었다. 그녀는 대부분의 사람들이 모르는 강력한 어떤 것을 알고 있었다. 자신의 운명을 스스로 개척하는 법을.

그것이 그녀를 강하게 만들었다.

"그리고 부인께서는?" 가마슈가 카롤 쪽으로 몸을 돌렸다.

"오, 전 은퇴한 지 한참 됐어요."

"퀘벡 시에 계셨다고 알고 있습니다."

"맞아요. 남편이 죽은 후에 일을 그만두고 그곳에 가 있었지요."

"데졸레Désolé 유감입니다."

"그러실 필요 없어요. 오래전 일인걸요. 그러다 마르크와 도미니크가 여기로 오라고 해서 재밌을 것 같다고 생각했죠."

"간호사셨죠? 스파에 큰 보탬이 되겠군요."

"그러지 않았으면 좋겠어요." 카롤이 웃었다. "사람들을 다치게 할 계획은 아니니까요. 그렇지 않니?" 그녀가 도미니크를 향해 물었다. "내 도움을 구하는 이들에게 신의 자비가 있기를!"

그들은 다시 거실을 향해 천천히 발걸음을 옮겼다. 가마슈 경감은 천장에서 바닥에 이르는 창문 앞에 멈춰 서서 방을 향해 돌아섰다.

"집을 구경시켜 주셔서 감사합니다. 차도 잘 마셨고요. 그런데 몇 가지 질문이 있습니다."

"비스트로의 시체에 관한 것이군요." 마르크가 말했다. 그는 아내에게 살짝 더 다가갔다. "살인이 일어나다니 이 마을과는 참 어울리지 않는 일 같습니다."

"대개 그렇게 생각할 겁니다." 가마슈가 말했다. 그는 누군가가 이들에게 이 집의 역사에 대해 말해 주었는지 궁금했다. 부동산에서 받은 소개 자료에는 나와 있지 않았으리라.

"음, 우선 주변에서 낯선 사람을 보신 적 있으십니까?"

"모두가 낯선 사람이죠. 우리는 이제 막 대부분의 마을 사람들을 알게 됐어요. 적어도 인사 정도는 할 수 있죠. 하지만 이번 주말에는 한 번도 본 적 없는 사람들이 많이 와 있더라고요." 카롤이 말했다.

"이 사건의 주인공은 눈에 띄었을 겁니다. 부랑자 같은 차림이었으니까요."

"그런 사람은 못 봤습니다." 마르크가 말했다. "보셨어요, 어머니?"

"못 봤어."

"여러분 모두 토요일 밤과 일요일 아침에 어디 계셨습니까?"

"마르크, 네가 제일 먼저 자러 갔었지? 평소에도 그렇답니다. 도미니크와 저는 라디오 캐나다캐나다 국영 방송국에서 하는 〈텔레주르날〉을 보고 나서 올라갔어요."

"열한 시쯤이었죠?" 도미니크가 말했다.

"밤중에 일어나신 분은요?"

"제가 잠깐 일어났었어요. 화장실 가느라." 카롤이 말했다.

"왜 우리에게 그런 걸 물으시는 거죠? 살인은 저 아래 비스트로에서 일어났잖아요. 우리랑은 아무 상관 없어요." 도미니크가 말했다.

가마슈는 돌아서서 창문을 가리켰다. "이게 제가 묻는 이유입니다."

그들은 창밖을 내다보았다. 아래쪽 마을에서 사람들이 떠나기 위해 차에 짐을 싣는 모습이 보였다. 사람들은 포옹을 했고, 잔디 광장에서 미적거리는 아이들을 불러왔다. 한 젊은 여자가 물랭 길을 따라 이쪽으로 씩씩하게 걸어 올라오고 있었다.

"스리 파인스에서 여기가 마을 전체를 볼 수 있는 유일한 곳입니다. 비스트로가 정면으로 보이는 유일한 곳이기도 하고요. 만약 살인범이 불을 켰다면 여기서 보였을 겁니다."

"저희 침실은 뒤쪽에 있어요." 도미니크가 그쪽을 가리켰다. 가마슈는 집을 둘러볼 때 이미 그 점을 파악하고 있었다.

"그렇지요. 하지만 혹시 불면증이 있는 분이 계시나 해서요."

"유감이에요, 경감님. 우리는 여기서 죽은 듯이 잘 자거든요."

가마슈는 옛 해들리 저택에서 죽은 이들이 편히 잠들지 못했다는 말은 하지 않았다.

바로 그때 초인종이 울렸다. 누가 올 줄 몰랐던 질베르 부부는 약간 움찔했다. 하지만 가마슈는 알고 있었다. 마을 광장을 돌아 물랭 길을 올라오던 라코스트 형사를 보았다.

무슨 일이 생겼다.

"따로 말씀드릴 게 있어요." 이자벨 라코스트가 그들에게 자신을 소개한 뒤 가마슈에게 말했다. 질베르 가족이 눈치를 채고 자리를 피해 주었다. 그들이 사라지는 모습을 지켜본 뒤 라코스트가 가마슈에게 돌아섰다.

"검시관에게서 전화가 왔는데, 피해자는 비스트로에서 살해된 게 아니랍니다."

11

머나는 비스트로의 문을 살며시 노크한 뒤 문을 열었다.

"괜찮아?" 그녀가 어둑한 빛을 향해 조용히 물었다. 그녀가 스리 파인

스에 온 이후 하루 종일 불 꺼진 비스트로를 보기는 처음이었다. 올리비
에는 크리스마스에도 영업을 했다.

올리비에는 안락의자에 앉아 눈앞을 응시하고 있었다. 그가 그녀를
올려다보며 미소 지었다.

"괜찮아요I'm fine."

"루스가 말한 '파인FINE'? 개판치고 위태롭고 전전긍긍하며 자기중심
적Fuck up, Insecure, Neurotic, Egotistical이라고?"

"그게 맞겠네요."

머나는 그의 건너편에 앉아 서점에서 가져온 차 한 잔을 건넸다. 대단
한 차는 아니었지만 우유와 설탕을 넣은 진하고 뜨거운 레드 로즈캐나다
차 브랜드였다.

"하고 싶은 얘기 있어?"

그녀는 조용히 앉아서 올리비에를 지켜보았다. 그녀는 그의 얼굴을
잘 알았고 몇 년 동안 조금씩 변하는 모습을 봐 왔다. 눈가에 잔주름이
생기고 가는 금발이 듬성듬성해지는 모습을. 하지만 그녀가 보기에 변
하지 않은 것도 있었다. 그것은 눈에 보이진 않지만 훨씬 더 분명했다.
착한 마음씨와 친절이었다. 올리비에는 누가 아프면 누구보다 먼저 수
프를 가져다주었다. 제일 먼저 병원으로 문병을 가고, 아프고 지치고 죽
음을 앞둔 이들에게 큰 목소리로 책을 읽어 주었다. 가브리, 머나, 클라
라 모두 마을의 구호단체 일을 하고 있었지만 현장에 도착하면 늘 올리
비에가 먼저 와 있었다.

그리고 이제는 그들이 올리비에를 도울 차례였다.

"비스트로 문을 다시 열 수 있을지 잘 모르겠어요."

머나가 차를 마시며 고개를 끄덕였다. "이해해. 충격이 클 거야. 여기서 그런 걸 보다니 끔찍했어. 내 가게가 아닌 나도 그랬다니까."

당신은 몰라요. 올리비에는 생각했다. 그는 아무 말도 하지 않고 창밖을 응시했다. 가마슈 경감과 라코스트 형사가 옛 해들리 저택에서 나와 물랭 길을 걸어 내려오는 모습이 보였다. 올리비에는 그들이 예리한 눈빛과 날카로운 질문을 그대로 간직한 채 이곳을 지나치길 기도했다.

"그냥 여길 팔고 이사 갈까 봐요."

머나는 놀랐지만 겉으로 드러내지 않았다. "왜?" 그녀가 부드럽게 물었다.

올리비에는 고개를 젓고 무릎에 놓인 손으로 시선을 떨구었다.

"모든 게 변할 거예요. 모든 게 변했고요. 왜 모든 건 그대로 있지 못하는 걸까요? 그들이 내 부지깽이를 가져갔어요. 가마슈는 내가 그랬다고 생각하는 것 같아요."

"그는 분명히 그렇게 생각하지 않을 거야. 올리비에, 나를 봐." 머나가 그에게 힘을 주어 말했다. "가마슈가 뭐라고 생각하든 상관없어. 우리는 자기의 진실을 알아. 그리고 자기도 우리에 대해 알아야 할 게 있어. 우리는 자길 사랑해. 우리가 음식 때문에 매일 여기 온 줄 알아?"

올리비에가 고개를 끄덕이며 희미하게 웃었다. "크루아상 때문이 아니라는 얘기죠? 레드 와인도 아니고? 초콜릿케이크도 아니란 거예요?"

"뭐 그래. 좋아. 어쩌면 초콜릿케이크 때문일 수는 있어. 하지만 들어봐. 우리는 자기 때문에 여기 오는 거야. 자길 보러 오는 거라고. 우리는 자기를 사랑해, 올리비에."

올리비에는 눈을 들어 머나의 눈을 바라보았다. 이 순간까지 깨닫지 못했지만, 그는 그들의 애정이 조건적이었다고 생각해서 늘 두려워했다. 그는 마을에 단 하나뿐인 비스트로의 주인이었다. 사람들은 이곳의 분위기와 환대, 음식과 술 때문에 그를 좋아했다. 그에 대한 애정은 거기까지였다. 그가 제공하는 것, 그가 파는 것 때문에 그를 좋아했다.

비스트로가 없는 올리비에는 사람들에게 아무것도 아니었다.

자신도 인정하지 않는 것을 머나가 어떻게 안단 말인가? 올리비에가 바라보자 그녀가 미소 지었다. 그녀는 평소처럼 화려한 카프탄 원피스를 입고 있었다. 다가오는 그녀의 생일을 위해 가브리는 플란넬로 겨울용 카프탄을 만들었다. 올리비에는 머나가 그 옷을 입고 서점에 있는 모습을 상상했다. 크고 따뜻한 플란넬 공.

며칠 동안 그를 조여 오던 세상이 약간 느슨해진 느낌이었다.

"우리는 브림 컨트리 축제에 갈 거야. 마지막 날이잖아. 어때? 같이 갈래? 우리가 솜사탕이랑 크림소다, 햄버거 사 줄게. 오늘 오후에 웨인이 젖먹이 돼지들도 보여 준대. 예쁜 새끼 돼지 정말 좋아하잖아."

매년 열리는 그 축제에서 한 번, 정말 딱 한 번 올리비에가 사람들을 재촉해 새끼 돼지를 보러 간 적이 있었다. 그다음부터 그는 새끼 돼지에 푹 빠진 사람으로 통했다. 그는 사람들이 그렇게 생각하는 게 그리 싫지 않았다. 그리고 실제로 돼지를 좋아하기도 했다. 자신이 돼지와 공통점이 많다고 생각했다. 하지만 그는 고개를 저었다.

"그렇게 좋아하는 건 아니에요. 당신들끼리 그냥 가요. 올 때 동물 인형이나 하나 갖다 줘요."

"같이 있을 사람이 필요하지 않아? 내가 있어 줄게."

올리비에는 머나가 진심이란 걸 알고 있었다. 하지만 그는 혼자 있을 필요가 있었다.

"고마워요. 그런데 난 진짜 개판치고 위태롭고 전전긍긍하며 자기중심적이에요."

"그래, 자기가 괜찮다면야." 머나가 일어서며 말했다. 수년간 심리학자로 일한 그녀는 사람들의 이야기를 들을 줄 알았다. 그리고 혼자 내버려 둘 줄도 알았다.

올리비에는 창밖으로 머나, 피터, 클라라, 루스, 그리고 오리 로사가 모로네 차에 타는 모습을 지켜보았다. 그들이 올리비에에게 손을 흔들었고 그도 즐겁게 손을 마주 흔들었다. 머나는 손을 흔들지 않고 고개만 까닥했다. 올리비에도 손을 내리고 그녀와 눈을 마주치며 고개를 까닥했다.

그는 머나가 사람들이 자신을 사랑한다고 했을 때 그 말을 믿었다. 하지만 그는 그들이 존재하지 않는 사람을 사랑했다는 사실도 알았다. 그는 가짜였다. 만약 그들이 진짜 올리비에를 알게 된다면 그들의 인생에서, 그리고 아마 마을에서도 자신을 쫓아내리라.

그들이 탄 차가 브룀 컨트리 축제를 향해 부릉거리며 언덕을 올라갈 때 숲에 숨겨진 오두막에서 나눴던 이야기들이 다시 들렸다. 나무 때는 연기와 마른 허브 냄새를 맡을 수 있었고 은둔자도 볼 수 있었다. 온전한 모습. 살아 있는 모습. 두려워하는 모습을.

그리고 그 이야기가 다시 들렸다. 그것이 단순한 이야기가 아님을 올리비에는 알고 있었다.

옛날 옛적, 산의 제왕이 보물을 지키고 있었다. 그는 보물을 깊이 묻어 두고

수천 년간 곁에 두었다. 시기하고 화가 난 다른 신들은 그가 보물을 나누지 않는다면 끔찍한 짓을 저지르겠다고 경고했다.

하지만 산의 제왕은 신들 가운데 가장 강력했고 다른 신들이 자신에게 아무 짓도 하지 못할 것을 알고 웃을 뿐이었다. 그는 어떤 공격도 막을 수 있었고 그 공격을 두 배로 갚아 줄 수 있었다. 그는 무적이었다. 그는 신들의 공격에 대비했다. 공격을 기다렸다. 하지만 아무도 공격해 오지 않았다.

아무것도 오지 않았다. 영원히.

미사일, 창, 군마, 기병, 개, 새도 오지 않았다. 바람에 날린 씨앗도 없었고 바람조차 불지 않았다.

어떤 것도 다시는 그를 찾지 않았다.

처음엔 적막이 괴롭혔고, 다음은 손길이었다. 아무것도 그를 만지지 않았다. 산의 바위투성이 표면을 어루만지는 산들바람이 불어오지 않았다. 개미도 기어 다니지 않았고 새도 내려앉지 않았다. 벌레가 땅을 파고들지도 않았다.

그는 아무것도 느낄 수 없었다.

어느 날 한 청년이 나타나기 전까지는.

올리비에는 정신을 차리고 비스트로로 돌아왔다. 몸이 긴장해서 근육이 경직되어 있었다. 손톱이 손바닥을 파고들었다.

왜? 그는 수천 번이나 자문했다. 내가 왜 그랬을까?

검시관을 만나러 가기 전, 가마슈 경감은 수사본부 벽에 붙여 놓은 종이로 다가갔다. 종이 위에는 보부아르 경위가 굵고 붉은 글씨로 이렇게 적어 두었다.

피해자는 누구인가?

왜 살해되었나?

누가 그를 죽였나?

살해 도구는 무엇인가?

가마슈는 한숨을 쉬며 거기에 두 줄을 더 보탰다.

그가 살해된 장소는 어디인가?

시체는 왜 옮겨졌는가?

지금껏 이 사건을 수사하면서 그들은 단서보다 질문을 더 많이 찾아냈다. 하지만 답은 질문에서 나왔다. 가마슈는 당혹스러웠지만 불만스럽지는 않았다.

가마슈가 코완스빌 병원에 도착하니 보부아르가 이미 자신을 기다리고 있었다. 그들은 함께 안으로 들어가서 계단을 내려가 서류와 죽은 이들이 보관되어 있는 지하로 갔다.

"제가 보고 있던 것의 의미를 깨닫자마자 전화했어요." 그들을 맞이한 해리스 박사가 말했다. 그녀는 형광등이 밝게 켜진 무균실로 그들을 안내했다. 죽은 남자가 바퀴 달린 철제 침대 위에 나체로 눕혀져 있었다. 가마슈는 담요로 그를 덮어 주고 싶었다. 그는 추워 보였다. 그리고 실제로 차가웠다.

"내출혈이 있긴 하지만 충분한 양은 아니었어요. 이 상처에서 그가 쓰러진 자리로 피가 흘렀을 거예요." 해리스 박사가 피해자의 함몰된 뒤통수를 가리켰다.

"비스트로 바닥에 피는 거의 없었습니다." 보부아르가 말했다.

"다른 곳에서 살해된 거예요." 해리스 박사가 확신하며 말했다.

"어디서요?" 가마슈가 물었다.

"주소를 알려 드려요?"

"그래 주시면 좋고요." 가마슈가 웃으며 말했다.

해리스 박사가 웃음을 돌려주었다. "주소 같은 건 당연히 모르지만 단서가 될 만한 뭔가를 찾았어요."

그녀는 라벨이 붙은 작은 유리병들이 놓여 있는 작업대로 다가가 병 하나를 집어 경감에게 건넸다.

"제가 상처에 하얀 것이 조금 묻어 있다고 말한 거 기억하세요? 전 그게 재일 거라고 생각했어요. 아니면 뼛조각이나 비듬일지도 모른다고 생각했죠. 그런데 그런 게 아니었어요."

가마슈는 안경을 쓰고 병 안에 든 작은 흰색 조각을 본 뒤 라벨을 읽었다.

파라핀. 상처에서 발견.

"파라핀? 왁스 같은 것 말입니까?"

"네, 흔히들 파라핀 왁스라고 하죠. 예전에 사용되던 물질인데, 아마 아실 거예요. 초를 만드는 데 사용됐었죠. 요즘은 보다 안정적인 다른 종류의 왁스로 대체되었지만요."

"저희 어머니는 피클을 담그고 나서 그걸 사용했습니다. 그걸 녹여서 병뚜껑을 밀봉하시던데요. 맞습니까?" 보부아르가 말했다.

"맞아요." 해리스 박사가 말했다.

가마슈가 보부아르를 향해 말했다. "그럼 자네 어머니는 지난 토요일 밤에 어디 계셨나?"

보부아르가 웃었다. "어머니가 머리를 쳐 죽이겠다고 협박한 사람은 저뿐입니다. 대체로 사회에 위협적인 인물은 못 되시죠."

가마슈는 유리병을 다시 검시관에게 건네주었다. "박사님은 어떻게 생각하십니까?"

"상처 깊숙이 박혀 있었던 걸로 봐서 파라핀은 피해자가 죽기 전부터 그의 머리에 붙어 있었거나 흉기에 묻어 있었을 거예요."

"피클 병으로 죽였을까요?" 보부아르가 물었다.

"별 이상한 것들이 사용되긴 하지." 가마슈가 말했다. 하지만 마땅한 것을 떠올릴 수 없었다.

보부아르는 고개를 저었다. 분명 영국계이리라. 아니면 누가 피클을 무기로 사용한단 말인가?

"그러니까 부지깽이는 아니란 말씀이죠?" 가마슈가 물었다.

"아주 깨끗한 것이 아닌 이상은요. 재의 흔적은 전혀 없어요. 이것뿐이었죠." 해리스 박사가 유리병을 고개로 가리켰다. "그리고 한 가지가 더 있어요." 그녀는 의자를 당겨 작업대로 손을 뻗었다. "그의 옷 안쪽에서 이걸 찾았어요. 아주 미세하지만 거기에 있었죠."

그녀는 가마슈 경감에게 보고서를 건네며 한 부분을 가리켰다. 그는 읽었다.

"아크릴 폴리우레탄과 알루미늄 옥사이드. 이게 뭡니까?"

"바라탄_{러스트올럼사에서 제조하는 목재용 코팅 마감재 브랜드}이군요. 최근에 저희 집 마루를 다시 깔았습니다. 마루에 사포질을 한 뒤 마감할 때 사용하는 겁니다." 보부아르가 말했다.

"바닥만이 아니에요. 목공 일에 두루 쓰이죠. 코팅 마감재예요." 해리스 박사가 유리병을 제자리에 갖다 놓으며 말했다. "피해자는 머리의 상처를 제외하면 건강 상태가 좋았어요. 이십오 년이나 삼십 년은 더 살았을 거예요."

"피해자는 살해되기 몇 시간 전에 식사를 했군요." 가마슈가 검시 보고서를 읽다가 말했다.

"채식 식단이었죠. 유기농인 것 같고요. 지금 검사 중이에요." 해리스 박사가 말했다. "건강한 채식 식단. 부랑자들의 일상적인 저녁 메뉴는 아니죠."

"누군가가 저녁 초대를 한 다음 그를 죽였을 수도 있습니다." 보부아르가 말했다.

해리스 박사는 망설였다. "저도 그 생각을 했어요. 그럴 가능성도 있어요."

"그런데요?" 가마슈가 말했다.

"그런데 그는 늘 그렇게 먹은 사람처럼 보여요. 한 번만 그렇게 먹었던 게 아니라요."

"그러니까 그는 직접 요리를 하고 건강한 식단을 챙겨 먹었거나, 누군가 요리해 주는 사람이 있었고 두 사람 모두 채식주의자였다는 거군요." 가마슈가 말했다.

"대충 얘기하자면 그렇죠." 박사가 말했다.

"그가 술이나 마약을 하지는 않았군요." 보부아르가 보고서를 훑어보며 말했다.

해리스 박사가 고개를 끄덕였다. "그는 노숙자가 아니었던 것 같아요. 누군가 돌봐 준 사람이 있었는지는 모르겠지만 그가 자신을 돌봤던 건 확실해요."

멋진 묘비명이 되겠군. 가마슈는 생각했다. 자신을 돌본 사람, 여기 잠들다.

"어쩌면 그는 생존주의자였을지도 모릅니다. 왜, 세상이 끝날 거라면서 도시를 떠나 숲 속에 숨어 사는 괴짜들 있잖습니까." 보부아르가 말했다.

가마슈가 보부아르를 돌아보았다. 흥미로운 생각이었다.

"전 솔직히 갈피를 못 잡겠어요." 해리스 박사가 말했다. "보다시피 피해자는 한 대밖에 맞지 않았어요. 뒤통수를 치명적으로 가격 당했죠. 그 자체로 특이한 경우예요. 맞은 상처가 한 군데밖에 없는 경우는……." 그녀는 목소리가 차츰 잦아들더니 고개를 저었다. "사람을 때려죽일 만한 용기가 생길 때는 보통 커다란 감정에 휘둘리기 마련이에요. 갑작스러운 정신착란 같은 거죠. 병적으로 흥분해서 멈추지 못해요. 그래서 수없이 가격하게 되는데 이렇게 한 번만 때렸다는 것은……."

"그래서 뭘 알 수 있죠?" 가마슈가 함몰된 두개골을 바라보며 물었다.

"흥분해서 저지른 범죄가 아니란 거죠." 박사가 가마슈를 향해 돌아섰다. "흥분하기도 했지만 계획적이에요. 범인은 분노하긴 했지만 그 분노를 조절했어요."

가마슈는 눈썹을 추켜올렸다. 드문, 극히 드문 경우였다. 불안했다. 분노를 조절한다는 것은 우레와 같은 소리를 내며 앞다리를 들어 올리고 코를 식식거리며 발굽을 마구 휘젓는 야생마 무리를 길들이려는 것과 같다.

누가 그런 것을 통제할 수 있다는 말인가?

이 사건의 범인은 할 수 있었다.

보부아르가 가마슈를 바라보았고 가마슈도 보부아르를 보았다. 좋은 상황이 아니었다.

가마슈는 차가운 침대 위에 놓인 차가운 시체를 돌아봤다. 그가 생존주의자였다면 그는 실패했다. 그가 세상의 종말을 두려워했다면 그는 충분히 멀리 도망가지도, 캐나다의 숲 속에 깊이 숨지도 못했다.

세상의 종말이 그를 발견했다.

12

도미니크 질베르와 그녀의 시어머니는 나란히 서서 비포장 길을 내려다보고 있었다. 가끔씩 그들은 축제 마지막 날에 가거나 서둘러 일찍 도시로 가는 사람들이 가득 탄 차가 스리 파인스를 빠져나갈 때마다 옆으로 비켜서야 했다.

도미니크와 카롤이 바라보는 방면은 스리 파인스 쪽이 아니라 그 반대편이었다. 그들은 코완스빌로 이어지는 도로를 보며 말을 기다리고 있었다.

　도미니크는 어릴 적 꿈을 그렇게 새까맣게 잊고 있었다는 사실이 아직도 놀라웠다. 그렇지만 그녀는 〈파트리지 패밀리미국의 TV 시트콤 드라마〉에 등장하는 키스와 결혼하는 꿈이나 사라진 로마노프 왕가의 어린 딸로 밝혀지는 꿈도 갖고 있었으니, 꿈들을 까맣게 잊는 게 어쩌면 놀라운 일도 아니었다. 전혀 이루어질 것 같지 않은 다른 꿈들과 함께 말을 키우고 싶다는 꿈도 사라졌다. 대신 그 자리는 이사회, 클라이언트, 헬스클럽 회원권, 비싼 옷이 차지했다. 그러다 어느 순간 그녀의 컵은 흘러넘쳤고 쏟아졌다. 멋진 승진과 휴가, 스파 등이 모두 공허해졌다. 하지만 목표와 목적으로 가득 차 있던 컵이 쏟아진 뒤에도 밑바닥에 남아 있는 한 방울이 있었다.

　자신의 말을 갖는 꿈이었다.

　어릴 때 그녀는 말을 탔다. 바람에 머리카락을 휘날리며 손에 가죽고삐를 가볍게 잡고 있으면 자유가 느껴졌다. 그리고 안심이 됐다. 진지한 소녀의 엄청난 고민거리들이 사라졌다.

　수년이 흐른 뒤 불만은 절망이 되었고 그녀의 영혼은 지쳐 갔으며 그녀는 아침에 침대에서 일어나는 것조차 힘겨웠다. 그때 꿈이 다시 나타났다. 마치 기마병이나 캐나다 왕립 기마경찰처럼 말을 타고 그녀를 구하러 나타났다.

　말이 그녀를 구원해 주리라. 이 멋진 피조물은 주인을 너무도 사랑해서 주인과 함께라면 전투에도 뛰어들었다. 폭탄이 터지고 공포가 밀려오는 와중에도 비명을 지르는 사람들과 굉음을 내는 무기들 사이를 달렸다. 주인이 앞으로 가라고 하면 갔다.

이런 동물을 사랑하지 않을 사람이 어디 있겠는가?

어느 날 아침 눈을 떴을 때 도미니크는 자신들의 정신 건강과 영혼을 위해서 무얼 해야 할지 깨달았다. 직장을 관두고 시골에 집을 사야 했다. 그리고 말을 키워야 했다.

그들이 옛 해들리 저택을 구입하고 로어가 마구간을 짓기 시작하자마자 도미니크는 자신의 말을 찾으러 다녔다. 그녀는 몇 달 동안 이상적인 품종과 이상적인 기질에 대해 조사해 둔 상태였다. 키와 몸무게, 색까지 생각해 뒀다. 팔로미노갈기와 꼬리가 흰색인 크림색이나 황금색 말가 좋을까? 점박이 말이 좋을까? 어린 시절에 알았던 단어들이 모두 다시 생각났다. 키스 파트리지 사진 옆에 나란히 붙여 놓았던 달력 사진들도 떠올랐다. 발 부분이 하얀 검정말, 앞다리를 치켜들고 있는 힘센 회색 종마, 고귀하고 품위 있고 튼튼한 아라비아 말.

마침내 도미니크는 네 마리의 멋진 사냥용 말을 사기로 결정했다. 모두 키가 크고 윤기가 흘렀다. 두 마리는 적갈색, 한 마리는 검은색, 한 마리는 완전히 흰색이었다.

"트럭 소리가 들리는구나." 카롤이 말했다. 그녀가 도미니크의 손을 가볍게 잡았다. 고삐를 쥐듯이.

트럭 한 대가 시야에 들어왔다. 도미니크가 손을 흔들었다. 트럭은 속력을 늦추고 그녀의 손짓에 따라 마당으로 들어와 새로 지은 마구간 옆에 멈춰 섰다.

말 네 마리가 나무판 경사 위로 말발굽을 또각거리며 화물칸에서 끌려 나왔다. 말들이 모두 마당에 내려서자 운전사는 담배를 땅에 던지고 발로 비벼 끈 뒤 두 여인에게 다가왔다.

"서명해 주시죠, 마담." 그가 두 사람 사이에 클립보드를 내밀었다. 도미니크가 손을 뻗었다. 그녀는 말에게서 간신히 눈을 떼고 서명을 한 뒤 운전사에게 팁을 주었다.

팁을 받은 운전사는 얼떨떨해하는 두 여인과 말들을 차례로 보았다.

"저 말들을 정말 키우실 겁니까?"

"네, 그럴 거예요. 고맙습니다." 도미니크는 스스로 느끼는 것보다 더 자신 있게 말했다. 꿈은 현실이 되었고 말들이 실제로 저기에 있었다. 그제야 그녀는 말을 어떻게 키우는지 자신이 모른다는 것을 깨달았다. 네 마리는 고사하고 한 마리도 어떻게 해야 할지 알 수가 없었다. 운전사가 안쓰러워하는 것 같았다.

"마구간에 넣는 거 도와 드릴까요?"

"아뇨, 괜찮아요. 우리가 할 수 있어요. 메르시." 도미니크는 그가 빨리 떠나길 바랐다. 확신 없이 갈팡질팡하고 서투른 모습을 보여 주기 싫었다. 도미니크는 실수하는 데 익숙하지 않았다. 하지만 곧 아주 익숙해질 거라는 생각이 들었다.

운전사는 빈 트럭을 돌려 떠나갔다. 카롤이 도미니크를 향하며 말했다. "괜찮다, 마벨Ma belle 아가. 우리가 전 주인보다 나쁘기야 하겠니."

코완스빌을 향해 돌아가는 트럭 뒷문에 적힌 글씨가 그녀들의 눈에 띄었다. 아바트와르도살장. 검고 진한 글씨여서 잘못 볼 리가 없었다. 두 여인은 그들 앞에 와 있는 불쌍한 네 마리의 동물에게 돌아갔다. 말들은 윤기가 없었으며 눈이 흐리고 척추가 굽어 있었다. 발굽은 웃자랐고 몸은 진흙과 상처투성이였다.

"천국의 종이 울리겠네랠프 호지슨의 시 「The Bells of Heaven」의 한 구절." 카롤이 속삭였다.

도미니크는 천국의 종에 대해서는 몰랐지만 머리가 울리고 있었다. 내가 무슨 일을 한 거지? 그녀는 당근을 들고 앞으로 가서 첫 번째 말에게 주었다. 버터컵이라는 이름의 쇠잔한 늙은 암말이었다. 말은 친절에 익숙하지 않아서 머뭇거렸다. 그렇지만 곧 도미니크에게 한 발짝 다가와 감정이 드러나는 커다란 입술로 향긋한 당근을 손에서 가져갔다.

도미니크는 멋진 사냥 말 구입을 취소하고 도살이 예정되어 있던 말을 샀다. 말이 자신을 구원해 주길 바란다면 자신이 먼저 말을 구하는 것이 할 수 있는 최소한의 일이었다.

한 시간 반이 지났지만 도미니크와 카롤, 그리고 네 마리의 말들은 여전히 마구간 앞에 서 있었다. 그렇지만 이제 수의사도 함께였다.

"일단 씻기고 난 뒤에 이걸 상처에 문질러 주세요. 하루에 두 번, 아침저녁으로요." 수의사가 도미니크에게 연고 한 양동이를 건네주었다.

"말을 타도 되나요?" 카롤이 가장 큰 말의 고삐를 잡고 물었다. 그녀는 속으로 말이 아니라 무스북미에서 서식하는 큰 사슴가 아닐까 의심했다. 이름은 마카로니였다.

"매, 위Mais, oui 그럼요. 권장하는 바죠." 수의사는 말 주위를 다시 돌아다니며 크고 든든한 손으로 불쌍한 동물들을 살폈다. "포브르 슈발Pauvre cheval 가엾은 말." 그가 늙은 버터컵의 귀에 대고 속삭였다. 버터컵은 갈기가 거의 다 빠지고 꼬리털도 성기고 털도 후줄근했다. "이 말들에게는 운동이 필요합니다. 좋은 먹이와 물도요. 하지만 가장 필요한 건 관심이지요."

수의사는 검진을 마치고 고개를 저었다.

"좋은 소식은 치명적으로 나쁜 곳은 없다는 겁니다. 진흙탕과 추운 우리에 내버려 둬서 쇠약해진 거예요. 손질을 안 하고 방치해 뒀죠. 그런데 한 마리에게 문제가 있습니다." 그가 눈이 흐릿한 짙은 색 말에게 다가가자 말은 주춤주춤 피했다. 수의사는 기다렸다가 다시 조용히 다가가서 혀 차는 소리를 내며 말을 진정시켰다. "이 말은 학대를 당했습니다. 보이시죠." 그는 말 옆구리의 흉터들을 가리켰다. "두려워하고 있어요. 이름이 뭐죠?"

도미니크는 도살장에서 받은 영수증을 확인하고 카롤을 바라보았다.

"뭔데 그러니?" 카롤이 물었다. 그녀가 다가와 영수증을 봤다. "오, 이런." 그녀는 수의사를 바라보았다. "이름을 바꿀 수 있나요?"

"보통은 그렇습니다. 하지만 이 경우는 그러지 않는 게 좋습니다. 연속성이 필요합니다. 이 말들은 자기 이름에 익숙해져 있어요. 왜 그러십니까?"

"이름이 마르크_{포도주를 만들고 남은 포도 찌꺼기라는 뜻이 있다}예요."

"더 심한 이름도 들어 봤는걸요." 수의사가 짐을 꾸리며 말했다.

두 여인은 눈빛을 교환했다. 아직 마르크는, 말이 아니라 도미니크의 남편 마르크는 그녀가 도살될 말들을 구하기 위해 사냥 말 구입을 취소한 사실을 몰랐다. 그는 분명 좋아하지 않을 터였다. 도미니크는 그가 눈치채지 않길 바라고 있었다. 그녀가 말에게 천둥이나 트루퍼 같은 강하고 남성적인 이름을 지어 준다면 남편은 관심을 갖지 않을지도 모른다. 그러나 반쯤 눈이 멀고 흉터투성이에 겁 많고 망가진 말의 이름이 마르크라면 그는 분명히 알아챌 터였다.

"가능한 한 빨리 말을 타세요." 수의사가 차에 탄 채 말했다. "힘이 붙을 때까지는 걸리기만 하시고요." 그는 두 사람에게 따뜻한 미소를 보냈다. "괜찮을 겁니다. 걱정하지 마세요. 저 네 마리는 운이 좋네요."

그리고 그는 떠났다.

"위, 우리가 안장을 잘못 얹기 전까진 그렇겠지." 카롤이 말했다.

"안장은 아마 중간에 놓을걸요." 도미니크가 말했다.

"메르드Merde 젠장." 카롤이 말했다.

수사관들은 혈흔을 찾는 중이었다. 피해자가 비스트로에서 살해되지 않았다면 다른 어딘가에서 살해됐을 것이고 그들은 범행 현장을 찾아야 했다. 피는 상당히 많이 쏟아졌다. 살인범에게는 이틀 동안 피를 닦아낼 시간이 있었지만 피는 얼룩을 남기고 들러붙었다. 냉혹한 살인의 흔적을 완전히 지우기란 거의 불가능했다. 그들은 스리 파인스와 주변의 모든 집, 가게, 창고, 헛간, 차고, 개집을 샅샅이 뒤졌다. 보부아르가 수색을 지휘하며 마을과 시골 곳곳으로 수색 팀을 보냈다. 그는 수사본부에 머무르며 보고를 받았다. 그리고 팀원들에게 지시를 내리고 때로는 화를 냈다. 부정적인 보고가 이어지면서 그의 인내심이 무너졌다.

아무것도 없었다.

범행 현장이나 범행 도구에 대한 단서는 발견되지 않았다. 옛 해들리 저택의 새 마룻바닥에서도 핏자국은 검출되지 않았다. 올리비에의 부지깽이에 대한 검사 결과가 나왔지만 모두 이번 살인에 사용되지 않았다는 사실만 확인되었다. 범행 도구는 아직 어딘가에 있었다.

수색 팀들은 길렌이 잃어버린 부츠를 찾았고, 무슈 벨리보의 집 아래에서 오랫동안 쓰지 않아 잡초로 뒤덮인 지하 저장실을 발견했다. 그곳에는 식초에 절인 사탕무와 사과주가 여태 보관되어 있었다. 루스의 다락에서 다람쥐 둥지를 찾은 건 그리 놀랄 일이 아니었고, 머나의 머드룸에서 발견된 수상한 씨는 접시꽃에서 나온 것으로 밝혀졌다.

아무것도 없었다.

"수색 범위를 넓혀야 할 것 같습니다." 보부아르가 가마슈에게 전화로 말했다.

"좋은 생각일세." 하지만 가마슈의 말에는 확신이 없었다.

보부아르는 수화기 너머로 종소리와 음악 소리, 사람들의 웃음소리를 들을 수 있었다.

가마슈는 축제에 가 있었다.

브럼 컨트리 축제는 1백 년 이상 된 전통 있는 축제였고 이스턴 타운십스 전역에서 사람들이 모여드는 행사였다. 대부분의 축제와 마찬가지로 그 시작은 농부들이 가축을 선보이고 수확물들을 팔며 친구들을 만나고 거래를 하는 만남의 장소였다. 한쪽 축사에서는 가축 심사가 진행됐고 저쪽 헛간에는 수공예품이 전시되어 있었다. 길게 늘어선 여러 부스에서는 직접 만든 각종 물건과 음식을 팔았고, 감초 사탕, 메이플 시럽 사탕, 팝콘, 갓 만든 도넛 등을 사기 위해 아이들이 줄을 서 있었다.

여름의 마지막을 즐기고 가을로 넘어가는 축제였다.

가마슈는 놀이기구와 행상을 지나쳐 걸어가며 시계를 확인했다. 시간이 되었다. 그는 축사와 헛간 옆으로 펼쳐진 들판으로 갔다. 사람들이 모여서 장화 던지기를 준비하고 있었다.

가마슈는 들판 한편에 서서, 던지기 선에 나란히 서 있는 아이들과 어른들을 지켜보았다. 심판을 맡은 젊은 남자가 줄을 정리하면서 사람들에게 낡은 고무장화를 하나씩 나눠 주고 뒤로 물러나 팔을 들어 올리더니 잠시 그대로 있었다.

참을 수 없는 긴장감이 맴돌았다.

그가 도끼를 휘두르듯 팔을 휙 내렸다.

줄을 선 사람들이 일제히 팔을 들었다가 앞으로 발사했다. 구경꾼들의 와 하는 격려의 함성과 함께 장화들이 빗발치며 날아갔다.

그 순간 가마슈는 자신이 들판 한편의 뜻밖에 좋은 자리를 차지할 수 있었던 이유를 깨달았다. 적어도 세 개의 장화가 자신에게로 날아왔다.

그는 본능적으로 팔을 들어 머리를 보호하며 돌아서서 등을 구부렸다. 그의 곁에서 장화가 퍽 하고 떨어지는 소리가 몇 번 났지만 맞지는 않았다.

젊은 심판이 달려왔다.

"괜찮습니까?"

젊은 남자의 갈색 곱슬머리가 햇빛에 적갈색으로 빛났다. 그의 얼굴은 그을려 있었고, 눈동자는 짙은 파란색이었다. 놀랄 정도로 잘생긴 그는 화가 나 있었다.

"거기 서 계시면 안 됩니다. 난 당연히 당신이 다른 데로 갈 줄 알았습니다."

그는 가마슈가 믿을 수 없을 만큼 바보 같은 짓이라도 한 것처럼 바라보았다.

"세테 마 포트C'était ma faute 내 실수였소." 가마슈가 인정했다. "미안해요. 난 올드 먼딘을 찾는 중입니다."

"전데요."

가마슈는 얼굴이 상기되고 잘생긴 청년을 응시했다.

"가마슈 경감님이시군요." 그가 크고 굳은살이 박인 손을 내밀었다. "스리 파인스에서 뵌 적 있어요. 부인께서 캐나다 연방 성립 기념일에 클로그 댄싱나막신을 신고 추는 춤 대회에 참가하지 않으셨나요?"

가마슈는 생기와 빛이 가득 넘치는 청년에게서 가까스로 눈을 떼고 고개를 끄덕였다.

"그런 줄 알았어요. 전 바이올린 연주자 중 한 명이었죠. 저를 찾으신 다고요?"

올드 먼딘 뒤편에서 더 많은 사람들이 줄을 서며 그가 있는 쪽을 바라보았다. 먼딘도 그들을 힐끗 봤지만 여전히 느긋했다.

"괜찮으실 때 이야기 좀 할까요?"

"그러세요. 두어 경기만 끝나면 한가합니다. 한번 해 보실래요?"

그가 가마슈의 머리를 칠 뻔했던 장화 한 짝을 내밀었다.

"어떻게 하면 됩니까?" 가마슈가 장화를 받아 들고 먼딘을 따라 던지기 선으로 가며 물었다.

"장화 던지기잖아요. 그냥 알아서 하시면 되죠." 올드 먼딘이 웃으며 말했다.

가마슈가 미소를 지었다. 오늘따라 바보가 된 듯한 기분이었다. 그는 클라라 옆에 자리를 잡았다. 올드 먼딘이 아름다운 여인과 여섯 살쯤 되어 보이는 아이에게 뛰어가는 모습이 보였다. 먼딘이 무릎을 꿇고 아이에게 작은 장화를 건네주었다.

"찰스예요. 그의 아들이죠." 클라라가 말했다.

가마슈는 그들을 다시 바라보았다. 찰스 먼딘도 예뻤다. 아이는 웃으며 엉뚱한 방향을 보고 섰다. 부모가 참을성을 가지고 아이에게 바른 위치를 알려 주었다. 올드 먼딘이 아들에게 키스한 뒤 다시 던지기 선 앞으로 뛰어갔다.

가마슈는 찰스를 보고 그가 다운증후군이란 사실을 알았다.

"제자리에." 먼딘이 팔을 들며 외쳤다. "준비."

가마슈는 장화를 움켜쥔 채 앞쪽의 피터와 클라라를 보았다. 그들은 골똘히 앞만 바라보고 있었다.

"던져!"

가마슈는 팔을 쳐든 순간 등을 철썩 때리는 자신의 장화가 느껴졌다. 그러고는 앞으로 던지다가 진흙투성이 장화를 놓치고 말았다. 장화는 옆으로 날아가 그에게서 60센티미터쯤 떨어진 한편에 착지했다.

클라라는 장화를 그보다는 세게 붙들었지만 오래 잡고 있지는 못했다. 그녀의 장화는 공중에 거의 일직선으로 솟구쳤다.

"위험해!" 모두가 소리를 질렀다. 사람들은 하나같이 뒤로 휘청거렸고 햇살이 눈부셔서 보기 힘든데도 장화가 어디로 떨어질지 보려고 애썼다.

장화는 피터를 맞혔다. 다행히 작은 분홍색 아동용 장화여서 피해는 입히지 않고 튕겨 나갔다. 가마슈 뒤에서 가브리와 머나는 클라라가 얼마나 빨리 변명을 생각해 낼지, 무슨 말을 할지 내기했다.

"'젖은 장화여서 그랬다'고 하는 데 십 달러 걸지." 머나가 말했다.

"에이, 아니야. 작년에 써먹은 거잖아요. '피터가 그 자리로 오는 바람에 그렇게 됐다'고 하지 않을까?"

"좋았어. 내기한 거다."

클라라와 피터가 그들에게 왔다. "저 사람들이 또 나한테 젖은 장화를 준 거 알아?"

가브리와 머나가 폭소를 터트렸고 클라라는 활짝 웃으며 가마슈와 눈을 마주쳤다. 돈의 주인이 바뀌었다. 클라라는 가마슈에게 몸을 기울이고 속삭였다. "내년엔 피터가 그 자리로 와서 그렇게 된 거라고 말할 거예요. 돈을 거세요."

"당신이 피터를 맞히지 않으면요?"

"하지만 항상 맞히는걸요." 그녀가 진지하게 말했다. "피터가 그 자리로 온다고요."

"그렇다는 얘기 들었습니다."

머나가 들판 저편에서 로사와 함께 절뚝거리며 오는 루스에게 손을 흔들었다. 루스는 가운뎃손가락을 들어 보였다. 그걸 본 찰스 먼딘이 가운뎃손가락을 들고 모두에게 흔들었다.

"루스는 장화 던지기를 안 합니까?" 가마슈가 물었다.

"너무 즐거워 보여서 싫답니다." 피터가 말했다. "루스는 공예품 전시장에 아동복을 사러 왔어요."

"왜요?"

"루스가 하는 일의 이유를 누가 알겠어요?" 머나가 말했다. "수사에 진전은 있나요?"

"글쎄요. 한 가지 중요한 사실을 알아냈습니다." 가마슈가 말했다. 모두가 그의 주위로 더 가까이 모였다. 루스까지 절뚝이며 다가왔다. "검시관 말로는 죽은 남자가 비스트로에서 살해된 게 아니랍니다. 그는 다른 곳에서 살해된 다음 거기로 옮겨졌습니다."

가마슈는 축제 현장의 소리들을 똑똑히 들을 수 있었다. 깡통 오리를 맞추면 커다란 봉제 인형을 준다고 하는 상인, 게임에 이목을 집중시키려는 종소리, 말 쇼가 곧 시작된다고 알리는 장내 아나운서의 목소리가 들려왔다. 하지만 가마슈 주변에서는 아무 말도 들리지 않았다. 마침내 클라라가 말했다.

"올리비에한테는 좋은 소식이겠죠?"

"그래서 올리비에가 용의선상에서 멀어졌느냐는 말씀이신가요? 아마도요. 하지만 더 많은 의문이 생겼습니다." 가마슈가 말했다.

"시체가 어떻게 비스트로로 오게 됐는지 그런 거요?" 머나가 말했다.

"그리고 그가 어디서 살해됐는지도." 피터가 말했다.

"수사관들이 마을을 수색하고 있습니다. 집집마다요."

"뭘 하고 있다고요? 우리 허락도 없이요?" 피터가 물었다.

"우리는 영장을 갖고 있습니다." 피터의 격렬한 반응에 놀란 가마슈가 말했다.

"그래도 사생활 침해지요. 우리가 돌아갈 텐데 기다릴 수도 있었잖습니까?"

"물론이죠. 하지만 수색이 먼저라고 결정했습니다. 사교적인 방문이 아니니까요. 그리고 솔직히 여러분의 기분은 부차적인 문제입니다."

"우리의 권리도 그렇고 말이죠."

"그렇지 않습니다." 가마슈가 단호하게 말했다. 피터가 열을 올릴수록 가마슈는 차분해졌다. "우리에게는 영장이 있습니다. 유감스럽지만 마을에서 살인이 일어난 순간 사생활을 지킬 여러분의 권리는 끝난 겁니다. 여러분의 권리를 침해한 사람은 경찰이 아닙니다. 살인범이지요. 그 점을 잊지 마십시오. 우리를 도와주셔야 합니다. 한발 물러서서 경찰들이 일을 할 수 있게 해 달라는 뜻입니다."

"집 수색을 하게 두라니, 당신이라면 기분이 어떻겠습니까?" 피터가 말했다.

"저도 기분이 좋진 않겠죠." 가마슈가 인정했다. "좋을 사람이 어디 있겠습니까? 하지만 전 이해하려고 할 겁니다. 이건 시작일 뿐입니다. 더 심해질 겁니다. 그리고 어디에 뭐가 숨겨져 있는지 우리가 샅샅이 알게 된 후에야 끝날 겁니다."

가마슈가 피터를 근엄하게 바라보았다.

피터는 자신의 작업실로 들어가는 닫힌 문을 떠올리며 상상했다. 수사관들이 문을 연다. 조명 스위치를 켜고 자신의 가장 은밀한 공간으로 들어간다. 자신의 작품이, 자신의 심장이 있는 곳으로. 그곳에는 최신작도 있었다. 그는 그것을 비판적인 눈들을 피해 천으로 덮어 숨겨 놨다.

그런데 이제 낯선 이들이 문을 열고 들어가 천을 들추고 그림을 볼 터였다. 그들이 뭐라고 생각할까?

"지금까지는 아무것도 찾지 못했습니다. 길렌의 부츠 말고는요."

"당신네들이 그걸 찾았구먼. 그 망할 할망구는 내가 그걸 훔쳐 갔다고 덮어씌웠지." 루스가 말했다.

"부츠는 두 분 집 사이의 산울타리에서 발견됐습니다." 가마슈가 말했다.

"내 그럴 줄 알았지." 루스가 말했다.

가마슈는 먼딘 가족이 들판 끝에 서서 자신을 기다리는 것을 알아챘다. "그럼 이만 실례하겠습니다."

그는 젊은 부부와 아들에게 성큼성큼 걸어갔다. 그들은 함께 올드 먼딘이 차려 놓은 가판대로 갔다. 손으로 직접 만든 가구들이 잔뜩 있었다. 가마슈는 사람의 선택이 늘 많은 것을 알려 준다고 생각했다. 올드 먼딘의 선택은 가구, 그것도 좋은 가구를 만드는 것이었다. 가마슈의 식견 있는 눈이 탁자와 장, 의자를 훑어보았다. 세심하게 공들인 작품이었다. 모든 이음매는 못을 사용하지 않고 끼워 맞췄다. 아름다운 세공, 매끈한 마감. 흠 잡을 데가 없었다. 이런 작업에는 시간과 인내심이 필요했다. 게다가 이 젊은 목수는 여기 있는 탁자, 의자, 옷장의 실제 가치만큼 돈을 받지 못할 터였다.

그럼에도 올드 먼딘은 어쨌든 이 일을 하기로 선택했다. 요즘 청년들 사이에서는 흔치 않은 일이었다.

"뭘 도와 드리면 되죠?" 와이프가 따뜻하게 웃으며 물었다. 그녀는 아주 짧게 커트한 짙은 색 머리카락에 크고 사려 깊은 눈을 갖고 있었다. 옷은 편안하게 겹쳐 입은 보헤미안 스타일이었다. 목수와 결혼한 대지의 여신 같다고 가마슈는 생각했다.

"몇 가지 질문이 있어서 왔습니다. 하지만 우선 가구에 대해 좀 말씀해 주시죠. 아주 아름답군요."

"메르시. 저는 거의 일 년 내내 축제 때 팔 가구들을 만듭니다." 올드 먼딘이 말했다.

가마슈가 큰 손으로 서랍장의 매끈한 표면을 어루만졌다. "근사한 광택이군요. 파라핀입니까?"

"화염에 휩싸이길 바라지 않는 이상 그렇지 않습니다. 파라핀은 불이 아주 잘 붙거든요." 올드 먼딘이 웃었다.

"그럼 바라탄?"

올드 먼딘이 잘생긴 얼굴에 잔뜩 주름을 지으며 웃었다. "저희를 이 케아와 헷갈리시나 봐요. 많이들 그러죠." 그가 농담을 했다. "저희는 밀랍을 씁니다."

저희라. 가마슈는 생각했다. 그는 이 젊은 부부를 잠깐밖에 보지 못했지만 그들은 분명 한 팀으로 보였다.

"축제에서 많이 팔립니까?" 가마슈가 물었다.

"이게 남은 전부예요." 와이프가 주위의 정교한 가구 몇 점을 가리키며 말했다.

"오늘 밤 축제가 끝날 때까지는 다 팔릴 겁니다." 올드가 말했다. "그럼 전 다시 작업을 시작하죠. 가을은 숲에 들어가 목재를 찾기에 아주 좋은 시기예요. 대부분의 목공 작업은 겨울 내내 하고요."

"당신의 작업장을 보고 싶군요."

"언제든지요."

"지금은 어떻습니까?"

올드 먼딘이 가마슈를 응시했고 가마슈도 그를 마주 보았다.

"지금요?"

"곤란하십니까?"

"글쎄요……."

"그렇게 해. 여기는 내가 보고 있을게. 가 봐." 와이프가 말했다.

"그럼 찰스를 데려가도 괜찮을까요?" 올드가 가마슈에게 물었다. "와이프가 아이를 보면서 고객을 상대하기는 힘들거든요."

"그럼요. 같이 가야죠." 가마슈가 아이에게 손을 내밀며 말했다. 아이는 망설임 없이 그의 손을 덥석 잡았다. 얼마나 사랑스러운 아이이며, 평생 이런 상태로 살아야 할 것이라는 사실을 깨닫자 가마슈의 마음 한편이 찡했다. 아이는 평생 남을 신뢰하리라.

그리고 그런 아이를 지키는 부모는 얼마나 힘들 것인가.

"아이는 괜찮을 겁니다." 가마슈가 와이프를 안심시켰다.

"오, 알아요. 제가 걱정되는 사람은 경감님이에요." 그녀가 말했다.

"실례지만 제가 아직 이름을 모르는군요." 가마슈가 손을 뻗어 그녀와 악수하며 말했다.

"제 실제 이름은 미셸이에요. 하지만 모두들 와이프라고 부르죠."

그녀의 손은 남편과 마찬가지로 거칠었고 굳은살이 박여 있었지만, 목소리는 교양 있고 따뜻함이 넘쳤다. 어딘가 렌 마리의 목소리를 떠올리게 했다.

"왜죠?" 그가 물었다.

"처음엔 저희끼리 농담으로 시작했는데 그렇게 됐어요. 올드와 와이프. 왠지 잘 어울리잖아요."

가마슈도 동감이었다. 그 이름은 자신들의 아름다운 창조물에 둘러싸여 그들만의 세계에서 사는 듯한 이들 부부에게 잘 어울렸다.

"안녕." 찰스가 손가락 하나를 치켜드는 새로운 인사법으로 엄마에게 손을 흔들었다.

"올드." 와이프가 나무랐다.

"나 아니야." 올드 먼딘이 항의했다. 하지만 루스라고 이르지는 않은 것을 가마슈는 눈치챘다.

올드가 밴에 아들을 태우고 벨트를 매 준 뒤 그들은 축제의 주차장을 빠져나갔다.

"'올드'가 본명입니까?"

"전 평생 '올드'라고 불렸지요. 하지만 본명은 패트릭입니다."

"여기서 얼마나 사셨죠?"

"스리 파인스에서요? 몇 년 됐죠." 올드는 잠시 생각했다. "세상에, 그게 벌써 십일 년이에요. 믿을 수가 없네요. 올리비에는 제가 여기 와서 처음으로 만난 사람이었습니다."

"사람들이 그에 대해 어떻게 생각합니까?"

"'사람들'은 잘 모르겠지만 제 생각은 말씀드릴 수 있어요. 전 올리비에가 좋아요. 저에게는 항상 공정하게 값을 치러 줍니다."

"하지만 모두에게는 아니군요?" 가마슈는 억양의 변화를 알아챘다.

"자기 물건의 가치를 모르는 사람들도 있으니까요." 올드 먼딘은 도로에 집중해서 조심스레 운전을 하고 있었다. "그리고 문제를 일으키려고만 하는 사람들도 많고요. 그들은 자신들의 골동품 궤짝이 그냥 오래되기만 한 물건이라는 얘기를 듣기 싫어합니다. 전혀 가치가 없는 물건이라고 하면 화를 내죠. 그런데 올리비에는 자신의 일을 제대로 알고 있어요. 골동품 사업을 시작하는 사람은 많지만 그게 실은 어떤 일인지 정말로 아는 사람은 많지 않아요. 하지만 올리비에는 알고 있죠."

가마슈가 입을 열 때까지 두 사람은 1, 2분 정도 말없이 지나가는 시골 풍경을 바라보았다. "골동품상들은 어디서 물건을 구해 오는지 항상 궁금했습니다."

"대개는 골동품 피커가 따로 있어요. 피커는 주로 경매에 참여하거나 그 지역 사람들과 안면을 익혀 두는 일을 하지요. 특히 자기 물건을 팔고 싶어 할 만한 노인들을 찾아가요. 이 동네에서 일요일 오전에 누군가가 문을 두드린다면 여호와의 증인이 아닌 골동품 피커일 확률이 높죠."

"올리비에도 거래하는 피커가 있습니까?"

"아뇨, 그는 직접 그 일을 해요. 물건을 얻기 위해 열심히 공을 들이고, 돈이 되는 물건과 아닌 것도 알아요. 그는 일을 잘하죠. 거래도 대부분은 공정하게 하고요."

"대부분이라고요?"

"그는 이윤을 내야 하니까 수리해서 팔 물건도 많이 가져와요. 낡은 가구의 수리는 제게 맡기고요. 그게 일이 좀 많아요."

"틀림없이 당신은 실제 일한 가치만큼 돈을 받지 못하겠군요."

"가치란 건 상대적인 개념이에요." 길을 따라 덜컹거리고 가면서 올드가 가마슈를 힐끗 보았다. "전 제가 하는 일을 사랑해요. 시간당 합리적인 가격을 청구하면 아무도 제 가구를 사지 못할 겁니다. 올리비에도 자신이 찾은 훌륭한 물건들의 수리를 저에게 맡기지 않을 거고요. 그러니까 돈을 적게 받는 편이 저에게 가치죠. 제 삶이 행복하니까요. 여기에 불만은 없어요."

"올리비에에게 실제로 화를 낸 사람은 없습니까?"

올드 먼딘은 말없이 운전만 했고 가마슈는 그가 질문을 들었는지 확신할 수 없었다. 하지만 마침내 올드 먼딘이 말했다.

"일 년 전쯤에 그런 일이 한 번 있긴 했어요. 마운틴 로드 위쪽에 사는 푸아리에 부인이 생 레미에 있는 양로원에 들어가기로 했을 때였죠. 올리비에는 몇 년 동안 부인 주위를 맴돌고 있었습니다. 때가 되자 부인은 자신의 물건 대부분을 올리비에에게 팔았어요. 그는 거기서 아주 놀라운 물건들을 발견했지요."

"그가 공정한 가격을 치렀습니까?"

"누구의 입장에서 말하느냐에 따라 다르죠. 부인은 만족스러워했습니다. 올리비에도 그렇고요."

"그럼 누가 화난 겁니까?"

올드 먼딘은 아무 말도 하지 않았다. 가마슈는 기다렸다.

"부인의 자식들이오. 그들은 올리비에가 외로운 늙은 여자를 이용해 환심을 샀다고 말했습니다."

올드 먼딘이 작은 농장으로 들어섰다. 접시꽃이 벽에 기대어 자라고 있었고 정원에는 노랑 데이지와 고풍스러운 장미가 가득했다. 집 한편에 마련된 텃밭은 손질이 잘되어 있었고 가지런했다.

밴이 멈춰 서고 올드가 헛간을 가리켰다. "저기가 작업장입니다."

가마슈는 유아용 카시트의 벨트를 풀었다. 찰스는 잠들어 있었다. 가마슈가 아이를 안았고 두 사람은 헛간으로 걸어갔다.

"올리비에가 푸아리에 부인 댁에서 뜻밖의 물건을 찾았다고 하셨죠?"

"그는 부인에게 필요 없어진 물건들을 한꺼번에 일시불로 샀습니다. 부인이 남기고 싶어 하는 것만 빼고 나머지를 몽땅 구입했지요."

올드 먼딘이 헛간 문 앞에 멈춰 서서 가마슈를 향해 말했다.

"거기에 한 세트의 치펜데일 의자18세기 영국의 가구 제작자 토머스 치펜데일이 만든 곡선이 많고 장식적인 양식의 의자 여섯 개가 있었습니다. 의자 하나당 만 달러는 나갈 거예요. 저는 그걸 수리했기 때문에 알게 됐지만, 올리비에는 다른 사람들에게 말하지 않은 것 같습니다."

"당신은 말했습니까?"

"아니요. 제가 이 일을 하면서 얼마나 입조심을 해야 하는지 알면 놀라실걸요."

"올리비에가 푸아리에 부인에게 추가로 돈을 줬을까요?"

"저야 모르죠."

"하지만 부인의 자식들은 화를 냈다는 거군요."

올드 먼딘은 무뚝뚝하게 고개를 끄덕이고 헛간 문을 열었다. 그들은 다른 세상으로 들어갔다. 늦여름 농장에서 나던 복잡한 향기가 모두 사라졌다. 거름, 자른 풀, 건초, 허브의 희미한 냄새들을 더 이상 맡을 수 없었다.

헛간 안에는 오직 한 가지 냄새만 났다. 나무. 갓 톱질한 나무, 오래된 헛간의 나무, 온갖 종류의 나무가 가득했다. 가마슈는 가구가 되길 기다리는 목재들이 벽에 나란히 세워져 있는 모습을 보았다. 올드 먼딘이 손으로 거친 나무판 하나를 쓰다듬었다.

"모르시겠지만 이 안에는 벌 우드_{잘린 옹이에서 나오는 불규칙하고 화려한 무늬가 있는 목재}가 있어요. 이런 건 뭘 보고 찾는지 아세요? 작은 결함이에요. 겉에 결함이 있으면 그 안이 화려하다니 정말 재밌죠?"

그가 가마슈의 눈을 바라보았다. 찰스가 살짝 뒤척였고 가마슈는 커다란 손을 아이의 등에 올려 아이를 안심시켰다.

"목재에 대해 잘 알지는 못하지만 여기엔 여러 종류의 나무들이 있는 것 같군요. 왜 그렇습니까?"

"용도가 다르니까요. 저는 가구 안쪽에는 단풍나무, 벚나무, 소나무를 사용하고, 바깥쪽은 향나무를 사용합니다. 이건 연필향나무예요. 제가 제일 좋아하는 목재죠. 지금은 그렇게 안 보여도 조각하고 광을 내면……." 올드 먼딘은 몸짓으로 대신 말했다.

가마슈는 작업대 위에 놓인 의자 두 개를 보았다. 하나는 뒤집어져 있었다. "비스트로에서 가져온 겁니까?" 그가 의자로 다가갔다. 아니나 다를까 한 의자는 팔걸이가 느슨했고 다른 것은 다리가 흔들렸다.

"토요일 밤에 가져온 겁니다."

"찰스가 있는 데서 비스트로에서 있었던 일을 얘기해도 괜찮습니까?"

"괜찮습니다. 찰스는 이해할 거예요. 못 할 수도 있지만요. 어느 쪽이든 상관없습니다. 자기 얘기가 아닌 건 알아요."

가마슈는 더 많은 사람들이 그런 구분을 할 수 있길 바랐다. "당신은 살인이 일어난 그날 밤 그곳에 있었습니다."

"사실이에요. 토요일마다 수리한 물건을 배달하고 망가진 가구를 가져와요. 그날도 평소와 똑같았죠. 비스트로에는 자정이 조금 넘어서 도착했어요. 마지막 손님이 떠나고 아이들이 청소를 시작하고 있었어요."

아이들이라. 가마슈는 생각했다. 사실 그들은 여기 이 남자보다 그렇게 많이 어리지 않았다. 하지만 왠지 올드는 정말 아주 나이가 많은 것처럼 느껴졌다.

"하지만 시체는 보지 못했어요."

"안타깝군요. 도움이 됐을 텐데요. 아무튼 평소와 다른 점을 전혀 못 느꼈습니까?"

먼딘은 생각에 잠겼다. 찰스가 잠에서 깨어 꼼지락거렸다. 가마슈가 헛간 바닥에 내려 주자 아이는 나무토막을 주워서 빙글빙글 돌렸다.

"도움을 드리고 싶었는데, 안타깝게도 여느 토요일 밤과 똑같았던 것 같습니다."

가마슈도 나무토막을 하나 주워 톱밥을 떨어냈다.

"올리비에네 가구 수리는 어떻게 시작하게 되었습니까?"

"아, 그건 수년 전이었어요. 올리비에가 수리해야 할 의자 하나를 맡긴 게 시작이었죠. 그 의자는 헛간에 오래 있었는데 올리비에가 찾아서 비스트로에 막 갖다 놓은 참이었어요. 물론 아시겠지만……."

이어서 올드 먼딘은 오래된 퀘벡 소나무 가구에 대해 열정적으로 한참 이야기했다. 밀크 페인트에 대한 이야기와 칠을 벗길 때의 두려움에 대해 말했다. 수리가 오히려 좋은 가구를 망칠 위험이 있으며, 가구를 사용할 수 있게 하는 것과 가치 없게 만드는 것은 한 끗 차이라고 했다.

가마슈는 흥미롭게 듣고 있었다. 그는 퀘벡의 역사에 무척 관심이 많았고 퀘벡의 골동품들, 그중에서도 수백 년 전 개척자들이 긴 겨울을 나며 만들었던 훌륭한 가구들을 좋아했다. 개척자들은 실용적이면서도 아름다운 소나무 가구를 만들었으며 자신을 거기에 쏟아부었다. 가마슈는 오래된 탁자나 장식장을 만질 때마다 개척자들이 나무를 깎고 다듬는 모습을 상상했다. 그들은 거친 손으로 계속해서 매만지고 매만져서 아름다운 가구를 만들어 냈다.

그런 아름다움이 오래 유지될 수 있었던 것은 올드 먼딘 같은 이들 덕분이었다.

"스리 파인스에는 어떻게 오게 됐습니까? 왜 큰 도시에 살지 않습니까? 몬트리올이나 셔브룩만 해도 일거리가 더 많을 텐데요."

"제가 태어난 곳은 퀘벡 시예요. 골동품 수리하는 사람에게 할 일이 많은 곳으로 여겨지죠. 하지만 거기서 젊은 사람이 일을 시작하기는 힘듭니다. 저는 몬트리올로 가서 노트르담 거리의 한 골동품상에서 일했지만 대도시와는 잘 맞지 않더라고요. 그래서 셔브룩으로 가기로 결심했죠. 그런데 차를 타고 남쪽으로 내려가다가 길을 잃었어요. 길을 물으려고 스리 파인스로 들어와서 비스트로에 갔죠. 카페오레를 주문하고 앉았는데 의자가 부서진 겁니다."

"이곳에서 십일 년 동안 있었다고 했으니 퀘벡 시를 떠났을 때는 상당히 어렸겠군요."

"열여섯 살이었죠. 아버지가 돌아가시고 그곳을 떠났어요. 삼 년 동안 몬트리올에 있다가 여기로 내려왔습니다. 그리고 와이프를 만나고 찰스를 낳았죠. 작은 사업도 시작했고요."

이 젊은이는 십일 년 동안 많은 것을 했군. 가마슈는 생각했다. "토요일 밤에 올리비에는 어때 보였습니까?"

"평소와 똑같았습니다. 노동절에는 항상 바쁘지만 그는 느긋해 보였어요. 평소와 다름없이 느긋했던 것 같아요." 올드 먼딘이 미소를 지었다. 분명 애정이 담긴 미소였다. "그 남자가 비스트로에서 살해된 게 아니라고 말씀하셨죠?"

가마슈가 고개를 끄덕였다. "수사관들이 살해 현장을 찾고 있습니다. 사실 사람들이 축제에 가 있는 동안 전 지역을 수색했습니다. 당신 집도 포함해서요."

"정말입니까?" 올드 먼딘이 자신들이 서 있던 헛간 출입구에서 뒤돌아서며 어둠 속을 응시했다. "수사관들이 엄청 솜씨가 좋든지 아니면 아무 일도 안 했나 보군요. 정말 티가 안 나네요."

"그게 핵심입니다." 그렇지만 피터와 달리 올드 먼딘은 전혀 걱정하는 표정이 아닌 것을 가마슈는 알아챘다.

"그건 그렇고 왜 누군가를 한 장소에서 죽인 다음 다른 곳으로 옮겼을까요?" 올드 먼딘이 자문하듯 물었다. "시체를 처리하고 싶었을 거라는 마음은 이해가 됩니다. 특히 자기 집에서 죽인 경우라면요. 그런데 하필 왜 올리비에의 비스트로에 갖다 놨을까요? 이상해 보이긴 하지만 비스트로가 한가운데에 위치해 있기 때문인 것 같습니다. 아마 접근이 편했기 때문이었겠죠."

가마슈는 굳이 대답하지 않았다. 두 사람 모두 그것이 진실이 아니라는 것을 알고 있었다. 사실 비스트로는 시체를 갖다 놓기에 아주 불편한 장소였다. 그래서 가마슈는 걱정스러웠다. 살인은 우발적으로 일어나지 않았고 시체도 우연히 비스트로에 있었던 것이 아니었다.

그들 사이를 매우 위험한 누군가가 돌아다니고 있었다. 행복하고 사려 깊고 친절해 보이기까지 한 누군가가. 하지만 그것은 속임수였다. 가면. 가마슈는 범인을 찾아내 그 가면을 벗기면 피부도 따라서 벗겨지리라는 것을 알았다. 가면은 이미 그자가 되었다. 속임수가 전부였다.

13

"우린 축제에서 잘 놀다 왔어. 이건 선물이야." 가브리가 문을 닫고 비스트로의 조명을 켰다. 그는 올리비에에게 봉제 사자 인형을 주었다. 올리비에는 인형을 받아 무릎에 살포시 놓았다.

"메르시."

"그리고 그 소식 들었어? 가마슈 경감님이 그러는데 죽은 남자가 여기서 살해된 게 아니래. 그리고 우리 부지깽이도 돌려줄 거야. 부지깽이를 빨리 줬으면 좋겠다. 안 그래?" 가브리가 능글맞게 물었지만 올리비에는 아무런 반응을 보이지 않았다.

가브리는 암울한 방을 돌아다니며 램프를 켜고 벽난로 한 곳에 불을 지폈다. 올리비에는 그대로 안락의자에 앉아 창밖을 응시했다. 가브리는 한숨을 쉬고 맥주를 따라 올리비에에게 갔다. 그들은 함께 맥주를 마시고 캐슈너트를 먹으며 조용한 마을을 내다보았다. 하루가 끝나고 여름도 끝나고 있었다.

"뭐 보는 거야?" 가브리가 마침내 물었다.

"무슨 말이야? 자기도 같이 보고 있었잖아."

"설마. 내가 보는 건 날 행복하게 하는데 자긴 행복하지 않잖아."

가브리는 파트너의 기분을 잘 알았다. 올리비에는 조용하고 조심스러운 사람이었다. 겉으로는 가브리가 더 예민한 사람으로 비쳤지만 사실은 올리비에가 그렇다는 것을 두 사람 모두 알고 있었다. 올리비에는 모든 것을 깊이 생각하고 그것을 마음에 담아 두었다. 가브리가 살아오면서 입은 상처가 살갗 아래 머물렀다면 올리비에의 상처는 뼛속 깊이 숨겨져 있었고 어떤 것은 치명적이기까지 했다.

그렇더라도 올리비에는 가브리가 만난 사람 중에서 가장 친절한 사람이었고 가브리는 올리비에를 만나기 전에 정말로 꽤 많은 사람을 만났다. 하지만 가브리가 금발에 호리호리하고 소심한 이 남자를 처음 본 순간 모든 것이 달라졌다.

가브리는 마음을 빼앗기고 말았다.

"뭔데 그래?" 가브리가 몸을 앞으로 내밀어 올리비에의 가느다란 손을 잡았다. "나한테 말해."

"그냥 더 이상 즐겁지가 않아." 마침내 올리비에가 입을 열었다. "내 말은, 뭐하러 애를 쓰느냐는 거지. 누구도 다시는 여기 오지 않을 거야. 시체가 있던 레스토랑에서 밥 먹고 싶을 사람이 어디 있겠어?"

"루스 말처럼 우리도 어차피 다 시체가 될 텐데 뭐."

"그 말이 그렇게 좋으면 광고에 넣지그래."

"적어도 차별하진 않잖아. 죽은 사람도 죽기 전의 사람도 모두 환영합니다. 훨씬 나은 광고 문구 같은데."

가브리는 올리비에의 입술 끝이 살짝 떨리는 모습을 보았다.

"부아이용-Voyons 저기 말이야, 경찰이 그 남자가 여기서 살해된 게 아니라고 말한 건 좋은 소식이잖아. 도움이 될 거라고."

"그렇게 생각해?" 올리비에가 가브리를 희망적으로 바라보았다.

"내가 정말 어떻게 생각하는지 알아?" 이제 가브리는 아주 진지했다. "사실 그 문제는 중요하지 않다고 생각해. 피터, 클라라, 머나? 설사 가

없은 남자가 여기서 살해된 게 맞다 해도 그들이 발길을 끊을 것 같아? 파라네 가족? 무슈 벨리보? 시체 더미가 발견되었다 해도 그들은 모두 여기 올 거야. 왜인지 알아?"

"그들이 여길 좋아하니까?"

"자기를 좋아하니까. 그들은 자기를 사랑해. 이거 봐, 올리비에. 자기 비스트로는 최고야. 그 어느 곳보다 편안하고 음식도 기가 막히지. 끝내주는 곳이야. 자기는 멋져. 모두가 자기를 사랑해. 그리고 그거 알아?"

"뭘?" 올리비에가 언짢은 듯 물었다.

"자기는 세상에서 가장 친절하고 제일 잘생긴 사람이야."

"빈말하지 마." 올리비에는 다시 어린아이가 된 기분이었다. 다른 아이들이 주위를 뛰어다니며 개구리나 나뭇가지, 메뚜기를 채집하는 동안 그는 안정감을 찾아 헤맸고 애정을 갈구했다. 그는 낯선 사람을 비롯한 모든 이들이 해 주는 말과 행동을 모았다. 그래서 그것들로 점점 커지는 구멍을 메웠다.

그것은 한동안 효과가 있었다. 그 이후에는 말 이상의 것이 필요했다.

"머나가 그렇게 말하라고 했어?"

"그래. 머나와 내가 꾸며 낸 새빨간 거짓말이다. 어쩔래? 대체 뭐가 문제야?"

"자기는 모를 거야."

가브리는 올리비에의 시선을 따라 창밖을 보았다. 그리고 언덕 위를 바라보고는 한숨을 쉬었다. 그들은 전에도 이 문제에 대해 이야기한 적이 있었다.

"우리가 그들에 대해 할 수 있는 건 없어. 어쩌면 우리 그냥……,"

"그냥 뭐?" 올리비에가 쏘아붙였다.

"지금 비참해질 핑곗거리를 찾는 거야? 그래?"

올리비에의 기준에서도 그 반응은 비이성적이었다. 가브리는 자신에게 시체에 대해 걱정할 필요 없다고, 모두가 여전히 자기를 사랑한다고 안심시켰다. 자기를 버리고 떠나지 않을 거라고 다짐도 했다. 그런데 뭐가 문제인가?

"들어 봐. 어쩌면 그들에게도 기회를 줘야 해. 누가 알겠어? 스파 리조트가 우리에게 도움이 될 수도 있잖아."

올리비에가 듣고 싶은 말은 그런 게 아니었다. 그는 의자를 바닥에 내팽개치듯 벌떡 일어났다. 가슴속에서 치미는 분노가 느껴졌다. 그 분노가 마치 슈퍼 파워처럼 그를 무적으로 만들었다. 강하고 용감하게, 그리고 잔인하게.

"자기가 그 사람들이랑 친구가 되고 싶다면 좋아. 그냥 꺼져."

"그런 뜻이 아니잖아. 우리가 어떻게 할 수 있는 게 없으니까 친구가 되는 편이 낫지 않겠냐는 거지."

"여기가 무슨 유치원인 줄 알아? 저들은 우리를 망치러 온 거라고. 알기나 해? 그들이 처음 왔을 때 난 친절하게 대했어. 하지만 그들은 우리의 손님뿐만 아니라 직원까지 빼 가려고 했지. 사람들이 저런 리조트를 놔두고 작고 싸구려 같은 비앤비에 묵을 것 같아?"

올리비에의 얼굴이 울긋불긋했다. 가브리는 숱이 줄어들고 있는 올리비에의 금발 사이로 두피까지 울긋불긋해진 것을 볼 수 있었다.

"무슨 소리야? 난 사람들이 오는 것에 연연하지 않아. 우리는 돈이 필요한 게 아니잖아. 나는 좋아서 일을 하는 것뿐이야."

올리비에는 이제 감정을 조절하려고 몸부림쳤다. 너무 심한 말을 하지 않기 위해. 서로 쏘아보는 두 사람 사이의 공기가 떨렸다.

"왜지?" 올리비에가 마침내 말했다.

"뭐가 왜야?"

"그 남자가 여기서 살해된 게 아니라면 왜 여기 있었던 거야?"

이 질문을 듣자 가브리는 화가 누그러져 사라지는 게 느껴졌다.

"오늘 경찰이 찾아와서 그랬어. 그들이 내일 아버지와 얘기할 거래."

올리비에의 목소리는 거의 단조로웠다.

불쌍한 올리비에. 걱정거리가 진짜 있긴 있었군. 가브리는 생각했다.

보부아르는 차에서 내려 길 건너 푸아리에 부인의 집을 응시했다.

집은 금방이라도 주저앉을 듯했고, 페인트칠 말고도 많은 게 필요해 보였다. 포치는 기울어졌고 계단도 불안해 보이는 데다가 집 측면에는 판자도 몇 군데 빠져 있었다.

보부아르는 퀘벡 시골 지역에서 비슷한 집에 많이 들어가 보았다. 이런 집에 사는 사람들은 태어날 때부터 같은 집에 죽 살았다. 클로틸드 푸아리에도 아마 그녀의 어머니가 사용하던 이가 빠진 머그컵에 커피를 마시고 자신이 잉태되었던 침대에서 잠을 잘 터였다. 그녀의 집 벽에는 리무스키, 시쿠티미, 가스페 반도모두 퀘벡 주에 있는 관광지 같은 이국적인 곳에 갔던 친척들이 준 장식용 숟가락들과 말린 꽃들이 한가득 걸려 있을 터였다. 그리고 창가에 있는 장작 난로 옆에는 흔들의자가 있고 그 위에는 약간 때 묻은 털실 담요와 빵 부스러기가 있을 터였다. 그리고 클로틸드 푸아리에는 아침 먹은 접시를 치운 뒤 그 의자에 앉아 창밖을 바라보리라.

그녀는 뭘 기다리고 있을까? 친구? 낯익은 차? 또 다른 숟가락?

그녀는 지금 나를 기다리고 있을까?

가마슈의 볼보가 언덕 위로 나타나더니 보부아르 뒤에 와서 멈춰 섰다. 두 사람은 선 채로 잠시 집을 바라보았다.

"바라탄 말인데요." 보부아르가 이런 집에는 바라탄이 수백 리터는 사용되었을 거라고 생각하며 말했다. "질베르 부부는 집수리에 바라탄을 사용하지 않았다고 합니다. 도미니크에게 물어봤더니 그녀 말로는 가능한 한 친환경적으로 공사를 한다더군요. 마룻바닥을 사포질한 후에 오동유를 사용했답니다."

"그럼 피해자의 옷에 묻은 바라탄은 해들리 저택에서 나온 게 아니로군." 가마슈가 실망하며 말했다. 바라탄은 유력한 단서처럼 보였었다.

"여기는 왜 온 겁니까?" 보부아르가 물었다. 그들은 서서히 무너지고 있는 집과 마당에 세워진 녹슨 픽업트럭을 다시 살피기 시작했다. 보부아르는 경감에게서 만나자는 전화를 받고 이곳에 왔지만 이유는 알 수 없었다.

가마슈는 올드 먼딘이 올리비에와 푸아리에 부인, 그리고 부인의 가구들, 특히 치펜데일 의자에 대해 했던 이야기를 말했다.

"그러니까 부인의 자식들은 올리비에가 그녀를 등쳐 먹었다고 생각하는 겁니까? 그리고 따지자면 자기들까지요?" 보부아르가 물었다.

"그런 것 같네." 가마슈는 문을 두드렸다. 잠시 후 짜증 난 목소리가 문 너머에서 외쳤다.

"누구요?"

"가마슈 경감이라고 합니다. 마담. 퀘벡 경찰청에서 나왔습니다."

"나는 잘못한 게 없소."

가마슈와 보부아르가 시선을 교환했다.

"얘기할 게 있어서 왔습니다. 마담 푸아리에. 스리 파인스의 비스트로에서 발견된 시체에 관한 일입니다."

"그래서요?"

2.5센티미터의 허름한 나무 문을 사이에 두고 진행하는 대화는 매우 힘들었다.

"들어가도 되겠습니까? 올리비에 브륄레에 관해 이야기를 했으면 하는데요."

작고 마른, 나이 든 여인이 문을 열었다. 그녀는 그들을 노려보더니 돌아서서 집 안으로 휙 들어갔다. 가마슈와 보부아르도 따라 들어갔다.

집은 보부아르가 상상하던 대로 꾸며져 있었다. 아니, 실은 꾸몄다고 말할 수는 없었다. 세대에 걸쳐 물건이 생기는 대로 걸어 둔 벽은 마치 수평으로 쌓인 유적 발굴지 같았다. 집 안으로 깊숙이 들어갈수록 최근 물건이 있었다. 액자에 넣은 꽃, 플라스틱 식탁 매트, 십자가상, 예수와 성모마리아가 그려진 성화, 그리고 물론 숟가락까지 모든 것이 빛바랜 꽃무늬 벽지를 따라 죽 걸려 있었다.

하지만 집은 깨끗했다. 티끌 하나 없었고 쿠키 냄새가 났다. 손주, 어쩌면 증손주일지도 모를 아이들의 사진이 선반과 탁자 위에 자리 잡았다. 부엌 식탁에는 깨끗하고 다림질 된 색 바랜 줄무늬 식탁보가 깔려 있었고 식탁 한가운데에는 늦여름 꽃이 꽂힌 꽃병이 놓여 있었다.

"차 드시겠소?" 그녀가 난로 위 주전자를 들어 올렸다. 보부아르는 사양했지만 가마슈는 수락했다. 그녀가 컵 세 개를 가지고 돌아왔다. "자, 마셔요."

"올리비에가 부인께 가구를 얼마간 사 갔다고 들었습니다." 보부아르가 말했다.

"얼마가 아니라 다 사 갔다오. 얼마나 다행이었는지. 다른 사람이 쳐줄 수 있는 것보다 돈을 많이 줬어요. 내 자식들이 당신들한테 뭐라고 했는지는 모르겠지만."

"자제분들과는 아직 얘기하지 않았습니다." 보부아르가 말했다.

"나도 그래요. 물건을 판 뒤로는 그 애들과 얘기한 적이 없다오." 하지만 그녀는 속상해 보이지 않았다. "하나같이 다 욕심이 많아요. 유산을 받으려고 내가 죽기만을 기다리고 있지."

"올리비에는 어떻게 만나셨습니까?" 보부아르가 물었다.

"어느 날 그가 우리 집 문을 두드렸다오. 자신을 소개하고는 팔고 싶은 물건이 있느냐고 물었지. 처음 몇 번은 내쫓았어." 그녀는 기억을 떠올리며 미소 지었다. "하지만 그는 뭔가 특별했어요. 계속 찾아왔다오. 그래서 결국엔 차나 한 잔 마시라고 들어오라고 했지. 그는 한 달에 한 번씩 찾아와서 차를 마시고 갔지요."

"그에게 물건을 팔기로 하신 건 언제입니까?" 보부아르가 물었다.

"지금 얘기하잖소. 좀 들어요." 그녀가 딱딱거렸다. 보부아르는 올리비에가 가구를 얻기 위해 얼마나 힘들게 애를 써야 했는지 이해하기 시작했다.

"유난히도 긴 어느 겨울이었다오. 눈이 많이 오고 추웠지. 그래서 나는 이 집이 어찌 되든 다 팔고 생 레미의 새 양로원으로 가자고 결심했지. 그래서 올리비에에게 말하고 집을 구경시켜 줬어요. 나는 부모님이 남겨 놓은 쓰레기 같은 물건들을 모조리 보여 줬다오. 낡은 장식장과 서 랍장, 커다란 소나무 가구 같은 게 있었는데, 그것들은 하나같이 칙칙한 파란색이나 녹색이었지. 칠을 벗기려고도 해 봤는데 잘 안 되더라고."

보부아르는 곁에서 가마슈가 고통의 유일한 표현으로 숨을 들이마시 는 소리를 들었다. 그는 수년 동안 가마슈와 함께 있으면서 경감이 골동 품에 애정을 갖고 있다는 사실을 알고 있었다. 그리고 어떤 일이 있어도 절대 오래된 페인트를 벗겨 내서는 안 된다는 사실도 알았다. 그것은 마 치 살아 있는 것의 가죽을 벗기는 일과 같았다.

"그래서 올리비에에게 모든 걸 보여 주셨습니까? 그가 뭐라던가요?"

"전부 다 가져가겠다고 하더군. 헛간과 다락에도 조부모님 이전부터 사용해 온 탁자와 의자들이 있었는데 보지도 않고 그것들까지 다 사겠 다고 말이오. 원래는 그 물건들을 쓰레기장에 버리려고 했는데 게으른 아들놈들이 나타나야 말이지. 그러니까 그놈들은 그런 대우를 받아도 싸요. 올리비에에게 전부 팔아 버렸지."

"얼마를 받았는지 기억하십니까?"

"정확히 기억한다오. 삼천이백 달러였지. 이 모든 걸 충분히 살 수 있 었소. 시어스미국의 대형 통신 판매 회사에서 말이오."

가마슈는 탁자 다리를 보았다. 합성 목재였다. 천을 씌운 흔들의자 맞 은편에는 새 텔레비전이 있었고, 장식용 접시들이 놓인 베니어합판으로 된 짙은 색 장도 있었다.

푸아리에 부인도 뿌듯하게 방 안의 내용물을 바라보았다.

"그리고 몇 주 지나서 올리비에가 들렀는데 뭘 사 왔는지 아시오? 새 침대였소. 매트리스의 비닐도 채 벗기지 않은 상태였지. 날 위해 설치까지 해 주었답니다. 그는 아직도 가끔 들러요. 좋은 사람이지."

보부아르는 고개를 끄덕였다. 그 좋은 사람은 이 늙은 부인에게 실제 가구 가격의 고작 일부만 떼어 주었다.

"그런데 양로원에는 가지 않으셨군요? 왜죠?"

"새 가구를 놓고 나니 집이 다르게 느껴져서 말이오. 더 내 집 같았지. 집이 다시 좋아졌다고나 할까."

그녀는 그들을 문까지 배웅했다. 보부아르는 현관에 깔린 매트를 보았다. 낡았지만 그대로 거기 있었다. 그들은 부인에게 작별 인사를 하고 길 아래로 1.5킬로미터쯤 떨어진 장남의 집으로 갔다. 배가 튀어나오고 수염이 까칠하게 자란 덩치 큰 남자가 문을 열었다.

"경찰이 왔어." 그 남자가 집 안에 대고 소리쳤다. 집과 그에게서 맥주와 땀, 담배 냄새가 났다.

"클로드 푸아리에 씨?" 보부아르가 물었다. 형식상의 절차였다. 그가 아니면 누구겠는가? 그는 육십을 바라보고 있었고 그렇게 보였다. 보부아르는 수사본부를 나오기 전에 시간을 내어 푸아리에 가족에 대해 조사했다. 어떤 상황을 맞닥뜨릴지 알기 위해.

아들들은 경범죄, 음주 난동, 상점 절도, 보조금 사기 등의 전과가 있었다.

남들의 약점을 이용하고 결점을 찾아 손가락질하는 부류의 인간들이었다. 그렇다고 해서 그들이 항상 옳지 않다는 뜻은 아니었다. 올리비에의 경우처럼. 올리비에는 그들을 등쳐 먹었다.

인사가 끝나자 클로드는 길고 슬픈 사연을 장황하게 늘어놓기 시작했다. 그의 어머니를 비롯해 이 남자에게 잘못한 사람의 목록이 어찌나 길던지 보부아르가 할 수 있는 일이라고는 그가 올리비에에게 집중하도록 하는 것뿐이었다.

두 수사관은 마침내 퀴퀴한 집에서 휘청거리며 빠져나왔고 늦은 오후의 신선한 공기를 깊이 들이쉬었다.

"그가 범인일 것 같나?" 가마슈가 물었다.

"그럴 정도로 화가 난 건 확실합니다. 하지만 그가 리모컨 버튼을 눌러 비스트로로 순간 이동을 할 수 있지 않는 한 용의선상에서 제외해도 될 것 같습니다. 그 냄새나는 소파에서 오래 벗어나 있지 못할 거 같던데요." 보부아르가 말했다.

그들은 자신들의 차로 돌아갔다. 가마슈가 잠시 멈춰 섰다.

"무슨 생각 하십니까?" 보부아르가 물었다.

"푸아리에 부인이 했던 말을 생각하고 있네. 그 골동품들을 모두 쓰레기장에 버리려고 했다니. 상상이 가나?"

가마슈가 그 생각을 하는 것만으로도 고통스러워한다는 것을 보부아르는 알 수 있었다.

"하지만 올리비에가 구해 냈지. 일이 참 희한하게 풀렸어. 그는 부인에게 돈은 제대로 주지 않았지만 정을 주며 친구가 되어 주었네. 그걸 돈으로 따질 수 있겠나?" 가마슈가 말했다.

"그럼 제가 이십 시간 동안 친구가 되어 드릴 테니 경감님 차를 제게 파시겠습니까?"

"빈정대지 말게. 언젠가 자네가 늙고 혼자가 되면 알게 될 걸세."

보부아르는 가마슈의 차를 뒤따라 스리 파인스로 돌아오는 길에 그 문제를 생각해 보았다. 자신 또한 올리비에가 귀중한 골동품을 구해 냈고 괴팍한 노인과 시간을 보내 줬다는 점은 인정했다. 하지만 그렇게 하면서도 정당한 가격을 줄 수도 있지 않은가.

그렇지만 올리비에는 그렇게 하지 않았다.

마르크 질베르는 말 마르크를 쳐다보았다. 말 마르크도 마르크 질베르를 쳐다보았다. 둘 다 썩 유쾌해 보이지 않았다.

"도미니크!" 마르크가 마구간 문에서 외쳤다.

"응?" 도미니크가 집에서 마당을 가로질러 걸어오며 명랑하게 대답했다. 그녀는 마르크가 말을 발견하기까지 며칠이 걸리길 바랐다. 사실은 아예 알아차리지 못하길 바랐다. 하지만 그것은 키스 파트리지와 결혼하는 꿈과 동급이었다. 전혀 실현될 가능성이 없었다.

그리고 지금 그녀는 어둑한 마구간 앞에 팔짱을 끼고 서 있는 마르크를 보았다.

"이것들은 뭐야?"

"말이잖아." 도미니크가 말했다. 말은 그렇게 했지만 그녀는 마카로니가 무스가 아닐까 의심했다.

"나도 알아. 그런데 무슨 종이냐고? 사냥 말이 아니잖아, 그렇지?"

도미니크는 주저했다. 맞다고 대답하면 어떻게 될지 일순 고민했다. 하지만 그녀는 마르크가 말 전문가가 아니라 해도 그 말을 믿지 않으리라 짐작했다.

"그래 아니야. 더 좋은 거야."

"뭐가?"

마르크의 말이 점점 더 짧아졌다. 절대 좋은 신호가 아니었다.

"글쎄. 더 싸지."

그녀는 약간의 진정 효과를 체험할 수 있었다. 사연을 다 이야기해도 될지 몰랐다. "도살장에서 산 말들이야. 오늘 도살될 예정이었지."

마르크가 멈칫거렸다. 도미니크는 그가 화와 씨름 중이라는 것을 알았다. 화를 풀려는 게 아니라 계속 화를 내려고. "저 말들한테는 그럴 이유가 있었겠지. 그거…… 알잖아."

"죽어야 될 이유? 아니, 수의사가 와서 봤는데 괜찮대. 앞으로도 그럴 거고."

마구간에서 소독약과 비누, 연고 냄새가 났다.

"몸 상태는 그럴 수도 있겠지. 하지만 당신도 이 말은 괜찮다고 하지 못할걸." 마르크가 말 마르크를 향해 손을 휘저었다. 말은 코를 벌름거리며 힝힝거렸다. "이 말은 깨끗하지도 않잖아. 왜 그런 거야?"

대체 남편은 왜 이렇게 관찰력이 좋은 거지? "그게, 아무도 가까이 갈 수가 없어서 그래." 이내 도미니크에게 어떤 생각이 떠올랐다. "그 말한테는 특별한 손길이 필요하다고 수의사가 그랬어. 아주 특별한 사람만 가까이 오게 허락한대."

"정말이야?" 마르크가 말을 다시 쳐다보고 그리로 다가갔다. 말 마르크가 뒷걸음쳤다. 마르크가 손을 뻗었고 말은 귀를 뒤로 젖혔다. 말이 물기 직전 도미니크는 남편을 무사히 끌어낼 수 있었다.

"긴 하루였잖아. 말도 혼란스러울 거야."

"흠." 마르크가 도미니크와 마구간에서 걸어 나오며 말했다. "이름이 뭐야?"

"천둥."

"천둥." 마르크가 이름을 불러 보았다. "천둥." 마치 말을 타고 모는 것처럼 다시 한 번 불렀다.

부엌문에서 카롤이 그들을 맞이했다. "그래, 말들은 어떻더냐? 마르크는 기분이 어때?" 그녀가 아들에게 말했다.

"전 괜찮아요. 고마워요." 마르크가 카롤을 의아하게 보며 그녀가 내민 술잔을 받아 들었다. "어머니는 어떠세요?"

그의 뒤에서 도미니크가 미친 듯이 손짓을 했다. 웃음을 터트리며 뭔가 말하려던 카롤이 며느리의 행동을 보고 멈췄다. "나도 괜찮단다. 말들은 마음에 드니?"

"마음에 든다는 표현은 좀 과한 것 같네요. '말들'도 그렇고요."

"모두가 서로 익숙해지는 데 시간이 좀 걸리겠죠." 도미니크가 말했다. 그녀는 카롤이 주는 스카치를 받아 한 모금 꿀꺽 마셨다. 그리고 그들은 유리문을 지나 정원으로 갔다.

고부라기보다는 친구 같은 두 여인이 이야기를 하는 동안 마르크는 꽃, 커다란 나무, 새로 칠한 흰색 울타리, 그 너머의 완만하게 경사진 들판을 보았다. 말들, 혹은 말이 아니라 해도 어쨌든 그것들이 곧 저기에서 풀을 뜯으리라.

다시 또 마르크는 공허한 느낌이 들었다. 구멍이 조금 찢어지며 더 넓어졌다.

몬트리올을 떠나는 것은 도미니크에게 쓰라린 일이었고 퀘벡 시를 떠나는 것은 어머니에게 힘든 일이었다. 친구들과 헤어져야 했기 때문이다. 하지만 마르크는 아쉬워하는 척하며 환송회를 하고 모두에게 그리울 거라고 얘기했지만 진심은 그렇지 않았다.

친구들은 마르크가 그리워할 삶의 일부여야 했지만 사실 그렇지 않았다. 마르크는 아버지가 좋아했고 자신에게 가르쳐 줬던 키플링의 시가 떠올랐다. 모두가 너에게 도움을 청하되 너무 의존하지 않게 만들 수 있다면.

그의 친구들은 그랬다. 45년 넘게 사는 동안 마르크에게 지나치게 의존한 사람은 없었다.

그에게도 수많은 동료, 지인, 친구가 있었다. 하지만 그는 감정에 있어 평등주의자였다. 모두가 그에게 똑같이 기댔고 누구도 지나치게 의존하지 않았다.

시의 마지막은 이랬다. 그래야 비로소 어른이 될지니.

하지만 조용한 대화를 들으며 끝없이 펼쳐진 비옥한 들판을 바라보는 동안 마르크 질베르는 그것으로 충분한지, 진실이기는 한지 의문이 들기 시작했다.

수사관들이 회의 테이블로 모였고 보부아르는 빨간색 매직펜 뚜껑을 열었다. 모랭 형사는 '딸깍' 하는 그 작은 소리를 출발 신호로 인식하기 시작했다. 그는 살인반에 들어온 지 얼마 되지 않았는데도 매직펜의 냄새와 그 독특한 소리에 애정을 갖게 되었다.

모랭은 자신이 특별히 바보 같은 소리를 하게 될까 봐 언제나처럼 약간 긴장한 채 자리에 앉았다. 라코스트 형사가 곁에서 도와주었다. 아까 그들이 회의를 위한 자료를 정리할 때 그녀는 그의 떨리는 손을 보고 이번에는 그냥 듣고만 있어도 될 거라고 속삭였다.

그는 놀라서 그녀를 바라보았다.

"저를 바보로 여기지 않을까요? 할 말도 없다고요?"

"날 믿어요. 남의 말을 열심히 들어 준다고 여기서 잘리진 않아요. 그건 다른 직장에서도 마찬가지죠. 오늘은 내가 말할 테니 편하게 있어요. 내일은 상황을 봅시다. 알았죠?"

모랭은 라코스트를 보며 그녀의 동기가 무엇인지 알아내려 했다. 모든 사람에게는 동기가 있다는 것을 그는 알고 있었다. 호의로 움직이는 사람들도 있지만 그렇지 않은 사람들도 있었다. 그리고 그는 이 유명한 경찰청에 있는 대부분의 사람들이 친절한 마음에서 움직이지 않는다는 사실을 알 만큼은 오래 이곳에 몸담고 있었다.

이곳은 잔혹할 정도로 경쟁이 심했다. 그중에서도 살인반에 들어가기 위한 몸부림이 가장 치열했다. 그곳이 가장 명망 있는 자리였고 가마슈 경감과 일할 수 있는 기회였기 때문이었다.

그는 간신히 살인반에 들어왔고 간신히 버티고 있었다. 잘못된 행동 하나에 문밖으로 미끄러져 순식간에 잊힐 터였다. 그런 일이 벌어지게 할 수 없었다. 그는 지금이 중요한 순간이란 것을 본능적으로 알았다. 라코스트 형사는 진심인 걸까?

"자, 지금까지의 상황을 정리해 보겠나?"

보부아르는 마을 지도와 나란히 벽에 붙여 놓은 종이 옆에 서 있었다.

"피해자가 비스트로에서 살해되지 않았다는 사실을 알아냈습니다. 하지만 살해 장소와 피해자의 신원은 아직 밝히지 못했습니다." 라코스트가 말했다.

"그리고 시체가 옮겨진 이유도." 보부아르가 말했다. 그는 푸아리에 모자를 방문한 일에 대해 이야기했다. 그러고 나서 라코스트가 모랭과 자신이 올리비에 브륄레에 관해 조사한 내용을 보고했다.

"그는 서른여덟 살입니다. 외동아들이고요. 몬트리올에서 태어나고 자랐습니다. 아버지는 철도회사 간부이고, 어머니는 주부였는데 지금은 사망했습니다. 양육 환경은 풍족했고, 학교는 노트르담 드 시용을 다녔습니다."

가마슈는 눈썹을 추켜올렸다. 그곳은 일류 가톨릭 사립학교였다. 엄격한 수녀들이 가르치는 그곳에 올리비에보다 몇 년 후이긴 하지만 아니도 다녔다. 아들인 다니엘은 덜 엄격한 공립학교가 좋다며 그곳에 가지 않았다. 아니는 논리학, 라틴어, 심리학을 배웠고, 다니엘은 마리화나를 배웠다. 둘은 제대로 된 행복한 어른으로 자랐다.

라코스트가 자신의 메모를 보며 계속 보고했다. "올리비에는 몬트리올 대학에서 MBA를 취득하고 로렌시아 은행에 취직했습니다. 최상위 기업 고객을 상대했고, 일도 아주 성공적이었던 것 같습니다. 하지만 이후에 그만뒀습니다."

"왜지?" 보부아르가 물었다.

"이유는 확실하지 않아요. 내일 은행에 가서 사람을 만나기로 했습니다. 올리비에의 아버지와도 만날 약속을 정했고요."

"그의 사생활은 어떻던가?" 가마슈가 물었다.

"가브리한테 얘기를 들어 봤더니 그들은 십사 년 전부터 같이 살았답니다. 가브리는 올리비에보다 한 살 어린 서른일곱 살이고, YMCA에서 피트니스 강사로 일했습니다."

"가브리가?" 보부아르가 덩치 크고 여린 그 남자를 떠올리며 말했다.

"누구에게나 일어날 수 있는 일이지." 가마슈가 말했다.

"올리비에가 은행을 관둔 뒤 그들은 올드 몬트리올에 있는 아파트를 포기하고 여기로 내려와 비스트로를 인수한 다음 그 위층에서 살았습니다. 그런데 그때는 비스트로가 아니라 철물점이었답니다."

"정말인가?" 보부아르가 물었다. 그는 비스트로가 아닌 그곳을 상상할 수가 없었다. 노출된 들보에 걸려 있거나 두 개의 석조 벽난로 앞에 진열된 눈삽, 배터리, 전구 등을 떠올리려고 했지만 실패했다.

"그런데 이야기가 더 있습니다." 라코스트가 몸을 앞으로 기울였다. "토지 등기부를 뒤지다가 발견한 건데요. 올리비에는 십 년 전에 비스트로만 산 게 아니라 비앤비도 샀습니다. 하지만 그는 거기서 멈추지 않았습니다. 그는 모든 걸 샀습니다. 잡화점, 빵집, 비스트로, 머나의 서점까지요."

"전부? 올리비에가 이 마을을 소유하고 있다고?" 보부아르가 물었다.

"거의요. 다른 사람들은 모르는 거 같아요. 빵집의 사라, 잡화점의 무슈 벨리보와 얘기해 봤는데요. 그들은 가게를 몬트리올의 어떤 남자한테 임차했답니다. 합리적인 가격으로 장기 임대차 계약을 했고요. 숫자로 된 이름의 회사 앞으로 수표를 보낸답니다."

"올리비에의 회사겠지?" 보부아르가 물었다.

가마슈는 귀를 기울이며 모든 것을 기억했다.

"올리비에는 얼마를 주고 건물을 구입했나?" 보부아르가 물었다.

"전부해서 칠십이만 달러요."

"세상에, 엄청나군. 그가 어디서 돈이 났지? 대출을 끼고 샀나?" 보부아르가 말했다.

"아니에요. 현찰로 샀어요."

"어머니가 돌아가셨다고 했지. 아마 상속받은 재산일 수도 있겠군."

"아닐걸요. 그의 어머니는 겨우 오 년 전에 돌아가셨어요. 어쨌든 몬트리올에 가면 그것도 알아볼게요." 라코스트가 말했다.

"돈을 추적해야 돼." 보부아르가 말했다. 그것은 범죄 수사, 특히 살인 사건 수사에서 자명한 이치였다. 그리고 추적해야 할 상당한 돈이 갑자기 나타났다. 보부아르는 벽에 붙은 종이에 갈겨쓰기를 마무리한 뒤 검시관이 발견한 점들을 말해 주었다.

모랭은 심취해서 들었다. 이것이 바로 살인범을 찾아내는 진짜 과정이었다. DNA 검사, 세균 배양, 자외선 스캔 등 실험실에서 할 수 있는 것들로 찾는 게 아니었다. 그런 것들도 분명 도움이 되지만 그들의 진짜 실험실은 이곳이었다. 모랭은 테이블 저편에서 아무 말 없이 듣기만 하는 또 한 사람을 바라보았다.

보부아르를 보던 가마슈 경감의 짙은 갈색 눈이 잠시 어린 형사를 보았다. 그리고 미소 지었다.

회의가 끝나고 라코스트 형사는 바로 몬트리올로 향했다. 모랭은 집으로 갔고 보부아르와 가마슈는 돌다리를 건너 마을을 향해 천천히 걸었다. 그들은 불 꺼진 비스트로를 지나 비앤비 베란다에 앉아 있는 올리비에와 가브리를 만났다.

"제가 쪽지를 남겼는데 보셨어요? 비스트로가 휴업이라 다 같이 다른 곳에서 저녁 먹기로 했어요. 여러분도 같이요." 가브리가 말했다.

"또 피터와 클라라네 집입니까?" 가마슈가 물었다.

"아뇨. 루스네 집이에요." 가브리가 말했다. 덕분에 두 사람의 깜짝 놀란 표정을 볼 수 있었다. 가브리는 덩치 큰 이 수사관들에게 누군가가 총을 들이댄 것 같다고 생각했다. 가마슈는 놀란 듯 보였지만 보부아르는 겁먹은 듯했다.

"보호대를 차고 와도 돼요." 그들이 베란다 계단을 올라갈 때 가브리가 보부아르에게 속삭였다.

"전 절대 안 갈 겁니다. 경감님은 가실 겁니까?" 안으로 들어가며 보부아르가 물었다.

"지금 농담하나? 자기 서식지에 있는 루스를 볼 수 있는 기회를 버린다고? 난 절대 놓치지 않을 걸세."

20분 후 가마슈는 샤워를 하고 렌 마리에게 전화를 한 뒤 캐주얼한 바지와 파란 셔츠, 낙타털 카디건을 입고 넥타이를 맨 차림으로 나타났다. 보부아르는 거실에 맥주와 포테이토칩을 펼쳐 놓고 있었다.

"정말 생각 안 바꾸실 겁니까, 파트롱?"

가마슈는 솔깃한 제안이라고 인정했다. 하지만 고개를 저었다.

"창문에 촛불 켜 놓고 기다리겠습니다." 나가는 가마슈를 보며 보부아르가 말했다.

비늘판으로 벽을 두른 루스의 집은 몇몇 집들을 지나 잔디 광장에 면해 있었다. 앞쪽에는 포치가 있고 두 개의 박공지붕이 있는 작은 이층집이었다. 가마슈는 이전에도 와 본 적이 있었지만 항상 수첩을 꺼내 들고 질문만 했을 뿐이었다. 손님으로 초대받기는 처음이었다. 그가 들어서자 모든 눈들이 그를 향해 모아졌고 머나가 가장 먼저 다가왔다.

"제발 그렇다고 해 주세요. 총 갖고 계시죠?"

"없습니다."

"무슨 말씀이세요. 총 없어요?"

"위험하니까요. 총이 왜 필요합니까?"

"그녀를 쏘게요. 그녀가 우리를 죽이려고 해요." 머나가 가마슈의 소매를 붙잡으며 루스를 가리켰다. 루스는 프릴이 달린 앞치마를 하고 밝은 주황색 플라스틱 쟁반을 들고 손님들 사이를 돌아다니고 있었다.

"사실 그녀는 우리를 납치해 1950년으로 데려가려는 거예요." 가브리가 말했다.

"그때가 집에 사람을 마지막으로 들인 때일걸요." 머나가 말했다.

"어이, 친구 양반. 오르되브르전채 요리 좀 드시겠나?" 루스가 새로운 손님을 발견하고 돌진해 왔다.

가브리와 올리비에가 서로에게 말했다. "자기한테 하는 말이야."

놀랍게도 그녀가 가리킨 사람은 가마슈였다.

"오라질." 루스가 아주 심한 영국 억양으로 말했다. 그녀 뒤로 로사가 뒤뚱거리며 나왔다.

"그녀는 우리가 왔을 때부터 내내 저렇게 말하고 있어요." 머나가 쟁반을 피해 물러나다가 「타임스 리터러리 서플먼트」 무더기를 넘어뜨리며 말했다. 가마슈는 주황색 쟁반 위에서 굴러다니는 짭짤한 크래커를 보았다. 그는 크래커에 발라져 있는 갈색 물질이 땅콩버터이길 바랐다. 머나가 말을 이었다. "어디서 읽었는데, 사람이 뇌 손상을 입으면 억양이 강해진대요."

"악령에 씐 것도 뇌 손상에 포함되는 거 아냐? 그녀는 지금 전혀 다른 언어로 지껄이고 있잖아요." 가브리가 말했다.

"당치 않아." 루스가 말했다.

하지만 그 방에서 가장 놀라운 것은 고리 모양 램프나 티크 가구, 수상한 음식을 대접하며 고상한 척 영국 억양으로 말하는 루스가 아니었다. 책, 신문, 잡지로 뒤덮인 소파, 털이 긴 녹색 카펫도 아니었다. 그것은 오리였다.

로사는 원피스를 입고 있었다.

"말 그대로 덕앤커버_{duck and cover} 기습 공격 때 탁자 아래로 머리를 감추고 숨는 것. 여기서는 단어 뜻만으로 옷을 입은 오리를 빗대고 있다네요." 가브리가 말했다.

"우리 로사." 루스는 이제 땅콩버터 크래커를 내려놓고 이제 벨비타 치즈를 채운 셀러리 줄기를 내오는 중이었다.

가마슈는 이를 지켜보며 신고 전화를 해야 할지 고민했다. 한 통은 동물 구조 협회에, 다른 한 통은 정신병원에. 하지만 로사와 루스는 전혀 심란해 보이지 않았다. 손님들과는 다르게.

"하나 드실래요?" 클라라가 씨앗처럼 보이는 게 잔뜩 묻은 동그란 뭔가를 그에게 권했다.

"그게 뭐죠?" 가마슈가 물었다.

"우리가 보기엔 새 모이용 수이트_{소나 양의 콩팥 주위에서 얻는 지방} 같아요." 피터가 말했다.

"그걸 저더러 먹으라는 겁니까?" 가마슈가 물었다.

"누군가 먹어야 그녀의 기분을 망치지 않죠." 클라라가 막 부엌으로 사라지는 루스를 턱으로 가리켰다. "그리고 우린 너무 무서워서 못 먹겠어요."

"농 메르시_{Non, merci} 아뇨, 사양하겠습니다." 가마슈는 웃으며 올리비에를 찾으러 갔다. 부엌을 지나며 안을 보니 루스가 통조림을 따고 있었고 로사는 식탁 위에서 루스를 지켜보고 있었다.

"자, 우리는 이제 이걸 딸 거야. 냄새를 맡아 봐야 되겠지? 어떻게 생각해?" 루스가 중얼거렸다.

오리는 아무 생각이 없어 보였다. 루스는 어쨌든 통조림을 열고 냄새를 맡았다. "이 정도면 괜찮아."

그녀는 행주에 손을 닦은 뒤 손을 내밀어 로사의 원피스 자락을 들치고 헝클어진 깃털을 정리하고 옷을 매만져 주었다.

"도와 드릴까요?" 가마슈가 문간에서 물었다.

"됐다오."

가마슈는 그녀가 식칼을 던질 줄 알고 움찔했다. 하지만 그녀는 그저 미소를 지으며 통조림 굴 조각으로 속을 채운 올리브가 담긴 접시를 건넸다. 가마슈가 그 접시를 들고 돌아가자 아니나 다를까 사람들은 마치 그가 악당 편에 선 사람처럼 대했다. 그는 보부아르가 이런 광경을 보지 않은 걸 매우 다행으로 여겼다. 평소보다 더 영국인 티를 내고 있는 정상이 아닌 루스와 원피스를 입은 로사, 어리석게 먹었다간 죽거나 불구가 될 것이 분명한 음식을 나르고 있는 자신을.

"올리브?" 그가 올리비에에게 물었다.

두 사람은 접시를 내려다보았다.

"그럼 이 굴은 나예요?" 가브리가 물었다.

"대체 머리에 뭐가 들었어? 정신 좀 차려." 올리비에가 말했다.

가브리가 입을 열었지만 모두가 경고하는 표정을 짓자 다시 입을 다물었다.

피터는 사람들의 대화에서 한발 물러서서 루스가 준 물 한 잔을 홀짝이며 미소만 짓고 있었다. 그가 경찰의 수색 때문에 사생활이 침해된 것 같다고 클라라에게 말했을 때 그녀도 같은 질문을 했었다.

"왜?" 클라라가 물었다.

"당신은 그렇게 생각 안 해? 내 말은, 낯선 사람들이 당신 작품을 보잖아."

"우리가 전시회라고 하는 게 그거 아냐? 내 화가 인생 중에 오늘 오후가 최고로 관람객이 많은 때였는걸. 경찰을 더 많이 데려오자. 그들이 수표책도 가져왔으면 좋겠다." 그녀가 웃었다. 그녀는 확실히 개의치 않았다. 하지만 그녀는 피터가 언짢아한다는 것을 알았다. "뭐가 문제야?"

"그 그림은 아직 보여 줄 준비가 안 됐다고."

"저기, 여보. 수색이 당신 작품과 관련이 있다는 것처럼 들리는데."

"뭐, 사실이지."

"그들은 살인범을 찾는 거야. 예술가가 아니라."

그리고 그 말은 대개의 불편한 진실들처럼 그들 사이에 거북하게 남았다.

가마슈와 올리비에는 사람들에게서 떨어진 조용한 구석으로 갔다.

"당신이 몇 년 전에 건물을 구입한 사실을 알고 있습니다."

올리비에는 질문에 놀란 듯이 약간 얼굴을 붉혔다. 그는 본능적으로 방 안을 살짝 둘러보며 듣는 사람이 없는지 확인했다.

"좋은 투자라고 생각했습니다. 일하면서 돈을 좀 모았거든요. 여기 사업이 잘됐어요."

"분명히 그랬을 테죠. 거의 칠십오만 달러에 가까운 돈을 낼 수 있었으니까요."

"지금은 백만 달러로 올랐다는 데 내기를 해도 좋아요."

"하지만 당신은 현찰로 구입했습니다. 그 정도로 사업이 잘됐나요?"

올리비에는 주위를 힐끗 돌아보았지만 듣는 사람은 아무도 없었다. 그래도 그는 목소리를 낮췄다.

"비스트로와 비앤비는 아주 잘되고 있습니다. 어쨌든 지금까지는요. 하지만 진짜 놀랄 만한 성과를 낸 사업은 골동품 쪽이죠."

"어떻게 그렇게 했죠?"

"퀘벡 소나무 가구에 관심이 많아서 좋은 물건을 많이 찾았습니다."

가마슈는 고개를 끄덕였다. "오늘 오후에 푸아리에 가족과 이야기를 했습니다."

올리비에의 얼굴이 딱딱하게 굳었다. "저기, 그들이 뭐라고 했든 사실이 아니에요. 전 그들 어머니를 등쳐 먹지 않았어요. 부인이 팔고 싶어 했습니다. 간절히 팔고 싶어 했어요."

"압니다. 우리는 부인과도 이야기했습니다. 먼딘네도 갔었죠. 그 가구들은 분명히 상태가 좋지 않았을 겁니다."

올리비에는 약간 긴장을 풀었다.

"그랬습니다. 수년간 습하고 추운 헛간과 다락에 있었으니까요. 쥐도 쫓아내야 했습니다. 어떤 것은 수리를 할 수 없을 정도로 뒤틀려 있었어요. 보셨으면 눈물을 흘리셨을 거예요."

"당신이 나중에 새 침대를 사 줬다고 푸아리에 부인이 그러더군요. 친절하셨군요."

올리비에는 시선을 떨구었다. "네. 뭐, 고마움을 표현하고 싶었어요."

양심은 있군. 가마슈는 생각했다. 이 남자에게는 크고 지독한 탐욕을 감시하는 크고 지독한 양심이 있었다.

"비스트로와 비앤비가 지금까지는 잘되고 있다고 했는데, 무슨 뜻입니까?"

올리비에는 잠깐 창밖을 봤다가 다시 가마슈에게로 시선을 돌렸다.

"어이, 밥들 드시게나." 루스가 노래하듯 말했다.

"우리 어떡하지? 도망가야 되나?" 클라라가 머나에게 속삭였다.

"너무 늦었어. 루스나 오리에게 틀림없이 붙잡힐 거야. 할 수 있는 건 쭈그리고 앉아 날이 새길 기도하는 것뿐이야. 더 나쁜 일이 벌어지면 죽은 척해."

가마슈와 올리비에는 일어났다. 다른 이들이 모두 저녁 식탁에 앉아 있었다.

"옛 해들리 저택에서 저들이 뭘 하고 있는지 아시죠?" 가마슈는 대답하지 않았고 올리비에가 계속 말을 이었다. "그들은 저택을 완전히 부수다시피 하고 스파 리조트로 만들고 있어요. 열 개의 마사지룸을 두고 명상과 요가 수업을 한대요. 그들은 데이 스파와 기업 수련회도 할 작정이에요. 사람들이 사방에 우글거리겠죠. 스리 파인스를 망칠 거예요."

"스리 파인스를요?"

"그래요. 비스트로와 비앤비를요." 올리비에가 딱딱거렸다.

그들도 다른 사람들과 함께 부엌에 있는 루스의 플라스틱 가든 테이블에 앉았다.

"지금 나와요." 가브리가 경고했다. 루스가 각자의 앞에 그릇을 하나씩 내려놓았다.

가마슈는 그릇 속에 든 내용물을 보았다. 통조림 복숭아, 베이컨, 치즈, 곰돌이 젤리가 있었다.

"다 내가 좋아하는 것들이야." 루스가 웃으며 말했다. 로사는 루스 옆 수건으로 만든 둥지에 앉아 원피스 소매 아래를 부리로 쪼고 있었다.

"스카치 원하는 사람?" 루스가 물었다.

"여기요." 여섯 명 모두 잔을 앞으로 내밀었다. 루스가 모두에게 스카치를 따라 주었다. 그들의 저녁밥 위에다가.

거의 3백 년이 지나서야 그들은 조용하고 차가운 밤거리로 비틀거리며 빠져나올 수 있었다.

"잘 가게." 루스가 손을 흔들었다. 하지만 가마슈를 기분 좋게 한 것은 문이 닫히는 순간 루스가 중얼거린 말이었다. "망할 것들."

14

비앤비로 돌아온 사람들은 그들을 기다리는 보부아르를 발견했다. 멀쩡한 상태로 기다리고 있지는 않았지만. 그는 의자에서 자고 있었다. 부스러기만 남은 접시와 초코 우유 한 잔이 그의 옆에 있었고, 벽난로의 불은 꺼져 가고 있었다.

"깨워야 할까요? 아주 평화로워 보이는데요." 올리비에가 말했다.

옆으로 돌아간 보부아르의 얼굴이 침으로 약간 번들거렸다. 그는 크고 규칙적인 소리를 내며 숨을 내쉬었다. 가슴에는 올리비에를 위해 가브리가 축제에서 상품으로 가져온 사자 인형을 올리고, 그 위에 손을 얹고 있었다.

"귀여운 아기 경찰 같네요." 가브리가 말했다.

"아 참, 그러고 보니 루스가 이걸 그에게 전해 주라고 했어요." 올리비에가 가마슈에게 종이쪽지를 건넸다. 가마슈가 그것을 받아 챙겼다. 두 사람이 도와주겠다고 했지만 가마슈는 사양했고 그들이 무거운 발걸음으로 터덜터덜 계단을 올라가는 모습을 바라보았다. 9시였다.

"장 기, 일어나게." 가마슈가 속삭였다.

그는 무릎을 꿇고 젊은 경위의 어깨를 가볍게 두드렸다. 보부아르가 코를 킁킁거리며 서서히 깼다. 사자 인형이 그의 가슴에서 바닥으로 미끄러졌다.

"뭡니까?"

"자러 갈 시간이네."

가마슈가 지켜보는 동안 보부아르가 일어나 앉았다. "어땠어요?"

"아무도 죽지 않았네."

"스리 파인스에서 꽤 대단한 일이네요."

"루스가 이걸 자네에게 전해 달랬다고 올리비에가 그러더군." 가마슈가 그에게 종이쪽지를 건넸다. 보부아르가 눈을 비비며 종이를 펴서 읽었다. 그러고는 고개를 저으며 종이쪽지를 가마슈에게 다시 건넸다.

어쩌면 이 모든 것 중에는

내가 놓친 뭔가가 있을 거야.

"이게 무슨 뜻이죠? 협박일까요?"

가마슈가 얼굴을 찌푸렸다. "짐작이 가지 않는군. 왜 자네에게 보냈을까?"

"질투하세요? 아마 그냥 미친 거겠죠." 하지만 두 사람 모두 '아마'가 관대한 표현이란 걸 알고 있었다. "미치광이 얘기가 나와서 말인데 따님이 전화했었어요."

"아니가?" 가마슈는 갑자기 걱정이 되어 무의식적으로 휴대전화로 손을 뻗었다. 하지만 골짜기에 있는 이 마을에서는 휴대전화가 터지지 않는다는 사실을 알고 있었다.

"이제 다 괜찮습니다. 아니는 경감님께 직장에서 속상했던 얘기를 하려던 거였어요. 큰 문제는 아닌데 일을 관두고 싶어 하더라고요."

"젠장, 어제 우리가 여기로 오라는 전화를 받았을 때 그 애가 하려던 얘기가 그거였나 보군."

"걱정 안 하셔도 됩니다. 제가 잘 처리했으니까요."

"때려치우라고 얘기한 게 '잘 처리'한 건 아니겠지?"

보부아르가 웃음을 터트리고 몸을 굽혀 사자 인형을 주워 들었다. "아니가 경감님 집안에서 '사자'로 통하는 이유가 다 있죠. 사납잖아요."

"그 애가 사자로 통하는 건 다정하고 열정적이기 때문이야."

"그리고 사람을 잡아먹고요?"

"자네는 그 애의 성격을 싫다고 하지만 그런 성격의 남자는 칭찬하잖나." 가마슈가 말했다. "아니는 똑똑하고 자기 신념을 지키네. 생각을 솔직하게 말하고 괴롭힘에 물러서지 않지. 자네는 왜 그 애를 자극하는 건가? 자네가 밥 먹으러 와서 그 애가 있으면 결국엔 항상 말다툼을 벌이잖나. 솔직히 점점 진저리가 나네."

"알겠습니다. 제가 더 노력하죠. 하지만 아니는 정말 사람 신경을 긁는다고요."

"자네도 그래. 두 사람은 공통점이 많아. 아무튼 직장 문제는 뭐라던가?" 가마슈가 보부아르 곁에 앉았다.

"오, 아니가 원하던 사건을 다른 변호사가 맡았답니다. 훨씬 후배가요. 제가 한동안 이야기를 잘 했으니 그녀는 이제 직장에서 아무도 안 죽일 겁니다."

"잘됐군."

"그리고 일도 그만두지 않겠답니다. 성급하게 결정하면 후회할 거라고 제가 그랬거든요."

"아, 그랬다고. 자네가?" 가마슈가 웃으며 물었다. 보부아르는 가히 성급함의 제왕이었다.

"그게, 누군가는 그녀에게 좋은 충고를 해 줘야 하니까요." 보부아르가 웃었다. "아실지 모르겠지만 그녀의 부모는 좀 미쳤거든요."

"그렇다더군. 고맙네."

좋은 충고였다. 그리고 가마슈는 보부아르 역시 그 점을 알고 있다는 것을 알았다. 보부아르는 즐거워 보였다. 가마슈는 손목시계를 보았다. 9시 반이었다. 그는 가브리의 전화기로 손을 뻗었다.

가마슈가 딸과 통화를 하는 동안 보부아르는 무심코 손에 든 사자 인형을 쓰다듬었다.

어쩌면 이 모든 것 중에는
내가 놓친 뭔가가 있을 거야.

뭔가를 놓치는 것. 살인 사건을 수사하는 이들에게는 두려운 일이었다. 가마슈 경감은 뛰어난 부서를 조직했다. 모두 2백 명에 가까운 사람들을 직접 선발했고, 그들이 전 지역의 살인 사건을 수사하고 있었다.

하지만 보부아르는 자신의 팀이 최고라는 사실을 알고 있었다.

보부아르 경위는 블러드하운드후각이 뛰어난 사냥개였다. 앞장서서 길을 인도했다.

라코스트는 단호하고 체계적인 사냥꾼이었다.

그렇다면 경감은? 가마슈는 탐험가였다. 그는 남들이 가지 않거나 갈수 없는, 혹은 무서워서 가지 못하는 곳에 갔다. 거친 야생 속으로 들어가 깊은 틈새와 동굴, 그 속에 숨어 있는 짐승을 찾아냈다.

보부아르는 가마슈가 두려운 게 없기 때문에 그럴 수 있다고 오랫동안 생각했었다. 하지만 그는 경감이 두려워하는 게 많다는 것을 깨달았다. 두려움이 많다는 것이 가마슈의 강점이었다. 가마슈는 다른 이들 안에 있는 두려움을 알아볼 수 있었다. 칼이나 주먹을 조종하는 것은 다름 아닌 두려움이었다. 피해자의 뒤통수를 가격한 한 방의 경우 역시.

그럼 젊은 모랭 형사는? 그가 이 팀에서 하는 역할이 뭐지? 보부아르는 자신이 그 젊은이에게 꽤 호의적이 됐다는 사실을 인정했다. 그렇다고 그의 미숙함에 맹목적이 된 것은 아니었다. 블러드하운드인 보부아르는 이번 사건에서 꽤 분명하게 두려움의 냄새를 맡았다.

하지만 그 냄새는 모랭에게서 났다.

보부아르는 딸과 얘기하는 가마슈를 거실에 남겨 두고 위층으로 올라갔다. 올라가면서 그는 위버스의 노래를 흥얼거렸고 자신의 손에 사자 인형이 쥐어 있다는 것을 가마슈가 눈치채지 못하길 바랐다.

다음 날 아침 무슈 벨리보가 잡화점 문을 열러 와 보니 이미 기다리는 손님이 있었다. 모랭 형사가 현관 앞 벤치에서 일어나 나이 든 잡화상 벨리보에게 자신을 소개했다.

"뭘 도와 드릴까요?" 무슈 벨리보가 문을 열며 물었다. 스리 파인스에서는 사람들이 급하게 잡화점 물건이 필요하다 해서 실제로 그를 기다리는 경우는 흔치 않았다. 하긴 이 젊은이는 마을 사람이 아니었다.

"파라핀 있나요?"

무슈 벨리보의 긴장한 얼굴에 미소가 번졌다. "뭐든 다 있죠."

벨리보의 잡화점에 처음 와 본 모랭은 주위를 두리번거렸다. 짙은 색 나무 선반에 깡통들이 가지런하게 진열되어 있었고, 계산대 앞에는 개 사료와 새 모이 부대가 기대어져 있었다. 선반 꼭대기에는 체커, 스네이크, 랜더, 모노폴리 같은 주사위 게임이 든 오래된 상자들이 있었다. 깔끔하게 줄 맞춰 정리해 놓은 색칠공부 책과 조각그림 퍼즐도 있었다. 한쪽 벽에는 직물 제품들이 진열되어 있었고 다른 벽 아래쪽에는 페인트, 장화, 새 모이통이 있었다.

"파라핀은 저기 유리병 옆에 있습니다. 피클을 담글 모양인가 보군요?" 벨리보가 빙그레 웃었다.

"많이 파시나요?" 모랭이 물었다.

"이맘때 말입니까? 요즘 같은 때는 재고가 동나지 않도록 하는 게 일이죠."

"그럼 이건요? 이건 많이 파세요?" 모랭이 깡통 하나를 들어 보였다.

"간혹 팔긴 하지만 사람들은 대부분 그런 걸 사러 코완스빌에 있는 캐나디언 타이어나 건축자재 가게에 가지요. 혹시나 해서 몇 개 들여놓은 것뿐입니다."

"이걸 마지막으로 파신 건 언제였습니까?" 모랭이 자신이 산 물건을 계산하며 물었다. 정말로 대답을 기대하지는 않았지만 물어야 할 것 같은 느낌이 들었다.

"칠월이죠."

"진짜요?" 모랭은 '질문'하는 표정을 더 연습해야겠다고 생각했다. "그걸 어떻게 기억하시죠?"

"그게 내가 하는 일이죠. 사람들이 언제 뭘 사는지 파악해야 하는 일이오. 그리고 이것처럼 가끔 팔리는 물건은 더 주목하게 된답니다." 벨리보가 깡통을 들어 종이봉투 속에 넣었다. "실은 두 사람이 이걸 사 갔습니다. 수요 급증이었죠."

모랭 형사는 물건들을 들고 무슈 벨리보의 가게를 나섰다. 뜻밖에 수확한 많은 정보와 함께.

라코스트 형사는 보다 직접적인 질문으로 하루를 시작했다. 그녀가 버튼을 누르자 문이 닫히고 엘리베이터는 그녀를 몬트리올의 로렌시아 은행 건물 제일 위층으로 데려다 주었다. 기다리는 동안 밖을 내다보니 한쪽으로 항구가 보였고 다른 쪽으로는 커다란 십자가가 있는 루아얄 산 공원이 보였다. 시내에 옹기종기 들어선 화려한 유리 건물들이 햇빛을 반사했고 이 특별한 프랑스계 도시의 성취와 열망을 반영했다.

라코스트는 몬트리올 시내를 보며 뿌듯해하는 자신에게 늘 놀랐다. 건축가들은 이곳을 인상적이고 매력적으로 만들었다. 몬트리올 사람들은 과거를 무시하지 않았다. 좋건 나쁘건 퀘베쿠아는 그랬다.

"주 부 정 프리Je vous en prie 들어오세요." 리셉셔니스트가 웃으며 이제 막 열린 문을 가리켰다.

"메르시." 라코스트는 상당히 으리으리한 사무실로 들어갔다. 늘씬하고 탄탄해 보이는 중년 남성이 책상 뒤에 서 있었다. 그가 앞으로 나와 손을 내밀고 자신을 이브 샤르팡티에라고 소개했다.

"궁금해하신 부분에 대해 제가 도움을 드릴 수 있을 것 같군요." 그가 세련된 프랑스어로 말했다. 라코스트는 고위 간부와 프랑스어로 이야기할 수 있어서 기뻤다. 그녀 세대는 그럴 수 있었다. 하지만 그녀는 부모나 조부모의 이야기를 들었고 최근의 역사도 잘 알았기 때문에 30년 전만 하더라도 영어밖에 못하는 영국계를 만났으리란 사실을 알았다. 그녀의 영어는 완벽했지만 그게 중요한 문제가 아니었다.

그녀는 커피 제안을 수락했다.

비서가 나가고 문이 닫히자 샤르팡티에가 말했다. "그 얘기는 좀 미묘합니다. 올리비에 브륄레를 범죄자라고 생각하지 않길 바랍니다. 딱히 고소할 만한 문제는 전혀 없었으니까요."

"그런데요?"

"처음 몇 년간 우리는 그의 성과에 아주 만족했습니다. 솔직히 말해 우리는 수익을 높이 평가하니까요. 그는 수익을 많이 냈습니다. 승진도 빨리 했지요. 사람들은 그를 좋아했습니다. 특히 고객들이오. 이 분야에는 말만 잘하는 사람들이 많습니다. 하지만 올리비에는 진실했어요. 과묵하고 점잖았죠. 그와는 안심하고 거래할 수 있었죠."

"그런데요?" 라코스트가 자신의 집요함이 완화되길 바라며 살짝 미소를 짓고 같은 말을 반복했다. 무슈 샤르팡티에가 미소를 돌려주었다.

"회사 돈이 사라졌습니다. 몇백만 달러였죠." 그가 라코스트의 반응을 살폈지만 그녀는 듣고만 있었다. "아주 조심스럽게 수사가 시작되었습니다. 그러는 사이 돈이 더 사라졌고요. 마침내 두 사람을 추적해 냈는데 그중 하나가 올리비에였습니다. 저는 믿을 수 없었지만 두어 차례의 면담 끝에 그가 인정하더군요."

"그가 다른 직원 대신 덮어쓴 것일 수도 있나요?"

"그렇지는 않을 겁니다. 솔직히 다른 직원들은 똑똑하긴 해도 그런 일을 할 만큼 영리하지는 않습니다."

"횡령에 그렇게 뛰어난 머리가 필요한가요? 오히려 멍청해야 한다고 생각했는데요."

무슈 샤르팡티에가 웃었다. "맞습니다. 제가 설명을 확실히 하지 않았군요. 회사 장부에서 돈이 사라지긴 했지만 도둑맞은 건 아니었습니다. 올리비에는 자신이 뭘 했는지, 돈의 행적을 우리에게 보여 줬습니다. 확실히 그는 말레이시아의 호경기를 지켜보며 기막히게 좋은 투자 기회라고 생각했던 것 같습니다. 그래서 상사에게 말했지만 상사는 동의하지 않았고요. 그런데도 올리비에는 승인 없이 마음대로 투자했습니다. 돈은 고스란히 거기 있었죠. 그는 돈의 흐름을 다 기록해 두었고 수

익과 함께 돈을 돌려놓을 작정이었습니다. 그리고 그의 판단이 맞았습니다. 삼백만 달러가 이천만 달러로 돌아왔거든요."

라코스트는 그제야 반응을 보였다. 말은 하지 않았지만 그녀의 표정이 샤르팡티에를 끄덕이게 했다.

"그렇습니다. 그는 돈에 대해 천부적인 재능을 가지고 있었습니다. 그는 지금 어디 있습니까?"

"그를 해고하셨나요?" 라코스트가 샤르팡티에의 질문을 무시하고 물었다.

"그가 관뒀습니다. 우리는 그에 대한 처분을 고심하고 있었죠. 그 문제로 경영진이 분열됐습니다. 그의 상사는 뒤로 쓰러지려 했고 올리비에를 건물 꼭대기에 매달고 싶어 했어요. 우리는 그러지 않겠다고 말했습니다. 더 이상은요."

라코스트가 웃으며 말했다. "올리비에를 해고하지 않으려는 사람도 있었군요?"

"그는 일을 아주 잘했으니까요."

"돈 버는 일 말이죠. 그가 돈을 되돌려 놓을 거라 확신하셨습니까?"

"정곡을 찌르시는군요. 우리 중 절반은 그를 믿었고 절반은 그렇지 않았습니다. 올리비에는 우리의 신임을 잃었다는 걸 깨닫고 결국 사직했지요. 신임을 잃는다는 건 참······."

그게 참. 라코스트는 생각했다. 참. 참.

그리고 이제 올리비에는 스리 파인스에 있었다. 하지만 옮겨 온 모든 사람이 그렇듯 그는 자신의 본성과 함께 왔다.

그게 참.

세 명의 수사관이 수사본부의 회의 테이블에 모였다.

"그래서 현재 수사 상황은?" 보부아르가 다시 또 벽에 붙여 놓은 종이 옆에 서서 물었다. 종이 위에는 그가 적어 놓은 질문에 대답 대신 두 개의 질문이 더해져 있었다.

그가 살해된 장소는 어디인가?
시체는 왜 옮겨졌는가?

보부아르는 고개를 저었다. 자신들은 잘못된 방향으로 가고 있는 것 같았다. 그럴듯해 보이던 몇 가지 추측마저 사실이 아니라고 판명 났다. 살해 도구인 줄 알았던 부지깽이처럼.

아무것도 건진 게 없었다.

"우리는 정말 큰 사실을 알고 있네." 가마슈가 말했다. "우리는 피해자가 비스트로에서 살해되지 않았다는 사실을 알고 있지."

"그 바람에 나머지 지역을 몽땅 다 수색해야 했습니다." 보부아르가 말했다.

"파라핀과 바라탄이 연관된 것도, 올리비에와 어떤 관련이 있다는 사실도 알아냈지."

"하지만 우리는 피해자가 누군지도 모르잖습니까." 보부아르가 종이에 적힌 질문에 불만스럽게 밑줄을 쳤다. 가마슈가 잠시 말없이 앉아 있더니 이내 입을 열었다.

"그래, 하지만 알게 될 걸세. 결국 모두 알아낼 거야. 조각 퍼즐처럼 결국엔 전체 그림을 분명히 보게 될 걸세. 인내심과 끈기가 필요할 뿐이지. 다른 용의자들의 배경도 좀 더 알아볼 필요가 있네. 파라네 가족은 어떻던가?"

"제가 알아봤습니다." 모랭 형사가 가냘픈 어깨를 쭉 폈다. "해나와 로어 파라는 1980년대 중반에 이곳에 왔습니다. 난민이었죠. 그들은 난민 지위를 신청해서 인정받았습니다. 지금은 캐나다 시민이 되었고요."

"전부 합법적이었나?" 보부아르가 유감 섞인 목소리로 물었다.

"전부 합법적이었습니다. 자식이 한 명. 이름은 하보크. 이십일 세입니다. 가족들은 이곳의 체코인 커뮤니티에 깊이 관여하고 있습니다. 몇 사람에게 신원보증도 해 주었고요."

"그래, 알았어." 보부아르가 손을 내저었다. "또 다른 흥미로운 점은 없나?"

모랭은 엄청난 양의 메모를 내려다봤다. 보부아르 경위가 뭘 흥미로워할까?

"그들이 여기 오기 전의 일에 대해서는 뭔가 알아낸 것이 없나?" 가마슈가 물었다.

"없습니다. 프라하에 전화해 봤지만 그 당시의 기록은 관리가 잘 안 되어 있었습니다."

"알았네." 보부아르가 매직펜 뚜껑을 다시 딸깍 닫았다. "다른 건?"

모랭이 회의 테이블에 종이봉투를 올려놓았다.

"오늘 아침에 잡화점에 들러서 이걸 사 왔습니다."

그가 봉투에서 파라핀 왁스 한 덩이를 꺼냈다. "무슈 벨리보 말로는 모두가 파라핀을 사 간답니다. 특히 이맘때는요."

"별로 도움이 안 되는군." 보부아르가 다시 자리에 앉으며 말했다.

"네. 하지만 이건 도움이 될 거예요." 모랭이 봉투에서 깡통을 하나 꺼냈다. 그 위에는 바라탄이라고 쓰여 있었다. "무슈 벨리보는 이런 깡통을 칠월에 두 명한테 팔았답니다. 하나는 가브리에게, 하나는 마르크 질베르에게요."

"오, 그래?" 보부아르가 매직펜 뚜껑을 열었다.

여느 몬트리올 사람들처럼 라코스트는 1967년 세계 엑스포 개최 당시 세워진 상당히 낯설고 이국적인 아파트 해비타트에 대해 알고 있었다. 그 건물은 당시에도 전위적이라 여겨졌고 지금까지도 그랬다. 세인트 로렌스 강변 일데쇠르에 위치한 이 아파트는 창의성과 상상력에 대한 헌사였다. 누구든 해비타트를 한번 보면 절대 잊을 수 없었다. 건축가는 여러 채의 집을 하나의 사각형 건물 안에 집어넣지 않고, 각 집을 별개의 육면체로 만들었다. 그런 식으로 아이들이 블록을 쌓듯 집 위에 집을 이리저리 쌓았다. 모든 집은 위쪽, 아래쪽, 옆쪽 어디든 서로 조금씩 연결되어 있었다. 그래서 햇빛이 건물을 비추면 모든 집이 골고루 햇빛을 받았다. 게다가 모든 집은 장려하게 흐르는 강이나 근사한 도시가 내려다보이는 전망이 끝내줬다.

라코스트는 해비타트의 집 안에 들어가 본 적이 없었지만 곧 들어가 볼 참이었다. 올리비에의 아버지 자크 브륄레가 그곳에 살고 있었다.

"어서 오시오." 자크 브륄레가 웃음기 없는 얼굴로 문을 열며 말했다. "제 아들 일로 오셨다고요?"

그는 아들과 무척 달랐다. 풍성한 짙은 색 머리칼에 체격은 건장했다. 남자 뒤로 라코스트는 반짝이는 나무 바닥, 점판암 벽난로, 강이 내려다

보이는 커다란 창을 볼 수 있었다. 멋지고 비싼 집이었다.

"앉아서 얘기해도 될까요?"

"용건이나 말씀하시오."

그는 문간에서 그녀를 막고 그 이상 안으로 들어오지 못하게 했다.

"전화로 말씀드렸다시피 저는 살인반 형사이고 지금 스리 파인스에서 일어난 살인 사건을 수사 중입니다."

그는 무표정했다.

"아드님이 살고 있는 마을이죠." 그가 고개를 끄덕였다. 한 번. 라코스트가 말을 이었다. "그곳의 비스트로에서 시체가 발견됐습니다."

누구의 비스트로인지 그녀는 일부러 말하지 않았다. 자크 브륄레는 아무런 반응을 보이지 않고 기다렸다. 알아채거나 불안해하거나 걱정하는 듯한 기미는 전혀 보이지 않았다.

"올리비에의 비스트로죠." 라코스트가 마침내 말했다.

"그래서 나한테 원하는 게 뭡니까?"

살인 사건 수사를 하면서 금이 간 가족을 보게 되는 경우가 드물지 않았다. 하지만 그녀는 여기서 그런 가족을 보게 될 줄 몰랐다.

"올리비에의 가정환경, 성장 과정, 관심사에 대해 알고 싶습니다."

"잘못 찾아왔소. 그 애 엄마한테 물었어야 했소."

"죄송하지만 어머니는 돌아가신 걸로 아는데요."

"맞소."

"전화로 얘기할 때 올리비에가 노트르담 드 시용에 다녔다고 하셨죠. 상당히 좋은 학교라고 들었습니다. 하지만 거긴 초등학교지요. 올리비에는 그 이후에 어느 학교를 다녔습니까?"

"로욜라였던 것 같소. 아니, 브레뵈프였나? 기억나지 않는군."

"파르동? 부인과 헤어졌었나요?"

"아니오. 절대 이혼은 하지 않았소." 그는 여태껏 중 가장 확실한 반응을 보였다. 죽음이나 살인보다 이혼에 대한 언급을 더 기분 나빠했다. 라코스트는 그의 다음 말을 기다렸다. 한참을 기다렸다. 마침내 자크 브릴레가 입을 열었다.

"난 집에 없던 적이 많았소. 일 때문에 바빴소."

하지만 살인자를 쫓으면서도 자신의 아이들이 어느 학교를 다니는지 알고 있는 라코스트로서는 그의 말이 충분한 설명도 변명도 되지 않는다는 것을 알았다.

"그가 말썽을 일으킨 적 있습니까? 싸움에 휘말린 적은요? 다른 문제는 없었나요?"

"올리비에가? 전혀 없었소. 뭐랄까, 평범한 아이였소. 말썽에 휩쓸리긴 했어도 심각한 건 아니었소."

마치 마시멜로를 심문하거나 영업 사원에게 식탁 세트에 대해 물어보는 기분이었다. 무슈 브릴레는 금방이라도 아들을 '그것'이라고 부를 것 같았다.

"아드님과 마지막으로 얘기한 게 언제입니까?" 라코스트는 이것이 주제에 맞는 질문인지 확신할 수 없었지만 알고 싶었다.

"모르겠소."

짐작했어야 했다. 그녀가 돌아서자 등 뒤에서 그가 소리쳤다. "그놈에게 안부 전해 주시오."

라코스트는 엘리베이터 앞에 서서 버튼을 누른 뒤, 문간에 서 있는 덩치 큰 남자를 돌아보았다. 그는 자신의 아파트에서 흘러나오는 빛을 가로막고 있었다.

"직접 말하지 그러세요. 찾아가 보시거나요. 가브리를 만난 적 있습니까?"

"가브리?"

"가브리엘. 그의 애인이죠."

"가브리엘? 그 여자 얘기는 들은 적 없소."

라코스트는 엘리베이터에 올라타면서 자크 브륄레가 스리 파인스를 찾을 수나 있을지 궁금했다. 또한 그가 어떤 사람일지도 궁금했다. 그는 많은 걸 숨기고 있었다.

하긴 그의 아들도 확실히 그랬다.

늦은 아침, 올리비에는 비스트로 문 앞에 서서 가게를 열어야 할지 고민하고 있었다. 영업을 하는 거야. 혹시 사람들이 북적이면 머릿속에서 들리는 목소리가 묻힐지도 몰라. 은둔자의 목소리가. 그리고 죽음을 넘어서까지 둘을 묶어 두고 있는 끔찍한 이야기도.

이제는 황량해진 산의 기슭에 한 청년이 나타났다. 그 지역의 모두가 아는 이야기를 그도 들은 적이 있었다. 못된 아이를 데려와 무시무시한 산의 제왕에게 제물로 바친다는 이야기였다.

그는 흙먼지 날리는 땅에서 작은 뼈를 찾아봤지만 찾을 수 없었다. 살아 있는 것도 죽은 것도 아무것도 없었다.

청년이 떠나려 할 때 작은 한숨 소리가 들렸다. 아무것도 흔들리지 않던 곳에 바람이 불었다. 그는 목덜미에서 바람을 느꼈다. 피부가 차가워지고 털이 쭈뼛 서는 게 느껴졌다. 그는 푸르른 골짜기와 울창한 숲, 초가지붕들을 내려다보았다. 이곳에 혼자 올라오다니 왜 그런 바보 같은 짓을 했는지 후회했다.

"가지……" 바람결에 실려 소리가 들려왔다. "가지……"

청년이 돌아섰다. "마." 그는 들었다.

"가지 마." 한숨 소리가 말했다.

15

세 수사관은 함께 수사본부를 나와 마을 광장에서 헤어졌다. 가마슈와 모랭은 다시 한 번 올리비에와 가브리를 만나러 갔고 보부아르는 옛 해들리 저택으로 향했다.

보부아르는 꽤 으쓱한 기분이 들었다. 질베르 부부의 거짓말을 잡아냈다. 어제 도미니크는 바라탄을 사용하지 않았다고 말했고, 자신들이 얼마나 '친환경'적인지 말하며 즐거워했다. 그러나 방금 전에, 그들이 적어도 0.5리터의 바라탄을 샀다는 사실이 밝혀졌다.

하지만 보부아르의 발걸음이 보다 빨라진 이유는 질베르 부부가 옛 해들리 저택을 어떻게 바꿔 놓았는지 궁금하기도 했고 걱정도 됐기 때문이었다.

가마슈는 비스트로의 문을 열고 나서야 영업 중인 걸 알아채고 깜짝 놀랐다. 이른 아침에 얇게 썬 딸기와 바나나, 메이플 시럽과 베이컨을 곁들인 프렌치토스트로 아침을 먹을 때만 해도 가브리는 올리비에가 언제 다시 비스트로를 열지 모른다고 했었다.

"아마 영영 안 열 수도 있어요. 그럼 우리는 어떡하죠? 제가 하숙을 받아야 할지도 몰라요." 가브리가 말했다.

"당신이 비앤비를 맡고 있으니 좋겠군요." 가마슈가 말했다.

"그게 이점이 될 거라 생각하시죠? 하지만 전 너무 게을러서 그게 핸디캡이라고요."

그랬는데 지금 가마슈와 모랭이 비스트로에 들어가 보니 가브리가 바 뒤에서 열심히 카운터를 닦고 있었다. 그리고 주방에서 향긋한 음식 냄새가 났다.

"올리비에." 가브리가 바 뒤에서 돌아 나오며 외쳤다. "살인 사건 이후 처음으로 손님이 왔어." 그가 노래하듯 크게 말했다.

"오, 제발 좀, 가브리." 주방에서 목소리가 들리고 덜그럭덜그럭 냄비를 내려놓는 소리가 났다. 잠시 후 올리비에가 스윙도어를 밀치고 나왔다. "아, 당신들이군요."

"안타깝지만 우리뿐입니다. 질문이 있는데 잠깐 시간 좀 내주실 수 있습니까?"

올리비에는 안 된다고 말할 것처럼 보였지만 생각을 바꾼 듯했다. 그는 난롯가의 자리를 가리켰다. 벽난로엔 또다시 불이 지펴져 있었다. 그리고 부지깽이가 돌아와 있었다.

가마슈가 모랭을 쳐다보았다. 모랭의 눈이 커졌다. 가마슈 경감이 나에게 심문을 하라는 건 아니겠지? 하지만 시간은 느릿느릿 지나갔고 아무도 입을 열지 않았다. 모랭은 기억을 더듬었다. 너무 강압적으로 하면 안 돼. 하지만 그가 생각하기에 그건 문제가 아니었다. 용의자가 경계심을 풀도록 해야지. 가브리가 앞치마에 손을 닦고 기다리며 그를 향해 미소 지었다. 지금까지는 좋아. 모랭은 생각했다. 형사 연기가 먹히는 것 같은데. 이게 연기가 아니라면 좋을 텐데.

모랭은 두 사람을 보고 마주 웃으며 머리를 쥐어짰다. 여태껏 그가 해 본 심문이라곤 10번 고속도로에서 속도위반 차량을 잡았을 때 해 본 질문들뿐이었다. 그렇다고 여기서 가브리에게 운전면허증이 있는지 물어볼 필요는 없을 듯했다.

"살인 사건에 대한 거예요?" 가브리가 도와주려는 듯 물었다.

"네." 모랭이 가까스로 목소리를 내어 말했다. "사실 살인 사건에 대한 것이라기보다는 대단찮은 질문거리가 생겨서요."

"좀 앉아요." 올리비에가 의자를 가리켰다.

"정말 별것 아니에요." 다른 사람들을 따라 앉으며 모랭이 말했다. "그냥 빠뜨린 얘기가 있어서요. 칠월에 무슈 벨리보의 잡화점에서 바라탄을 왜 사셨는지 궁금합니다."

"그랬어?" 올리비에가 가브리를 쳐다보았다.

"내가 샀어. 바를 다시 칠해야 할 것 같아서. 기억 안 나?"

"그러지 좀 마. 나는 저대로가 좋아. 낡은 느낌이 나는 게." 올리비에가 말했다.

"내가 괴롭단 말이야. 망신스러워. 저걸 샀을 때 기억해? 정말 반짝거렸잖아."

그들은 금전등록기와 여러 종류의 사탕, 젤리빈, 파이프 모양의 감초 사탕이 든 병들이 놓인 기다란 나무 바를 바라보았다. 그 뒤쪽 선반에는 술병들이 놓여 있었다.

"분위기 문제야." 올리비에가 말했다. "여기 있는 모든 게 오래됐거나 오래되어 보이잖아. 아무 말 하지 마." 그는 반박하려는 가브리를 손을 들어 저지하고 수사관들을 돌아봤다. "이 문제에 대해서는 항상 의견이 갈리죠. 우리가 이사 왔을 때 이곳은 철물점이었어요. 원래 건물의 특징은 모두 없애거나 가려져 있었고요."

"들보는 천장 방음재로 가렸고 벽난로는 아예 뜯어내고 창고로 만들어 놓았었죠. 우리는 석공을 불러서 벽난로를 다시 만들어야 했어요." 가브리가 말했다.

"정말입니까?" 가마슈가 인상적이라는 듯 말했다. 벽난로는 원래부터 있던 것처럼 보였다. "그런데 바라탄은 어쩌셨습니까?"

"그래, 가브리. 바라탄은 어쨌어?" 올리비에가 따졌다.

"그게 그러니까 바의 칠을 벗기고 사포질을 한 다음 그걸 칠하려고 했는데……."

"그런데?"

"어쩌면 올드 먼딘이 해 줄 수 있을 거 같아서. 그가 요령을 알잖아. 기꺼이 해 줄 거야."

"이제 관둬. 저 바에는 아무도 손 못 대."

"무슈 벨리보에게서 산 바라탄은 어디 있나요?" 모랭이 물었다.

"우리 집 지하실에요."

"볼 수 있을까요?"

"원하신다면." 가브리가 모랭을 미친 사람인 양 바라보았다.

보부아르는 자신의 눈을 믿을 수가 없었다. 하지만 더욱 믿을 수 없는 것은 보이지 않는 데 있었다. 옛 해들리 저택을 둘러보는 게 즐겁다는 사실이었다. 마르크와 도미니크 질베르는 그에게 벽난로, 평면 TV, 스파 욕조, 스팀 샤워기가 구비된 멋진 침실들을 보여 주었다. 반짝이는 모자이크 유리 타일도 있었고 각 방마다 에스프레소 기계도 있었다.

첫 손님을 기다리며.

그리고 지금 그들은 아래층 스파 장소에 와 있었다. 은은한 조명과 편안한 색채로 꾸며진 그곳은 벌써부터 진정 효과가 있는 향기까지 났다. 선반이 아직 없어서 제품들이 상자에서 꺼내진 채로 진열되길 기다리고 있었다. 이곳은 나머지 장소들만큼 멋지긴 했지만 아직 완성되지 않은 상태였다.

"한 달 정도면 다 될 겁니다." 마르크가 말하고 있었다. "추수감사절 연휴에는 첫 손님을 받을 수 있길 바라고 있지요. 신문에 광고를 낼지 의논하는 중입니다."

"제 생각에는 너무 이른 것 같지만 마르크는 할 수 있다고 생각해요. 직원들도 대부분 채용했고요. 네 명의 마사지사를 비롯해서 요가 강사, 개인 트레이너, 리셉셔니스트도 구했어요. 하지만 그건 단지 스파를 위한 인원이죠."

두 사람은 신이 난 듯 재잘댔다. 이니드가 여길 좋아하겠군. 보부아르는 생각했다.

"커플이 묵으면 얼마인가요?"

"하룻밤 숙박과 힐링 스파 일 회 이용에 각각 삼백이십오 달러가 최저금액입니다. 스탠다드룸 주 중 이용 시에 그 가격인데 조식과 석식도 포함됩니다." 마르크가 말했다.

보부아르에게는 어떤 방도 스탠다드처럼 보이지 않았다. 하지만 요금도 그렇게 느껴졌다. 도대체 최고급 방은 실제로 얼마나 할까? 그래도 결혼기념일에는 어쩌면. 올리비에와 가브리가 나를 죽이려 들겠지만 어쩌면 모를지도 몰라. 이니드와 이곳 리조트에서만 머무르면 돼. 스리 파인스에는 가지 않는 거야. 누군들 여기서 떠나고 싶겠어?

"일인당 요금입니다." 불을 끄고 계단을 다시 올라가면서 마르크가 말했다.

"네? 뭐라고요?"

"한 사람당 삼백이십오 달러라고요. 세금은 별도고요." 마르크가 말했다.

보부아르는 자신이 그들 뒤에 있어서 아무도 자신의 얼굴을 보지 않은 게 다행이라 생각했다. 힐링은 오로지 부자들만 할 수 있는 듯했다.

보부아르는 아직까지 바라탄의 흔적을 보지 못했다. 그는 바닥, 카운터, 문 등을 살피며 질베르 부부가 기뻐하도록 훌륭한 장식을 칭찬했다. 그러면서 티가 나게 반짝이는 곳, 인위적인 광택이 나는 곳도 찾았다.

하지만 아무 데도 없었다.

현관에서 그는 그들에게 대놓고 물어볼까 고민했지만 아직 패를 보여주고 싶지 않았다. 그는 마당을 거닐며 손질된 잔디와 새로 심은 정원

수, 받침목으로 받쳐져 튼튼하게 자라고 있는 나무들을 보았다.

모든 것이 자신의 질서 의식에 부합했다. 전원은 이래야 했다. 품위 있게.

로어 파라가 손수레를 밀며 저택 모퉁이에서 나타났다. 그가 보부아르를 보고 멈춰 섰다.

"무슨 일이시죠?"

보부아르는 자신을 소개했고 손수레에 실린 말의 배설물을 보았다. "일이 더 많아졌겠군요." 그는 로어와 나란히 걸었다.

"난 말을 좋아합니다. 여기서 말을 다시 볼 수 있어서 기쁩니다. 예전에 해들리 부인이 말을 키웠었죠. 그때 있던 마구간은 무너지고 말 다니는 길에는 풀이 제멋대로 자랐습니다."

"새 주인들이 길을 다시 내 달라고 그랬다면서요."

로어가 투덜댔다. "일이 많아요. 하지만 아들이 할 수 있을 때마다 도와줍니다. 그래도 좋아요. 숲은 조용하거든요."

"낯선 사람이 돌아다니는 것만 빼면 말이죠." 보부아르는 로어의 얼굴에서 경계하는 표정을 보았다.

"무슨 뜻입니까?"

"라코스트 형사에게 그러셨죠. 낯선 사람이 숲으로 사라지는 걸 봤다고요. 하지만 그가 죽은 남자는 아니었다면서요. 그럼 누구라고 생각하십니까?"

"내가 분명 잘못 본 겁니다."

"왜 그렇게 말씀하시죠? 진짜 그렇게 생각하시는 건 아니시겠죠?"

보부아르는 그를 찬찬히 살펴보았다. 그는 땀과 먼지, 배설물로 뒤덮여 있었다. 다부지고 근육질이었다. 하지만 그런 것들 때문에 멍청해 보이지는 않았다. 사실 보부아르는 이 남자가 아주 영리하다고 생각했다. 그런데 그는 방금 왜 거짓말을 했을까?

"이 얘기를 하면 사람들이 내가 외계인에게 납치됐었다고 말한 것처럼 쳐다봐서 지긋지긋하거든요. 그 남자는 잠깐 거기 있었지만 바로 사라졌습니다. 그를 찾아봤지만 아무도 없었죠. 그리고 그 이후로는 그를 보지 못했습니다."

"아마 떠났나 보죠."

"아마도요."

그들은 아무 말 없이 걸었다. 공기 중에는 갓 베어 놓은 꼴과 진한 거름 냄새가 가득했다.

"새 주인은 환경보호 의식이 높다고 들었습니다." 보부아르가 일부러 비난하듯 말했다. 도시 사람들 사이에 유행하는 시답잖은 생각이라는 듯이. "그들이 당신에게 살충제와 비료를 사용하지 못하게 하겠군요."

"사용 안 해요. 그들에게도 그렇게 얘기했어요. 나는 그 사람들한테 퇴비 만드는 법과 재활용하는 법까지 알려 줬습니다. 그들이 재활용에 대해 들어 본 적은 있는지 모르겠더군요. 그들은 식료품을 살 때 아직도 비닐 봉투를 써요. 믿어집니까?"

보부아르 역시 그랬지만 고개를 저었다. 로어는 말 배설물을 김이 나는 거름 더미에 쏟아부은 뒤 보부아르에게 돌아오며 키득거렸다.

"뭡니까?" 보부아르가 물었다.

"지금 그들은 더할 나위 없이 친환경적입니다. 물론 나쁠 건 없죠. 모두가 그랬으면 좋겠습니다."

"그러니까 집수리를 하면서 바라탄 같은 독극 물질을 전혀 사용하지 않았다는 얘기군요."

로어가 또다시 웃었다. "사용하려 했지만 제가 말렸습니다. 오동유에 대해 알려 줬죠."

보부아르는 자신의 낙관적인 생각이 희미해지는 것을 느꼈다. 거름 더미를 뒤집는 로어 파라를 두고 보부아르는 저택으로 돌아가 초인종을 울렸다. 그들에게 단도직입적으로 물어볼 때였다. 카롤이 문을 열어 주었다.

"괜찮으시다면 아드님과 다시 얘기를 하고 싶습니다."

"물론이죠, 경위님. 들어오세요."

그녀는 고상하고 우아했다. 아들과 달랐다. 마르크의 쾌활하고 친절한 매너 뒤에는 자신이 다른 사람들보다 많은 것을 가졌다는 우월감이 가끔 엿보였다.

"기다리죠. 별일 아닙니다."

그녀가 사라진 뒤 보부아르는 입구에 서서 새로 칠한 흰 페인트, 광이 나는 가구, 홀의 꽃꽂이에 감탄하고 있었다. 질서와 평온함, 환영하는 분위기가 느껴졌다. 옛 해들리 저택에서 그런 게 느껴지다니. 믿을 수가 없었다. 마르크 질베르는 단점이 있는 사람이긴 하지만 이런 일을 해낼 수 있었다. 로비의 창문에서 빛이 쏟아져 들어와 나무 바닥이 반짝였다.

반짝였다.

16

카롤이 마르크와 함께 보부아르에게 돌아왔을 때 그는 러그를 들추고 입구의 작은 홀 바닥을 조사하고 있었다.

"뭐 하세요?" 카롤이 물었다.

보부아르가 무릎을 꿇은 채 고개를 들고 그들에게 그 자리에 가만히 있으라고 손짓했다. 그리고 다시 몸을 숙였다.

바닥에 바라탄이 칠해져 있었다. 바닥은 매끄럽고 단단하고 깨끗하고 반짝였지만 한 군데 작은 얼룩이 있었다. 보부아르가 일어나 무릎을 털었다.

"무선 전화기 있습니까?"

"제가 가져오지요." 마르크가 말했다.

"죄송하지만 어머님께 부탁해도 될까요?" 보부아르가 카롤을 보자 그녀는 고개를 끄덕이고 자리를 떴다.

"뭡니까?" 마르크가 몸을 기울이고 바닥을 응시했다.

"뭔지 아실 겁니다, 무슈 질베르. 어제 부인께서는 가능한 한 친환경적으로 집수리를 한다며 바라탄은 전혀 사용하지 않았다고 말씀하셨죠. 하지만 사실이 아니었습니다."

마르크가 웃었다. "맞습니다. 여기에 바라탄을 사용했죠. 하지만 더 나은 게 있다는 걸 알기 전이었습니다. 그 이후엔 사용하지 않았어요."

보부아르는 마르크를 빤히 보았다. 전화기를 가지고 돌아오는 카롤의 신발 굽이 나무 바닥에 딸깍거리는 소리가 들렸다.

"저도 바라탄을 사용해 봤습니다. 당신들만큼 환경 의식이 투철하지는 않으니까요. 제가 알기로 바라탄은 건조되는 데 하루 정도 걸립니다. 하지만 완전히 굳기까지는 일주일 이상 걸리지요. 이 바닥의 바라탄은 몇 달 전에 칠해진 게 아닙니다. 여기부터 작업했던 게 아니에요. 그렇죠? 이 바닥은 겨우 지난주에 칠해졌습니다." 보부아르가 말했다.

마르크는 결국 당황했다. "이봐요, 다들 자고 있을 때 내가 바라탄을 칠하긴 했습니다. 지난 금요일이었죠. 이 바닥은 좋은 나무를 사용했고 다른 곳보다 더 많이 닳을 거란 말입니다. 그래서 바라탄을 사용하기로 했던 겁니다. 하지만 여기만이에요. 다른 곳은 없습니다. 도미니크나 어머니는 알지도 못해요."

"이 문을 전혀 사용하지 않으십니까? 어쨌든 정문인데요."

"우리는 건물 옆에 차를 대고 부엌문을 사용합니다. 정문은 전혀 안 써요. 손님들이 사용하는 문이죠."

"전화기 여기 있어요." 카롤이 다시 나타났다. 보부아르는 감사하다고 말한 뒤 비스트로에 전화를 걸었다.

"가마슈 경감님 거기 계시죠? 실 부 플레Sil Vous Plait 바꿔 주시겠습니까?" 보부아르가 올리비에게 부탁했다.

"위?" 가마슈의 낮은 목소리가 들렸다.

"제가 뭔가 발견했습니다. 여기 올라와 보셔야 될 것 같은데요. 그리고 현장 감식 도구도 부탁드립니다."

"현장이오? 그게 무슨 뜻입니까?" 마르크가 말했다. 그는 이제 화가 나 있었다.

하지만 보부아르는 더 이상 질문에 대답하지 않았다.

곧 가마슈와 모랭이 도착했고 보부아르는 반짝이는 바닥, 그리고 완벽한 광택을 망친 작은 흠집을 보여 주었다.

모랭은 사진을 찍은 뒤 장갑을 끼고 핀셋으로 샘플을 채취했다.

"제가 곧바로 셔브룩의 실험실로 가져가겠습니다."

모랭이 떠나고 가마슈와 보부아르는 질베르 가족에게로 돌아갔다. 장을 보고 돌아온 도미니크가 합류했다.

"무슨 일이에요?" 도미니크가 물었다.

그들은 이제 입구에서 떨어진 넓은 홀에 서 있었다. 입구에는 노란 경찰 테이프가 둘러져 있었고 러그는 한쪽으로 말려 있었다.

가마슈는 근엄했다. 상냥한 모습은 온데간데없었다. "죽은 남자는 누구입니까?"

놀란 세 사람은 가마슈를 빤히 쳐다보았다.

"말했잖아요. 우리는 모른다고요." 카롤이 말했다.

가마슈는 천천히 고개를 끄덕였다. "그렇게 말씀하셨죠. 그리고 그런 인상착의에 맞는 사람도 본 적 없다고 했고요. 하지만 아닙니다. 적어도 여러분 중 한 명은 봤습니다. 그리고 그 한 사람은 실험실에서 어떤 결과가 나올지 정확히 알고 있습니다."

그들은 이제 서로를 쳐다봤다.

"피해자는 이곳 현관에 누워 있었습니다. 완전히 굳지 않은 바라탄 위에요. 죽은 남자의 카디건에 바라탄이 묻어 있었습니다. 그리고 카디건의 일부가 이 바닥에도 묻었고요."

"터무니없군요." 카롤이 말했다. 그녀는 가마슈와 보부아르를 차례로 보았다. 그녀도 돌변했다. 우아한 여주인은 화가 나고 냉정한 눈빛의 무시무시한 여인으로 변해 있었다. "당장 우리 집에서 나가요."

가마슈는 살짝 고개를 숙여 인사한 뒤 보부아르에게 눈짓을 하고 돌아서서 떠났다. 보부아르는 깜짝 놀랐다.

그들은 먼지투성이 길을 따라 스리 파인스로 걸어 내려왔다.

"잘했네, 장 기. 그 집을 두 번이나 수색했는데 두 번 모두 그것을 놓쳤네."

"그런데 왜 나온 겁니까? 저기서 그들을 심문해야 하잖습니까?"

"아마도. 하지만 시간은 우리 편일세. 저들 중 한 사람은 오늘이 지나기 전에 우리가 증거를 손에 넣을 거란 사실을 알고 있네. 그가 마음을 졸이게 놔두자고. 날 믿게. 그들에게 친절을 베푼 게 아닐세."

보부아르가 생각해 보니 맞는 말이었다.

점심시간 직전에 마르크 질베르가 수사본부를 찾아왔다.

"따로 얘기 좀 할 수 있을까요?" 그가 가마슈에게 물었다.

"모두 앞에서 얘기하셔도 됩니다. 더 이상 비밀은 없습니다. 아닙니까, 무슈 질베르?"

마르크는 발끈했지만 가마슈가 가리킨 의자에 앉았다. 보부아르가 모랭에게 노트를 가지고 합류하라고 고갯짓을 했다.

"보시다시피 저는 자발적으로 왔습니다." 마르크가 말했다.

"압니다." 가마슈가 말했다.

마르크는 좀 전에 옛 기차역으로 천천히 걸어 내려오면서 수사관들에게 이야기할 내용을 몇 번이고 검토했다. 나무와 돌, 남쪽으로 날아가는 오리들을 향해 연습해 봤을 때는 괜찮은 이야기처럼 들렸다. 하지만 지금은 확신이 없었다.

"이상하게 들린다는 거 압니다." 말하지 말자고 다짐했던 이야기부터 튀어나왔다. 마르크는 족제비처럼 파고드는 부관이나 메모를 하고 있는 멍청한 어린 형사는 신경 쓰지 않고 가마슈에게 집중하려 애썼다. "그렇지만 저는 그냥 거기 있던 시체를 발견한 것뿐입니다. 그날 밤 저는 잠이 안 와서 자리에서 일어났습니다. 샌드위치나 만들어 먹을까 하고 부엌으로 가는데 그를 본 겁니다. 정문 쪽에 누워 있었죠."

그가 가마슈를 바라봤다. 가마슈는 차분한 갈색 눈으로 마르크를 지켜보고 있었다. 비난하거나 안 믿는 것 같지는 않았다. 듣고 있을 뿐이었다.

"당연히 어두웠습니다. 그래서 불을 켜고 가까이 다가갔지요. 처음에는 술 취한 사람일 거라고 생각했습니다. 비스트로에서 나와 언덕을 비틀대며 올라오다가 우리 집을 보고 편하게 누워 버린 거라고요."

그가 옳았다. 그 이야기는 이상하게 들렸다. 하지만 가마슈는 아무 말도 하지 않았다.

"도움을 청할까도 했지만 도미니크나 어머니를 걱정시키고 싶지 않았습니다. 그래서 조용히 다가갔는데 그의 머리가 보였습니다."

"그래서 그가 살해당한 걸 알았겠군요." 보부아르가 말했다. 그는 그 이야기를 믿지 않았다.

"그렇습니다." 마르크는 고마워하는 눈빛으로 경위를 바라봤지만 비웃음을 알아채고는 다시 가마슈에게 시선을 돌렸다. "전 믿을 수가 없었습니다."

"그러니까 살해된 남자가 한밤중에 당신 집에 나타난 거군요. 문은 잠그지 않았습니까?" 보부아르가 물었다.

"평소엔 잠그지만 요즘은 배달되는 물건도 많고 우리는 그 문은 사용하지 않아서 잊어버렸던 것 같습니다."

"그래서 어떻게 하셨죠, 무슈 질베르?" 가마슈가 물었다. 그의 목소리는 차분하고 이성적이었다.

마르크는 입을 열었다가 닫고 손을 내려다봤다. 아까 연습할 때 그는 이 부분에 이르면 먼 곳이나 아래를 보지 말고 움츠러들지도 말자고 다짐했었다. 하지만 지금 그 세 가지를 다 하고 있었다.

"한참 생각하다가 그를 일으켜서 마을로 내려갔습니다. 비스트로에 갔죠."

결국 말해 버렸다.

"왜 그랬습니까?" 가마슈가 물었다.

"원래는 경찰에 전화하려고 했습니다. 진짜로 전화기도 손에 쥐고 있었어요." 마르크는 빈손을 증거라도 되는 양 그들에게 내밀었다. "하지만 그때 우리가 이 저택에 쏟아부은 모든 노력이 떠올랐습니다. 우리는 막바지였어요. 코앞까지 왔다고요. 한 달 후면 리조트를 열 수 있단 말입니다. 그런데 이 일이 알려지면 모든 신문에 실리게 되겠죠. 그럼 어느 누가 살인 사건이 일어난 리조트에서 쉬고 싶어 하겠습니까?"

보부아르는 그러고 싶지 않았지만 동의할 수밖에 없었다. 특히 그 가격을 생각하면.

"그래서 그를 비스트로에 버렸습니까? 왜요?" 보부아르가 물었다.

이제 마르크는 보부아르를 바라보며 말했다. "다른 누군가의 집에서 시체가 발견되길 원치 않았기 때문입니다. 그리고 올리비에가 문 앞 화분 아래 열쇠를 둔다는 것도 알고 있었고요." 그는 회의적인 시선을 느꼈지만 어쨌든 계속 말을 이었다. "저는 비스트로 바닥에 그를 내려놓고 집으로 왔습니다. 그리고 스파에 있던 러그를 가지고 올라와 시체가 있던 곳을 덮었습니다. 아래층에서 러그가 사라진 것은 아무도 눈치채지 못할 거란 걸 알았습니다. 신경 쓸 다른 일들이 너무 많으니까요."

"상황이 좋지 않습니다." 가마슈가 마르크를 노려보며 말했다. "우리는 당신을 시체 훼손, 공무집행방해로 기소할 수도 있습니다."

"아니면 살인죄로 말이죠." 보부아르가 말했다.

"우리는 모든 진실을 알아야 합니다. 시체를 왜 비스트로에 갖다 났습니까? 숲에다 버릴 수도 있었을 텐데요."

마르크는 한숨을 쉬었다. 그들이 이 점을 파고들 거라 생각하지 않았다. "그것도 생각해 보았지만 연휴라서 스리 파인스에 아이들이 많았고 저는 아이들이 시체를 발견하게 하고 싶지 않았습니다."

"훌륭하시군요." 가마슈가 차분하게 말했다. "하지만 그럴 가능성은 없지 않았을까요? 아이들이 댁 근처 숲에서 자주 놀던가요?"

"가능성은 늘 있죠. 경감님이라면 그런 위험을 무릅쓰시겠습니까?"

"전 경찰에 연락했을 겁니다."

가마슈는 말의 효과가 나타나길 기다렸다. 경감의 말이 마르크의 고상한 척하는 가식을 벗겨 내고 그의 실상을 드러냈다. 마르크는 기껏해야 비양심적인 짓을 한 사람이었고 최악의 경우에는 살인자였다.

"진실." 가마슈가 거의 속삭이듯 말했다.

"제가 시체를 비스트로에 갖다 놓은 이유는 사람들이 거기서 살인 사건이 일어났다고 생각하길 바라서였습니다. 우리가 여기 왔을 때부터 올리비에는 우리를 개떡같이 대했거든요."

"그래서 시체를 거기 두는 걸로 앙갚음한 겁니까?" 보부아르가 물었다. 그는 시체를 던져 주고 싶은 사람을 몇 명 떠올릴 수 있었지만 실제로 그럴 생각은 없었다. 하지만 마르크는 진짜 그렇게 했다. 그가 올리비에를 얼마나 혐오하는지 알 수 있었다. 정말 흔치 않은, 놀라울 정도의 미움이었다. 게다가 그의 결단력도 대단했다.

마르크는 자신의 손을 봤다가 창문을 내다본 뒤 옛 기차역의 벽도 둘러봤다. 그리고 마침내 건너편에 앉은 덩치 좋은 남자에게 시선을 고정했다.

"네, 그런 겁니다. 그렇게 해선 안 되었죠. 압니다." 그는 자신의 어리석음을 탄식하며 고개를 저었다. 이윽고 침묵이 길어지자 갑자기 얼굴을 들었다. 그의 눈이 날카롭게 빛났다. "잠깐만요. 제가 그 남자를 죽였다고 생각하는 건 아니죠?"

그들은 아무 말도 하지 않았다.

마르크는 시선을 옮겼다. 심지어 펜을 그대로 들고 있는 바보 같은 형사도 쳐다보았다.

"내가 왜 그랬겠습니까? 그 사람이 누군지도 모르는데요."

여전히 아무 말도 없었다.

"정말입니다. 그를 본 적도 없어요."

마침내 보부아르가 침묵을 깼다. "그렇지만 그는 당신 집에 있었죠. 죽은 채로요. 낯선 시체가 왜 당신 집에 있었겠습니까?"

"거 보십시오." 마르크가 보부아르를 향해 손을 내밀었다. "보셨죠?

이래서 제가 경찰에 연락하지 않은 겁니다. 당신들이 어떻게 생각할지 알았기 때문에요." 그는 뒤죽박죽된 생각을 억누르려는 듯 머리를 손에 파묻었다. "도미니크가 날 죽일 거예요. 오, 맙소사. 이런 세상에." 그는 어깨를 늘어뜨리고 고개를 푹 숙였다. 마치 그가 저지른 일과 앞으로 일어날 일의 무게가 무겁게 짓누르는 듯했다.

그 순간 전화가 울렸다. 모랭이 받았다. "퀘벡 경찰입니다."

수화기 너머의 목소리는 다급했고 잘 들리지 않았다.

"데졸레Désolé 죄송합니다." 모랭이 말했다. 그는 자신이 수사를 방해하고 있다는 사실을 알았기 때문에 마음이 불편했다. "잘 안 들려요." 모두가 그를 바라보고 있었다. 그는 얼굴이 붉어졌고 주의 깊게 들으려 했지만 여전히 무슨 말인지 알아들을 수 없었다. 이내 무슨 말인가 듣고 얼굴색이 변했다. "언 앵스탕Un instant 잠시만요."

모랭이 송화구를 막았다. "질베르 부인인데요. 소유지에 어떤 남자가 있답니다. 뒤쪽 숲에서 그를 봤대요." 그는 전화에 다시 귀를 기울였다. "부인이 그러는데 그가 집으로 다가온대요. 어떻게 하죠?"

세 사람 모두 벌떡 일어났다.

"맙소사, 그는 분명 제가 나가는 걸 본 겁니다. 여자들만 있다는 걸 아는 거예요." 마르크가 말했다.

가마슈가 전화를 받았다. "질베르 부인, 뒷문은 잠겨 있습니까? 지금 그쪽으로 갈 수 있나요?" 그는 기다렸다. "좋습니다. 그는 지금 어디 있습니까?" 가마슈는 이야기를 듣더니 문으로 성큼성큼 걸어갔다. 보부아르와 마르크가 그를 따라 달려갔다. "저희가 이 분 안에 가겠습니다. 어머님과 함께 이 층 욕실에서 문을 잠그고 계세요. 저를 데려가신 그곳이오. 네, 발코니가 있는 거기요. 문을 잠그고 커튼을 치세요. 저희가 갈 때까지 거기 계십시오."

보부아르가 차 시동을 걸었고 가마슈는 문을 탕 닫고 전화기를 모랭에게 돌려주었다. "여기 남아 있게. 당신도요."

"저도 갈 겁니다." 마르크가 조수석 문으로 손을 뻗으며 말했다.

"여기 남아서 부인과 대화하세요. 그녀를 진정시켜요. 당신 때문에 지체되고 있습니다, 무슈."

가마슈의 목소리는 진지했고 화가 나 있었다.

마르크가 모랭에게서 전화기를 잡아채는 사이 보부아르는 차를 재빠르게 몰아 돌다리를 건너고 마을 광장을 돌아 물랭 길로 올라가서 옛 해들리 저택 바로 앞에 멈춰 섰다. 거기까지 채 1분도 걸리지 않았다. 그들은 신속하고 조용히 차에서 내렸다.

그들은 저택 모퉁이로 달려가 그곳에 쪼그리고 앉았다. "총 있으세요?" 보부아르가 물었다. 가마슈는 고개를 저었다. 아 진짜. 보부아르는 생각했다. 그냥 경감을 쏘아 버리고 싶을 때가 한두 번이 아니었다.

"총은 위험하잖나." 가마슈가 말했다.

"바로 그래서 그가," 보부아르는 저택 뒤쪽으로 고개를 휙 내밀었다. "총을 갖고 있을지도 모르는 거죠."

가마슈가 손을 들었고 보부아르는 입을 다물었다. 가마슈가 손짓으로 한 방향을 가리키더니 저택 옆을 돌아 사라졌다. 보부아르는 정문을 지나서 저택 반대편으로 달려갔다. 두 사람 모두 도미니크가 남자를 보았다던 저택 뒤편으로 향했다.

가마슈는 벽에 붙어 자세를 낮추고 살금살금 나아갔다. 신속해야 했다. 낯선 남자는 적어도 5분 동안 아무런 방해 없이 여기에 있었다. 지금쯤은 집 안에 있을 수도 있었다. 5분은 고사하고 1분 안에도 많은 일이 벌어질 수 있다.

가마슈는 덤불을 따라 조금씩 이동해서 커다란 저택의 끄트머리에 도착했다. 움직임이 보였다. 몸집이 꽤 큰 남자가 있었다. 그는 모자를 쓰고 장갑을 끼고 필드 코트를 입고 있었다. 그는 집으로 다가왔고 뒷문 가까이에 있었다. 그가 집 안으로 들어간다면 수사관들의 일은 한층 더 어려워질 터였다. 숨을 곳이 너무 많았고 여자들에게도 더 가까워진다.

가마슈가 지켜보는 사이 남자는 주위를 돌아본 뒤 부엌으로 통하는 유리문으로 향했다.

가마슈가 벽에서 튀어 나갔다.

"꼼짝 마." 그가 명령했다. "경찰이다."

남자가 멈춰 섰다. 남자는 가마슈를 등지고 있어서 가마슈가 총을 가지고 있는지 볼 수 없었다. 하지만 가마슈도 그 남자가 총을 가지고 있는지 볼 수 없기는 마찬가지였다.

"손 보이게 들어." 가마슈가 말했다.

움직임이 없었다. 가마슈는 좋은 징조가 아니라는 것을 알았다. 남자가 몸을 돌려 총을 쏠 수도 있으므로 가마슈는 몸을 옆으로 던질 준비를 했다. 하지만 둘 다 그 상태로 꼼짝도 하지 않았다. 이윽고 남자가 휙 돌아섰다.

훈련이 잘돼 있고 노련한 가마슈에게는 그 순간이 슬로모션처럼 느껴졌고 자신 앞에서 몸을 돌리는 남자만이 남고 세상이 움직임을 멈춘 것처럼 느껴졌다. 그의 몸과 팔, 손만 보였다. 남자가 몸을 돌렸을 때 가마슈는 그의 오른손에 쥐인 무언가를 보았다.

가마슈가 머리를 수그렸다.

그때 남자가 바닥으로 쓰러졌고 보부아르가 그를 위에서 누르고 있었다. 가마슈가 앞으로 달려가 남자의 손을 꼼짝 못하게 바닥에 고정했다.

"그가 손에 뭘 갖고 있었네. 봤나?" 가마슈가 다그쳤다.

"찾았습니다." 보부아르가 말했다. 가마슈가 남자를 일으켜 세웠다.

두 사람 모두 남자를 살펴보았다. 모자가 벗겨져서 진회색 머리칼이 흐트러져 있었다. 키가 크고 호리호리한 남자였다.

"도대체 뭐요?" 남자가 따졌다.

"무단 침입 하셨습니다." 보부아르가 그렇게 말하며 남자가 들고 있던 것을 가마슈에게 건넸다. 가마슈는 그것을 보았다. 종이봉투였다. 그래놀라아침 식사용 시리얼의 일종가 들어 있었고 앞에는 스탬프가 찍혀 있었다.

마누아르 벨샤스.

가마슈는 남자를 더 자세히 들여다보았다. 낯이 익었다. 남자가 화가 나고 건방진 눈빛으로 되쏘아 보았다.

"어떻게 이럴 수가 있소. 내가 누군지 아시오?"

"실은," 가마슈가 말했다. "알 것 같습니다."

전화를 받은 모랭이 마르크를 풀어 주었고, 몇 분 뒤 그가 자신의 집에 나타났다. 그는 뛰어오느라 숨을 헐떡였다. 아내와 어머니가 무사하다는 말을 들었지만 직접 보고 나서야 안심했다. 그는 두 사람 모두에게 키스하고 그들을 껴안은 뒤 가마슈를 향해 돌아섰다.

"그는 어디 있습니까? 보고 싶습니다."

'보다'는 분명 완곡한 표현이었다.

"보부아르 경위와 함께 마구간에 있습니다."

"잘됐군요." 마르크가 그렇게 말하고 문으로 향했다.

"마르크, 잠깐만." 카롤이 그를 쫓아왔다. "이 문제는 그냥 경찰에게 맡겨 두는 게 좋겠어." 카롤은 아직도 겁먹은 듯 보였다. 그럴 만한 이유가 있지. 가마슈가 마구간에 있는 남자를 떠올리며 생각했다.

"무슨 말씀이세요? 그는 우리를 염탐하고 있었어요. 아마 그 이상일지도 모르고요."

"'그 이상'이라니?"

마르크가 머뭇거렸다.

"우리한테 숨기는 게 뭐야?" 도미니크가 물었다.

마르크가 가마슈를 쳐다보았다. "제 생각엔 이 남자가 그를 죽이고 우리 집에 시체를 놔둔 사람 같습니다. 위협하려고 말이죠. 아니면 우리 중 한 명을 죽이려고 했는지도 모르고요. 죽은 남자를 우리 중 하나라고 생각했겠죠. 모르지요. 하지만 처음엔 시체가 나타났고 다음엔 어떤 남자가 침입하려 했습니다. 누군가가 우리를 곤경에 빠뜨리려고 해요. 그리고 저는 그 이유를 알아야겠습니다."

"잠깐, 잠깐 기다려." 도미니크가 손을 들어 남편을 저지했다. "지금 뭐라고 했어? 시체가 원래 여기 있었다고?" 그녀가 현관을 쳐다보았다. "우리 집에?" 그녀가 가마슈를 보았다. "정말이에요?" 그녀는 다시 남편을 보았다. "마르크?"

마르크는 입을 열었다가 다시 닫았다. 그리고 깊이 숨을 들이쉬었다. "시체는 여기 있었어. 경찰 말이 맞아. 내가 밤중에 일어났다가 그를 발견했어. 겁이 나서 바보 같은 짓을 한 거야."

"당신이 시체를 비스트로에 갖다 놨어?" 도미니크는 사랑하는 사람에게 맞기라도 한 것처럼 충격이 아주 커 보였다. 그의 어머니는 그가 샤토 프롱트나 호텔 식당에서 오줌이라도 싼 것처럼 그를 노려보았다. 그는 어릴 때 샤토 프롱트나 호텔 식당에서 오줌을 싼 적이 있어서 어머니의 그 표정을 알았다.

마르크의 생각이 온 집 안을 바쁘게 돌아다니며 탓할 다른 사람을 찾아 어두운 구석을 뒤졌다. 분명히 자신의 잘못이 아니었다. 아내가 달갑게 생각하지 않는 이유는 틀림없이 따로 있으리라. 자신을 비난하는 그녀의 표정은 이토록 완벽한 바보짓 때문이 아니리라.

하지만 그것이 사실이 아니라는 것을 마르크도 알고 있었다.

도미니크가 가마슈에게 말했다. "저이를 쏘게 허락해 드릴게요."

"메르시, 마담. 하지만 그를 쏘는 데는 부인의 허락 말고 더 많은 게 필요합니다. 예를 들면 총이라든가."

"안타깝네요." 그리고 도미니크는 남편을 바라보았다. "대체 무슨 생각을 했던 거야?"

마르크는 경찰에게 했던 말을 그녀들에게도 들려주었다. 새벽 3시에는 아주 명백했고 매우 현혹될 만했던 논리를.

"사업 때문에 그랬다고?" 그의 말이 끝나자 도미니크가 말했다. "우리의 사업 계획에 시체를 버리는 일이 끼어들었을 때는 뭔가 크게 잘못된 거야."

"뭐, 정확히 말하자면 계획했던 일은 아니지." 마르크는 자신을 옹호하려 애썼다. "그리고 내가 끔찍한 실수를 저지른 건 맞지만 더 큰 문제가 있지 않아?" 마침내 그는 어두운 한구석에 웅크리고 있던 무언가를 찾아냈다. 그것이 자신을 압박에서 벗어나게 해 주리라. "그래, 내가 시체를 옮겼어. 하지만 애초에 여기다 시체를 갖다 놓은 사람은 누구지?"

두 여인은 그의 말에 충격을 받은 게 분명했다. 그녀들은 그 점을 생각조차 못 했다. 하지만 가마슈는 그렇지 않았다. 바라탄이 칠해진 바닥에서 광택과 흠집 말고 또 다른 사실을 알아챘기 때문이었다. 피가 전혀 없었다. 보부아르 역시 알아채고 있었다. 마르크가 닦고 또 닦아 냈다 하더라도 핏자국을 완전히 없앨 수는 없었다. 흔적이 남아야 했다.

하지만 아무것도 없었다. 피해자의 카디건에서 나온 보풀뿐이었다.

설사 마르크가 그를 죽였다 해도 적어도 자신의 집 현관에서는 아니었다. 그 남자는 이미 죽은 채로 저기 놓여 있었다.

마르크가 일어섰다. "그래서 제가 집에 침입하려던 남자를 보고 싶어 하는 겁니다. 그자가 이 일과 관련이 있다고 생각합니다."

카롤이 일어나 아들의 팔에 손을 얹었다. "정말로 그냥 경찰에게 맡겼으면 좋겠구나. 그런 사람은 제정신이 아닐 게다."

그녀가 가마슈를 쳐다보았지만 경감은 마르크가 침입자를 만나려는 의지를 말릴 생각이 없었다. 오히려 그 반대였다. 그는 어떤 일이 벌어질지 보고 싶었다.

"따라오십시오." 그가 마르크에게 말하고 두 여인에게도 말했다. "여러분도 원하신다면 오셔도 좋습니다."

"전 갈래요." 도미니크가 말했다. "어머니는 여기 계시는 게 좋을 거 같아요." 그녀가 시어머니에게 말했다.

"나도 가겠다."

사람들이 마구간으로 다가가자 들판에 있는 말들이 고개를 들고 쳐다보았다. 말을 처음 본 보부아르는 가던 걸음을 멈추다시피 했다. 그는 그렇게 많은 말을 실물로 본 적이 없었다. 물론 영화에서는 봤지만 이 말들은 영화에 나온 말과 전혀 달랐다. 하긴 대부분의 남자가 숀 코네리처럼 생기지 않았고 대부분의 여자도 줄리아 로버츠처럼 생기지는 않았다. 하지만 개체의 다양성과 변이를 감안하더라도 이 말들은 뭐랄까 이상해 보였다. 한 마리는 말처럼 보이지도 않았다. 말들이 어슬렁거리며 움직이기 시작했고 그중 한 마리는 옆으로 걸었다.

말을 많이 봤던 모랭마저 말했다. "소들이 멋지네요."

도미니크는 그를 무시했다. 그녀는 이 말들에게 마음이 끌렸다. 그들의 삶이 갑자기 흔들리는 바람에 그녀는 말들의 차분함에 더욱 이끌렸다. 말들이 겪은 고통에도 마음이 갔다. 아니, 그녀가 끌린 부분은 고통이 아니라 참을성이었다. 저 말들은 평생 학대와 고통을 참아 냈다. 그렇다면 저 마구간에서 받을 충격이 뭐든 간에 자신도 견딜 수 있으리라. 다른 사람들이 도미니크를 지나쳐 갈 때 그녀는 멈춰 선 뒤 방목장으로 걸어갔다. 그녀는 양동이에 올라서서 울타리에 기댔다. 여전히 낯을 가리는 다른 말들은 물러섰지만, 커다란 몸집에 어색하고 못생긴 상처투성이 버터컵이 다가왔다. 버터컵은 넓고 편평한 이마로 도미니크의 가슴을 부드럽게 밀었다. 마치 그곳에 꼭 맞는 열쇠처럼. 그리고 그녀는 다시 다른 사람들에게로 걸어갔고 마구간에서 정체를 알 수 없는 그림자와 마주했다. 그러는 동안 그녀는 손에서 말 냄새를 맡고 가슴을 누르던 따뜻한 느낌을 기억했다.

마구간이 어둑해서 눈이 적응하는 데 1, 2초 정도 걸렸다. 그들 앞에 있는 흐릿한 그림자가 서서히 단단한 형체가 되었다. 사람이었다. 키가 크고 호리호리하며 품위 있는 나이 든 남자가 나타났다.

"왜 이렇게 오래 걸린 거요?" 그림자가 말했다.

마르크는 잘 보이는 척했지만 실은 아직 그 남자의 윤곽 정도만 볼 수 있었다. 하지만 그의 말과 목소리만으로도 충분히 많은 것을 알 수 있었다. 마르크는 어지러움을 느끼고 팔을 뻗었다. 옆에 서 있던 카롤이 마르크가 흔들리지 않게 손을 잡아 주었다.

"어머니?" 마르크가 속삭였다.

"이제 다 괜찮을 게다, 마르크." 남자가 말했다.

하지만 마르크는 그렇지 않다는 사실을 알았다. 그는 옛 해들리 저택에 유령이 산다는 소문을 들었다. 그는 그런 이야기가 좋았다. 이 집을 원하는 사람이 없다는 의미였기 때문이었다. 그들은 집을 아주 싸게 살 수 있었다.

더럽게 싸다 했더니 추악한 뭔가가 정말 나타났다. 옛 해들리 저택에 유령이 하나 더 출몰했다.

"아버지?"

17

"아버지?"

마르크는 어둑한 곳에 서 있는 더 어두운 그림자에서 시선을 돌려 자신의 어머니를 쳐다보았다. 잊을 수 없는 그 목소리가 틀림없었다. 깊고 차분한 그 목소리는 살짝 웃으며 비난을 했기 때문에 마르크는 어린아이였을 때나 소년이었을 때, 혹은 성인이 된 지금도 그 목소리가 자신에게 바라는 것이 무엇인지 알지 못했다. 그저 짐작할 뿐이었다.

"잘 있었니, 마르크?"

목소리에는 웃음기가 있었다. 이 상황을 어쨌든 재미있다고 생각한다는 듯이. 마르크가 충격으로 휘청거리는 모습이 우습다는 듯이.

질베르 박사가 어두운 마구간에서, 죽음에서 빛으로 걸어 나왔다.

"어머니?" 마르크가 곁에 있는 카롤을 향해 돌아섰다.

"미안하구나, 마르크. 이리 오렴." 그녀는 아들을 햇살이 비치는 곳으로 데리고 나와 건초 더미 위에 앉혔다. 마르크는 엉덩이를 쿡쿡 찌르는 건초가 느껴졌다. 불편했다.

"마르크에게 마실 것 좀 갖다 주겠니?" 카롤이 며느리에게 말했다. 하지만 도미니크도 손을 얼굴에 올린 채 남편만큼이나 충격받은 듯이 서 있었다.

"마르크?" 도미니크가 말했다.

보부아르가 가마슈를 쳐다보았다. 이렇게 이들이 서로의 이름만 부르다간 하루가 정말 지겹고 길어질 것 같았다.

도미니크가 정신을 차리고 집을 향해 빠른 걸음으로 걷다가 뛰었다.

"미안하다. 나 때문에 놀랐니?"

"당연히 당신 때문에 놀랐겠지, 뱅상. 얘가 어떤 반응을 보일 거라고 생각한 거야?" 카롤이 쏘아붙였다.

"지금보다는 기뻐할 거라고 생각했지."

"생각도 안 해 봤으면서."

마르크가 아버지를 빤히 보고 있다가 어머니를 향해 말했다. "아버지는 돌아가셨다고 하셨잖아요."

"내가 과장을 좀 했어."

"죽어? 내가 죽었다고 말했어?"

카롤이 남편을 향해 말했다. "내가 그렇게 말하는 거 당신도 동의했었잖아. 노망났어?"

"내가? 내가 그랬다고? 당신이 브리지를 하는 동안 내가 어떻게 살았는지 알기나 해?"

"그래, 당신은 가족을 버렸지."

"그만들 하십시오." 가마슈가 손을 들어 올리며 말했다. 두 사람은 간신히 멈추고 가마슈를 바라보았다. "상황을 확실히 짚고 넘어가지요. 이 사람이 당신 아버지입니까?" 가마슈가 말했다.

마르크가 어머니 곁에 서 있는 남자를 마침내 찬찬히 살펴보았다. 그는 더 늙고 더 마른 것 같았다. 어쨌든 그가 인도에서 행방불명된 후로, 적어도 어머니가 그렇게 말한 후로 거의 20년 만이었다. 그가 사라지고 몇 년이 지났을 때 어머니는 아버지의 사망신고를 했다고 말했고 그를 위한 추도식을 해야 되겠느냐고 마르크에게 물었다.

마르크는 고민하지도 않고 아니라고 대답했다. 그에게는 목숨을 잃은 사람을 위한 추도식을 계획하는 일보다 해야 할 더 나은 일들이 많았다.

그래서 그게 끝이었다. 위대한 인물이었던 마르크의 아버지는 잊혔다. 마르크는 그 사람에 대해 말하지도 생각하지도 않았다. 마르크가 도미니크를 만났을 때 그녀는 그의 아버지가 바로 '그' 뱅상 질베르인지 물었고 그는 그렇다고 했다. 하지만 아버지는 돌아가셨다고, 캘커타나 봄베이, 마드라스 어딘가의 컴컴한 구덩이로 떨어졌다고 말했다.

"그분 성인 아냐?" 도미니크가 물었다.

"맞아. 성 뱅상. 죽은 자를 살리고 산 자를 묻었지."

그녀는 더 이상 묻지 않았다.

"여기요." 도미니크는 이런 자리에 뭐가 적절한지 알 수 없어서 쟁반에 여러 종류의 마실 것과 잔을 가지고 왔다. 그녀는 이사회를 진행하고 고객들과의 식사 자리를 마련하고 중재에도 참석해 봤지만 이런 일을 겪어 본 적은 없었다. 죽었던 아버지가 부활했지만 숭배되지 않는 건 분명했다.

그녀는 통나무 위에 쟁반을 내려놓고 손을 얼굴로 가져가 말 냄새를 살며시 들이마시며 평정을 되찾았다. 그리고 손은 다시 내렸지만 경계는 풀지 않았다. 그녀에게는 말썽을 알아보는 능력이 있었고 지금 상황이 그랬다.

"네, 제 아버지입니다." 마르크가 말했다. 그러고는 어머니에게 다시 돌아섰다. "아버지가 안 죽었어요?"

가마슈는 흥미로운 질문이라 생각했다. '살아 있느냐'가 아니라 '안 죽었느냐'고 묻는 말에는 차이가 있어 보였다.

"안타깝게도 그렇구나."

"나 여기 서 있잖아. 다 들린다고." 뱅상이 말했다.

그렇지만 그는 그런 말들에 기분 나빠하지 않고 즐거운 듯 보였다. 가마슈는 뱅상 질베르가 만만찮은 상대가 되리라는 사실을 알았다. 그리고 자신이 위인이라고 알고 있었던 그 사람이 사악한 인간이 아니길 바랐다.

카롤은 마르크에게 물 한 잔을 건넨 후 자신도 한 잔 들고 건초 더미에 나란히 앉았다. "네 아버지와 나는 오래전에 우리의 결혼 생활이 끝났다는 데 동의했단다. 그리고 알다시피 그는 인도로 떠났지."

"왜 아버지가 죽었다고 말하셨어요?" 마르크가 물었다. 그가 질문하지 않았다면 보부아르가 물었을 터였다. 보부아르는 늘 자신의 가족이 많이 이상하다고 생각했었다. 그들은 속삭이거나 조용히 대화하는 법이 없었다. 모든 것이 격하게 움직였다. 언제나 서로의 얼굴에 대고, 서로의 인생에 대해 목소리를 높이며 큰소리를 치고 고함을 질렀다. 난장판이었다. 보부아르는 고요와 평화를 갈망했고 이니드에게서 그걸 찾았다. 이니드와의 생활은 편안하고 평온했다. 그들은 서로 너무 멀리 떨어지지도 너무 가까이 다가서지도 않았다.

보부아르는 그녀에게 전화해야겠다고 생각했다.

하지만 자신의 가족이 아무리 이상하다 해도 질베르 가족에 비할 바는 아니었다. 사실 이런 것들이 그가 직업에서 얻는 큰 위안 중 하나였다. 서로 죽이려고 생각만 하는 게 아니라 실제로 죽이는 사람들에 비하면 자신의 가족은 괜찮은 편이었다.

"그게 더 쉬워 보였단다. 이혼녀보다는 과부인 편이 더 행복했지." 카롤이 말했다.

"하지만 저는요?" 마르크가 물었다.

"그러는 게 너에게도 쉬울 거라 생각했다. 아버지가 죽었다고 생각하는 게 더 편할 거라고 말이야."

"어떻게 그렇게 생각하실 수가 있어요?"

"미안하구나. 내가 잘못했어. 하지만 넌 스물다섯이었고 한 번도 네 아버지와 가깝게 지낸 적이 없었잖니. 정말 네가 상관하지 않을 거라 생각했단다."

"그래서 아버지를 죽여요?"

그때까지 조용히 있던 뱅상이 웃음을 터트렸다. "그래, 말 잘했다."

"조용히 계세요. 당신과는 조금 이따 얘기할 거니까." 마르크가 말했다. 그는 따끔거리는 건초 더미에서 자세를 바꾸었다. 사실 그를 진짜 찌르고 있는 것은 아버지였다.

"뱅상이 이제 와서 뭐라고 말하든 간에 그도 동의했던 일이야. 그의 협조 없이 내가 혼자 그렇게 할 수 없었지. 그는 자유를 얻는 대신 죽은 채 있기로 합의했어."

마르크가 아버지를 향해 말했다. "사실인가요?"

이제 뱅상은 이전만큼 당당하거나 확신 있어 보이지 않았다. "나는 내 자신을 찾지 못했어. 잘 해 나갈 수 없었지. 나는 자아를 찾기 위해 인도로 갔고, 옛 생활을 완전히 버리고 새로운 사람이 되는 게 최선이라 느꼈단다."

"그래서 저 같은 건 더 이상 존재하지 않게 된 건가요? 참 대단한 가족이네요. 대체 어디 계셨던 거예요?" 마르크가 물었다.

"마누아르 벨샤스에 있었다."

"이십 년 동안요? 고급 여관에서 이십 년 동안이나 지냈다고요?"

"아 그래, 그건 아니지. 여름 내내 왔다 갔다 했어. 이걸 주려고 갖고 왔는데." 뱅상이 마구간 선반에 놓인 종이봉투를 가리켰다. "네 선물이다." 그가 도미니크에게 말했다. 그녀가 집어 들었다.

"마누아르 벨샤스에서 만든 그래놀라네요. 감사합니다." 도미니크가 말했다.

"그래놀라요? 다시 살아나서 아침 식사용 시리얼을 가지고 오신 거예요?" 마르크가 물었다.

"네가 필요한 게 뭔지 몰라서 말이야. 네 엄마한테 네가 여기에 집을 샀다는 얘기를 듣고 가끔 와서 지켜봤다." 뱅상이 말했다.

"로어 파라가 숲에서 본 사람이 아버님이군요." 도미니크가 말했다.

"로어 파라? 로어큰 짐승 등이 으르렁거린다는 뜻? 농담하는 거냐? 혹시 트롤이냐? 체격이 크고 시커메?"

"당신 아들이 여길 탈바꿈시키는 걸 도와주는 좋은 사람이야." 카롤이 말했다.

"내 생각을 말한 것뿐이잖아."

"두 분 다 그만하세요. 진정하세요." 도미니크가 마르크의 부모를 노려보며 말했다.

"여긴 왜 오셨어요?" 마침내 마르크가 물었다.

뱅상은 망설이다가 옆에 있는 다른 건초 더미에 앉았다. "나는 네 엄마와 연락은 하고 있었다. 그녀가 네 결혼과 직장 등에 대해 얘기해 주었지. 넌 행복한 것 같더구나. 하지만 어느 날 네가 직장을 관두고 외딴 곳으로 이사 간다는 얘길 들었다. 나는 네가 괜찮은지 확인하고 싶었어. 내가 완전히 무능한 건 아니잖니." 잘생기고 품위 있는 그의 얼굴이 어두워졌다. "얼마나 충격일지 안다. 미안하구나. 네 엄마가 그렇게 하도록 두지 말았어야 했는데."

"파르동?" 카롤이 말했다.

"그래도 네게 연락하지 않으려 했다. 하지만 시체가 발견되고 경찰이 오는 걸 보고 내가 널 도와줘야 할지도 모른다고 생각했단다."

"그래, 그 시체는 뭔가요?" 마르크가 아버지에게 물었지만 그는 그냥 쳐다보기만 했다. "뭐냐고요?"

"뭐? 잠깐만." 뱅상은 흥미롭게 지켜보고 있던 가마슈에게 눈을 돌렸다가 다시 아들을 바라보았다. 그가 웃었다. "농담하니? 내가 관련 있다고 생각하는 거니?"

"관련 있나요?" 마르크가 따졌다.

"정말 내가 대답하길 바라는 게냐?" 그들 앞에 있던 상냥한 남자가 그저 발끈하는 정도가 아니라 화를 내뿜었다. 그가 너무 순식간에 변해서 가마슈마저 깜짝 놀랐다. 세련되고 점잖고 조금은 명랑하던 그에게서 갑자기 분노가 흘러넘쳤다. 거대한 분노가 그를 사로잡은 뒤 그에게서 쏟아져 나와 모두를 집어삼켰다. 마르크가 괴물을 건드렸다. 그 안에 괴물이 있다는 사실을 잊고 있었든지 혹은 여전히 존재하는지 보고 싶었든지. 어쨌든 그는 답을 얻었다. 마르크는 그 자리에 그대로 굳어 버렸고 유일하게 살짝 커진 눈만이 반응했다.

그리고 그 눈에서 가마슈는 많은 이야기를 읽어 낼 수 있었다. 그 안에서 가마슈는 아버지가 어떻게 나올지 몰라 두려워하는 아이와 소년, 청년을 보았다. 오늘은 아버지가 다정하고 친절하며 따뜻할까? 표정과 말로 아들의 껍질을 태워 버릴까? 아이는 발가벗겨져 창피를 당했다. 마르크는 자신을 나약하고 애정을 갈구하며 바보 같고 이기적인 사람이라고 생각했다. 그래서 아이는 폭력을 견디기 위해 껍질을 단단하게 만들었다. 그렇게 단단해진 외피는 어리고 연약한 영혼을 구했다. 하지만 가마슈는 그 보호막이 곧 문제가 되었다는 사실을 알았다. 단단한 외피는 상처를 입지 않게 해 주기도 했지만 빛도 차단했기 때문이었다. 그리고 그 안에서 어둠만 먹고 자란 겁먹은 작은 영혼은 완전히 다른 어떤 것이 되었다.

가마슈는 흥미롭게 마르크를 바라보았다. 그는 자신 앞에 나타난 괴물을 쑤셨고, 아니나 다를까 괴물이 깨어나 분노를 쏟아 냈다. 그는 자신 안에 있는 괴물도 깨웠을까? 아니면 이미 깨어 있던 것일까?

누군가가 이 집 현관에 시체를 놓아두었다. 아버지가 그랬을까? 아들? 아니면 그들이 아닌 다른 사람?

"저는 그 대답을 듣고 싶습니다, 무슈." 가마슈가 뱅상의 매서운 시선을 마주 보며 말했다.

"선생이라 불러 주시오." 뱅상이 차가운 목소리로 말했다. "당신을 비롯한 그 누구도 나를 폄하할 수 없소." 그가 아들을 쳐다본 뒤 다시 가마슈에게 시선을 돌렸다.

"데졸레Désolé 죄송합니다." 가마슈가 말했다. 그는 살짝 고개를 숙였지만 그의 깊은 갈색 눈은 계속 뱅상에게 고정되어 있었다. 그의 사과 때문에 뱅상은 더욱 격분한 듯했다. 둘 중 한 명은 모욕을 견딜 수 있을 만큼 강했지만 다른 한 명은 그렇지 않다는 것을 깨달았기 때문이었다.

"시체에 대해 말해 보시죠." 가마슈가 다시 말했다. 마치 뱅상과 유쾌한 대화를 나누고 있다는 듯한 말투였다. 뱅상은 그를 혐오스럽게 바라보았다. 가마슈는 들판에서 다가오는 말 마르크를 곁눈으로 알아챘다. 앙상한 데다 오물과 상처투성이인 말은 마치 악마가 타는 말처럼 보였다. 한쪽 눈은 광기가 서렸고 다른 한쪽은 멀어 있었다. 가마슈는 말이 결국은 익숙해진 분노에 이끌려 다가오는 것이리라 짐작했다.

두 남자는 서로 노려봤다. 마침내 뱅상이 코웃음을 치고 손을 저으며 가마슈와 그의 질문을 하찮은 것으로 일축했다. 괴물이 자신의 동굴로 물러났다.

그렇지만 말은 점점 더 가까이 다가오고 있었다.

"시체에 대해 아는 건 없소. 그저 그게 마르크에게 좋지 않은 일인 것 같아서 여기 있고 싶었던 거요. 마르크가 날 필요로 할지도 모르니까."

"어디에 필요하다는 거죠? 모두를 혼비백산시키는 데요? 그냥 초인종을 누르거나 편지를 쓰실 순 없었어요?" 마르크가 따졌다.

"네가 이렇게 예민할 줄 몰랐다." 괴물은 빈정거리며 작은 상처를 주고 웃으며 물러났다. 하지만 마르크는 충분하지 않았다. 마르크는 울타리 너머로 다가와 뱅상의 어깨를 물었다. 말 마르크가.

"젠장, 뭐야?" 뱅상이 비명을 내지르고 옆으로 펄쩍 뛰며 질척해진 어깨에 손을 얹었다.

"그를 체포할 건가요?" 마르크가 가마슈에게 물었다.

"고소하실 겁니까?"

마르크는 아버지를 응시한 다음 그 뒤에 있는 엉망진창인 피조물을 보았다. 검고 가련한, 아마 반쯤 미친 말을. 그리고 인간 마르크는 미소 지었다.

"아뇨. 다시 죽은 걸로 하죠, 아버지. 어머니가 옳았어요. 그게 더 쉽겠네요."

마르크는 몸을 돌려 집으로 성큼성큼 걸어갔다.

"대단한 가족이네요." 보부아르가 말했다. 그들은 마을로 천천히 돌아가고 있었다. 모랭은 먼저 수사본부로 갔고 그들은 질베르 가족이 서로 물어뜯도록 두고 나왔다. "그래도 이 사건에는 일종의 균형이 있는 것 같습니다."

"무슨 뜻인가?" 가마슈가 물었다. 왼쪽 저편에서 집을 나서는 루스 자도가 보였다. 로사가 스웨터를 입은 채 뒤따르고 있었다. 가마슈는 지난밤 저녁 초대에 감사하는 쪽지를 써서 아침 산책길에 루스의 녹슨 편지함에 넣어 두었다. 그는 루스가 쪽지를 꺼내서 본 뒤 자신의 추레하고 낡은 카디건 호주머니에 그것을 쑤셔 넣는 모습을 지켜보았다.

"그러니까 한 사람이 죽고 한 사람이 살아왔잖습니까."

가마슈가 미소를 지으며 그게 공정한 교환일지 생각했다. 루스가 그들을 알아챈 순간 보부아르도 그녀를 발견했다.

"도망가세요. 제가 엄호하겠습니다." 보부아르가 가마슈에게 낮게 말했다.

"너무 늦었네. 오리가 우릴 봤어."

그리고 정말로 루스는 그들을 무시하는 듯했지만 로사가 무서운 속도로 뒤뚱뒤뚱 앞으로 걸어왔다.

"로사가 당신을 좋아하는가 보군." 절뚝거리며 오리 뒤를 따라온 루스가 보부아르에게 말했다. "하긴 새대가리니까."

보부아르가 그녀를 노려보는 사이 가마슈가 그녀에게 웃으며 인사했다. "마담 자도."

"마르크 질베르 그 친구가 시체를 올리비에의 비스트로에 갖다 놨다고 들었는데, 왜 그를 체포 안 했소?"

"벌써 들었어요? 누가 말했습니까?" 보부아르가 물었다.

"그 얘기를 안 하고 다니는 사람은 없을걸? 온 마을이 다 알아. 말해봐요. 마르크 질베르를 체포할 거요?"

"무슨 혐의로요?" 보부아르가 물었다.

"살인이지. 바보야?"

"제가 바보라고요? 스웨터 입은 오리랑 다니는 사람이 누군데요?"

"그럼 나보고 어쩌라고? 겨울이 오는데 로사를 얼어 죽게 둬? 무슨 인간이 그래?"

"제가 뭘요? 바보 얘기가 나와서 말인데 올리비에한테 전해 주라고 했던 그 쪽지는 뭡니까? 내용이 기억나지도 않지만 분명 말도 안 되는 얘기였습니다."

"말이 안 된다고?" 주름이 쪼글쪼글한 늙은 시인이 으르렁거렸다.

"어쩌면 이 모든 일엔 내가 놓친 뭔가가 있을 거야."

가마슈가 그 구절을 읊자 루스가 차가운 눈으로 그를 보았다. "그건 사적인 편지였어. 당신에게 보낸 게 아니라고."

"무슨 뜻입니까, 마담?"

"당신이 알아내. 그리고 이것도." 루스가 다른 호주머니에 손을 넣어

반듯하게 접힌 또 다른 종이쪽지를 꺼냈다. 그녀는 그것을 보부아르에게 건네주고는 비스트로를 향해 걸어갔다.

보부아르는 손바닥에 놓인 네모반듯한 하얀 사각형을 보았다. 그리고 손을 접었다.

두 사람은 루스와 로사가 마을 잔디 광장을 가로질러 걸어가는 모습을 지켜보았다. 광장 저편으로 비스트로로 들어가는 사람들이 보였다.

"그녀는 미쳤습니다. 분명히요." 보부아르가 수사본부를 향해 걸어가며 말했다. "하지만 제대로 된 질문을 했습니다. 우리는 왜 아무도 체포하지 않은 겁니까? 오후 내내 아버지와 아들 사이에서 조서를 작성할 수 있었는데요."

"뭣 때문에?"

"정의를 위해서요."

가마슈가 웃었다. "그걸 잊고 있었구먼. 좋은 지적일세."

"아니, 정말입니다. 무단 침입부터 살인까지 모두 기소할 수 있었다고요."

"우리 둘 다 피해자가 그 집 현관에서 살해된 게 아니라는 걸 알고 있잖나."

"하지만 그렇다고 해서 마르크 질베르가 다른 곳에서 살인을 저지르지 않았다는 법은 없습니다."

"그래서 그를 자신의 집에 갖다 뒀다가 다시 비스트로에 갖다 놨다는 말인가?"

"그 아버지가 그랬을 수도 있습니다."

"어째서?"

보부아르는 생각해 보았다. 그는 질베르 집안사람들이 어떤 일에든 유죄가 아니라는 사실을 믿을 수가 없었다. 게다가 살인은 그들에게 딱 어울려 보였다. 비록 그들은 십중팔구 서로를 죽일 것 같았지만.

"어쩌면 아들에게 상처를 주고 싶었겠죠." 보부아르가 말했다. 하지만 그럴듯한 이야기가 아니었다. 그들은 벨라벨라 강을 가로지르는 돌다리 위에 멈춰 섰다. 보부아르는 건너편을 바라보며 생각에 잠겼다. 태양이 수면에 반사되었고 그는 그 일렁임에 잠깐 매료되었다. "어쩌면 그 반대일지도 모릅니다." 그가 생각을 더듬어 나가며 이야기를 시작했다. "아마 뱅상 질베르는 아들의 인생에 다시 들어오고 싶었을 겁니다. 하지만 구실이 필요했지요. 여느 사람들은 터무니없는 생각이라고 하겠지만 그의 자존심에 그냥 노크하고 사과하는 건 용납할 수 없었을 테니까요. 그는 구실을 만들어야 했습니다. 제가 보기에 그는 부랑자를 죽일 수 있는 사람입니다. 그에게 부랑자는 자신보다 한참 못하고 자신의 목적을 위해 이용할 수 있는 사람이었을 겁니다."

"그래서 어떻게 된 일이라고 생각하나?" 가마슈 역시 다리 아래에서 흐르는 깨끗한 강물을 응시하며 말했다.

보부아르가 가마슈를 향해 돌아섰다. 반사된 빛이 가마슈의 얼굴에 어른거렸다. "그는 아들과 재회하고 싶었습니다. 하지만 자신이 구원자처럼 보여야 했습니다. 가족들에게 다시 환심을 사려는 무심했던 아버지가 아니라요."

가마슈가 관심을 보이며 보부아르를 돌아보았다. "계속하게."

"그래서 뱅상은 아무도 찾지 않을 부랑자를 죽여서 그를 아들 집 현관에 두고 사건이 벌어지길 기다리고 있었던 겁니다. 가족에게 도움이 필요하면 자기가 끼어들어 주도권을 쥘 수 있을 거라 생각했겠죠."

"그런데 마르크가 시체를 옮겨서 구실이 사라지고 말았지." 가마슈가 말했다.

"방금 전까지는요. 타이밍이 흥미롭습니다. 시체가 옛 해들리 저택에 있었다는 것을 우리가 발견하고 한 시간 뒤에 그가 나타났잖습니까."

가마슈가 눈을 가늘게 뜨며 고개를 끄덕였다. 그리고 또다시 흐르는 강물을 바라보았다. 보부아르는 가마슈를 잘 알았기 때문에 그가 미끄러운 바위를 조심스레 디디며 속임수와 시간으로 가려진 길을 찾으려 애쓰며 사건을 천천히 되새기는 중이라는 것을 알고 있었다.

보부아르는 손에 있던 쪽지를 폈다.

나는 돌로 된 그 자리에 그대로 앉아
희망적인 생각을 하네.

"뱅상 질베르는 어떤 사람입니까? 그를 아시는 것 같던데요."

"그는 성인이야."

보부아르가 웃다가 가마슈의 진지한 얼굴을 보고 정색했다. "무슨 말씀이세요?"

"그렇게 믿는 사람들이 있네."

"저에게는 개자식처럼 보이던데요."

"그 둘을 구분하기가 가장 힘들지."

"그가 성인이란 걸 믿으십니까?" 보부아르는 묻기가 어쩐지 좀 두려웠다.

가마슈가 돌연 미소를 지었다. "자네는 여기 있다 오게. 삼십 분 후에 비스트로에서 만나 점심을 하는 게 어떻겠나?"

보부아르는 손목시계를 보았다. 12시 반이었다. "좋습니다."

그는 경감이 돌다리를 되돌아 건너 스리 파인스로 천천히 걸어가는 모습을 지켜보았다. 그리고 다시 고개를 숙여 루스가 쓴 쪽지를 마저 읽었다.

재미로 사람을 죽이는 신이

치유도 해 주기를.

가마슈를 지켜보는 사람이 또 있었다. 올리비에가 비스트로 안에서 사람들의 웃음소리와 금전등록기 서랍이 여닫히는 소리를 들으며 창밖을 내다보고 있었다. 비스트로에는 사람들이 가득했다. 그들은 온 마을과 인근에서 점심 식사, 뉴스거리, 소문을 찾아 비스트로로 몰려왔다. 극적으로 전개된 사건의 최신 소식을 듣기 위해.

옛 해들리 저택이 또 시체를 만들었고 비스트로에 토해 놓았다. 저택이 아니면 적어도 저택 주인이. 올리비에를 향한 혐의는 모두 벗겨졌고 오명도 사라졌다.

올리비에는 주위에서 사람들이 마르크 질베르에 대해 이야기하며 추측하는 말들을 들었다. 그들은 마르크의 정신 상태와 동기에 대해 떠들어 댔고 그가 살인범일지 논의했다. 하지만 한 가지 문제에 대해서는 이견이 없었고 의심의 여지가 없었다.

바로 마르크 질베르가 끝장났다는 점이었다.

올리비에는 누군가가 하는 말을 들었다. "누가 거기 묵고 싶어 하겠어? 로어 파라가 그러던데 그들은 해들리 저택에 돈을 쏟아부었대. 그런데 이제 이런 일이 일어났잖아."

대부분이 동의했다. 딱하지만 불가피한 일이었다. 새 스파 리조트는 문을 열기도 전에 망한 것이다. 올리비에는 창밖으로 가마슈가 비스트로를 향해 천천히 걸어오는 모습을 지켜봤다. 루스가 올리비에 옆에 나타났다. "쫓기는 걸 상상해 봐." 가마슈가 꿋꿋하게 다가오는 모습을 보며 루스가 말했다. "저 사람한테 말이야."

클라라와 가브리가 사람들을 비집고 그들에게 다가왔다.

"뭐 보는 거야?" 클라라가 물었다.

"아무것도." 올리비에가 말했다.

"저 사람." 루스가 가마슈를 가리켰다. 그는 분명히 깊은 생각에 빠져 있었지만 계속 전진하고 있었다. 서두르지는 않았지만 머뭇거리지도 않았다.

"그는 분명 기쁠 거야. 마르크 질베르가 그 남자를 죽이고 여기 비스트로에 갖다 놓은 거라면서요. 사건 종결이지." 가브리가 말했다.

"그럼 가마슈 경감이 왜 그를 체포하지 않았겠어?" 클라라가 맥주를 홀짝이며 물었다.

"가마슈가 바보 멍청이라서 그래." 루스가 말했다.

"내가 듣기론 마르크는 이미 죽은 시체를 발견한 것뿐이라고 했다던데." 클라라가 말했다.

"그래요. 단지 그랬을 뿐이겠죠." 올리비에가 말했다. 친구들은 올리비에에게 벌어졌던 일이 바로 그것이었다는 점을 그에게 상기시키지 않기로 결심했다.

클라라와 가브리는 바에서 마실 것을 더 가져오기 위해 사람들을 헤치고 갔다.

웨이터들이 녹초가 되어 갔다. 올리비에는 그들에게 이틀 치 임금을 보상하는 보너스를 주어야겠다고 생각했다. 믿음. 가브리는 자신에게 일이 잘될 거라는 믿음과 신뢰를 가져야 한다고 항상 말했다.

그리고 일은 잘되었다. 훌륭하게.

그의 곁에서 루스가 지팡이로 리드미컬하게 나무 바닥을 탁탁 치고 있었다. 그냥 성가신 정도를 넘어서 뭔가 위협적인 소리였다. 부드러웠지만 막을 수 없었다. 탁, 탁, 탁, 탁.

"스카치 줘요?"

이 말이 루스를 멈추게 할 터였다. 하지만 그녀는 꼿꼿이 서서 지팡이를 들었다 놨다 했다. 탁, 탁, 탁. 올리비에는 그녀가 어디에 맞춰 지팡이를 두드리고 있는지 알아차렸다.

가마슈가 천천히 신중하게 계속해서 다가오고 있었다. 그리고 그의 발걸음에 맞춰 루스가 지팡이를 두드리고 있었다.

"살인범은 얼마나 무서운 게 자신을 뒤쫓고 있는지 알까 궁금하군. 나는 그가 가여울 지경이야. 분명 덫에 걸린 느낌이 들겠지." 루스가 말했다.

"마르크 질베르가 한 짓이에요. 가마슈가 곧 그를 체포할 거예요."

루스의 지팡이에 맞춰 올리비에의 가슴이 쿵쿵 뛰었다. 그는 다가오는 가마슈를 계속 지켜보았다. 이내 기적적으로 가마슈는 그들을 지나쳐 갔다. 그리고 올리비에는 머나의 서점에 달린 작은 종소리를 들었다.

"그러니까 옛 해들리 저택에서 재미있는 일이 있었다면서요."

머나는 가마슈에게 커피를 따라 주고 서가 옆의 그와 나란히 섰다.

"그랬지요. 누가 말했습니까?"

"말 안 하는 사람이 어디 있나요? 모두가 알아요. 마르크 질베르가 비스트로에 시체를 갖다 놓은 사람이잖아요. 하지만 사람들이 알아내지 못한 건 그가 남자를 죽였냐는 거죠."

"어떤 이론들이 있습니까?"

"글쎄요." 머나는 가마슈가 일렬로 꽂혀 있는 책을 따라 움직이는 모습을 지켜보며 커피를 한 모금 마셨다. "어떤 사람들은 마르크가 분명히 그렇게 했고 시체를 비스트로에 버려서 올리비에에게 보복한 거라고 생각해요. 그들이 서로 싫어했다는 건 모두가 알거든요. 하지만 나머지는 마르크가 진짜 그렇게 하려 했다면 그 남자를 비스트로에서 죽였을 거라고 생각해요. 왜 그를 다른 곳에서 죽인 다음 옮기겠어요?"

"당신 의견을 말씀해 보시죠. 심리학자시잖아요." 가마슈는 서가 탐색을 그만두고 머나를 향해 돌아섰다.

"예전 일이에요."

"하지만 지식까지 다 버릴 수는 없지요."

"천국으로 다시 돌아갈 수 없다고요?" 그들은 커피를 가지고 창가의 안락의자로 갔다. 그들이 앉아서 커피를 마시는 동안 머나는 생각했다. 마침내 그녀가 말했다.

"그가 살인범일 가능성은 없어 보여요." 그녀는 자신의 답에 기뻐하지 않는 듯했다.

"마르크 질베르가 살인범이길 바라십니까?" 가마슈가 물었다.

"신께 자비를 구할 일이지만 그렇답니다. 사실 전혀 생각도 안 했는데 가능성이 생기니까 그렇게 바라는 게 편하다고나 할까요."

"그가 타지 사람이라서요?"

"울타리를 벗어났으니까요." 머나가 말했다.

"네?"

"그 표현을 아세요, 경감님?"

"물론 들어 본 적 있습니다. 용납할 수 없는 일을 했다는 뜻이죠. 살인을 바라보는 시각 중 하나일 겁니다."

"그런 의미로 말한 게 아니에요. 이 표현이 어디서 유래됐는지 아세요?" 가마슈가 고개를 젓자 머나가 미소를 지었다. "서점 주인은 그런 비밀스러운 지식들을 모은답니다. 이것도 그런 거예요. 그 표현은 중세에서 시작됐죠. 돌로 두꺼운 벽을 둥그렇게 쌓은 요새 말이에요. 누구나 한 번쯤 본 적 있을 거예요. 그렇죠?"

가마슈는 옛 성과 요새에 자주 갔었다. 그런 곳은 이제 거의 전부 폐허지만, 그는 어릴 때 열심히 보던 책에 실려 있던 화려한 색의 그림들을 생생하게 기억했다. 활을 든 보초병이 서 있는 탑과 활 쏘는 구멍이 나 있는 돌벽, 거대한 나무 문, 해자와 도개교가 있었다. 그리고 둥근 성벽 안쪽이 안마당이었다. 공격을 받은 마을 사람들이 성안으로 도망쳐 오면 다리를 끌어 올리고 거대한 문을 닫았다. 안에 있으면 모두 안전했다. 그들은 그렇길 바랐다.

머나가 손바닥을 내밀고 그 안에 손가락으로 동그라미를 그렸다. "벽이 빙 둘러져 있죠. 방어를 위해서요." 그러고 나서 그녀는 손가락을 멈추고 부드러운 손바닥 가운데를 짚었다. "여기가 울타리 안쪽이에요."

"그러니까 울타리를 벗어났다는 뜻은……."

"외부인이라는 뜻이에요. 위협적인 존재죠." 머나가 천천히 주먹을 쥐며 말했다. 흑인 여성으로서 그녀는 '울타리를 벗어났다'는 것이 어떤 의미인지 알았다. 그녀는 이곳으로 이사 오기 전까지 평생 외부인이었다. 이제 그녀는 안에 있었고 질베르 가족의 차례였다.

하지만 '안에 있는 것'은 그녀가 늘 상상하던 것만큼 편하지 않았다.

가마슈는 커피를 홀짝이며 그녀를 바라보았다. 모든 사람들이 시체를 옮긴 마르크 질베르에 대해서는 알지만 죽음에서 살아 돌아온 또 다른 질베르에 대해서는 모르는 것 같다는 사실이 흥미로웠다.

"방금 뭘 찾으시던 거죠?" 머나가 물었다.

"『존재』라는 책이오."

"『존재』요? 알베르 수사와 그가 만든 공동체에 관한 책이오?" 그녀가 일어나 서가로 다가갔다. "우리 전에도 이 얘기 한 적 있죠?"

그녀가 방향을 바꿔 서점 저쪽 끝으로 걸어갔다.

"맞습니다. 몇 년 전에요." 가마슈가 그녀를 따라갔다.

"이제 기억나네요. 찰스가 태어났을 때 올드 먼딘과 와이프에게 한 권 줬어요. 아마 책은 절판됐을 거예요. 안타깝죠. 좋은 책인데요."

그들은 중고 책 코너로 갔다.

"아, 여기 있네요. 한 권 남겨 뒀죠. 모서리가 접힌 책장이 있긴 하지만 훌륭한 책들은 원래 그래요."

그녀가 가마슈에게 얇은 책을 건넸다. "여기 계실래요? 전 클라라와 비스트로에서 만나 점심을 먹기로 했거든요."

가마슈는 안락의자에 자리를 잡고 앉아, 창문을 통해 들어오는 햇살

속에서 책을 읽었다. 그리고 개자식과 성인과 기적에 대해 읽었다.

장 기 보부아르가 북적이는 비스트로에 도착했다. 그는 계속되는 주문에 시달리는 하보크에게 맥주를 주문한 뒤 인파를 헤치고 안쪽으로 들어갔다. 사람들의 대화가 토막토막 들렸다. 사람들은 축제에 대해 이야기했고, 올해 가축 심사가 얼마나 끔찍했던지 사실 지금까지 중 최악이었다는 이야기를 나눴다. 날씨 이야기도 있었다. 하지만 대부분은 시체에 관한 이야기였다.

로어 파라와 올드 먼딘이 몇몇 사람들과 함께 한쪽 구석에 앉아 있었다. 그들은 보부아르를 올려다보고 고개를 끄덕였지만 자신들의 귀중한 자리에서 움직이지는 않았다.

보부아르는 가마슈를 찾아 비스트로 안을 둘러보았지만 그가 없다는 사실을 알고 있었다. 들어올 때부터 알았다. 얼마 후 그는 테이블을 하나 차지할 수 있었다. 잠시 후 가마슈가 와서 합석했다.

"일을 열심히 하셨나 봐요?" 보부아르가 가마슈의 셔츠에 묻은 쿠키 부스러기를 떨어 주었다.

"늘 그렇지. 자네는?" 가마슈는 진저비어를 주문한 뒤 보부아르에게 집중했다.

"뱅상 질베르에 대해 인터넷에 검색해 봤습니다."

"그래서?"

"이런 걸 알아냈지요." 보부아르가 수첩을 탁 펼쳤다. "뱅상 질베르. 1934년 퀘벡 시 출생. 저명한 프랑스어권 가정에서 태어났습니다. 부친은 국회의원이었고 모친은 프랑스계 상류층이었습니다. 그는 라발 대학교에서 철학을 전공한 뒤 맥길 대학교에서 의학을 전공했습니다. 유전학 전문의고요. 자궁 내에서 아이의 다운증후군을 알 수 있는 검사법을 개발해 명성을 얻었습니다. 다운증후군을 일찍 발견하고 치료할 수 있는 가능성을 만들었죠."

가마슈가 고개를 끄덕였다. "하지만 그는 연구를 중단하고 인도로 갔지. 그리고 돌아와서는 실험실로 가지 않고 라포르트에 있는 알베르 수도회에 들어갔어."

가마슈가 책을 탁자 위에 꺼내 보부아르 쪽으로 밀었다.

보부아르는 책을 뒤집었다. 뒤표지에서 고압적인 얼굴이 쏘아보고 있었다. 한 시간 전에 보부아르가 그 남자의 가슴을 무릎으로 누르고 있을 때 본 표정과 정확히 똑같았다.

"『존재』." 그가 소리 내어 읽고 책을 내려놓았다.

"뱅상이 라포르트에 있을 때의 이야기지." 가마슈가 말했다.

"거기에 대한 자료도 봤습니다. 그 단체는 다운증후군이 있는 사람들을 위한 곳이죠. 뱅상은 인도에서 돌아왔을 때 그곳에 의료 책임자로 자원해서 갔습니다. 그 후 중단했던 연구를 아예 그만뒀고요. 제 생각에는 그곳에서 일하면 다운증후군을 더 치료하고 싶었을 것 같은데 말입니다." 보부아르가 말했다.

가마슈가 책을 가볍게 두드렸다. "이걸 읽어 보게."

보부아르가 능글맞게 웃었다. "그냥 경감님이 얘기해 주시죠."

가마슈는 잠시 생각을 그러모았다. "『존재』는 사실 라포르트에 대한 책이 아니야. 뱅상에 대한 것도 아니고. 이 책은 오만과 인간애, 그리고 인간이 무엇인지에 관한 책이네. 훌륭한 사람이 쓴 훌륭한 책이지."

"좀 전에 그를 만나 놓고 어떻게 그렇게 말씀하실 수가 있습니까? 그는 개자식이에요."

가마슈가 웃었다. "나는 동의할 수 없네. 대부분의 성인이 그렇네. 성 이그나티우스는 전과가 있었고 성 제롬은 끔찍하고 비열했지. 성 아우구스티누스는 여러 여자와 잤고, 이렇게 기도했네. '주여, 제가 금욕할 수 있게 해 주십시오. 하지만 지금 말고요.'"

보부아르가 콧방귀를 뀌었다. "보통 사람들과 다를 바가 없네요. 그럼 왜 누구는 성인이고 누구는 개자식입니까?"

"알 수 없네. 미스터리 중 하나지."

"다 헛소리입니다. 경감님은 교회에 다니시지도 않잖아요. 진짜 어떻게 생각하세요?"

가마슈가 몸을 앞으로 기울였다. "나는 인간적인 것이 성스러운 거라고 생각하네. 뱅상은 분명히 그렇고."

"하지만 그 이상이라고 생각하시잖아요. 아닙니까? 전 압니다. 경감님은 그를 존경하죠."

가마슈는 낡은 책 『존재』를 집어 들었다. 저편에서 올드 먼딘이 콜라를 마시고 치즈와 파테를 올린 바게트를 먹고 있는 모습이 보였다. 가마슈는 자신의 손가락을 붙들던 찰스 먼딘의 작은 손을 떠올렸다. 그 손에는 전적인 신뢰와 충만한 은총이 있었다.

그리고 그는 그런 것이 없는 세상을 상상해 보려 했다. 위대한 뱅상질베르 박사가 계속 연구를 했으면 분명 노벨상을 탔으리라. 하지만 그는 연구를 그만두었고 동료들과 세상의 멸시를 받았다.

그럼에도 『존재』는 변명을 위한 책이 아니었다. 어떠한 해명조차 없었다. 그냥 존재했다. 찰스 먼딘처럼.

"주문하실래요?" 가브리가 나타났다. 그들이 주문하고 가브리가 막 가려는데 모랭이 왔다.

"같이 앉아도 돼요?"

"물론이지." 가마슈가 말했다. 가브리가 모랭의 주문을 받고 막 가려는데 이번엔 라코스트가 왔다. 가브리가 손으로 머리를 빗어 넘겼다.

"이런, 곧 누군가가 벽장에서도 튀어나오겠군coming out of the closet 감추고 있던 것, 특히 동성애자임을 밝힌다는 뜻이 있다." 보부아르가 말했다.

"놀라실 텐데요." 가브리가 말하고 라코스트의 주문을 받았다. "이제 끝인가요? 기마경찰을 기다리시는 건 아니겠죠?"

"세 투, 파트롱C'est tout, patron 이게 답니다. 주인장." 가마슈가 그를 안심시켰다. 가브리가 자신들의 말이 들리지 않는 곳으로 갔을 때 가마슈가 라코스트에게 말했다. "메르시. 자네가 올 줄은 몰랐는데."

"저도 올 생각은 없었는데 직접 만나서 말씀드리고 싶어서요. 올리비에의 직장 상사와 아버지를 만나고 왔습니다."

라코스트는 목소리를 낮추고 로렌시아 은행의 간부가 말한 내용을 그들에게 들려주었다. 이야기를 마치자 그녀가 주문한 샐러드가 나왔다. 어린 시금치 위에 새우, 망고, 고수가 올려져 있었다. 하지만 그녀는 가마슈 앞에 있는 포토벨로 버섯, 마늘, 바질, 파마산 치즈를 올린 수제 파스타가 담긴 김 나는 접시를 부러운 듯 쳐다보았다.

"그러니까 올리비에가 돈을 훔치려 했는지 돌려주려 했는지 분명치 않다는 이야기군." 보부아르가 말했다. 그는 숯불에 구운 스테이크를 쳐다보며 짭짤하고 가느다란 감자튀김을 덥석 베어 물었다.

"저와 얘기했던 사람은 올리비에가 은행에 돈을 벌어 줬다고 믿던데요. 그래도 올리비에가 그만두지 않았다면 아마 해고되었을 겁니다."

"그들은 올리비에가 말레이시아 투자로 번 돈을 모두 은행에 돌려줬다고 확신하던가?" 가마슈가 물었다.

"그들은 그렇게 생각했습니다. 그리고 우리도 지금까지는 올리비에의 다른 계좌를 발견하지 못했고요."

"그럼 이 모든 부동산을 구입한 돈의 출처는 여전히 모르는 거군. 올리비에의 아버지는 뭐라고 하던가?" 보부아르가 말했다.

라코스트는 해비타트를 방문했던 일에 대해 말했다. 이야기가 끝날 때쯤엔 접시가 치워지고 디저트 메뉴판이 그들 앞에 놓였다.

"나는 됐어요." 라코스트가 하보크 파라를 향해 미소 지었다. 그도 그녀에게 미소를 지었고, 다른 웨이터에게 옆에 있는 테이블을 치우고 새로 세팅하라고 손짓했다.

"나랑 프로피테롤 나눠 먹을 사람?" 보부아르가 물었다. 그들이 이 사건을 빨리 해결하지 않으면 보부아르는 옷을 전부 새로 사야 하리라.

"저요." 라코스트가 말했다.

아이스크림으로 채운 슈 패스트리 위에 따뜻한 초코 시럽을 뿌린 프로피테롤이 나왔다. 가마슈는 그것을 주문하지 않은 걸 후회했다. 보부아르와 라코스트는 녹아내리는 아이스크림을 패스트리와 따뜻하고 진한 초콜릿에 섞어 숟가락 가득 떠먹었다. 가마슈가 홀린 듯 그 모습을 지켜보았다.

"그럼 올리비에의 아버지는 여기 와 본 적도 없군. 올리비에가 어디에서 사는지, 뭐 하고 사는지 전혀 모르는 데다 아들이 동성애자인 것조차 모른다고?" 보부아르가 냅킨으로 얼굴을 훔치며 말했다.

"올리비에가 아버지에게 말하길 두려워할 외아들일 리는 없을 텐데요." 라코스트가 말했다.

"비밀이 점점 더 많아지는군." 보부아르가 말했다.

가마슈는 모랭이 창밖을 바라보며 얼굴이 변하는 것을 눈치챘다. 이어서 비스트로 안에서 속닥거리던 대화들이 잦아들었다. 가마슈가 모랭의 시선을 따라 눈을 돌렸다.

무스 한 마리가 물랭 길을 거칠게 달려 내려와 마을로 들어서고 있었다. 그것이 가까이 다가오자 가마슈가 일어섰다. 무스 위에는 두꺼운 목을 꼭 붙든 채로 누군가가 타고 있었다.

"자네는 여기 남아 문을 지키게." 가마슈가 모랭에게 말했다. "자네들은 날 따라와." 나머지 둘에게 말했다. 가마슈와 팀원들은 다른 사람들이 반응하기 전에 문밖으로 나갔다. 사람들이 따라가려 했을 때는 이미 모랭 형사가 문에 버티고 서 있었다. 그는 작고 말랐지만 단호했다. 아무도 그를 지나서 나가지 않았다.

사람들은 창유리를 통해 그 피조물이 긴 다리를 이상하게 미친 듯이 움직이며 돌진해 오는 모습을 지켜보았다. 가마슈가 앞으로 걸어 나갔지만 그것은 속도를 늦추지 않았고 그 위에 타고 있는 사람도 더 이상 통제하지 못했다. 가마슈는 그것을 세우려고 팔을 벌렸고 점점 다가오는 그것이 질베르네 동물 중 한 마리라는 걸 알아보았다. 아마도 말이리라. 말은 희뿌연 눈을 번뜩이며 경련하듯 발을 마구 굴렀다. 보부아르와 라코스트도 가마슈의 양쪽에서 팔을 벌렸다.

문 옆에 서 있는 모랭은 밖에서 무슨 일이 벌어지는지 볼 수가 없었다. 그가 볼 수 있는 것은 상황을 지켜보는 손님들의 얼굴뿐이었다. 그는 사고 현장에 많이 있어 봐서 심각한 사고 현장에서는 사람들이 비명을 지른다는 사실을 알고 있었다. 하지만 정말 최악의 현장에서는 침묵했다.

비스트로는 침묵에 휩싸여 있었다.

세 수사관은 꼼짝 않고 서 있었고 말은 그들에게 곧장 달려오다가 방향을 획 틀며 악령 들린 피조물처럼 날카로운 소리를 질렀다. 위에 탄 사람이 잔디밭 위로 떨어졌다. 말이 미끄러지며 휘청거릴 때 라코스트가 용케 말고삐를 잡았다. 그녀 곁에서 가마슈도 고삐를 잡았고 그들은 있는 힘을 다해 말을 멈췄다.

보부아르가 잔디 위에 무릎을 꿇고, 떨어진 사람 위로 몸을 굽혔다.

"괜찮으십니까? 움직이지 말고 그대로 누워 계세요."

하지만 그런 충고를 듣는 대부분의 사람들처럼 그 사람은 일어나 앉아 승마 헬멧을 벗어 던졌다. 도미니크 질베르였다. 말의 눈과 마찬가지로 그녀의 눈도 흥분으로 커져 있었다. 라코스트가 겁 많은 말을 달래도록 두고, 가마슈는 재빨리 보부아르에게 와서 그의 옆에 무릎을 꿇고 앉았다.

"무슨 일입니까?" 가마슈가 물었다.

"숲 속에 오두막이 있어요. 안을 봤는데 피가 있었어요. 아주 많이요." 도미니크가 숨을 헐떡였다.

18

아직 소년티를 벗지 못한 청년은 바람에 실려 온 소리를 들었다. 신음을 듣고 귀를 기울였다. 그는 가지 않고 머물렀다. 하루가 지나고 그의 가족들이 뭘 발견하게 될까 두려워하며 그를 찾아 끔찍한 산등성이로 왔다. 그는 살아남은 채 홀로 있었다. 가족들은 그를 데리고 갈 수 있어서 기뻐했지만 믿을 수 없게도 그는 거절했다.

"약에 취한 거야." 그의 어머니가 말했다.

"저주에 걸렸어요." 그의 누이가 말했다.

"최면에 빠졌군." 그의 아버지가 말하며 물러났다.

하지만 그들은 틀렸다. 사실 그는 매혹된 것이었다. 황량한 산에. 그리고 산의 외로움에. 그리고 그의 발아래에서 돋아난 작은 새싹에.

그가 새싹을 돋아나게 했다. 그가 위대한 산을 다시 살렸다. 그가 필요했다.

그래서 소년은 머물렀고 산에 서서히 온기가 돌아왔다. 풀, 나무, 향기로운 꽃들이 다시 자랐다. 여우, 토끼, 벌이 다시 찾아왔다. 소년이 걷는 곳에는 신선한 샘이 솟았고 그가 앉는 자리에는 연못이 생겼다.

소년은 산의 생명이었다. 그래서 산은 그를 사랑했다. 그래서 소년도 산을 사랑했다.

세월이 흘러 끔찍했던 산은 아름다워졌다. 무시무시했던 산이 평화로워졌으며 따스하고 안전해졌다는 소문이 퍼졌다. 서서히 사람들이 돌아왔고 그중엔 소년의 가족들도 있었다.

마을이 생겨났고, 오랫동안 외로웠던 산의 제왕은 마을을 보호해 주었다. 매일 밤 다른 이들이 잠든 사이. 이제 청년이 된 소년은 산의 가장 높은 꼭대기에 올라가서 부드럽고 푸른 이끼 위에 누워 안에서 울리는 깊은 목소리를 들었다.

그러다 어느 날 밤 청년은 그곳에 누워 예기치 않은 이야기를 들었다. 산의 제왕이 그에게 비밀을 말해 주었다.

비스트로의 군중 틈에서 올리비에도 거친 말과 말에서 떨어진 사람을 지켜보고 있었다. 그는 소름이 돋았다. 비명을 지르고 사람들을 밀치며 빠져나가고 싶은 생각이 간절했다. 쓰러질 때까지 달리고 또 달려 도망치고 싶었다.

다른 사람들과 달리 올리비에는 그 말이 무슨 뜻인지 알고 있었다.

하지만 올리비에는 여전히 군중의 한 사람인 양 가만히 서서 지켜보았다. 그렇지만 자신이 이제 그들과 같지 않다는 사실을 알고 있었다.

가마슈가 비스트로로 들어와 사람들의 얼굴을 훑어보았다.

"로어 파라 씨 계십니까?"

"여기 있습니다." 비스트로 뒤쪽에서 목소리가 들렸다. 사람들이 갈라지며 다부진 남자가 나타났다.

"질베르 부인이 깊은 숲 속에서 오두막을 발견했습니다. 들어 본 적 있으신가요?"

로어 파라가 생각했고 다른 사람들도 따라 생각했다. 그러나 그를 비롯한 다른 이들 모두 고개를 저었다. "거기 오두막이 있다는 건 전혀 몰랐습니다."

가마슈는 잠시 생각한 뒤 밖을 내다보았다. 도미니크가 숨을 돌리고 있었다. "물 한 잔 주십시오." 가마슈가 말했고 가브리가 물을 가지고 나타났다. "저와 함께 가시죠." 가마슈가 로어 파라에게 말했다.

도미니크가 물을 마시길 기다렸다가 가마슈가 물었다. "오두막은 얼마나 멉니까? ATV험한 지형에 잘 달리게 고안된 소형 오픈카로 갈 수 있을까요?"

도미니크가 고개를 저었다. "아뇨. 숲이 너무 빽빽해요."

"당신은 어떻게 갔습니까?" 보부아르가 물었다.

"마카로니가 절 데려갔어요." 그녀가 땀에 젖은 말의 목을 쓰다듬었다. "오늘 오전에 그 일이 있은 후 저는 혼자 있을 시간이 필요해서 말에 안장을 얹고 예전 말이 다니던 길을 찾아보려고 나섰어요."

"현명하지 않았군요. 길을 잃을 수도 있어요." 로어가 말했다.

"진짜로 길을 잃었어요. 그래서 오두막을 발견하게 된 거죠. 당신이 정리해 준 길을 따라갔는데 중간에 길이 끊기더라고요. 하지만 곧 옛길을 발견해서 그리로 계속 갔어요. 그러다가 그걸 본 거예요."

도미니크의 머릿속은 그 장면으로 가득했다. 바닥에 어두운 얼룩이 있는 어두운 오두막. 그녀는 말에 뛰어올랐고 돌아가는 길을 찾으며 공포심을 억눌렀다. 절대 혼자 숲 속에 들어가지 마라. 모든 캐나다인들이 어릴 때부터 들어 온 경고였다.

"그곳에 가는 길을 찾을 수 있겠습니까?" 가마슈가 물었다.

할 수 있을까? 그녀는 생각해 본 뒤 고개를 끄덕였다. "네."

"좋습니다. 좀 쉬었다 가시겠습니까?"

"이 일을 빨리 끝내고 싶어요."

가마슈가 고개를 끄덕이고 로어 파라에게 말했다. "저희와 함께 가 주십시오."

그들은 언덕 위로 걸어갔다. 도미니크가 마카로니를 끌고 로어 파라 와 가고, 수사관들이 뒤를 따랐다. 보부아르가 가마슈에게 속삭였다.

"ATV를 타고 갈 수 없으면 거길 어떻게 가죠?"

"'이랴'라고 할 수 있나?"

"'워'는 할 수 있는데요." 보부아르는 가마슈가 터무니없는 제안을 한 다는 눈빛으로 그를 쳐다보았다.

"연습해 두는 게 좋을 거야."

30분 만에 로어는 버터컵과 체스터의 등에 안장을 얹었다. 말 마르크 는 어디 갔는지 보이지 않았지만 남편 마르크는 머리에 승마 헬멧을 쓰 고 마구간에서 나타났다.

"저도 같이 가겠습니다."

"그럴 수 없습니다, 무슈 질베르. 산술적으로 말은 세 마리인데 부인 이 한 마리 타셔야 하고 보부아르 경위와 저도 함께 가야 하니까요." 가 마슈가 말했다.

보부아르는 체스터를 바라보았다. 말은 머릿속에서 딕시랜드 재즈 밴 드의 음악이 들리기라도 하는 듯 발을 이리저리 움직였다. 보부아르는 말을 타 본 적이 없었고 이제 와서 타게 되리라고는 전혀 생각 못 했다.

그들은 가마슈의 특별한 지시 없이 도미니크가 앞장을 서고 길을 표 시하기 위한 분홍색 리본을 든 가마슈, 보부아르의 순서로 출발했다. 가 마슈는 이전에 수차례 말을 탄 경험이 있었다. 렌 마리와 데이트를 막 시작하던 무렵 그들은 루아얄 산의 말을 탈 수 있는 길에 가곤 했다. 그들은 소풍 도시락을 싸서 몬트리올 한가운데에 있는 숲길을 따라 가다가 빈터에 멈춰서 말을 매어 놓고 시내를 바라보며 차가운 와인을 마시고 샌드위치를 먹었다. 루아얄 산의 말을 탈 수 있는 길은 이제 폐쇄됐지만 그와 렌 마리는 가끔 일요일 오후에 말을 탈 수 있는 장소를 찾아다녔다.

하지만 버터컵을 타는 일은 완전히 다른 경험이었다. 오히려 작은 보트를 타고 험난한 바다를 항해하는 일에 가까웠다. 버터컵이 앞뒤로 흔들려서 가마슈는 약간 메스꺼웠다. 그는 열 발자국 정도 갈 때마다 팔을 뻗어 나무에 분홍 리본을 묶었다. 마카로니에 탄 도미니크는 앞서 가고 있었고 가마슈는 감히 뒤를 돌아보지 못했지만 보부아르가 계속해서 내뱉는 욕설로 그가 여전히 따라오고 있음을 알았다.

"메르드Merde 젠장. 타바르나Tabarnac 빌어먹을. 이 바보 천치."

나뭇가지들이 휘어졌다 다시 튕겨 나오는 바람에 그들은 자연에 매를 맞는 듯했다.

발꿈치를 아래로 하고 손으로 고삐를 꽉 잡고 있으면 된다고 들은 보부아르는 그새 등자를 놓치고 회색 갈기를 붙들었다. 등자를 찾아 다시 발을 끼우고 몸을 세우는데 또다시 나뭇가지가 얼굴을 때렸다. 그 후로 그 흉하고 민망한 과정이 반복되었다.

"타바르나. 메르드. 이 바보 천치."

길이 좁아지고 숲이 깊어짐에 따라 그들의 속도도 느려졌다. 가마슈는 자신들이 아직 말이 다니는 길 위에 있다는 확신이 들지 않았지만 지금 자신이 할 수 있는 일이 없었다. 현장 감식 도구를 챙긴 라코스트와 모랭은 로어 파라가 길을 내주면 즉시 ATV를 타고 여기로 올 터였다.

하지만 그러려면 한참 있어야 하리라.

얼마나 있어야 라코스트가 가마슈 일행이 길을 잃었다는 사실을 깨달을까? 한 시간? 세 시간? 해는 언제 떨어질까? 길에서 얼마나 벗어나 있는 걸까? 숲은 점점 어둡고 서늘해졌다. 몇 시간 동안이나 말을 탄 것처럼 느껴졌다. 가마슈는 시계를 보았지만 어두워서 숫자가 보이지 않았다.

도미니크가 멈춰 섰고 뒤따르던 말들이 도미니크 곁에 모였다.

"워워." 보부아르가 말했다.

가마슈가 손을 뻗어 고삐를 잡고 보부아르의 말을 진정시켰다.

"저기예요." 도미니크가 속삭였다.

가마슈는 나무들 너머를 보려고 몸을 이리저리 움직였지만 아무것도 보이지 않았다. 그는 결국 말에서 내려 나무에 말을 매 놓고 도미니크의 앞쪽으로 걸어 나갔다. 하지만 여전히 오두막은 보이지 않았다.

"어디요?"

"저기요. 저기 햇빛이 비치는 곳 바로 옆이오." 도미니크가 속삭였다.

나무들 사이로 두꺼운 한 줄기 햇빛이 비치고 있었다. 가마슈가 그 옆을 보니 오두막이 있었다.

"여기 계십시오." 그가 도미니크에게 말하고, 보부아르에게 따라오라고 손짓했다. 보부아르는 주위를 두리번거리며 말에서 어떻게 내려야 할지 고민했다. 결국 그는 말 너머로 몸을 기울여 나무를 껴안고 몸을 옆으로 끌어 내렸다. 다른 말이었다면 못마땅해했겠지만 체스터는 더 심한 꼴도 본 적이 있었다. 체스터는 보부아르가 등에서 내릴 때쯤엔 그를 꽤 좋아하게 된 듯했다. 그는 한 번도 체스터를 차거나 채찍질하거나 때리지 않았다. 체스터가 평생 본 사람 중에 단연코 보부아르가 가장 온화하고 친절한 사람이었다.

두 사람이 오두막을 응시했다. 통나무로 지어진 오두막이었다. 포치에 커다란 쿠션이 놓인 흔들의자가 하나 있었다. 닫힌 문 양쪽으로 창문이 있었고 창문에는 꽃이 활짝 핀 화분이 있었다. 오두막 옆쪽 벽에 돌로 된 굴뚝이 있었지만 연기는 나지 않았다.

그들은 뒤에서 말들이 작게 푸르르거리며 꼬리를 휘두르는 소리를 들었다. 작은 생물들이 후다닥 몸을 감추는 소리도 들렸다. 숲에서는 이끼와 향기로운 솔잎, 썩어 가는 나뭇잎 냄새가 났다.

그들은 살금살금 전진해 포치로 올라갔다. 가마슈가 바닥을 훑어보니 마른 나뭇잎들이 흩어져 있을 뿐 피는 없었다. 그는 보부아르에게 고갯짓으로 한쪽 창문을 가리켰다. 보부아르는 조용히 창문 옆에 자리 잡고 등을 벽에 붙였다. 가마슈도 다른 쪽 창문에 자리한 뒤 작은 신호를 보냈다. 그들은 동시에 집 안을 들여다보았다.

탁자와 의자가 보였고 방의 가장 안쪽에는 침대가 있었다. 빛이나 움직임은 없었다.

"아무도 없습니다." 보부아르가 말했다. 가마슈도 고개를 끄덕이며 동의했다. 그가 문손잡이로 손을 뻗었다. 문이 삐걱거리며 조금 열렸다. 가마슈가 발을 밀어 넣으며 문을 활짝 열었다. 그리고 안을 들여다봤다.

오두막은 단칸방이었고 가마슈는 한눈에 아무도 없다는 것을 알고 안으로 걸어 들어갔다. 하지만 보부아르는 만약을 위해 계속 총에 손을 올리고 있었다. 그는 경계심이 많았다. 혼돈 속에서 자란 경험이 그를 그렇게 만들었다.

창을 통해 힘겹게 들어오는 희미한 빛에 먼지가 소용돌이쳤다. 보부아르는 습관적으로 조명 스위치를 더듬어 찾았지만 찾을 수 없다는 사실을 깨달았다. 그래도 그는 램프를 발견했고 불을 켰다. 침대와 옷장, 책장, 의자, 탁자 등이 불빛에 모습을 드러냈다.

방은 텅 비어 있었고 죽은 남자가 남겨 둔 것들뿐이었다. 그의 물건과 피. 나무 바닥에 크고 짙은 얼룩이 있었다.

그들은 마침내 의심할 여지 없는 범행 현장을 발견했다.

한 시간 후, 가마슈가 매어 놓은 분홍 리본을 따라가며 로어 파라가 전기톱으로 길을 넓혔고 그 길을 통해 현장 감식 요원들을 태운 ATV가 도착했다. 보부아르가 사진을 찍는 동안 라코스트와 모랭을 비롯한 다른 수사관들이 증거를 찾아 방을 샅샅이 뒤졌다.

로어 파라와 도미니크는 말에 올라탄 뒤 체스터를 끌고 집으로 돌아갔다. 체스터는 자신을 때리길 잊었던 웃기는 남자를 살짝이라도 볼 수 있길 바라며 뒤를 돌아보았다.

또각거리는 말발굽 소리가 멀어지면서 정적이 찾아왔다.

수사관들이 작업하느라 북적이는 오두막 안을 피해 가마슈는 바깥을 조사해 보기로 했다. 세심하게 조각된 창가 화분에는 화사한 금련화와 녹색 화초가 자라고 있었다. 그는 식물 하나하나를 손가락으로 문질러 보았다. 고수, 로즈메리, 바질, 타라곤 냄새가 났다. 그는 오두막 옆 나무들 사이로 한 줄기 햇빛이 뚫고 들어오는 곳으로 걸어갔다.

흰 나뭇가지로 엮은 울타리가 가로 6미터, 세로 12미터 정도의 큰 직사각형 형태로 둘러쳐져 있었다. 울타리를 타고 덩굴식물이 자라고 있었고 다가가서 보니 완두콩이 묵직하게 달려 있었다. 가마슈는 나무 문을 열고 텃밭 안으로 들어갔다. 가지런히 심긴 채소들이 수확 때를 기다리며 잘 가꿔져 있었다. 피해자는 텃밭 아래위로 길게 토마토, 감자, 완두콩, 콩, 브로콜리, 당근을 심었다. 가마슈는 콩을 하나 까서 먹었다. 흙이 조금 담긴 손수레와 삽이 길 중간에 세워져 있었고, 반대편 끝에는 나뭇가지를 구부려 만든 의자에 편해 보이는 빛바랜 쿠션이 놓여 있었다. 의자가 가마슈를 유혹했고 가마슈는 텃밭 일을 마치고 숨을 돌리는 피해자의 모습을 그려 보았다. 의자에 조용히 앉아 있는 모습을.

가마슈는 쿠션에서 남자가 남겨 놓은 눌린 자국을 보았다.

쿠션에서 남자의 인상을 느꼈다. 그는 여기 앉아 있곤 했다. 몇 시간 동안이나 이 빛줄기 속에 있었으리라.

홀로.

가마슈는 그렇게 할 수 있는 사람이 많지 않다는 걸 알고 있었다. 스스로 원해서 그런다 해도 대부분의 사람들은 정적을 참지 못했다. 점차 꼼지락거리며 지루해한다. 하지만 이 남자는 그러지 않았으리라고 생각했다. 가마슈는 텃밭을 응시하며 그곳에 있는 남자를 상상했다. 그리고 생각했다.

그 남자는 무슨 생각을 했을까?

"경감님?"

돌아보니 보부아르가 자신을 향해 걸어오는 모습이 보였다.

"일차 현장 수사를 마쳤습니다."

"범행 도구는?"

보부아르가 고개를 저었다. "하지만 피클 병과 파라핀을 발견했습니다. 꽤 많았습니다. 그 이유를 알겠군요." 텃밭을 둘러본 그는 감탄한 것 같았다. 보부아르는 질서정연한 것에 늘 탄복했다.

가마슈가 고개를 끄덕였다. "피해자 신원은?"

"모릅니다."

가마슈는 이제 완전히 보부아르를 향해 돌아섰다. "무슨 말인가? 피해자의 오두막이 아니었나?"

"그의 오두막은 맞는 것 같습니다. 여기서 죽은 것도 거의 확실하고요. 하지만 어떤 신분증도 발견하지 못했습니다. 아무것도 없습니다. 사진, 출생증명서, 여권, 운전면허증 모두 없습니다."

"편지는?"

보부아르가 고개를 저었다. "옷장에 옷들은 있습니다. 오래되고 낡은 옷이오. 하지만 수선되어 있고 깨끗했습니다. 실은 오두막 전체가 깔끔하게 정돈되어 있어요. 그리고 책이 많습니다. 이제 막 조사하는 참입니다. 이름이 적힌 책도 있긴 하지만 모두 다른 이름입니다. 분명 중고 서점에서 산 것이겠지요. 그 밖에 목공 도구와 의자 옆에 떨어진 톱밥을 발견했습니다. 그리고 낡은 바이올린도요. 그가 밤에 뭘 했는지 알 것 같습니다."

가마슈는 죽은 남자를 상상했다. 살아 있고 건강한 모습의 그가 텃밭에서 일하고 집에 들어간다. 간단히 저녁을 만들어 먹고 불가에 앉아 목공을 한다. 이내 밤이 찾아오면 바이올린을 들고 연주한다. 오직 자신만을 위해.

그토록 고독을 사랑했던 이 남자는 어떤 사람이었을까?

보부아르가 계속해서 말했다. "집은 상당히 원시적입니다. 부엌 싱크대에는 물을 펌프질해서 끌어 올려야 하고요. 그런 건 정말 오랜만에 봤습니다. 그리고 화장실이나 샤워 시설은 없던데요."

가마슈와 보부아르는 주위를 둘러보았다. 사람이 지나다닌 듯한 구불구불한 오솔길이 있었다. 그 길을 따라 내려가 보니 옥외 화장실이 있었다. 보부아르는 그런 곳에 들어간다는 생각만 해도 토할 것 같았다. 가마슈가 문을 열고 작은 일인용 화장실을 훑어본 뒤 문을 닫았다. 이곳 역시 깨끗했다. 하지만 거미줄이 생기고 있었고 가마슈는 그곳이 곧 더 많은 동식물의 차지가 될 것이란 걸 알았다. 화장실은 숲에 먹혀 사라지리라.

"그는 어떻게 씻었을까요?" 다시 오두막으로 돌아가면서 보부아르가 물었다. 그들은 검시관의 말을 통해 피해자가 정기적으로 씻었다는 사실을 알고 있었다.

"강이 있네." 가마슈가 멈춰 섰다. 그들 앞에 숲 한가운데에서 발견한 작고 완벽한 보석 같은 오두막이 있었다. "자네도 이 소리가 들릴 거야. 아마 마을로 흘러가는 벨라벨라 강이겠지."

아니나 다를까 보부아르는 신기하게도 자동차가 내는 것 같은 소리를 들었다. 편안해지는 소리였다. 오두막 옆에는 빗물을 받을 수 있는 물탱크도 있었다.

"지문을 찾았습니다." 보부아르가 오두막으로 들어가며 가마슈를 위해 문을 잡아 주었다. "두 사람의 지문 같습니다."

가마슈는 눈썹을 추켜올렸다. 어느 모로 보나 이곳에는 한 사람만 살았던 것처럼 보였다. 하지만 사건을 생각해 보면 이 오두막과 남자를 발견한 사람이 있었다.

이것이 수사의 전환점이 될까? 살인범이 지문을 남겼을까?

오두막이 점점 어둑해졌다. 모랭이 램프와 초를 더 찾아서 켰다. 가마슈는 수사관들이 일하는 모습을 지켜보았다. 그 모습에는 살인반 형사만이 이해할 수 있는 우아함이 있었다. 수사관들은 몸을 구부렸다 펴고 아래를 향했다가 다시 머리를 숙였다 들고 무릎을 굽히는 등 유려하게 움직였다. 거의 아름답기까지 했다.

가마슈는 오두막 가운데에 서서 주위를 유심히 살펴보았다. 벽은 크고 둥근 통나무로 되어 있었다. 창문에는 어울리지 않게 커튼이 있었고 부엌 창문에는 호박으로 된 패널이 기대어져 있었다.

싱크대로 연결된 수동 펌프가 목재 조리대에 붙어 있었고, 접시와 유리잔들이 선반에 가지런히 놓여 있었다. 가마슈는 조리대에 식료품이 있는 걸 알아챘다. 그는 그리로 걸어가 아무것도 건드리지 않고 가만히 살펴보았다. 빵, 버터, 치즈에는 갉아 먹은 자국이 있었지만 사람이 먹은 것은 아니었다. 열린 상자에 든 오렌지페코 티 몇 개, 꿀 한 병, 마개가 열린 1리터짜리 우유가 있었다. 가마슈가 냄새를 맡아 보니 우유는 상해 있었다.

그는 저편에 있는 보부아르에게 손짓했다.

"어떻게 생각하나?"

"장을 봤군요."

"어떻게? 그는 분명 무슈 벨리보의 잡화점에 가지 않았네. 그렇다고 생 레미까지 걸어가지도 않았을 거라 확신하네. 누군가가 그에게 이것들을 가져다줬어."

"그리고 그를 죽였고요? 차를 마신 뒤 머리를 후려쳤을까요?"

"어쩌면." 가마슈가 주변을 둘러보며 중얼거렸다. 기름 램프에서 흘러나오는 빛은 전구의 불빛과 전혀 달랐다. 은은했다. 세상의 경계가 더 부드럽게 보였다.

장작 난로를 기준으로 소박한 부엌과 거실 공간이 분리되었다. 천이 덮인 작은 탁자가 그의 식탁인 듯했다. 맞은편 벽에 강가의 돌로 만든 벽난로가 있었고 그 양쪽으로 윙체어가 놓여 있었다. 오두막의 가장 안쪽에는 커다란 놋쇠 침대와 서랍장이 있었다.

침대는 정리되어 있었고 베개도 잘 부풀려져 있었다. 벽에 걸린 천은 아마 중세 성에서 볼 수 있는 것처럼 찬바람을 막기 위한 것인 듯했다. 러그가 바닥 여기저기에 있었고 바닥의 유일한 오점은 깊게 물든 진한 피 얼룩이었다.

한쪽 벽을 차지한 책장에는 오래된 책들이 가득했다. 그리로 다가간 가마슈는 벽을 이루고 있는 통나무 사이에서 튀어나온 뭔가를 발견했다. 그는 그것을 잡아당겨 살펴보았다.

1달러짜리 지폐였다.

캐나다에서는 수년 전부터 1달러 지폐가 사용되지 않았다^{캐나다의 1달러,} _{2달러는 지폐였다가 현재는 동전으로 바뀌었다.} 벽에 더 가까이 다가가 살펴본 그는 벽에 또 다른 종이들이 튀어나와 있다는 것을 알아챘다. 1달러 지폐들이었다. 가끔 2달러짜리도 있었고 20달러 지폐도 두어 장 있었다.

이것이 남자의 은행일까? 매트리스에 돈을 보관하는 늙은 구두쇠처럼 그는 벽을 채웠던 걸까? 가마슈는 벽을 한 바퀴 살펴본 후 돈은 찬바람을 막기 위해 끼운 것이라고 결론 내렸다. 오두막은 통나무로 지어졌고 캐나다 지폐를 단열재로 사용했다.

다음으로 가마슈는 벽난로로 다가가 윙체어 옆에 멈춰 섰다. 한 의자만 등받이와 앉는 자리의 쿠션이 쑥 꺼져 있었다. 가마슈는 쿠션의 낡은 천을 만졌다. 의자 옆 탁자를 내려다보니 보부아르가 말했던 목공 도구가 있었고 탁자 옆에는 바이올린과 활이 기대어져 있었다. 목공 도구 옆에는 책갈피가 끼워진 책이 있었다. 누군가가 찾아왔을 때 그는 책을 읽고 있었을까?

가마슈는 책을 집어 들고 미소 지었다.

"내 집에는 세 개의 의자가 있다. 하나는 고독을 위한 것이고 둘은 우정을 위한 것이며 셋은 사교를 위한 것이다." 가마슈는 조용히 읽었다.

"파르동?" 쭈그려 앉아 탁자 아래를 살펴보던 라코스트가 말했다.

"소로의 『월든』이네." 가마슈가 책을 들어 보였다. "소로도 오두막에 살았지. 아마 이곳과 그리 다르지 않았을 거야."

"하지만 소로는 세 개의 의자를 갖고 있었잖아요. 여기는 두 개밖에 없고요." 라코스트가 웃었다.

두 개뿐이라. 가마슈는 생각했다. 하지만 그걸로 충분했고 그것은 중요한 의미를 띠었다. 둘은 우정을 위한 것. 그에게 친구가 있었을까?

"제 생각에 그는 러시아인인 것 같아요." 라코스트가 똑바로 일어서며 말했다.

"어째서?"

"이쪽 선반 위 책 옆에 이콘이 몇 개 있어요." 라코스트가 자신의 뒤쪽을 손으로 가리켰다. 과연 가죽으로 장정된 책들 앞에 러시아 이콘들이 있었다.

가마슈는 얼굴을 찡그리고 작은 오두막을 둘러보았다. 그는 곧 아무 말도 하지 못하고 그 자리에 얼어붙었다. 눈만이 이리저리 빠르게 돌아다녔다.

보부아르가 다가왔다. "무슨 일입니까?"

가마슈는 대답하지 않았다. 방이 조용해졌다. 그의 눈이 오두막을 다시 둘러보았다. 자신이 본 것을 믿기 힘들었다. 그는 너무 놀라 눈을 감았다 떴다.

"뭡니까?" 보부아르가 다시 물었다.

"조심하게." 가마슈가 부엌에서 잔을 들고 있는 모랭에게 말했다.

"알겠습니다." 모랭은 경감이 왜 갑자기 그런 말을 하는지 의아했다.

"내가 좀 볼 수 있겠나?"

모랭이 가마슈에게 잔을 주었고 가마슈는 그것을 기름 램프 가까이 가져갔다. 은은한 불빛 아래에서 보니 역시 자신의 예상대로였다. 그렇지만 이런 걸 직접 들어 보게 될 줄은 전혀 예상하지 못했다. 아주 훌륭한 크리스털 잔이었다. 수작업으로 깎아 만든 것이었다. 가마슈는 잔 밑바닥에 있는 표식을 알아볼 수 없었지만 알아본다 하더라도 자신에게는 무의미했다. 그는 전문가가 아니었다. 하지만 자신이 들고 있는 물건이 대단히 값진 것이란 걸 알 만큼의 지식은 있었다.

이 유리잔은 아주 오래된, 정확히는 고대의 유물이었다. 수백 년 전 기법으로 만들어진 것이었다. 가마슈는 잔을 조심스레 내려놓고 부엌을 살펴보았다. 소박한 선반 위에 유리잔이 적어도 열 개는 있었다. 크기는 모두 달랐지만 하나같이 오래된 것들이었다. 수사관들이 지켜보는 가운데 가마슈는 선반을 따라가며 접시와 컵, 포크와 나이프 등을 들어 올려 본 뒤 벽에 걸린 것들을 조사했다. 그리고 러그를 살펴보며 귀퉁이를 들처 보았고 마지막으로 무엇을 발견하게 될지 거의 두려워하는 사람처럼 책장으로 다가갔다.

"왜 그러십니까, 파트롱?" 보부아르가 가마슈 옆에 다가와 물었다.

"여긴 그냥 오두막이 아닐세, 장 기. 이곳은 박물관이야. 모든 물건이 값을 매길 수 없을 만큼 값진 유물이네."

"말도 안 돼요." 모랭이 작은 말 모양 주전자를 내려놓으며 말했다.

이 남자는 누구란 말인가? 가마슈는 궁금했다. 누구이기에 다른 사람들과 이렇게 떨어져 살았던 것일까? **셋은 사교를 위한 것.**

이 남자는 사교를 원하지 않았다. 그는 뭘 두려워했을까? 두려움만이 사람을 다른 사람들에게서 멀어지게 몰아간다. 자신들의 추측대로 그는 생존주의자였을까? 가마슈는 그렇지 않다고 생각했다. 오두막의 물건들이 아니라고 반박했다. 총이나 무기 같은 것이 전혀 없었다. 실용 잡지나 엄청난 음모를 경고하는 서적도 없었다.

대신 이 남자는 숲 속에 섬세한 크리스털 잔을 가지고 들어왔다.

가마슈는 책을 감히 만지지 못하고 눈으로만 훑어보았다 "책에서 지문을 떴나?"

"네. 그리고 이름이 있는지 안을 살펴봤지만 도움은 안 됐습니다. 대부분 다른 이름이 적혀 있습니다. 중고 책이 분명해요." 모랭이 말했다.

"분명하지." 가마슈가 자신에게 중얼거렸다. 그는 여태 자신의 손에 들려 있던 책을 살펴보았다. 책갈피가 끼워진 부분을 펼쳐서 읽었다. 나는 숲으로 들어갔다. 온전히 내 뜻대로 살고, 삶의 본질적인 면만 대면하고 싶었기 때문이다. 또 삶이 가르쳐 주는 바를 배울 수 있는지, 죽을 때가 되어 내가 제대로 살지 않았다고 후회하진 않을지 확인하고 싶었기 때문이다.

가마슈는 첫 페이지를 펼쳐 보고 숨을 살짝 들이쉬었다.

초판이었다.

19

"피터?" 클라라가 피터의 작업실 문을 가볍게 노크했다.

그가 문을 열었다. 그는 비밀스럽게 보이지 않으려 했지만 포기했다. 클라라는 그를 너무 잘 알았고 그가 작품에 대해 항상 비밀스럽다는 것도 알고 있었다.

"잘 돼 가?"

"나쁘진 않아." 그가 말했다. 그는 문을 닫고 다시 하던 일로 돌아가고 싶었다. 하루 종일 붓을 들고 그림으로 가져갔다가 다시 내려놓길 반복했다. 분명 그림은 완성된 것 아니었나? 창피했다. 클라라가 어떻게 생각할까? 갤러리에서는 어떻게 생각할까? 비평가들은? 이 그림은 자신이 여태껏 그린 다른 그림들과 달랐다. 전혀 안 그려 본 것은 아니지만 확실히 어린 시절 이후로는 처음이었다.

그는 누구에게도 이 그림을 보여 줄 수 없었다.

말도 안 되는 그림이었다.

확실히 더 선명하고 더 세밀하게 그려야 했다. 깊이감도 더 있어야 했다. 그의 고객과 후원자들이 기대하며 보러 오고 구입하는 그림은 그런 것들이었다.

그날 피터는 붓을 수십 번 들었다 났다 했다. 전에는 이런 적이 없었다. 그는 클라라가 회의에 빠져 괴로워하다가 결국 보잘것없는 작품을 힘들게 그려 내는 과정을 지켜보면서 이해할 수 없었다. 그녀는 잠자리 날개에서 영감을 얻은 〈행복한 귀의 행진〉 시리즈를 그릴 때도 그랬고 그녀의 걸작인 〈자궁 전사〉를 그릴 때도 물론 그랬다.

그녀의 작품은 영감에서 나왔다.

하지만 피터의 작업은 훨씬 더 명확하고 체계적이었다. 그는 매번 계획을 세워 작품을 그렸다. 스케치부터 완성까지 언제 어떻게 할지 몇 달 전부터 미리 알고 있었다. 그는 비현실적인 영감에 의존하지 않았다.

지금까지는 그랬다. 이번에 그는 통나무 장작을 작업실로 가지고 왔다. 깔끔하게 잘려 나이테가 잘 보였다. 그는 돋보기를 가지고 장작을 관찰했다. 장작의 한 부분을 알아볼 수 없을 정도로 확대할 작정이었다. 그가 전시회 오프닝에서 미술 평론가들에게 즐겨 말하던 바에 따르면 그것은 삶에 대한 알레고리였다. 우리가 균형을 잃고 한 가지에 너무 집중하면 결국 단순한 진실을 더 이상 알아볼 수 없게 된다는 의미였다.

사람들은 열심히 그의 말에 귀 기울였다. 하지만 이번에는 그렇게 잘되지 않았다. 그는 단순한 진실을 볼 수가 없었다. 대신 이걸 그렸다.

클라라가 나가자 피터는 의자에 털썩 주저앉았다. 이젤에 세워진, 갈피를 잡을 수 없는 그림을 응시하며 속으로 거듭 말했다. 나는 훌륭하다, 훌륭하다. 그리고 조용히 자신에게조차 거의 들리지 않을 정도로 속삭였다. "나는 클라라보다 더 잘났어."

올리비에는 비스트로 바깥 테라스에 서서 언덕 위 어두운 숲을 바라보았다. 사실 스리 파인스 주변은 온통 숲이었지만 그는 여태껏 숲에 주목한 적이 없었다.

오두막이 발견되었다. 그는 그렇게 되지 않길 기도했지만 그렇게 되었다. 그리고 스리 파인스에 온 이후 처음으로 어두운 숲이 죄어 오는 느낌을 받았다.

"하지만 이 모든 게 말입니다." 보부아르가 오두막 내부를 고갯짓으로 가리켰다. "그렇게 값진 거라면 살인범은 왜 이걸 가져가지 않았죠?"

"나도 그 점이 궁금하네." 가마슈가 말했다. 그는 텅 빈 벽난로 옆 커다란 윙체어에 편히 앉아 있었다. "살인의 목적이 뭐라고 생각하나, 장기? 몇 년간, 어쩌면 수십 년간 숲에서 조용히 숨어 살던 사람을 왜 죽였을까?"

"그리고 왜 그를 죽인 다음 시체는 가져가고 귀중품은 뒀을까요?" 보부아르가 건너편 의자에 앉았다.

"시체가 다른 물건들보다 더 귀중한 것도 아닌데 말이지?"

"게다가 시체를 왜 옛 해들리 저택에 두었을까요?"

"살인범이 시체를 그냥 여기 두었다면 우리는 절대 찾지 못했을 걸세. 살인이 일어난 사실도 몰랐겠지." 이해가 안 된다는 듯 가마슈가 따져 보았다.

"보물 때문이 아니라면 왜 죽었을까요?" 보부아르가 물었다.

"보물?"

"그럼 뭐라고 합니까? 외딴 곳에 있는 값진 물건? 감춰진 보물이잖아요. 땅에 묻힌 게 아니라 숲에 묻혀 있었을 뿐이죠."

하지만 살인범은 보물을 그대로 두었다. 그리고 대신 이 오두막에서 원하던 유일한 것을 가져갔다. 남자의 목숨을.

"이거 보셨습니까?" 보부아르가 일어나 문으로 걸어갔다. 그는 문을 열고 재미있다는 표정으로 위를 가리켰다.

문 위쪽 상인방창이나 출입구의 상부에 부착하는 횡목에 숫자가 있었다.

16

"이제 그가 편지를 받았다고는 말 못 하시겠죠." 보부아르가 말했다. 가마슈가 알 수 없다는 표정으로 그것을 응시했다. 놋쇠로 된 숫자는 녹색으로 변색되어 있었다. 짙은 색 목재 문틀 위에 있어서 거의 눈에 띄지 않았다. 가마슈는 고개를 젓고 시계를 보았다. 6시가 다 되어 가고 있었다.

상의를 한 끝에 모랭 형사가 하룻밤 동안 오두막에 남아 물건을 지키기로 했다.

"나와 같이 가지. 다른 형사들이 일을 마무리하는 동안 내가 자네를 태워다 주겠네. 하룻밤 지낼 짐을 챙기고 위성전화를 준비하게." 가마슈가 모랭에게 말했다.

모랭은 ATV의 가마슈 뒷자리에 올라탔고, 잡을 곳을 찾다가 좌석 밑부분을 붙잡았다. 가마슈가 ATV의 시동을 걸었다. 그는 수사 때문에 작은 어촌과 외진 시골 마을들을 다니면서 스노모빌, 모터보트, 오토바이, ATV 등을 몰아 봤다. 가마슈는 그런 것들이 편리하고 필요하다는 걸 인정하긴 했지만 모조리 싫어했다. 그것들은 날카로운 소리로 고요를 깨트렸고 소음과 매연으로 야생을 오염시켰다.

그것들이라면 죽은 이도 깨울 수 있을 터였다.

그들이 탄 ATV가 질주하자 모랭은 이대로는 버티기가 힘들다는 것을 깨달았다. 그는 좌석을 잡은 손을 놓고 가는 팔로 앞에 있는 덩치 큰 남자를 와락 껴안았다. 경감을 꽉 붙들자 뺨으로 그의 방수 재킷과 탄탄한 몸이 느껴졌다. 그리고 백단나무와 장미 향이 났다.

청년은 한 손을 산에 대고 다른 한 손을 얼굴에 올린 채 바로 앉았다. 산의 제왕이 한 말을 믿을 수가 없었다. 이내 그는 킥킥 웃기 시작했다.

그 소리를 들은 산의 제왕은 어리둥절했다. 그것은 자신에게 접근한 생명체에게서 일반적으로 듣던 공포에 찬 비명 소리가 아니었다.

산의 제왕은 소리를 들으면서 그것이 행복한 소리란 걸 깨달았다. 전염성 있는 소리였다. 산의 제왕 역시 우르릉거리기 시작했지만 마을 사람들이 점차 겁을 먹자 소리를 멈췄다. 다시는 어떤 것도 겁주어 쫓아 버리고 싶지 않았다.

그날 밤 산은 잘 잤다.

하지만 청년은 아니었다. 그는 뒤척였고 결국 오두막을 나가 산꼭대기를 올려다보았다.

그 후로 밤마다 산의 비밀이 청년을 짓눌렀다. 그는 갈수록 지치고 약해졌다. 부모와 친구들이 그런 청년에게 한마디씩 했고 산마저 알아챘다.

마침내 어느 날 밤, 해가 뜨기 한참 전 청년은 부모를 쿡쿡 찔러 깨웠다.

"떠나야 돼요."

"뭐라고?" 눈을 게슴츠레하게 뜬 어머니가 물었다.

"왜?" 아버지와 누이가 물었다.

"산의 제왕이 저에게 신비의 나라에 대해 이야기해 줬어요. 그곳에선 사람들이 아프거나 늙지 않고 절대 죽지 않는대요. 산만 알고 있는 곳이죠. 그런데 그가 우리더러 지금 떠나야 한다고 말했어요. 오늘 밤에요. 아직 어두울 때 빨리 가야 돼요."

그들은 마을 사람들을 깨워 새벽이 오기 전에 짐을 꾸려서 떠났다. 청년이 마지막이었다. 그는 숲으로 몇 걸음 들어가서 무릎을 꿇고 앉아 잠든 산의 표면을 어루만졌다.

"안녕." 그가 속삭였다.

그리고 그는 짐 꾸러미를 팔 아래 끼고서 밤 속으로 사라졌다.

장 기 보부아르는 오두막 바깥에 서 있었다. 날은 거의 저물었고 그는 배가 고파 죽을 지경이었다. 이제 일은 끝났고 그는 라코스트가 짐 챙기기를 기다리는 중이었다.

"화장실 가고 싶은데 좋은 생각 없어요?" 그녀가 포치에 서 있는 그에게 와서 말했다.

"저기 옥외 화장실이 있어." 그가 오두막에서 떨어진 곳을 가리켰다.

"잘됐네요." 그녀가 그렇게 말하고 손전등을 쥐었다. "공포 영화가 이렇게 시작되지 않나요?"

"괜찮아. 우리는 이제 두 번째 릴로 잘 넘어갔어한 편의 영화는 여러 개의 필름으로 되어 있고, 두 번째 릴로 넘어갔다는 것은 도입부가 지나갔다는 뜻." 보부아르가 피식 웃으며 말했다. 그는 라코스트가 옥외 화장실로 이어진 길을 조심조심 걸어가는 모습을 지켜보았다.

그의 배에서 요란한 소리가 났다. 적어도 그는 그 소리가 자신의 배에서 나는 것이길 바랐다. 한시바삐 문명사회로 돌아가고 싶었다. 어떻게 여기서 살 수가 있지? 그는 여기서 하룻밤을 보내야 하는 모랭이 전혀 부럽지 않았다.

까딱거리는 손전등 불빛을 보니 라코스트가 돌아오고 있었다.

"화장실에 가 봤어요?" 그녀가 물었다.

"장난해? 경감님은 들여다봤지만 난 아냐." 그는 생각만 해도 토할 것 같았다.

"그러니까 그 안에 뭐가 있는지 못 봤군요."

"휴지 역시 돈이었다는 얘기는 하지 마."

"실은 진짜 그렇던데요. 일 달러, 이 달러짜리 지폐요."

"말도 안 돼."

"정말이에요. 그리고 이것도 발견했어요." 그녀는 손에 책을 들고 있었다. "E. B. 화이트가 서명한 초판이에요. 『샬럿의 거미줄』이오."

보부아르는 그 책을 빤히 쳐다보았다. 그는 그녀의 말을 이해할 수 없었다.

"제가 어릴 때 좋아하던 책이에요. 거미 샬럿 몰라요? 돼지 윌버는요?" 그녀가 물었다.

"걔네가 폭발한 게 아니라면 읽지 않았어."

"대체 누가 작가의 서명이 있는 초판을 화장실에 두죠?"

"대체 누가 돈을 화장실에 두지?" 보부아르는 갑자기 화장실에 가고 싶었다.

"살뤼, 파트롱Salut, patron 안녕하세요, 반장님." 가브리가 거실에서 손을 흔들었다. 그는 작은 옷을 개어 상자에 넣는 중이었다. "그래, 그 숲 속 오두막이 그가 살던 곳이에요? 죽은 남자가요?"

"그런 것 같습니다." 가브리의 곁으로 다가온 가마슈는 그가 작은 스웨터들을 개는 모습을 지켜보았다.

"로사를 위한 거예요. 루스에게 주려고 사람들에게서 얻어 왔죠. 이건 로사에게 너무 클까요?" 가브리가 남자아이용 블레이저를 들어 올렸다. "올리비에 거예요. 이걸 직접 만들었다는데 못 믿겠어요. 그래도 그의 손재주가 엄청 좋긴 해요." 가마슈는 마지막 말은 못 들은 체했다.

"약간 크군요. 그리고 로사가 입기에는 남성스럽지 않습니까?" 가마슈가 말했다.

"그러네요." 가브리는 그 옷을 탈락된 다른 옷들 위에 놓았다. "하지만 몇 년 있으면 루스에게 맞을지도 모르죠."

"누가 오두막에 대해 얘기한 적 없습니까? 해들리 부인은요?"

가브리는 고개를 젓고 하던 일을 계속했다. "아무도 없었어요." 그러고 나서 그는 작업을 멈추고 손을 무릎에 얹었다. "저는 그가 어떻게 살았는지 궁금해요. 그는 먹을 걸 사러 코완스빌이나 생 레미까지 걸어갔을까요?"

가마슈는 계단을 오르며 자신들이 모르는 사실이 한 가지 더 늘었다고 생각했다. 그는 샤워와 면도를 한 뒤 아내에게 전화했다. 어두워지고 있었고 저 멀리 숲에서 날카로운 소리가 들려왔다. 마을로 돌아오는 ATV와 다시 오두막으로 돌아가는 ATV 소리였다.

비앤비 거실로 나가 보니 가브리는 보이지 않았고 다른 사람이 있었다. 난로 곁에 놓인 편안한 의자에 뱅상 질베르가 앉아 있었다.

"비스트로에 갔더니 사람들이 계속 날 귀찮게 해서 이번엔 내가 당신을 귀찮게 하러 왔소. 나는 지금 아들과 거리를 두는 중이오. 죽음에서 살아 돌아오는 것이 예전만큼 인기가 없다니 우습군."

"아들이 기뻐할 거라 생각했습니까?"

"그게, 실은 그랬소. 놀랍지 않소? 인간은 다 자기기만적이니까."

가마슈가 이해 못 하겠다는 듯 그를 바라보았다.

"그렇소. 내가 그렇다는 말이오." 뱅상이 쏘아붙였다. 그는 가마슈를 유심히 살폈다. 키가 크고 체격이 건장했다. 5킬로그램 정도, 어쩌면 그 이상으로 과체중이었다. 신경 쓰지 않으면 살이 붙을 터였다. 심장마비로 죽을 테지.

뱅상은 가마슈가 갑자기 가슴을 움켜쥐며 고통으로 눈을 크게 떴다 감는 모습을 상상했다. 살인반의 수사반장이 휘청거리며 벽을 짚고 숨을 제대로 쉬지 못한다. 그리고 그가 바닥으로 미끄러져 내리는 동안 유명한 의사인 뱅상 질베르 박사는 팔짱을 낀 채 아무것도 하지 않는다. 뱅상은 자신에게 생사를 좌우할 수 있는 힘이 있다는 게 위안이 되었다.

가마슈도 앞에 있는 완고한 남자를 바라보다. 『존재』의 뒤표지에서 노려보던 얼굴이 그의 앞에 있었다. 오만하고 도전적이며 자신감에 차 있는 얼굴이었다.

하지만 가마슈는 책을 읽었고 그 얼굴 뒤에 무엇이 있는지 알았다.

"여기 묵으십니까?" 그들은 뱅상에게 이 지역을 떠나지 말라고 했고 비앤비가 유일한 숙소였다.

"실은 아니오. 마르크의 스파 리조트에 묵는 첫 번째 손님이 됐소. 그렇다고 내가 대우를 받으리란 생각은 마시오." 뱅상이 예의상 웃었다. 대부분의 근엄한 사람들과 마찬가지로 그도 웃을 때 아주 달라 보였다.

가마슈의 놀라움이 얼굴에 드러났다.

"압니다." 뱅상이 인정했다. "나더러 묵으라고 한 사람은 사실 도미니크였소. 비록 그녀가 나에게 부탁하길……,"

"조심스럽게 지내라고요?"

"눈에 띄지 말라고 그랬소. 그래서 마을로 내려왔소."

가마슈가 안락의자에 앉았다. "왜 이제 와 아들을 찾아온 겁니까?"

뱅상과 시체가 같은 시기에 나타났다는 것은 놓칠 수 없는 사실이었다. 가마슈는 오두막에 있는 난롯가의 편안한 의자 두 개를 떠올렸다. 어느 여름밤 나이 든 두 사람이 거기 앉아 있었던 걸까? 대화를 나누다가 다툰 걸까? 그래서 살인이 일어난 걸까?

뱅상 질베르는 자신의 손을 내려다보았다. 사람들의 몸속에 들어갔던 손. 많은 심장을 쥐었던 손. 그 손으로 사람들의 심장을 고쳤다. 심장을 다시 뛰게 하고 생명을 회복시켰다. 그 손이 떨고 있었다. 그리고 가슴에 고통이 느껴졌다.

심장마비가 오는 걸까?

뱅상은 눈을 들어, 자신을 바라보고 있는 이 큰 덩치의 흔들리지 않는 남자를 보았다. 그리고 자신에게 심장마비가 온다면 이 남자가 아마 도와주리라고 생각했다.

라포르트에서 다운증후군이 있는 사람들과 살던 시절을 어떻게 설명할 수 있을까? 그는 처음에 자신의 일이 단순히 그들의 건강을 돌보는 것이라 생각했다.

남을 도와라.

이것이 구루가 그에게 해 준 말이었다. 그가 인도의 아시람_{힌두교도들이} _{수행하며 거주하는} 곳에서 수년간 지내고 난 뒤 마침내 구루가 그의 존재를 알아주었다. 그는 거기서 거의 10년을 보낸 대가로 두 마디를 얻었다.

남을 도와라.

그래서 그렇게 했다. 그는 퀘벡으로 돌아와 라포르트에 있는 알베르 수도회에 들어갔다. 남을 돕기 위해서. 그들이 그를 도울 것이라는 생각은 전혀 하지 않았다. 어찌 됐든 장애가 있는 사람들이 위대한 치료자이자 철학자에게 어떻게 뭔가를 해 줄 수 있겠는가?

수년이 흐른 어느 날 아침 그가 라포르트의 작은 집에서 깨어났을 때 뭔가가 변해 있었다. 그는 아침을 먹으러 갔고 자신이 모두의 이름을 알고 있다는 사실을 깨달았다. 그리고 모두가 그에게 말을 걸거나 웃어 주었다. 그에게 와서 자신이 발견한 달팽이, 막대기, 풀잎 같은 것들을 보여 주었다.

일상이었다. 특별한 건 없었다. 하지만 그가 잠든 사이 온 세상이 변했다. 그는 잠자리에 들 때만 해도 남을 돕는 사람이었지만 일어나 보니 자신이 치유되어 있었다.

그날 오후 단풍나무 그늘 아래에서 그는 『존재』를 쓰기 시작했다.

"난 마르크를 주시하고 있었소. 그 애가 몬트리올에서 성공하는 모습을 지켜봤소. 그들이 집을 팔고 이곳으로 이사 왔을 때 나는 징후를 알아챘지."

"무슨 징후 말입니까?" 가마슈가 물었다.

"소진되었다는 징후 말이오. 난 돕고 싶었소."

남을 도와라.

그는 이 단순한 두 마디 말의 힘을 막 인식하기 시작했다. 그리고 도움은 여러 가지 다른 형태로 나타났다.

"뭘 해서 말입니까?" 가마슈가 물었다.

"그가 괜찮다는 걸 확인함으로써 말이오." 뱅상이 딱딱하게 말했다. "이봐요, 저들은 모두 시체 때문에 심란해합니다. 마르크가 바보같이 시체를 옮겼지만 나는 그 애를 압니다. 그 애는 살인범이 아니오."

"어떻게 아십니까?"

뱅상이 가마슈를 노려보았다. 그의 분노가 다시 최대치로 올라갔다. 하지만 가마슈는 그 분노 뒤에 뭐가 있는지 알았다.

두려움.

뱅상 질베르는 무엇을 그렇게 두려워하는 것일까?

대답은 간단했다. 그는 아들이 살인으로 체포될까 봐 두려웠다. 아들이 살인을 저질렀다는 사실을 알고 있거나 무고하다는 사실을 알고 있기 때문이었다.

잠시 후, 북적이는 비스트로를 뚫고 목소리 하나가 가마슈 경감에게 날아왔다. 가마슈는 레드 와인을 마시며 조용히 책 읽을 장소를 찾아 온 참이었다.

"치사한 양반."

적어도 한 사람 이상이 고개를 들었다. 머나가 비스트로를 가로질러 가마슈의 테이블 옆으로 와서 그를 노려보았다. 가마슈가 일어나 살짝 고개를 숙이고 의자를 가리켰다.

머나가 갑자기 털썩 앉는 바람에 의자에서 작게 금 가는 소리가 났다.

"와인 드시겠습니까?"

"이게 필요했던 이유를 왜 말 안 하셨어요?" 그녀가 그의 손에 들린 『존재』를 가리켰다. 가마슈가 씨익 웃었다.

"비밀이라서요."

"그 비밀이 얼마나 지켜질 거라고 생각했죠?"

"필요한 만큼은요. 그가 여기 한잔하러 왔었다고 들었습니다. 그를 만나 보셨습니까?"

"뱅상 질베르요? '만났다'는 게 그 앞에서 힐끗거리다가 침 튀기며 떠들고 알랑거렸다는 뜻이라면 맞아요. 그를 만났어요."

"그는 분명 그 사람이 당신이었다는 사실을 잊었을 겁니다."

"저를 다른 사람으로 오인하기가 그렇게 쉽겠어요? 아무튼 그가 진짜 마르크의 아버지예요?"

"그렇습니다."

"글쎄 그는 제가 인사를 하는데 절 무시하는 거 있죠? 저를 빵 부스러기인 양 쳐다보더라고요." 와인과 그릇에 담긴 캐슈너트가 나왔다. "그에게 절 클라라 모로라고 말한 게 정말 다행이었어요."

"저도 그랬습니다." 가마슈가 말했다. "그가 수상쩍어했겠군요."

머나는 웃었고 짜증이 사라지는 듯했다. "올드 먼딘 말로는 숲에 있었던 사람이 아들 집을 염탐하던 뱅상 질베르였다면서요. 맞아요?"

가마슈는 어디까지 말해야 할지 고민했지만 확실히 그 일은 더 이상 대단한 비밀이 아니었다. 그는 고개를 끄덕였다.

"왜 자기 아들 집을 염탐했죠?"

"그들은 사이가 소원했습니다."

"마르크 질베르에 대해 처음으로 듣는 좋은 소리네요. 하지만 아이러니해요. 그렇게 많은 아이들을 도운 유명한 질베르 박사가 정작 자신의 아들과는 소원했다니요." 머나가 말했다.

가마슈는 아니를 다시 생각했다. 자신도 딸에게 그렇게 하고 있는 게 아닐까? 다른 사람들의 문제에는 귀 기울이면서 딸의 말은 듣지 못하는 걸까? 그는 어젯밤에 딸과 대화했고 그녀가 괜찮은 것 같아 안심했다. 하지만 괜찮은 것과 잘 지내는 것은 달랐다. 그녀가 보부아르의 말에 기꺼이 귀를 기울인다는 것은 그리 좋지 않다는 뜻이었다.

"파트롱." 올리비에가 가마슈와 머나에게 메뉴판을 건네주었다.

"난 금방 갈 거야." 머나가 말했다.

올리비에가 서성였다. "죽은 남자가 살았던 곳을 찾으셨다면서요. 그가 내내 숲에 있었던 거예요?"

바로 그때 라코스트와 보부아르가 도착했고 마실 것을 주문했다. 머나는 남은 와인을 꿀꺽꿀꺽 마시고 캐슈너트를 크게 한 움큼 쥔 뒤 가려고 일어섰다.

"앞으로 경감님이 무슨 책을 사는지 지켜볼 거예요." 머나가 말했다.

"혹시 『월든』이 있나요?" 가마슈가 물었다.

"저기서 소로도 발견하셨다는 이야기는 아니죠? 숲에 또 누가 숨어 있나요? 지미 호파미국의 전설적인 노동운동가로 행방불명되었다? 아멜리아 에어하트대서양을 횡단한 최초의 여자 비행사. 세계 일주 비행에 도전했다가 실종되었다? 저녁 먹고 들르세요. 제가 갖고 있는 『월든』을 드릴게요."

그녀가 떠나고 올리비에가 그들이 주문한 녹인 모나르다 버터와 파테를 바른 따뜻한 롤빵을 가져왔다. 보부아르는 오두막에서 찍은 사진 한 뭉치를 가방에서 꺼내 가마슈에게 건넸다.

"돌아오자마자 출력했습니다." 보부아르는 따뜻한 롤빵을 한입 베어 물었다. 그는 배가 고팠다. 라코스트도 빵을 하나 집었다. 그녀는 와인을 마시며 창밖을 내다보았지만 창에 반사된 비스트로 내부만 보일 뿐이었다. 마을 사람들이 저녁을 먹고 있었다. 바에 앉아 맥주나 위스키를 마시는 사람들도 있었고 불가에서 느긋하게 휴식을 즐기는 사람들도 있었다. 아무도 수사관들을 주목하지 않았다. 하지만 이내 라코스트는 창에 비친 한 쌍의 눈과 마주쳤다. 사람이라기보다 유령에 가까운 눈을. 그녀가 돌아보는 순간 올리비에가 부엌으로 사라졌다.

얼마 후 갈릭 버터가 듬뿍 발린 에스카르고식용달팽이 한 접시가 보부아르 앞에 놓였다. 라코스트에게는 민트를 넣은 스위트피 수프가, 가마슈에게는 배와 대추야자를 얹은, 꽃양배추와 스틸턴 치즈로 만든 수프가 나왔다.

"음." 라코스트가 수프를 한 숟가락 떠먹고 말했다. "정원의 신선함이 군요. 경위님 것도 그럴 거예요." 라코스트가 보부아르의 달팽이를 턱으로 가리켰다. 그는 억지웃음을 지은 뒤 어쨌든 달팽이를 먹고 액체 상태의 갈릭 버터에 딱딱한 빵을 찍어 먹었다.

가마슈가 사진을 보고 천천히 내려놓았다. 우연히 발견한 투탕카멘의 무덤 같았다.

"브루넬 경정님에게 연락해야겠어." 가마슈가 말했다.

"재산범죄과 수장이오? 좋은 생각이에요." 라코스트가 말했다.

테레즈 브루넬 경정은 예술품 절도 분야의 전문가였고 가마슈와 개인적인 친분이 있었다.

"경정님이 오두막을 보면 기절하시겠군요." 보부아르가 웃었다. 올리비에가 접시를 치웠다.

"죽은 남자는 그 모든 걸 어떻게 모았을까?" 가마슈가 궁금해했다. "그리고 그곳에 어떻게 갖다 놓았을까?"

"그리고 왜 그랬을까요?" 보부아르가 말했다.

"하지만 개인적인 물건이 없어요. 사진이나 편지, 통장, 신분증, 아무것도 없죠." 라코스트가 말했다.

"그리고 확실히 살해 도구라고 할 만한 것도 없고요. 부지깽이와 원예 도구들을 실험실로 보내긴 했지만 그중에 있을 것 같지는 않습니다." 보부아르가 말했다.

"하지만 경감님이 가신 다음에 제가 뭔가 발견했어요." 라코스트가 테이블에 가방을 올리고 열었다. "침대 밑에 있었습니다. 벽 쪽에 깊숙이 있어서 처음 살펴볼 때는 못 봤었죠." 라코스트가 설명했다. "여기서 지문과 샘플을 채취해 실험실로 보냈습니다."

그녀가 테이블 위에 나무 조각을 꺼내 놓았다. 피처럼 보이는 얼룩이 있었다.

누군가가 나무를 깎아 단어를 만들었다.

워우_{Woe.}

20

모랭은 조용히 노래를 흥얼거리며 오두막 안을 서성였다. 한 손에는 위성전화를, 다른 손에는 장작개비를 꼭 쥔 채. 훈훈한 온기를 내뿜는 불을 피운 장작 난로 때문이 아니었다. 주위를 밝혀 주는 불 피워진 벽난로를 위해서도 아니었다. 저 구석진 어둠 속에서 뭔가가 튀어나와 자신에게 덤벼들 경우를 대비한 것이었다.

모랭은 기름 램프와 초에 모조리 불을 밝혔다. 초는 죽은 남자가 피클을 밀봉하고 난 뒤 남은 파라핀으로 직접 만든 것 같았다.

모랭은 텔레비전이 그리웠다. 휴대전화, 여자 친구, 어머니도 그리웠다. 그는 전화기를 입가로 가져갔다가 내려놓길 백 번쯤 한 것 같았다.

가마슈 경감에게 전화할 수는 없었다. 전화해서 뭐라고 한단 말인가? 겁난다고? 숲 속 오두막에 혼자 있어서? 한 남자가 살해된 곳이라서?

그렇다고 어머니에게 전화할 수도 없었다. 어머니는 어떻게든 오두막까지 오는 길을 찾아내리라. 다음 날 아침 수사관들은 셔츠를 다리고 베이컨과 달걀을 요리하는 어머니와 함께 있는 나를 발견하겠지.

안 돼. 차라리 죽는 게 나아.

모랭은 좀 더 주위를 서성이며 이것저것을, 하지만 정말 아주 조심스럽게 건드려 보았다. 그는 엘머 퍼드만화 〈루니툰〉에 나오는 사냥꾼 캐릭터처럼 살금살금 다니며 잔을 들어 올려 보고 그 밖의 자잘한 것들을 뚫어지게 관찰했다. 부엌 창문의 호박 패널과 조각된 은촛대도 살펴보았다. 그러다 마침내 갈색 종이봉투에서 샌드위치를 꺼내 포장된 파라핀지를 펼쳤다. 햄과 브리 치즈가 든 바게트 샌드위치였다. 나쁘지 않네. 모랭은 코카콜라 캔을 꺼내 뚜껑을 딴 뒤 불가에 앉았다. 의자는 대단히 편안했다. 먹는 동안 긴장이 풀어졌고 파이를 먹을 쯤에는 안정을 되찾았다. 그는 옆에 있는 바이올린으로 손을 뻗었다가 생각을 바꾸었다. 대신 선반에서 아무 책이나 집어 들고 펼쳤다.

들어 본 적 없는 작가가 쓴 책이었다. 커러 벨이라는 남자 작가였다. 그는 영국에서 자란 제인이라는 소녀의 이야기를 읽기 시작했다. 얼마 후 그의 눈은 희미한 불빛 아래에서의 무리한 독서 때문에 피곤해졌다. 그는 잘 시간이라고 생각했다. 분명 자정이 지났을 터였다.

손목시계를 보았다. 8시 반이었다.

그는 손을 뻗은 채 망설이다 바이올린을 집었다. 바이올린 몸통은 짙은 색이었고 만져 보니 따뜻한 듯했다. 손으로 바이올린을 쓰다듬었다. 그의 숙련된 손이 바이올린을 부드럽게 어루만지고 빙글 돌려 보았다. 그는 재빨리 바이올린을 내려놓았다. 만지면 안 된다. 다시 책을 읽었지만 1분이나 지났을까 자신의 손에는 다시 바이올린이 들려 있었다. 그래서는 안 된다는 것을 알았고 그러지 않겠다고 다짐도 했지만 그는 말총으로 만든 활에 손을 뻗었다. 그리고 이제는 돌이킬 수 없다는 사실을 깨닫고 일어섰다.

그는 바이올린을 턱 아래 끼우고 활로 현을 그었다. 깊고 풍성하며 유혹적인 소리가 났다. 젊은 형사가 저항할 수 있을 만한 것이 아니었다. 곧 〈콤 퀴글리캐나다 포크 그룹 리히의 음악〉의 편안한 선율이 오두막을 구석구석까지 가득 채웠다.

세 사람의 메인 요리가 나왔다. 가마슈가 시킨 것은 과일로 속을 채워 쇠꼬챙이에 꽂아 구운 닭이었고, 라코스트는 녹은 브리 치즈를 올린 신선한 토마토와 바질 페투치니, 보부아르는 말린 자두를 곁들인 양고기 타진모로코식 냄비요리이었다. 갓 수확해서 구운 채소 한 접시도 나왔다.

가마슈의 닭 요리는 부드럽고 맛있었으며 포메리 머스터드와 베르무트가 섬세한 풍미를 더해 주었다.

"그 나무 조각은 무슨 의미일까?" 밥을 먹는 동안 가마슈가 팀원들에게 물었다.

"글쎄요. 그건 오두막에서 거의 유일하게 골동품이 아닌 물건이에요. 목공 도구가 있었던 걸로 봐서 피해자가 직접 만든 것 같습니다." 라코스트가 말했다.

가마슈가 끄덕였다. 그도 그렇게 추측했다. "하지만 왜 '워우'지?"

"그의 이름일 수도 있지 않을까요?" 보부아르가 성의 없이 말했다.

"무슈 '워우woe는 '비통', '비애'라는 뜻'요? 그랬다면 오두막에 혼자 살 만도 하네요." 라코스트가 말했다.

"왜 그런 걸 조각했을까?" 가마슈가 포크와 나이프를 내려놓았다. "그리고 깎아 만든 것으로 보이는 다른 물건이 오두막에 또 있었나?"

"없었습니다." 보부아르가 말했다. "도끼와 망치, 톱을 발견했는데 모두 많이 사용된 것이었습니다. 제 생각에 분명히 그는 오두막을 직접 지었을 겁니다. 하지만 당연히 조각칼로 깎아서 만들진 않았겠죠."

'워우'라. 가마슈는 생각에 잠긴 채 다시 포크와 나이프를 들었다. 은둔자는 그 정도로 슬펐을까?

"저희가 찍은 개울 사진 보셨어요, 경감님?" 라코스트가 물었다.

"그래. 이제 적어도 피해자가 식료품을 어떻게 차게 보관했는지는 알게 됐지."

라코스트는 개울을 조사하던 중 개울 안에 고정해 놓은 가방 하나를 발견했다. 차가운 물속에서 흔들리는 가방 안에는 상하기 쉬운 식품이 담긴 병들이 들어 있었다.

"하지만 분명 그는 우유와 치즈를 직접 만들지 않았습니다. 인근 가게에서 그를 봤다는 사람도 없었고요. 따라서 한 가지 결론밖에 없습니다." 보부아르가 말했다.

"누군가가 필요한 물건들을 갖다 준 거죠." 라코스트가 말했다.

"음식은 괜찮으세요?" 올리비에가 물었다.

"좋습니다. 파트롱, 메르시." 가마슈가 웃으며 말했다.

"마요네즈나 버터 좀 더 드릴까요?" 올리비에는 마주 웃으며 너무 집착하는 것처럼 보이지 않기 위해 애썼다. 그리고 자신이 소스나 따뜻한 빵, 와인을 얼마나 많이 가져다주든 달라질 건 없다고 생각하려 했다. 그는 절대 환심을 살 수 없었다.

"농, 메르시Non, merci 아뇨, 괜찮아요." 라코스트가 말하자 올리비에는 마지못해 이들에게서 멀어졌다.

"오두막에서 최소한 지문은 건졌잖습니까. 내일이면 뭔가 알게 될 겁니다." 보부아르가 말했다.

"그가 왜 살해됐는지 당장 알게 되는 게 아니고?" 가마슈가 말했다.

"그 길 말이에요. 로어 파라가 도미니크를 위해 말이 다닐 수 있는 길을 내고 있잖아요. 그 길 중 하나가 오두막 근처까지 이어져요. 오두막이 충분히 보이는 거리죠." 라코스트가 말했다.

"그래서 마담 질베르가 오두막을 본 거 아냐. 하지만 그녀가 그 전에 말을 타다가 오두막을 발견했을지 누가 알겠어? 아니라는 건 그녀의 이야기일 뿐이지." 보부아르가 말했다.

"하지만 그 전에는 말이 없었잖아요. 말은 살인이 일어난 다음 날에야 그 집에 왔어요." 라코스트가 말했다.

"하지만 도미니크가 옛길을 걸어갔을 수도 있네. 말이 오기 전에 로어에게 어떤 길을 넓혀야 할지 말해 주려고 말일세." 가마슈가 말했다.

"로어가 걸어갔을 수도 있습니다. 아니면 그의 아들 하보크가요. 아들이 도와준다고 로어가 말했잖습니까." 보부아르가 말했다.

나머지 두 사람은 생각에 잠겼다. 그렇지만 로어든 하보크든 길을 넓히기 전에 옛길을 걸어갈 만한 타당한 이유는 없어 보였다.

"그런데 왜 은둔해 있는 사람을 죽였을까요? 파라 부자父子나 도미니크가 그 남자를 발견했다 쳐도 죽일 이유가 없잖아요. 어쩌면 보물 때문에 죽였을 수도 있겠죠. 그렇다면 왜 보물은 그대로 두고 갔죠?" 라코스트가 말했다.

"그게 아닐 수도 있어. 우리가 찾은 물건들 말고 그곳에 뭔가 더 있었던 게 아닐까?" 보부아르가 말했다.

그 말이 맹렬한 기세로 가마슈를 강타했다. 왜 그 생각을 못 했지? 그는 오두막에 있는 물건들에 너무 압도되어 뭔가 사라졌을 수도 있다는 생각을 하지 못했다.

모랭은 침대에 누워 편하게 있으려고 노력했다. 죽은 사람이 마련해 놓은 잠자리에서 자는 기분이 묘했다.

그는 눈을 감았다. 몸을 뒤집었다가 다시 돌아누웠다. 눈을 뜨고 벽난로에서 깜빡이는 불빛을 바라보았다. 오두막은 이제 덜 무서웠다. 사실 거의 아늑했다.

그는 베개를 부풀리려고 몇 번 탁탁 쳤다. 그런데 뭔가 걸리는 게 있었다.

모랭은 일어나 앉아 베개를 이리저리 구겨 보았다. 아니나 다를까 그 안에는 깃털 말고도 뭔가가 더 있었다. 그는 일어나서 기름 램프에 불을 밝히고 베갯잇에서 베개를 꺼냈다. 안쪽에 깊은 주머니가 꿰매져 있었다. 그는 임신한 말을 다루는 수의사처럼 조심스럽게 팔을 팔꿈치까지 쑥 넣었다. 손에 딱딱하고 울퉁불퉁한 뭔가가 잡혔다.

그는 그것을 꺼내 기름 램프에 비춰 보았다. 복잡한 조각품이었다. 배에 탄 남자들과 여자들이 모두 뱃머리 쪽을 바라보고 있는 모습이었다. 모랭은 조각가의 솜씨에 경탄했다. 누가 조각했는지는 모르지만 조각품에는 여행의 들뜬 기분이 정확히 표현되어 있었다. 어릴 적 가족들과 아비티비 호수나 가스페 반도로 자동차 여행을 갈 때 모랭과 여동생이 느꼈던 흥분과 똑같았다.

그는 배에 탄 사람들의 얼굴에서 행복한 기대감을 알아챘다. 더 자세히 보니 대부분이 가방과 자루를 가지고 있었고, 갓난아기에서 아주 노쇠한 이들까지 다양한 연령대의 사람들이었다. 기뻐서 어쩔 줄 모르는 얼굴도 있었고 기대에 찬 얼굴, 차분히 만족해하는 얼굴도 있었다.

모두가 행복했다. 희망으로 가득한 배였다.

배의 돛은 놀라울 정도로 얇게 깎은 나무로 만들어져 있었다. 모랭은 조각을 뒤집어 보았다. 바닥에 뭔가가 새겨져 있었다. 그는 그것을 곧장 램프 가까이 가져갔다.

OWSVI

러시아어인가? 라코스트 형사는 이콘을 보고 피해자가 러시아인일지도 모른다고 했다. 이것이 그의 이름일까? 그들이 사용하는 이상한 알파벳으로 쓴 걸까?

이윽고 모랭에게 어떤 생각이 떠올랐다. 그는 침대로 돌아가 첫 번째 베개 아래 있던 다른 베개를 살펴보았다. 거기에도 딱딱한 뭔가가 있었다. 끄집어내 보니 또 다른 조각품이었다. 마찬가지로 나무로 만들었고 똑같이 섬세했다. 이번에는 사람들이 해안가에 모여 바다를 바라보고 있는 모습이었다. 당혹스러워하는 사람들도 있었지만 대부분은 그곳에 있는 것을 기뻐하는 듯 보였다. 모랭은 이 조각에서도 바닥에 새겨진 글자를 발견했다.

MRKBVYDDO

그는 조각을 바로 세워 탁자 위 다른 조각품 옆에 내려놓았다. 작품에서 기쁨과 희망이 느껴졌다. 그는 텔레비전을 볼 때보다 더 흥미롭게 그것들을 응시했다.

하지만 계속 바라볼수록 그는 점점 불안해졌고 결국에는 뭔가가 자신을 바라보고 있는 것처럼 느껴졌다. 그는 부엌 쪽을 돌아본 뒤 재빨리 방 안을 훑어보았다. 그리고 다시 조각품으로 눈을 돌렸을 때 불길한 느낌이 거기서 나온다는 걸 알고 깜짝 놀랐다.

그는 등줄기에 오싹한 느낌이 들어서 재빨리 어두운 방 안으로 휙 돌아섰고, 램프를 더 많이 켜지 않았던 것을 즉시 후회했다. 반짝이는 뭔가가 그의 눈길을 사로잡았다. 저 위쪽, 오두막에서 가장 구석진 귀퉁이였다. 눈인가?

그는 장작개비를 들고 몸을 낮춘 채로 살금살금 가까이 다가갔다. 구석으로 다가갈수록 반짝이던 것의 형태가 드러나기 시작했다. 거미줄이었다. 그저 램프의 불빛을 받아 빛났을 뿐이었다. 그러나 뭔가 달랐다. 눈이 어둠에 익숙해진 순간 그의 뒷덜미에서 털이 쭈뼛 섰다.

거미줄로 단어가 만들어져 있었다.

워우.

21

다음 날 아침, 모든 수사관이 이미 회의 테이블에 둘러 앉아 있을 때 모랭이 상당히 부스스한 모습으로 도착했다. 수사관들이 그를 힐끗 쳐다보았고 라코스트 형사가 옆자리를 가리켰다. 거기엔 마치 기적과도 같이 잼을 바른 두꺼운 토스트와 스크램블드에그, 베이컨이 담긴 접시와 진한 카페오레 한 사발이 굶주린 젊은 형사를 기다리고 있었다.

모랭은 정신없이 음식을 먹어 치우며 보고를 들었고, 이제 그의 차례였다.

그는 두 개의 조각품을 테이블 위에 꺼내 놓은 뒤 중앙으로 천천히 밀었다. 조각이 어찌나 생생하던지 마치 배가 스스로 출항해서 움직이는 것 같았다. 그리고 해안가의 사람들은 배의 도착을 간절히 기다리는 것처럼 보였다.

"이것들은 뭔가?" 가마슈 경감이 물었다. 그는 조각을 유심히 보려고 자리에서 일어나 탁자 주위를 돌았다.

"어젯밤에 찾았습니다. 침대에 있던 베개 속에 숨겨져 있었습니다."

세 사람은 깜짝 놀란 듯이 보였다.

"말도 안 돼. 베개 속에?" 라코스트가 말했다.

"베개 속에 꿰매져 있었어요. 잘 숨겨 놨던데요. 그가 이걸 숨기고 있었는지 지키고 있었는지는 확실히 알 수 없지만요."

"전화는 왜 안 했나?" 보부아르가 따졌다. 그는 조각품에서 겨우 눈을 떼고 모랭을 바라보았다.

"했어야 했나요?" 모랭이 괴로운 표정으로 수사관들을 이리저리 쳐다보았다. "어차피 아침까지는 할 수 있는 일이 없을 거라 생각했습니다."

모랭은 정말 전화하고 싶었다. 비앤비로 전화를 걸어 모두를 깨우지 않기 위해선 진짜 큰 노력이 필요했다. 그러나 그는 두려움에 굴복하고 싶지 않았다. 하지만 지금 수사관들의 얼굴을 보니 자신이 실수했다는 것을 알았다.

그는 평생 두려워했고 두려움 때문에 늘 제대로 판단하지 못했다. 이제는 그런 일이 없기를 바랐지만 또 그런 게 분명했다.

"다음에는 전화하도록. 우리는 한 팀이니까 모든 걸 알고 있어야 해." 가마슈가 모랭을 엄하게 쳐다보며 말했다.

"위, 파트롱."

"지문은 채취했나?" 보부아르가 물었다.

모랭이 고개를 끄덕이고 봉투를 꺼내 들었다. "지문입니다."

보부아르가 모랭의 손에서 봉투를 잡아채어 자신의 컴퓨터로 가져가 스캔했다. 하지만 컴퓨터 앞에서도 보부아르의 눈은 자꾸 두 개의 조각품으로 돌아갔다.

가마슈는 반달 안경을 쓴 채 탁자 위로 몸을 기울여 조각품을 자세히 살펴보았다.

"정말 대단하군."

나무로 된 작은 여행자들의 기쁨이 손에 만져질 듯했다. 가마슈가 무릎을 꿇고 눈높이를 맞추자 조각품이 자신에게 항해해 오는 것 같았다. 작품은 두 개가 합쳐져 전체를 이루는 것처럼 보였다. 해안으로 오고 있는 배에 가득 탄 사람들과 행복하게 기다리는 사람들.

그런데 왜 불편한 느낌이 드는 걸까? 왜 뱃머리를 돌리라는 경고를 하고 싶은 걸까?

"둘 다 바닥에 뭔가 적혀 있습니다." 모랭이 말했다. 그는 조각품 하나를 집어 가마슈 경감에게 보여 주었다. 가마슈가 그것을 본 뒤 라코스트에게 건네주었다. 보부아르는 나머지 하나를 집어 들고 바닥에 나열된 문자들을 보았다. 의미가 없어 보였지만 물론 그렇지는 않을 터였다. 뭔가 의미하는 바가 있고 자신들이 그것을 알아내야 했다.

"러시아어입니까?" 모랭이 물었다.

"아니. 러시아 알파벳은 키릴 문자지. 이것은 로마자네." 가마슈가 말했다.

"무슨 뜻일까요?"

보다 경험이 많은 세 명의 수사관은 서로 바라보았다.

"모르겠네." 가마슈가 시인했다. "대부분의 장인들이 자신의 작품에 표시를 하지. 서명인 셈이지. 아마 이것도 조각가의 서명일지 모르네."

"그렇다면 두 조각품에 있는 글자가 똑같아야 하는 거 아닌가요?" 모랭이 물었다.

"그래, 맞아. 전혀 갈피가 잡히지 않는군. 브루넬 경정님은 뭔가 아실지도 모르겠네. 경정님이 오늘 아침에 오신다고 했어."

"어젯밤에 발견한 게 또 있습니다." 모랭이 말했다. "사진을 찍어 왔는데 아직 카메라에 있습니다. 잘 보이지 않으시겠지만……."

그가 디지털카메라를 켜서 보부아르에게 건넸고 그는 그 이미지를 슬쩍 보았다.

"너무 작아. 못 알아보겠어. 내가 컴퓨터로 옮기지."

보부아르가 컴퓨터 앞에 앉아 사진을 다운 받는 동안 나머지 사람들은 사건에 대한 논의를 계속했다.

"타바르나." 보부아르가 작게 말하는 소리가 들렸다.

"뭔가?" 가마슈가 보부아르의 책상으로 다가갔다. 라코스트까지 합세해 다 같이 컴퓨터 모니터를 옹기종기 둘러쌌다.

거미줄과 단어가 있었다.

워우.

"도대체 무슨 의미죠?" 보부아르가 중얼거리듯 물었다.

가마슈는 고개를 저었다. 어떻게 거미가 거미줄로 단어를 만들 수 있지? 그리고 왜 하필 '워우'일까? 그들이 침대 밑에서 발견한 나무 조각에 있는 단어와 똑같았다.

"특별한 돼지."

그들이 라코스트를 바라보았다.

"파르동?" 가마슈가 물었다.

"어제 화장실에서 작가의 서명이 있는 초판본을 발견했는데요."

"제인이라는 소녀 이야기요?" 모랭이 물었다. 하지만 곧 후회했다. 그들은 모두 그가 '특별한 돼지'라고 말했다는 듯 바라보았다. "저는 어제 오두막에서 커러 벨이라는 남자가 쓴 책을 발견했거든요." 그가 설명했다.

라코스트는 멍한 표정이었고 가마슈도 알 수 없다는 표정이었다. 모랭은 보부아르가 어떤 표정일지 생각하고 싶지도 않았다.

"신경 쓰지 말고 계속하세요."

"E. B. 화이트가 쓴 『샬럿의 거미줄』이었어요. 제가 어린 시절에 좋아하던 책 중 하나죠." 라코스트가 말했다.

"내 딸도 좋아했지." 가마슈가 말했다. 그는 어린 딸에게 그 책을 몇 번이나 계속해서 읽어 주던 기억이 났다. 아이는 어둠과 닫힌 옷장, 집이 삐걱거리는 소리를 무서워했지만 그렇지 않은 척했다. 가마슈는 매일 밤 그녀가 잠들 때까지 책을 읽어 주었다.

딸의 가장 큰 위안이었고 가마슈가 거의 외우다시피 한 그 책이 바로 『샬럿의 거미줄』이었다.

"특별한 돼지." 가마슈가 그 말을 반복하며 낮게 쿡쿡 웃었다. "『샬럿의 거미줄』은 도살될 운명이었던 사랑스러운 새끼 돼지에 대한 이야기야. 샬럿이라는 거미가 돼지의 친구가 되어 주고 목숨을 구해 주려 노력했지."

"샬럿이 새끼 돼지 윌버에 대한 말을 거미줄에 써서 도와줬어요." 라코스트가 설명했다. "'특별한 돼지'같은 말을 만들어서 주인이 윌버가 특별하다고 생각하게 했죠. 아무튼 그 책이 옥외 화장실에 있었다니까요. 작가의 서명이 있는 초판이 말이에요."

가마슈는 고개를 저었다. 믿기 힘들 정도로 놀라운 이야기였다.

"그래서 성공했나요? 돼지가 목숨을 건졌어요?" 모랭이 물었다.

보부아르가 업신여기는 눈빛으로 모랭을 쳐다봤다. 하지만 솔직히 인정하자면 그도 실은 알고 싶었다.

"그랬지." 가마슈가 말했다. 그러고는 눈썹을 찌푸렸다. 현실에서는 분명히 거미가 거미줄로 메시지를 전달할 수 없다. 그렇다면 누가 한 걸까? 왜? 그리고 왜 '워우'지?

그는 오두막에 다시 가 보고 싶어 몸이 근질거렸다.

"말씀드릴 게 또 있습니다."

모든 눈이 순진한 표정의 형사에게 다시 한 번 집중되었다.

"옥외 화장실에 관련된 건데요." 모랭이 라코스트에게 말했다. "뭔가 보신 거 없어요?"

"서명된 초판이랑 휴지로 쓰는 지폐 더미 말고?"

"안이 아니라 밖에서요."

그녀는 잠시 생각하고 이내 고개를 저었다.

"너무 어두웠나 보네요. 저도 어젯밤에 갔을 때는 몰랐어요. 오늘 아침에 알았죠." 모랭이 말했다.

"젠장, 뭔가?" 보부아르가 쏘아붙였다.

"오솔길이오. 화장실로 이어진 길이 거기서 멈추지 않고 계속되더라고요. 오늘 아침에 그 길을 따라 여기로 왔습니다."

"여기 수사본부로?" 보부아르가 물었다.

"정확히 그런 건 아니고요. 숲을 구불구불 지나 저 위쪽으로 나왔습니다."

모랭은 마을이 내려다보이는 언덕 쪽을 손짓했다.

"제가 나온 위치를 표시해 뒀으니 다시 찾을 수 있을 거예요."

"어리석은 짓을 했군." 가마슈가 말했다. 그는 심각해 보였고 목소리가 차가웠다. 모랭의 얼굴이 즉시 빨개졌다. "다시는 혼자서 숲에 들어가지 말게. 알겠나? 길을 잃을 수도 있네."

"하지만 그랬다면 경감님이 절 찾아 주셨겠죠."

거기 있는 사람들은 경감이 그러리란 걸 알았다. 가마슈는 이미 한 번 그들을 찾아냈고 다시 찾아낼 터였다.

"그런 위험을 감수할 필요는 없네. 절대 경계를 늦추지 말게." 가마슈의 짙은 갈색 눈이 진지하게 빛났다. "실수가 자네의 목숨을 앗아 갈 수도 있네. 혹은 다른 사람의 목숨이 위험해질 수도 있고. 절대 긴장을 풀지 말게. 도처에 위험이 도사리고 있네. 숲도 그렇고 우리가 쫓는 살인범도 그렇지. 어느 쪽도 실수를 봐주지 않을 걸세."

"알겠습니다, 경감님."

"좋아." 가마슈가 말했다. 그가 자리에서 일어나자 수사관들이 벌떡 일어섰다. "그럼 이제 그 길을 알려 주게."

아래쪽 마을에서는 올리비에가 비스트로의 창가에 서 있었다. 그의 등 뒤로 아침을 먹으러 온 손님들이 있었지만 그들의 대화와 웃음소리는 올리비에에게 들리지 않았다. 그는 가마슈 일행이 능선을 따라 언덕을 올라가는 모습을 보았다. 멈춰 선 일행이 오락가락했다. 보부아르가 늘 멍청해 보이는 젊은 형사에게 화를 내는 몸짓이 비스트로에서도 보였다.

괜찮을 거야. 올리비에가 속으로 되뇌었다. **괜찮아. 그냥 웃으면 돼.**

일행이 서성이던 발걸음을 멈췄다. 그들이 숲을 응시하는 동안 올리비에는 그들을 응시했다.

그리고 파도가 올리비에를 덮쳤다. 파도는 그가 오랫동안 참고 있던 숨을 완전히 빼앗고 억지웃음마저 앗아 갔다.

오히려 고통이 사라졌다. 거의.

"여기예요." 모랭이 말했다.

그는 나뭇가지에 벨트를 매어 놨었다. 그때는 똑똑한 방법인 것 같았지만 이제 숲가에서 가느다란 갈색 벨트를 찾으려니 그리 훌륭한 생각이 아니었던 듯했다.

그래도 그들은 벨트를 찾았다.

가마슈는 오솔길을 바라보았다. 길이 있다는 것을 알고 나니 명확하게 보였다. 길이 여기라고 거의 소리치고 있었다. 착시 효과를 이용한 그림을 볼 때처럼 일단 알고 나면 보지 않으려야 보지 않을 수 없었다. 그릇의 무늬에서 호랑이가 보이고 정원에서 우주선이 보이는 것처럼.

"나중에 오두막에서 보지." 가마슈가 말했다. 그는 라코스트와 함께 서서 보부아르와 모랭이 숲으로 들어가는 모습을 지켜보며 수녀들처럼 그들도 혼자가 아니면 안전하리라고 생각했다. 이상한 비유라고 생각했지만 그 생각은 위안이 되었다. 가마슈가 지켜보는 동안 그들은 시야에서 사라졌다. 그러나 그는 귀를 기울이며 그대로 기다렸고 그들의 소리마저 더 이상 들리지 않게 된 후에야 스리 파인스로 내려왔다.

초인종이 울렸을 때 피터와 클라라는 각자의 작업실에 있었다. 그들이 아는 사람들은 절대 초인종을 누르지 않았고 그냥 들어와 자기 집처럼 편하게 있었다. 피터와 클라라는 자신들의 거실에 있는 루스를 얼마나 자주 발견했던가? 루스는 오전 10시에 소파에 발을 올린 채 책을 읽으며 마티니를 마셨고, 낡은 카펫 위에 둥지를 튼 로사가 그녀 곁에 있었다. 피터와 클라라는 그들을 내쫓으려면 신부님이 필요하리라고 생각했다.
자신들의 욕조에서 가브리를 발견한 적도 몇 번 있었다.
"아무도 안 계십니까?" 한 남자의 낮은 목소리가 들렸다.
"내가 나갈게." 클라라가 외쳤다.
피터는 대답하지 않았다. 그는 작업실을 서성이고 있었다. 이젤에 놓인 그림 주위를 빙글빙글 돌며 가까이 다가갔다가 멀어지곤 했다. 그의 머리는 언제나처럼 작품에 집중했지만 마음은 다른 곳에 가 있었다. 마르크 질베르가 추악한 짓을 저질렀다는 뉴스가 마을을 휩쓴 이후로 피터는 거의 다른 생각을 할 수 없었다.
그는 진심으로 마르크를 좋아했다. 그는 클라라를 좋아하듯, 물감 중에 카드뮴옐로나 매리언블루를 선호하듯 마르크에게 끌렸다. 마르크를 만날 생각을 하면 신이 나서 들뜨기까지 했다. 그와 함께 조용히 술을 마시고 대화를 나누며 산책하는 게 좋았다.

그런데 마르크가 그런 것들을 망쳤다. 그가 올리비에를 망치려 한 일도 끔찍했지만 피터는 속으로 그런 일상을 망친 것도 그 일만큼 나쁘다고 생각했다. 마치 희귀하고 좋은 물건에 녹슨 못을 박은 것 같았다. 적어도 피터에게는 그랬다.

이제 그는 마르크가 싫었다.

작업실 밖에서 클라라가 이야기하는 소리가 들렸다. 그리고 낯익은 목소리가 대답했다.

가마슈였다.

피터는 나가야겠다고 생각했다.

피터와 가마슈가 인사를 나누었고 클라라가 경감에게 물었다. "커피 드릴까요?"

"농, 메르시Non, merci 아뇨. 괜찮습니다. 오래 있지 않을 겁니다. 업무차 왔습니다."

클라라는 그 말이 재미있다고 생각했다. 살인 사건 업무라니.

"어제는 바쁘셨죠?" 클라라가 말했다. 세 사람은 부엌 식탁에 앉았다. "스리 파인스는 온통 사건 얘기뿐이에요. 충격적인 소식이 많아서 어떤 게 가장 충격적인지 모르겠네요. 마르크 질베르가 시체를 옮겼고 뱅상 질베르가 이곳에 나타난 데다 죽은 남자가 내내 숲에서 살고 있었다니 말이에요. 그가 정말 거기 살았던 거예요?"

"그렇게 생각합니다. 사실 확인을 기다리는 중이에요. 여전히 그가 누군지는 모릅니다."

가마슈는 그들을 자세히 살폈다. 그들도 가마슈만큼 영문을 모르는 것 같았다.

"그가 거기 사는 걸 아무도 몰랐다니 믿을 수가 없네요." 클라라가 말했다.

"누군가는 알고 있었던 것 같습니다. 그에게 식료품을 갖다 준 사람이 있었어요. 부엌에 둔 식료품을 발견했습니다."

그들은 놀라서 서로 쳐다보았다.

"우리 중에요? 누가요?"

우리 중이라. 가마슈는 생각했다. 두 마디 말이었지만 강력했다. 두 마디 말이 수천 척의 배를 출항시켰고 수천 번의 전쟁을 일으켰다. 우리 중 한 사람. 원이 그려졌고 닫혔다. 경계가 정해졌다. 안에 있는 사람과 그렇지 않은 사람이 정해졌다.

가족, 동아리, 갱단, 도시, 국가, 그리고 마을이 그런 것이었다.

머나가 뭐라고 했더라? 울타리를 벗어났다.

하지만 그것은 단순히 관계를 벗어났다는 의미 이상이었다. '소속'이 그렇게 강력하고 매력적이며 인간의 갈망을 크게 차지하는 이유는 그것이 또한 안전과 신의를 의미하기 때문이었다. '우리' 중에 있는 사람은 보호된다.

가마슈는 그것이 자신이 당면한 문제인지 궁금했다. 살인범을 찾아야 할 뿐만 아니라 살인자를 보호하려는 내부 세력과도 싸워야 할까? 이미 다리가 끌어 올려지고 성문이 닫힌 걸까? 스리 파인스 사람들이 살인자를 보호하고 있는 걸까? 자신들 중 한 사람이라서?

"그런데 왜 누군가는 피해자에게 음식을 가져다준 다음 죽였죠?" 클라라가 물었다.

"이치에 맞지 않네요." 피터가 동의했다.

"범인이 살인할 의도로 갔던 것이 아닐 수도 있습니다. 우연히 어떤 일이 그를 자극한 거죠." 가마슈가 말했다.

"그렇군요. 하지만 그가 우발적으로 남자를 죽인 거라면 그냥 도망가지 않았을까요? 왜 시체를 들고 숲을 빠져나와 질베르네 저택까지 갔을까요?" 클라라가 물었다.

"글쎄 왜일까요? 무슨 의견이라도 있으십니까?" 가마슈가 물었다.

"시체가 발견되길 원했기 때문이겠죠. 그리고 질베르네 저택이 가장 가까운 곳이었고요." 피터가 말했다.

살인범은 시체가 발견되길 원했다. 왜? 대부분의 범인들은 범행을 숨기기 위해 많은 노력을 한다. 그런데 이자는 왜 범행을 광고했을까?

"시체가 아니라면," 피터가 말을 이었다. "오두막이 발견되길 원했겠지요."

"어차피 오두막은 며칠 안에 발견되었을 겁니다. 로어 파라가 근처 말이 다니는 길을 넓히고 있었으니까요." 가마슈가 말했다.

"저희는 별로 도움이 되지 않네요." 클라라가 말했다.

가마슈는 자신의 가방으로 손을 뻗었다. "사실 제가 여기 온 이유는 보여 드릴 게 있어서입니다. 오두막에서 발견된 물건인데 두 분의 의견을 듣고 싶습니다."

그는 수건으로 싼 물건 두 개를 꺼내 탁자 위에 조심스레 올려놓았다. 추운 날씨에 꽁꽁 싸맨 신생아처럼 보였다. 그가 천천히 수건을 풀었다.

클라라가 몸을 앞으로 기울였다.

"이 사람들 얼굴 좀 봐요. 정말 아름답네요." 클라라가 고개를 들어 가마슈의 얼굴을 똑바로 쳐다봤다.

가마슈는 고개를 끄덕였다. 그들은 아름다웠다. 단순히 이목구비뿐만 아니라 그들의 기쁨과 활기가 그들을 아름답게 만들었다.

"좀 봐도 될까요?" 피터가 손을 뻗자 가마슈가 고개를 끄덕였다. 피터는 조각품 하나를 들고서 뒤집어 보았다.

"글자가 있네요. 하지만 무슨 말인지는 모르겠군요. 서명일까요?"

"아마도요. 그 문자들이 무슨 뜻인지는 아직 알아내지 못했습니다." 가마슈가 말했다.

피터는 배와 해안가를 표현한 두 작품을 유심히 관찰했다. "죽은 남자가 조각한 겁니까?"

"그럴 거라 생각합니다."

그렇지만 오두막에 있는 다른 물건들을 생각해 보면 이것들이 미켈란젤로의 작품으로 밝혀져도 가마슈는 놀라지 않을 것 같았다. 하지만 죽은 남자는 다른 물건들은 보이는 곳에 둔 반면 이 조각품들은 숨겨 두었다. 왜인지는 모르겠지만 이것들은 나머지 물건과 달랐다.

가마슈는 처음엔 클라라, 다음엔 피터가 서서히 미소를 거두고 거의 기분 나쁜 표정이 되는 모습을 보았다. 분명히 불편한 기색이었다. 클라라는 자리에서 안절부절못했다. 모로 부부는 오늘 아침 수사관들이 뭔가 잘못됐다는 것을 느꼈을 때보다 더 빨리 그 점을 느꼈다. 가마슈는 당연하다고 생각했다. 이들 부부는 예술가였고 아마 자신들의 감정에 더 예민할 터였다.

조각품은 기쁨과 즐거움을 발산했다. 하지만 그 아래 뭔가가 더 있었다. 음침한 기운과 어두운 분위기가 있었다.

"왜 그러시죠?" 가마슈가 물었다.

"뭔가 잘못됐어요. 뭔가 어긋나 있는 거 같아요." 클라라가 말했다.

"그게 뭔지 말해 줄 수 있습니까?"

피터와 클라라는 계속 작품을 응시하다가 서로 쳐다봤다. 그리고 마침내 가마슈를 보았다.

"유감이지만 설명하기 힘듭니다." 피터가 말했다. "때로는 작가 자신도 모르게 의도하지 않은 작품이 나올 수도 있습니다. 살짝 어긋난 비례나 상충되는 색깔 같은 것이 말이죠."

"그래도 이 조각은 대단히 훌륭한 작품이라고 할 수 있어요." 클라라가 말했다.

"어째서죠?" 가마슈가 물었다.

"강한 정서적 반응을 불러일으키니까요. 위대한 예술은 다 그렇죠."

클라라는 조각품을 다시 찬찬히 살펴보았다. 기쁨이 지나치게 흘러넘치는 걸까? 그게 문제일까? 아름다움과 즐거움, 희망이 너무 많아서 불안한가?

그녀는 그렇지 않다고 생각했고, 그렇지 않길 바랐다. 이 조각품들에는 또 다른 뭔가가 있었다.

"그러고 보니 생각났는데, 당신 데니스 포틴이랑 조금 이따 만나기로 하지 않았어?" 피터가 말했다.

"오 이런, 젠장." 클라라가 자리에서 벌떡 일어났다.

"어서 가 보시죠." 가마슈가 조각품을 다시 수건으로 쌌다.

"좋은 생각이 났어요." 현관에서 다시 만난 가마슈에게 클라라가 말했다. "포틴이 우리보다 조각에 대해 더 많이 알 거예요. 사실 더 모를 수가 없죠. 제가 조각 하나를 가져가서 그에게 보여 줘도 될까요?"

"좋은 생각이군요. 아주 좋습니다. 그를 어디서 만나십니까?" 가마슈가 말했다.

"비스트로에서 오 분 후에요."

가마슈가 가방에서 수건에 싸인 조각을 하나 꺼내 클라라 모로에게 건넸다.

"잘됐네요. 그냥 이걸 내가 만들었다고 말할까 봐요." 함께 길을 따라 걸어 내려가며 그녀가 말했다.

"그러고 싶으십니까?"

그녀는 조각을 봤을 때 가슴에서 피어나던 공포가 기억났다.

"아뇨." 그녀가 말했다.

22

가마슈가 수사본부로 돌아오니 브루넬 경정이 회의 테이블에 앉아 사진에 둘러싸여 있었다. 그가 들어서자 그녀가 웃으며 일어섰다.

"경감." 그녀가 다가와 손을 내밀었다. "라코스트 형사가 어찌나 편하게 해 주던지 여기서 살고 싶었답니다."

테레즈 브루넬은 은퇴할 나이였다. 하지만 경찰청에서 그 점을 지적하는 사람은 없었다. 이 매력적인 여성을 두려워하거나 배려하는 차원이 아니었다. 그녀가 대체할 수 없는 사람이었기 때문이었다.

20년 전 경찰청 인사과에 그녀가 나타났을 때 젊은 담당 형사는 장난인 줄 알았다. 샤넬을 입은 40대 중반의 세련된 여자가 지원서를 요구했다. 형사는 지원서를 주면서 그것이 분명 실망스러운 아들이나 딸에 대한 위협일 거라 생각했다. 하지만 그녀는 자리에 앉아서 발목을 꼬고 은은한 향수 냄새를 풍기며 직접 지원서를 작성했고, 형사는 점차 커지는 당혹감을 안고 그 모습을 지켜보았다.

테레즈 브루넬은 세계적으로 유명한 몬트리올 미술관의 작품 구매부서 책임자였다. 그러나 또한 남몰래 수수께끼에 대한 열정을 품고 있었고 모든 종류의 수수께끼에 관심을 가졌다. 그리고 자녀들이 대학에 진학하고 나자 그녀는 경찰청으로 당당히 걸어 들어가 지원서를 작성했다. 범죄를 해결하는 일만큼 굉장한 수수께끼가 또 어디 있겠는가? 그후 그녀는 경찰대학에서 가마슈 경감의 수업을 들으며 또 다른 수수께끼와 열정의 대상을 발견했다. 바로 인간의 마음이었다.

그녀는 이제 자신의 스승보다 계급이 높았고 재산범죄과의 수장이었다. 60대 중반이지만 여전히 활기찼다.

가마슈는 그녀와 따뜻하게 악수했다. "브루넬 경정님."

테레즈 브루넬과 남편 제롬은 자주 가마슈 집에서 저녁을 먹었고 가마슈 부부를 로리에 거리에 있는 자신의 아파트로 초대하기도 했다. 하지만 일을 할 때 그들은 '경감'과 '경정'이었다.

가마슈는 자신이 들어올 때부터 일어서 있던 라코스트에게 다가갔다. "뭔가 나온 게 있나?"

라코스트가 고개를 저었다. "하지만 조금 전에 전화해 보니 실험실에서 결과들이 곧 나올 겁니다."

"봉. 메르시." 가마슈가 라코스트에게 고개를 끄덕였고 그녀는 다시 컴퓨터 앞에 앉았다. 그리고 다시 가마슈는 브루넬 경정에게 집중했다.

"지문 감식 결과는 아직 기다리는 중입니다. 급하게 연락드렸는데 이렇게 와 주셔서 정말 감사합니다."

"세 앙 플레지C'est un plaisir 별말씀을요. 게다가 이보다 신 나는 일이 어디 있겠어요?" 브루넬은 가마슈와 다시 회의 테이블로 돌아가 그에게 몸을 기울이고 속삭였다. "부아이용Voyons 이봐요, 아르망. 이게 진짜예요?"

그녀가 테이블에 흩어져 있는 사진들을 가리켰다.

"그렇습니다." 가마슈도 속삭였다. "그리고 제롬의 도움도 필요할 것 같습니다."

은퇴한 의사인 제롬 브루넬은 아내의 수수께끼에 대한 애정을 오랫동안 함께해 왔다. 아내가 인간의 마음으로 관심을 돌린 반면 그는 암호에 대한 관심을 꾸준히 지켜 왔고, 그의 어수선하지만 편안한 서재에는 난관에 부딪힌 외교관과 보안국 사람들이 찾아왔다. 그는 때로 암호를 해독했고 때로는 창조했다.

제롬은 유쾌하고 교양 있는 사람이었다.

가마슈는 가방에서 조각품을 꺼내 수건을 풀고 탁자 위에 올려놓았다. 행복한 승객들이 또다시 회의 테이블 위를 항해했다.

"아주 멋진데요." 테레즈 브루넬이 안경을 쓰고 몸을 가까이 기울이며 말했다. "진짜 정말 멋지네." 그녀가 혼자 중얼거렸다. 그녀는 손은 대지 않은 채 작품을 관찰했다. "훌륭하네요. 누군지 몰라도 작가는 목재에 대한 이해가 뛰어나고 예술적인 재능도 있어요."

그녀는 이제 몇 발짝 떨어져서 조각을 응시했다. 가마슈는 기다렸고 아니나 다를까 그녀의 미소가 희미해졌다. 그녀는 조각에서 조금 멀리 물러나기까지 했다.

오늘 오전에 가마슈가 본 이런 반응은 이것으로 세 번째였다. 그리고 자신도 그렇게 반응했었다. 이 조각품은 사람들의 중심, 인간 내면에 가장 깊숙이 감춰져 있는 가장 공통적인 부분을 파고드는 듯했다. 조각품은 사람의 인간성을 찾아내어 치과 의사처럼 그곳에 드릴로 구멍을 뚫었다. 기쁨이 두려움으로 바뀔 때까지.

잠시 후 브루넬 경정의 표정이 냉철한 전문가의 얼굴로 바뀌었다. 인간적인 모습이 사라지고 문제 해결사의 면모를 풍겼다. 그녀는 조각을 건드리지 않고 몸을 기울인 채로 탁자 주위를 돌았다. 모든 각도에서 살펴본 후 마침내 조각을 집어 들고 다른 사람들과 마찬가지로 뒤집어 보았다.

"OWSVI." 그녀가 읽었다. "대문자네요. 색칠한 게 아니라 나무에 새겼고요." 그녀의 말이 시체를 해부한 다음 내용을 구술하는 검시관의 말처럼 들렸다. "무겁고 단단한 목재예요. 벚나무인가?" 그녀는 더 자세히 살펴보며 냄새도 맡았다. "아니, 나뭇결이 그게 아닌데. 향나무? 아냐, 색이 좀 달라. 아니면⋯⋯." 그녀는 조각품을 창가로 들고 가 햇빛에 비춰 보았다. 이내 손을 내리고 안경 너머로 가마슈를 보며 미소 지었다. "향나무네요. 연필향나무. 분명 브리티시컬럼비아 주에서 생산된 목재일 거예요. 현명한 선택이죠. 향나무, 특히 연필향나무는 영구적이니까요. 아주 단단하기도 하지만 또 놀랄 만큼 조각하기 쉽답니다. 서해안의 하이다족 인디언들이 수 세기 동안 토템폴을 만드는 데 이 나무를 사용했죠."

"그럼 토템폴이 아직도 서 있겠군요."

"그럴 테죠. 십구 세기 후반에 정부나 교회가 그것들 대부분을 파괴하지 않았다면요. 하지만 오타와에 있는 문명 박물관에 가면 아직 괜찮은 토템폴을 볼 수 있어요."

그것이 얼마나 아이러니한 일인지 두 사람 모두 이해할 수 있었다.

"그런데 넌 여기서 뭘 하고 있니?" 그녀가 조각에게 말을 걸었다. "뭘 그렇게 두려워하는 거야?"

"왜 그런 말씀을 하시죠?"

라코스트 형사도 그 대답을 알고 싶어 책상에서 고개를 들었다.

"당신도 분명 느꼈죠, 아르망?" 브루넬이 가마슈를 이름으로 불렀다. 겉으로는 침착해 보여도 사실 당황스럽다는 표시였다. "이 조각품에는 뭔가 차가움이 있어요. 이렇게 말하긴 그렇지만 악마의 기운이……."

가마슈는 놀라서 고개를 갸웃했다. '악마'라는 말은 설교 시간 외에는 자주 들을 수 없는 표현이었다. '잔인하다', '악의적이다', '잔혹하다' 같은 말은 흔히 들을 수 있었고, 수사관들은 범죄에 대한 공포를 얘기하곤 했기 때문에 '공포'라는 단어도 자주 접할 수 있었다.

하지만 '악마'는 결코 들어 본 적이 없었다. 그러나 뛰어난 수사관이자 수수께끼와 범죄의 해결사이며 가마슈의 친구인 테레즈 브루넬이 그 단어를 사용했다. 그녀는 관습보다 자신의 판단을 따랐다.

"악마의 기운이라고요?" 라코스트가 책상 앞에서 물었다.

브루넬 경정이 라코스트를 보았다. "말하기 좀 그렇다고 했잖아요."

"지금도 망설여지십니까?" 가마슈가 물었다.

브루넬은 조각품을 다시 눈높이로 들어 올려서 조그만 승객들을 뚫어지게 보았다. 모든 승객들은 긴 항해에 대비한 옷차림을 하고 있었다. 아기들은 담요에 싸여 있었고 여자들은 가방에 빵과 치즈를 갖고 있었으며 남자들은 강하고 의연했다. 그리고 모두들 앞을 바라보며 멋진 일을 기대하고 있었다. 디테일이 아주 정교했다.

그녀는 조각품을 돌려 보다가 갑자기 휙 멀리했다. 마치 조각이 코를 문 것처럼.

"왜 그러시죠?" 가마슈가 물었다.

"벌레를 발견했어요." 브루넬이 말했다.

카롤과 마르크는 어젯밤에 잘 자지 못했다. 카롤은 도미니크도 그랬으리라 생각했다. 하지만 그녀는 층계참에서 멀리 떨어진 작은 방에서 잔 뱅상에 대해서는 생각하지 않았다. 정확히 말해서 카롤은 그가 자신의 의식에 떠오를 때마다 그를 다시 작은 방에 밀어 넣고 문을 잠갔다.

사랑스럽고 촉촉한 새벽이었다. 카롤은 느릿하게 부엌을 돌아다니며 프레스 포트로 진한 커피를 만들었다. 그리고 모헤어 숄을 어깨에 두른 뒤 쟁반을 가지고 밖으로 나갔다. 그녀는 집 뒤쪽 조용한 테라스에 자리를 잡고 안개 낀 들판과 정원을 내다보았다.

어제 하루는 끝이 없이 계속되는 비상사태 같았고 그녀의 머릿속엔 몇 시간 동안 끊임없이 경적이 울렸다. 거듭되는 폭로에 가족들은 힘을 모아 공동전선을 펼쳐야 했다. 온갖 사실이 밝혀졌다.

마르크의 아버지는 살아 있었다.

바로 저기에 서 있는 사람이 뱅상이었다.

살해된 남자가 자신들의 새집에 버려져 있었다.

마르크가 그 시체를 비스트로로 옮겼다. 올리비에에게 상처를 주고 그를 망하게 하려는 의도로.

가마슈 경감이 떠난 후에도 그들은 모두 얼떨떨한 상태였다. 너무 멍하고 지쳐서 서로를 공격할 수도 없었다. 마르크는 자신의 심정을 솔직히 말한 뒤 스파 구역으로 가서 회반죽을 바르고 페인트칠과 망치질을 했다. 뱅상은 눈치껏 사라졌다가 늦은 밤이 돼서야 돌아왔다. 그리고 도미니크는 그나마 가장 멀쩡한 말을 타고 나갔다가 오두막을 발견했다.

천국의 종이 울리겠네. 카롤은 안개 낀 들판에 있는 말들을 바라보며 조용히 생각했다. 말들은 풀을 뜯으며 서로를 경계했다. 카롤이 있는 자리에서조차 말들의 상처가 보였다.

수년 만에 가장 요란한 종소리가

만약 목사가 이성을 잃고

사람들은 이성을 되찾아

목사와 사람들이 함께

무릎을 꿇고 열렬히 기도한다면.

길들여지고 추레한 호랑이와

춤추는 개와 곰들을 위해.

"어머니."

카롤은 생각에 빠져 있다가 아들이 부르는 바람에 화들짝 놀라 정신을 차렸다. 그녀가 일어섰다. 마르크는 눈이 피곤해 보였지만 샤워와 면도를 한 상태였다. 그의 차가운 목소리에서 거리가 느껴졌다. 두 사람은 서로를 빤히 바라보았다. 이제 눈을 깜빡이고 자리에 앉아 커피를 마시며 날씨 이야기를 하면 어떨까? 뉴스 헤드라인이나 말들에 대한 이야기는? 주위에 폭풍이 몰아치지 않은 척, 폭풍의 주범이 자신들이 아닌 척해야 할까?

누가 더 잘못한 걸까? 카롤은 수년간 아들에게 아버지가 죽었다고 거짓말을 했다. 마르크는 시체를 비스트로로 옮겼고, 그 행동 하나로 작은 마을의 일원이 될 수 있는 기회를 망쳤다.

카롤은 그의 과거를 망쳤고 마르크는 그들의 미래를 망쳤다.

참 대단한 조합이었다.

"미안하구나." 카롤이 그렇게 말하며 팔을 벌렸다. 마르크가 말없이 테라스를 가로질러 그녀의 품에 무너지듯 안겼다. 마르크의 키가 훨씬 컸지만 카롤이 그를 안고 등을 쓸어 주며 속삭였다. "그래, 그래."

그리고 이제 그들은 신선한 딸기잼을 바른 크루아상을 사이에 두고 자리에 앉아 있었다. 오늘 아침에는 세상이 아주 푸르렀다. 키 큰 단풍나무와 참나무, 목초지까지 모두 생생해 보였다. 마르크가 커피를 따르는 동안 카롤은 모헤어 숄을 어깨 위로 끌어 올리고 말들을 지켜보았다. 말들은 들판에서 풀을 뜯으며 간간이 고개를 들고 이틀 전에 떠났어야 하는 세상을, 그들이 볼 수 없었을 하루를 바라보았다.

"저것들이 거의 말처럼 보이는데요." 마르크가 말했다. "눈을 사시처럼 뜨면요."

카롤이 아들을 보며 웃었다. 그는 얼굴을 잔뜩 찡그린 채 말들을 보고 있었다. 그렇게 하면 들판에 있는 피조물이 그가 기대하던 훌륭한 사냥말로 보인다는 듯이.

"저놈이 진짜 말이 맞긴 해요?" 그가 체스터를 가리켰다. 흐릿한 빛 속에서 체스터는 낙타처럼 보였다.

카롤은 자신들의 행동 때문에 저택에서 내쫓기고 떠나야 할지도 모른다는 생각에 갑자기 슬펐다. 정원은 지금 그 어느 때보다 아름다웠고, 시간이 갈수록 여러 식물들이 함께 자라고 어우러지면 더욱 보기 좋아질 터였다.

"저 말이 걱정이네요. 천둥이오." 마르크가 혼자 떨어져 있는 가장 짙은 색 말을 가리켰다.

"그래, 저기 있잖니. 저 말에 대해 할 말이⋯⋯." 그녀가 불편하게 몸을 돌려 그를 바라보았다.

"천둥이 손님을 물려고 하면 어쩌죠? 아버지를 문 건 고맙지만요."

카롤은 웃음을 참았다. 그 위대한 사람이 어깨에 말의 침을 묻히고 있는 모습을 본 것이 일진 사나웠던 어제 하루 중 유일하게 즐거운 순간이었다.

"네 의견은 어떤데?" 그녀가 물었다.

"잘 모르겠어요."

카롤은 조용히 있었다. 마르크의 의견이 무엇일지는 두 사람 모두 알고 있었다. 말이 추수감사절까지 한 달 안에 버릇을 고치지 못하면 안락사를 시켜야 하리라.

"불쌍한 눈먼 석탄 운반용 말과 사냥당하는 어린 토끼들을 위해 기도한다면." 카롤이 중얼거렸다.

"파르동?" 마르크가 물었다.

"하아, 저 말의 이름은 천둥이 아니라 마르크란다."

"농담 마세요." 하지만 웃는 사람은 없었다. 마르크는 들판을 내다보았다. 그 고약하고 미친 말은 다른 말들과 거리를 유지하고 있었다. 안개 낀 목초지에 검은 얼룩 같았다. 마치 실수로 남긴 오점처럼.

그게 마르크였다.

이후에 마르크와 도미니크는 식료품과 건축자재를 사러 나갔고 그사이 카롤은 부엌에서 당근 네 개를 찾아 말들에게 갔다. 처음에 말들은 주저하며 그녀를 믿지 않았다. 하지만 먼저 버터컵이 다가왔고, 다음엔 마카로니와 마침내 체스터까지 살금살금 앞으로 와서 카롤의 손바닥에서 키스하듯 당근을 가져갔다.

하지만 한 마리가 남아 있었다.

카롤은 말 마르크를 향해 속삭이며 달콤한 말로 유혹하고 애원했다. 울타리에 올라가 몸을 앞으로 뻗고 조용히 당근을 최대한 멀리 내밀었다. "제발, 널 해치지 않아." 그녀가 말을 구슬렸다.

그러나 말은 그녀를 믿지 않았다.

그녀는 집 안으로 들어가서 계단을 올라 작은 침실의 문을 두드렸다.

아르망 가마슈는 조각품을 들고 갑판 위에 있는 사람들을 보았다.

얼마든지 놓칠 만한 부분이었지만 그래도 그는 자책했다. 이제 그것은 아주 잘 보였다. 배의 뒤편, 뚱뚱한 여인과 커다란 자루 앞에 작은 남자가 쭈그리고 있었다.

가마슈는 나무로 된 작은 남자의 얼굴을 살펴보고 소름이 끼쳤다. 아직 소년티를 벗지 못한 그는 어깨 너머를 보고 있었다. 그의 시선은 뚱뚱한 여인을 지나 배 뒤쪽을 향했다. 모든 사람들이 앞을 바라보고 있는데 그는 웅크리고 앉아 뒤를 응시했다. 자신들이 있었던 곳을.

그의 표정에 가마슈의 피가 차갑게 식었다. 뼛속까지 오싹하고 심장이 얼어붙었다.

공포가 눈에 보이고 느껴지는 듯했다. 나무로 된 그 작은 얼굴은 메시지를 전달했고 그 메시지는 끔찍했다. 가마슈는 갑자기 주체할 수 없을 만큼 뒤를 돌아보고 싶은 충동을 느꼈다. 뒤에 뭔가가 도사리고 있는 것 같았다. 하지만 그는 안경을 쓰고 몸을 더 가까이 기울였다.

그 소년은 자루를 끌어안고 있었다.

마침내 가마슈는 조각품을 내려놓고 안경을 벗었다. "경정님이 하신 말씀이 무슨 뜻인지 알겠습니다."

테레즈 브루넬 경정이 한숨을 내쉬었다. "저들의 항해에는 악한 기운이 있어요."

가마슈는 부인하지 않았다. "이 조각품을 어디서 보신 적 없으십니까? 혹시 도난 예술품 목록에 있지 않을까요?"

"그 목록에는 수천 가지가 있어요. 렘브란트의 작품부터 문양이 새겨진 이쑤시개까지요." 그녀가 미소 지었다.

"그리고 틀림없이 그걸 다 외우고 계실 거라 생각하는데요."

브루넬은 더 큰 미소를 보이며 고개를 살짝 끄덕였다. 가마슈는 그녀를 아주 잘 알았다.

"하지만 이런 건 없어요. 있었다면 쉽게 눈에 띄었겠죠."

"이건 예술품입니까?"

"가치를 묻는 거라면 아주 값진 물건이라고 할 수 있죠. 내가 몬트리올 미술관에 있을 때 이런 물건이 시장에 나왔다면 선뜻 나서서 많은 돈을 내고 구입했을 거예요."

"어째서요?"

그녀는 앞에 있는 덩치 크고 차분한 남자를 바라보았다. 마치 대학교수 같았다. 그녀는 가운과 학사모를 걸치고 물살을 가르는 배처럼 유서 깊은 대학의 홀을 걸어가는 가마슈와 그의 뒤를 따르는 열정적인 학생들을 떠올릴 수 있었다. 그녀가 경찰대학에서 강의하던 그를 처음 만났을 때 그는 지금보다 스무 살이 어렸지만 그때에도 권위가 있었다. 그리고 이제는 그의 외모도 그런 권위에 걸맞게 변했다. 그는 짙은 색 곱슬머리가 벗어지기 시작했고 관자놀이 부근과 잘 손질된 콧수염이 희끗해졌으며 몸집이 불었다. 브루넬은 그만큼 가마슈의 영향력도 커졌다는 것을 알고 있었다.

가마슈는 그녀에게 많은 것을 가르쳐 주었지만 그중에서도 가장 귀한 가르침은 보지만 말고 들으라는 것이었다. 지금 그가 그녀의 말을 듣고 있는 것처럼.

"예술 작품을 특별하게 만드는 것은 색채나 구성, 주제 같은 게 아니에요. 눈에 보이는 것과는 전혀 상관이 없죠. 왜 어떤 그림은 걸작이 되고 어떤 그림은 더 잘 그린 것 같은데도 잊히겠어요? 왜 어떤 교향곡은 작곡가가 죽은 지 수백 년이 지나도 여전히 사랑받을까요?"

가마슈는 그것에 대해 생각했다. 그리고 며칠 전, 저녁 식사가 끝나고 봤던 그림이 생각났다. 그것은 나쁜 조명 아래 액자도 없이 이젤 위에 그냥 놓여 있었다.

그럼에도 그는 그 그림을 영원히 바라볼 수 있을 것 같았다.

뒤돌아보고 있는 한 늙은 여인을 그린 그림이었다.

그림에서 가마슈는 여인의 갈망을 느꼈다. 조각품을 볼 때 고통스러웠던 깊은 내면이 그림 속 여인을 볼 때도 똑같이 아팠다. 클라라는 단순히 한 여인을 그린 것이 아니고 감정을 그린 것도 아니었다. 그녀는 하나의 그림 안에 세상을 창조했다.

그 그림은 걸작이었다.

가마슈는 갑자기 피터가 안쓰러웠다. 피터가 더 이상 아내와 경쟁하지 않길 바랐다. 그녀는 이제 싸움터에 있지 않았다.

"이건 당신과 내가 죽은 이후에도 오랫동안 기억될 거예요. 이 아름다운 마을이 먼지가 된 이후에도 말이죠." 브루넬 경정이 매니큐어를 바른 손가락으로 조각품을 가리켰다.

"조각이 하나 더 있습니다." 가마슈가 말했다. 브루넬이 깜짝 놀랐고 가마슈는 좀처럼 볼 수 없는 그런 모습에 즐거웠다. "하지만 그건 나중에 보셔야 할 것 같습니다. 우선 먼저 오두막으로 가시죠."

그가 브루넬의 발을 보았다. 그녀는 우아한 새 신발을 신고 있었다.

"장화를 챙겨 왔답니다. 경감." 그녀가 가마슈를 지나 힘차게 문으로 걸어가며 말했다. 그녀의 목소리에는 희미하게 놀리는 듯한 비난이 담겨 있었다. "언제 날 진흙탕이 없는 곳으로 데려간 적 있었나요?"

"지난번 심포니를 보러 갔을 때 플라스 데자르몬트리올에 있는 공연 예술 센터 측에서 진흙을 씻어 낸 걸로 아는데요." 그가 떠나면서 어깨 너머로 라코스트에게 미소를 지으며 말했다.

"일과 관련해서 말이에요. 항상 진흙과 시체가 있었죠."

"이번에는 진흙은 있지만 시체는 없습니다."

"경감님." 라코스트가 출력한 종이를 들고 차로 총총 뛰어왔다. "이걸 보셔야 할 것 같아서요."

그녀가 종이를 건네며 한 부분을 가리켰다. 실험실에서 보낸 보고서였다. 결과들이 나오기 시작했고 온종일 계속해서 나올 터였다. 그리고 지금 이 결과는 가마슈의 얼굴에 만족스러운 웃음을 떠오르게 했다. 그는 브루넬에게 몸을 돌렸다.

"오두막에 있는 의자 옆에서 나뭇조각, 정확히는 톱밥이 발견됐습니다. 피해자의 옷에서도 그 흔적을 찾았고요. 그리고 검사 결과가 나왔는데 그 톱밥은 브리티시컬럼비아 주의 연필향나무랍니다."

"조각가는 찾은 것 같네요. 이제 그가 왜 그런 두려움을 조각했는지만 알면 되겠군요." 브루넬이 말했다.

정말 왜일까. 가마슈는 차에 올라타고 물랭 길을 달려 올라가며 생각했다. 그들은 대기하고 있던 ATV를 타고 퀘벡의 숲 깊숙이 들어갔다. 교수와 우아한 예술 전문가. 드러나는 모습에서는 둘 다 그렇지 않았다. 그리고 그들이 향하고 있는 소박한 오두막도 확실히 겉모습과 달랐다.

가마슈는 마지막 길모퉁이 바로 앞에서 ATV를 멈췄다. 그와 브루넬은 ATV에서 내려 남은 길을 걸어갔다. 숲 안은 또 다른 세계였다. 그는 그녀에게 피해자가 살았던 곳의 느낌을 알려 주고 싶었다. 서늘한 그늘과 산란한 빛, 썩어 가는 나뭇잎의 진한 향기가 느껴졌다. 눈에 보이지 않지만 온갖 피조물이 잽싸게 종종걸음 치는 소리도 들렸다.

가마슈와 브루넬은 이곳에서 외부인이었고 그 점을 분명히 느낄 수 있었다.

하지만 위협적인 느낌은 아니었다. 지금은 그랬다. 그러나 열두 시간 후 해가 떨어진 다음에는 또 다르게 느껴지리라.

"무슨 뜻인지 알겠어요. 여기서는 쉽게 발견되지 않고 살 수 있겠네요. 아주 평화롭군요." 브루넬이 동경하는 듯한 목소리로 말했다.

"여기서 사실 수 있겠습니까?" 가마슈가 물었다.

"그럴 수 있을 거 같아요. 놀랍나요?"

가마슈는 아무 말 없이 미소만 지으며 걸었다.

그녀가 계속해서 말했다. "난 바라는 게 별로 없어요. 예전엔 많았죠. 더 젊었을 때는요. 파리 여행, 고급 아파트, 좋은 옷 같은 걸 이제는 다 가졌어요. 나는 행복하답니다."

"하지만 그런 것들을 가져서 그러신 것은 아닐 겁니다." 가마슈가 말했다.

"나이가 들면 바라는 게 적어져요. 난 정말 여기서 살 수 있다고 생각해요. 우리끼리 얘기지만, 아르망. 내 마음 한구석에서는 이곳에서의 삶을 원하고 있어요. 당신은 살 수 있을 것 같나요?"

그가 고개를 끄덕이며 단칸방인 그 작은 오두막을 떠올렸다.

"의자 하나는 고독을 위한 것, 둘은 우정을 위한 것, 셋은 사교를 위한 것." 그가 말했다.

"『월든』이군요. 당신은 의자가 몇 개 필요한가요?"

가마슈는 생각해 보았다. "두 개요. 사교에는 관심 없지만 딱 한 사람은 필요하니까요."

"렌 마리겠네요. 나는 제롬만 있으면 되고요." 브루넬이 말했다.

"저 오두막에 『월든』 초판이 있습니다."

브루넬이 한숨을 내쉬었다. "앵크르와야블르Incroyable 믿을 수가 없네요. 대체 그는 누구죠, 아르망? 정말 아는 거 없어요?"

"없습니다."

가마슈가 멈춰 섰고 브루넬도 옆에 서서 그의 시선을 따라 그곳을 바라봤다.

처음엔 잘 보이지 않았지만 서서히 소박한 통나무 오두막을 알아볼 수 있었다. 오두막은 마치 그들만을 위해 모습을 나타낸 것 같았다. 그리고 그들을 부르고 있었다.

"들어와요." 그가 말했다.

카롤은 깊이 심호흡을 한 다음, 그녀가 수십 년간 다져 온 단단한 땅을 뒤로한 채 앞으로 발걸음을 내디뎠다. 그녀가 뒤로한 그곳에는 평생 알아 온 친구들과의 조용한 점심 식사, 브리지 게임, 자원봉사, 창가에서 책을 읽으며 세인트 로렌스 강을 천천히 오르내리는 컨테이너선들을 바라보며 즐거워했던 비 오는 오후가 있었다. 불쾌한 모든 것을 막기 위해 세워진 퀘벡 시의 성벽 요새 안에서 누리던 평온한 미망인의 삶은 이제 자신의 뒤로 멀어져 갔다.

"안녕, 카롤."

키가 크고 호리호리한 남자가 방 한가운데에 침착하게 서 있었다. 그녀를 기다리고 있었던 것처럼 보였다. 그녀는 심장이 두근거렸고 손과 발이 차가워지며 감각이 없어졌다. 그녀는 쓰러질까 봐 조금 두려웠다. 기절까지는 아니지만 혼자 서 있지 못할 것 같았다.

"뱅상." 그녀의 목소리는 단호했다.

그의 몸은 예전 같지 않았다. 그녀가 누구보다 잘 알던 몸이었지만 이제는 쪼그라들고 작아져 있었다. 한때 두껍고 빛나던 머리칼도 많이 빠지고 백발에 가까웠다. 눈동자는 여전히 갈색이었지만, 전에는 날카롭고 확신에 차 있던 눈이 이제는 의문을 담고 있었다.

그가 한 손을 내밀었다. 모든 일이 고통스러울 정도로 천천히 일어나는 것처럼 느껴졌다. 그의 손에는 그녀가 모르는 반점들이 있었다. 처음 몇 년간은 수도 없이 잡았지만 나중에는 너무나도 잡고 싶어 했던 손이었다. 그의 얼굴 앞에「르 드부아르」를 들고 있던 그 손을 얼마나 많이 바라봤던가? 그녀의 이야기보다 더 중요한 일간지를 쥐고 있던 그 길고 섬세한 손가락이 그녀가 마음을 주었던 이 남자와의 유일한 접점이었다. 그 손가락들은 그 방에 누군가가 있다는 증거였지만 그는 그 자리에 없는 사람이나 마찬가지였다.

그러던 어느 날 그가 신문을 내리고 날카로운 눈으로 그녀를 보며 자신이 행복하지 않다고 말했다.

그녀는 웃음을 터트렸다.

그녀가 기억하기에 진심으로 유쾌한 웃음이었다. 그의 말을 농담이라고 생각해서가 아니었다. 그가 진지했기 때문이었다. 정말로 이 훌륭한 남자는 자신이 행복하지 않은 것이 큰 재앙이라고 생각하는 듯했다.

여러모로 완벽했다. 그 나이의 많은 남자들처럼 그도 바람을 피웠다. 수년간 그녀는 그 사실을 알고 있었다. 하지만 그가 한눈을 판 상대는 그 자신이었다. 그는 자기 자신을 사랑했다. 사실 그것은 그들 사이의 유일한 공통점이었다. 둘 다 뱅상 질베르를 사랑했다.

하지만 갑자기 그는 그것으로 만족하지 않았다. 더 많은 것을 원했다. 그리고 그가 자신을 위인이라고 생각하는 만큼 그가 원하는 해답도 집 가까이에서 찾을 수 없었다. 그것은 분명 인도의 산속 동굴 같은 곳에 숨겨져 있을 터였다.

그는 너무나 특별했기에 그의 구원도 그래야 했다.

두 사람은 아침을 먹으며 그의 죽음을 모의했다. 뱅상은 극적인 느낌이 들어서, 카롤은 안도감이 들어서 그 계획이 마음에 들었다. 아이러니하게도 그들은 수년 만에 가장 즐겁게 대화했다.

물론 그들은 아주 큰 실수를 했다. 그들은 마르크에게 말했어야 했다. 하지만 마르크가 신경 쓰리란 사실을 누가 알았겠는가?

마르크가 아버지의 죽음으로 크게 상처받았다는 것을 카롤은 너무 늦게 깨달았다. 바로 어제. 사실 마르크는 죽음 자체는 신경 쓰지 않았다. 쉽게 받아들였다. 상처를 준 것은 아버지의 부활이었다. 마치 뱅상이 되살아나면서 마르크의 심장을 찢고 나온 것 같았다.

그리고 지금 카롤의 앞에 쪼그라들고 반점이 생긴, 어쩌면 노망난 것 같은 그가 한 손을 내민 채 서 있었다. 그녀에게 들어오라고 했다.

"우리 얘기 좀 해." 그녀가 말했다.

그가 손을 내리고 고개를 끄덕였다. 그녀는 그가 자신의 잘못을, 자신이 한 모든 실수를, 자신이 그에게 준 헤아릴 수 없는 상처들을 지적하길 기다렸다.

"미안하오." 뱅상이 말했다. 그녀가 고개를 끄덕였다.

"미안해하는 거 알아. 나도 그래." 그녀는 침대 한쪽에 앉아 손으로 옆자리를 두드렸다. 그가 그녀 곁에 앉았다. 이렇게 가까이 있으니 그의 걱정 주름이마에 가로로 생기는 큰 주름을 걱정할 때 생긴다 하여 worry line이라고 한다이 보였다. 그녀는 걱정 주름이 이마에만 있다는 사실이 갑자기 흥미롭게 느껴졌다.

"좋아 보이는군. 괜찮소?" 그가 물었다.

"이 모든 일이 진짜가 아니었으면 좋겠어."

"내가 돌아온 것까지?" 그가 웃으며 그녀의 손을 잡았다.

하지만 그녀의 심장은 뛰지 않았고 오히려 돌처럼 굳었다. 그리고 과거에서 불쑥 나타나 자신들의 음식을 먹고 자신들의 침대에서 자고 있는 이 남자를 자신이 믿지 않는다는 사실을 깨달았다.

그는 피노키오 같았다. 인간인 척 흉내 내는 나무로 만든 사람. 그의 반짝이며 웃는 얼굴은 가짜였다. 그를 자르면 속임수와 음모, 변명이 차곡차곡 쌓인 나이테가 보이리라. 그것이 그의 본모습이었다. 그것은 변하지 않았다.

이 남자 안에는 거짓말이 겹겹이 쌓여 있었다. 그리고 지금 그가 여기 자신들의 집에 있었다. 그리고 불현듯 자신들의 삶이 흔들리고 있었다.

23

"봉 디유Bon Dieu 맙소사."

브루넬 경정이 할 수 있는 말은 그것뿐이었다. 그녀는 오두막 안을 돌아다니며 이 말만 반복했다. 그녀는 가끔씩 멈춰 서서 물건을 들어 올렸다. 물건을 살펴보는 그녀의 눈이 휘둥그레졌다. 그리고 이내 그것을 조심스레 내려놓고 다음으로 넘어갔다.

"매, 스 네 파 포시블Mais, ce n'est pas possible 설마 진짜 그럴 리가. 이건 호박 방러시아 예카테리나 궁에 있는 호화로운 방에서 나온 거야. 분명해." 그녀는 부엌 창문에 기대어 있는 반짝이는 주황색 호박 패널로 다가갔다. "봉 디유. 정말이네." 그녀가 속삭였고 가슴에 성호를 그었다.

가마슈는 그런 그녀를 잠시 지켜보았다. 이런 것을 보게 될 줄 브루넬이 정말 예상 못 했다는 것을 알 수 있었다. 그는 미리 그녀에게 알려 준다고 알려 줬지만 사진이 이곳을 정확히 보여 주지 못한다는 것을 알고 있었다. 그래서 어떤 것들이 있는지 설명도 했다.

고급 도자기.

크리스털 잔.

작가의 서명이 있는 초판본.

태피스트리.

이콘.

"저건 바이올린인가요?" 그녀가 안락의자 옆에 있는 깊고 따스해 보이는 악기를 가리켰다.

"위치가 바뀌었군." 보부아르가 모랭을 노려보았다. "어젯밤에 저걸 만졌나?"

모랭이 겁먹은 표정으로 얼굴을 붉혔다. "조금요. 그냥 들어 보기만 했어요. 그리고……."

브루넬 경정이 악기를 들고 창가로 가서 빛에 비춰 보며 이리저리 기울여 보았다. "경감, 이걸 읽을 수 있나요?" 그녀가 그에게 바이올린을 건네며 라벨을 가리켰다. 가마슈가 읽어 보려 애쓰는 사이 그녀는 활을 들고 살펴보았다.

"투르트 활이네요." 그녀가 혀 소리를 내며 말했다. 수사관들의 멍한 얼굴을 보며 그녀가 설명했다. "몇십만 달러는 하는 활이죠." 그녀는 그들을 향해 활을 한 번 휘두르고는 가마슈에게 돌아섰다. "스트라디바리우스라고 적혀 있나요?"

"아닌 것 같습니다. '1738년'인 것 같군요." 그가 애를 쓰며 계속 읽었다. "'카를로' 뭐라고 적혀 있습니다. 또 '크레모나에서 제작'." 그가 안경을 벗고 브루넬을 바라보았다. "이게 무슨 의미입니까?"

그녀는 여전히 활을 든 채 미소 지었다. "카를로 베르곤치. 그는 현악기 제작자예요. 스트라디바리우스의 가장 뛰어난 제자였죠."

"그럼 최상급 바이올린은 아닙니까?" 보부아르가 물었다. 제자라는 사람은 들어 본 적 없지만 적어도 스트라디바리우스는 들어 본 적이 있었다.

"아마 스승의 것만큼 훌륭하진 않겠지만 베르곤치 바이올린도 백만 달러는 나갈 거예요."

"베르곤치요?" 모랭이 말했다.

"그래. 뭘 좀 아나?"

"아뇨, 그런 건 아니고 바이올린 연주곡 오리지널 악보들을 찾았거든요. 메모가 첨부된 악보가 있었는데 거기에 베르곤치가 언급되어 있었습니다." 모랭이 책장으로 가서 잠깐 뒤지더니 악보와 카드 한 장을 가지고 나타났다. 그는 그것을 브루넬에게 건네주었다. 그녀가 그것을 살펴본 뒤 가마슈에게 넘겨주었다.

"무슨 언어인지 아시겠어요? 러시아어나 그리스어는 아니에요." 그녀가 말했다.

가마슈는 카드를 읽어 보았다. B에게 보내는 것인 듯했다. 베르곤치라는 단어가 보였고 C라고 서명되어 있었다. 나머지는 이해할 수 없었고 다만 사랑을 속삭이는 말들인 것 같았다. 날짜는 1950년 12월 8일이었다.

"B가 피해자일까요?" 브루넬이 물었다.

가마슈가 고개를 저었다. "날짜가 맞지 않습니다. 피해자는 그때 태어나지도 않았죠. B가 베르곤치일 가능성은요?"

"아뇨, 날짜가 너무 늦어요. 베르곤치는 오래전에 죽은 사람이죠. B와 C는 누구지? 피해자는 왜 이 악보와 카드를 수집했을까?" 브루넬이 자문했다. 그녀는 악보를 훑어보고 미소를 지었다. 그녀가 악보를 가마슈에게 건네며 가장 윗줄을 가리켰다. BM이 작곡했다고 적혀 있었다.

가마슈가 악보를 내리고 말했다. "그럼 이 원본 악보는 BM이 작곡한 거군요. 첨부된 카드는 수신자가 B이고 베르곤치 바이올린이 언급되어 있지요. 논리적으로 생각해 보면 B는 바이올린을 연주하고 작곡하는 사람일 테고 C가 그에게 이걸 선물로 준 것 같군요." 그가 턱으로 바이올린을 가리켰다. "그럼 BM은 누구고, 피해자는 왜 그의 연주곡과 바이올린을 가지고 있었을까요?"

"자네가 보기에는 이 곡이 어떤 것 같지?" 브루넬이 모랭에게 물었다. 가마슈가 그에게 악보를 건넸다. 번들거리는 두꺼운 입술을 살짝 벌리고 있는 모랭은 유난히 멍청해 보였다. 그는 악보를 응시하며 흥얼거렸다. 이내 고개를 들었다.

"괜찮은 것 같습니다."

"연주해 보게." 가마슈가 백만 달러짜리 바이올린을 건넸다. 모랭이 주저하다 받아 들었다. "어젯밤에 연주하지 않았나?" 가마슈가 말했다.

"뭘 했다고?" 보부아르가 따졌다.

모랭이 보부아르를 향해 돌아섰다. "지문도 뜨고 사진도 찍었으니까 문제 될 것 같지 않았습니다."

"도자기로 저글링을 하고 유리잔으로 배팅 연습도 했나? 증거를 함부로 만지작거려선 안 되지."

"죄송합니다."

"이제 그만 연주를 해 주겠나?" 가마슈가 말했다. 브루넬이 값비싼 활을 건네주었다.

"어젯밤에 연주한 건 이 곡이 아니었습니다. 전 컨트리 음악밖에 모릅니다."

"그냥 할 수 있는 만큼만 하게." 가마슈가 말했다.

모랭이 망설이다가 바이올린을 턱 아래에 끼우고 몸을 젖힌 뒤 활을 들었다. 그리고 활을 바이올린 현 위로 내리그었다.

악기에서 음표들이 천천히 흘러나왔다. 소리가 아주 풍성해서 음표들이 눈에 보일 듯이 허공을 채웠다. 모랭이 힘겹게 악보를 따라가며 연주했기 때문에 가마슈는 자신들이 듣는 곡조가 BM의 원래 의도보다는 느릴 거라 생각했다. 그래도 곡은 아름답고 완성도가 있었다. 분명히 BM은 자신의 일에 이해가 깊었다. 가마슈는 눈을 감고 그곳에 홀로 있는 죽은 남자를 상상했다. 어느 겨울밤, 밖에는 눈이 쌓이고 있다. 난로 위에는 소박한 야채수프가 끓고 벽난로에서 열기가 퍼진다. 그리고 작은 오두막이 음악으로 가득 찬다. 바로 이 곡조로.

왜 하필 이 음악일까?

"이 곡을 아십니까?" 가마슈가 브루넬을 보니 그녀는 눈을 감고 음악을 듣고 있었다. 그녀가 고개를 젓고 눈을 떴다.

"아뇨. 하지만 훌륭한 곡이군요. BM이 누군지 궁금하네요."

모랭은 끝났다는 것에 안도하며 바이올린을 내렸다.

"어젯밤에 연주할 때 바이올린은 조율이 되어 있던가? 아니면 자네가 직접 해야 했나?" 브루넬이 물었다.

"조율이 되어 있었습니다. 피해자가 최근에 연주했던 게 확실합니다." 모랭이 바이올린을 가져다 놓으려는데 가마슈가 저지했다.

"어젯밤엔 뭘 연주했지? 이 곡이 아니었다면서." 가마슈가 악보를 가리켰다.

"아버지가 가르쳐 주신 컨트리 음악을 몇 곡 연주했습니다. 많이는 아니고요. 그러면 안 된다는 걸……."

가마슈가 손을 들어 모랭의 변명을 잘랐다. "괜찮네. 어젯밤에 연주했던 곡이나 들려주게."

모랭이 놀란 표정으로 쳐다보자 가마슈가 설명했다. "자네가 방금 연주한 곡으로는 그 바이올린을 제대로 테스트했다고 할 수 없네. 그렇지 않나? 자네는 그 곡이 익숙지 않았지. 나는 피해자가 들었을 바이올린 소리가 듣고 싶네. 제대로 연주하면 어떤 소리가 날지 궁금하군."

"하지만 경감님, 제가 평상시 연주한 악기는 피들컨트리 음악을 연주할 때 사용되는 바이올린이었지, 바이올린이 아니었습니다."

"뭐가 다르지?" 가마슈가 물었다.

모랭이 머뭇거렸다. "큰 차이는 없습니다. 적어도 악기 자체는요. 하지만 소리가 다르거든요. 아버지는 바이올린은 노래하고 피들은 춤춘다고 늘 말씀하셨어요."

"그럼 춤춰 보게."

모랭이 유난히 얼굴을 붉히며 바이올린을 다시 한 번 턱 밑으로 가져갔다. 그리고 잠시 멈추어 있다가 활로 현을 그었다.

흘러나온 음악은 모두를 놀라게 했다. 활에서, 바이올린에서, 모랭에게서 떠난 켈트족의 애가가 오두막을 가득 채우고 서까래와 구석진 곳까지 가 닿았다. 단순한 곡조가 마치 조화로운 색깔, 맛있는 식사, 즐거운 대화처럼 그들 주위에서 소용돌이쳤다. 그리고 그들의 귀나 머리가 아니라 가슴에 와서 박혔다. 그들의 심장에. 곡은 느리고 장중했지만 활기찼다. 자신 있고 침착한 연주였다.

모랭이 달라 보였다. 지나치게 유연한 그의 몸은 바이올린 연주에 최적화되어 있었다. 마치 처음부터 그런 목적으로 만들어진 것 같았다. 바로 이 음악을 연주하기 위해서. 모랭은 눈을 감고 있었고, 그의 표정에서 가마슈는 그가 자신과 똑같이 느낀다는 것을 알 수 있었다. 기쁨으로 충만하고 황홀하기까지 했다. 그것이 이 음악의 힘이었고, 이 악기의 힘이었다.

그리고 모랭을 지켜보던 가마슈는 그가 뭘 떠올리게 하는지 불현듯 깨달았다.

음표였다. 큰 머리에 가는 몸통이 딱 어울렸다. 모랭은 악기를 기다리던 살아 있는 음표였다. 그리고 이 바이올린이 바로 그가 기다리던 악기였다. 이 바이올린도 명품이었지만 모랭 형사도 분명 그랬다.

잠시 후 모랭의 연주가 끝났고, 음악은 통나무 벽과 책, 태피스트리, 그리고 사람들에게 스며들며 사라졌다.

"아름답군요." 브루넬 경정이 말했다.

모랭이 바이올린을 그녀에게 넘겨주었다. "〈콤 퀴글리〉라고 제가 좋아하는 곡입니다."

바이올린이 그의 손에서 떠난 순간 그는 다시 멀쑥하고 어색한 청년으로 돌아왔다. 하지만 그의 연주를 들은 사람들은 전적으로 그렇게만 느껴지지 않았다.

"메르시." 가마슈가 말했다.

브루넬 경정이 바이올린을 자리에 내려놓았다.

"여기에서 뭔가 찾으면 알려 주게." 가마슈가 모랭에게 악보를 건네주었다.

"알겠습니다, 경감님."

브루넬은 방을 마저 둘러보았다. 그녀는 보물에 다가서며 가끔씩 "봉디유Bon Dieu 맙소사."라고 중얼거렸다. 보면 볼수록 점점 더 놀라운 것이 등장했다.

하지만 무엇보다 놀라운 것이 가마슈 경감을 기다리고 있었다. 그것은 오두막에서 가장 구석진 귀퉁이의 서까래 근처에 있었다. 어제 수색팀이 그걸 봤다 해도 여기서 유일하게 평범한 것이라 여기고 그냥 넘겼을 터였다. 오두막에 거미줄이 있는 것만큼 자연스러운 일이 어디 있겠는가?

그러나 거미줄은 가장 평범하지 않고 가장 자연스럽지 않은 것으로 밝혀졌다.

"봉 디유." 브루넬이 개구리가 그려진 접시를 들고 말하는 소리가 들렸다. "예카테리나 대제의 컬렉션이잖아. 수백 년 전에 사라졌던 것인데. 믿을 수가 없군."

그렇지만 가마슈는 그녀가 정말 '믿을 수 없는' 걸 보고 싶다면 여기 와서 이걸 봐야 한다고 생각했다. 보부아르가 손전등을 켰다.

직접 보기 전까지 가마슈는 반신반의했다. 하지만 거미줄은 거기에 있었고, 강한 인공조명을 받아 마치 자신들을 조롱하는 듯 유쾌하게 반짝였다.

거미줄에 워우라고 쓰여 있었다.

"워우." 가마슈가 중얼거렸다.

한 시간 후, 브루넬 경정이 가마슈를 찾아왔다. 그는 텃밭 귀퉁이에 놓인 나뭇가지로 만든 의자에 앉아 있었다.

"다 둘러봤어요."

가마슈가 자리를 양보했다. 그녀는 피곤한 듯 의자에 앉아 깊은 숨을 내쉬었다.

"나도 이런 건 처음 봐요, 아르망. 우리가 예술품 절도단의 은신처에서 정말 놀라운 수집품들을 찾아내긴 하지만 이런 걸 본 적은 없었어요. 작년 레비에서 있었던 샤르보뉴 사건 기억해요?"

"얀 반 에이크의 작품이 발견된 사건 말이군요."

그녀는 고개를 끄덕이더니 머리를 맑게 하려는 듯 다시 고개를 절레절레 흔들었다. "대단한 발견이었죠. 각종 원본 스케치와 알려지지 않은 유화까지 있었어요."

"티치아노도 있지 않았습니까?"

"위."

"그런데 그때보다 이 오두막이 더 놀랍다는 말씀이십니까?"

"잔소리하려는 건 아니지만 당신이나 팀원들은 지금 얼마나 굉장한 걸 발견했는지 잘 이해하지 못하는 것 같아요."

"얼마든지 잔소리하십시오. 그러라고 오시라고 한 겁니다." 가마슈가 그녀를 안심시켰다.

그가 미소를 지었고 브루넬은 가마슈 경감이야말로 자신이 발견한 최고의 보물이라 생각했다. 그녀는 전에도 이런 생각을 몇 번 했었다.

"경감도 앉지그래요." 그녀가 말했다. 가마슈는 톱질해 놓은 통나무를 찾아와 세워 놓고 앉았다. 브루넬이 이야기를 이어 갔다. "샤르보뉴 사건도 대단했죠. 하지만 여러모로 평범했어요. 예술품 절도범이나 암거래상은 대부분 전문 분야 한두 개가 있어요. 시장이 워낙 전문화되어 있고 많은 돈이 걸려 있기 때문에 절도범들은 전문가가 되어야 하죠. 그러나 한두 개의 좁은 분야에 한해서예요. 예를 들면 십칠 세기 이탈리아 조각, 네덜란드 거장들의 그림, 고대 그리스 유물, 이런 식으로요. 이런 분야를 다 아우르는 경우는 절대 없어요. 절도범들은 자신이 잘 아는 분야의 것만 훔쳐요. 그렇지 않으면 자신이 훔치는 게 위조품이나 복제품이 아닌지 어떻게 알겠어요? 그렇기 때문에 샤르보뉴 사건에서 우리가 발견한 것들이 대단하긴 해도 모두 같은 '과'라는 점에서는 그리 놀랍지 않은 거예요. 부 콩프르네Vous comprenez 이해되나요?"

"위. 그때 발견된 건 모두 르네상스 시대 작품이었죠. 대부분이 같은 화가가 그린 그림이었고요."

"세 사C'est ça 그래요. 그렇게 대다수의 절도범이 전문화되어 있지요. 그런데 여길 봐요." 그녀가 오두막 쪽을 손짓했다. "손으로 만든 실크 태피스트리부터 고대의 크리스털 잔까지 있잖아요. 게다가 자수가 놓인 식탁보 아래에서는 뭘 발견했는지 알아요? 피해자가 밥을 먹던 식탁은 내가 여태껏 본 중 가장 정교한 상감 세공 탁자였어요. 분명 오백 년은 된 물건 같았고 거장의 솜씨였죠. 식탁보 자체도 명품이고요. 박물관에 진열되어도 손색없을 물건이에요. 아마 런던의 빅토리아 앨버트 박물관이라면 큰돈을 주고 구입할 거예요."

"어쩌면 이미 샀었는지도 모릅니다."

"거기서 훔친 것일 수도 있다는 말인가요? 그럴 수도 있죠. 내가 할 일이 많네요."

그녀는 못 기다리겠다는 표정이었다. 그렇지만 오두막과 텃밭을 서둘러 떠나고 싶어 하는 것 같지도 않았다.

"그가 누군지 궁금해요." 그녀가 팔을 뻗어 깍지콩을 두 개 따서 가마슈에게 하나 주었다. "대부분의 불행은 방에 조용히 앉아 있는 법을 모르는 데서 온다."

"파스칼이군요." 인용구를 알아챈 가마슈가 말했다. 적절한 인용이라 생각했다. "피해자는 조용히 앉아 있는 법을 알았지만 그를 둘러싼 물건들이 할 이야기가 많았군요."

"그렇게 말하니 흥미롭네요."

"호박 방은 뭡니까?"

"어떻게 알았죠?" 그녀가 탐색하는 눈빛으로 가마슈를 쳐다보았다.

"아까 오두막을 둘러볼 때 경정님이 언뜻 말씀하셨습니다."

"내가 그랬나요? 그건 여기서도 보여요. 부엌 창문에 있는 주황색 패널이오." 가마슈가 보니 과연 희미한 빛을 받아 따뜻하게 반짝이는 것이 있었다. 크고 두꺼운 스테인드글라스처럼 보였다. 브루넬은 최면에 걸린 듯 거기서 눈을 떼지 못하다가 마침내 빠져나왔다. "미안해요. 내가 저걸 발견한 사람이 될 줄 전혀 몰랐거든요."

"무슨 뜻입니까?"

"호박 방은 십팔 세기 초 프러시아의 프리드리히 일세가 만든 호박과 금으로 된 커다란 방이에요. 방을 짓는 데 많은 예술가와 장인이 수년간 동원되었고, 완성된 호박 방은 세계적으로 경이로운 곳이 되었어요." 브루넬의 눈이 먼 곳을 향했고 가마슈는 그녀가 방의 모습을 상상하고 있다는 것을 알 수 있었다. "프리드리히는 그 방을 아내 소피아 샬럿을 위해 지었어요. 하지만 몇 년 후에 러시아 황제에게 선물했고 호박 방은 전쟁 전까지 상트페테르부르크에 있었죠."

"어떤 전쟁 말입니까?"

그녀가 미소 지었다. "좋은 지적이에요. 이차 세계 대전이었죠. 소련군은 나치가 도시를 점령할 것 같자 호박 방을 해체했어요. 하지만 숨기는 데 실패했고 독일군이 그걸 발견했지요."

그녀가 말을 멈췄다.

"계속하시죠." 가마슈가 말했다.

"그게 다예요. 그게 우리가 아는 전부죠. 호박 방은 사라졌어요. 그후로 역사학자, 보물 사냥꾼, 골동품 전문가 들이 계속 찾고 있어요. 알려진 건 알베르트 슈페어 밑에 있던 독일군이 호박 방을 가져갔다는 것뿐이에요. 아마 안전하게 보관하려고 숨겼겠죠. 하지만 그 후로 호박 방은 다시 나타나지 않았어요."

"어떤 가설이 있나요?" 가마슈가 물었다.

"글쎄요. 대부분의 사람들은 호박 방이 연합군의 폭격에 파괴됐을 거라 생각하고 있어요. 하지만 다른 설도 있죠. 알베르트 슈페어는 아주 영리했고, 많은 이들의 주장에 따르면 진짜 나치는 아니었다고도 해요. 그가 히틀러를 따르긴 했지만 히틀러의 사상은 받아들이지 않았다는 거죠. 슈페어는 국제주의자였고 교양 있는 사람이었어요. 그에게는 양쪽 군대로부터 세계의 보물들이 파괴되지 않게 구하는 일이 먼저였어요."

"슈페어가 교양이 있었는지는 모르겠지만 그래도 그는 나치였습니다. 그는 죽음의 수용소나 학살에 대해 알고 있었고 찬성했어요. 예술품을 구한 일로 좋게 보였을 뿐입니다." 가마슈가 말했다.

그의 목소리는 냉랭했고 눈은 매서웠다.

"당신의 말에 반대하지 않아요, 아르망. 오히려 동의하죠. 난 그저 그런 설이 있다는 걸 말하는 거예요. 가설에 따르면 슈페어가 호박 방을 독일군과 연합군 모두에게서 멀리 떨어진 오레 산맥에 감췄대요."

"그게 어디죠?"

"독일과 지금의 체코 지역 사이에 있는 산맥이에요."

둘 다 생각에 잠겼다. 마침내 가마슈가 말했다. "그런데 그런 호박 방의 조각이 어떻게 여기 있을까요?"

"그리고 나머지는 어디 있을까요?"

데니스 포틴이 클라라의 맞은편에 앉아 있었다. 그는 40대 초반이었고 자신이 가진 권한에 비해 젊은 편이었다. 작가로서는 실패했지만 다른 것에 더 뛰어난 재능이 있었다. 그는 남들 안에 있는 재능을 알아볼 수 있었다.

클라라는 자신들의 관계에서 계몽된 이기심_{자신의 이익과 타인의 이익 중 어느 하}나만 추구하는 것이 아니라 둘 다 생각하는 것을 볼 수 있었다. 어느 한쪽이 희생되거나 양보하는 관계가 아니었다. 클라라는 포틴이 오로지 자신을 위해 이곳에 왔다는 착각은 하지 않았다. 그는 자신이 얻을 게 있기 때문에 이렇게 스리 파인스까지 와서 올리비에의 비스트로에 앉아 생 앙부아즈 맥주를 마시고 있었다.

그리고 클라라가 이 자리에 있는 이유도 포틴에게 얻을 게 있어서였다. 명성과 돈, 적어도 공짜 맥주를.

하지만 재능 있는 작가라는 영광의 말들에 휩쓸리기 전에 클라라는 해야 할 일이 있었다. 그녀는 가방에서 둘둘 만 수건 뭉치를 꺼냈다. "이걸 당신에게 보여 주라는 부탁을 받았어요. 며칠 전에 한 남자가 이 마을에서 죽은 채로 발견됐거든요. 살인 사건이었죠."

"정말입니까? 좀처럼 보기 힘든 일 아닌가요?"

"생각하시는 것만큼 드문 일은 아니에요. 정말 이상한 점은 피해자를 아는 사람이 아무도 없다는 거죠. 그래도 경찰이 숲 속 오두막을 발견했고 그 안에서 이걸 찾았어요. 그래서 수사반장님이 저에게 부탁하셨어요. 혹시 당신이 뭔가를 말해 줄 수 있느냐고요."

"단서를요?" 그는 수건 뭉치를 펼치는 클라라를 열정적인 표정으로 유심히 지켜보았다. 곧이어 해안가에 선 작은 사람들이 나무 조각 너머로 포틴 앞에 놓인 맥주병을 바라보았다.

클라라가 포틴을 지켜보았다. 그는 눈을 가늘게 뜨고 조각품으로 몸을 바짝 기울였다. 집중하는 듯 입술을 오므리고 있었다.

"멋지네요. 솜씨가 좋은 것 같습니다. 디테일해요. 얼굴들이 제각각 다르고 개성도 있어요. 대체로 괜찮은 조각품이라고 말씀드릴 수 있겠군요. 세련되진 않지만 산간벽지의 조각가 작품이니 그럴 수 있죠."

"정말요? 난 상당히 훌륭한 작품이라고 생각했는데요."

그는 다시 의자에 기대며 그녀를 향해 미소 지었다. 잘난 척이 아닌, 친구에게 짓는 미소.

"아마 제가 너무 깐깐한 것이겠죠. 그렇지만 일을 하면서 이런 건 아주 많이 봤습니다."

"이런 거요? 똑같은 걸 보셨나요?"

"아닙니다. 하지만 거의 비슷한 것들이에요. 낚시하는 사람, 파이프 피우는 사람, 말 타는 사람. 뭐, 그런 조각들이 제일 비쌉니다. 말이나 개 모양의 괜찮은 조각품이라면 언제든 살 사람이 있지요. 아니면 돼지도 인기가 많아요."

"잘 알겠어요. 그런데 여기 밑에 뭔가 적혀 있어요." 클라라가 조각품을 뒤집어 포틴에게 건넸다.

그는 눈을 가늘게 뜨고 보다가 안경을 쓰고 보았다. 그리고 얼굴을 찌푸리며 조각을 다시 돌려주었다. "무슨 뜻인지 저도 궁금하군요."

"혹시 짐작되는 것이라도?" 클라라는 포기하려 하지 않았다. 가마슈에게 들려줄 만한 뭔가를 얻어 가고 싶었다.

"아마 서명이나 작품 번호일 겁니다. 작품을 확인할 수 있는 거요. 조각품은 이것 하나뿐입니까?"

"두 개예요. 이 조각은 가격을 매기면 얼마나 할까요?"

"말하기 힘들군요." 그가 조각품을 다시 집어 들었다. "괜찮은 작품이지만 돼지만큼은 아닐 겁니다."

"유감이네요."

"흠." 포틴이 잠시 생각했다. "이백 달러나 어쩌면 이백오십 달러 정도 하겠네요."

"그게 다예요?"

"제가 틀릴 수도 있습니다."

클라라는 그가 예의 바르게 굴지만 지루해하는 걸 알았다. 그녀는 조각품을 다시 싸서 가방에 넣었다.

"자, 그럼." 데니스 포틴이 상체를 앞으로 일으켰다. 그의 잘생긴 얼굴에 기대하는 표정이 떠올랐다. "이제 진짜 훌륭한 작품에 대해 얘기합시다. 전시장의 작품 배치에 대해 생각해 보셨습니까?"

"스케치를 몇 장 해 왔어요." 클라라가 그에게 공책을 건넸다. 잠시 후 고개를 든 포틴의 눈이 총명하게 반짝였다.

"아주 좋습니다. 그림을 군데군데 모아서 걸고 공간을 남겨 둔 방식이 마음에 듭니다. 숨 쉬는 것 같아요. 그렇죠?"

클라라는 고개를 끄덕였다. 일일이 설명하지 않아도 되는 사람과 이야기해서 다행이었다.

"특히 제가 마음에 드는 건 세 점의 늙은 여인 그림을 함께 배치하지 않은 겁니다. 나란히 거는 게 어쩌면 당연할 텐데 따로 떼어 놓으셨군요. 그림이 각자의 벽에서 구심점 역할을 하도록 말입니다."

"맞아요. 다른 그림들이 그 그림을 둘러싸게 하고 싶었죠." 클라라가 신 나서 말했다.

"다른 그림들은 시종이 될 수도 있고 친구나 비평가일 수도 있겠군요. 하지만 어떤 의도인지는 분명하지 않고요." 포틴도 신이 나 말했다.

"그리고 그것들이 어떻게 변할지도 분명하지 않죠." 클라라가 앞으로 몸을 내밀며 말했다. 그녀는 피터에게도 이 아이디어 스케치를 보여 줬었다. 그는 예의상 격려해 줬지만 그녀는 피터가 정말로 이해해 준 건 아니라는 사실을 알고 있었다. 언뜻 보기에 그녀가 그린 전시장 배치도는 불균형적이었다. 사실 실제로도 그랬다. 의도적으로 그렇게 한 것이었다. 클라라는 사람들이 전시장 안으로 걸어 들어와, 겉보기에는 전통적인 작품들이 실은 그렇지 않다는 것을 천천히 감상하길 바랐다.

그녀의 작품에는 깊이와 의미, 사람들에 대한 도전이 있었다.

클라라와 포틴은 한 시간 남짓 대화를 하면서 전시에 대한 의견을 나누고 현대 예술의 방향이나 흥미로운 신진 작가들에 대해 이야기했다. 신진 작가들 이야기가 나오자 포틴은 그중 클라라가 가장 주목받고 있다고 재빨리 장담했다.

"혹시 몰라서 이건 얘기 안 하려고 했는데, 실은 당신의 포트폴리오를 뉴욕 현대 미술관의 피츠패트릭에게 보냈습니다. 저와 오래된 친구인데 그가 전시회 오프닝 때 오겠다고 해서……,"

클라라는 흥분해서 소리치다가 맥주를 쳐서 넘어트릴 뻔했다. 포틴이 웃으며 손을 들어 올렸다.

"잠깐만요. 제가 말하려는 건 그게 아닙니다. 피츠패트릭에게 소문을 내 줬으면 했더니 「뉴욕 타임스」의 앨린이 올지도 모르겠다고……."

포틴이 잠시 말을 멈췄다. 클라라가 뇌졸중으로 쓰러질 것처럼 보였기 때문이었다. 그녀가 입을 닫자 그가 말을 이었다. "그리고 데스틴 브라운도 관심을 보였습니다. 마침 그녀가 현대 미술관 전시 준비 때문에 그달에 뉴욕에 있을 예정이거든요."

"데스틴 브라운? 버네사 데스틴 브라운이오? 런던 테이트모던 갤러리 수석 큐레이터 말이에요?"

포틴이 고개를 끄덕이며 자신의 맥주를 꽉 잡았다. 하지만 이번에는 어떤 것도 쓰러질 위험은 없었다. 클라라는 그 자리에 완전히 얼어붙은 듯했다. 작고 쾌활한 비스트로에는 늦여름 햇빛이 창문을 통해 쏟아져 들어오고 있었다. 클라라는 포틴 뒤편으로 햇살에 데워지고 있는 오래된 집들을 볼 수 있었다. 장미, 클레마티스, 접시꽃 등이 심긴 화단이 보였고, 이름과 습관을 알고 있는 마을 사람들이 보였다. 그리고 등대처럼 서 있는 소나무 세 그루가 보였다. 숲에 둘러싸여 있어도 놓치기 힘들었다. 뭘 찾아야 할지 알고, 등대를 필요로 한다면.

삶이 그녀를 여기서 멀리 데려가려 하고 있었다. 그녀가 자신을 찾을 수 있게 해 준 이곳에서 멀리. 변함없는 이 작은 마을은 결코 변하지 않았지만 마을 사람들이 변하도록 도와주었다. 클라라가 예술대학에서 곧장 이곳으로 왔을 때 그녀는 혁신적인 생각으로 가득했고 회색 톤의 옷을 입고 세상을 흑백으로 보았다. 그녀는 확신에 차 있었다. 하지만 외딴 이곳에서 클라라는 마을 사람들 덕분에 색채와 뉘앙스를 발견했다. 그들은 클라라가 그릴 수 있도록 그들의 영혼을 너그럽게 내어 주었다. 완벽한 인간이라서가 아니라 결점이 있는 모습을 그대로 보여 주었다. 그들 안에는 두려움과 불확실함이 가득했다. 적어도 한 사람 안에는 마티니가 가득했지만.

그럼에도 그들은 야생 한가운데에 서 있었다. 그들이 클라라의 소나무이자 은총이었다.

갑자기 클라라는 이웃들에 대한 고마움, 그들을 제대로 표현할 수 있게 해 준 영감에 대한 고마움이 솟구쳤다.

그녀는 눈을 감고 태양을 향해 고개를 젖혔다.

"괜찮으십니까?" 포틴이 물었다.

클라라는 눈을 떴다. 포틴이 빛에 휩싸인 것처럼 보였다. 그의 금발이 반짝였고 얼굴에는 따뜻하고 참을성 있는 미소가 있었다.

"이런 말은 하면 안 될지도 모르겠지만, 사실 몇 년 전만 해도 내 작품을 원하는 사람은 아무도 없었어요. 모두가 웃기만 했죠. 잔인했어요. 나는 거의 포기한 상태였지요."

"대부분의 위대한 예술가들이 그랬습니다." 포틴이 다정하게 말했다.

"난 예술대학에서 성적이 나빠 쫓겨날 뻔했어요. 이 얘기를 아는 사람은 별로 없죠."

"한 잔 더 드릴까요?" 가브리가 포틴의 빈 잔을 치우며 물었다.

"전 됐습니다. 메르시." 포틴이 다시 클라라에게 말했다. "우리끼리 얘기지만 최고인 사람들도 퇴학을 당했습니다. 시험으로 예술가를 어떻게 평가하겠어요?"

"전 항상 시험을 잘 봤어요." 가브리가 클라라의 잔을 집어 들며 말했다. "아, 그게 아니라 남자를 잘 봤답니다."

가브리는 클라라에게 재밌어하는 표정을 지어 보이고 사라졌다.

"빌어먹을 호모 자식. 구역질 나지 않습니까?" 포틴이 캐슈너트를 한 움큼 쥐며 말했다.

클라라는 얼어붙었다. 그가 농담으로 한 말이었는지 그녀는 포틴을 살폈다. 농담이 아니었다. 그리고 그는 진심으로 그렇게 말했다. 그녀는 갑자기 구역질이 났다.

24

가마슈와 브루넬은 생각에 잠긴 채 오두막으로 돌아갔다.

현관에 이르렀을 때 브루넬이 말했다. "내가 발견한 걸 말했으니 이제 당신 차례예요. 아까 당신과 보부아르 경위가 구석에서 못된 학생들처럼 속닥거린 내용은 뭐였죠?"

가마슈 경감을 못된 학생이라고 부를 사람은 별로 없었다. 그는 미소 지었다. 그리고 오두막 한구석에 매달려 조롱하듯 반짝이던 그것을 기억했다.

"보시겠습니까?"

"아뇨. 난 텃밭으로 돌아가 순무를 뽑을 건데요?" 그녀가 웃었다. "당연히 봐야지, 무슨 말이에요." 가마슈가 그녀를 방 한구석으로 데려갔다. 그리로 가는 동안에도 그녀의 눈은 이리저리 바삐 움직이며 대단한 물건들을 힐끗거렸다. 그들이 마침내 가장 어두운 구석에 멈춰 섰다.

"아무것도 안 보여요."

보부아르가 와서 손전등을 비췄다. 그녀가 빛을 따라 벽 위쪽 서까래까지 올려다보았다.

"그래도 안 보이는데요."

"보이실 겁니다." 가마슈가 말했다. 기다리는 동안 보부아르는 또 다른 말들을 생각했다. 그것은 그날 아침 자신의 비앤비 방문 앞에 붙어 있었다.

보부아르는 가브리에게 문에 압정으로 꽂혀 있던 종이쪽지에 대해 아는 게 있느냐고 물었지만 가브리는 영문을 모르겠다는 표정으로 고개를 저었다.

보부아르는 쪽지를 주머니에 쑤셔 넣었고 그날의 첫 카페오레를 마신 후에야 용기를 내어 읽어 보았다.

여인의 부드러운 몸을 하고 온다네,

그리고 너를 핥아 열기를 닦아 주고,

보부아르는 미친 늙은 시인이 비앤비에 침입해 방문에 쪽지를 붙여 놓아서 언짢은 것이 아니었다. 이 내용이 무슨 말인지 이해할 수 없어서도 아니었다. 무엇보다 그를 기분 나쁘게 한 것은 쉼표였다.

이것이 끝이 아니라는 뜻이었다.

"미안한데 정말로 난 아무것도 안 보여요." 브루넬 경정의 목소리에 보부아르의 생각이 다시 오두막으로 돌아왔다.

"거미줄이 보이십니까?" 가마슈가 물었다.

"네."

"그럼 보이실 겁니다. 더 자세히 살펴보세요."

시간이 좀 걸렸지만 마침내 그녀의 표정이 변했다. 그녀의 눈이 휘둥그레지고 눈썹이 올라갔다. 그녀는 글자가 똑바로 보이지 않는다는 듯이 고개를 살짝 기울였다.

"저기 단어가 있군요. 거미줄로 적혀 있다니. 뭐라고 쓰여 있는 거예요? 워우? 저런 게 어떻게 가능하죠? 도대체 어떤 거미가 저렇게 한 거예요?" 그녀가 물었다. 물론 답을 기대한 것은 아니었고 답을 얻지도 못했다.

그 순간 위성전화가 울렸다. 모랭이 받아서 가마슈에게 건넸다. "라코스트 형사님이 경감님을 바꿔 달라는데요."

"위 알루Oui, allô 여보세요?" 가마슈는 잠시 동안 듣고 있었다. "정말인가?" 그는 잠시 더 들으며 방 안을 둘러보고는 다시 거미줄을 올려다보았다. "다코르. 메르시D'accord. Merci 알았네. 고마워."

가마슈는 전화를 끊고 잠시 생각하다가 옆에 있는 사다리로 손을 뻗었다.

"제가……." 보부아르가 자신이 올라가겠다는 몸짓을 했다.

"스 네 파 네세세르Ce n'est pas necessaire 그럴 필요 없네." 가마슈는 심호흡을 한 뒤 안나푸르나 같은 사다리를 오르기 시작했다. 그는 두 발짝 올라가더니 불안하게 흔들리는 손을 내밀었다. 보부아르가 앞으로 나가 가마슈의 떨리는 손이 자신의 어깨를 짚을 수 있도록 대 주었다. 균형을 잡은 가마슈가 팔을 뻗어 펜으로 거미줄을 찔렀다. 아래에서 목을 길게 빼고 있는 사람들에게는 보이지 않았지만 그는 천천히 거미줄 한 가닥을 들어냈다.

"세 사C'est ça 좋았어." 그가 중얼거렸다.

사다리에서 내려와 땅에 안착한 가마슈는 고갯짓으로 거미줄이 있는 구석을 가리켰다. 보부아르가 거미줄에 빛을 비췄다.

"어떻게 하신 겁니까?" 보부아르가 물었다.

거미줄의 글씨가 바뀌어 있었다. 이제는 워우-Woe가 아니라 우-Woo였다.

"거미줄 한 가닥이 느슨했어."

"하지만 그렇다는 걸 어떻게 아셨어요?" 보부아르가 끈질기게 물었다. 모두가 거미줄을 자세히 살펴봤다. 분명히 거미가 뽑은 실이 아니었다. 나일론 낚싯줄로 거미줄처럼 보이게 만든 듯했다. 실험실에 가져가서 제대로 분석해 봐야 할 터였다. '워우'에서 '우'로 바뀌었다고 해서 사건이 명확해진 것은 아니었지만 큰 소득이었다.

"더 많은 검사 결과가 수사본부로 보내졌다는군. 지문 감식 결과도 나왔다는데 그건 좀 이따 얘기하기로 하고, 어쨌든 침대 아래에서 찾은 나무 조각 기억하나?"

"'워우'라고 되어 있던 조각 말씀이시죠?" 그들 곁에 와 있던 모랭이 말했다.

가마슈가 고개를 끄덕였다. "검사 결과 조각에 묻어 있던 피는 피해자의 것이었네. 그런데 실험실에서 피를 닦아 내다 다른 사실도 발견했다는군. 나무 조각에 새겨진 글자는 '워우'가 아니었네. 핏자국 때문에 글자가 엉망이었지. 피를 닦아 내자⋯⋯."

"'우'였군요. 그래서 하나가 그렇다면 다른 하나도 그럴 거라 생각하셨고요." 보부아르가 말했다.

"시도해 볼 만했지."

"전 차라리 '워우'가 나왔던 것 같습니다. 적어도 단어이긴 하니까요. '우'는 뭐죠?"

그들은 생각에 잠겼다. 지나가는 누군가가 오두막 안을 들여다봤다면 한 무리의 어른들이 가만히 서서 허공을 바라보며 이따금 '우'라고 중얼거리는 모습을 봤으리라.

"'우'라. 구애한다는 뜻인가pitch a woo 구애하다?" 브루넬이 말했다.

"울음소리일까? 아니, 그건 '우후'가 아니라 '부후'지." 보부아르가 말했다.

"캥거루를 말하는 거 아닐까요?" 모랭이 물었다.

"캥거'우'라고? 캥거루잖아." 보부아르가 딱딱거렸다.

"빌어먹을." 브루넬이 욕을 했다.

"우, 우." 모랭이 나지막이 중얼거렸다. 그는 추추칙칙폭폭 같은 소리 말고 다른 걸 생각해 내려고 애썼다. 하지만 계속 소리 내 볼수록 더 의미 없는 말처럼 들렸다. "우." 그가 속삭였다.

가마슈만 아무 말도 하지 않았다. 그는 사람들의 말을 듣고 있었지만 머릿속으로 다른 생각을 하고 있었다. 조각에서 나온 피 묻은 지문이 또 다른 사실을 밝혀 주었다. 가마슈의 얼굴이 점차 굳어졌다.

"그를 여기서 지내게 할 순 없어요."

마르크가 부엌 싱크대 수도꼭지 아래로 팔을 휙휙 움직였다.

"나도 그가 여기 있는 게 싫단다. 하지만 적어도 여기선 그를 지켜볼 수 있잖니." 카롤이 말했다.

세 사람은 부엌 창문 너머로 잔디 위에서 책상다리를 한 채 명상하는 늙은 남자를 쳐다보았다.

"'지켜본다'라는 게 무슨 뜻이죠?" 도미니크가 물었다. 그녀는 시아버지에게 흥미를 느끼고 있었다. 그에게는 일종의 쇠진한 매력 같은 것이 있었다. 도미니크는 그가 한때 강한 성격과 강한 영향력을 갖고 있었다는 것을 알 수 있었다. 그리고 그는 여전히 그렇다는 듯 행동했다. 그에게는 초라한 위엄이 남아 있긴 했지만 교활함도 있었다.

마르크가 비누를 집어 외과 의사처럼 자신의 팔뚝을 온통 문질렀다. 사실 그는 벽을 마감한 뒤 먼지와 회반죽을 씻어 내는 중이었다.

힘든 작업이었고 남에게 좋을 일이었다. 스파 리조트의 새 주인에게. 그가 작업을 엉터리로 했기 때문에 오히려 다행이었다.

"뱅상 주위에서 벌어지는 일을 지켜봐야 한다는 뜻이었어. 그의 주변에서는 항상 말썽이 생기니까. 그는 영화로운 배처럼 인생을 항해해 나가지만 뒤에 남겨진 잔해는 안중에도 없단다." 카롤이 말했다.

그렇게 들리진 않았을 테지만 그녀로서는 너그럽게 한 말이었다. 마르크를 위해. 사실 카롤은 뱅상이 자신이 야기한 잔해들을 똑똑히 보고 있다고 생각했다. 그는 일부러 사람들을 치며 항해했고 고의로 그들을 짓밟았다.

카롤은 그의 간호사이자 조수, 하녀였다. 그의 목격자였고 양심이었다. 이러한 이유로 그가 그녀를 싫어하게 됐으리라. 그녀 또한 그를.

다시 한 번 세 사람은 정원에서 차분히 책상다리를 하고 앉아 있는 남자를 바라보았다.

"그를 어떻게 해야 할지 지금 당장은 모르겠어." 마르크가 손을 말리며 말했다.

"여기서 지내시라고 해야지. 당신 아버지잖아." 도미니크가 말했다.

마르크는 즐거움과 슬픔이 뒤섞인 표정으로 그녀를 바라보았다. "그래, 그럴 줄 알았어. 그가 당신을 홀렸지?"

"난 그런 순진한 여학생이 아니야."

마르크는 아무 말도 할 수 없었다. 그는 그녀가 캐나다 금융계에서 가장 부유하고 교활한 깡패들도 꼼짝 못하게 했다는 사실을 알고 있었다. 그러나 뱅상 질베르는 달랐다. 그에게는 남을 홀리는 재주가 있었다. "미안해. 너무 많은 일들이 일어나서 그래."

마르크는 탐욕과 두려움, 조작이 난무하던 금융계에 비해 시골에서의 삶은 쉬울 거라 생각했다. 하지만 이곳에서 그는 시체를 발견하고 옮겼으며 마을에서 신용을 잃었고 살인 혐의를 받았다. 게다가 지금은 성인을 집에서 쫓아내려는 중이었고 벽 마감은 망쳤다.

그리고 나뭇잎은 빛깔조차 바뀌지 않았다.

단풍이 들 때쯤 자신들은 이곳에 없으리라. 어딘가에서 또 다른 집을 찾으며 이번에는 좀 더 잘해 나가길 바라고 있으리라. 그는 각 사무실마다 치열한 경쟁자가 도사리고 있었지만 그래도 상대적으로 쉬웠던 회사

생활이 그리웠다. 이곳에서는 모든 것이 즐겁고 평화로워 보였지만 실제로는 그렇지 않았다.

마르크는 다시 창밖을 보았다. 앞쪽 정원에는 책상다리를 하고 앉아 있는 아버지가 있었다. 그 뒤편 들판에는 쇠약해진 늙은 말 두 마리와 무스로 의심되는 말 한 마리가 있었고, 오물투성이인 말 한 마리가 저 멀리 있었다. 원래라면 지금쯤 개 사료가 되어 있었을 말들이었다. 이것은 그가 시골로 이사 올 때 상상했던 그림이 아니었다.

"마르크 말이 맞아. 뱅상은 괴롭히든 유혹하든 죄책감이 들게 하든 항상 자신이 원하는 것을 얻으니까 말이다."

카롤이 며느리에게 말했다.

"그럼 그가 원하는 게 뭘까요?" 도미니크가 물었다. 적절한 질문 같았다. 그런데 왜 그렇게 대답하기 어려운 걸까?

초인종이 울렸다. 그들은 서로 바라보았다. 지난 24시간 사이에 그들은 초인종 소리를 두려워하게 되었다.

"내가 나갈게요." 도미니크가 말했다. 그녀는 부엌에서 씩씩하게 걸어 나간 뒤 잠시 후 어린아이와 올드 먼딘을 데리고 다시 나타났다.

올드가 모두에게 웃으며 인사한 뒤 말했다. "제 아들 아시죠? 자, 찰스. 엄마가 이분들에게 어떻게 하라고 했지?"

그들이 기다리는 사이 찰스는 고민하다 가운뎃손가락을 들어 보였다.

"사실 루스한테 배운 거예요." 올드가 설명했다.

"참 확실한 롤모델이네요. 그럼 찰스에게 스카치도 한 잔 줘야 할까요?" 카롤이 물었다. 올드 먼딘의 잘생기고 그을린 얼굴에 웃음이 활짝 피어났다.

"아뇨. 루스가 방금 마티니를 줘서요. 술을 섞어 마시면 안 되죠." 이제 올드는 불편한 표정으로 아들의 어깨 위에 손을 올리고 그를 껴안았다. "그가 여기 있다고 들었습니다. 혹시 괜찮을까요?"

마르크, 도미니크, 카롤은 어리둥절했다.

"무슨 말이죠?" 도미니크가 물었다.

"질베르 박사님이오. 숲에서 그를 봤습니다. 그분이 누구인지는 알았지만 당신 아버지인 줄은 몰랐어요."

"왜 말 안 했어요?" 도미니크가 물었다.

"제가 상관할 일이 아니니까요. 그리고 그분도 눈에 안 띄고 싶어 하는 것 같았고요."

마르크는 그래도 어쨌든 이곳에서의 삶이 더 단순하겠다고 생각했다. 회사에서는 자신의 일이 아닌 것까지 모두 상관하게 만들었으니까.

올드 먼딘이 말을 이었다. "방해하고 싶진 않지만 혹시 그분을 만날 수 있을까 해서요. 찰스를 보여 드려도 될까요?" 이 젊은 아버지는 무척 힘들게 이런 부탁을 하는 것처럼 보였다. "박사님이 쓰신 『존재』를 읽고 또 읽었습니다. 당신 아버지는 위대한 사람입니다. 당신이 부럽군요."

마르크는 올드 먼딘이 부러웠다. 그는 아들을 어루만지고 껴안고 있었다. 아들을 보호하고 사랑해 주었다. 그리고 그는 아들을 위해 기꺼이 자신을 낮췄다.

"그는 정원에 있어요." 마르크가 말했다.

"감사합니다." 문간에서 올드 먼딘이 멈춰 섰다. "저한테 연장이 있어요. 내일 다시 와서 도와 드릴게요. 사람은 언제나 도움이 필요하죠."

남자답게 굴어라, 아들아. 왜 내 아버지는 사람은 언제나 도움이 필요하다는 말을 내게 해 주지 않았을까?

마르크는 고개를 끄덕였다. 하지만 방금 얼마나 중대한 일이 일어났는지는 알아차리지 못했다. 올드 먼딘은 집수리를 도와주겠다고 했다. 자신들에게 떠나라고 하지 않았다. 마르크의 아버지가 뱅상 질베르였기 때문이었다. 그의 빌어먹을 아버지가 그를 구했다.

올드가 도미니크에게 말했다. "참, 와이프가 안부 전해 달라더군요."

"제 안부도 전해 주세요." 도미니크가 잠깐 숨을 고르고 말했다. "와이프에게요."

"네, 그럴게요." 올드와 찰스는 정원으로 나갔고 남은 세 사람은 지켜보았다.

얼마 전까지만 해도 숲에 있던 뱅상 질베르 박사가 이제 어쩌다 보니 관심의 중심에 있었다.

올드와 찰스가 다가가자 뱅상이 한쪽 눈을 뜨고 긴 속눈썹 사이로 바라보았다. 자신을 향해 조용히 걸어오는 두 사람이 아니라 창가에 있는 세 사람을.

남을 도우라는 것이 그가 받은 가르침이었다. 그리고 그는 도우려 했다. 하지만 그는 먼저 자신을 도와야 했다.

비스트로는 조용했다. 몇몇 마을 사람들이 야외 테이블에 앉아 햇살 속에서 커피나 캄파리를 마시며 평온함을 즐기고 있었다. 올리비에가 안쪽 창가에 서 있었다.

"맙소사, 왜 그렇게 생전 처음 마을을 보는 사람처럼 그러는 거야?" 바 뒤에서 가브리가 자신이 거의 비운 사탕 단지를 채우고 바를 닦으며 말했다.

지난 며칠 동안 가브리가 볼 때마다 올리비에는 늘 같은 자리에서 창밖을 내다보고 있었다.

"한 대 피울래?" 가브리가 파트너에게 다가가 파이프 모양 감초 사탕을 권했다. 하지만 올리비에는 주문에 걸린 듯 꼼짝하지 않았다. 가브리는 올리비에에게 주려던 감초 사탕을 먹는 규칙에 따라 끝부터 베어 물었다.

"뭐가 문제야?" 가브리는 올리비에의 시선을 따라가 보았지만 그가 예상했던 것밖에는 보이지 않았다. 시선을 사로잡을 만한 건 없었다. 테라스의 손님들과 마을 잔디 광장의 루스와 로사뿐이었다. 오리는 스웨터를 입고 있었다.

올리비에는 눈을 찡그리고 오리를 집중해서 쳐다보았다. 이윽고 가브리를 향해 돌아섰다.

"저 스웨터 낯익지 않아?"

"어떤 거?"

"오리가 입은 거 말이야." 올리비에가 가브리를 뚫어지게 쳐다보았다. 가브리는 절대 거짓말을 못 했다. 그는 지금 감초 사탕을 마저 먹으며 최대한 영문을 알 수 없다는 얼굴을 하고 있었다.

"무슨 말인지 모르겠는데."

"저거 내 스웨터지. 그렇지?"

"말도 안 되는 소리 하지 마, 올리비에. 자기랑 오리가 어떻게 같은 사이즈를 입겠어?"

"지금은 아니지만 내가 아이였을 땐 그랬지. 내가 어릴 때 입던 옷 어짰어?"

가브리는 입을 다문 채 속으로 루스를 욕했다. 새 옷을 입은 로사를 보란 듯 데리고 다니다니. 뭐, 그렇게 새 옷은 아니지만.

"이제 그 옷들을 치울 때도 됐다고 생각했어." 가브리가 말했다. "루스한테는 가을, 겨울에 로사에게 입힐 따뜻한 옷이 필요했단 말이야. 그래서 그 옷들이 생각나더라고. 자기는 왜 그걸 계속 갖고 있던 거야? 지하실에서 공간만 차지했잖아."

"그게 공간을 얼마나 차지했다고 그래?" 올리비에는 신중함이 무너지고 자아가 분열되는 것을 느끼며 따져 물었다. "어떻게 그럴 수 있어?" 그가 충격을 받고 몸을 뒤로 물린 가브리에게 으르렁댔다.

"하지만 그걸 치워야겠다고 말한 사람은 자기였어."

"내가. 내가 치운다는 말이었지. 자기가 아니라. 자기가 맘대로 할 권리는 없었어."

"미안해. 그게 자기한테 그렇게 의미 있는 것인 줄 몰랐어."

"그래, 그랬어. 이제 난 어떡하지?"

올리비에는 루스 뒤를 뒤뚱거리며 따라가는 로사를 보았다. 루스가 오리에게 구시렁거렸지만 뭐라고 했는지는 신만이 알 터였다. 그리고 올리비에는 눈에 차오르는 눈물과 목구멍에서 치밀어 오르는 감정을 느꼈다. 그는 옷을 되찾아 올 수 없었다. 이제 그럴 수 없었다. 옷은 자신의 손을 떠났다. 영영 가 버렸다.

"내가 다시 가져올까?" 가브리가 올리비에의 손을 잡으며 물었다.

올리비에는 고개를 저었다. 왜 그렇게 감정이 격해졌는지 자신도 알 수 없었다. 그것 말고도 걱정거리는 많았다. 그리고 그 오래된 옷상자를 치워야겠다고 생각했던 것도 사실이었다. 단지 그가 게으른 데다 누구에게 줄지도 몰라서 치우지 않았던 것뿐이었다.

그러니 로사에게 줘도 상관은 없었다. 먼 하늘에서 끼룩거리는 소리가 들렸다. 로사와 루스가 고개를 들었다. 머리 위로 대형을 이룬 오리들이 남쪽을 향해 갔다.

슬픔이 올리비에를 엄습했다 사라졌다. 완전히 사라졌다. 모든 것이.

마을 사람들은 몇 주 동안이나 숲을 지나 여행했다. 처음에 청년은 가끔씩 뒤를 돌아보며 사람들을 재촉했다. 그는 가족과 친구들에게 함께 떠나자고 한 것을 후회했다. 나이 든 사람들과 아이들이 없었다면 지금쯤 훨씬 더 멀리 가 있었을 것이다. 하지만 몇 주가 지나고 평화로운 나날이 계속되자 그는 걱정을 덜하기 시작했고 동행이 있다는 것에 감사했다.

그가 이제 어깨 너머를 돌아보지 않게 되었을 때 첫 번째 조짐이 나타났다.

그것은 황혼이었다. 황혼이 사라지지 않았고 밤이 완전히 깜깜해지지 않았다. 청년은 다른 사람들이 그 사실을 눈치챘는지는 알 수 없었다. 어쨌든 저 멀리에서 빛나는 작은 빛이 지평선에 머물러 있었다. 다음 날 태양이 떴지만 완전히 밝아지지 않았다. 하늘에 어둠이 있었다. 그러나 마찬가지로 어둠은 지평선에 머물러 있었다. 마치 저편에서 그림자가 흘러나오는 듯했다.

그때 청년은 알았다.

그는 자신의 자루를 꽉 움켜쥐고 모두를 재촉해 길을 서둘렀다. 사람들을 앞으로 몰아갔다. 사람들은 불멸과 젊음, 행복이 기다리고 있다고 생각했기에 기꺼이 서둘렀다. 그들은 기쁨에 들떠 있었다. 그리고 청년은 그 기쁨 속에 몸을 감췄다.

밤이 되자 하늘에서 빛이 점점 더 커졌다. 그리고 낮 동안에는 그림자가 그들을 향해 뻗어 왔다.

그들이 언덕 꼭대기에 다다랐을 때 나이 든 아주머니가 기대에 찬 목소리로 물었다. "여기야? 다 온 거야?"

그들 앞은 물이었다. 물뿐이었다.

그리고 그들 뒤로 그림자가 길어졌다.

25

"올리비에?"

그는 금발 머리를 숙인 채 여태까지 받은 그날 영수증들을 살피고 있었다. 점심시간이 가까웠고 비스트로에는 마늘과 허브, 로스트 치킨 냄새가 가득했다.

올리비에는 그들이 오는 모습을 봤고 소리도 들었다. 숲이 울부짖는 듯 새된 소리가 나고 그들이 탄 ATV가 숲을 빠져나왔다. 그들은 옛 해들리 저택에 주차한 뒤 마을로 걸어왔다. 마을 사람 대부분이 하던 일을 멈추고 그들을 지켜보았다. 가마슈 경감과 보부아르 경위는 대화에 몰두하고 있었고 아무도 그들을 방해하지 않았다. 올리비에는 돌아서서 비스트로 안쪽 바 뒤로 갔다. 그의 주변에서 젊은 웨이터들이 테이블을 세팅했고 하보크 파라가 안내판에 그날의 스페셜 메뉴를 적었다.

비스트로의 문이 열렸고 올리비에는 등을 돌렸다. 마지막 순간까지 버티고 싶었다.

"올리비에? 얘기 좀 할까요? 사람들이 없는 곳에서요." 가마슈가 말했다.

올리비에가 돌아서며 미소를 지었다. 마치 그들에게 잘 보이면 이 순간을 피할 수 있으리라는 듯이. 가마슈도 미소를 보였지만 그의 눈은 웃음기 없이 진지했다. 올리비에는 그들을 벨라벨라 강이 보이는 뒷방으로 안내했고, 그들에게 자리를 권하고 자신도 앉았다.

"무슨 일이시죠?"

올리비에는 심장이 쿵쿵거렸고 차가워진 손에 감각이 없어졌다. 더이상 팔다리도 느껴지지 않았고 눈앞에서 점들이 춤을 췄다. 그는 현기증을 느끼며 힘겹게 숨을 쉬었다.

"오두막에 살았던 사람에 대해 말해 주십시오. 죽은 남자 말입니다." 가마슈가 아무 감정 없이 말했다. 그는 두 손을 포개고 편히 앉아 있었다. 저녁 식사 자리에서 친구의 이야기를 기다리는 사람 같았다.

올리비에는 도망칠 수 없다는 사실을 알았다. 비스트로 바닥에 죽어 있던 은둔자를 본 순간부터 알고 있었다. 그는 사태가 점점 커지며 자신을 향해 굴러오는 것을 보고 있었다. 그는 도망칠 수 없었다. 그가 아무리 빨리 달려도 다가오는 것에서 벗어날 수 없었다.

"그는 가브리와 제가 스리 파인스로 이사 온 뒤 첫 번째로 찾아왔던 고객들 중 한 명이었습니다."

오랫동안 속에서 썩어 가던 말이 밖으로 기어 나왔다. 올리비에는 자신의 숨에서 악취가 나지 않는다는 사실이 놀라웠다.

가마슈가 고개를 작게 끄덕이며 그에게 용기를 줬다.

"그때 우리는 골동품 가게를 했어요. 이곳을 아직 비스트로로 바꾸기 전이었죠. 우리는 위층 공간에서 살았습니다. 이곳은 끔찍했어요. 쓰레기 같은 물건만 가득하고 지저분했죠. 건물의 원래 특징들은 회반죽 아래 감춰져 있었고요. 우리는 이곳을 복원하기 위해 밤낮으로 일했습니다. 그가 찾아왔던 건 우리가 이사 온 지 몇 주밖에 되지 않았을 때였던 것 같아요. 그는 바닥에서 보셨던 그 사람이 아니었어요. 그때는요. 수년 전이니까요."

올리비에는 모든 것을 다시 눈앞에 떠올릴 수 있었다. 가브리는 그들의 새집인 위층에서 일을 했다. 들보를 가리고 있던 것을 벗기고 석고보드를 뜯어냈다. 원래의 멋진 벽돌 벽을 노출시켰다. 그들은 뭔가를 발견할 때마다 더욱 신이 났다. 그렇지만 가장 신 나는 것은 이곳이 보금자리라는 확신이 커진다는 사실이었다. 그들은 마침내 정착할 곳을 찾았다. 처음에 그들은 짐 풀기에만 급급해 마을을 돌아볼 여유가 없었다. 그러나 몇 주, 몇 달이 지나는 동안 서서히 마을이 그들에게 모습을 드러냈다.

"전 막 사업을 시작하는 중이었고 물건도 많지 않았어요. 몇 년간 수집한 자질구레한 것들뿐이었죠. 전 어렸을 때부터 골동품 가게를 여는 것이 꿈이었는데 기회가 온 거죠."

"기회는 그냥 오지 않습니다. 도움이 따라야 하죠." 가마슈가 조용히 말했다.

올리비에가 한숨을 쉬었다. 가마슈 경감이 알아내리란 것을 알았어야 했다.

"전 도시에서 다니던 직장을 그만뒀습니다. 들으셨을 테지만 상당히 성공했습니다."

가마슈가 다시 고개를 끄덕였다.

올리비에는 잘나가던 그 시절을 기억하며 미소 지었다. 그는 실크 정장과 헬스클럽 회원권을 갖고 있었고, 그가 메르세데스 대리점에서 했던 유일한 고민은 차 색깔이었다.

이내 그는 도를 넘어섰다.

그 일은 수치스러웠다. 그는 너무 우울해서 스스로 무슨 짓을 할지 두려웠고 도움이 필요했다. 그리고 심리 치료를 받으러 간 병원의 대기실에 가브리가 있었다. 덩치 크고 수다스러우며 허영심 많고 활기찬 남자였다.

처음에 올리비에는 그가 싫었다. 가브리는 올리비에가 경멸하던 모든 점을 갖추고 있었다. 올리비에와 그의 게이 친구들은 조심스럽고 우아했으며 냉소적이었다.

반면 가브리는 그냥 봐도 호모였다. 평범하고 뚱뚱했으며 조심스러움 따위는 없었다.

하지만 그에겐 비열한 면도 없었다. 그리고 시간이 지나면서 올리비에는 친절함이 얼마나 훌륭한 가치인지 알게 되었다.

그렇게 그는 가브리와 사랑에 빠졌다. 깊고 무조건적이고 무분별한 사랑에.

가브리는 자신이 일하던 웨스트마운트의 **YMCA**를 그만두고 도시를 떠나는 데 동의했다. 어디로 가든 상관없었다. 그들은 남쪽으로 차를 몰았다. 하지만 한참 가다가 결국 길을 잃었다는 것을 인정하고 어느 오르막길 꼭대기에 차를 세웠다. 가브리는 목적지가 없으니 길을 잃을 수도 없다고 명랑하게 말했지만 올리비에는 운전석에서 퀘벡 지도와 씨름하느라 바빴다. 마침내 올리비에는 가브리가 바깥에 서서 운전석 창문을 톡톡 두드리고 있다는 것을 깨달았다. 그가 창문을 내리자 가브리가 나오라고 몸짓했다.

짜증 난 올리비에가 지도를 뒷좌석에 내팽개치고 밖으로 나왔다.

"왜?" 그가 가브리에게 쏘아붙였다. 가브리는 앞을 바라보고 있었다. 올리비에는 그의 시선을 따라갔다. 그리고 집을 발견했다.

그는 즉시 그곳을 알아봤다.

올리비에가 어릴 때 침대에서 읽던 동화에 나오는 그런 곳이었다. 올리비에의 아버지는 그가 해상 전투 이야기나 야한 잡지를 읽는다고 생각했다. 적어도 그러길 바랐다. 그러나 올리비에가 읽는 책에는 마을, 오두막, 정원이 등장했고 집집마다 피어오르는 연기와, 마을 사람들보다 훨씬 나이가 많은 돌담에 대한 이야기가 있었다.

그는 바로 그 순간까지 그 모든 것을 잊고 있었다. 그리고 그 순간 그는 어린 시절의 꿈 중 하나가 떠올랐다. 그는 골동품 가게를 열고 싶어했다. 자신이 발견한 물건들을 진열한 수수하고 작은 가게를 원했다.

"갈까, 마 벨Ma belle 내 사랑?" 가브리가 올리비에의 손을 잡았다. 그들은 차를 그 자리에 세워 둔 채 흙길을 걸어 스리 파인스로 내려왔다.

"은둔자가 들어왔을 때 처음에는 실망했어요."

"은둔자요?" 가마슈가 물었다.

"저는 그를 그렇게 불렀어요."

"하지만 그의 이름은 몰랐습니까?"

"그가 말해 주지 않았고 저도 묻지 않았어요."

가마슈가 보부아르의 시선을 읽었다. 경위의 시선에는 실망과 불신이 담겨 있었다.

"계속하십시오." 가마슈가 말했다.

"그는 약간 긴 머리에 조금 지저분해 보였어요. 물건을 많이 살 사람처럼 보이진 않았죠. 하지만 한산했기 때문에 전 그에게 말을 걸었어요. 그는 일주일 후에 다시 찾아왔고 몇 달 동안 한 주에 한 번 정도 왔습니다. 그러다 어느 날 그가 저를 한쪽으로 데려가더니 팔고 싶은 물건이 있다고 했어요. 상당히 실망스러웠지요. 친절하게 대해 줬더니 쓰레기 같은 물건을 사라고 하다니 화가 났죠. 나가라고 하려는데 그가 손에 들고 있던 물건이 보였어요."

올리비에는 아래를 내려다봤던 기억이 났다. 그들은 가게 안쪽에 있었고 조명이 밝지 않았지만 그 물건은 어슴푸레하게 빛을 내거나 반짝이지 않았다. 실은 윤기가 전혀 없어 보였다. 올리비에가 손을 뻗자 은 둔자가 손을 뒤로 뺐다. 그리고 그때 물건이 빛을 받았다.

미니어처 초상화목걸이 등에 넣을 수 있는 아주 작은 초상화였다. 두 사람은 창가로 갔고 올리비에는 물건을 잘 볼 수 있었다.

초상화는 변색된 오래된 틀에 들어 있었고, 말의 털 한 가닥으로 그린 듯 디테일이 아주 정교했다. 분칠한 가발을 쓰고 옷차림이 단정치 않은 어떤 남자의 옆모습이었다.

기억을 떠올리기만 하는데도 올리비에의 심장이 빠르게 뛰었다.

"얼마에 팔고 싶으시죠?"

"약간의 음식이면 어떻습니까?" 은둔자가 물었고 거래가 성사되었다.

올리비에가 가마슈를 바라보았다. 그의 사려 깊은 갈색 눈은 전혀 흔들림이 없었다.

"그렇게 시작하게 된 겁니다. 그 초상화를 받고 식료품을 몇 봉지 주었습니다."

"그래서 초상화는 얼마에 되팔았습니까?"

"별로 많이 받지 못했어요." 올리비에는 기억을 떠올렸다. 그는 미니어처 초상화를 조심스럽게 틀에서 떼어 내 뒷면의 오래된 글자를 보았다. 초상화의 인물은 폴란드의 어느 백작이었고 1745년이라고 적혀 있었다. "그냥 몇 달러만 받고 팔았습니다."

올리비에는 가마슈와 눈이 마주쳤다.

"어디에다 팔았죠?"

"몬트리올의 노트르담 거리에 있는 골동품상에요."

가마슈가 고개를 끄덕였다. "계속하세요."

"그 후로 은둔자는 가끔 가게에 물건을 가져왔고 전 음식을 주었습니다. 하지만 그는 점점 편집 증세를 보였어요. 마을에 나오고 싶어 하지 않았죠. 저에게 자신의 오두막으로 오라고 하더군요."

"왜 가겠다고 했습니까? 꽤 성가신 일이었을 텐데요."

올리비에는 그 질문이 나올까 봐 두려워하고 있었다.

"그가 준 물건들이 꽤 좋았기 때문이죠. 굉장한 건 아니었지만 괜찮은 물건이었어요. 그래서 궁금했습니다. 오두막에 처음 갔을 때 그가 어떤 걸 갖고 있는지 깨닫기까지 몇 분이나 걸렸어요. 이상하게도 모든 게 있어야 할 자리에 있는 것처럼 보였거든요. 가까이 다가가 보았죠. 그는 수만에서 수십만 달러짜리 접시에 밥을 먹고 있었습니다. 그 유리잔들을 보셨어요?" 올리비에의 눈이 흥분으로 반짝였다. "팡타스틱Fantastique 환상적이었죠."

"그가 그렇게 값진 물건들을 어떻게 갖게 됐는지 말한 적 있습니까?"

"얘기한 적 없어요. 저도 전혀 묻지 않았고요. 그가 겁먹고 사라질까 봐 두려웠어요."

"그는 자신이 가진 물건의 가치를 알았나요?"

흥미로운 질문이었고 올리비에 스스로도 고민했던 질문이었다. 은둔자는 정교하게 세공된 은 식기를 가브리가 이케아 접시를 다루듯 했다. 어떤 것도 애지중지 여기지 않았다. 하지만 은둔자는 무신경하지도 않았다. 그는 조심스러운 사람이었고 그것만큼은 확실했다.

"잘 모르겠어요." 올리비에가 말했다.

"그래서 당신은 그에게 식료품을 가져다줬고 그는 당신에게 값비싼 골동품을 줬군요?"

가마슈의 목소리에는 감정이 드러나지 않았고 호기심이 묻어났다. 올리비에는 비난을 받을 수도 있다고, 그래야 할 거라고 생각했지만 가마슈는 그러지 않았다.

"그는 가장 좋은 물건은 주지 않았어요. 적어도 처음에는요. 그리고 전 그에게 식료품을 가져다주는 것 이상을 해 줬습니다. 그가 텃밭을 일구는 걸 도와주고 씨앗도 갖다 줬죠."

"그에게 얼마나 자주 갔습니까?"

"격주에 한 번씩이오."

가마슈는 잠깐 생각한 뒤 말했다. "그는 왜 사람들에게서 멀리 떨어진 오두막에서 살았습니까?"

"제 생각엔 숨어 있었던 것 같아요."

"무엇 때문에 말입니까?"

올리비에가 고개를 저었다. "몰라요. 얘기를 꺼내 봤지만 그는 아무 말 하지 않았어요."

"대체 아는 게 뭡니까?" 가마슈의 목소리가 조금 전보다 참을성이 없었다. 보부아르가 수첩에서 고개를 들었고 올리비에는 자세를 고쳐 앉았다.

"제가 아는 건 은둔자가 몇 달에 걸쳐 오두막을 지은 뒤 모든 물건을 직접 옮겼다는 거예요." 올리비에는 가마슈를 관찰하며 그가 좀 누그러졌는지, 이 이야기를 계속 듣고 싶어 하는지 살폈다. 가마슈가 몸을 약간 앞으로 내밀었고 올리비에는 서둘러 이야기를 이어 갔다. "그가 그것에 대해 모두 말해 줬어요. 그의 물건들은 대부분 크지 않았죠. 사실 안락의자와 침대가 크긴 했지만 나머지는 누구든 옮길 수 있었어. 그리고 그는 힘이 셌고요."

가마슈는 여전히 말이 없었다. 올리비에는 꼼지락거렸다.

"저는 진실을 말했어요. 그 모든 물건을 어떻게 갖게 됐는지는 그가 한 번도 말하지 않았습니다. 저도 묻기 두려웠고요. 하지만 뻔하지 않아요? 분명히 훔쳤을 거예요. 그렇지 않으면 왜 숨어 있었겠어요?"

"그럼 당신은 그것들이 장물이라고 생각하고 아무 말 하지 않은 겁니까? 경찰에 신고하지도 않았고요?" 가마슈가 말했다. 여전히 올리비에를 비난하는 말투는 아니었다.

"알아요. 신고했어야 했는데 그러지 못했어요."

보부아르는 이번만은 비웃지 않았다. 그는 올리비에의 행동이 지극히 자연스럽고 이해할 만하다고 생각했다. 신고를 할 사람이 몇 명이나 있 겠는가? 보부아르는 돈이 가득한 가방을 발견하고 돌려준 사람들의 이 야기를 들을 때마다 감탄했고 그들의 정신 상태가 궁금했다.

가마슈는 거래의 시작점에 있는 사람들을 생각했다. 물건의 원래 주 인들을. 훌륭한 바이올린, 값비싼 유리잔, 도자기와 은 제품, 상감세공 나무 탁자는 누구의 소유였을까? 은둔자가 숲에 숨어 있던 것이라면 누 군가가 그를 추격해 왔을 것이다. "그가 어디 출신인지 말하지 않았습니 까?" 가마슈가 물었다.

"한 번 물어봤지만 대답하지 않았어요."

가마슈는 잠시 생각했다. "어떻게 들리던가요?"

"네? 뭐가요?"

"그의 음성 말입니다."

"평범했습니다. 우리는 불어로 대화했어요."

"퀘벡 불어와 프랑스 불어 어느 쪽이오?"

올리비에는 망설였다. 가마슈는 기다렸다.

"퀘벡이오. 그런데……."

가마슈는 가만히 기다렸다. 그는 하루 종일, 몇 주, 평생이라도 기다 릴 것처럼 보였다.

"……그런데 그에겐 약간 악센트가 있었어요. 체코 억양이었던 것 같 아요." 올리비에가 서둘러 덧붙였다.

"확실합니까?"

"네, 그는 체코인이었어요. 확실해요." 올리비에가 중얼거렸다.

가마슈는 보부아르가 메모하는 모습을 보았다. 피해자의 신원에 대한 첫 번째 단서였다.

"시체가 발견됐을 때 왜 은둔자를 안다고 말하지 않았습니까?"

"그랬어야 했지만 경찰이 오두막을 발견하지 못할 수도 있다고 생각했거든요."

"왜 그러길 바랐죠?"

올리비에는 숨을 쉬려고 했지만 산소가 폐까지, 혹은 뇌까지 도달하지 못한 듯했다. 굳게 다문 입술이 차갑게 느껴졌고 눈이 화끈거렸다. 충분히 말하지 않나? 하지만 가마슈는 여전히 맞은편에 앉아 자신의 대답을 기다렸다. 올리비에는 가마슈의 눈빛에서 그것을 볼 수 있었다. 그는 알고 있었다. 가마슈는 답을 알고 있으면서 올리비에에게 직접 말하라고 다그치고 있었다.

"오두막에 제가 원하는 물건들이 있었으니까요."

올리비에는 안에 있던 말들을 다 토해 낸 것처럼 지친 표정이었다. 하지만 가마슈는 더 있다는 걸 알고 있었다.

"조각품에 대해 말해 봐요."

클라라는 수사본부에서 나와 길을 따라 쭉 걸었다. 그리고 돌다리를 건너 스리 파인스로 들어선 뒤 멈춰 서서 이쪽과 저쪽 길을 보았다.

어떡하지?

그녀는 조각품을 돌려주러 수사본부에 갔다 오는 길이었다.

빌어먹을 호모 자식.

그녀는 그 말을 무시하고 포틴이 그런 말을 하지 않은 척을 할 수도 있었다. 어쩌면 자신의 행동이 옳았다고 말해 줄 사람을 찾아갈 수도 있었다.

그 말을 들었을 때 그녀는 아무것도 하지 않았다. 아무 말도 하지 않고 그저 포틴에게 시간을 내주어 고맙다고 말했을 뿐이었다. 그리고 그는 흥분된다고, 전시가 다가올 때까지 또 연락하자고 말했고 그녀는 동의했다. 그들은 악수를 하고 양쪽 뺨에 키스했다.

그리고 지금 그녀는 이쪽저쪽을 보며 길을 잃은 채 서 있었다. 클라라는 그 일에 대해 가마슈에게 이야기할까 생각했다가 그만두었다. 그는 친구였지만 또한 경찰이었다. 불쾌한 말보다 더 고약한 범죄를 수사하고 있었다.

그렇지만 클라라는 궁금했다. 대부분의 살인이 이렇게 시작되는 걸까? 말에서 출발하는 걸까? 어떤 말이 가슴에 박혀 곪는다. 응고된다. 그리고 살인한다.

빌어먹을 호모 자식.

그리고 그녀는 아무것도 하지 않았다.

클라라는 오른편으로 돌아서서 상점들이 있는 쪽으로 향했다.

"무슨 조각품이오?"

"이게 그중 하납니다." 가마슈는 항해하는 배를 테이블 위에 올려놓았다. 웃는 얼굴의 승객들 사이에 비참한 청년이 숨어 있었다.

올리비에가 조각을 바라보았다.

그들은 세상의 끝에서 야영을 하며 함께 모여 바다를 바라보았다. 오직 청년만이 뒤를 응시하고 그들이 떠나온 곳을 바라보았다.

이제 밤하늘에 나타나는 빛은 누구나 볼 수 있을 정도였다. 하늘은 거의 언제나 어둑했다. 낮과 밤이 더 이상 구별되지 않았다. 그럼에도 마을 사람들은 기쁨과 기대 때문에 이를 알아채지 못하거나 신경 쓰지 않는 듯했다.

빛이 검처럼 어둠을 갈랐다. 그들에게 다가와 거의 그들 위까지 드리워진 그림자를 갈랐다.

산의 제왕이 일어나서 증오와 분노로 이루어진 군대를 소집했고 혼란이 군대를 이끌었다. 그들의 분노가 앞에 있는 하늘을 갈랐다. 그들은 소년티를 벗지 못한 청년을 찾아다녔다. 그리고 그가 들고 있는 자루를 찾고 있었다.

그들이 점점 더 가까이 행진해 왔다. 그리고 마을 사람들은 약속된 세상으로 데려가 주길 바라며 해안에서 기다렸다. 그곳에 가면 아무런 나쁜 일도 일어나지 않고 누구도 아프거나 늙지 않을 것이다.

청년은 숨을 곳을 찾아 여기저기를 뛰어다녔다. 동굴 같은 곳에 웅크리고 숨어 있으면 되지 않을까? 몸을 최대한 웅크리고, 아주 조용히.

"오." 올리비에가 말했다.
"이것에 대해 아는 게 있습니까?" 가마슈가 물었다.

이제 무시무시한 군대와 마을 사람들 사이에는 작은 언덕 하나뿐이었다. 한 시간. 어쩌면 그 안에 군대가 사람들을 덮칠 것이다.

올리비에에게 그 목소리가 다시 들렸다. 이야기는 오두막을 채우며 어두운 구석까지 퍼졌다.

　"저기 봐요." 마을 사람 하나가 바다를 가리키며 소리쳤다. 청년은 바다에서
는 또 어떤 무시무시한 것이 다가오는지 보려고 돌아섰다. 하지만 그가 본 것
은 배였다. 배가 전속력으로 자신들을 향해 오고 있었다.

　"신이 보내신 거야." 늙은 아주머니가 배에 오르며 말했다. 그리고 청년은
그 말이 사실이란 것을 알았다. 신들 중 하나가 자신들을 불쌍히 여겨 튼튼한
배와 강한 바람을 보내 주었다. 사람들이 서둘러 배에 오르자 즉시 배가 떠났
다. 바다로 나가며 청년이 뒤를 돌아보니 마지막 언덕 뒤에서 어두운 형체가
솟아오르고 있었다. 그것은 점점 더 높이 솟아올랐고 그 꼭대기에는 복수의 여
신들이 날아다녔다. 그리고 그것 위에는 더 이상 수목이 자라지 않았고 슬픔과
비탄, 광기가 행진하고 있었다. 그리고 군대의 선두에는 혼돈이 있었다.

　산의 제왕이 바다 위의 작은 배를 보며 소리를 질렀다. 그의 울부짖음이 돛
에 바람을 실어 주었고 배는 바다 위를 쏜살같이 나아갔다. 행복한 마을 사람
들은 뱃머리 앞을 바라보며 육지와 새로운 세상을 찾았다. 하지만 청년은 그들
사이에 웅크리고 뒤를 돌아보았다. 자신이 비통하게 만든 산을 바라보았다. 그
리고 자신들이 탄 배의 돛을 부풀리는 분노를.

　"어디서 찾으셨어요?" 올리비에가 물었다.

　"오두막에서요." 가마슈는 그를 자세히 지켜봤다. 올리비에는 조각을
보고 놀란 것 같았고 거의 겁먹은 듯했다. "전에 이 조각을 본 적 있습
니까?"

　"아니요."

"이것과 비슷한 다른 것은요?"

"본 적 없어요."

가마슈가 조각을 올리비에에게 건넸다. "이상한 주제지요. 그렇지 않습니까?"

"어째서요?"

"글쎄요. 모든 사람들이 행복해하고 기뻐하는데 이 남자만 그렇지 않습니다." 가마슈가 집게손가락으로 웅크리고 있는 인물의 머리를 짚었다. 올리비에가 자세히 보더니 얼굴을 찌푸렸다.

"전 예술에는 문외한이에요. 다른 사람에게 물으셔야 할 것 같네요."

"은둔자는 어떤 걸 조각했습니까?"

"별건 없었어요. 그냥 나무 조각들이었죠. 저에게 가르쳐 주기도 했지만 전 계속 손을 베기만 했습니다. 손재주가 좋지 않아서요."

"가브리의 말과 다르군요. 그는 당신이 옷을 직접 만들어 입었다고 하던데요."

"어렸을 때였죠. 그리고 그 옷들은 형편없었어요." 올리비에는 얼굴을 붉혔다.

가마슈가 올리비에에게서 조각품을 받아 들었다. "우리는 오두막에서 목공 도구를 발견했습니다. 실험실에서 검사 중이니 그걸로 이 조각품을 만들었는지는 곧 알게 될 겁니다. 하지만 우리는 둘 다 그 답을 알고 있습니다. 그렇지 않나요?"

두 사람은 서로를 응시했다.

"맞아요." 올리비에가 웃으며 말했다. "잊고 있었어요. 그는 이상한 조각들을 깎곤 했죠. 하지만 이걸 보여 준 적은 없었어요."

"그가 보여 준 건 어떤 것이었습니까?"

"기억나지 않아요."

가마슈는 조바심을 보이지 않았지만 보부아르는 초조했다. 그는 수첩을 탁 덮었다. 아주 불만스러운 소리가 났다. 하지만 그 정도 소리로는 보부아르의 실망이 전달되기에 부족했다. 올리비에는 쿠키를 훔쳐 먹은 여섯 살짜리 조카처럼 행동했다. 모든 것을 부정했다. 자신도 어쩔 수 없다는 듯 사소한 것까지 거짓말로 일관했다.

"기억해 봐요." 가마슈가 말했다.

올리비에는 한숨을 쉬었다. "이 부분에 있어서는 유감스러운 점이 있어서 말이죠. 그는 조각을 좋아했고 저에게 목재를 가져다 달라고 했어요. 아주 구체적으로 브리티시컬럼비아 주에서 난 연필향나무를 원했죠. 전 올드 먼딘에게서 그걸 구해다 줬습니다. 그런데 은둔자가 제게 조각품들을 주기 시작했고 전 아주 실망했어요. 더 이상 오두막에 있는 골동품을 많이 주지 않았으니까요. 이런 것들만 줬죠." 그가 손으로 조각품을 가볍게 쳤다.

"받은 조각품들을 어떻게 했습니까?"

"버렸어요."

"어디에요?"

"숲에다가요. 집으로 돌아오는 길에 숲 속으로 던졌어요. 갖고 싶지 않았죠."

"하지만 이 조각품은 당신에게 주거나 보여 주지도 않았다는 거죠?"

올리비에가 고개를 끄덕였다.

가마슈는 잠시 말을 멈췄다. 은둔자는 왜 이것과 나머지 조각 하나를 숨겼을까? 이 조각들은 뭐가 다르지? 어쩌면 은둔자는 올리비에가 다른 조각들을 버린 사실을 어렴풋이 알았을지도 몰랐다. 그에게 작품을 맡길 수 없다는 것을 깨달았으리라.

"이건 무슨 뜻입니까?" 가마슈가 배 밑에 새겨진 글자를 가리켰다.

OWSVI

"모르겠습니다." 올리비에는 어리둥절해 보였다. "다른 조각에는 이런 게 없었어요."

"'우'에 대해 말씀해 보시죠." 가마슈가 너무 조용히 말해서 올리비에는 자신이 잘못 들은 줄 알았다.

클라라는 푹신하고 편안한 안락의자에 앉아 머나를 지켜보고 있었다. 머나는 무슈 벨리보를 응대하고 있었다. 벨리보는 읽을거리를 사러 왔지만 뭐가 좋을지 고민했다. 머나는 그와 이야기를 나누며 책 몇 권을 추천해 주었다. 머나는 사람들이 겉으로 말하는 취향과 실제로 갖고 있는 취향을 모두 알았다.

마침내 무슈 벨리보는 사르트르와 웨인 그레츠키_{캐나다의 전설적인 아이스하키 선수}의 전기를 샀다. 그가 서점을 나가면서 클라라에게 살짝 고개를 숙였고 그녀도 의자에서 고개 숙여 인사했다. 그녀는 공손한 그 노인이 그렇게 할 때면 어떻게 해야 할지 알 수 없었다.

머나가 클라라에게 차가운 레모네이드를 건네고 맞은편 의자에 앉았다. 서점 창문을 통해 오후의 태양이 쏟아져 들어왔다. 둘은 창밖 여기저기에서 개가 주인에게 공을 물어다 주거나 주인이 개에게 공을 가져다주는 광경을 보았다.

"오전에 데니스 포틴과 만났지?"

클라라가 고개를 끄덕였다.

"어떻게 됐어?"

"나쁘지 않았어."

"뭔가 타는 냄새 나지 않아?" 머나가 코를 킁킁거리며 물었다. 클라라가 놀라서 주위를 둘러보았다. "아, 거기네." 머나가 친구를 가리켰다. "자기 바지에 불붙었어."

"그래, 참 재밌네." 하지만 클라라가 필요했던 격려는 그것으로 충분했다. 그녀는 포틴과 만났던 이야기를 하면서 목소리를 밝게 유지하려 애썼다. 클라라가 전시회 오프닝 때 포틴 갤러리에 올지도 모를 사람들의 이름을 나열하자 머나가 환호성을 지르며 친구를 껴안았다.

"정말 믿기지 않는다. 그렇지?"

"빌어먹을 호모 자식."

"바보 같은 년. 무슨 새로운 게임이야?" 머나가 웃었다.

"내가 한 말에 기분 상하지 않았어?"

"빌어먹을 호모 자식이라고 한 거? 아니."

"왜?"

"글쎄, 자기가 진심으로 한 말이 아니라는 걸 아니까. 진심이었어?"

"내가 진심이었다면?"

"그럼 자길 걱정하겠지." 머나가 미소를 지었다. "대체 무슨 일인데 그래?"

"비스트로에 있을 때 가브리가 서빙해 주고 가는데 포틴이 그를 빌어먹을 호모 자식이라고 불렀어."

머나가 깊이 숨을 내쉬었다. "그래서 자긴 뭐라고 했는데?"

"아무 말도 안 했어."

머나가 고개를 끄덕였다. 이제는 그녀가 아무 말도 안 할 차례였다.

"뭐라고요?"

"우." 가마슈가 다시 말했다.

"'우'라고요?" 올리비에는 당황한 듯 보였다. 하지만 그는 이야기를 나누는 내내 그런 척했고 보부아르는 애초에 올리비에가 하는 말을 믿지 않았다.

"은둔자가 혹시 언급한 적 없습니까?" 가마슈가 물었다.

"'우'를요?" 올리비에가 물었다. "무슨 말인지 전혀 모르겠어요."

"오두막 구석에서 거미줄을 본 적 있습니까?"

"뭐? 거미줄이오? 아뇨, 본 적 없어요. 하지만 하나 말해 두자면 거미줄이 있었으면 전 놀랐을 겁니다. 은둔자는 오두막을 늘 깨끗하게 치웠거든요."

"프로프르Propre 정갈하게요." 가마슈가 말했다.

"프로프르." 올리비에가 따라 했다.

"'우' 말입니다, 올리비에. 아는 것이 없습니까?"

"없어요."

"그런데 그 단어가 새겨진 나무 조각이 있습니다. 은둔자가 살해된 후에 당신이 그의 손에서 그걸 빼냈지요."

올리비에는 상당히 안 좋은 상황을 상상했었지만 지금 상황은 예상보다 더 나빴다. 가마슈는 모든 것을, 적어도 대부분을 아는 듯했다.

제발, 그가 다 아는 게 아니길. 올리비에는 기도했다.

"제가 그걸 집은 건 맞아요." 올리비에가 인정했다. "하지만 살펴보지는 않았습니다. 은둔자의 손에서 조금 떨어진 바닥에 놓여 있어서 집어 들고 봤더니 피가 묻어 있기에 떨어트렸죠. 거기에 '우'라고 새겨져 있었다고요?"

가마슈가 고개를 끄덕이고 상체를 앞으로 내밀며 팔꿈치를 무릎에 대고 강한 두 손을 가볍게 맞잡았다.

"당신이 그를 죽였습니까?"

26

마침내 머나가 말했다. 그녀는 몸을 앞으로 내밀고 클라라의 손을 잡았다.

"자기 행동은 자연스러운 일이었어."

"정말? 하지만 엿 같은 기분인걸."

"인생 대부분이 엿 같아. 그러니까 그런 기분은 자연스러운 거야." 머나가 현명하게 고개를 끄덕이며 말했다.

"하. 하."

"포틴은 자기가 꿈꾸고 원하던 모든 것을 이루어 주고 있잖아."

"그래서 좋은 사람 같아 보였지."

"그런 사람 맞을 거야. 그가 농담한 게 아니라고 확신해?"

클라라가 고개를 끄덕였다.

"어쩌면 그 자신이 게이일지도 몰라." 머나가 말했다.

클라라는 고개를 저었다. "나도 그 생각 해 봤는데 그에게는 아내와 아이들도 있고 게이처럼 보이지는 않아."

클라라와 머나의 게이더게이와 레이더의 합성어. 게이를 알아보는 능력는 아주 성능이 좋았다. 게이더가 다 맞는 건 아니지만 그래도 포틴의 신호는 감지했을 터였다. 하지만 아무 신호도 잡히지 않았다. 한 가지 확실하게 감지된 거대한 물체는 가브리였다.

"어쩌면 좋을까?" 클라라가 물었다.

머나는 아무 말 하지 않았다.

"아무래도 가브리에게 말해야겠지?"

"그게 도움이 되긴 할 거야."

"그래, 내일쯤 말해야겠다."

서점을 나서면서 클라라는 머나가 했던 말을 생각했다. 포틴은 그녀가 원하던 모든 것을 줄 수 있었다. 그녀가 어린 시절부터 꾸던 유일한 꿈은 예술가로 인정받고 성공하는 것이었다. 외딴 곳에서 수년간 비웃음을 사며 무시되었기에 성공은 더 달콤하게 느껴졌다.

그리고 그녀가 그것을 얻기 위해 해야 할 일은 아무 말도 하지 않는 것이었다.

그녀는 그렇게 할 수 있었다.

"아뇨. 전 그를 죽이지 않았어요."

하지만 올리비에는 그렇게 말하면서도 자신의 행동이 불행한 결과를 가져왔다는 사실을 깨달았다. 자신이 매번 거짓말을 했기 때문에 진실이 쉽게 받아들여지지 않았다.

"제가 도착했을 때 그는 이미 죽어 있었습니다."

맙소사, 이 말은 심지어 자신의 귀에도 거짓말처럼 들렸다. 하나 남은 쿠키를 먹은 사람은 내가 아니에요. 난 도자기 컵을 깨지 않았어요. 지갑에서 돈을 훔치지 않았어요. 나는 동성애자가 아니에요.

모두 거짓말이었다. 인생 전체가. 모든 삶이. 그는 스리 파인스에 와서야 잠깐이지만 진짜 인생을 살 수 있었다. 가게 위에 있는 작은 집에서 가브리와 함께 살았던 며칠은 찬란했다.

그러나 그때 은둔자가 나타났고 그와 함께 거짓말이 따라왔다.

"좀 들어 보세요. 진짜예요. 토요일 밤이었어요. 비스트로는 바빴습니다. 노동절 연휴는 항상 정신없거든요. 하지만 자정쯤에는 몇몇 손님들만 남고 모두 돌아갔어요. 그리고 올드 먼딘이 의자와 테이블을 갖고 왔죠. 그가 떠났을 때는 남아 있던 손님들도 모두 가고 하보크가 마지막 정리를 하고 있었어요. 그래서 전 은둔자에게 가기로 했습니다."

"자정이 넘어서요?" 가마슈가 물었다.

"평소에도 그때쯤 갑니다. 아무도 볼 수 없게요."

올리비에의 맞은편에 앉은 가마슈가 다시 천천히 몸을 뒤로 젖히며 거리를 뒀다. 그 몸짓은 무언의 웅변으로 가마슈가 그를 믿지 않는다고 속삭였다. 올리비에는 친구로 여겼던 그를 응시했고 팽팽하게 죄어 오는 느낌이 들었다.

"어둠이 두렵지 않았습니까?"

가마슈는 아주 단순하게 물었다. 그 순간 올리비에는 이 남자의 비범한 재능을 깨달았다. 가마슈는 남들의 피부 아래로 기어들어 가 살과 피, 뼛속을 파고들었다. 그리고 단순하게 보이지만 사실은 그렇지 않은 질문들을 던졌다.

"전 어둠을 두려워하지 않아요." 올리비에가 말했다. 그는 해가 진 이후에만 찾아오던 자유를 기억했다. 도시의 공원, 어두운 극장, 침실에서 껍질을 벗고 자기 자신이 될 수 있는 행복은 밤으로 보호될 때만 느낄 수 있었다.

그가 두려워하는 것은 어둠이 아니었다. 밝게 드러나는 것이었다.

"저는 길을 알고 있고 거기까지는 걸어서 이십 분 정도밖에 걸리지 않거든요."

"도착했을 때 무엇을 봤습니까?"

"모든 게 평소와 같았습니다. 창문으로 불빛이 보였고 포치에 등이 켜져 있었어요."

"그가 손님을 기다리고 있었군요."

"그는 저를 기다리고 있었어요. 그는 항상 저를 위해 등을 켜 두었죠. 저는 문 안으로 들어가 그를 보고 나서야 뭔가 잘못됐다는 것을 알아차렸어요. 그가 죽었다는 것은 알았지만 그저 넘어진 게 아닐까 생각했습니다. 뇌졸중이나 심장마비 같은 걸로 쓰러지며 머리를 부딪혔다고요."

"흉기는 없었습니까?"

"네, 아무것도 없었어요."

가마슈가 다시 앞으로 몸을 내밀었다.

올리비에는 그들이 자신의 말을 믿기 시작했는지 궁금했다.

"그에게 식료품을 갖고 갔습니까?"

올리비에는 머리를 바삐 굴렸다. 그는 고개를 끄덕였다.

"뭘 가져갔죠?"

"늘 가져가던 치즈, 우유, 버터, 빵과 특별한 선물로 꿀과 차를 가져갔어요."

"그걸 어떻게 했습니까?"

"식료품이오? 잘 모르겠어요. 너무 충격을 받았던 터라 기억이 안 나네요."

"우리는 부엌에서 그것을 발견했습니다. 열려 있었죠."

두 사람이 서로 응시했다. 이윽고 가마슈의 눈이 가늘어졌고 그의 표정에서 올리비에는 끔찍한 것을 발견했다.

가마슈는 화가 났다.

"그날 밤, 전 그곳에 두 번 갔어요." 올리비에가 테이블에 대고 중얼거렸다.

"더 크게 말해 주십시오." 가마슈가 말했다.

"오두막에 다시 돌아갔다고요. 됐습니까?"

"이제 때가 됐습니다, 올리비에. 진실을 얘기해요."

올리비에는 마치 낚싯바늘에 걸려 뭍으로 올라와 살이 발라지기 직전의 물고기처럼 호흡이 가빠 왔다.

"그날 밤 제가 처음 거기 갔을 때 은둔자는 살아 있었습니다. 우리는 차를 마시며 이야기를 했죠."

"무슨 얘기를 했습니까?"

혼돈이 몰려오고 있습니다. 친구. 그걸 멈출 수 있는 건 없지요. 오래 걸렸지만 마침내 이곳까지 왔어요.

"그는 마을에 온 사람들에 대해 늘 물었어요. 바깥세상에 대한 질문을 퍼부었죠."

"바깥세상이오?"

"이곳 말이에요. 그는 수년간 자신의 오두막에서 십오 미터 이상 벗어나지 않았거든요."

"계속하세요. 그래서 어떻게 됐습니까?" 가마슈가 말했다.

"시간이 늦어져서 전 오두막을 나섰습니다. 그는 식료품에 대한 답례로 뭔가를 주겠다고 했어요. 처음에는 거절했지만 그가 굳이 가져가라고 했죠. 숲을 빠져나왔을 때 그걸 두고 왔다는 걸 깨달았습니다. 그래서 돌아갔습니다." 자루에 있던 물건에 대해서는 말할 필요 없으리라. "다시 돌아가 보니 그가 죽어 있었습니다."

"얼마나 지나서였죠?"

"한 삼십 분이오. 꾸물거리지 않았거든요."

올리비에는 튕겨 나와 자신을 때린 나뭇가지들을 다시 보았고 솔잎 향을 다시 맡았다. 그리고 숲 사이로 군대가 진군하는 듯한 우지끈거리는 소리가 들렸다. 구보하다 질주하는 듯한. 그는 밤이고 무서워서 자신이 내는 소리가 크게 들리는 거라고 생각했다. 하지만 아니었나 보다.

"뭔가 보거나 들은 건 없습니까?"

"네, 아무것도요."

"그때가 몇 시였죠?" 가마슈가 물었다.

"두 시나 두 시 반쯤이었을 거예요."

가마슈가 깍지를 꼈다. "무슨 일이 있었는지 알아챈 다음엔 어떻게 했습니까?"

나머지 이야기는 신속하게 나왔다. 올리비에는 은둔자가 죽은 사실을 알았을 때 한 가지 생각이 떠올랐다. 은둔자가 도움이 될 것 같았다. 올리비에는 시체를 수레에 싣고 숲을 지나 옛 해들리 저택으로 가져갔다.

"시간은 좀 걸렸지만 결국 시체를 거기까지 가져갔습니다. 원래는 포치에 둘 작정이었지만, 문을 열어 보니 잠겨 있지 않더군요. 그래서 문 안쪽 복도에 시체를 두었습니다."

올리비에는 심하지 않은 일인 양 말했지만 그렇지 않다는 것을 자신도 알고 있었다. 그것은 잔인하고 추한 보복 행위였다. 그는 시체를 훼손했고 우정을 모독했으며 질베르 가족을 유린했다. 그리고 끝으로 가브리와 스리 파인스에서 지내 온 삶을 배신했다.

혼자 있는 것처럼 느껴질 만큼 방이 조용했다. 고개를 들자 가마슈가 자신을 바라보고 있었다.

"죄송해요." 올리비에가 말했다. 그는 전형적인 게이의 모습을 보이지 않으려고 필사적으로 눈물을 참으며 자책했다. 하지만 이미 자신의 행동이 자신을 상투적인 모습과는 한참 동떨어지게 만들었다는 사실을 알았다.

그런데 그때 가마슈가 아주 놀라운 행동을 보였다. 그는 마치 악한 이에게 그렇게 가까이 다가가도 상관없다는 듯이 몸을 일으켜 크고 확신에 찬 손을 올리비에의 손에 거의 닿도록 내밀며 차분하고 낮은 목소리로 말했다.

"당신이 그를 죽이지 않았다면 누가 그랬을 것 같습니까? 당신의 협조가 필요합니다."

이 한마디로 가마슈는 올리비에의 편이 되어 주었다. 올리비에는 여전히 세상 끝에 있었지만 적어도 혼자가 아니었다.

가마슈는 그를 믿어 주었다.

클라라는 피터의 작업실 문 앞에 서 있었다. 비상사태가 일어나지 않는 한 그녀가 그 문을 두드리고 그를 방해하는 일은 거의 없었다. 스리 파인스에서 어쩌다 일어나는 비상사태는 대부분 루스 때문이었고 피하기 힘들었다.

클라라는 정원을 몇 바퀴 돌다가 안으로 들어와서 거실을 또 몇 바퀴 돌았다. 그리고 부엌에서도 원을 그리다 결국 이곳에 서 있었다. 그녀는 머나를 사랑했고 가마슈를 신뢰했으며 가브리와 올리비에를 비롯한 많은 친구들을 아꼈다. 하지만 그녀가 필요로 하는 사람은 피터였다.

그녀는 문을 두드렸다. 잠시 정적이 흐른 뒤 문이 열렸다.

"얘기할 게 있어."

"뭔데? 무슨 일이야?" 피터가 즉시 밖으로 나오며 그의 뒤로 문을 닫았다.

"포틴을 만났었잖아. 그가 무슨 말을 했어."

피터의 가슴이 덜컹했다. 그리고 그 찰나에 짧은 생각이 스쳤다. 혹시 포틴이 마음을 바꾸고 클라라의 단독 전시회를 취소한 걸까? 그가 실수를 인정하고 그들이 진정으로 원했던 사람은 피터였다고 말한 걸까?

피터의 가슴은 매시간, 매일 클라라를 사랑했지만 가끔씩 덜컹거릴 때가 있었다.

피터가 클라라의 손을 잡았다. "포틴이 뭐라고 했는데?"

"그가 가브리를 빌어먹을 호모 자식이라고 했어."

피터는 나머지 말을 기다렸다. 포틴이 피터가 더 훌륭한 예술가라고 말했다는 얘기를. 하지만 클라라는 피터를 바라보고만 있었다.

"자세히 말해 봐." 피터가 그녀를 의자로 이끌었고 나란히 자리에 앉았다.

"모든 게 잘되고 있었어. 포틴은 전시장 배치에 대한 내 생각을 아주 마음에 들어 했어. 그리고 뉴욕 현대 미술관의 피츠패트릭이랑 「뉴욕 타임스」의 앨린이 내 전시를 보러 올 거래. 게다가 어쩌면 버네사 데스틴 브라운도 온대. 알지? 테이트모던 갤러리 큐레이터 말이야. 믿어져?"

피터는 믿을 수 없었다. "계속해."

마치 대못이 박힌 벽에 자신을 계속해서 내던지는 것 같았다.

"그런데 그가 가브리 뒤에다 대고 빌어먹을 호모 자식이라고 하는 거야. 그리고 구역질 난다고도 했어."

대못이 박힌 벽이 편평하고 매끈해졌다.

"그래서 당신은 뭐라고 했는데?"

"아무 말도 못 했어."

피터가 눈을 내리깔았다가 다시 들었다. "아마 나도 못 했을 거야."

"정말?" 클라라가 그의 얼굴을 살피며 물었다.

"정말이야." 피터가 미소를 지으며 그녀의 손을 꽉 잡았다. "당신은 그가 그런 말을 할지 예상 못 했잖아."

"그래, 충격이었어." 클라라는 애써 설명하려 했다. "난 어떡하면 좋을까?"

"무슨 말이야?"

"이 문제를 그냥 덮어 둬야 할까? 포틴에게 뭐라고 해야 할까?"

피터는 즉시 그녀가 처한 딜레마를 알 수 있었다. 그녀가 갤러리 소유주에게 맞서 한마디 한다면 그를 화나게 할 위험이 있었다. 실은 거의 분명 그렇게 될 터였다. 적어도 그들의 관계에 흠집이 나리라. 그러면 클라라의 전시는 취소될지도 몰랐다.

반면 아무 말도 하지 않는다면 클라라는 무사하리라. 하지만 피터는 그녀를 알았다. 그것은 클라라의 양심을 조금씩 갉아먹을 터였다. 한번 눈을 뜬 양심은 끔찍한 것이 될 수도 있었다.

가브리가 비스트로의 뒷방 안으로 머리를 디밀었다.

"살뤼. 뭐가 그렇게 심각해요?"

올리비에, 가마슈, 보부아르 모두 그를 바라보았지만 아무도 웃지 않았다.

"잠깐만요. 올리비에의 아버지를 찾아갔던 얘기를 하는 거예요?" 가브리가 자신의 파트너 옆에 앉았다. "저도 들을래요. 그가 저에 대해 뭐라고 하던가요?"

"올리비에의 아버지에 대해 얘기하던 중이 아닙니다." 가마슈가 말했다. 맞은편에서 올리비에가 눈빛으로 부탁했지만 가마슈는 들어줄 수 없었다. "올리비에와 죽은 남자의 관계에 대해 얘기하고 있었습니다."

가브리는 가마슈와 올리비에, 그리고 보부아르에게로 시선을 옮긴 뒤 다시 올리비에를 쳐다보았다. "뭐라고요?"

가마슈와 올리비에가 시선을 주고받은 끝에 결국 올리비에가 입을 열었다. 그는 가브리에게 은둔자와 그의 오두막, 시체에 대해 말했다. 가브리는 잠자코 들었다. 보부아르는 가브리가 1분 이상 말하지 않는 모습을 처음 봤다. 그리고 올리비에가 말을 마친 후에도 가브리는 말을 하지 않았다. 다시는 말을 하지 않을 것처럼 앉아 있었다.

하지만 이내 가브리가 입을 열었다. "어떻게 그렇게 바보 같을 수가 있어?"

"미안해. 내가 멍청했어."

"이건 그냥 멍청한 정도가 아냐. 나에게 오두막에 대해 말하지 않았다니. 믿을 수가 없어."

"말했어야 하는 거 알아. 하지만 그는 너무 두려워했고 비밀스러웠어. 자기는 모를 거야. 그가……,"

"그래, 난 몰랐겠지."

"아무튼 내가 누군가에게 말했다는 걸 알면 그는 다시는 날 만나 주지 않았을 거야."

"자기는 왜 그를 계속 보고 싶었는데? 그는 오두막에 은둔하고 있었잖아. 잠깐만." 가브리가 생각을 정리하는 사이 침묵이 감돌았다. "거기 왜 간 거야?"

올리비에가 가마슈를 바라봤고 가마슈는 고개를 끄덕였다. 모든 것은 어쨌든 밝혀질 터였다.

"그의 오두막에는 보물이 가득했어, 가브리. 자기는 믿지 못할 거야. 통나무 벽 사이에 단열재로 지폐가 끼워져 있었다니까. 크리스털 잔과 태피스트리도 있었어. 환상적이었지. 그가 가진 물건은 모두 값을 매길 수 없을 정도로 귀한 것이었어."

"지금 거짓말하는 거지?"

"아냐, 정말이야. 우리는 예카테리나 대제의 접시에 밥을 먹었어. 화장실 휴지는 달러 지폐였고."

"젠장, 그건 자기 판타지잖아. 이제 알았으니까 농담 그만해."

"농담 아니야. 진짜 믿을 수 없었어. 그리고 가끔씩 내가 가면 그가 작은 물건을 줬어."

"그걸 받았어?" 가브리의 목소리가 커졌다.

"당연히 받았지. 나는 도둑질한 게 아니야. 그리고 그에게는 그 물건들이 소용없었다고." 올리비에가 딱딱거렸다.

"그는 아마 제정신이 아니었을 거야. 그럼 도둑질이나 마찬가지지."

"어떻게 그렇게 잔인하게 말할 수 있어? 내가 노인한테서 물건을 훔쳤다고 생각하는 거야?"

"그럼 아냐? 자기는 옛 해들리 저택에 시체를 버렸어. 자기가 어떤 일을 할 수 있는지 누가 알겠어?"

"그래? 그럼 자기는 이 모든 일에 결백해?" 올리비에의 목소리가 차갑고 잔인해졌다. "우리가 비스트로를 어떻게 살 수 있었다고 생각해? 거기다 비앤비까지? 응? 자기는 우리가 쓰레기 같은 집에서 어떻게 벗어났는지 한 번도 궁금해하지 않았지?"

"집은 내가 수리했잖아. 더 이상 쓰레기 같지 않았어."

"비스트로와 비앤비를 어떻게 열었겠어? 우리에게 갑자기 그런 돈이 어디서 났는지 생각해 봤어?"

"나는 골동품 사업이 잘되는 줄 알았지." 침묵이 이어졌다. "자기는 내게 말했어야 했어." 가브리가 마침내 말했다. 그리고 그는 올리비에가 말하지 않은 게 뭐가 더 있는지 궁금했다. 가마슈와 보부아르도 그게 궁금했다.

늦은 오후였고 가마슈는 숲 속을 걷고 있었다. 보부아르가 같이 가겠다고 했지만 가마슈는 혼자 생각하고 싶다고 했다.

그들이 올리비에와 가브리를 남겨 두고 수사본부로 돌아왔을 때 모랭 형사가 그들을 기다리고 있었다.

"BM이 누군지 알았습니다." 모랭이 겨우 외투만 벗은 그들을 열심히 따라다니며 말했다. "좀 와서 보세요."

모랭이 그들을 자신의 컴퓨터로 데려갔다. 가마슈가 자리에 앉고 보부아르는 가마슈의 어깨 너머로 몸을 기울였다. 컴퓨터 화면에 담배를 물고 있는 남자의 흑백사진이 있었다.

"이 사람은 보후슬라프 마르티누예요. 우리가 발견한 바이올린 곡을 쓴 사람이죠. 그의 생일이 십이월 팔일이니까 바이올린은 그의 생일 선물이었던 게 틀림없습니다. 그의 아내가 준 거죠. C는 그의 아내였어요. 샬럿이오." 모랭이 말했다.

가마슈는 모랭의 말을 들으며 그가 찾아 놓은 자료 중 한 줄에 주목했다. 마르티누는 1890년 12월 8일에 보헤미아에서 태어났다. 그곳은 지금 체코였다.

"그들에게 아이가 있었나?" 보부아르가 물었다. 그도 역시 자료를 보았다.

"없습니다."

"확실해?" 가마슈가 의자를 돌려 모랭을 쳐다보았다. 모랭은 고개를 끄덕였다.

"제가 거듭 확인했습니다. 그쪽은 거의 자정이지만 프라하에 있는 마르티누 음악원에 전화를 해서 더 많은 정보를 알아보겠습니다. 자녀에 대해서도 물어보겠습니다. 하지만 아이는 없을 것 같습니다."

"바이올린에 대해서도 알아보게." 가마슈는 그렇게 말하고 자리에서 일어나 다시 외투를 입었다. 그는 오두막으로 향했고 숲 속을 천천히 걸으며 생각했다.

오두막을 지키고 있던 경찰관이 포치에서 그를 맞았다.

"날 따라오게." 가마슈가 경찰관을 텃밭 옆에 놓여 있는 수레로 데려갔다. 그는 수레가 시체를 옮기는 데 사용되었다는 것을 설명하고 샘플을 채취하라고 했다. 경찰관이 그 일을 하는 동안 가마슈는 오두막으로 들어갔다.

오두막은 내일 아침이면 비워질 예정이었다. 물건의 목록을 작성하고 안전하게 보관하기 위해 모두 가져가는 것이다. 물건들은 사람의 손과 눈이 닿지 않는 어두운 보관실에 보관될 터였다.

그 전에 가마슈는 마지막으로 모든 것을 보고 싶었다.

그는 등 뒤로 문을 닫고 눈이 어둑한 실내에 적응하길 기다렸다. 언제나처럼 그에게 첫 번째로 깊은 인상을 남기는 것은 냄새였다. 나무와 연기 냄새가 났다. 그다음엔 머스키한 커피 향, 끝으로 창가 화분에 있는 고수와 타라곤의 달콤한 향기가 났다.

편안하고 평화로웠다. 기분까지 좋았다. 모든 물건들은 걸작이었지만 소박한 오두막에 어울려 보였다. 은둔자가 물건들의 가치를 알았는지는 모르겠지만 용도는 분명히 알고 있었고 모든 것을 원래의 의도대로 사용했다. 유리잔, 접시, 은 식기류, 꽃병. 모두 목적에 맞게 놓여 있었다.

가마슈는 베르곤치 바이올린을 집어 들어 부드럽게 안았다. 그리고 난롯가에 있는 은둔자의 의자에 앉았다. **하나는 고독을 위한 것, 둘은 우정을 위한 것.**

죽은 남자는 사교를 필요로 하거나 원하지 않았지만 친구는 있었다.

나머지 의자에 누가 앉았었는지 그들은 이제 알고 있었다. 가마슈는 뱅상 질베르일 거라 생각했지만 아니었다. 올리비에 브륄레였다. 올리비에가 은둔자의 친구가 되어 주었고 씨앗과 식료품, 그리고 우정을 주었다. 그리고 답례로 은둔자는 올리비에가 원하는 보물을 주었다.

공정한 거래였다.

하지만 또 다른 누군가가 은둔자를 발견했다. 그런 게 아니라면, 혹은 그렇다는 것을 가마슈가 증명하지 못한다면 올리비에는 살인 혐의로 체포되리라. 구속되어 재판을 받고 아마 유죄판결까지 받을 터였다.

가마슈는 은둔자가 살해된 직후에 뱅상 질베르가 나타났다는 사실을 간과할 수 없었다. 올리비에도 죽은 남자가 낯선 사람에 대해 걱정했다고 말하지 않았던가? 그 낯선 사람이 어쩌면 뱅상일 수도 있었다.

가마슈는 머리를 젖히고 좀 더 생각했다. 만약 은둔자가 피하려고 했던 사람이 뱅상 질베르가 아니었다면? 혹시 또 다른 질베르였을까? 어쨌든 옛 해들리 저택을 구입한 사람은 마르크 질베르였다. 마르크는 도시의 성공적인 직장을 그만두고 이곳으로 왔다. 그와 도미니크는 돈이 많았고 이스턴 타운십스의 어느 집이나 살 수 있었다. 그런데 왜 다 쓰러져 가는 오래된 저택을 구입했을까? 그들이 원한 것은 저택이 아니라 숲이었을 수도 있다.

그렇다면 파라 가족은? 올리비에는 은둔자에게 약간의 억양이 있었다고 말했다. 체코 억양. 게다가 로어 파라는 이곳으로 이어지는 말이 다니는 길을 넓히고 있었다.

어쩌면 그는 오두막을 발견하고 보물을 보았는지도 모른다.

어쩌면 파라 가족은 은둔자가 여기 어딘가에 있다는 것을 알고 있었고, 그를 찾고 있었는지도 모른다. 질베르네가 저택을 구입했을 때 로어는 숲을 탐색하며 은둔자를 찾기 위해 일자리를 얻은 것일 수도 있다.

그리고 하보크. 그를 의심할 만한 근거는 뭐지? 모든 보고에 따르면 그는 평범한 청년처럼 보였다. 하지만 친구들 대부분이 대학에 가거나 직장을 찾아 떠나는 동안에도 그는 이런 시골에 머물러 있었다. 웨이터는 정식 직업이라고 할 수 없었다. 그렇게 매력적이고 똑똑한 청년이 여기서 뭘 하고 있는 걸까?

가마슈는 고쳐 앉았다. 은둔자의 마지막 밤을 떠올려 보았다. 북적이던 비스트로. 올드 먼딘이 가구를 가지고 왔다가 돌아간다. 올리비에가 나선다. 그리고 하보크가 문단속을 한다. 그때 그가 올리비에의 예기치 않은, 이상하기까지 한 행동을 봤는지도 모른다.

올리비에가 집에 가지 않고 숲으로 향하는 모습을 하보크가 봤을까?

궁금했던 하보크가 올리비에를 따라갔을 수도 있다. 하보크가 오두막까지 따라가서 보물을 발견하게 된 걸까?

가마슈는 그 장면을 상상해 보았다. 올리비에가 떠나고 하보크가 겁에 질린 남자 앞에 나타난다. 보물을 내놓으라고 했지만 은둔자가 거절한다. 어쩌면 그가 하보크를 밀쳐서 하보크가 덤벼들었을지도 몰랐다. 하보크가 무기를 집어 들고 은둔자를 내리친다. 그가 겁을 먹고 도망친다. 그리고 곧 올리비에가 돌아온다.

하지만 모든 것이 설명되지는 않았다.

가마슈는 바이올린을 내려놓고 구석에 있는 거미줄을 올려다보았다. 아니다. 우발적으로 일어난 살인이 아니었다. 이 사건에는 교활함과 잔인함이 있었다. 은둔자는 살해되기 전에 고문을 당했다. 작은 단어로.

우.

잠시 후 가마슈는 자리에서 일어나 천천히 방 안을 돌아다니며 이곳저곳에 있는 물건들을 들어 올리고, 볼 수 있으리라 생각지도 못했던 것들을 만져 보았다. 부엌을 호박색 빛으로 물들이는 호박 방의 패널, 은둔자가 허브를 심어 놓은 고대의 도자기, 멋진 법랑 숟가락과 실크 태피스트리, 초판본들. 침대 옆 탁자에도 책이 한 권 놓여 있었다. 가마슈는 한가롭게 그 책을 집어 들어 살펴보았다.

커러 벨이 쓴 책이었다. 모랭 형사가 언급한 책. 가마슈는 책을 펼쳤다. 또 하나의 초판본. 그리고 그는 책의 제목을 알아챘다.

『제인 에어』, 커러 벨. 그렇다면 이 이름은……

그는 책을 다시 펼쳤다. 커러 벨은 샬럿 브론테의 필명이었다. 가마슈는 『제인 에어』 초판본을 들고 서 있었다.

가마슈는 아주 조용한 오두막에 서 있었다. 하지만 완전히 조용하지는 않았다. 한 단어가 귓가에 맴돌았다. 그들이 오두막을 발견했던 순간부터 계속해서 속삭이고 있었다. 옥외 화장실에서 발견한 동화책, 호박 방, 바이올린, 지금 그의 손에 들려 있는 책이 모두 한 단어를, 하나의 이름을 말하고 있었다.

샬럿.

27

"실험실에서 검사 결과가 더 나왔습니다." 라코스트가 말했다.

가마슈는 수사본부로 돌아와서 팀원들을 회의 테이블로 불러 모았고 지금 라코스트가 인쇄물을 돌리고 있었다. "그 거미줄은 나일론 낚싯줄이었습니다. 흔히 구할 수 있는 종류고요. 물론 지문이나 DNA는 발견되지 않았습니다. 이걸 만든 사람은 아마 수술용 장갑을 꼈을 겁니다. 실험실에서 찾은 건 약간의 먼지와 진짜 거미줄밖에 없습니다." 그녀가 미소 지었다.

"먼지? 그들은 거미줄이 얼마 동안 매달려 있었다고 생각하지?" 가마슈가 물었다.

"고작 며칠 정도였을 거랍니다. 그게 아니면 은둔자가 매일 먼지를 떨었어야 하는데 그건 불가능하니까요."

가마슈가 고개를 끄덕였다.

"대체 누가 만들어 둔 걸까요? 피해자? 살인자?" 보부아르가 물었다.

"보고할 게 또 있습니다. 실험실에서 '우'가 새겨진 나무 조각을 조사해 봤더니 몇 년 전에 만들어진 것이었답니다." 라코스트가 말했다.

"은둔자가 만들었나?" 가마슈가 물었다.

"알아보는 중입니다."

"'우'가 무슨 뜻인지에 대한 진척 상황은?"

"존 우라는 영화감독이 있습니다. 중국인이고, 〈미션 임파서블 2〉를 만들었습니다." 모랭이 중요한 정보라도 알려 주듯 진지하게 말했다.

"'우'는 '월드 오브 아웃로World of Outlaws'의 약자이기도 합니다. 자동차 경주 단체죠." 라코스트는 멍하니 자신을 응시하는 가마슈를 쳐다보았다. 그녀는 더 도움이 될 만한 뭔가를 찾아 메모를 황급히 내려다보았다. "아니면 '우'라는 비디오 게임도 있습니다."

"아, 이런. 그걸 잊고 있었다니." 모랭이 가마슈를 돌아봤다. "'우'는 게임 이름이 아니라 그 게임의 캐릭터 이름이에요. 게임은 '킹 오브 몬스터'지요."

"킹 오브 몬스터?" 가마슈는 은둔자나 그를 괴롭히던 사람이 비디오 게임을 염두에 두었을 가능성은 없다고 생각했다. "다른 건?"

"글쎄요. '우'라는 칵테일도 있습니다. 복숭아 슈납스와 보드카를 섞어서 만들어요." 라코스트가 말했다.

"그리고 '우-우'도 있습니다. 영어 은어지요." 보부아르가 말했다.

"브레망Vraiment 정말인가? 무슨 뜻이지?" 가마슈가 물었다.

"미쳤다는 뜻입니다." 보부아르가 미소를 지었다.

"그리고 구애하는 것도 '우'라고 합니다. 사람을 유혹한다는 뜻이죠." 라코스트가 말했다. 그러나 곧 고개를 저었다. 조금의 진전도 없었다.

가마슈는 회의를 끝내고 자신의 컴퓨터로 가서 한 단어를 입력했다.

샬럿.

가브리는 토마토, 고추, 양파를 잘게 썰었다. 그는 썰고 다지고 또 썰었다. 그는 이미 노란 자두, 딸기, 비트, 피클을 썰어 놓았다. 그리고 칼을 날카롭게 간 뒤 계속해서 더 썰었다.

오후 내내 저녁까지.

"지금 얘기 좀 할 수 있어?" 올리비에가 주방 출입구에 서서 물었다. 위안이 되는 냄새가 났지만 아주 낯설게 느껴졌다.

가브리는 문을 등진 채 하던 일을 멈추지 않았다. 그는 꽃양배추를 가져와 썰었다.

"겨자 피클. 내가 제일 좋아하는 거네." 올리비에가 용기를 내어 부엌으로 들어갔다.

탕탕 하는 소리가 나고 꽃양배추가 끓는 냄비에 들어가 데쳐졌다.

"미안해." 올리비에가 말했다.

가브리는 싱크대에서 레몬을 문질러 씻은 뒤 사등분해서 단지에 넣고 그 위로 굵은 소금을 뿌렸다. 마지막으로 남은 레몬을 짜서 그 즙을 소금 위에 부었다.

"도와줄까?" 올리비에가 물으며 단지로 손을 뻗었다. 그러나 가브리는 몸으로 올리비에와 단지 사이를 가로막고 조용히 단지를 밀봉했다.

주방의 모든 조리대 위에 잼과 젤리, 피클, 처트니과일, 설탕, 향신료, 식초를 넣어 만드는 걸쭉한 소스가 담긴 색색의 단지들이 가득했다. 가브리는 이 일을 영원히 계속할 것처럼 아무 말 없이 만들 수 있는 모든 것을 절임 식품으로 만들고 있었다.

클라라는 싱싱한 당근의 끄트머리를 잘라 내고, 피터가 작은 햇감자를 끓는 물에 집어넣는 모습을 바라보았다. 그들은 텃밭에서 수확한 채소들에 허브와 달콤한 버터를 곁들여 간단하게 저녁을 먹을 예정이었다. 그들이 늦여름에 즐겨 먹는 메뉴 중 하나였다.

"올리비에와 가브리 중 누구를 더 안됐다고 해야 할지 모르겠어." 클라라가 말했다.

"난 알아." 피터가 완두콩 껍질을 벗기며 말했다. "가브리는 아무것도 하지 않았잖아. 올리비에가 숲에 있던 그자를 몇 년 동안 찾아가면서 아무한테도 말하지 않았다는 게 믿어져? 그 친구가 우리에게 말하지 않은 게 뭐가 더 있을까?"

"그가 게이인 건 알아?"

"어쩌면 그는 이성애자인데 우리에게 말 안 하는 건지도 몰라."

클라라가 피식 웃었다. "가브리가 진짜 열 받을 일이네. 그래도 내가 아는 몇몇 여자들은 좋아하겠지만." 그녀가 칼을 치켜든 채 잠시 멈추었다. "나는 올리비에가 진짜 안쓰러워."

"왜 이래. 올리비에는 그자가 살해되지 않았으면 지금도 계속 몰래 찾아가고 있을 거야."

"올리비에는 잘못한 게 없어. 모두 은둔자가 준 거잖아." 클라라가 말했다.

"그 친구가 그렇게 말한 거지."

"무슨 뜻이야?"

"글쎄, 은둔자가 죽은 게 잘된 것 같지 않아?"

클라라가 썰던 것을 멈췄다. "무슨 말 하는 거야?"

"아무것도 아냐. 그냥 화가 나서."

"왜? 올리비에가 우리에게 말하지 않아서?"

"당신은 열 받지 않아?"

"조금. 하지만 화났다기보다는 좀 놀랐어. 올리비에가 좋은 물건을 좋아하는 걸 우리는 다 알잖아."

"그가 욕심 많고 인색하다는 뜻이지?"

"내가 놀란 건 올리비에가 시체에 한 일 때문이야. 그가 시체를 끌고 숲을 지나 옛 해들리 저택까지 가서 버렸다는 게 상상이 가지 않아. 그 정도로 힘이 셀 줄 몰랐거든." 클라라가 말했다.

"나는 그 친구가 그 정도로 화가 난 줄 몰랐는데." 피터가 말했다.

클라라는 고개를 끄덕였다. 그녀도 그런 줄 몰랐다. 그리고 올리비에가 그들에게 무슨 이야기를 더 숨기고 있는지도 궁금했다. 아무튼 이런 일이 일어나는 바람에 클라라는 가브리에게 '빌어먹을 호모 자식'이라고 불리는 것에 대해 물어볼 수 없을 듯했다. 그녀는 저녁 식사 시간 동안 피터에게 이 문제에 대해 이야기했다.

"그래서." 그녀가 이야기를 마무리했다. 접시에는 거의 손도 대지 않은 채였다. "나는 어떻게 해야 할지 모르겠어. 몬트리올에 가서 포틴에게 이 문제를 직접 말해야 할까? 아니면 그냥 가만히 있어야 할까?"

피터는 겉은 바삭하고 속은 부드러운 바게트를 한 조각 집었다. 그는 바게트 가장자리에 버터를 묻힌 뒤 균등하게 밀리미터 두께로 꼼꼼히 펴 발랐다.

그를 보는 클라라는 비명을 지르거나 폭발할 것 같았다. 적어도 그 빌어먹을 바게트를 빼앗아 벽에 던져 벽을 기름얼룩으로 만들고 싶었다.

아직도 피터는 나이프를 빵에 문지르며 버터가 완벽하게 발렸는지 확인하고 있었다.

그녀에게 뭐라고 말해야 할까? 잊어버리라고? 포틴이 한 말이 그렇게 나쁜 건 아니라고? 그녀의 성공을 걸고 따질 만한 일은 분명 아니었다. 그냥 넘어가는 편이 좋으리라. 게다가 뭐라고 한다 해서 동성애자에 대한 포틴의 생각이 바뀌지는 않을 테고, 그가 클라라에게서 등을 돌리게만 될 터였다. 그리고 포틴이 그녀에게 해 주는 것은 그저 작은 전시가 아니었다. 클라라가 꿈꾸던 모든 것이고, 모든 화가가 꿈꾸는 것이었다. 예술계의 모든 사람들이 그곳에 올 것이고 클라라는 출세를 눈앞에 두고 있었다.

그녀에게 그냥 잊어버리라고 해야 할까? 아니면 가브리와 올리비에를 비롯한 모든 게이 친구들을 위해, 하지만 결국 그녀 자신을 위해 포틴에게 말해야 한다고 해야 할까?

하지만 그녀가 말한다면 포틴은 화를 낼 것이고 그녀의 전시를 취소할지도 몰랐다.

피터는 빵에 난 구멍 속에 들어간 버터를 나이프 끝으로 파냈다.

그는 자신이 하고 싶은 말이 뭔지 알고 있었다. 하지만 그 말이 자신을 위한 것인지 클라라를 위한 것인지 알지 못했다.

"응?" 클라라가 조바심 나는 목소리로 물었다. "응?" 그녀가 좀 더 부드럽게 물었다. "어떻게 생각해?"

"당신은 어떻게 생각하는데?"

클라라가 그의 얼굴을 살폈다. "그냥 잊어버려야 할 것 같아. 포틴이 또 그렇게 말하면 그때는 뭐라고 할 수 있겠지. 지금은 우리 모두 스트레스가 많은 시기니까."

"그래, 당신 말이 옳아."

클라라는 손대지 않은 자신의 접시를 내려다보았다. 그녀는 피터의 목소리에서 망설임을 느꼈다. 여전히 그는 안전제일주의자였다.

로사가 자다가 살짝 꽥꽥거렸다. 루스가 오리의 작은 플란넬 잠옷 셔츠를 벗겨 주자 로사는 날개를 퍼덕인 뒤 부리를 날개 아래 묻고 다시 잠들었다.

올리비에가 왔었다. 그는 얼굴이 빨개지고 화가 나 있었다. 루스는 의자에서 지난 「뉴요커」를 치웠고 그는 도망자처럼 그녀의 거실에 앉았다. 루스는 그에게 요리용 셰리주 한 잔과 벨비타 치즈를 바른 셀러리 줄기를 갖다 주고 함께 앉았다. 그들은 거의 한 시간 동안 말없이 앉아 있었다. 회색 플란넬 블레이저를 입은 로사가 뒤뚱거리며 방으로 들어왔다. 루스는 올리비에의 꽉 다문 입술과 주름진 턱을 보았다. 소리를 내지는 않았지만 솟구친 눈물이 그의 잘생긴 얼굴에 따뜻한 선을 그렸다.

그러고 나서 올리비에는 무슨 일이 있었는지 루스에게 말했다. 가마슈에 대해, 오두막에 대해, 은둔자와 그의 물건들에 대해. 그리고 시체를 옮긴 일과, 비스트로와 빵집을 비롯한 스리 파인스의 거의 모든 곳이 자신의 소유라는 것도 말했다.

루스는 상관하지 않았다. 그녀는 자신이 어떤 대답을 해 줘야 하는지만 생각했다. 무슨 말이든. 옳은 말을. 자신이 올리비에를 사랑한다는 말을. 가브리가 그를 사랑하고 있고 절대 떠나지 않을 거라는 말을. 사랑은 결코 떠나지 않는다는 말을.

그녀는 일어나 올리비에의 곁에 앉아, 그의 떨리는 손을 잡아 주고 "자, 자."라고 말하는 상상을 했다.

자 자, 그래. 그리고 그가 숨을 고를 때까지 들썩이는 등을 부드럽게 쓸어 주는.

하지만 루스는 자신의 잔에 셰리주를 더 붓고 노려보기만 했다.

지금은 해가 졌고 올리비에는 가고 없었다. 루스는 부엌에 있는 흰색 플라스틱 가든 의자에 앉아 있었다. 그 의자와 앞에 놓인 플라스틱 탁자는 그녀가 쓰레기 더미에서 찾아온 것이었다. 충분히 취한 그녀는 노트를 가까이 당겼다. 로사가 나지막이 꽥꽥거리는 소리를 배경 삼아, 작은 니트 담요를 덮고 루스는 시를 썼다.

> 그녀는 공중으로 솟아올랐고 버림받은 땅은 한숨을 내쉬었네.
> 그녀는 땅에 묶여 있는 집들의 지붕과 전신주를 지나 솟아올랐지.
> 그녀는 솟아올랐지만 정중하게 손을 흔들며 작별 인사하는 걸 잊지 않았다네.

그리고 그녀는 로사의 머리에 키스한 뒤 절뚝거리며 계단을 올라 자러 갔다.

28

다음 날 아침 클라라는 아래층으로 내려와 정원에서 허공을 바라보며 서 있는 피터를 보고 깜짝 놀랐다. 그녀는 피터가 켜 놓은 커피메이커에서 커피를 두 잔 따라서 그에게 갔다.

"잘 잤어?" 그녀가 머그잔을 건네며 물었다.

"별로. 당신은?"

"나쁘지 않았어. 당신은 왜 못 잤는데?"

쌀쌀한 기운이 감도는 흐린 아침이었다. 여름이 끝나고 가을이 오는 것을 실감하는 첫 아침이었다. 클라라는 가을이 좋았다. 화려한 단풍, 불이 피워진 벽난로, 마을 전체에 퍼지는 나무 연기 냄새. 그녀는 스웨터를 겹쳐 입고 비스트로의 야외 테이블에서 사람들과 모여 앉아 카페 오레를 마시는 걸 좋아했다.

피터는 입술을 오므리고 발을 내려다보았다. 그는 많이 내린 이슬에 젖지 않으려고 고무장화를 신고 있었다.

"당신 질문에 대해 생각했어. 포틴 문제 말이야."

클라라가 잠잠해졌다. "계속해."

피터는 거의 밤새 그 문제를 생각했다. 그는 자리에서 일어나 아래층으로 내려와 부엌을 서성이다 결국 작업실로 갔다. 그곳은 그의 피난처였고 그의 냄새가 배어 있었다. 그의 체취와 유화물감과 캔버스 냄새가 났고, 설명할 순 없지만 희미하게 레몬 머랭 파이 냄새도 났다. 이런 냄새가 나는 곳은 지구 상 어디에도 없었다.

그리고 그것은 그에게 위안이 되었다.

지난밤 그는 작업실에서 생각을 하다가 결국 생각을 멈췄다. 그의 머릿속에 거대한 것이 다가오는 것처럼 울부짖는 소리가 점점 커져서 그는 생각을 멈춰야 했다. 그리고 마침내 해가 뜨기 직전, 그는 클라라에게 무슨 말을 해야 할지 깨달았다.

"나는 당신이 그에게 이야기해야 한다고 생각해."

이제 그는 말해 버렸다. 곁에서 클라라는 손에 따뜻한 커피 잔을 쥔 채 조용히 있었다.

"정말?"

피터가 고개를 끄덕였다. "유감이야. 내가 같이 가 줄까?"

"나는 아직 간다고 결정하지 않았어." 그녀가 그렇게 쏘아붙이고 몇 걸음 떨어졌다.

피터는 그녀에게 달려가고 싶었다. 자신이 한 말을 취소하고 자신이 틀렸다고 말하고 싶었다. 당신은 나와 여기 머물면서 아무 말도 하지 않아도 돼. 그냥 전시를 하면 돼.

내가 무슨 생각을 한 거지?

"당신 말이 맞아." 클라라가 축 처져서 피터에게 다시 돌아왔다. "그는 개의치 않을 거야. 그렇지?"

"포틴? 당연하지. 당신은 화낼 필요 없어. 그냥 그에게 당신이 어떤 기분인지 말하기만 하면 돼. 분명 그는 이해할 거야."

"혹시 내가 잘못 들었을지도 모른다고 말하면 괜찮을 거야. 그리고 가브리는 우리의 가장 친한 친구라고 말해야지."

"그래, 그러면 돼. 포틴은 그런 말을 했던 걸 아마 기억하지도 못할 거야."

"분명히 그는 상관하지 않겠지?" 클라라는 포틴에게 전화하려고 집 안으로 천천히 걸어갔다.

"데니스? 클라라 모로예요. 네, 그거 재밌네요. 정말요? 그게 좋은 가격인가요? 물론이죠. 내가 경감님께 말씀드릴게요. 저기, 오늘 몬트리올에 갈 건데 혹시 또 만날 수 있나 하고요. 내가…… 그러니까 몇 가지 생각한 게 있어서요." 그녀가 말을 멈췄다. "네, 네. 그게 좋겠네요. 덜루스에 있는 샌트로폴에서 열두 시 반. 아주 좋아요."

내가 무슨 짓을 한 거지? 피터는 자문했다.

비앤비의 아침 식사는 침울했다. 탄 토스트, 고무 같은 달걀, 시커먼 베이컨이 나왔다. 커피는 묽고 우유는 상한 것 같았고 가브리도 그랬다. 무언의 합의로 그들은 사건에 대해 이야기하지 않았고 수사본부에 갈 때까지 참았다.

"아, 고마워요." 모랭이 팀 호튼캐나다의 커피 전문점에서 가져온 더블더블 커피설탕과 크림이 두 배로 든 커피와 초콜릿을 입힌 도넛에 달려들며 라코스트가 말했다. "가브리의 아침 식사보다 이걸 더 좋아하게 될 줄은 생각도 못했는데." 그녀는 부드럽고 달콤한 도넛을 크게 한입 베어 물었다. "계속 이러면 빨리 사건을 해결하고 떠나야겠어요."

"좋은 생각이군." 가마슈가 독서용 반달 안경을 쓰며 말했다.

보부아르는 이메일을 확인하러 자신의 컴퓨터로 갔다. 모니터에 낯익은 글씨체로 쓰인 종이쪽지가 테이프로 붙여져 있었다. 그는 쪽지를 떼어 구긴 다음 바닥에 던졌다.

가마슈도 자신의 컴퓨터를 보고 있었다. 화면에는 '샬럿'의 인터넷 검색 결과가 떠 있었다.

그는 커피를 마시며 '굿 샬럿'이라는 밴드에 대해 읽었다. 그리고 샬럿 브론테, 샬럿 교회, 『샬럿의 거미줄』, 미국 노스캐롤라이나 주의 샬럿 시와 캐나다 프린스에드워드아일랜드 주의 샬럿타운, 캐나다 저 끝에 있는 브리티시컬럼비아 주의 퀸 샬럿 제도에 대해서도 살펴봤다. 그는 샬럿이라는 장소가 대부분 샬럿 왕비의 이름을 딴 것임을 알게 되었다.

"샬럿이라는 이름에서 뭐 생각나는 거 없나?" 가마슈가 팀원들에게 물었다.

그들은 잠시 생각하더니 고개를 저었다.

"그럼 샬럿 왕비는? 조지 왕의 부인이었지."

"조지 삼세요? 그 미친 왕 말인가요?" 모랭이 물었다. 사람들이 놀라서 그를 바라보았다. 모랭이 미소 지었다. "학교 다닐 때 역사를 잘했거든요."

학교를 최근에 졸업했다는 것은 도움이 된다고 가마슈는 생각했다. 전화가 울렸고 모랭이 받았다. 프라하의 마르티누 음악원이었다. 가마슈가 모랭이 통화하는 소리를 듣고 있는데 그의 전화가 울렸다.

브루넬 경정이었다.

"내 사무실에 왔더니 여기가 한니발 텐트_{차량 지붕 위에 설치하는 텐트 브랜드}처럼 보이더군요. 은둔자의 물건들 때문에 움직일 수도 없어요, 아르망." 그녀의 목소리는 언짢은 기색이 아니었다. "하지만 그것 때문에 전화한 건 아니에요. 당신을 초대하려고요. 우리 집에 와서 나하고 제롬이랑 점심 먹는 거 어때요? 제롬이 보여 주고 싶은 게 있대요. 나도 알려 줄 소식이 있고요."

가마슈는 로리에 거리에 있는 브루넬의 아파트에서 1시에 그들을 만나기로 약속했다. 그가 전화를 끊자 전화가 다시 울렸다.

"클라라 모로예요, 경감님." 모랭이 말했다.

"봉주르, 클라라."

"봉주르. 오늘 아침에 데니스 포틴과 얘기한 걸 알려 드리려고 전화했어요. 실은 오늘 그와 점심을 먹기로 했어요. 그가 조각품을 살 사람을 찾았다고 하더라고요."

"그렇습니까? 어떤 사람이죠?"

"누군지는 묻지 않았지만, 포틴의 말로는 그들이 두 점에 천 달러를 내겠다고 했대요. 포틴은 그 정도면 좋은 가격이라고 생각하는 것 같았어요."

"흥미롭군요. 시내까지 태워다 드릴까요? 저도 누굴 만날 약속이 있거든요."

"그럼 좋죠. 고마워요."

"삼십 분 뒤에 들르겠습니다."

가마슈가 전화를 끊을 때 모랭도 통화를 마쳤다.

"음악원에 따르면 마르티누에게 자녀는 없답니다. 그들은 바이올린에 대해 알고 있었는데 마르티누가 사망한 이후에 사라졌답니다……." 모랭이 자신의 메모를 살폈다. "1959년에요. 제가 바이올린과 오리지널 악보를 찾았다고 하니까 그들이 엄청 흥분하면서 금전적인 가치가 클 거라고 했습니다. 사실 체코의 국보로 여겨질 거랍니다."

그 단어가 또 등장했다. 보물.

"그의 아내 샬럿에 대해서도 물어봤나?"

"네. 그들은 오랫동안 함께 지냈지만 실제로 결혼을 한 건 그의 임종 때였다고 합니다. 그녀는 몇 년 전에 사망했고요. 가족은 없습니다."

가마슈는 고개를 끄덕이고 잠시 생각했다. 그리고 다시 모랭에게 말했다. "이곳 체코인 커뮤니티에 대해 조사해 보게. 특히 파라 가족에 대해 알아보고. 그들이 체코에서 어떻게 살았는지, 그곳에서 어떻게 나왔는지, 거기서 알던 사람들과 가족들까지 모두 다 말이야."

그리고 그는 보부아르에게 갔다. "오늘 몬트리올에 갔다 오겠네. 브루넬 경정님과 만나서 단서를 더 찾아볼 거야."

"다코르D'accord 알겠습니다. 모랭이 파라 가족에 대한 정보를 알아 오는 대로 거기에 가 보겠습니다."

"혼자 가지 말게."

"알겠습니다." 가마슈가 허리를 굽혀 보부아르의 책상 옆 바닥에 떨어진 종잇조각을 집어 들었다. 그는 그것을 펼쳐서 읽었다. **너의 악몽 속에서.**

"**너의 악몽 속에서.**" 가마슈가 보부아르에게 종이를 주며 반복했다. "이게 무슨 뜻이라고 생각하나?"

보부아르는 어깨를 으쓱하고 책상 서랍을 열었다. 둥글게 뭉친 쪽지들이 들어 있었다. "어디서나 발견한다니까요. 외투 주머니에도 있고, 아침에 문 앞에 붙어 있기도 하고요. 이건 제 컴퓨터에 붙어 있었죠." 가마슈가 서랍으로 손을 뻗어 쪽지 하나를 집었다.

재미로 사람을 죽이는 신이
치유도 해 주기를.

"다 이런 식인가?"

보부아르가 고개를 끄덕였다. "갈수록 더 미친 소리뿐이에요. 어떻게 하면 좋겠습니까? 우리가 그녀의 소방서를 차지하고 있어서 열 받은 거예요. 금지명령을 내릴 수는 없을까요?"

"팔십 먹은 총독상 수상자에게 시를 그만 보내라고 말인가?"

그런 말을 들으니 불가능한 일처럼 들렸다.

가마슈가 동그란 종이 뭉치들을 다시 보았다. 우박 같았다. "글쎄, 난 이만 가 봐야겠군."

"도와주셔서 참 감사하네요." 보부아르가 뒤에서 외쳤다.

"드 리앙De rien 천만에." 가마슈가 손을 흔들며 떠났다.

한 시간 남짓 몬트리올로 차를 타고 가면서 가마슈와 클라라는 스리 파인스 사람들과 여름 동안 와 있던 사람들, 질베르 가족에 대해 이야기를 나누었다. 클라라는 이제 질베르네가 계속 마을에서 살게 되리라고 생각했다.

"일전에 올드 먼딘과 찰스가 마을에 왔었어요. 올드는 뱅상 질베르에게 완전히 빠져 있죠. 숲에 있던 사람이 뱅상이었다는 사실을 알았지만 아무 말도 하지 않았어요."

"올드가 뱅상을 어떻게 알아봤죠?"

"『존재』덕분이죠." 클라라가 말했다.

"물론 그렇겠군요." 가마슈는 몬트리올로 향하는 고속도로로 접어들었다. "찰스가 다운증후군이니까요."

"찰스가 태어난 후 머나가 그들에게 『존재』한 권을 줬어요. 그들은 그 책을 읽고 삶이 변했죠. 많은 사람들이 그랬어요. 머나는 질베르 박사가 위대한 사람이라고 해요."

"뱅상도 이의를 제기하지 않을 겁니다."

클라라가 웃음을 터뜨렸다. "그래도 전 성인의 손에서 자라고 싶은 생각은 없어요."

가마슈는 동의하지 않을 수 없었다. 대부분의 성인들은 희생적이었고, 곁에 있는 많은 사람들을 희생시켰다. 그들은 다정한 침묵 속에서 생 틸레르, 생 장, 앙주 가르디앙이라는 이름의 마을 표지판을 지났다.

"'우'라고 하면 뭐가 생각나시나요?" 가마슈가 물었다.

"뻔한 것 말고요?" 클라라가 고심하는 듯한 표정을 지어 보였다.

"그 단어가 무슨 뜻인지 아십니까?"

가마슈가 다시 질문해서 클라라의 주의를 환기시켰다. "우." 그녀가 되풀이해서 말했다. "'구애하다'는 뜻이 있어요. '대시하다'의 옛날 표현이죠."

"'대시하다'의 옛날 표현이오?" 가마슈가 웃었다. "저도 그 뜻은 알고 있습니다. 제가 찾는 건 그게 아닌 것 같군요."

"죄송해요. 도움이 안 되네요."

"아, 상관없습니다." 그들은 샹플랭 다리를 건넜다. 가마슈는 생 로랑 거리를 올라가 좌회전한 다음 또 좌회전한 뒤 샌트로폴 레스토랑에 클라라를 내려 주었다.

그녀는 계단을 올라가다 말고 다시 걸어 내려왔다. 그녀가 차창 안으로 몸을 숙이고 물었다. "누가 경감님이 아끼는 사람을 모욕하면 한마디 하실 건가요?"

가마슈는 생각해 보았다. "아마 그럴 겁니다."

그녀는 고개를 끄덕이고 떠났다. 그러나 그녀는 가마슈를 알았고 '아마'가 아닐 거란 사실을 알았다.

29

가마슈와 브루넬은 허브를 넣은 오이 수프, 그릴에 구운 새우, 회향 잎을 넣은 샐러드, 복숭아 타르트로 오찬을 함께했다. 그리고 이제 그들은 2층 아파트의 밝은 거실에 자리 잡았다. 그곳에는 책장이 줄지어 있었고 여기저기에 오브제와 오래된 깨진 도자기, 이 빠진 머그잔이 있었다. 사람들이 책을 읽고 이야기하며 생각하고 웃는 공간이었다.

"오두막의 물건들을 조사하고 있어요." 테레즈 브루넬이 말했다.

"그래서요?" 가마슈가 작은 에스프레소 잔을 든 채 소파에서 몸을 앞으로 내밀었다.

"지금까지는 소득이 없어요. 놀랍게도 물건들 중에 도난 신고된 건 없었어요. 아직 조사를 다 한 건 아니지만요. 제대로 추적하려면 몇 주가 걸릴 거예요."

가마슈는 천천히 뒤로 기대며 긴 다리를 꼬았다. 도난당한 물건이 아니라면 뭘까? "다른 가능성은 뭡니까?" 그가 물었다.

"글쎄요. 피해자가 실제로 소유하고 있었거나, 아니면 신고할 수 없는 죽은 이들에게서 훔쳤을 수도 있죠. 예를 들면 호박 방처럼 전쟁 중에 말이에요."

"어쩌면 주인에게서 받았을 수도 있지." 그녀의 남편 제롬이 말했다.

"하지만 엄청 값나가는 것들이야." 테레즈가 반대했다. "그런 걸 왜 그에게 주겠어?"

"봉사에 대한 대가로?" 제롬이 말했다.

세 사람 모두 침묵했다. 그런 물건들을 받을 만한 일이 뭐가 있을지 상상했다.

"봉Bon 자, 아르망. 보여 줄 게 있네." 제롬이 168센티미터의 몸을 쭉 펴고 일어섰다. 그는 거의 정사각형에 가까울 만큼 육중했지만 그의 몸은 머리에서 흘러넘치는 생각으로 꽉 차 있는 듯 가볍게 움직였다.

그는 가마슈가 앉은 소파 옆자리에 자신의 몸을 끼워 넣었다. 손에는 그 두 점의 조각품이 들려 있었다.

"우선, 놀라운 작품이라고 말하고 싶네. 말을 건네는 듯해. 자네도 그렇게 생각하지 않나? 테레즈가 그러더군. 이게 무슨 말을 하는지 알아내는 것이 내 일이라고. 구체적으로는 이것이 말일세."

제롬이 밑에 새겨진 문자가 보이도록 조각을 뒤집었다.

해안에 있는 사람들 밑에는 MRKBVYDDO, 항해하는 배 밑에는 OWSVI라고 새겨져 있었다.

"이건 일종의 암호일세." 제롬이 설명했다. 그는 안경을 쓰고 글자를 다시 자세히 들여다봤다. "나는 가장 쉬운 쿼티부터 시도해 봤다네. 아마추어가 가장 많이 사용하는 암호지. 쿼티가 뭔지 아는가?"

"타자기 자판이 쿼티로 배열되어 있지요. 컴퓨터 키보드도 그렇고요. 쿼티QWERTY는 자판의 제일 위에 있는 줄의 문자들을 말하죠." 가마슈가 말했다.

"쿼티 암호는 대개 키보드에서 원래 의도하는 문자 대신 옆에 있는 문자를 입력하는 식이지. 해독하기 아주 쉬워. 그런데 어쨌든 이건 쿼티는 아니었네." 제롬이 몸을 간신히 일으켰고 가마슈는 그가 남긴 공간으로 쓰러질 뻔했다. "많은 암호들을 시도해 봤지만 솔직히 무슨 뜻인지 알아 내지 못했네. 미안하네."

가마슈는 암호의 달인인 제롬이 은둔자의 암호를 풀어 줄 거라 기대 하고 있었다. 하지만 이 사건의 다른 부분들처럼 이것도 쉽게 베일을 벗 지 않을 것 같았다.

"하지만 이게 어떤 종류의 암호인지는 알았네. 내 생각에 이건 시저 암호라네."

"계속 말씀해 주시죠."

"봉Bon 좋아." 제롬은 도전과 관객을 좋아했다. "줄리어스 시저는 천재 였어. 그는 정말 암호를 광적으로 좋아하던 황제였다네. 똑똑했지. 그는 그리스 알파벳을 사용해서 프랑스에 있는 그의 군대에 비밀 메시지를 보냈네. 그런데 그는 나중에 암호를 개선했네. 현재 우리가 사용하는 로 마 알파벳으로 바꾸고 문자를 세 자리씩 이동했지. 그러니까 '죽여라kill' 는 메시지를 보내고 싶은 경우에 시저 암호를 사용하면……," 그가 종이 한 장을 가져와 알파벳을 적었다.

ABCDEFGHIJKLMNOPQRSTUVWXYZ

그런 뒤 네 개의 문자에 동그라미를 쳤다. NLOO

"알겠나?"

가마슈와 테레즈가 제롬의 지저분한 책상 위로 몸을 기울였다.

"문자를 이동했군요." 가마슈가 말했다. "조각 밑의 글자가 시저 암호 라면 그냥 이런 식으로 풀 수 없습니까? 세 자리씩 뒤로 이동하면요?"

그는 항해하는 배 밑의 문자를 살펴보았다.

"그럼 이건…… L, T, P. 됐습니다. 더 해 볼 필요 없겠군요. 말이 되는 단어가 아니네요."

"그렇다네. 시저는 똑똑했고 은둔자도 그랬다고 생각하네. 그는 적어도 시저 암호를 알고 있었지. 시저 암호의 장점은 깨기가 거의 불가능하다는 것일세. 문자를 몇 자리나 이동할지 각자 원하는 대로 정할 수 있기 때문이지. 아니면 더 나은 방법으로 키워드를 사용할 수도 있네. 암호를 주고받는 사람들끼리 잊지 않을 만한 단어를 정하는 거지. 그 단어를 알파벳 시작 부분에 쓴 다음 암호를 시작하는 걸세. '몬트리올'로 해 보지."

제롬이 알파벳을 적어 놓은 종이를 다시 가져와 처음 여덟 개의 문자 아래 몬트리올Montreal을 쓴 다음 나머지 부분에 A부터 알파벳을 채워 넣었다.

A B C D E F G H I J K L M N O P Q R S T U V W X Y Z
M O N T R E A L A B C D E F G H I J K L M N O P Q R

"그럼 이제 보내려는 메시지가 '죽여라kill'일 때 암호는 뭐겠는가?" 제롬이 가마슈에게 물었다.

가마슈가 연필을 가져다가 네 개의 문자에 동그라미를 쳤다. CADD

"바로 그걸세." 제롬이 활짝 웃었다. 가마슈가 흥미로운 표정으로 빤히 바라보았다. 쭉 지켜보고 있던 테레즈가 허리를 펴며 영리한 남편이 자랑스럽다는 듯 미소를 지었다.

"키워드가 필요하군요." 가마슈가 몸을 곧추세웠다.

"그래, 그것만 있으면 되네." 제롬이 웃었다.

"뭔지 알 것 같습니다."

제롬이 고개를 끄덕이고 의자를 끌어당겨 앉았다. 그는 간결한 필체로 다시 한 번 알파벳을 썼다.

A B C D E F G H I J K L M N O P Q R S T U V W X Y Z

그의 연필이 다음 줄에서 맴돌며 기다렸다.

"샬럿." 가마슈가 말했다.

클라라와 데니스 포틴은 커피를 천천히 마셨다. 샌트로폴 레스토랑의 뒤쪽 정원은 한산했다. 점심시간에는 플래토 몽루아얄 지구의 젊은 보헤미안들로 북적였지만 지금은 사라지고 없었다.

계산서가 앞에 놓였고 클라라는 지금이 아니면 기회가 없으리라는 것을 알았다.

"하고 싶은 이야기가 한 가지 더 있어요."

"그 조각품 말인가요? 가지고 오셨나요?" 포틴이 몸을 내밀었다.

"아뇨. 그건 아직 경감님이 갖고 계세요. 하지만 당신의 제안은 얘기했어요. 문제는 그게 살인 사건의 증거물이라는 거죠."

"물론이죠. 서두르는 건 아닙니다. 그렇지만 구매자의 관심이 곧 식을 수도 있어요. 그런 걸 원하는 사람이 나서는 건 정말 특별한 경우죠."

클라라는 고개를 끄덕이고 이대로 헤어질 수도 있다고 생각했다. 스리 파인스로 돌아가서 전시회 오프닝에 초대할 손님 목록을 작성하고 그 문제는 잊는 거야. 포틴이 가브리에 대해 했던 말은 이미 희미해지고 있었다. 분명히 심각한 일은 아니었다.

"그래서 하고 싶은 얘기가 뭐였습니까? 프로방스나 토스카나에 집을 사야 할지 고민이세요? 요트는 어떻습니까?"

클라라는 그의 말이 농담인지 아닌지는 알 수 없었지만 그가 이 문제를 편하게 생각하지 않는다는 것은 알았다.

"정말 별거 아니에요. 분명 내가 잘못 들었겠지만 어제 당신이 스리 파인스에 왔을 때 가브리에 대해 뭐라고 한 것 같아서요."

포틴은 흥미롭지만 염려되고 의아하다는 표정이었다.

"웨이터 말이에요. 우리에게 맥주를 갖다 준 사람이오."

포틴은 여전히 그녀를 바라보았다. 클라라는 뇌가 사라지는 것 같았다. 뭐라고 말할지 오전 내내 연습했었지만 갑자기 자신의 이름조차 기억나지 않았다. "음, 난 그냥 당신이……."

그녀의 목소리가 점점 작아졌다. 말을 할 수 없었다. 그녀는 이것이 아무 말도 하지 말라는 신의 계시가 분명하고 생각했다. 아무것도 아닌 일에 괜한 분란을 만들고 있었다.

"신경 쓰지 마세요. 그냥 그의 이름을 알려 주려고 했던 거예요."

그녀는 포틴이 술에 취했거나 미쳤거나 약에 취한 예술가들을 상대하는 데 익숙한 것이 다행이라고 생각했다. 클라라는 세 가지 경우에 다 해당되는 것처럼 보였고, 그렇게 제정신이 아니라면 포틴의 눈에는 분명히 멋진 예술가로 보일 터였다.

포틴이 계산서에 서명하고 나갔고 클라라는 그가 팁을 아주 많이 준 것을 알아챘다.

"그 사람 기억납니다." 포틴이 차 향기가 나는 짙은 색 목조 레스토랑에서 그녀를 데리고 나갔다. "그 호모 자식 말이군요."

VDTK?? MMF/X

그들은 글자를 응시했다. 계속 봐도 말이 되지 않았다.

"다른 키워드는 없나?" 제롬이 책상에서 고개를 들었다.

가마슈는 크게 놀랐다. '샬럿'이 암호를 풀 수 있는 키라고 확신했었다. 그는 잠시 생각하며 이 사건을 대강 떠올려 보았다.

"우." 가마슈가 말했고 그들은 시도했다.

아니었다.

"월든." 하지만 가마슈는 그것이 무리한 시도라는 것을 알았다. 아니나 다를까 아니었다.

아니었다. 아니었다. 아니었다. 놓친 게 뭐지?

"내가 계속 시도해 보지. 시저 암호가 아닐 수도 있네. 그것 말고도 암호는 많으니까." 제롬이 말했다.

그가 안심시키는 미소를 지었고 가마슈는 제롬의 환자들이 그를 어떻게 느꼈을지 알 수 있었다. 비록 나쁜 소식을 듣더라도 그들 곁에는 포기하지 않는 한 사람이 있었다.

"동료 의사인 뱅상 질베르에 대해 어떻게 생각하시는지 여쭤 봐도 되겠습니까?" 가마슈가 물었다.

"그는 내 동료가 아닐세." 제롬이 퉁명스럽게 말했다. "내가 기억하기론 그는 누구의 동료도 아니었네. 그는 어리석은 사람을 용납하지 않았지. 그런 사람들은 대부분 모든 사람을 바보로 여긴다는 걸 아나?"

"그렇게 고약했나요?"

"제롬이 화를 내는 이유는 뱅상 질베르가 자신을 신이라고 생각하기 때문이죠." 테레즈가 남편의 의자 팔걸이에 걸터앉으며 말했다.

"함께 일하기 힘든 타입이군요." 가마슈가 말했다. 그도 신과 일해 본 적이 몇 번 있었다.

"오, 그런 게 아니에요." 테레즈가 미소 지었다. "제롬은 자신이 유일한 신인데 질베르가 숭배하지 않아서 화를 내는 거예요."

그들 모두 웃었지만 제롬의 미소가 가장 먼저 사그라졌다. "뱅상 질베르는 매우 위험한 사람일세. 나는 그가 정말 신神 콤플렉스를 가지고 있다고 생각하네. 과대망상증이기도 하고 아주 똑똑하기도 하지. 그가 쓴 책이……."

"『존재』요." 가마슈가 말했다.

"그래. 효과를 노리고 모든 단어를 계산해서 만든 책이라네. 그리고 나도 인정해. 책은 효과가 있었지. 책을 읽은 대부분의 사람들은 그에게 동의해. 그가 적어도 위인이고, 아마 성인이기까지 하다고 말일세."

"그걸 믿지 않으십니까?"

제롬은 코웃음을 쳤다. "그가 이룬 유일한 기적은 자신이 숭고하다는 걸 모든 사람에게 믿게 한 것이라네. 그가 얼마나 개자식인지 생각하면 그건 대단한 업적이지. 그걸 믿느냐고? 전혀 아닐세."

"이제 내가 알아낸 소식을 들려줄 차례네요." 테레즈 브루넬이 일어났다. "이리 따라와요."

가마슈는 암호를 이리저리 풀어 보는 제롬을 두고 그녀를 따라갔다.

서재에는 신문과 잡지가 더 가득했다. 브루넬이 컴퓨터 앞에 앉아서 키보드를 빠르게 몇 번 두드리자 사진이 나왔다. 난파선이 있는 조각품 사진이었다.

가마슈가 의자를 끌어당기고 화면을 응시했다. "이건……."

"또 다른 조각이오? 위." 그녀가 특별히 인상적인 토끼를 꺼내 든 마술사처럼 미소를 지었다.

"은둔자가 만든 겁니까?" 가마슈가 의자에서 몸을 돌려 브루넬을 바라보았다. 그녀가 고개를 끄덕였다. 그는 다시 화면을 바라보았다. 조각은 복잡했다. 한쪽에 난파선이 있고 그 옆으로 숲과 그 너머에 건설 중인 작은 마을이 있었다. "사진으로 보는데도 살아 있는 듯합니다. 작은 사람들이 있는데, 다른 조각품에 있는 것과 같은 사람들일까요?"

"그렇다고 생각해요. 하지만 겁에 질린 소년은 찾을 수가 없더군요."

가마슈는 마을, 해안가의 배, 숲을 살펴보았다. 아무 데도 없었다. 그소년은 어떻게 됐지? "이 조각을 직접 봐야겠습니다." 가마슈가 말했다.

"이건 취리히에 있는 어떤 사람의 개인 소장품이에요. 내가 아는 그곳 갤러리 소유주에게 연락해 뒀어요. 아주 영향력 있는 사람이죠. 그가 도와주겠다고 했어요."

가마슈는 그녀의 연줄에 대해 캐묻지 않아도 된다는 것을 충분히 알고 있었다.

"소년도 찾아봐야 하지만 조각 밑에 뭐가 쓰여 있는지도 알아야 합니다." 그가 말했다.

다른 조각들과 마찬가지로 이 조각 역시 표면적으로는 목가적이고 평화로웠다. 하지만 주위에 뭔가가 도사리고 있었다. 불안했다.

그럼에도 작은 나무 조각 사람들은 역시 또 행복해 보였다.

"하나 더 있어요. 이건 케이프타운에 있는 소장품이죠." 화면이 깜박이더니 또 다른 조각이 나타났다. 자는 건지 죽은 건지 알 수 없는 소년이 산비탈에 누워 있는 모습이었다. 가마슈는 안경을 쓰고 화면 가까이 몸을 기울인 채 눈을 가늘게 뜨고 살펴봤다.

"정확히는 알 수 없지만 제 생각엔 같은 젊은이인 것 같습니다."

"나도 그렇게 생각해요." 브루넬이 말했다.

"죽은 걸까요?"

"나도 궁금했지만 그런 것 같지는 않아요. 이 조각에서 뭔가 눈치챈 것 없나요, 아르망?"

가마슈는 몸을 다시 의자에 기대고 깊이 심호흡을 하며 긴장을 풀었다. 눈을 감았다가 다시 뜨고 화면을 바라보았다. 하지만 이번에는 조각을 보는 게 아니라 느끼려고 했다.

잠시 후 그는 테레즈 브루넬이 옳았다는 사실을 알았다. 이 조각은 달랐다. 같은 작가의 조각임은 분명했다. 틀림없었다. 하지만 중요한 한 가지가 달랐다.

"두려움이 없군요."

브루넬이 고개를 끄덕였다. "평화와 만족뿐이죠."

"심지어 사랑도 있고요." 가마슈가 말했다. 그는 이 조각을 손에 쥐고 소유하고 싶었다. 물론 그럴 수 없다는 걸 알았다. 하지만 새삼스레 슬며시 일어나는 욕망이 느껴졌다. 탐욕. 가마슈는 자신이 그런 욕망에 절대 굴복하지 않으리라는 것을 알았다. 하지만 다른 이들은 그럴 수도 있다는 것을 알았다. 이 조각은 소유할 만한 가치가 있었다. 다른 것들도 모두 그럴 것이라고 짐작했다.

"이 조각품들에 대해 뭘 알아내셨습니까?" 그가 물었다.

"조각들은 제네바에 있는 한 경매 회사를 통해 팔렸어요. 나도 거길 잘 아는데 아주 조심스럽고 최고급만 취급하는 곳이에요."

"조각품은 얼마에 팔렸습니까?"

"그들은 이런 조각품을 총 일곱 점 팔았어요. 첫 번째 조각은 육 년 전에 팔았죠. 만오천 달러였어요. 조각은 갈수록 비싸져서 지난겨울에 판매된 마지막 조각의 가격은 삼십만 달러에 달했죠. 다음 건 적어도 오십만 달러를 받을 수 있을 거래요."

가마슈가 놀라 숨을 내쉬었다. "누군지 몰라도 조각품을 판 사람은 수십만 달러를 벌었겠군요."

"제네바의 그 경매 회사는 수수료가 비싸요. 하지만 대충 계산해 보면 판매자는 거의 백오십만 달러를 벌었을 거예요."

가마슈의 마음이 줄달음쳤다. 그리고 한 가지 사실에, 아니 그보다는 하나의 진술에 도달했다.

나는 조각들을 집으로 돌아오는 길에 숲 속에 던졌습니다.

올리비에는 그렇게 말했다. 역시 또 올리비에는 거짓말을 했다.

어리석군, 어리석어. 가마슈는 생각했다. 그리고는 컴퓨터 화면을 다시 보며, 산 위에 반듯이 누워 산을 쓰다듬는 듯한 소년을 바라보았다. 그럴 가능성이 있을까? 가마슈는 자문했다.

정말로 올리비에가 그럴 수 있었을까? 그가 은둔자를 죽였을까?

1백만 달러는 강력한 동기였다. 하지만 왜 조각품을 만들어 주는 사람을 죽이겠는가?

올리비에가 말하지 않은 것이 분명히 더 있었다. 그리고 진짜 범인을 찾고 싶다면 이제 진실을 알아야 했다.

가브리는 왜 빌어먹을 호모여야만 할까. 클라라는 생각했다. 그리고 나는 왜 이런 빌어먹을 겁쟁이일까?

"네, 그 사람이오." 그녀는 잠시 유체 이탈을 한 듯 자신이 말하는 소리가 귀에 들렸다. 그들은 보도에 서 있었고 날이 따뜻한데도 그녀는 외투를 여몄다.

"어디로 태워다 드릴까요?" 포틴이 물었다.

어디? 클라라는 가마슈가 어디에 있는지 몰랐지만 그의 휴대전화 번호를 갖고 있었다. "내가 알아서 갈게요. 고마워요."

그들은 악수를 했다.

"이번 전시는 크게 성공할 겁니다. 우리 둘 다의 성공이죠. 덕분에 아주 기쁩니다." 포틴이 따뜻하게 말했다.

"한 가지가 더 있는데요. 가브리요. 그는 내 친구예요."

그녀는 포틴이 자신의 손을 놓는 걸 느꼈다. 하지만 여전히 그는 그녀를 향해 미소 지었다.

"그는 빌어먹을 호모가 아니라고 말해야 할 것 같아서요."

"아닙니까? 분명히 게이 같던데요."

"아, 그래요. 그는 게이예요." 그녀는 자신도 점점 혼란스러워지는 걸 느낄 수 있었다.

"지금 무슨 말 하는 거죠, 클라라?"

"당신은 그에게 호모 자식이라고 했죠."

"네?"

"그건 예의에 어긋나는 것 같아요."

이제 그녀는 여학생처럼 느껴졌다. '예의' 같은 단어는 예술계에서 자주 쓰는 말이 아니었다. 모욕할 때나 사용하는 말이었다.

"지금 제 말을 검열하려는 겁니까?"

그의 목소리가 당밀처럼 되었다. 클라라는 그의 말이 끈적끈적하게 들러붙는 것을 느낄 수 있었다. 그리고 한때 사려 깊었던 그의 눈은 이제 냉랭해졌고 경고를 보냈다.

"그런 게 아니에요. 그저 내가 좀 놀랐고 친구가 욕먹는 걸 듣고 싶지 않다는 거죠."

"하지만 그는 호모 자식이 맞잖아요. 당신도 그랬고요."

"나는 그가 게이라고 말했죠." 그녀는 뺨이 몹시 뜨거워지는 것을 느꼈고 홍당무가 되었으리라는 것을 알았다.

"아, 알겠어요." 포틴이 한숨을 내쉬며 고개를 저었다. 이제 그는 아픈 애완동물을 보듯이 슬프게 그녀를 바라보았다. "당신은 결국 작은 마을의 소녀일 뿐이었군요. 당신은 그 작은 마을에 너무 오래 있었어요, 클라라. 그래서 좀스러워진 거예요. 당신은 자신을 검열하고 이제는 나까지 숨 막히게 해요. 정치적 올바름이라니. 그건 아주 위험해요, 클라라. 예술가는 경계를 부수고 뛰어넘고 도전하고 충격을 줘야 합니다. 하지만 당신은 그렇게 하고 싶지 않죠?"

클라라는 포틴의 말을 이해하지 못한 채 그를 바라보며 서 있었다.

"그래요. 난 당신이 그러지 못할 거라 생각해요. 나는 진실을 말하는 겁니다. 내 말이 충격적일 수도 있지만 적어도 이게 현실이에요. 당신은 그저 예쁘고 착한 것이 좋겠죠."

"당신은 그의 뒤에서 그 사랑스러운 사람을 모욕했어요." 클라라가 말했다. 그녀는 이제 눈물이 흐르는 게 느껴졌다. 분노의 눈물이었다. 분노의 눈물이었지만 어떻게 보일지 알았다. 약해 보이리라.

"전시를 재고해야겠습니다." 그가 말했다. "정말 실망했어요. 나는 당신이 진짜 물건이라고 생각했는데 그런 척한 것이었군요. 피상적이고 진부해요. 나는 예술적인 모험을 감수하지 않으려는 사람 때문에 내 갤러리의 명성을 위험에 빠뜨릴 수 없습니다."

차량 흐름이 잠깐 끊기자 데니스 포틴은 생 위르뱅 거리를 휙 건너갔다. 건너편에서 그는 돌아보며 다시 고개를 저었다. 이내 자신의 차로 재빨리 걸어갔다.

장 기 보부아르 경위와 모랭 형사는 파라네 집으로 가고 있었다. 보부아르는 전통적인 가옥을 보게 되리라 예상했다. 체코인 산지기가 살 법한 곳을. 스위스식 샬레_{지붕이 뾰족한 목조 주택} 같은 것을. 보부아르에게는 퀘벡 사람과 '그 밖의' 사람이 있을 뿐이었다. 외국인들은 다 똑같았다. 중국인들은 모두 비슷했고 아프리카인들도 마찬가지였다. 보부아르가 남미인에 대해 생각할 일은 별로 없지만 남미인들도 다 똑같이 생기고 같은 음식을 먹고 정확히 똑같은 집에서 살 것이라고 생각했다. 자신의 집보다 다소 덜 근사한 집에서. 그리고 그에게 영국인들은 다 괴짜였다.

스위스인, 체코인, 독일인, 노르웨이인, 스웨덴인은 모두 비슷비슷한 무리였다. 그들은 키가 크고 금발이었으며 살짝 멍청하긴 해도 운동신경이 뛰어났다. 다들 판자로 된 A 자형 집에 살고 우유를 많이 마셨다.

보부아르는 차의 속력을 줄였고 구불구불한 길을 따라 가다가 파라네 집 앞에 멈춰 섰다. 그의 눈앞에 온통 유리로 된 집이 나타났다. 유리에 햇빛이 반짝였고 하늘과 구름, 새, 숲, 그 너머의 산과 작은 흰색 첨탑이 비쳤다. 그 아름다운 집은 저 멀리 스리 파인스에 있는 성당도 끌어왔고 주위의 모든 생명을 비추었다.

"여차하면 못 볼 뻔했습니다. 다시 일을 하러 가려던 참이었거든요." 로어 파라가 문을 열며 말했다.

그는 보부아르와 모랭을 집 안으로 안내했다. 집에는 빛이 가득했고, 반질반질한 콘크리트 바닥이 단단하고 견고해 보였다. 집은 안정감 있게 서 있으면서도 솟아오르는 듯했다. 그리고 실제로 집은 높이 솟아 있었다.

"메르드Merde 세상에." 보부아르가 커다란 방으로 걸어 들어가며 중얼거렸다. 한 공간에 부엌, 식당, 거실이 다 함께 있었다. 삼면의 벽이 유리였고 마치 이 세계와 저 세계, 안과 밖, 숲과 집 사이에 구분이 없는 것처럼 느껴졌다.

체코인 산지기가 숲과 경계 없는, 빛으로 만들어진 집이 아니면 어디에 살겠는가.

해나 파라가 싱크대에서 손을 닦고 있었고 하보크가 설거지한 그릇들을 치우는 중이었다. 집에서 수프 냄새가 났다.

"비스트로에서 일하는 시간 아닌가?" 보부아르가 하보크에게 물었다.

"오늘은 분할 근무예요. 그래도 괜찮겠느냐고 올리비에가 물었죠."

"그래서 그러겠다고 했나?"

"그러면 안 돼요?" 그들은 긴 식탁으로 걸어가 앉았다. "전 괜찮아요.

올리비에가 스트레스를 많이 받는 것 같더라고요."

"올리비에는 어떤 상사인가?" 보부아르는 모랭이 수첩과 펜을 꺼내는 모습을 보았다. 파라네 집에 이르렀을 때 그가 모랭에게 그렇게 지시했었다. 그 행동은 용의자를 당황하게 만들었다. 보부아르는 그렇게 만들고 싶었다.

"그는 정말 좋은 사람이에요. 비교 대상이 아버지뿐이지만요."

"그게 무슨 뜻이냐?" 로어가 물었다. 보부아르는 그 작고 힘센 남자에게서 공격적인 제스처를 알아챘지만 그 말은 가족끼리 늘 하는 농담 같았다.

"적어도 올리비에는 저에게 톱, 도끼, 칼을 가지고 일하게 하지는 않으니까요."

"올리비에의 초콜릿 케이크와 아이스크림이 훨씬 더 위험해. 적어도 도끼를 다룰 땐 조심해야 한다는 걸 알잖니."

보부아르는 로어가 이 사건의 핵심을 찔렀다는 것을 깨달았다. 위협적으로 보이거나 좋아 보이는 것들은 실제로 그렇지 않았다.

"피해자 사진을 봐 주셨으면 합니다."

"이미 봤어요. 라코스트 형사가 보여 줬죠." 해나가 말했다.

"다시 한 번 봐 주시죠."

"왜죠, 경위님?" 해나가 물었다.

"당신들은 체코인이죠."

"그게 왜요?"

"여기 온 지 꽤 되셨다는 걸 압니다." 보부아르가 그녀를 무시하고 계속 이야기했다. "많은 체코인들이 러시아 침공 이후 이리로 건너왔죠."

"맞아요. 이곳에는 괜찮은 체코인 커뮤니티가 있어요." 해나가 동의했다.

"사실 체코인 자치회가 있을 만큼 큰 커뮤니티죠. 한 달에 한 번씩 만나 파트럭 디너_{각자가 음식을 지참하여 하는 저녁 식사}도 하고요."

모랭의 조사 덕분에 알게 된 것들이었다.

"그렇습니다." 로어 파라가 말했다. 그는 이 대화가 어디로 이어질지 궁금해하며 보부아르를 조심스레 지켜보았다.

"자치회 회장을 몇 번 하셨죠." 보부아르가 로어에게 말하고 나서 해나를 돌아봤다. "두 분 다요."

"대단한 명예는 아니에요, 경위님. 우리 차례가 되어서 했을 뿐이죠. 돌아가면서 하거든요." 해나가 미소 지었다.

"그럼 이 지역의 체코 사람들을 다 아십니까?"

이제 신중해진 그들은 서로를 쳐다본 뒤 고개를 끄덕였다.

"그럼 당신들은 피해자를 알고 있어야 합니다. 그는 체코인이었습니다." 보부아르가 주머니에서 사진을 꺼내 탁자 위에 올려놓았다. 그러나 그들은 사진을 보지 않았다. 세 사람은 보부아르를 쳐다보고 있었다. 놀라서. 내가 알고 있어서? 그 남자가 체코인이라서?

보부아르는 어느 쪽이든 그럴 만하다는 것을 인정해야 했다.

로어가 사진을 집어 들고 살펴보았다. 그는 고개를 저으며 사진을 아내에게 건넸다. "우리는 이미 사진을 봤고 라코스트 형사에게도 똑같이 말했습니다. 우리는 그를 몰라요. 그가 체코인이라면 저녁 모임에 한 번도 오지 않은 겁니다. 우리와 전혀 접촉하지 않았어요. 물론 다른 사람들에게도 물어보셔야겠죠."

"그러고 있습니다." 보부아르는 사진을 다시 주머니에 집어넣었다. "지금 수사관들이 당신네 커뮤니티 사람들을 만나고 있습니다."

"이런 걸 프로파일링이라고 하나요?" 해나 파라가 물었다. 그녀는 웃지 않았다.

"아뇨. 수사하는 겁니다. 피해자가 체코인이라면 커뮤니티 주변을 알아보는 게 당연하지요. 그렇게 생각하지 않으십니까?"

전화가 울렸다. 해나가 전화가 놓인 곳으로 가서 전화기를 내려다보았다. "에바 전화야." 그녀는 전화를 받아 프랑스어로 이야기했다. 수사관이 지금 여기 있고 자신도 사진 속 인물을 알아보지 못했다고 말했고, 그가 체코인이었다니 자신도 놀랐다고 말했다.

약삭빠르군. 보부아르는 생각했다. 해나가 수화기를 내려놓자 바로 다시 전화가 울렸다.

"얀나야." 해나가 말했고 이번엔 받지 않았다. 그들은 전화가 오후 내내 오리라는 사실을 알았다. 수사관들이 왔다 가면 체코인 커뮤니티 사람들은 서로에게 전화를 했다.

그런 행동이 약간 사악하게도 느껴졌지만 보부아르는 자신도 그럴 것이라고 수긍할 수밖에 없었다.

"보후슬라프 마르티누를 아십니까?"

"누구요?"

보부아르는 다시 한 번 말하며 그들에게 출력물을 보여 주었다.

"아, 보후슬라프 마르티누." 로어는 보부아르가 전혀 알아들을 수 없는 발음으로 그 이름을 말했다. "체코 작곡가지요. 설마 그를 의심하시는 건 아니겠죠?"

로어가 웃었지만 해나와 하보크는 웃지 않았다.

"여기 그와 관계된 사람이 있습니까?"

"아뇨, 없어요." 해나가 확신을 가지고 말했다.

모랭이 파라 가족에 대해 조사했지만 알아낸 것은 거의 아무것도 없었다. 체코에 있는 그들의 친척은 아주머니 한 명과 사촌 몇 명뿐이었다. 파라 부부는 20대 초반에 체코에서 탈출했고 캐나다에 난민 지위를 신청해 인정받았으며 지금은 시민권을 갖고 있었다.

주목할 만한 것은 아무것도 없었다. 그들은 마르티누, 혹은 다른 유명인과 관련이 있지도 않았다. '우'나 샬럿, 보물과의 연관성도 없었다.

그럼에도 보부아르는 파라 가족이 아는 것을 다 말하지 않았다고 확신했다. 모랭이 찾아내지 못한 뭔가가 더 있는 게 분명했다.

보부아르와 모랭이 차를 타고 떠나는 모습이 유리 집에 비쳤고 보부아르는 파라 가족이 그들의 집만큼 투명한지 궁금했다.

"질문이 있습니다." 가마슈가 말했다. 그들은 다시 브루넬의 거실로 천천히 걸어 나왔다. 제롬이 잠깐 고개를 들었다가 다시 글자들로 돌아가 어떤 의미를 찾으려는 시도를 계속했다.

"물어봐요."

"데니스 포틴이……,"

"포틴 갤러리 소유주요?" 브루넬 경정이 말을 끊었다.

가마슈가 끄덕였다. "그가 어제 스리 파인스에 와서 조각품 하나를 봤습니다. 그런데 그는 이 조각이 별로 가치가 없다고 했습니다."

브루넬은 잠시 생각했다. "놀랄 일은 아니에요. 그는 훌륭한 미술상이고 새로운 인재를 알아보는 데 탁월하죠. 그렇지만 조각은 그의 전문 분야가 아니에요. 그가 아주 유명한 조각가들과 일을 하긴 하지만요."

"하지만 제가 봐도 저 조각들은 훌륭하던데요. 어떻게 그가 모를 수가 있죠?"

"무슨 뜻이죠, 아르망? 그가 거짓말을 했다는 얘기인가요?"

"그럴 수도 있을까요?"

테레즈는 생각했다. "아마도요. 나는 예술계에 대한 일반인들의 인식을 접할 때마다 약간은 재미있다고 느껴요. 때로는 도움이 되고요. 외부 사람들은 예술계가 오만하고 제정신이 아닌 예술가와 멍청한 구매자, 그리고 그 둘을 한데 모으는 갤러리 소유주로 이루어져 있다고 생각하는 것 같아요. 사실 이건 비즈니스고 이 점을 이해하지 못하고 인식하지 못하는 사람은 모두 매장되지요. 어떤 경우엔 수억 달러가 오가기도 해요. 하지만 현금 다발보다 더 중요한 것은 자존심이에요. 엄청난 돈과 커다란 자존심이 뭉쳐서 일촉즉발의 조합을 이루죠. 이 세계는 잔인해요. 추하고 폭력적이기도 하고요."

가마슈는 클라라를 떠올리고 그녀가 그 점을 알고 있는지 궁금했다. 울타리 너머에서 무엇이 그녀를 기다리고 있는지 알지 궁금했다.

"그러나 모든 사람이 그렇지는 않겠죠." 그가 말했다.

"맞아요. 하지만 이 정도 수준의 작품을 놓고서는 그럴 거예요." 그녀는 남편 곁에 있는 탁자 위에 놓인 조각품을 고갯짓으로 가리켰다. "한 사람이 죽었어요. 이 사건에 더 가까이 다가가면 살해된 사람이 더 있을 수도 있어요."

"이 조각 때문에요?" 가마슈가 배를 집어 들었다.

"돈 때문에요."

가마슈는 조각품을 유심히 살펴보았다. 그는 모든 사람이 오로지 돈 때문에 움직이는 것은 아니라는 사실을 알고 있었다. 다른 동기들도 있었다. 질투, 분노, 복수. 가마슈는 행복한 미래를 향해 항해하는 승객들을 무시하고 뒤돌아보는 청년을 보았다. 청년은 공포에 질린 채 그들이 있던 곳을 바라보고 있었다.

"좋은 소식이 있어요, 아르망."

가마슈가 배를 내리고 브루넬 경정을 보았다.

"'우'가 뭔지 알아냈어요."

30

"저기예요." 테레즈 브루넬이 가리켰다.

그들은 차를 타고 몬트리올 시내로 들어섰고 지금 브루넬 경정이 한 건물을 가리켰다. 가마슈가 차의 속도를 줄이자 바로 경적이 울려 댔다. 퀘벡에서 속도를 줄이는 행위는 거의 중죄였다. 그는 경적을 무시한 채 속도를 높이지 않고 그녀가 가리키는 것을 보려고 했다. 아트 갤러리가 있었다. 헤펠 갤러리였다. 그리고 건물 외부에는 청동 조각상이 있었다.

하지만 그가 제대로 보기 전에 차는 그곳을 지나쳤다. 그 후 20분 동안 그는 주차할 곳을 찾아 헤맸다.

"그냥 이중 주차하면 안 되나요?" 브루넬이 물었다.

"살해당하고 싶으면 그래도 되죠."

그녀는 헛기침을 했지만 토를 달지 않았다. 그들은 마침내 주차를 했고 셔브룩 거리를 따라 걸어 내려갔다. 그리고 헤펠 아트 갤러리 앞에 도착해서 청동 조각상을 바라보았다. 가마슈는 전에도 이 조각상을 봤지만 이렇게 멈춰 서서 본 적은 없었다.

가마슈의 휴대전화가 진동했다. "파르동Pardon 실례할게요." 그가 브루넬에게 말하고 전화를 받았다.

"클라라예요. 언제쯤 가실 건지 궁금해서요."

"잠깐이면 끝납니다. 괜찮으세요?" 그녀의 목소리가 불안하고 심란하게 들렸다.

"전 괜찮아요. 어디서 만날까요?"

"전 셔브룩 거리에 있습니다. 헤펠 갤러리 밖에요."

"거기 알아요. 몇 분이면 갈 수 있어요. 괜찮죠?" 그녀는 간절히 떠나고 싶어 하는 듯했다.

"네, 좋습니다. 여기 있겠습니다."

그는 휴대전화를 집어넣고 다시 조각상이 있는 곳으로 갔다. 테레즈 브루넬이 재미있어하는 기색으로 지켜보는 동안 그는 조용히 주위를 돌아보았다.

실물 크기에 가까운 촌스러운 중년 여인의 청동상이었다. 그녀 옆에는 말과 개가 있었고 말 등에 원숭이가 있었다. 가마슈는 브루넬 옆으로 돌아와 멈춰 섰다.

"이게 '우'입니까?"

"아뇨, 이건 에밀리 카예요. 조 파파르드가 만든 〈에밀리와 친구들〉
이라는 작품이죠."

가마슈가 미소를 짓고 고개를 저었다. 역시 그랬다. 이제 그는 알 수
있었다. 땅딸막하고 못생긴 이 여자는 캐나다에서 가장 뛰어난 예술가
중 한 명이었다. 재능과 예지를 겸비한 그녀는 1900년대 초에 주로 그림
을 그렸고 이제는 죽은 지 오래였다. 하지만 그녀의 작품이 가지는 의의
와 영향력은 커져만 갔다.

가마슈는 청동 여인을 더 자세히 들여다보았다. 그녀는 선명하지 않
은 오래된 흑백사진들에서 보던 이미지보다 젊었다. 사진 속에서 그녀
는 대개 남성적인 모습이었고 숲에 홀로 있었다. 그리고 웃지 않았고 행
복해하지 않았다.

그런데 이 청동 여인은 행복해 보였다. 조각가의 상상이리라.

"정말 멋지지 않아요? 에밀리 카는 보통 끔찍한 표정을 하고 있잖아
요. 하지만 이 상은 그녀의 행복한 모습을 표현했죠. 동물들하고만 있으
니까요. 그녀가 싫어한 건 사람들이었어요." 브루넬이 말했다.

"'우'를 찾았다고 하셨는데 어디 있습니까?"

그는 실망했고 브루넬에 대한 확신이 사라졌다. 대륙 저편에서 오래
전에 죽은 화가가 이 사건과 무슨 연관이 있단 말인가?

브루넬 경정이 조각으로 다가가 매니큐어를 바른 손을 원숭이 위에
올렸다.

"이게 '우'예요. 에밀리 카의 변함없는 친구였죠."

"'우'가 원숭이라고요?"

"그녀는 모든 동물을 사랑했지만 '우'를 가장 사랑했어요."

가마슈는 팔짱을 끼고 바라보았다. "흥미로운 이론이긴 하지만 은둔자의 오두막에 있던 '우'는 다른 의미일 것 같습니다. 어째서 그게 에밀리 카의 원숭이라고 생각하셨습니까?"

"이것 때문이에요."

그녀는 핸드백을 열고 광택지로 된 카탈로그를 꺼내 그에게 건넸다. 밴쿠버 아트 갤러리에서 열리는 에밀리 카의 회고전 카탈로그였다. 가마슈는 에밀리 카가 거의 한 세기 전에 그린 특징적인 작품 사진들을 보았다. 캐나다 서해안의 야생을 표현한 그림이었다.

그녀의 작품은 특별했다. 진한 녹색과 갈색이 함께 소용돌이치는 그림 속 숲은 광란과 차분함이 공존하는 듯했다. 오래전에 사라진 숲이었다. 지금 그곳은 벌목으로 황폐해졌다. 하지만 에밀리 카의 뛰어난 붓질 덕분에 숲은 여전히 살아 있었다.

하지만 그녀를 유명하게 만든 그림은 이 그림이 아니었다.

가마슈는 카탈로그를 휙휙 넘겨 그녀의 대표작들을 찾았다. 모든 캐나다인들이 한번 보면 잊을 수 없는 그것을 담은 그림을.

그것은 토템폴이었다.

토템폴들은 브리티시컬럼비아 주 북쪽에 있는 외딴 하이다족 어촌의 해안가에 있었다. 에밀리 카는 하이다족이 토템폴을 세운 곳에서 그 그림을 그렸다.

그리고 브루넬의 손가락이 작게 쓰여 있는 세 단어를 가리켰다.

퀸 샬럿 제도.

토템폴이 있는 장소였다.

샬럿.

가마슈는 전율을 느꼈다. 정말 '우'를 발견한 것일까?

"은둔자의 조각품은 연필향나무로 만들어졌죠. '우'가 새겨진 조각도 그렇고요. 연필향나무가 자라는 곳이 몇 군데 있는데 이 지역이나 퀘벡 주는 아니에요. 브리티시컬럼비아 주가 바로 그런 곳 중 하나죠." 테레즈 브루넬이 말했다.

"그중에서도 퀸 샬럿 제도 말이군요." 토템폴 그림에 푹 빠진 채 가마슈가 속삭였다. 곧게 쭉 뻗은 토템폴은 웅장했다. 선교사들과 정부가 이교도적인 것이라며 무너뜨리기 전의 모습이었다.

에밀리 카의 그림들은 하이다족이 세운 그대로의 토템폴을 볼 수 있는 유일한 이미지였다. 그녀는 사람은 그리지 않았지만 사람이 만든 것은 그렸다. 롱하우스여러 가족이 기거하던 북미 인디언의 전통 주택으로 길고 좁은 방 하나로 되어 있다와 우뚝 솟은 토템폴을 그렸다.

가마슈는 넋을 잃고 그림을 바라보면서 야생의 아름다움과 다가올 재앙을 느낄 수 있었다.

그러고는 작품 설명을 다시 보았다. 퀸 샬럿 제도, 하이다족 마을.

그는 브루넬이 옳았다는 사실을 알았다. '우'는 에밀리 카를 가리켰고, 에밀리 카는 퀸 샬럿 제도를 가리켰다. 분명 이것이 은둔자의 오두막에 그렇게 많은 샬럿이 있었던 이유였다. 『샬럿의 거미줄』, 샬럿 브론테, 남편에게 바이올린을 선물했던 샬럿 마르티누, 샬럿을 위해 만들어진 호박 방. 모든 것이 가마슈를 퀸 샬럿 제도로 이끌었다.

"당신이 갖고 있어요." 브루넬 경정이 카탈로그를 가리켰다. "에밀리 카의 일생에 대한 정보가 많아서 도움이 될 거예요."

"메르시." 가마슈는 카탈로그를 덮고 에밀리 카 조각상을 보았다. 그녀는 터전을 잃고 망가진 사람들이 아니라 그들의 영광을 그림으로써 캐나다의 수치를 포착했다.

차를 타고 샹플랭 다리를 건너는 동안 클라라는 세인트 로렌스 강의 회색빛 강물을 응시했다.

"점심 약속은 어땠습니까?" 스리 파인스로 향하는 고속도로로 접어들 때 가마슈가 물었다.

"글쎄, 좀 아쉬워요."

클라라의 기분은 분노와 죄책감, 후회를 미친 듯이 오갔다. 어느 순간 그녀는 포틴이 얼마나 개자식인지 더 분명하게 말했어야 했다고 생각했다가 다음 순간에는 집에 가서 사과 전화를 하고 싶어 죽을 지경이었다.

클라라는 잘못을 끌어당기는 자석이었다. 비판, 비난, 책망이 허공을 날아와 그녀에게 달라붙었다. 그녀가 부정적인 것을 끌어들이는 이유는 아마도 그녀가 너무 긍정적이기 때문이리라.

됐어. 이제 충분해. 그녀는 허리를 펴고 똑바로 앉았다. 빌어먹을 포틴. 하지만 이내 다시 그에게 사과를 해야 한다는 생각이 들었다. 내 의견을 내세우는 건 개인전이 끝난 뒤에 했어야지.

왜 그렇게 바보 같았을까? 도대체 무슨 생각으로 명성과 부를 가져다줄 갤러리 소유주를 열 받게 했을까? 그녀는 인정받고 주목받을 수 있는 기회를 날려 버렸다.

젠장, 무슨 짓을 한 거지? 되돌릴 수 있을까? 분명히 전시 오프닝 다음 날 「뉴욕 타임스」와 「타임스」에 리뷰가 실릴 때까지 기다릴 수도 있었 잖아. 그때라면 포틴의 분노가 지금처럼 나를 무너뜨릴 수 없을 텐데.

지금처럼.

그녀는 포틴이 하는 말을 들었다. 하지만 포틴의 얼굴에서 그 의미를 읽었다는 것이 더욱 중요했다. 그가 날 무너뜨릴 거야. 그렇지만 무너뜨 린다는 것도 무너질 게 쌓여 있을 때 하는 말이지. 그래, 그는 더 나쁜 짓을 할 거야. 그는 세상이 클라라 모로라는 작가에 대해 들어보지 못하 게 하겠지. 세상이 내 그림을 절대 보지 못하게 할 거야.

클라라는 자동차 계기판의 시계를 보았다.

4시 10분 전. 도시에서 빠져나온 많은 차량들이 점차 줄어들고 있었 다. 한 시간이면 집에 도착할 터였다. 5시 전에 돌아간다면 포틴의 갤러 리에 전화를 걸어 엎드려 빌 수 있으리라.

아니, 어쩌면 전화해서 그가 얼마나 나쁜 놈인지 말할 수도 있으리라.

집으로 돌아가는 길이 너무 길었다.

"포틴과의 만남에 대해서 하고 싶은 말씀이 있습니까?" 30분간의 침 묵 뒤에 가마슈가 물었다. 그들은 고속도로를 벗어나 코완스빌로 향하 고 있었다.

"무슨 말을 해야 할지 정말 모르겠어요. 데니스 포틴이 어제 비스트 로에서 가브리를 빌어먹을 호모라고 했거든요. 가브리는 못 들었지만 전 들었어요. 그런데 아무 말도 하지 못했죠. 피터와 머나는 제 얘기를 들어 주었지만 선택은 제게 맡겼어요. 하지만 오늘 아침에 피터가 포틴 에게 이야기해야 한다고 그러더라고요."

"포틴은 뭐라고 하던가요?" 가마슈가 물었다.

"전시를 취소하겠대요."

가마슈가 한숨을 내쉬었다. "정말 유감이군요, 클라라."

그는 창밖을 응시하는 클라라의 불행한 얼굴을 힐끗 보았다. 그녀는 지난밤의 아니를 떠올리게 했다. 지친 사자 같았다.

"경감님 일은 어떠셨어요?" 그녀가 물었다. 그들은 이제 비포장도로를 덜컹거리며 가고 있었다. 많은 사람들이 이용하지 않는 길이었다. 이 길을 가는 사람들은 어디로 가는지 아는 사람이거나 완전히 길을 잃은 사람이었다.

"저는 생산적이었던 것 같습니다. 질문이 하나 있는데요."

"뭐든지요." 그녀는 5시에 가까워지는 시계를 지켜보는 일 외에 다른 할 일이 생겨 안심이 되는 듯했다.

"에밀리 카에 대해 아십니까?"

"정말 예상치 못한 질문이군요." 클라라는 미소를 짓고 생각을 그러모았다. "예술학교에서 그녀에 대해 배웠어요. 에밀리 카는 많은 캐나다 예술가들, 특히 여성 작가들에게 큰 영감을 줬죠. 저에게도요."

"어째서죠?"

"감히 아무도 가지 않는 야생에 그녀는 이젤만 들고 갔거든요."

"그리고 원숭이도 데리고요."

"뭔가 완곡한 표현인가요, 경감님?"

가마슈가 웃었다. "아닙니다. 계속하세요."

"음, 그녀는 매우 독립적이었어요. 그리고 그녀의 작품은 진화했죠. 처음에 그녀는 구상화를 그렸어요. 나무는 나무처럼, 집은 집처럼 그리는 그림이오. 다큐멘터리와 비슷하죠. 그녀는 파괴되기 전의 하이다족 마을을 그리고 싶어 했어요."

"그녀는 대부분의 그림을 퀸 샬럿 제도에서 그렸죠. 알고 있습니다."

"네, 유명한 작품의 상당수가 거기서 탄생했죠. 어느 순간에 그녀는 깨달았던 거예요. 보이는 대로 정확하게 그리는 게 충분하지 않다는 걸요. 그래서 그녀는 모든 것을 버리고 관습에서 벗어나, 본 것이 아니라 느낀 것을 그렸어요. 그 때문에 그녀는 조롱받았지요. 하지만 아이러니하게도 지금은 그것들이 그녀의 가장 유명한 작품이 됐어요."

가마슈가 고개를 끄덕였다. 소용돌이치고 강렬한 숲 앞에 놓인 토템폴을 기억했다. "놀라운 여자예요."

"전 그 모든 게 냉혹한 이야기에서 시작됐다고 생각해요." 클라라가 말했다.

"뭐에서요?"

"냉혹한 이야기요. 예술계에서는 꽤 알려진 얘기예요. 에밀리 카는 다섯 딸 중 막내였고 아버지와 매우 가까웠어요. 확실히 좋은 관계였죠. 단순한 사랑과 지지 이상의 관계였다는 암시는 없어요."

"성적인 관계는 아니었다는 말씀이죠?"

"네. 그저 가까운 부녀지간이었어요. 그런데 그녀가 십 대 후반이었을 때 어떤 일이 일어났고 그녀는 집을 떠났어요. 그 후로 그녀는 아버지와 얘기하거나 만나지 않았어요."

"무슨 일이 있었죠?" 가마슈가 차의 속력을 줄었다. 이를 알아챈 클라라가 시계를 보니 5시 5분 전이었다.

"그건 아무도 몰라요. 그녀는 아무에게도 얘기하지 않았고 그녀의 가족도 아무 말 하지 않았어요. 하지만 그녀는 행복하고 근심 걱정 없던 아이에서 불행한 여인으로 변했죠. 아주 고독했고 누구도 그녀를 좋아하지 않았어요. 그러다 그녀가 죽기 얼마 전에 친구에게 편지를 썼어요. 그 편지에서 그녀는 아버지가 자신에게 어떤 끔찍하고 용서할 수 없는 이야기를 했었다고 말했어요."

"그게 냉혹한 이야기군요."

"그녀가 그렇게 표현했죠."

그들은 마을에 도착했다. 가마슈가 클라라의 집 앞에 차를 세웠고 그들은 잠시 조용히 앉아 있었다. 5시 5분이었다. 너무 늦었다. 그녀는 전화를 해 보겠지만 포틴이 받지 않으리란 사실을 알았다.

"고맙습니다. 아주 도움이 되었습니다." 가마슈가 말했다.

"경감님도 제게 도움을 주셨어요."

"정말 그랬길 바랍니다." 그가 그녀를 향해 미소 지었다. 그런데 놀랍게도 그녀는 진짜 기분이 나아진 듯했다. 클라라는 차에서 내렸다. 하지만 집에 들어가지 않고 길에 잠시 서 있다가 천천히 걷기 시작했다. 그녀는 마을 잔디 광장 주위를 돌며 산책했다. 처음과 끝이 만날 때까지 광장을 돌았고 그녀는 출발한 곳으로 돌아왔다. 그녀는 걸으면서 에밀리 카에 대해 생각했다. 에밀리 카는 조롱을 견뎌야 했다. 갤러리 소유주, 비평가, 대중이 그녀가 데려가고자 하는 곳에 가길 너무 두려워했기 때문이었다.

그곳은 아주 깊고 깊은 야생 한가운데였다.

그리고 클라라는 집으로 갔다.

늦은 밤, 취리히의 한 미술품 수집가가 이상하고 작은 조각품을 집어

들었다. 그는 그것을 훌륭한 작품이라고 생각했고 무엇보다 좋은 투자라고 확신해서 많은 돈을 주고 샀었다.

그는 처음에 그것을 집에 전시해 두었지만 아내가 멀리 치워 달라고 했다. 그래서 그는 그것을 자신의 개인 갤러리에 가져다 두었다. 하루에 한 번씩 그는 코냑을 들고 거기 앉아서 걸작들을 바라보았다. 그곳엔 피카소, 로댕, 헨리 무어의 작품들이 있었다.

하지만 그의 눈이 가는 곳은 그 유쾌한 작은 조각이었다. 그 조각에는 숲이 있었고 행복한 사람들이 마을을 세우고 있었다. 처음 그 조각을 볼 때는 즐거웠지만 이제는 으스스했다. 그는 그 조각을 또 다른 곳으로 옮겨야 할지 고민했다. 벽장 같은 곳으로.

그날 낮에 중개인이 전화해서 경찰 수사를 위해 그 조각을 다시 캐나다로 보내 줄 수 있느냐고 물었을 때 그는 거절했다. 어쨌든 조각은 투자 대상이었다. 그리고 캐나다 경찰은 그를 강제하지 못했다. 그는 잘못한 것이 없었고 그들의 관할권 아래 있지 않았다.

그럼에도 중개인은 경찰의 두 가지 질문 사항을 전달했다. 첫 번째 질문은 답을 알았지만 그래도 그는 확인해 보았다. 조각을 집어 들고 매끄러운 밑바닥을 살펴보았다. 역시 글자나 서명은 없었다. 두 번째 질문은 터무니없는 소리 같았다. 그래도 또 그는 확인해 보았다. 그렇지만 아무것도 찾지 못했고, 그는 이제 조각을 제자리에 두고 이메일을 쓸 참이었다. 그때 어두운 소나무 숲 사이로 뭔가 눈에 띄었다.

그는 더 자세히 살펴보았다. 마을에서 멀리 떨어진 깊은 숲에서 경찰이 찾고 있던 것을 발견했다.

나무로 된 작은 인물. 소년티를 벗지 못한 청년이 숲에 숨어 있었다.

31

날이 저물고 있었다. 라코스트 형사는 떠났고 보부아르 경위와 모랭 형사는 그날 있었던 일을 보고하는 중이었다.

"파라, 크메니크, 마커스 등 체코인 커뮤니티 사람들을 모두 확인했습니다." 보부아르가 말했다. "하지만 아무런 단서도 찾지 못했습니다. 은둔자를 아는 사람도 없고 본 사람도 없습니다. 그들은 그 바이올린 주인에 대해서는 들어 봤다고 했는데……."

"마르티누요." 모랭이 말했다.

"……그는 유명한 체코 작곡가니까요. 하지만 실제로 아는 사람은 없었습니다."

"전 마르티누 음악원과 통화했고 체코인 가족들의 배경을 조사했습니다." 모랭이 말했다. "그들은 그들의 주장대로였습니다. 이곳의 체코인들은 그저 공산주의자에게서 도망친 난민이었고 그 이상은 아니었습니다. 사실 그들은 대개의 사람들보다 더 법을 준수하는 것 같았습니다. 마르티누와 전혀 관련도 없고요."

보부아르는 고개를 저었다. 거짓말이 그를 짜증 나게 한다면 진실은 그를 더욱 화나게 했다. 특히 그가 원하던 진실이 아닐 때는.

"자네의 느낌은 어떤가?" 가마슈가 모랭에게 물었다. 모랭은 대답하기 전에 보부아르를 힐끗 보았다.

"전 바이올린과 그 음악이 여기 사람들과 아무런 상관이 없다고 생각합니다."

"그래, 자네 말이 맞을지도 모르지." 가마슈가 인정했다. 그는 살인자
를 발견하기까지 수많은 빈 동굴을 살펴봐야 한다는 것을 알고 있었다.
아마 이것도 그중 하나였다. "파라 가족은 어땠나?" 그가 물었다. 하지
만 그는 답을 알고 있었다. 뭔가가 있었다면 보부아르가 벌써 말했을 터
였다.

"그들의 배경에는 주목할 만한 게 아무것도 없었습니다." 보부아르가
확실히 말했다. "하지만……."

가마슈는 기다렸다.

"그들은 방어적이고 말조심하는 것처럼 보였습니다. 죽은 남자가 체
코인이라니까 놀라던데요. 세 사람 다요."

"그래서 자네 생각은 뭔가?" 가마슈가 물었다.

보부아르는 지친 손으로 얼굴을 훔쳤다. "모든 걸 다 연결할 수 없지
만 어느 정도 들어맞는 부분이 있다고 생각합니다."

"연관이 있다는 말인가?" 가마슈가 말했다.

"어떻게 없을 수가 있습니까? 죽은 남자는 체코인이었고 악보와 값
진 바이올린이 발견됐습니다. 그리고 이곳엔 큰 체코인 커뮤니티가 있
고 그들 중 두 사람은 오두막을 발견할 수도 있었습니다. 그렇지 않다
면……."

"않다면?"

보부아르는 몸을 앞으로 내밀었고 탁자 위에서 자신의 불안한 손을
맞잡았다. "우리가 틀린 것일 수도 있겠지요. 피해자가 체코인이 아닐
수도 있잖습니까."

"자네 말은 올리비에가 거짓말을 했다는 건가?" 가마슈가 말했다.

보부아르가 고개를 끄덕였다. "그는 모든 것에 대해 거짓말을 했습니다. 우리가 엉뚱한 곳에서 다른 사람을 의심하길 바라고 그렇게 말했을 수도 있습니다."

"하지만 바이올린과 악보는?"

"그게 어떻다는 겁니까?" 보부아르는 탄력을 얻고 있었다. "그 오두막에는 다른 것들도 많습니다. 어쩌면 모랭이 맞을지도 모르죠." 그는 그렇게 말했지만 어쩌면 침팬지가 옳았다는 말을 할 때와 같은 투였다. 기적을 목격한 놀라움과 의심이 뒤섞인 말투였다. "악보와 바이올린은 아무 상관 없을지도 모릅니다. 어쨌든 접시들은 러시아산이고 유리잔들도 다른 곳에서 온 거니까요. 물건에서 알 수 있는 것은 없습니다. 피해자는 다른 나라 출신일 수도 있어요. 우리는 올리비에의 말만 들었으니까요. 그리고 어쩌면 올리비에도 정확히 거짓말을 한 게 아닐지도 모릅니다. 피해자의 말에 억양은 있었지만 체코어가 아니었던 거죠. 아마 러시아어나 폴란드어, 혹은 그런 비슷한 언어였을 수 있습니다."

가마슈는 뒤로 기대며 생각했다. 이윽고 고개를 끄덕이고 앞으로 나앉았다. "가능하지. 하지만 그럴까?"

이 대목이 그가 수사에서 가장 좋아하는 순간이자 가장 두려워하는 순간이었다. 그가 두려워하는 것은 구석에 몰린 살기 가득한 용의자가 아니라 오른쪽으로 갔어야 할 때 왼쪽으로 가는 것이었다. 그는 단서를 묵살했을까 봐, 유력한 단서를 포기했을까 봐, 서둘러 결론을 내리느라 길을 제대로 보지 못했을까 봐 두려웠다.

지금은 신중하게 움직여야 했다. 그는 어떤 탐험가라도 아는 사실처럼 절벽을 걷는 행위가 위험한 것이 아니라 속수무책으로 길을 잃는 것이 위험하다는 사실을 알고 있었다. 너무 많은 정보에 휘둘리고 있었다.

결국 살인 사건 수사의 답은 언제나 엄청나게 단순했다. 사실과 증거, 거짓말, 수사관의 오해 사이에 가려져 있을 뿐, 답은 항상 그 자리에 명백하게 있었다.

"지금은 만약으로 남겨 두고 여러 가능성을 생각해 보지. 은둔자는 체코인일 수도, 아닐 수도 있네. 어느 쪽이든 오두막의 내용물을 무시해서는 안 돼." 가마슈가 말했다.

"브루넬 경정님은 뭐라고 하셨습니까? 물건 중에 도난품이 있답니까?" 보부아르가 물었다.

"일단 도난 신고된 건 없다는데 아직 조사 중이라더군. 그리고 제롬 브루넬 박사가 조각품 밑바닥에 있는 글자들을 해독하고 있지. 그는 시저 암호 같다더군. 암호의 일종이지."

가마슈가 시저 암호의 원리에 대해 설명했다.

"그럼 키워드만 찾으면 됩니까?" 보부아르가 물었다. "분명 간단할 겁니다. '우'겠죠."

"아니야. 그건 시도해 봤네."

보부아르는 벽에 붙여 놓은 커다란 종이로 가서 매직펜 뚜껑을 열고 알파벳을 썼다. 알파벳을 다 적은 펜이 허공을 맴돌았다.

"'바이올린'은 어떻습니까?" 모랭이 물었다. 보부아르가 또다시 의외로 똑똑한 침팬지라는 양 그를 쳐다보았다. 그는 다른 종이에 바이올린이라고 쓴 다음 보후슬라프 마르티누라고도 썼다.

"보헤미아." 모랭이 제안했다.

"좋은 생각이야." 보부아르가 말했다. 그들은 1분 안에 가능성 있는 여남은 단어를 찾았고 10분 만에 아무런 성과 없이 끝냈다.

보부아르가 약간 짜증을 내며 매직펜을 탁탁 두드렸고 알파벳에 잘못이 있다는 듯 알파벳을 노려보았다.

"음, 계속해 보세." 가마슈가 말했다. "브루넬 경정님은 은둔자의 다른 조각들을 추적하고 있네."

"그가 살해된 이유가 그 때문이라고 생각하세요? 그 조각품들이오?" 모랭이 물었다.

"아마도." 가마슈가 말했다. "값나가는 물건 때문에 그런 짓을 하는 사람은 많네."

"하지만 우리가 오두막을 발견했을 때 그곳을 뒤진 흔적은 없었습니다. 만약 살인범이 그자와 오두막을 발견해서 찾아가 죽였다면 조각을 찾기 위해 오두막을 온통 헤집지 않았을까요? 이웃에게 들킬 걱정도 없었을 텐데요."

"그러려고 했지만 올리비에가 돌아오는 소리를 듣고 떠났을지도 모르지." 가마슈가 말했다.

보부아르가 고개를 끄덕였다. 그는 올리비에가 돌아갔었다는 사실을 잊고 있었다. 그렇다면 말이 된다.

"그러고 보니 생각났는데요." 보부아르가 자리에 앉으며 말했다. "목공 도구와 나무 조각에 대한 검사 결과가 나왔습니다. 실험실 사람들 말로는 그 도구가 조각품들을 조각하는 데 쓰인 것은 맞지만 '우'를 조각하는 데 쓰이지는 않았답니다. 파인 홈이 일치하지 않는답니다. 솜씨도 같아 보이지 않고요. 다른 사람이 만든 것이 분명하답니다."

이 사건에서 분명한 점이 있다니 안심이었다.

"하지만 모두 연필향나무로 만들어졌겠지?" 가마슈는 확증을 들고 싶었다.

보부아르가 고개를 끄덕였다. "그리고 실험실에서는 훨씬 더 구체적인 것도 알 수 있답니다. 적어도 '우' 조각에 대해서는요. 수분함량, 곤충, 나이테 등 모든 것들을 조사하면 나무가 실제로 어디에서 왔는지 알 수 있다고 합니다."

가마슈는 몸을 앞으로 기울이고 종이에 세 단어를 적었다. 그는 그 종이를 탁자 건너편으로 밀었고 보부아르가 읽고 나서 피식 웃었다. "실험실에서 들으셨죠?"

"브루넬 경정님에게서 들었네."

가마슈는 '우'와 에밀리 카, 그리고 연필향나무로 만든 하이다족의 토템폴에 대해 말했다.

보부아르는 가마슈의 쪽지를 내려다보았다.

퀸 샬럿 제도라고 쓰여 있었다.

실험실에서 말한 곳이었다. '우'가 된 나무의 생명은 수백 년 전 퀸 샬럿 제도의 한 어린 묘목에서 시작되었다.

가브리는 물랭 길을 거의 행진하듯 걷고 있었다. 그는 오후 내내 5분마다 바뀌던 마음을 정했고 다시 마음이 바뀌기 전에 그곳에 도착하길 바랐다.

가마슈 경감의 심문으로 올리비에가 얼마나 많은 것을 숨기고 있었는지 밝혀진 이후로 가브리는 올리비에와 다섯 마디 말도 섞지 않았다. 이제 마침내 가브리는 그곳에 도착했고 옛 해들리 저택이었던 곳의 빛나는 외관을 바라보았다. 앞에 걸린 나무 간판이 바람에 약간 흔들렸다.

간판에는 '스파 리조트'라고 적혀 있었다.

글자는 알아보기 쉽고 고상하며 우아했다. 가브리는 올드 먼딘에게 비앤비에도 이런 간판을 만들어 달라고 하려 했었지만 그러지 못했다. 간판의 글자 위에는 세 그루의 소나무가 나란히 새겨져 있었다. 기억에 남을 만한 고전적인 상징이었다.

가브리는 비앤비의 간판에도 그렇게 하려고 생각했었다. 적어도 그의 비앤비는 실제로 스리 파인스에 있었다. 이곳은 마을의 윗동네였다. 정말로 마을의 일부는 아니었다.

어쨌든 이제는 너무 늦었다. 그리고 그는 흠잡으려고 여기 온 것이 아니었다. 오히려 그 반대였다.

그는 포치로 올라서며 올리비에가 시체를 들고 이곳에 서 있었다는 사실을 떠올렸다. 그는 그 이미지를 떨쳐 내려고 애썼다. 온화하고 착하고 조용한 올리비에가 그렇게 끔찍한 일을 하다니.

가브리는 초인종을 누르고 기다리면서 현관문의 빛나는 황동 손잡이와 장식 유리, 새로 칠한 빨간 페인트를 보았다. 밝게 환영하는 느낌이었다.

"봉주르?" 도미니크 질베르가 문을 열었다. 그녀의 얼굴에 정중하지만 의심하는 표정이 떠올랐다.

"질베르 부인? 처음 여기 오셨을 때 마을에서 뵌 적 있죠. 전 가브리 뒤보라고 해요."

그가 큰 손을 내밀었고 그녀는 그 손을 잡았다. "당신이 누군지 알고 있어요. 아주 멋진 비앤비의 주인이시죠."

가브리는 자신을 구워삶는 말을 잘 알아챘고 스스로도 그런 일에 전문이었다. 그래도 여전히 칭찬을 받는 것은 기분 좋았다. 가브리는 절대 칭찬을 거절하지 않았다.

"네, 맞아요." 그가 미소를 지었다. "하지만 당신이 이곳에 해 놓은 것에 비하면 아무것도 아니에요. 정말 기가 막히네요."

"들어오시겠어요?" 도미니크가 옆으로 비켜섰고 가브리는 어느새 넓은 로비에 서 있었다. 지난번에 그가 왔을 때 이곳은 폐허였고 자신도 그랬다. 하지만 해들리 저택은 더 이상 예전의 그 모습이 아니었다. 언덕 위의 비극적인 탄식은 미소가 되었다. 이제 이곳은 따뜻하고 우아하며 품위 있는 여관이었다. 가브리 자신도 여기에 묵으며 일상에서 벗어나 대접을 받고 싶었다.

그는 조금 낡은 자신의 비앤비를 생각했다. 방금 전까지만 해도 편안하고 매력적이며 따뜻한 곳으로 느껴졌지만 이제는 전성기가 지난 귀부인처럼 고리타분하게 느껴졌다. 이런 젊은 감각의 스파 리조트가 있는데 누가 아주머니네 집 같은 곳에 오고 싶겠는가?

올리비에가 옳았다. 이제 끝이었다.

그리고 가브리는 상냥하고 자신감 있는 도미니크를 보며 그녀가 실패하지 않으리라는 것을 알았다. 그녀는 성공하기 위해 태어난 것 같았다.

"우리는 막 거실에서 한잔하고 있었어요. 같이 하실래요?"

가브리는 거절하려 했다. 그는 질베르 부부에게 한 가지만 말하고 빨리 갈 작정이었다. 사교적인 방문이 아니었다. 그렇지만 도미니크는 가브리가 동의했다고 생각하고 이미 돌아서서 넓은 아치형 입구로 들어서고 있었다.

하지만 그녀와 이 장소는 편안한 우아함에도 불구하고 뭔가 맞지 않았다.

가브리는 멀어져 가는 여주인을 관찰했다. 그녀는 가벼운 실크 블라우스와 아쿠아스큐텀영국의 대표적 고급 브랜드 바지를 입고 스카프를 느슨하게 매고 있었다. 그리고 어떤 냄새가 났다. 이게 뭐지?

이내 그는 그것을 알아내고 미소를 지었다. 여주인은 샤넬 향수 대신 말 냄새를 풍기고 있었다. 그냥 말 냄새뿐만 아니라 말똥 냄새가 강하게 배어 있었다.

가브리는 기분이 좋아졌다. 적어도 그의 비앤비에서는 머핀 냄새가 났다.

"이쪽은 가브리 뒤보예요." 도미니크가 방 안 사람들에게 그를 알렸다. 난롯불이 지펴져 있었고 나이 든 남자가 불을 바라보며 서 있었다. 카롤 질베르는 안락의자에 앉아 있었고 마르크는 술 쟁반 곁에 있었다. 그들이 모두 고개를 들었다.

가마슈 경감은 비스트로가 이렇게 비어 있는 모습을 본 적이 없었다. 그는 난롯가의 안락의자에 앉아 있었고 하보크 파라가 그에게 마실 것을 가져왔다.

"조용한 밤이지?" 하보크가 스카치와 퀘벡 치즈 한 접시를 내려놓는데 가마슈가 말했다.

"쥐 죽은 듯이오." 하보크가 얼굴을 약간 붉히며 말했다. "하지만 나아질 거예요."

두 사람 다 사실이 아니라는 것을 알고 있었다. 6시 반이었다. 저녁 식사 전에 뭘 먹거나 칵테일을 마시려는 사람들이 한창 밀려들 때였다. 작은 편대의 웨이터들이 대기하고 있었지만 이 넓은 공간에 손님은 가마슈 말고 두 명 더 있을 뿐이었다. 오늘 밤은 사람들이 밀려들 것 같지 않았다. 아마 다시는 그럴 일이 없으리라.

스리 파인스 사람들은 올리비에를 여러 번 용서했다. 시체가 발견되었을 때는 운이 나빴다고 해 주었고, 심지어 올리비에가 은둔자와 오두막에 대해 알고 있었다는 사실이 밝혀졌을 때도 대수롭지 않게 넘겼다. 아무나 쉽게 받는 대우가 아니었다. 사람들은 올리비에를 사랑했고 그래서 그에게 여지를 주었다. 그들은 올리비에가 시체를 옮긴 것까지 용서할 수 있었다. 그가 그때 잠시 미쳐서 그랬다고 여겼다.

하지만 올리비에가 제정신이 아닌 은둔자 덕분에 수년 동안 남몰래 수백만 달러를 번 다음 스리 파인스의 대부분을 조용히 사들였고 머나, 사라, 무슈 벨리보가 세 들어 있는 건물의 주인이 되었다는 사실이 알려지자 사람들의 이해는 끝났다.

이제 이곳은 올리비에의 마을이었고 대대로 살아온 주민들은 불안해했다. 그들이 안다고 생각했던 그는 결국 이방인이었다.

"올리비에 있나?"

"주방에 있어요. 오늘 밤엔 요리사를 하루 쉬게 하고 직접 요리를 하기로 했거든요. 아시겠지만 그는 요리를 잘합니다."

가마슈도 알고 있었다. 그는 올리비에가 개인적으로 해 준 요리를 여러 번 먹었다. 하지만 또한 그는 올리비에가 직접 요리를 한다는 핑계로 주방에 숨어 있다는 것도 알았다. 그곳에 있으면 자신을 비난하고 기분 나빠하는 친구들의 얼굴을 보지 않을 수 있었고, 아무도 오지 않는 더 나쁜 상황이 생기더라도 텅 비어 있는 자리를 보지 않을 수 있었다.

"올리비에한테 내가 좀 보잔다고 전해 주겠나?"

"알겠습니다."

"부탁하네."

가마슈 경감의 마지막 한마디는 정중한 부탁처럼 들렸지만 명령에 가까웠다. 몇 분 후 올리비에가 가마슈의 건너편 의자에 앉았다. 그들은 목소리를 낮출 필요가 없었다. 이제 비스트로는 텅 비어 있었다.

가마슈는 몸을 일으켜 스카치를 한 모금 마시고 올리비에를 유심히 지켜봤다.

"샬럿이라는 이름에서 생각나는 게 있습니까?"

올리비에가 놀라서 눈썹을 추켜올렸다. "샬럿?" 그는 잠시 생각했다. "아는 사람 중에 샬럿은 없어요. 예전에 샬리라는 여자를 알았죠."

"은둔자가 그 이름을 얘기한 적 없나요?"

"그는 어떤 이름도 언급한 적 없습니다."

"당신들은 무슨 얘기를 했습니까?"

올리비에는 깊지는 않았지만 죽은 남자의 왠지 차분했던 목소리가 또다시 들렸다. "우리는 텃밭과 건축, 배관에 대해 이야기했습니다. 그는 로마인, 그리스인, 초기 정착민에게서 많은 걸 배웠어요. 흥미로웠죠."

가마슈는 오두막에 자신을 위한 세 번째 의자가 있었길 바란 적이 한두 번이 아니었다. "그가 시저 암호에 대해 말한 적 있습니까?"

또다시 올리비에는 당황한 표정을 지었고 고개를 저었다.

"퀸 샬럿 제도는요?" 가마슈가 물었다.

"브리티시컬럼비아 주에 있는 곳이오? 그가 왜 그런 얘기들을 하죠?"

"스리 파인스에 있는 사람들 중에 브리티시컬럼비아 주에서 온 사람이 있나요?"

"사람들이 각지에서 오긴 하지만 브리티시컬럼비아에서 온 사람은 기억나지 않네요. 왜 그러시죠?"

가마슈는 조각을 꺼내어 탁자 위에 올려놓았다. 배가 치즈로부터 도망가는 것처럼 보였고 무른 치즈가 배를 뒤쫓는 것 같았다.

"이것들 때문이죠. 적어도 나무는 그렇습니다. 퀸 샬럿 제도에서 온 연필향나무입니다. 자, 그럼 얘기를 다시 시작하죠." 가마슈가 조용히 말했다. "조각품들에 대해 알고 있는 사실을 말해 주십시오."

올리비에의 얼굴은 무표정했다. 가마슈는 그 표정을 알았다. 그것은 딱 걸린 거짓말쟁이의 표정이었다. 마지막 탈출구나 뒷문, 빠져나갈 틈을 찾는 얼굴이었다. 가마슈는 기다렸다. 그는 스카치를 마시고 견과류가 든 훌륭한 빵에 치즈를 발랐다. 그는 빵 한 조각을 올리비에 앞에 놓은 다음 자신이 먹을 빵을 준비했다. 그리고 빵을 먹으며 기다렸다.

"그 조각품들은 은둔자가 조각했습니다." 올리비에가 차분하고 생기 없는 목소리로 말했다.

"그 얘긴 이미 했습니다. 그리고 그가 당신에게 조각들을 줬고 당신은 그걸 숲에 버렸다고도 했죠."

가마슈는 기다렸다. 나머지 이야기가 곧 나오리란 것을 알았다. 그는 창밖을 내다보았다. 루스가 로사를 산책시키고 있었다. 오리는 어째서인지 빨간색 작은 우비를 입고 있었다.

"전 그 조각들을 버리지 않고 챙겼습니다." 올리비에가 속삭였다. 벽난로가 비추는 둥그런 빛 너머의 세상은 사라진 것 같았다. 두 사람은 마치 그들만의 작은 오두막에 있는 것처럼 느껴졌다. "일 년 정도 은둔자를 방문했을 때 그가 첫 번째 조각을 주었습니다."

"어떤 것이었는지 기억납니까?"

"나무가 있는 언덕이었습니다. 사실 산에 더 가까웠지요. 그리고 소년이 누워 있었습니다."

"이것입니까?" 가마슈가 브루넬이 준 사진을 꺼냈다.

올리비에가 고개를 끄덕였다. "확실히 기억합니다. 은둔자에게 이런 재주가 있는지 몰랐었거든요. 그의 오두막에는 멋진 물건들이 가득했지만 그건 다른 사람들이 만든 것이니까요."

"그래서 그것을 어떻게 했습니까?"

"잠시 갖고 있었지만 가브리가 질문을 해 대지 않도록 숨겨야 했어요. 이내 그걸 파는 게 더 편하겠다고 생각했죠. 그래서 조각품을 이베이에 올렸고 천 달러에 팔았습니다. 그런데 그 후에 한 딜러에게서 연락이 왔습니다. 조각이 더 있다면 살 사람들이 있다고 그러더군요. 전 농담이라고 생각했어요. 하지만 팔 개월 후에 은둔자가 또 다른 조각을 줬고, 전 그 사람을 기억하고 연락했습니다."

"데니스 포틴이었나요?"

"클라라가 전시할 갤러리 소유주요? 아뇨. 그는 유럽에 있는 사람이었습니다. 그의 연락처를 드릴 수 있어요."

"도움이 되겠군요. 두 번째 조각은 어떤 것이었습니까?"

"겉보기에는 평범하고 단순했습니다. 전 약간 실망했죠. 그냥 숲이었어요. 하지만 자세히 보면 우거진 나무 아래로 줄지어 걷는 사람들을 볼 수 있었죠."

"그중에 소년이 있었나요?"

"어떤 소년이오?"

"그 산에 있던 소년 말입니다."

"글쎄요. 아뇨. 그건 다른 조각이었습니다."

"나도 압니다." 가마슈는 자신이 잘 설명하고 있는지 궁금해하며 말했다. "하지만 은둔자는 조각품들에 모두 같은 인물을 조각해 넣은 것 같습니다."

"그 소년을요?"

"그리고 다른 사람들도요. 또 다른 점은 없었습니까?"

올리비에는 생각했다. 뭔가가 더 있었다. 나무 위로 그림자가 드리워져 있었다. 사람들의 바로 뒤에서 뭔가가 어렴풋이 나타나 솟아오르고 있었다. 그리고 올리비에는 그게 무엇인지 알고 있었다.

"아뇨. 다른 점은 없었어요. 그냥 숲과 숲 속에 있는 사람들이었죠. 딜러는 아주 신 나 했어요."

"그건 얼마에 팔았습니까?"

"만오천 달러요." 올리비에는 가마슈의 얼굴에 놀란 표정이 나타나길 기다렸다.

하지만 가마슈의 시선은 흔들리지 않았고 올리비에는 진실을 말하길 잘했다고 생각했다. 가마슈는 이 질문의 답을 이미 알고 있었던 게 분명했다. 진실을 말하는 것은 항상 도박이었다. 거짓을 말하는 것도 마찬가지였다. 올리비에는 그 둘을 섞는 것이 최선이라는 사실을 알고 있었다.

"은둔자는 조각을 몇 점이나 만들었습니까?"

"전 여덟 점이라고 생각했지만 당신들이 이걸 발견했으니까 열 점이었나 보네요."

"그리고 당신은 받은 조각품을 모두 팔았습니까?"

올리비에는 고개를 끄덕였다.

"당신은 그가 처음엔 식료품에 대한 대가로 오두막의 물건들을 주었다고 했죠. 그것들은 어쨌습니까?"

"몬트리올의 노트르담 거리에 있는 골동품 상점에 갖고 갔습니다. 하지만 그게 아주 값진 물건이란 걸 안 후로는 개인 딜러를 찾아갔죠."

"누구였습니까?"

"몇 년간 그들과 거래를 하지 않았습니다. 찾아봐야 할 것 같습니다. 토론토와 뉴욕에 있는 사람들이었습니다." 올리비에는 의자에 기대며 텅 빈 비스트로를 둘러보았다. "오늘 밤엔 하보크랑 다른 사람들을 쉬라고 해야겠군요."

가마슈는 아무 말도 하지 않았다.

"사람들이 다시 올까요?"

가마슈가 고개를 끄덕였다. "사람들은 당신이 한 짓에 상처를 받았습니다."

"저요? 마르크 질베르가 훨씬 더 나쁜 사람이에요. 그를 조심하세요. 그는 겉보기와 달라요."

"그리고 당신도 그렇죠, 올리비에. 당신은 내내 거짓말을 했습니다. 지금도 거짓말을 하는지 모르지요. 이제 질문을 하나 할 텐데 신중하게 생각하고 대답해 주십시오."

올리비에가 고개를 끄덕이고 몸을 곧게 폈다.

"은둔자가 체코인이었습니까?"

올리비에는 즉시 입을 열었지만 가마슈가 재빨리 손을 들어 그를 제지했다. "생각하고 대답하라고 했습니다. 잘 생각해 보십시오. 당신이 틀린 건 아닌가요? 어쩌면 그에게는 억양이 없었을 수도 있습니다." 가마슈는 올리비에를 자세히 관찰했다. "어쩌면 억양은 있었지만 그게 체코어가 아닐 수도 있지요. 당신이 그렇게 추측한 것 아닙니까? 신중하게 말하십시오."

올리비에는 가마슈의 크고 단호한 손을 응시했고 그가 손을 내리자 크고 단호한 그를 쳐다봤다.

"실수할 리 없습니다. 저는 수년 동안 이웃들의 체코어를 들었어요. 그는 체코인입니다."

수사가 시작된 이후로 올리비에가 가마슈에게 한 말 중 가장 확신에 찬 말이었다. 그렇지만 가마슈는 건너편에 앉은 가냘픈 올리비에를 응시하며 올리비에의 입, 눈, 이마의 주름, 얼굴색을 관찰했다. 이윽고 가마슈는 고개를 끄덕였다.

"쌀쌀한 밤이구먼." 루스가 가마슈의 옆자리에 털썩 앉으며 자신의 진흙투성이 지팡이로 가마슈의 무릎을 꽤 세게 쳤다. "미안하오." 그녀는 그렇게 말하고는 또다시 쳤다.

루스는 자신이 대화를 방해했고 두 남자 사이에 긴장이 흐른다는 사실을 전혀 안중에 두지 않았다. 그녀는 올리비에를 봤다가 가마슈를 보았다.

"게이 녀석과의 잡담은 그걸로 충분해요. 올리비에가 시체를 옮겼다니, 믿을 수 있소? 그의 멍청함이 당신의 멍청함을 능가할 정도요. 무한

하다는 것이 어느 정도인지 알게 됐다니까. 거의 영적인 체험이지. 치즈 드실 건가?"

루스가 가마슈의 마지막 남은 생 탕트레 치즈를 먹었다. 그리고 그의 스카치에도 손을 뻗었지만 이번에는 가마슈가 빨랐다. 머나가 나타났고 이어서 클라라와 피터가 나타나 모두에게 데니스 포틴과 있었던 일을 이야기했다. 사람들은 그녀를 위로하며 클라라가 옳은 일을 했다는 데 동의했다. 그리고 그녀가 아침에 전화해서 포틴에게 용서를 구해야 한다는 데도 동의했다. 그다음엔 그녀가 그러지 말아야 한다는 데도 동의했다.

"밖에서 로사를 봤어요. 우비를 입고 있으니까 되게 똑똑해 보이던데요." 클라라가 화제를 돌리려고 애쓰며 말했다. 그녀는 오리에게 우비가 왜 필요한지 궁금했지만 로사가 코트를 입는 데 익숙해지도록 루스가 훈련시키는 거라 생각했다.

결국 대화는 다시 올리비에와 죽은 은둔자, 그리고 살아 있을 때의 은둔자로 돌아갔다. 루스가 몸을 내밀어 올리비에의 손을 잡았다. "괜찮아. 우리 모두 자네가 욕심이 많다는 사실을 알고 있으니까." 그런 다음 그녀는 클라라를 바라보았다. "우리 다 알잖아. 자기가 애정 결핍이라는 거, 피터가 쩨쩨하다는 거, 그리고 여기 있는 클루소 형사가……." 그녀가 가마슈를 바라보았다. "건방지다는 거, 그리고 당신은……." 그녀는 머나를 봤다가 다시 올리비에에게 몸을 돌려 다 들리게 속삭였다. "근데 대체 누구야? 항상 왔다 갔다 하던데."

"고약하고 미친 주정뱅이 할망구." 머나가 말했다.

"나 아직 안 취했어."

그들은 잔을 마저 비우고서 비스트로를 떠났다. 하지만 가기 전에 루스는 조심스레 반듯하게 접은 종이쪽지를 가마슈에게 건넸다. "당신을 따라다니는 그 작은 친구에게 이걸 주시게나."

올리비에는 계속 마을을 내다보고 있었다. 로사가 루스를 기다리며 조용히 잔디 광장에 앉아 있었다. 올리비에가 내다보는 마을 풍경에는 그가 그토록 보길 갈망하는 누군가의 모습이 보이지 않았다.

가브리는 특히 그 성인을 만나고 싶었다. 뱅상 질베르. 머나는 사람을 잘 경외하지 않았지만 그는 경외했다. 올드 먼딘과 와이프는 그가 『존재』와 라포르트에서의 행적을 통해 자신들의 삶을 변화시켰다고 말했다. 그리고 나아가 그는 어린 찰스의 인생도 바꿔 놓았다.

"봉수와Bonsoir 안녕하세요." 가브리가 소심하게 말했다. 그리고 저편에 있는 뱅상 질베르를 쳐다보았다. 가브리는 자랄 때 가톨릭교회를 다니면서 성인들의 참혹한 삶과 영광스러운 죽음을 보여 주는 스테인드글라스를 바라보며 많은 시간을 보냈다. 그리고 이제는 교회를 떠났어도 성인이 선하다는 한 가지 확신만은 갖고 있었다.

"무슨 일입니까?" 마르크 질베르가 물었다. 마르크와 도미니크, 카롤은 소파 옆에 반원 형태로 서 있었고, 뱅상은 위성처럼 한편에 떨어져 있었다. 가브리는 뱅상이 아들을 진정시켜 주길 바랐다. 아들에게 손님을 친절히 맞이하고 이성적으로 굴라고 말해 주길 기다렸다.

하지만 뱅상은 아무 말도 하지 않았다.

"뭐요?" 마르크가 말했다.

"당신들을 더 일찍 환영해 주지 못해 유감이에요."

마르크가 코웃음을 쳤다. "웰컴 왜건새로 이사 온 사람들에게 지역 정보와 무료 쿠폰 등을 제공하는 회사이 벌써 필요한 선물을 주고 갔습니다."

"마르크, 그만해. 우리 이웃이잖아." 도미니크가 말했다.

"원해서 이웃이 된 게 아니잖아. 그가 원하는 대로라면 우리는 진작 떠났어야지."

가브리는 부인하지 않았다. 그것은 사실이었다. 그들의 문제는 질베르 가족이 오면서 생긴 것이었다. 하지만 그들은 여기 있었고 가브리는 해야 할 말이 있었다.

"나는 사과를 하러 왔어요." 가브리가 180센티미터가 넘는 키를 쭉 펴고 섰다. "더 환영해 주지 못했던 거 미안해요. 그리고 시체에 대해서도 유감스럽게 생각해요."

확실히 자신이 두려워했던 것만큼 서투르게 들렸다. 하지만 적어도 진실하게 들렸길 그는 바랐다.

"올리비에는 왜 오지 않았습니까? 당신이 한 게 아니잖아요. 당신이 사과할 일이 아니죠." 마르크가 따졌다.

"마르크, 정말 그만해. 저 사람이 얼마나 힘든지 모르겠어?" 도미니크가 말했다.

"그래, 몰라. 올리비에는 우리가 자기를 고소하지 않길 바라고 그를 보낸 거야. 혹은 자기가 얼마나 사이코인지 말하지 않길 바라는 거지."

"올리비에는 사이코가 아니에요. 그는 멋진 사람이죠. 당신은 그를 몰라요." 가브리는 인내심이 흐트러지는 것만큼 목소리가 떨리는 것을 느꼈다.

"올리비에를 멋지다고 생각하다니 그를 모르는 사람은 당신이군. 멋진 사람이 이웃의 집에 시체를 버려둡니까?"

"당신이 말해 보시죠."

두 사람이 서로에게 다가갔다.

"나는 시체를 가정집에 갖다 놓고 그 집 식구들을 겁먹게 만드는 짓은 하지 않았습니다. 그건 정말 끔찍한 행동이지."

"올리비에는 내몰린 거예요. 그는 당신들이 처음 왔을 때 친해지려 했어요. 그런데 당신이 우리 직원을 빼 가려고 했고, 대형 스파 리조트를 열려고 하잖아요."

"객실 열 개가 대형 리조트는 아니죠." 도미니크가 말했다.

"몬트리올에서는 아니겠지만 여기서는 그래요. 작은 마을이니까요. 우리는 이곳에서 오랫동안 조용히 살았어요. 그런데 당신들은 여기에 와서 모든 것을 바꾸려 들기만 해요. 여기에 맞추려는 노력은 전혀 하지 않았죠."

"'맞춘다'라는 게 굽실거리며 여기 살게 해 준 것에 대해 당신들에게 감사하라는 뜻입니까?" 마르크가 따졌다.

"그게 아니라 이미 이곳에 있는 것을 존중하라는 뜻이죠. 사람들이 열심히 마련해 놓은 것을요."

"성벽의 다리를 들어 올리고 싶은 것 아닙니까? 당신네들은 안에 있으면서 나머지는 들어오지 못하게."

"그건 사실이 아니에요. 스리 파인스에 있는 사람들 대부분이 다른 지역에서 왔어요."

"하지만 당신들은 자신들의 규칙을 따르는 사람들만 받아들이지. 당신들이 말하는 대로 하는 사람들만. 우리는 우리의 꿈을 위해 여기 왔는데 당신들은 허락하지 않았습니다. 왜? 우리의 꿈이 당신네들 꿈과 충돌하기 때문이지. 당신들은 우리에게 위협을 느껴서 우리를 마을에서 몰아내려고 하잖습니까. 당신들은 활짝 웃고 있지만 깡패일 뿐입니다."

마르크가 거의 내뱉듯이 말했다.

가브리가 놀라서 그를 바라보았다. "하지만 당신이 하는 일에 우리가 행복해할 거라고 정말로 기대한 건 아니죠? 당신은 왜 여기 와서 이웃이 될 사람들을 일부러 화나게 했나요? 우리와 친구가 되길 원하긴 했어요? 올리비에가 어떻게 반응할지 분명 알았잖아요."

"뭐요? 그가 우리 집에 시체를 던져 둘 거라는 것을 어떻게 알았겠습니까?"

"그건 올리비에가 잘못했어요. 내가 이미 얘기했잖아요. 하지만 당신이 올리비에를 자극한 거예요. 우리 모두를요. 우리는 친구가 되고 싶어 했지만 당신이 그걸 너무 어렵게 만들었어요."

"그래서 어떻게 하면 우리와 친구가 되어 주겠다는 거요? 우리가 덜 성공하면? 하루에 숙박 손님 몇 명과 스파 예약 두어 번이면 됩니까? 운이 좋으면 작은 식당 정도는 괜찮습니까? 하지만 당신과 올리비에하고 경쟁하는 건 안 되고?"

"바로 그거예요." 가브리가 말했다.

그 말에 마르크는 말문이 막혔다.

가브리가 말을 이었다. "들어 봐요. 우리가 왜 크루아상이나 파이, 빵을 안 만드는지 알아요? 우리는 빵을 만들 수 있었어요. 그건 내가 좋아하는 일이기도 하지요. 하지만 이곳엔 이미 사라의 빵집이 있었어요. 그녀는 평생 이 마을에서 살았고 그녀의 할머니 때부터 하던 빵집이었어요. 그래서 대신 우리는 비스트로를 연 거예요. 우리의 크루아상과 파이, 모든 빵은 사라가 구운 거죠. 우리는 우리의 꿈을 이곳 사람들의 꿈에 맞게 수정했어요. 우리가 직접 빵을 굽는 게 더 저렴하고 재밌지만 그게 중요한 게 아니죠."

"중요한 게 뭡니까?" 뱅상 질베르가 처음으로 입을 열어 물었다.

"중요한 건 돈을 버는 게 아니에요." 가브리가 기꺼이 그를 향해 돌아서며 말했다. "충분한 정도를 아는 거죠. 행복할 만큼을요."

잠시 침묵이 흘렀고, 가브리는 이성이 돌아올 시간을 준 성인에게 속으로 감사했다.

"올리비에게 그 점을 일깨워 주는 게 좋을 거요." 뱅상이 말했다. "당신은 좋은 말은 할 줄 알면서 그렇게 살지는 않는군. 내 아들을 비난하는 것이 편하겠지. 당신은 당신의 행동을 도덕적이고 친절하고 사랑스럽게 포장하고 있소. 하지만 그런 행동을 뭐라고 하는지 아시오?"

뱅상이 다가오며 가브리를 궁지로 몰았다. 그가 가까워 올수록 그는 커지는 것 같았고 가브리는 줄어드는 것처럼 느껴졌다.

"이기적이라고 하지." 뱅상이 나지막하게 말했다. "내 아들은 인내심을 보여 줬소. 일자리를 만들고 현지 사람들을 고용했지. 여기는 치유하는 곳이오. 그런데 당신은 여길 망치려고 할 뿐만 아니라 잘못을 마르크에게 돌리려고 애쓰고 있소."

뱅상이 아들 곁으로 걸어갔다. 그는 소속되기 위해 해야 할 몫을 마침내 찾아냈다.

더 이상 할 말이 없는 가브리는 떠났다.

가브리는 마을로 돌아가고 있었다. 창에서 불빛들이 빛났다. 머리 위로 오리들이 곧 몰려들 살인적인 추위를 피하기 위해 V 자 대형을 그리며 남쪽으로 날아갔다. 가브리는 도로 한편에 있는 나무 그루터기에 앉아 스리 파인스 너머로 태양이 지는 모습을 바라보며 레 텅 페르뒤les temps perdus 헛되이 흘러가 버린 시간를 생각했다. 그리고 위안을 주는 성인에 대한 확신마저 잃은 채 아주 외로운 기분이 들었다.

보부아르가 시킨 맥주가 테이블에 놓여 있었고 가마슈는 자신의 스카치를 홀짝이고 있었다. 그들은 편안한 의자에 자리 잡은 채 저녁 메뉴를 살펴보았다. 비스트로는 텅 비어 있었다. 피터, 클라라, 머나, 루스 모두 갔고 올리비에는 부엌으로 물러났다. 혼자 남은 웨이터 하보크가 그들의 주문을 받은 뒤 그들이 이야기하도록 두고 갔다.

가마슈가 작은 바게트를 뜯으며 올리비에와 했던 대화를 보부아르에게 들려주었다.

"그러니까 그는 여전히 은둔자가 체코인이라고 하는군요. 그를 믿으십니까?"

"그래. 적어도 올리비에는 그렇게 확신하고 있다고 생각하네. 시저 암호에는 어떤 진전이 있나?" 가마슈가 말했다.

"없습니다." 그들은 포기한 채 암호에 각자의 이름을 집어넣어 보기 시작했다. 이름이 맞지 않아서 둘 다 약간 안도했다.

"왜 그러나?" 가마슈가 물었다. 보부아르는 의자에 몸을 기대고 냅킨을 식탁 위로 툭 던졌다.

"그냥 좀 좌절해서요. 앞으로 나아갈수록 모든 게 흐려지는 것 같습니다. 심지어 피해자가 누군지도 아직 모르잖습니까."

가마슈가 미소를 지었다. 늘 겪는 곤경이었다. 그들이 사건 속으로 파고들수록 단서는 더 많이 모였다. 그러다 보면 소란스러운 잡음이 들리는 것 같은 때가 있었다. 그들이 잡은 사나운 무언가가 그들에게 단서들을 마구 외치듯이. 가마슈는 그 소리가 구석에 몰리고 겁먹은 무언가의 비명임을 알았다. 그들은 수사의 마지막 단계에 들어서고 있었다. 곧 단서의 조각들이 싸우기를 멈추고 살인자를 배신하기 시작한다. 그들은 가까이 와 있었다.

"그건 그렇고 난 내일 마을을 떠날 예정이네." 하보크가 전채 요리를 가져다주고 가자 가마슈가 말했다.

"몬트리올에 다시 가시는 겁니까?" 보부아르가 센 불에 익힌 오징어를 포크 한가득 먹는 동안 가마슈는 배와 프로슈토향신료가 많이 든 이탈리아 햄를 먹었다.

"조금 더 먼 곳일세. 퀸 샬럿 제도."

"농담이시죠? 브리티시컬럼비아 주에요? 알래스카까지 올라가시겠다고요? '우'라는 원숭이 때문에요?"

"글쎄, 자네가 그렇게 말한다면……."

보부아르는 시커먼 오징어 조각을 쿡 찍어서 마늘 소스에 찍었다. "부아이용Voyons 저기요. 경감님 생각에도 지나치신 것 같지 않습니까?"

"아니, 그렇지 않네. 샬럿이라는 이름이 반복되고 있어." 가마슈가 손가락으로 중요한 요소를 꼽았다. "샬럿 브론테의 초판본, 『샬럿의 거미줄』 초판본, 그리고 호박 방 패널은 샬럿이라는 왕비를 위해 만들어졌지. 은둔자가 갖고 있던 바이올린의 카드는 샬럿이 쓴 것이었고. 나는 이 모든 게 무슨 의미인지, 샬럿이라는 이름이 왜 반복되는지 알아내려고 고심했네. 그러다 오늘 오후에 브루넬 경정님이 답을 줬지. 바로 퀸 샬럿 제도였네. 에밀리 카가 그림을 그렸던 곳이고 조각품의 재료가 된 나무가 자란 곳이지. 막다른 골목일 수도 있겠지만 이것이 이끄는 대로 따라가지 않는 건 바보짓일세."

"하지만 누가 이끈단 말입니까? 경감님이오, 아니면 범인이오? 전 이게 경감님을 멀리 보내려는 수작 같습니다. 살인자는 여기 스리 파인스에 있다고요."

"나도 그렇게 생각하네. 하지만 이번 살인은 퀸 샬럿 제도에서 시작됐다고 생각하네."

보부아르가 화를 내며 씩씩거렸다. "경감님은 지금 많은 단서들을 가져다가 경감님의 목적에 끼워 맞추고 있습니다."

"무슨 뜻으로 하는 말이지?"

보부아르는 이제 신중해야 했다. 가마슈는 그에게 상관 이상이었다. 그들의 관계가 보부아르가 맺고 있는 관계들 중에 제일 깊었다. 그리고 그는 가마슈의 인내심에 한계가 있다는 사실을 알고 있었다.

"경감님은 경감님이 보고 싶은 대로 보시는 것 같습니다. 경감님이 보시는 건 거기 없어요."

"눈에 보이지 않는다는 말인가?"

"아뇨. 실제로 존재하지 않는다고요. 성급하게 결론으로 내딛는다고 해서 세상이 끝나는 건 아니지만 두서없이 내딛는다면 그 결론이 경감님을 어디로 데려가겠습니까? 빌어먹을 세상의 끝이라고요, 경감님."

보부아르는 열을 식히려고 창밖을 내다보았다. 하보크가 접시를 치웠고 보부아르는 그가 가길 기다렸다가 이어서 말했다. "경감님이 역사와 문학, 예술을 좋아하시는 거 압니다. 은둔자의 오두막이 사탕 가게처럼 보이시겠죠. 하지만 경감님은 이 사건에 존재하는 것 이상의 것을 보고 계십니다. 사건을 복잡하게 만들고 계세요. 아시겠지만 전 어디든 경감님을 따라갈 겁니다. 우리 모두가 그럴 거예요. 경감님이 가리키기만 하면 전 거기 있을 겁니다. 그만큼 신뢰합니다. 하지만 경감님이라 해도 실수하실 수 있습니다. 경감님은 살인의 핵심은 단순하다고 항상 말씀하셨죠. 감정에 관한 것이라고요. 그 감정이 여기 있으니 살인범도 그렇습니다. 우리가 따라가야 할 단서는 많습니다. 원숭이, 나무토막, 대륙 저 끝에 있는 망할 섬 같은 건 생각하시지 않아도 된다고요."

"끝났나?" 가마슈가 물었다.

보부아르는 똑바로 앉아서 심호흡을 했다. "더 있을지도 모릅니다."

가마슈가 미소를 지었다. "나도 동의하네, 장 기. 살인범은 여기에 있어. 여기에 있는 누군가가 은둔자를 알고 있었고 여기에 있는 누군가가 그를 죽였네. 자네가 옳아. 반짝이는 장식을 모두 벗겨 내면 단순하지. 한 남자가 엄청난 가치의 골동품을 갖게 되었네. 아마 훔쳤겠지. 그는 숨고 싶어서 그 사실을 아무도 모르는 이 마을로 왔네. 하지만 그것으로도 충분하지 않았지. 그는 한걸음 더 나아가 숲 속에 오두막을 지었네. 그가 몸을 숨긴 이유가 경찰 때문일까? 어쩌면 그럴 수도 있네. 하지만 더 고약한 것으로부터 숨었는지도 몰라. 나는 그렇게 생각하네. 하지만 숨는 것도 도움이 필요하네. 다른 건 몰라도 소식은 알아야 하니까. 그는 바깥세상에 있는 눈과 귀가 필요했지. 그래서 올리비에에게 도와 달라고 했고."

"왜 올리비에였을까요?"

"루스가 오늘 밤에 말했잖나."

"빌어먹을 자식, 스카치 한 잔 더?"

"그래, 그 말도 했지. 하지만 올리비에가 욕심이 많다는 말도 했네. 그리고 그는 그렇네. 은둔자도 그렇고. 은둔자는 올리비에에게서 자신의 모습을 봤을 테지. 탐욕과 소유하려는 욕망을. 그는 자신이 올리비에를 주무를 수 있다는 걸 알았네. 더 좋고, 더 많은 골동품을 주겠다고 약속해서. 하지만 수년이 흐르는 동안 무슨 일이 일어났네."

"은둔자가 미쳤다고요?"

"아마도. 하지만 어쩌면 그 반대일 걸세. 어쩌면 그는 제정신이 되었을 거야. 그가 숨기 위해 지은 오두막은 집이 되었고 천국이 되었지. 자네도 느꼈겠지. 은둔자의 삶에는 평화롭고, 심지어 위안이 되는 뭔가가 있었네. 단순함이지. 요즘 같은 때에 누가 그런 걸 원하지 않겠나?"

그들의 저녁 식사가 나왔다. 향기로운 뵈프 부르기뇽쇠고기, 양파, 버섯 등을 레드 와인으로 조리한 음식이 보부아르 앞에 놓이자 그의 우울함도 사라졌다. 그는 맞은편의 가마슈가 로브스터 테르미도르바닷가재 살을 소스에 버무려 껍데기 속에 다시 넣고 그 위에 치즈를 얹은 요리를 내려다보며 미소 짓는 모습을 보았다.

"네, 전원에서의 단순한 생활 말이죠." 보부아르는 자신의 레드 와인 잔을 들며 살짝 건배했다.

가마슈도 자신의 화이트 와인 잔을 보부아르 쪽으로 기울였다. 그리고 육즙이 가득한 바닷가재를 포크 한가득 입으로 가져갔다. 그는 식사를 하면서 은둔자의 오두막에 들어섰던 처음 몇 분을 떠올렸다. 그리고 자신이 보고 있는 것이 무엇인지 깨달았던 순간을 생각했다. 오두막의 물건들은 보물이었지만 모두 목적에 맞게 놓여 있었다. 실용적이든, 책과 바이올린처럼 즐기기 위한 것이든 거기 있는 모든 것에는 이유가 있었다.

하지만 목적이 없는 것처럼 보이는 한 가지가 있었다.

가마슈는 천천히 포크를 내려놓고 보부아르의 뒤편을 응시했다. 잠시 후 보부아르도 포크를 내려놓고 뒤를 돌아보았다. 그곳에는 아무것도 없었다. 텅 빈 비스트로일 뿐이었다.

"뭡니까?"

가마슈가 한 손가락을 들어 조용히 하라는 작고 가벼운 신호를 보냈다. 그리고 주머니에서 펜과 수첩을 꺼낸 다음 생각이 사라질까 봐 두려운 듯 재빨리 뭔가를 적었다. 보부아르는 가마슈가 쓴 것을 보기 위해 목을 쭉 뺐다. 그리고 그가 적은 것을 보고 전율을 느꼈다.

알파벳이었다.

보부아르는 가마슈가 다음 줄을 작성하는 모습을 조용히 지켜보았다. 보부아르의 얼굴에 놀라움이 숨김없이 드러났다. 그렇게 바보 같았다니. 이렇게 명백한 것을 놓치다니.

가마슈는 알파벳 밑에 식스틴SIXTEEN이라고 썼다.

"문 위 상인방에 있던 숫자군요." 이 중요한 단서가 겁먹고 달아나 버릴까 봐 두려운 듯이 보부아르가 속삭였다.

"암호 문자가 뭐였지?" 가마슈가 황급히 물었다. 암호를 빨리 풀고 싶어 안달했다.

보부아르는 얼른 자신의 주머니를 뒤져 수첩을 꺼냈다.

"해안에 있는 사람들 밑에 있는 문자는 MRKBVYDDO, 그리고 배 밑에는 OWSVI입니다."

그는 은둔자의 메시지를 해독하는 가마슈를 지켜보았다.

A B C D E F G H I J K L M N O P Q R S T U V W X Y Z

S I X T E E N A B C D E F G H I J K L M N O P Q R S

가마슈가 찾아낸 문자들을 소리 내어 읽었다. "T, Y, R, I, 그리고 VY 에 해당되는 문자가……."

"티리Tyri." 보부아르가 중얼거렸다. "티리……."

"……K, K, V." 가마슈가 고개를 들어 보부아르를 보았다.

"이게 무슨 뜻일까요? 이름일까요? 체코식 이름?"

"어쩌면 애너그램철자의 순서를 바꾼 말일 수도 있네." 가마슈가 말했다.

그들은 저녁을 먹으면서 얼마 동안 시도해 보았다. 마침내 가마슈가 펜을 내려놓고 고개를 저었다. "키워드를 알아냈다고 생각했는데."

"맞을 겁니다." 아직 포기할 준비가 안 된 보부아르가 말했다. 그는 문자를 더 끼적이며 나머지 암호를 시도해 보고 문자들을 재배열하다가 결국 같은 결론에 이르렀다.

키워드는 '식스틴'이 아니었다.

"여전히 그 숫자가 왜 거기 있는지는 궁금하네요." 보부아르가 껍질 이 딱딱한 바게트를 그레이비소스에 찍으며 말했다.

"목적이 없는 것도 있겠지." 가마슈가 말했다. "어쩌면 그게 목적일 수도 있고."

보부아르에게는 매우 난해한 말이었다. 퀸 샬럿 제도에 대한 가마슈 의 논리도 그랬다. 사실 보부아르는 그것을 논리라고 전혀 생각하지 않았다. 그것은 경감 측에 서서 좋게 말하면 직감이었고 나쁘게는 억측이었다. 범인의 농간일 수도 있었다.

이 나라의 저편 끝에 있는 쓸쓸한 섬에 대해 보부아르가 갖고 있는 유일한 이미지는 짙은 숲과 산, 끝없는 회색빛 바다였다. 하지만 무엇보다 안개가 대부분을 차지했다.

그리고 그 안개 속으로 가마슈가 혼자 가고 있었다.

"참, 잊어버릴 뻔했네. 루스가 이걸 주더군." 가마슈가 보부아르에게 종이쪽지를 건넸다. 보부아르가 쪽지를 펼쳐서 소리 내어 읽었다.

목덜미를 물어 너의 영혼을 부드럽게 들어 올리고

어둠과 낙원으로 너를 인도하네.

여기엔 적어도 '인도하네' 뒤에 마침표가 있었다. 드디어 끝난 거야?

32

늦은 오후, 아르망 가마슈는 음울한 섬에 도착했다. 이곳에 오기까지 그는 점점 더 작은 비행기로 갈아탔고 드디어 마지막이리라 생각하며 올라탄 비행기는 그의 몸을 감싸는 정도에 지나지 않는 작은 비행기였다. 비행기는 프린스루퍼트브리티시컬럼비아 주의 항만도시의 활주로 끝을 박차고 이륙했다.

작은 수상비행기가 브리티시컬럼비아 주의 북쪽 해안을 벗어나 군도 위를 비행하는 동안 가마슈는 아주 오래된 울창한 숲과 산이 있는 풍경을 내려다보았다. 섬들은 저 숲만큼 빽빽한 안개 뒤에 수천 년 동안 숨겨져 있었다. 그곳은 고립되어 있었지만 혼자가 아니었다. 섬들은 생명을 만들어 내는 생명의 도가니였다. 그곳에는 세계에서 가장 큰 흑곰과 가장 작은 올빼미가 살았다. 섬은 생명으로 가득했다. 사실 최초의 사람들도 섬의 한쪽 끝에서 까마귀가 발견한 거대한 조개에서 나왔다. 이것이 하이다족이 이 섬에 살게 된 유래를 알려주는 그들의 창조 신화였다. 최근에는 벌목꾼들이 섬에 나타났다. 하지만 그들은 섬이 만들어 낸 것이 아니었다. 짙은 안개 너머로 돈을 보고 온 자들이었다. 그들은 한 세기 전에 퀸 샬럿 제도에 왔고 그들이 우연히 발견한 생명의 도가니는 무시한 채 오로지 보물만 보았다. 고대로부터 이어 온 연필향나무 숲. 내구성이 뛰어난 이 나무들은 샬럿 왕비가 태어나고 미친 왕과 결혼하기 한참 전부터 크고 곧게 자라고 있었다. 하지만 이제 톱질에 쓰러진 나무들은 지붕널과 마룻바닥, 벽면이 되었다. 그리고 열 점의 작은 조각품이 되었다.

젊은 오지 비행사는 물 위에 부드럽게 착륙한 후 자신의 작은 비행기에서 덩치 큰 남자가 해방될 수 있도록 도와줬다.

"하이다과이퀸 샬럿 제도의 다른 이름. '하이다'는 사람, '과이'는 섬이란 뜻에 오신 것을 환영해요." 그녀가 말했다.

그날 아침 일찍 가마슈는 스리 파인스에서 눈을 떴다. 부엌에서는 아직 잠이 덜 깬 가브리가 몬트리올 공항으로 가는 길에 먹으라고 작은 도시락을 만들고 있었다. 그때만 해도 가마슈는 지구 반 바퀴 정도 떨어진 이 섬에 대해 아무것도 알지 못했다. 하지만 몬트리올에서 밴쿠버, 밴쿠버에서 프린스루퍼트, 그리고 퀸 샬럿 마을에 이르는 긴 비행 동안 섬에 대한 자료들을 읽었고, 오지 비행사의 인사말을 들었을 땐 그 말을 알고 있었다.

"당신의 고향으로 데려와 주셔서 감사합니다."

비행사의 깊은 갈색 눈이 의심스러워하는 시선을 던졌고 가마슈는 당연하다고 생각했다. 양복을 입은 중년의 백인 남자가 온 것은 결코 좋은 징조가 아니었다. 하이다족이 아니더라도 알 수 있었다.

"가마슈 경감님이시죠?"

검은 머리와 향나무색 피부의 건장한 남자가 선착장을 가로질러 걸어와 가마슈에게 손을 내밀었다. 그들은 악수를 했다.

"캐나다 왕립 기마경찰대의 민셜 경사입니다. 저와 연락을 하셨죠."

그의 낮은 목소리는 약간 노래하는 듯했다. 그는 하이다족이었다.

"아, 위, 메르시. 마중 나와 줘서 고마워요."

민셜 경사가 비행사에게서 작은 짐 가방을 받아 어깨에 휙 둘러멨다. 감사 인사를 하는 그들을 무시하는 비행사를 뒤로하고 두 사람은 선착장 끝 경사로를 올라간 뒤 도로를 따라 걸었다. 공기가 차가웠고 가마슈는 그들이 밴쿠버보다 알래스카에 더 가까운 지역에 있다는 사실을 기억했다.

"오래 머물지 않으신다면서요."

가마슈는 바다를 보며 본토가 더 이상 보이지 않는다는 걸 알았다. 아니, 본토는 보이지 않는 게 아니라 여기서는 전혀 존재하지 않는 곳이었다. 이곳이 본토였다.

"여기가 아름다워서 나도 더 오래 머물 수 있으면 좋겠지만 돌아가 봐야 합니다."

"그렇군요. 여관에 방을 예약해 뒀습니다. 맘에 드실 거예요. 아시겠지만 퀸 샬럿 제도에는 주민이 많지 않습니다. 오천 명 정도 되는데 절반은 하이다족이고 절반은⋯⋯." 그는 약간 주저했다. "하이다족이 아닙니다. 관광객들도 많이 오긴 하지만 지금은 시즌이 끝났어요."

두 사람은 서서히 걸음을 늦추다 멈춰 섰다. 그들이 지나온 곳에는 철물점, 커피숍, 입구에 인어 상이 있는 작은 건물 등이 있었다. 그러나 가마슈의 관심을 끈 것은 항구였다. 그는 평생 이런 풍경을 본 적이 없었다. 그는 퀘벡에서도 눈부시게 아름다운 장소들을 본 적이 있었다. 하지만 이곳을 따라올 수 없다는 것을 인정해야 했다.

이곳은 야생이었다. 가마슈의 시선이 미치는 곳은 온통 바다 위로 솟아오른 산과, 산을 뒤덮고 있는 어두운 숲이었다. 작은 섬 하나와 낚싯배들이 보였다. 머리 위로 독수리들이 높이 날아올랐다. 두 사람은 자갈과 조개껍질로 덮인 해변을 걸었고, 잠시 동안 말없이 서서 새소리와 찰싹거리는 파도 소리를 들으며 해초, 물고기, 숲이 뒤섞인 공기 중의 냄새를 맡았다.

"이곳은 캐나다에서 독수리 둥지가 제일 많은 지역입니다. 행운의 신호죠."

교통신호를 제외하면 기마경찰관이 신호에 대해 말하는 경우는 드물었다. 경치에 푹 빠진 가마슈는 몸을 돌려 그를 바라보지는 않았지만 그가 하는 말을 듣고 있었다.

"하이다족은 독수리와 까마귀, 두 개의 부족으로 나뉘어 있어요. 두 부족의 장로들과 만나실 수 있게 준비해 두었습니다. 그들이 경감님을 저녁 식사에 초대했습니다."

"감사합니다. 당신도 함께 가나요?"

민설은 미소를 지었다. "아니요. 제가 없는 편이 더 편하실 겁니다. 하이다족은 아주 따뜻한 사람들입니다. 그들은 수천 년 동안 이곳에서 평화롭게 살았습니다. 최근까지는 아무런 방해도 없었죠."

가마슈는 민설이 하이다족을 '우리'가 아니라 '그들'이라고 지칭하는 게 흥미롭다고 생각했다. 가마슈를 배려해 객관적으로 말한 것이리라.

"나도 오늘 밤엔 그들을 방해하지 않겠습니다."

"그러시기엔 너무 늦었습니다."

아르망 가마슈는 샤워와 면도를 하고 거울의 수증기를 닦았다. 마치 고대의 숲에 머물던 안개가 방까지 들어와 그를 지켜보고 의도를 알아보려는 것 같았다.

그가 뿌연 거울을 닦자 집에서 아주 멀리 떠나온 피곤한 경관의 모습이 보였다.

그는 깨끗한 셔츠와 짙은 색 바지로 갈아입고 넥타이를 골라 더블 침대 한쪽에 앉았다. 침대에는 손으로 누빈 것으로 보이는 퀼트 이불이 덮여 있었다.

방은 소박하고 깨끗하며 편안했다. 하지만 방이 순무로 채워져 있다

해도 상관없을 듯했다. 이 방에서 모든 이가 주목할 것은 만이 정면으로 내려다보이는 전망이었다. 노을이 하늘을 금색, 보라색, 빨간색으로 물들이며 물결치듯 움직였다. 마치 살아 있는 것 같았다. 여기서는 모든 것이 살아 있는 것처럼 보였다.

가마슈가 창으로 이끌리듯 다가가 밖을 응시하는 동안 그의 손이 녹색 실크 넥타이를 맸다. 노크 소리가 났다. 그는 숙소 여주인이나 민셜 경사일 거라고 생각하며 문을 열었다. 하지만 놀랍게도 젊은 오지 비행사가 서 있었다.

"증조할머니가 저더러 당신을 저녁 식사에 데려오라고 하셨어요."

그녀는 여전히 웃지 않았다. 사실 그녀는 그 일이 아주 불만인 듯 보였다. 가마슈는 재킷과 코트를 걸치고 그녀를 따라 어두워지는 밤거리로 나왔다. 항구를 둘러싼 집들에 불이 켜져 있었고 차갑고 습하지만 상쾌한 공기가 가마슈에게 활기를 불어넣었다. 오후 내내 몽롱하던 정신이 맑아졌다. 그들은 낡은 픽업트럭에 올라타고 마을 밖으로 향했다.

"그럼 당신은 퀸 샬럿 제도 사람입니까?"

"전 하이다과이 사람이에요." 그녀가 말했다.

"그렇지요. 미안합니다. 독수리 부족인가요?"

"까마귀요."

"아." 가마슈는 자신의 말이 좀 바보같이 들렸으리라는 것을 깨달았지만 옆자리의 젊은 여성은 상관하지 않는 듯했다. 그녀는 오히려 그를 완전히 무시하고 싶어 하는 것처럼 보였다.

"당신이 비행사라서 가족들이 좋아하겠군요."

"왜요?"

"음, 비행을 하니까요."

"제가 까마귀 부족이라서 그런 말 하시는 거예요? 여기서는 모든 사람이 날아다녀요, 경감님. 전 도움이 좀 더 필요할 뿐이죠."

"비행사가 된 지는 오래됐나요?"

침묵이 이어졌다. 분명히 대답할 가치가 없는 질문이었다. 그도 동의할 수밖에 없었다. 침묵이 더 나았다. 그의 눈이 어둑해지는 저녁에 익숙해지자 그는 만 건너편 산들의 윤곽선을 알아볼 수 있었다. 얼마 후 그들은 다른 마을에 도착했다. 젊은 비행사는 간판이 달린 별 특징 없는 흰색 건물 앞에 픽업트럭을 세웠다. 스키디지트 커뮤니티 홀. 그녀가 트럭에서 내려 출입문으로 갔다. 그녀는 가마슈가 따라오는지 돌아보지 않았다. 그가 잘 따라온다고 믿거나 십중팔구 상관하지 않는 것 같았다.

그는 황혼에 물든 항구를 뒤로하고 그녀를 따라 커뮤니티 홀로 들어갔다. 그 안은 오페라 극장이었다. 가마슈는 문을 통과하는 순간 마법처럼 다른 세상으로 들어온 듯해서 뒤돌아보며 문이 거기 있는지 확인했다. 그들 주위로 삼면에 화려한 발코니 좌석이 있었다. 가마슈는 제자리에서 천천히 한 바퀴 돌았다. 그의 발이 반질한 나무 바닥에서 끽 소리를 냈다. 그때서야 그는 자신이 입을 조금 벌리고 있다는 사실을 깨달았다. 그는 입을 닫고 옆에 있는 젊은 여성을 바라보았다.

"매, 세 텍스트라오르디네르Mais, c'est extraordinaire 정말 훌륭하군요."

"하우아하이다어로 감사하다는 뜻."

넓고 우아한 계단이 발코니석으로 이어졌고, 홀의 저쪽 끝이 무대였다. 그 뒤쪽 벽에는 벽화가 그려져 있었다.

"저건 하이다 마을이에요." 그녀가 벽화 쪽을 향해 고갯짓했다.

"앵크르와야블르Incroyable 굉장하군요." 가마슈가 중얼거렸다. 그는 살면서 종종 놀라고 감탄했다. 하지만 말문이 막힌 적은 거의 없었다. 그러나 지금은 그랬다.

"마음에 드시오?"

가마슈는 고개를 내리고서야 또 다른 여인이 그들 옆에 와 있다는 것을 깨달았다. 그녀는 그와 동행한 젊은 여성이나 가마슈보다도 훨씬 나이가 많았다. 그리고 젊은 여성과는 다르게 미소를 지었다. 마치 인생에 즐거운 일이 많았다는 듯이 편하게 미소 지었다.

"아주 마음에 듭니다." 가마슈가 손을 내밀었고 그녀가 잡았다.

"이쪽은 우리 할머니예요." 비행사가 말했다.

"에스더라고 해요." 나이 든 여인이 말했다.

"아르망 가마슈라고 합니다. 영광입니다." 그가 살짝 고개를 숙이며 말했다.

"제가 영광이죠, 경감. 이리 오세요." 그녀가 긴 테이블이 세팅된 홀 중앙으로 가자고 손짓했다. 갖가지 음식의 풍성한 향기가 감돌았다. 그곳에 가득한 사람들이 서로를 부르고 인사를 하며 이야기를 나누고 웃고 있었다.

가마슈는 하이다족 장로들이 전통 의상을 입고 모이리라 생각했었다. 그는 이제 그런 진부한 생각이 부끄러웠다. 사람들은 일을 마치고 온 것처럼 양복을 입고 있거나 티셔츠에 두꺼운 스웨터를 입고 있었다. 그들은 은행, 학교, 병원 등에서 일했고 몇몇은 추운 바다에서 일했다. 예술가들도 있었다. 화가도 있었지만 대부분은 조각가였다.

"여긴 모계사회라오, 경감. 하지만 대부분의 족장은 남자지요. 그렇다고 해서 여성이 힘이 없다는 뜻은 아니에요. 오히려 그 반대죠." 에스더가 말했다.

그녀가 맑은 눈으로 그를 바라보았다. 그녀는 자랑이 아닌 단순한 사실을 말하고 있었다.

그리고 그녀는 일일이 모든 사람에게 가마슈를 소개했다. 가마슈는 그들의 이름을 반복하며 기억하려고 노력했지만 솔직히 대여섯 명이 넘어가자 뒤죽박죽이 되었다. 마침내 에스더가 그를 음식이 차려진 뷔페 테이블로 데려갔다.

"이분은 스카이예요." 그녀가 자그마한 노인을 소개했다. 그가 접시에서 고개를 들었다. 눈이 희부연 장님이었다. "독수리 부족이시죠."

"원하면 로버트라고 부르시오." 스카이가 말했다. 그는 목소리가 우렁차고 손아귀 힘이 셌다. 그가 미소를 지었다. "두 부족의 여자들이 당신을 위해 하이다족 전통 연회를 마련했소, 경감." 그가 가마슈를 긴 테이블 저편으로 데려가 각 요리의 이름을 말해 주었다. "이것은 카우요. 다시마에 얹은 청어 알이라오. 이쪽에 있는 건 후추를 친 훈제 연어고, 그냥 훈제 연어를 더 좋아하면 그건 저기 있소. 레그가 오늘 아침에 잡아서 하루 종일 훈제한 거요. 당신을 위해 말이지."

그들은 뷔페 테이블을 따라 천천히 걸었다. 문어 단자, 게살 케이크, 넙치, 감자 샐러드, 갓 구워서 아직도 따뜻한 빵, 주스와 물이 있었다. 술은 없었다.

"우리는 여기서 춤을 춥니다. 대부분의 사람들이 여기서 결혼식을 하고 장례식도 하지. 그래서 연회가 자주 있다오. 독수리 부족이 주최하면 까마귀 부족이 시중을 도와주고 당연히 반대로도 한다오. 하지만 오늘 밤은 두 부족이 함께 주최하는 거요. 당신은 우리 모두의 손님이니까."

가마슈는 궁전에서 열린 국빈 만찬, 자신을 위해 마련된 연회, 시상식 등에 참석해 봤지만 이렇게 영광스러웠던 적은 별로 없었다.

가마슈는 모든 음식을 담아 자리에 앉았다. 놀랍게도 젊은 비행사가 옆에 앉았다. 그들은 모두 떠들며 저녁을 먹었지만 가마슈는 하이다의 장로들이 대답보다는 질문을 더 많이 한다는 사실을 알았다. 그들은 가마슈의 일과 생활, 가족에 관심을 보였고, 퀘벡에 대해 물었다. 그들은 아는 게 많고 사려 깊었으며 친절하고 신중했다.

신선한 범블베리와 쿨 휩(휘핑크림 브랜드)을 얹은 케이크를 먹으면서 가마슈는 살인 사건과 깊은 숲 속 오두막에 살았던 은둔자에 대해 이야기했다. 장로들은 계속 주의 깊게 귀를 기울여 들었지만 가마슈가 은둔자에 대해 말할 때는 특히 더 잠잠해졌다. 가마슈는 보물에 둘러싸여 있었지만 혼자였고, 물건만 남기고 목숨을 잃었으며, 그의 물건들은 역사적인 것이지만 개인사나 이름은 알려지지 않은 남자에 대해 말했다.

"그가 행복했다고 생각해요?" 에스더가 물었다. 이 그룹에 선거나 합의를 통해 정해진 리더가 있는지는 모르겠지만, 만약 리더가 있다면 그 사람은 에스더일 거라고 가마슈는 생각했다.

가마슈는 주저했다. 사실 그 질문에 대해 생각해 본 적이 없었다.

은둔자는 행복했을까?

"만족했을 거라 생각합니다. 그의 생활은 소박하고 평화로웠습니다. 저도 매력을 느꼈지요."

젊은 비행사가 그를 돌아보았다. 그때까지 그녀는 앞만 보고 있었다.

가마슈가 이어서 말했다. "그는 아름다운 것들에 둘러싸여 있었습니다. 그리고 가끔씩 찾아오는 친구가 있어서 혼자 구할 수 없는 것들을 가져다주었고요. 하지만 그는 두려워했습니다."

"행복하면서 동시에 두려워하긴 힘든데요." 에스더가 말했다. "하지만 두려움은 용기로 이어질 수 있지요."

"용기는 평화로 이어질 수 있고요." 양복을 입은 젊은 남자가 말했다.

가마슈는 몇 년 전 머튼 베이에 있는 식당에서 한 어부가 벽에 쓴 글귀가 생각났다. 그 어부는 식당 건너편에 있는 가마슈를 바라보며, 가마슈의 숨이 멎을 만큼 활짝 웃었다. 그러고는 벽에 무언가를 갈겨쓰고 떠났다. 가마슈는 벽으로 다가갔고 읽었다.

사랑이 있는 곳에 용기가 있고,

용기가 있는 곳에 평화가 있고,

평화가 있는 곳에 신이 있다.

그리고 신을 소유하면 모든 것을 갖게 된다.

가마슈가 글귀를 들려주었고 홀에는 침묵이 이어졌다. 하이다족은 침묵에 능했다. 가마슈도 마찬가지였다.

"기도문인가요?" 에스더가 마침내 물었다.

"한 어부가 머튼 베이라는 곳에 있는 식당 벽에 쓴 글입니다. 여기서 아주 먼 곳이죠."

"아마 그렇게 멀지는 않을 거예요." 에스더가 말했다.

"어부라고요?" 양복을 입은 남자가 웃으며 물었다. "그럴 줄 알았어요. 어부들은 모두 미쳤잖아요."

그의 옆에 앉은 두꺼운 스웨터를 입은 나이 든 남자가 그를 찰싹 때렸고 그들은 웃었다.

"우리는 다 어부죠." 에스더가 말했다. 그리고 가마슈는 그녀가 자신을 포함해서 말한 것 같은 느낌을 받았다. 그녀는 잠시 생각한 뒤 물었다. "은둔자가 사랑한 건 뭔가요?"

가마슈는 생각해 보았다. "모르겠습니다."

"당신이 그걸 알게 되면 아마 살인범을 찾을 수 있을 거예요. 우리가 뭘 도와주면 되죠?"

"은둔자의 오두막에 '우'와 샬럿에 대한 것들이 있었습니다. 그것이 저를 에밀리 카에게로 이끌었고 에밀리 카는 저를 여기로 인도했죠."

"그렇게 찾아온 사람이 당신이 처음은 아니오." 한 노인이 웃으며 말했다. 우쭐해하거나 조롱하는 듯한 웃음이 아니었다. "그녀의 그림이 수년 동안 사람들을 하이다과이로 데려오고 있지."

그것이 좋은 일이라고 생각하는지 아닌지는 알기 힘들었다.

"전 은둔자가 퀸 샬럿 제도에 왔다고 생각합니다. 아마 십오 년 전이나 그보다 오래전일 겁니다. 그는 체코인으로 추정되고 말에 억양이 있었습니다."

가마슈는 시체 안치소에서 찍은 사진을 꺼냈다. 그는 그들에게 뭘 보게 될지 경고했지만 걱정하지 않았다. 이들의 생활에는 삶과 죽음이 편안하게 공존했다. 이곳에서는 생사의 경계가 불분명했고, 인간과 동물, 영혼이 함께 지냈다. 또한 장님이 앞을 보고, 모든 사람들이 비행에 재능이 있었다.

진한 차를 마시며 그들은 죽은 남자의 사진을 바라보았다. 오랫동안 열심히 보았다. 젊은 비행사까지 사진에 주목했다.

그리고 그들이 사진을 보는 동안 가마슈는 그들을 바라보았다. 혹시 누군가가 남자를 알아보고 눈을 깜빡인다든지, 호흡에 변화가 생기거나 움찔하진 않는지 살피기 위해. 가마슈는 아주 집중해서 모두를 주목했다. 하지만 도우려는 이들만 보일 뿐이었다.

"실망시켜서 유감이에요. 왜 그냥 이메일로 보내지 그랬어요?" 가마슈가 다시 가방에 사진을 집어넣을 때 에스더가 말했다.

"민셜 경사에게 이메일을 보내서 그가 경찰들 사이에 사진을 돌리긴 했습니다. 하지만 저도 직접 와 보고 싶었습니다. 그리고 이메일로 보낼 수 없는 것도 있고요. 제가 뭘 가져왔습니다."

그가 테이블 위에 두 개의 수건 뭉치를 올려놓고 첫 번째 것을 조심스레 풀었다.

숟가락이 컵에 부딪히는 소리나 커피크리머 뚜껑을 따고 벗기는 소리, 숨소리조차 들리지 않았다. 마치 무언가가 이 자리에 와 있는 것 같았다. 침묵이 그들 사이에 자리한 듯했다.

가마슈는 다음 것도 마저 조심스레 펼쳤다. 그리고 그 조각은 테이블을 가로질러 먼저 놓인 조각을 향해 항해했다.

"저희가 알아본 바로는 이런 게 여덟 점 더 있습니다."

가마슈의 말을 들었는지 못 들었는지 사람들은 아무 말도 없었다. 이윽고 한 다부진 중년 남자가 손을 뻗었다. 그러더니 멈칫하고는 가마슈를 바라보았다.

"봐도 될까요?"

"그러십시오."

남자는 크고 까칠한 손으로 항해하는 배를 집어 들었다. 그는 조각을 얼굴 가까이 들어 올리고, 즐거움과 기쁨에 가득 찬 채 앞을 바라보고 있는 작은 사람들의 눈을 들여다보았다.

　"그는 하와스티예요." 오지 비행사가 속삭였다. "윌 솜스요."

　"저 사람이 윌 솜스라고요?" 가마슈가 물었다. 그 사람에 대한 글을 읽은 적이 있었다. 그는 현존하는 캐나다의 가장 위대한 예술가 중 한 명이었다. 그의 하이다 조각들은 생기가 넘쳐흘렀고 전 세계의 개인 수집가와 미술관 들이 앞다투어 구입하는 작품이었다. 가마슈는 솜스가 너무 유명해서 몸을 숨기고 은둔 생활을 하고 있을 거라 생각했다. 하지만 가마슈는 이곳 하이다과이에서는 전설들이 살아서 사람들 사이를 걸어 다니며 가끔씩 홍차를 마시고 쿨 휩을 먹는다는 사실을 알게 되었다.

　솜스는 다른 조각도 집어 들고 이리저리 돌리며 살펴보았다. "연필향나무군요."

　"네, 이곳 나무입니다." 가마슈가 확실하게 말해 주었다.

　솜스가 항해하는 배 밑을 보았다. "이건 서명인가요?"

　"보시기엔 어떤 것 같습니까?"

　"그냥 글자들인 것 같군요. 하지만 분명히 어떤 의미가 있겠죠."

　"아마 암호일 거라고 생각합니다만 아직 풀지 못했습니다."

　"죽은 남자가 이걸 조각했습니까?" 솜스가 조각을 들어 올렸다.

　"그렇습니다."

　솜스가 손에 든 것을 내려다보았다. "나는 그가 누군지 모르지만 이것만은 말할 수 있습니다. 그는 단순히 두려워한 게 아니라 몹시 공포에 질려 있었습니다."

33

다음 날 아침, 가마슈는 상쾌하고 차가운 바람에 잠을 깼다. 열린 창을 통해 바다 공기와 먹이를 먹는 새소리가 실려 왔다. 그는 침대에서 몸을 뒤척이며 따뜻한 이불로 몸을 감싸고 창밖을 응시했다. 어제 하루가 꿈처럼 느껴졌다. 스리 파인스에서 잠을 깨고 바닷가 하이다 마을에서 잠이 들었다.

하늘이 눈부시게 푸르렀고 활강하는 독수리와 갈매기가 보였다. 가마슈는 침대에서 일어나자마자 재빨리 가장 따뜻한 옷을 챙겨 입으며 내복을 잊고 온 자신을 저주했다.

아래층으로 내려가자 아침 식사로 베이컨, 계란, 토스트, 진한 커피가 준비되어 있었다.

"라비나에게서 아홉 시까지 선착장으로 나오시라는 전화가 왔어요. 그때까지 안 오시면 놔두고 그냥 간대요."

가마슈는 숙소 여주인이 누구에게 말하는 것인지 주위를 둘러보았다. 이곳엔 자신뿐이었다. "무아Moi 저 말입니까?"

"네, 당신이오. 라비나가 늦지 말라고 했어요."

가마슈는 손목시계를 보았다. 8시 반이었다. 그는 라비나가 누구인지, 선착장이 어디인지, 자신이 왜 가야 하는지 알 수 없었다. 그는 커피를 한 잔 더 마시고 방에 들러 화장실을 쓴 다음 코트와 모자를 가지고 다시 내려와 여주인에게 말했다.

"라비나가 어디 선착장이라고 했습니까?"

"그녀가 늘 이용하는 선착장이겠죠. 못 찾으실 리 없어요."

바로 그런 말을 듣고서 못 찾았던 적이 얼마나 많았던가. 그래도 가마슈는 포치에 서서 상쾌한 공기를 들이마시며 해안선을 살펴보았다. 선착장은 여러 군데였다.

그중 한 곳에 수상비행기가 있었다. 그리고 젊은 오지 비행사가 자신의 시계를 보고 있었다. 그녀의 이름이 라비나였나? 가마슈는 그녀에게 이름을 묻지 않았다는 사실을 깨닫고 당황스러웠다.

그는 그리로 걸어갔다. 선착장 나무판자에 올라서니 그녀는 혼자가 아니었다. 윌 솜스와 함께 있었다.

"당신이 그 나무가 자란 곳을 보고 싶어 할 것 같았습니다." 솜스가 작은 수상비행기로 가마슈를 안내했다. "내 손녀가 우리를 태워다 주기로 했습니다. 당신이 어제 타고 온 비행기는 상업용이고, 이건 이 아이 거죠."

"저도 손녀가 있습니다." 비행기가 선착장에서 멀어져 해협으로 향할 때 안전벨트를 찾는 자신이 필사적으로 보이지 않길 바라며 가마슈가 말했다. "그리고 곧 한 명이 더 태어날 예정입니다. 손녀가 저에게 손가락 그림을 그려 줬죠."

그는 손가락 그림finger printer 조롱하는 사람이라는 뜻이 있다이 적어도 사람을 죽이진 않을 거라고 덧붙이려다가 무례할 거라는 생각이 들었다.

비행기가 속도를 높이며 작은 파도 위를 튀어 오르기 시작했다. 그제야 가마슈는 비행기 내부의 너덜너덜한 줄과 녹슨 좌석, 찢어진 쿠션을 알아챘다. 그는 창밖을 보면서 아침 식사를 거하게 먹은 것을 후회했다.

그리고 곧 비행기는 이륙한 뒤 왼쪽으로 선회하며 하늘 높이 올라갔다. 그들은 해안선을 따라 40분간 비행했다. 작은 기체 안이 너무 시끄러워서 그들은 서로 고함을 칠 수밖에 없었다. 가끔씩 솜스는 몸을 기울이고 뭔가를 가리켰다. 그가 아래에 있는 작은 만을 가리키며 말했다. "저기가 인간이 조개껍질에서 처음 나타난 곳입니다. 우리의 에덴동산이죠." 그리고 조금 후에는 또 이렇게 말했다. "저기 좀 봐요. 현존하는 마지막 처녀림입니다. 마지막 남은 고대의 연필향나무 숲이죠."

가마슈는 독수리의 시선으로 세상을 내려다보았다. 강과 좁은 만, 숲, 빙하가 깎아 낸 산이 보였다. 마침내 그들은 어떤 만을 향해 내려갔다. 그곳의 산봉우리들은 이렇게 맑은 날에도 안개에 가려져 있었다. 비행기가 고도를 낮추고 어둑한 해안을 향해 수면을 스치듯 날아갈 때 솜스가 가마슈를 향해 몸을 기울이고 외쳤다. "아름다운 과이하나스국립공원으로 지정되어 있다에 오신 것을 환영합니다."

정말 아름다웠다.

라비나가 최대한 해안 가까이 비행기를 대자 한 남자가 해변에서 보트를 밀며 다가오다가 마지막 순간에 배에 올라탔다. 수상비행기의 문앞에 당도한 그는 손을 내밀어 가마슈가 흔들리는 배에 올라타도록 도와주고 자신을 소개했다.

"존이라고 합니다. 경비원이죠."

가마슈는 그가 맨발인 것을 눈치챘다. 그리고 존이 노를 젓는 동안 라비나와 솜스도 신발과 양말을 벗고 바짓단을 걷어 올리는 모습을 보았다. 가마슈는 곧 그 이유를 알았다. 배는 해변에 아주 가깝게만 다가갈 수 있었고 그들은 남은 3미터 정도를 걸어가야 했다. 가마슈도 신발과 양말을 벗고 바지를 걷은 다음 뱃전을 넘었다. 그는 엄지발가락이 물에 닿자마자 움찔하고 물러났다. 앞서 가던 라비나와 솜스가 웃었다.

"물이 차갑죠." 경비원이 인정했다.

"오, 공주님. 꾹 참고 와요." 라비나가 말했다. 가마슈는 그녀가 지금 루스 자도와 교신하는 중인지 궁금했다. 모든 집단에는 그런 사람이 한 명씩 있는 것일까?

가마슈는 꾹 참고 해변에 있는 그들 곁으로 걸어갔다. 물에 잠깐 담갔는데도 발이 보라색이 되어 있었다. 그는 재빠르게 돌 위를 걸어서 그루터기 위에 앉아 흙과 조개껍질 조각들을 발바닥에서 떨어내고 양말과 신발을 다시 신었다. 마지막으로 이렇게 크게 안도했던 때가 언제인지 기억나지 않았다. 실은 수상비행기가 착륙했을 때가 그때였으리라.

그는 주변 경관과 경비원, 얼음장 같은 물에 정신을 빼앗겼다가 그제야 그곳에 뭐가 있는지 제대로 볼 수 있었다. 숲의 가장자리에 토템폴들이 반원을 그리며 근엄하게 서 있었다.

가마슈는 가슴 깊숙한 곳으로 피가 몰리는 것이 느껴졌다.

"여기가 닌스틴츠세계 문화유산으로 지정된 하이다족 마을입니다." 윌 솜스가 속삭였다.

가마슈는 대답하지 않았다. 할 수가 없었다. 그는 하이다족의 신화가 조각된 커다란 토템폴을 응시했다. 동물과 영혼이 결합되어 있었다. 범고래, 상어, 늑대, 곰, 독수리, 까마귀가 그를 마주 응시했다. 그리고 또 다른 것이 있었다. 긴 혀와 큰 눈, 이빨을 가진 그것은 신화 안에만 있었지만 여기서는 실재했다.

가마슈는 기억의 가장자리에 서 있는 느낌이었다.

토템폴들은 곧게 서 있는 것도 있었지만 대부분은 넘어지거나 옆으로 기우뚱하게 기울어 있었다.

"우리는 모두 어부입니다." 솜스가 말했다. "에스더 말이 맞아요. 우리의 몸을 살찌우는 건 바다지만 우리의 영혼을 살찌우는 건 저곳이지요." 그가 작은 손짓으로 숲을 향해 손바닥을 펴 보였다.

그들이 토템폴 사이를 조심스럽게 걸을 때 경비원 존이 온화한 목소리로 말했다.

"이곳은 세계에서 토템폴이 가장 많이 남아 있는 장소입니다. 지금은 이 지역이 보호되고 있지만 늘 그랬던 건 아닙니다. 토템폴은 특별한 일을 기념하거나 죽음을 기리기 위해 세워집니다. 모든 토템폴에는 이야기가 있어요. 토템폴의 이미지들은 서로 연결되고, 구체적이고 의도적인 순서로 배열되어 있습니다."

"에밀리 카가 그림을 많이 그렸던 곳이 여기군요." 가마슈가 말했다.

"당신이 이곳을 보고 싶어 할 줄 알았습니다." 솜스가 말했다.

"메르시. 정말 감사합니다."

"이곳이 가장 마지막까지 남아 있던 마을입니다. 가장 고립되어 있었고 가장 완강했을 겁니다." 존이 말했다. "하지만 결국은 이곳도 무너졌습니다. 다른 마을들과 마찬가지로 질병과 술, 선교사들이 해일처럼 이곳을 휩쓸었죠. 토템폴이 파괴되고 롱하우스가 허물어졌습니다. 남아 있는 것은 이것뿐입니다." 그가 숲가의 이끼로 덮인 곳을 가리켰다. "롱하우스가 있던 자리죠."

가마슈는 한 시간 정도 그곳을 돌아보았다. 그는 토템폴을 만져도 된다는 허락을 받고, 자신의 큰 손을 높이 뻗어 토템폴의 거대한 얼굴을 만지며 이런 존재를 조각한 이들을 느껴 보려 했다.

가마슈가 둘러보기를 마치고, 한 시간 동안 한자리에 서서 자신을 지켜보고 있던 존에게 다가갔다.

"전 살인 사건을 수사하고 있습니다. 몇 가지 보여 드려도 될까요?"

존이 고개를 끄덕였다.

"첫 번째는 죽은 남자의 사진입니다. 저는 그가 하이다과이에서 지냈으리라 생각합니다. 그는 이곳을 샬럿 제도라고 불렀던 것 같지만요."

"그럼 하이다족은 아니군요."

"네, 그렇습니다." 가마슈가 존에게 사진을 보여 주었다.

존은 사진을 신중하게 들여다보았다. "유감이네요. 모르겠습니다."

"그는 꽤 오래전에 왔을 겁니다. 아마 십오 년이나 이십 년 전에요."

"그때는 힘든 시기였습니다. 이곳에 사람들이 많았죠. 하이다족이 도로를 봉쇄하고 벌목 회사를 저지하던 때였습니다. 그 사람은 벌목꾼이었을지도 모르겠군요."

"그럴 수도 있습니다. 그는 확실히 숲을 편하게 느낀 것 같습니다. 그리고 그는 통나무 오두막을 직접 지었는데, 여기에 그런 것을 가르칠 만한 사람이 있습니까?"

"진지하게 묻는 겁니까?"

"그렇습니다."

"거의 누구나 가르칠 수 있죠. 지금은 하이다족 대부분이 마을에 살지만 거의 모두가 숲에 오두막을 갖고 있어요. 직접 짓거나 부모님이 지은 겁니다."

"당신은 오두막에 삽니까?"

존이 머뭇거린 걸까? "아니요. 난 닌스틴츠 홀리데이 인에서 지냅니다." 존이 웃었다. "나도 몇 년 전에 내 오두막을 손수 지었지요. 보고 싶으십니까?"

"괜찮으시다면요."

월 솜스와 손녀가 주위를 걷는 동안 존은 가마슈를 더 깊은 숲으로 데려갔다. "여기 있는 어떤 나무들은 천 살이 넘을 겁니다."

"보존할 가치가 있군요." 가마슈가 말했다.

"모두가 그렇게 생각하진 않을 겁니다." 존이 멈춰 서서 앞을 가리켰다. 숲 속에 작은 오두막이 있었고, 포치에 흔들의자가 놓여 있었다.

은둔자의 오두막과 같은 모습이었다.

"그를 알고 있었나요, 존?" 가마슈가 물었다. 그는 힘센 남자와 단둘이 숲에 있다는 사실을 불현듯 깨달았다.

"죽은 남자 말입니까?"

가마슈가 고개를 끄덕였다.

존이 다시 미소를 지었다. "아니요." 하지만 그는 가마슈에게 아주 가까이 다가와 있었다.

"당신이 그에게 오두막 짓는 법을 가르쳐 주었습니까?"

"아닙니다."

"당신이 그에게 조각을 가르쳐 주었습니까?"

"아닙니다."

"당신이 그랬다면 저에게 말했을까요?"

"나는 당신을 두려워할 이유가 없습니다. 숨길 게 없죠."

"그럼 왜 혼자 여기서 지내는 거죠?"

"당신은 왜 이곳에 왔습니까?" 존의 목소리가 거의 속삭이듯 식식거렸다.

가마슈는 수건을 풀고 조각을 꺼냈다. 존은 배에 탄 사람들을 응시하고는 뒤로 물러섰다.

"이건 하이다과이의 연필향나무로 만든 것입니다. 아마 이 숲에 있던 나무였을 수도 있지요. 죽은 남자가 이걸 만들었습니다." 가마슈가 말했다.

"나는 아는 바가 없습니다." 존은 마지막으로 조각을 흘끗 보고 뒤돌아서 걸어갔다.

가마슈도 그를 따라 숲 밖으로 나왔고, 해변에 있는 윌 솜스를 보았다. 솜스가 그를 향해 미소를 지었다.

"존과 이야기 잘했습니까?"

"말이 별로 없더군요."

"그는 경비원이죠. 연설가가 아니라."

가마슈가 미소를 짓고 조각을 다시 싸려고 하는데 솜스가 그의 손을 제지하고 다시 한 번 조각을 받아 들었다.

"이것이 여기서 나온 나무라고 했죠. 오래된 숲의 나무인가요?"

"모릅니다. 실험실에서 그걸 알려면 조각을 부숴서 적당히 큰 샘플을 얻어야 한다고 했는데 제가 허락하지 않았습니다."

"이게 사람의 생명보다 더 가치가 있다는 겁니까?" 솜스가 조각을 들어 올렸다.

"사람의 생명보다 더 가치 있는 건 없죠. 하지만 그는 이미 죽었습니다. 그가 만든 작품을 부수지 않고 범인을 찾고 싶습니다."

그 말에 솜스는 흡족해한 것 같았고 마지못해 조각을 다시 건넸다.

"그를 만날 수 있다면 만나고 싶군요. 그는 재능이 있었어요."

"그는 벌목꾼이었을 수도 있습니다. 이곳 숲을 베는 데 일조했을지도 모릅니다."

"내 가족 중에도 벌목꾼이었던 사람이 많습니다. 안타깝지요. 그렇다고 그들을 나쁜 사람이나 평생의 원수로 여기지 않습니다."

"조각가들을 가르치십니까?" 가마슈가 가볍게 물었다.

"그가 여기 와서 나를 만났을 거라 생각합니까?" 솜스가 물었다.

"그는 여기 왔었습니다. 그리고 조각가였고요."

"처음엔 그가 벌목꾼이라더니 지금은 조각가입니까? 어느 쪽입니까, 경감님?"

그는 우스갯소리처럼 말했지만 가마슈는 그 말에 섞인 비난을 모르지 않았다. 아르망 가마슈는 낚시를 하고 있었다. 그도 그 사실을 알고 있었다. 솜스도 알았고 에스더도 그랬다. 우리는 모두 어부라고 에스더가 말했었다.

이곳에 와서 찾아낸 게 뭐지? 가마슈는 의문이 들기 시작했다.

"당신은 조각을 가르치십니까?" 가마슈가 끈질기게 물었다.

솜스는 고개를 저었다. "하이다족에게만요."

"은둔자는 이곳의 나무를 사용했습니다. 당신은 놀랍지 않습니까?"

"전혀요. 숲의 일부는 현재 보호되고 있습니다. 하지만 우리는 일부 지역에서 벌목을 하고 나무를 다시 심는 데 동의했습니다. 제대로 관리되면 벌목은 좋은 산업이지요. 어린 나무는 생태계에도 아주 좋고요. 전 모든 조각가들에게 연필향나무를 사용하라고 조언합니다."

"이제 그만 가야겠어요. 날씨가 변하고 있어요." 라비나가 말했다.

수상비행기가 이륙한 뒤 선회하며 안전한 만에서 멀어졌다. 가마슈가 아래를 내려다보니 마치 토템폴 하나가 살아나서 손을 흔드는 것 같았다. 하지만 그는 그게 존이라는 걸 깨달았다. 존은 유령이 나오는 곳을 지키는 사람이었지만 가마슈가 가져온 작은 조각품을 두려워했다. 존은 스스로 울타리에서 벗어나 있었다.

"벌목 분쟁 때 그도 그곳에 있었습니다." 솜스가 낡은 엔진 소리를 뚫고 소리쳤다.

"그는 같은 편에 힘이 될 사람으로 보입니다."

"맞아요. 실제로 그런 사람이죠. 하지만 그는 당신네들 편이었습니다. 기마경찰이었어요. 존은 자신의 친할머니를 체포해야만 했습니다. 나는 아직도 그가 그녀를 데려가던 모습이 생생합니다."

"존은 제 삼촌이에요." 라비나가 조종석에서 외쳤다. 가마슈는 모든 사실을 끼워 맞추는 데 잠시 시간이 걸렸다. 방금 만났던 어둡고 고독한 그 남자가, 자신들이 탄 비행기가 날아가는 모습을 지켜보던 그 남자가 에스더를 체포했었다.

"그리고 이제 그는 경비원으로 마지막 남은 토템폴을 지키고 있군요." 가마슈가 말했다.

"우리는 모두 뭔가를 지키고 있지요." 솜스가 말했다.

숙소에 오니 민셜 경사가 남긴 메시지가 봉투에 들어 있었다. 가마슈는 신선한 생선과 옥수수로 점심을 먹으며 봉투를 열고 경사가 컴퓨터에서 뽑은 사진들을 꺼냈다. 그리고 출력해 온 이메일도 한 통 있었다.

아르망에게

우리는 나머지 조각들 중 네 점을 더 찾았답니다. 아직 못 찾은 두 점은 올리비에가 이베이에서 판매한 것과 제네바의 경매 회사가 거래한 것들 중 하나예요. 수집가들은 실제 조각품을 보내는 건 거절했지만 사진은 보내 줬어요(첨부 파일을 보세요). 찾아낸 조각들 중에 바닥에 글자가 있는 건 없어요.

제롬은 여전히 암호를 연구 중이에요. 아직 좋은 소식은 없네요.

당신은 이 사진들을 어떻게 생각해요? 상당히 충격적인 것 같지 않아요?

나는 오두막의 물건들도 계속 조사하고 있어요. 지금까지도 도난품은 나오지 않았어요. 그리고 물건들 사이의 연관성도 찾을 수가 없네요. 금팔찌가 하나 있는데 나는 그게 체코 것일 거라고 생각했었죠. 하지만 알고 보니 다키아고대 로마의 속주였던 지역 물건이더라고요. 놀라운 발견이었죠. 다키아는 지금의 루마니아 지역이에요.

어쨌든 아주 이상해요. 물건들은 서로 아무런 연관이 없어 보여요. 아니면 그게 핵심일까요? 이 문제는 좀 더 생각해 봐야겠어요. 나는 발견한 것들을 비밀로 하려고 했지만 이미 전 세계의 방송사와 박물관 같은 곳에서 전화가 걸려오고 있어요. 어떻게 소문이 퍼졌는지 모르겠지만 아무튼 그렇게 됐어요. 대부분은 호박 방에 대한 문의예요. 그들이 나머지 것들도 알게 되면 어떤 반응을 보일지 기다려 보자고요.

당신이 퀸 샬럿 제도에 갔다는 얘기 들었어요. 팔자 좋군요. 윌 솜스를 만나면 내가 그의 작품을 정말 좋아한다고 전해 주세요. 그가 은둔해 있어서 당신이 그를 볼 수 있을지는 모르겠네요.

테레즈 브루넬

가마슈는 점심을 먹으면서 사진들을 살펴보았고 코코넛 크림 파이가 나왔을 때쯤엔 모든 사진을 다 본 상태였다. 그는 식탁 위에 사진들을 부채꼴로 펼쳐 놓고 응시했다.

조각들의 분위기가 달라지고 있었다. 어떤 조각은 사람들이 수레에 짐을 싣고 이삿짐을 싸는 듯 보였고 들떠 있었다. 단지 소년만 걱정스러운 몸짓으로 그들을 재촉했다. 그러나 다음 조각에서는 사람들 사이에 불안감이 커져 있었다. 그리고 나머지 두 조각은 확연히 달랐다. 그 중 한 조각에서 사람들은 더 이상 이동하지 않고 오두막이나 집에 있었다. 몇몇 사람들이 창밖을 내다보고 있었다. 그들은 경계하는 듯했지만 두려워하지는 않았다. 아직은. 두려움은 마지막 가장 큰 조각을 위해 남겨져 있었다. 그 조각에서 사람들은 서서 위쪽을 응시하고 있었다. 마치 가마슈를 보는 것 같았다.

정말 이상한 시점이었다. 조각은 관람자를 작품의 일부처럼 느껴지게 했다. 그러나 기분 좋은 역할은 아니었다. 가마슈는 바로 자신 때문에 그들이 두려워하는 것처럼 느껴졌다.

그들이 지금 두려워하고 있어서였다. 어젯밤에 윌 솜스가 배 안에 웅크리고 있는 소년을 보고 뭐라고 했더라?

단순한 두려움이 아니라 공포에 질려 있다고 했다.

끔찍한 무언가가 조각에 있는 사람들을 찾아냈고 조각의 창조자를 찾아냈다.

이상하게도 가마슈는 마지막 두 조각에서 소년을 볼 수 없었다. 가마슈는 여주인에게서 돋보기를 빌려 셜록 홈스라도 된 양 자세히 사진을 살펴보았다. 하지만 없었다.

가마슈는 등을 의자에 기대고 차를 홀짝였다. 코코넛 크림 파이는 그대로 남아 있었다. 조각에서 행복을 앗아 간 알 수 없는 공포가 그의 식욕도 앗아 갔다.

잠시 후 민셜 경사가 찾아왔고 그들은 다시 함께 마을을 걸어 '그릴리 건설' 앞에서 멈춰 섰다.

"무슨 일이시오?" 한 나이 든 남자가 말했다. 그의 수염과 머리카락, 눈은 모두 회색이었지만 몸은 젊고 건장했다.

"우리는 여기서 팔십 년대나 구십 년대 초반에 일했을지도 모르는 사람에 대해 알아보러 왔습니다." 민셜 경사가 말했다.

"지금 농담하시오? 벌목꾼들 알잖소. 그들은 잠깐 있다가 없어지곤 해요. 특히 그때는 더 그랬고."

"특히 그때라는 건 왜죠, 무슈?" 가마슈가 물었다.

"이쪽은 퀘벡 경찰청의 가마슈 경감입니다." 민셜이 두 사람을 소개했고 그들은 악수했다. 가마슈는 그릴리가 누군가에게 휘둘릴 사람이 아니라는 확실한 인상을 받았다.

"멀리까지 오셨구려." 그릴리가 말했다.

"그렇습니다. 하지만 아주 환영받고 편하게 지내고 있지요. 그 당시가 그렇게 특별했던 이유는 뭡니까?"

"팔십 년대 후반과 구십 년대 초반 말이오? 농담하는 거요? 리올 섬에 대해 들어 본 적 없소? 도로 봉쇄와 시위에 대해서는? 그곳에 수백만 제곱미터에 달하는 숲이 있었는데 하이다족이 갑자기 벌목에 반대하고 나섰소. 들어 본 적 없소?"

"들어 봤습니다. 하지만 전 여기에 없었습니다. 무슨 일이 있었는지 말해 주십시오."

"하이다족의 잘못이 아니었소. 분쟁을 일으키는 놈들이 들쑤신 거요. 극단적 환경 운동가들 말이오. 테러리스트와 다름없는 그 작자들이 주목받으려는 애송이들과 깡패를 고용했소. 숲과는 아무 관계 없는 일이었지. 이보쇼, 우리는 사람을 죽이거나 동물을 죽이는 그런 사람들이 아니오. 우리는 나무를 벨 뿐이지. 나무는 다시 자라고. 게다가 우리는 이 지역에 일자리를 제일 많이 제공했소. 하지만 환경 운동가들은 하이다족을 자극하고 아이들에게 헛소리를 해 댔소."

가마슈의 곁에서 민셜 경사가 발을 움직거렸지만 아무 말도 하지 않았다.

"그렇지만 체포된 하이다족의 평균 나이는 일흔여섯이었습니다. 장로들이 젊은 시위대와 당신 사이에 끼어들었죠." 가마슈가 말했다.

"쇼였지. 의미는 없었소. 당신은 아무것도 모른다고 했던 것 같은데." 그릴리가 쏘아붙였다.

"전 여기에 없었다고 했지요. 기사들은 읽었습니다. 하지만 방금 하신 말과는 다른 이야기였습니다."

"젠장, 내 말이 그 말이오. 언론은 모든 걸 삼켜 버렸소. 우리가 나쁜 사람처럼 비쳤지만 우리가 하던 일은 우리에게 권리가 있는 수십만 제곱미터의 숲을 벌목하는 것뿐이었단 말이오."

그릴리의 목소리가 커졌다. 상처와 분노는 표면에서 깊지 않은 곳에 있었다.

"폭력이 있었습니까?" 가마슈가 물었다.

"약간은. 예상된 일이었소. 하지만 우리가 시작한 게 아니오. 우리는 단지 우리 일을 하려고 했던 거요."

"그래서 그 당시에 많은 사람들이 오갔습니까? 벌목꾼과 시위대였겠군요."

"사람들이 사방에서 기어들었소. 그런데 그중 한 사람을 찾는 걸 도와 달라고?" 그릴리가 코웃음을 쳤다. "그의 이름이 뭐요?"

"모릅니다." 가마슈는 그릴리와 그의 일꾼들의 비웃음을 무시하고 죽은 남자의 사진을 보여 주었다. "그에게는 체코 억양이 있었을 수도 있습니다." 그릴리가 사진을 보고 돌려주었다.

"더 자세히 보십시오." 가마슈가 말했다.

두 사람은 잠시 서로 노려보았다.

"저 말고 사진을 보시지요, 무슈." 가마슈의 목소리는 이성적이지만 냉랭했다.

그릴리는 사진을 다시 받아 좀 더 오래 보았다. "모르는 사람이오. 그가 여기 있었을 수도 있지만 누가 알겠소? 게다가 그때는 훨씬 젊었을 테고. 그리고 솔직히 그는 벌목꾼이나 삼림에서 일하는 사람처럼 보이지 않소. 덩치가 너무 작아요."

그릴리의 이야기 중 처음으로 도움이 되는 말이었다. 가마슈는 죽은 은둔자를 다시 보았다. 그 당시 퀸 샬럿 제도에 방문하던 사람은 세 부류였다. 벌목꾼, 환경 운동가, 예술가. 은둔자는 후자였을 가능성이 가장 높아 보였다. 그는 그릴리에게 감사한 뒤 떠났다.

가마슈는 거리로 나와 시계를 보았다. 라비나가 프린스루퍼트로 태워다 준다면 몬트리올로 가는 야간 항공편을 탈 수 있었다. 그렇지만 그 전에 전화를 한 통 해야 했다.

"무슈 솜스?"

"네, 경감. 당신은 지금 그 남자가 환경 테러리스트였을 수도 있다고 생각하지요?"

"부아이용-Voyons 음, 어떻게 아셨습니까?"

솜스가 웃었다. "무슨 일로 전화하셨죠?"

"경비원 존이 숲에 있는 자신의 오두막을 보여 주었습니다. 보신 적 있습니까?"

"있습니다."

"그 오두막은 대륙 저편 퀘벡 숲 속에 있는 피해자의 집과 정확히 똑같았습니다."

전화기 저편에서 잠시 침묵이 흘렀다. "무슈 솜스?" 가마슈는 전화가 끊겼는지 아닌지 알 수가 없었다.

"유감스럽지만 그건 큰 의미가 없습니다. 내 오두막도 똑같아요. 이 곳의 모든 오두막이 거의 똑같지요. 실망시켜 미안해요."

가마슈는 전혀 실망하지 않고 전화를 끊었다. 그는 이제 한 가지 사실을 분명히 알았다. 은둔자는 퀸 샬럿 제도에 왔었다.

가마슈는 밴쿠버에서 뜨는 야간 항공편을 가까스로 탈 수 있었다. 그가 좁은 중간 좌석에 겨우 몸을 밀어 넣고 있는데 비행기가 이륙하자마자 앞자리 사람이 좌석을 거의 가마슈의 무릎에 닿을 때까지 뒤로 젖혔다. 옆 좌석의 사람들이 양쪽 팔걸이를 차지했고 가마슈는 일곱 시간 동안 통로 건너편 남자아이가 지아이조 게임을 하는 소리를 들어야 했다.

그는 반달 안경을 쓰고 에밀리 카와 그녀의 작품, 여행, '냉혹한 이야기'에 대한 내용을 좀 더 읽었다. 그는 그녀가 퀸 샬럿 제도에서 그린 그림들을 뚫어지게 보았고 강력하고 시적인 이미지를 한층 더 느낄 수 있었다. 그중에서도 닌스틴츠 그림을 가장 오래 응시했다. 그림 속 마을은 아직 무너지기 전이었고, 곧게 선 토템폴과 이끼로 뒤덮이지 않은 롱하우스가 있었다.

비행기가 위니펙 위를 날아갈 때 그는 은둔자의 조각 사진을 꺼냈다.

가마슈는 사진을 보면서 생각이 흘러가는 대로 두었다. 귀에는 통로 건너편 남자아이가 게임을 하는 소리가 들렸다. 아이는 전쟁과 공격, 영웅적인 행동의 복잡한 이야기를 만들어 가고 있었다. 가마슈는 스리 파인스에 있는 보부아르를 생각했다. 그는 수많은 사실들과 루스 자도의 시에 공격당하고 있었다. 눈을 감고 머리를 기댄 채 루스가 계속해서 보내는 시를 생각했다. 시는 마치 무기 같았다. 물론 그녀의 입장에서는 진짜 그랬다.

목덜미를 물어 너의 영혼을 부드럽게 들어 올리고
어둠과 낙원으로 너를 인도하네.

얼마나 아름다운 시인가. 가마슈는 생각했다. 에어캐나다가 그를 집으로 데려다 주는 사이 그는 불안한 잠에 빠져들었다. 그리고 깜빡 조는 사이 또 다른 시가 떠올랐다.

재미로 사람을 죽이는 신이
치유도 해 주기를,

토론토 위를 비행할 때쯤 가마슈는 조각의 의미를 깨달았고 이제 무엇을 해야 할지 알았다.

34

가마슈가 퀸 샬럿 제도의 안개 속에 있는 동안 클라라도 그녀만의 안개 속에 있었다. 클라라는 하루 종일 전화기 주위를 빙빙 돌며 전화기에 가까이 다가갔다가 멀어지곤 했다.

피터는 그의 작업실에서 모든 걸 주시하고 있었다. 더 이상 그는 자신이 어떤 일이 생기길 바라는지 알지 못했다. 클라라가 포틴에게 전화를 하는 일과 하지 않는 일 중에. 그는 뭐가 최선일지 알 수 없었다. 그녀나 자신을 위해서.

피터는 이젤에 놓인 그림을 응시했다. 그는 붓에 물감을 묻혀 그림에 다가갔다. 사람들이 자신의 작품에 기대하는 디테일과 복잡함, 겹겹의 층을 그려야겠다고 생각했다.

그는 점 하나를 찍은 다음 뒤로 물러났다.

"이런, 세상에." 그는 한숨을 내쉬고 흰색 캔버스에 갓 찍힌 점을 응시했다.

클라라는 냉장고를 지나 다시 한 번 전화기에 접근했다. 한 손에는 초콜릿 우유, 다른 손에는 오레오 쿠키를 든 채 전화기를 노려보았다.

나는 지금 고집을 부리는 걸까? 신념을 지키는 걸까? 나는 영웅일까, 나쁜 년일까? 이상하게도 이런 일은 종종 구분하기 어려웠다.

그녀는 정원으로 가서 몇 분 동안 의욕 없이 잡초를 뽑았다. 그런 다음 샤워를 하고 옷을 갈아입고 피터에게 작별 키스를 한 뒤 차에 올라타고 몬트리올로 향했다. 포틴 갤러리에 자신의 포트폴리오를 가지러 가기 위해서였다.

클라라는 집으로 돌아오는 길에 마지막으로 에밀리 카를 찾아갔다. 클라라는 말, 개, 원숭이와 함께 있는 촌스럽고 별난 여인을 바라보았다. 그리고 냉혹한 이야기 앞에서도 흔들리지 않은 확신을 보았다.

보부아르가 몬트리올 트뤼도 공항에 가마슈를 마중 나와 있었다.

"브루넬 경정님에게서 들은 소식 없나?" 보부아르가 뒷좌석으로 가방을 던질 때 경감이 물었다.

"경정님이 조각품을 하나 더 발견하셨습니다. 모스크바의 한 남자가 갖고 있답니다. 그는 조각은 못 내놓는다고 했고 사진을 보내 주었습니다." 보부아르가 가마슈에게 봉투를 건넸다. "경감님은요? 뭘 알아내셨습니까?"

"자네는 루스가 준 글들이 한 편의 시라는 걸 눈치챘나?"

"퀸 샬럿 제도에 가서 그걸 알아내셨어요?"

"간접적으로. 그걸 갖고 있나?"

"그 쪽지들요? 당연히 없죠. 왜요? 그게 이 사건에 중요합니까?"

가마슈가 한숨을 쉬었다. 그는 몹시 피곤했다. 하지만 오늘 가야 할 길이 멀었다. 지금부터 비틀거릴 수는 없었다.

"아니야. 아닐 걸세. 하지만 그걸 잃어버리면 애석할 거야."

"네, 경감님은 그러시겠죠. 루스의 펜이 경감님을 향하게 되면 어떨지 두고 보자고요."

"……**목덜미를 물어 너의 영혼을 부드럽게 들어 올리고, 어둠과 낙원으로 너를 인도하네.**" 가마슈가 속삭였다.

"어디로 갈까요?" 스리 파인스로 향한 길을 덜컹거리고 가면서 보부아르가 물었다.

"비스트로. 올리비에와 다시 이야기해야 해. 그의 재정 상태는 조사해 봤나?"

"그의 재산은 사백만 달러 정도 됩니다. 조각품들을 팔아서 번 돈이 백오십만 달러, 은둔자가 준 골동품을 판 금액이 백만 달러 이상, 갖고 있는 부동산의 가치가 백만 달러 정도 됩니다. 이 사실이 수사에 큰 진척을 가져다주지는 않았습니다." 보부아르가 암울하게 말했다.

하지만 가마슈는 자신들이 아주 가까이 다가갔다는 것을 알고 있었다. 그리고 이제 자신들이 서 있는 길이 더 단단해질지 자신들의 발밑에서 무너질지, 기로의 순간이라는 사실을 알고 있었다.

차가 비스트로 앞에 미끄러지듯 멈춰 섰다. 조수석의 가마슈가 너무 조용해서 보부아르는 그가 잠깐 조는 모양이라고 생각했다. 가마슈는 피곤해 보였다. 에어캐나다를 그렇게 오래 타고 날아왔는데 피곤하지 않을 사람이 어디 있겠는가? 항공사는 모든 것에 돈을 청구했다. 보부아르는 곧 비행기의 비상용 산소통 옆에도 신용카드 기계가 설치되리라 확신했다.

보부아르가 돌아보니 아니나 다를까 가마슈는 고개를 숙이고 눈을 감고 있었다. 보부아르는 평화로워 보이는 가마슈를 방해하고 싶지 않았다. 그런데 그때 그는 경감이 손에 들고 있는 사진을 엄지손가락으로 부드럽게 문지르고 있음을 알아챘다. 보부아르가 자세히 보니 가마슈는 눈을 완전히 감고 있지 않았다.

가마슈는 가늘게 뜬 눈으로 손에 든 사진을 골똘히 바라보고 있었다.

사진에는 산 모양의 조각품이 있었다. 산은 나무를 모두 베어 낸 듯이 척박하고 황량했다. 산기슭에 소나무 몇 그루만 듬성듬성하게 있었다. 가마슈는 조각에서 슬픔과 공허함을 느꼈다. 그렇지만 이 조각에는 나머지 조각들과는 매우 다른 뭔가가 더 있었다. 일종의 가벼움이 또한 있었다. 그는 눈을 가늘게 뜨고 더 자세히 응시했다. 산기슭의 소나무 중 하나라고 생각했던 것은 소나무가 아니었다.

그것은 소년이었다. 조각의 하단부에서 소년이 망설이는 발걸음을 내딛고 있었다.

그리고 그가 밟은 곳에 새싹이 돋아나 있었다.

가마슈는 클라라가 루스를 그린 그림을 떠올렸다. 절망이 희망으로 바뀌는 순간을 포착한 그림. 이 놀라운 조각은 쓸쓸했지만 이상하게도 희망적이었다. 그리고 더 자세히 볼 필요도 없이 가마슈는 소년이 다른 조각품에도 있는 같은 소년이라는 것을 알았다. 하지만 두려움은 사라지고 없었다. 아니면 아직 두려움이 몰려오기 전일까?

로사가 마을의 잔디 광장에서 꽥꽥거렸다. 오늘 로사는 옅은 분홍색 스웨터를 입고 있었다. 그리고 진주 목걸이를?

"부아이용-Voyons 저기 보세요." 차에서 내리며 보부아르가 오리를 향해 고갯짓했다. "하루 종일 저 소리를 들어야 한다는 게 상상이 가십니까?"

"자네가 아이를 가지면 알게 될 걸세." 가마슈는 비스트로 밖에 잠시 서서 로사와 루스를 바라보았다.

"아이들이 꽥꽥거리나요?"

"아니. 하지만 아이들은 확실히 소음을 일으키지. 그리고 다른 것들도. 아이를 가질 계획이 있나?"

"아마 언젠가는요. 이니드가 별로 관심이 없어요." 보부아르가 가마슈 옆에 섰고 함께 평화로운 마을을 응시했다. 오리가 꽥꽥거리는 것만 제외하면 평화로웠다. "다니엘에게서 아무 소식 없나요?"

"아내가 어제 애들과 전화했는데 모두 잘 있다더군. 아기는 한두 주 안에 나올 걸세. 우리는 아기가 태어나면 곧바로 파리로 갈 거야."

보부아르가 고개를 끄덕였다. "이제 다니엘은 애가 둘이네요. 아니는요? 아무 계획 없답니까?"

"없네. 데이비드는 가족을 좋아하는 것 같지만 아니는 아이들을 잘 대하지 못하는 것 같아."

"아니가 플로렌스와 함께 있는 모습을 본 적 있습니다." 보부아르가 말했다. 그는 다니엘이 딸을 데리고 왔던 때를 기억했다. 아니가 조카를 안고 노래를 불러 주었다. "그녀는 플로렌스를 예뻐하던데요."

"아니는 아이를 원하지 않는다고 했네. 솔직히 우리는 강요하고 싶지 않아."

"간섭 안 하는 게 최고죠."

"그런 게 아닐세. 우리는 아니가 어릴 때 베이비시터 일을 얼마나 엉망으로 했는지 봤네. 아니는 아이가 울면 곧바로 우리에게 전화했고 우리가 가서 아이를 봐 줘야 했지. 베이비시터로 그 애보다 우리가 돈을 더 많이 벌었네. 그리고 장 기." 가마슈가 보부아르 가까이 몸을 기울이고 목소리를 낮췄다. "자세히 설명하지는 않겠지만, 무슨 일이 있더라도 아니가 내 기저귀를 갈게 하지 말게."

"아니도 저에게 같은 일을 부탁하던데요." 보부아르가 그렇게 말하자 가마슈가 미소를 보였다. 그 미소는 곧 사라졌다.

"들어갈까?" 가마슈가 비스트로의 문을 가리켰다.

네 사람은 창에서 멀리 떨어진 서늘하고 조용한 안쪽 자리에 앉았다. 양쪽 끝에 있는 벽난로에서 작은 불이 타닥거렸다. 가마슈는 몇 년 전 처음으로 비스트로에 들어왔던 순간을 떠올렸다. 비스트로의 가구들은 서로 어울리지 않았다. 안락의자, 윙체어, 윈저체어등받이가 여러 개의 막대로 된 나무 의자가 함께 있었고, 테이블도 원형, 정사각형, 직사각형으로 다양했다. 석조 벽난로와 나무 들보도 있었다. 그리고 모든 것에 가격표가 달려 있었다.

모든 게 파는 물건이었다. 그리고 모든 사람도? 가마슈는 그렇게 생각하지 않았지만 가끔은 의문이 들었다.

"봉 디유Bon Dieu 맙소사. 자기 아버지에게 나에 대해 말하지 않은 거야?" 가브리가 물었다.

"말했어. 가브리엘Gabriel 남자 이름과 함께 지낸다고 말이야."

"당신 아버지는 당신이 가브리엘Gabrielle 여자 이름과 지낸다고 생각하겠죠." 보부아르가 말했다.

"쿠아Quoi 뭐라고?" 가브리가 올리비에를 보며 말했다. "자기 아버지가 날 여자로 생각한다고? 그 말은……." 가브리가 파트너를 믿을 수 없다는 듯 쳐다보았다. "그는 자기가 게이인 걸 몰라?"

"그래, 말한 적 없어."

"꼭 집어서 그렇다고는 아니더라도 분명 뭔가는 말했겠지." 가브리가 그렇게 말하고 나서 보부아르를 돌아봤다. "마흔이 다 된 미혼의 골동품 딜러라고. 맙소사. 올리비에는 다른 아이들이 그냥 도자기에 빠져 있을 때 자신은 로열 덜튼도자기 브랜드에 빠져 있었다고 그랬어요. 그게 얼마나 게이 같게요?" 그는 다시 올리비에를 돌아봤다. "자기는 이지베이크 오븐실제로 과자를 구울 수 있는 어린이용 오븐을 갖고 있었고 핼러윈 의상도 직접 만들었잖아."

"나는 아버지에게 얘기하지 않았고 말할 계획도 없어. 자기가 상관할 일 아니잖아." 올리비에가 딱딱거렸다.

"무슨 가족이 그래." 가브리가 한숨을 내쉬었다. "아니, 사실은 완벽한 조합이네. 한 명은 알고 싶어 하지 않고 한 명은 말하고 싶어 하지 않으니까."

하지만 가마슈는 그것이 단순히 말하고 싶지 않다는 차원이 아니라는 걸 알고 있었다. 올리비에는 어린 소년일 때부터 비밀을 갖고 있었다. 그 아이는 비밀을 가진 청소년이 되었고 그대로 성인이 되었다. 가마슈는 가방에서 봉투를 꺼내 탁자 위에 사진 일곱 장을 올려놓았다. 그런 다음 조각을 풀어서 그것들도 탁자에 올려놓았다.

"어떤 순서입니까?"

"그가 언제 어떤 걸 줬는지 기억이 안 납니다." 올리비에가 말했다.

가마슈는 그를 응시하다가 부드럽게 말했다.

"그걸 물은 게 아닙니다. 어떤 순서인지 물었습니다. 당신은 압니다. 그렇지 않습니까?"

"무슨 말인지 모르겠어요." 올리비에가 어리둥절하다는 표정을 했다.

그러자 가마슈가 큰 손으로 탁자를 세게 내리쳤다. 보부아르도 거의 본 적 없는 행동이었다. 어쨌든 그 바람에 작은 나무 사람들이 움찔했고 진짜 사람들도 그랬다.

"그만해요. 이제 신물이 나는군요."

그리고 그는 정말 그런 것처럼 보였다. 그의 얼굴이 거짓말과 비밀에 딱딱하게 굳었고 날카롭게 번들거렸다. "당신은 지금 자신이 어떤 곤경에 처했는지 전혀 모릅니까?" 그의 낮은 목소리가 꽉 닫힌 목구멍을 비집고 나왔다. "이제 거짓말은 그만해요. 당신이 곤경에서 빠져나오길 조금이라도 바란다면 우리에게 진실을 말해야 합니다. 지금요."

가마슈가 쫙 편 손을 사진 위에 올리고 올리비에를 향해 밀었다. 올리비에는 겁에 질린 듯 바라보고 있었다.

"전 몰라요." 올리비에가 더듬거렸다.

"제발, 올리비에. 제발." 가브리가 간청했다.

가마슈는 이제 화를 내뿜었다. 진짜 살인범이 빠져나가 다른 사람의 거짓말 뒤에 숨어 버릴까 봐 화가 나고 낙담했으며 두려웠다. 가마슈와 올리비에가 서로를 응시했다. 한 남자는 평생 비밀을 묻었고 한 남자는 평생 비밀을 캐냈다.

그들의 파트너들은 싸움이 일어나고 있다는 것을 알았지만 도울 방도가 없어서 바라만 보았다.

"진실을 말해요, 올리비에." 가마슈가 쉿소리로 말했다.

"어떻게 아셨어요?"

"퀸 샬럿 제도의 닌스틴츠에서 토템폴이 내게 얘기해 줬습니다."

"토템폴이 말해 줬다고요?"

"토템폴만의 방식으로요. 토템폴의 이미지들은 서로 연결되어 있습니다. 하나의 토템폴도 그만의 이야기를 가지고 있고 그것 자체로 놀랍지요. 하지만 토템폴들을 전체적으로 볼 때 우리는 더 큰 이야기를 들을 수 있습니다."

보부아르는 가마슈의 말을 들으며 루스의 시들에 대해 생각했다. 가마슈는 루스가 보낸 쪽지들도 그렇다고 얘기했었다. 올바른 순서로 조합한다면 루스의 시도 이야기를 할 것이다. 보부아르는 슬며시 손을 주머니에 넣고 그날 아침에 문 밑으로 밀어 넣어진 종이쪽지를 만졌다.

"이 조각들은 무슨 이야기를 합니까, 올리비에?" 가마슈가 다시 한 번 말했다. 사실 가마슈는 비행기에서 남자아이가 지아이조의 복잡한 세계를 만들어 가는 소리를 들으며 문득 이 생각이 떠올랐다. 그는 살인 사건과 하이다족, 경비원에 대해 생각하고 있었다. 자신의 양심에 이끌려 마침내 야생 속에서 평화를 찾은 경비원 존을 생각했다.

가마슈는 은둔자에게도 같은 일이 있었을 거라는 생각이 들었다. 은둔자는 숲으로 들어가 탐욕스러운 자신을 숨겼다. 하지만 그는 발견되었다. 몇 년 전에. 자기 자신에게. 그 후로 그는 돈을 단열재와 화장실 휴지로 사용했다. 초판본은 그에게 지식을 주고 친구가 되어 주는 것이었으며, 고대 유물은 매일 쓰는 그릇이 되었다.

그는 야생 속에서 자유와 행복, 평화를 찾았다.

하지만 아직 이루어지지 않은 것이 있었다. 아니, 더 정확하게는 아직 그에게 달라붙어 있는 것이 있었다. 그는 자신의 인생에서 '물건'에 대한 짐은 내려놓았지만 한 가지 짐이 남아 있었다. 진실.

그래서 그는 그 진실을 누군가에게 말하기로 결심했다. 올리비에에게. 하지만 그는 모든 진실을 드러내 놓고 말할 수는 없었다. 대신 그는 우화와 이야기 속에 진실을 숨겼다.

"저는 절대 말하지 않겠다고 약속했어요." 올리비에가 고개를 떨구고 무릎에 대고 말했다.

"당신은 그가 살아 있는 동안에는 말하지 않았습니다. 하지만 이제는 말해야 합니다."

올리비에는 더 이상 말하지 않고 손을 뻗어 사진을 이리저리 움직였다. 한두 번 잠시 망설였고 적어도 한 번 이상 순서를 바꾸었다. 마침내 그들 앞에 은둔자의 이야기가 펼쳐졌다.

그러고 나서 올리비에는 그들에게 이야기를 들려주었다. 그는 이야기를 하면서 해당되는 사진 위에 손을 올렸다. 최면을 거는 듯한 올리비에의 부드러운 음성이 그들 사이의 공간을 채웠다. 가마슈는 살아 있는 은둔자의 모습을 다시 떠올렸다. 그는 늦은 밤 자신의 오두막에 있었다. 깜박이는 난롯불 저편에는 그의 유일한 방문객이 앉아 있었다. 오만과 벌, 사랑에 대한 이야기를 들었다. 그리고 배신에 대한 이야기를.

가마슈는 아무것도 모른 채 행복하게 집을 떠나는 마을 사람들을 보았다. 그리고 작은 자루를 움켜쥐고 앞장서서 사람들을 재촉하는 소년을 보았다. 마을 사람들은 낙원을 향해 간다고 생각했지만 소년이 아는 것은 달랐다. 그는 산의 보물을 훔쳐서 달아나는 중이었다.

사실 그가 한 짓은 더 나쁜 일이었다.

소년은 산의 신뢰를 배신했다.

이제 은둔자의 조각품들이 의미를 갖게 되었다. 해안에서 기다리는 남자들과 여자들은 땅 끝에 다다라 있던 것이었고, 웅크린 소년은 희망을 잃었던 것이었다.

그리고 산을 질투한 신들이 보낸 배가 도착했다.

하지만 뒤에는 여전히 그림자가 존재했다. 그리고 보이진 않지만 실재하는 뭔가가 위협을 했다. 그것은 산이 소집한 무시무시한 군대였다. 분노와 복수로 이루어진 군대는 반드시 재앙을 가져왔고 격노를 연료로 삼았다. 그리고 그들 뒤에는 산이 있었다. 막을 수 없고 부정할 수 없는 산이.

산은 마을 사람들과 소년을 모두 발견할 터였다. 그리고 소년이 훔친 보물을 찾을 터였다.

군대가 밀어닥쳤고 전쟁과 기근, 홍수와 전염병이 일었다. 세상은 황폐해졌다. 군대를 이끈 혼돈이 세상에 남겨졌다.

보부아르는 이야기를 들었다. 주머니에 넣은 손이 루스가 마지막으로 줬던 쪽지를 돌돌 뭉쳤다. 그는 종이가 땀에 축축해지는 것을 느낄 수 있었다. 그는 조각품 사진을 내려다보았다. 행복하고 무지했던 마을 사람들은 뭔가가 다가온다는 것을 감지하고 또 확실히 알게 되면서 차츰 변해 갔다.

보부아르는 그들의 공포를 함께 느꼈다.

전쟁과 기근은 결국 신세계의 해안에 도달했다. 수년간, 전쟁이 그들의 새 보금자리 주변에서 맹위를 떨쳤지만 마을을 덮치지는 않았다. 하지만 그때…….

네 사람 모두 마지막 사진을 바라보았다. 너덜너덜한 옷을 입은 수척한 마을 사람들이 모여서 공포에 질린 채 위를 쳐다보고 있었다.

자신들을 보고 있는 그들을.

올리비에의 목소리가 멈췄다. 이야기가 끊어졌다.

"계속하시죠." 가마슈가 속삭였다.

"그게 다예요."

"소년은 어떻게 됐어? 조각에서 그가 더 이상 보이지 않잖아. 그는 어디 갔어?" 가브리가 물었다.

"그는 산이 마을 사람들을 찾을 걸 알고 숲에 숨었어."

"그는 그들도 배신한 겁니까? 자기 가족과 친구들을요?" 보부아르가 물었다.

올리비에가 고개를 끄덕였다. "하지만 뭔가 더 있었습니다."

"뭐라고요?"

"산 뒤에 뭔가가 더 있었어요. 뭔가가 닥쳐오고 있었어요. 산조차 두려워한 것이오."

"혼돈보다 더 끔찍한 것? 죽음보다 더?" 가브리가 물었다.

"그 어떤 것보다 더 끔찍한 것."

"그게 뭡니까?" 가마슈가 물었다.

"저도 몰라요. 그 부분을 이야기하기 전에 은둔자가 죽었어요. 하지만 그가 그 부분을 조각해 놓았을 거예요."

"무슨 말이죠?" 보부아르가 물었다.

"캔버스 자루에 뭔가가 있었는데 은둔자는 저에게 한 번도 그걸 보여 주지 않았어요. 하지만 그는 제가 자루를 바라보는 걸 봤죠. 어쩔 수 없이 눈이 갔어요. 그는 웃으며 언젠가 보여 주겠다고 하더군요."

"그럼 죽은 은둔자를 발견했을 때는요?" 가마슈가 물었다.

"그건 없었어요."

"왜 진작 말하지 않았습니까?" 보부아르가 딱딱거렸다.

"그러면 모든 것을 인정해야 했으니까요. 제가 은둔자를 알고 있었다는 것과 그에게서 조각품을 받아 팔았다는 사실을요. 그는 자신의 보물을 작게 나눠 조금씩 주면서 제가 다시 오도록 했어요."

"중독자에게 약을 주는 마약상이었네요." 가브리가 말했다. 그는 화를 내지 않았지만 놀라지도 않았다.

"셰에라자드처럼."

모두가 가마슈를 바라보았다.

"누구요?" 가브리가 물었다.

"림스키코르사코프의 관현악곡. 『천일야화』를 바탕으로 했습니다."

그들은 모두 멍한 표정이었다.

"옛날에 한 왕이 있었습니다. 그는 밤마다 아내를 맞이하고 다음 날 아침에 그녀를 죽였습니다. 어느 날 밤 왕이 셰에라자드를 선택했습니다. 그녀는 왕의 습관을 알고 있었고 자신이 위험에 빠졌다는 걸 알았죠. 그래서 그녀는 계획을 생각해 냈습니다." 가마슈가 말했다.

"왕을 죽이기로요?" 가브리가 물었다.

"더 좋은 계획이었습니다. 그녀는 매일 밤 왕에게 이야기를 들려주며 끝을 맺지 않고 남겨 뒀습니다. 왕이 결말을 알고 싶어 하면 그녀를 살려 둘 테니까요."

"은둔자가 목숨을 부지하기 위해 이야기를 했다고요?" 보부아르가 혼란스럽다는 듯 물었다.

"어떤 의미에서는 그렇네. 이야기 속의 산처럼 은둔자도 친구를 갈망했지. 아마 그는 올리비에를 잘 파악했고 올리비에를 계속해서 오게 하려면 또 다른 것을 약속하는 방법밖에 없다는 걸 알았을 거야." 가마슈가 말했다.

"그런 말씀은 공정하지 않아요. 마치 절 창녀처럼 만드는 소리잖아요. 전 그에게 물건을 받는 것 이상으로 많은 것을 해 줬어요. 텃밭을 가꾸는 것도 도와주고 필요한 것들도 가져다줬어요. 그도 많은 걸 얻었다고요."

"그랬죠. 하지만 당신도 많이 얻었잖습니까." 가마슈는 큰 손을 마주잡고 올리비에를 바라보았다. "죽은 남자는 누구입니까?"

"나는 그에게 약속했어요."

"당신에게 비밀은 중요하죠. 이해합니다. 당신은 은둔자에게 좋은 친구였어요. 하지만 이제는 우리에게 얘기해야 합니다."

올리비에가 마침내 말했다. "그는 체코슬로바키아에서 왔어요. 이름은 야코프고 성은 몰라요. 그가 이곳에 온 건 베를린 장벽이 막 붕괴되던 때였습니다. 그때가 얼마나 혼란스러웠을지 우리는 이해하지 못할 거예요. 저는 그때 저 사람들이 마침내 자유를 얻어서 얼마나 신 날까라고 생각했었지요. 하지만 그의 이야기는 달랐어요. 그때 그곳에선 모든 시스템이 무너지고 무법천지였대요. 아무것도 돌아가지 않았어요. 전화나 철도도 그렇고, 비행기도 공중에서 떨어졌죠. 끔찍했다고 그는 말했어요. 하지만 또 그때는 도망치기 완벽한 때였죠."

"그는 오두막에 있던 모든 걸 거기서 다 가져온 겁니까?"

올리비에는 고개를 끄덕였다. "미국 돈, 그는 달러를 그렇게 불렀어요. 아무튼 미국 돈이면 모든 걸 할 수 있었죠. 그는 이곳의 골동품 딜러와 접촉해서 자신의 물건을 일부 팔았어요. 그리고 그 돈으로 체코슬로바키아의 공무원들에게 뇌물을 주고 물건을 빼냈습니다. 그는 물건들을 컨테이너 선박에 실어 몬트리올항으로 가져왔어요. 그러고는 모두 창고에 넣어 놓고 기다렸습니다."

"뭘요?"

"집을 찾는 걸요."

"그는 처음에 퀸 샬럿 제도에 가지 않았습니까?" 가마슈가 말했다. 올리비에는 잠시 가만히 있다가 고개를 끄덕였다. 가마슈가 계속해서 말했다. "하지만 그는 그곳에 머물지 않았습니다. 그는 조용하고 평화로운 곳을 원했지만 시위가 시작되고 전 세계 곳곳에서 사람들이 몰려들었습니다. 그래서 그는 그곳을 떠났고 자신의 보물이 가까이에 있는 이곳으로 돌아왔습니다. 그리고 퀘벡에서 머물 장소를 찾기로 했습니다. 이곳 숲에서요."

올리비에가 다시 고개를 끄덕였다.

"왜 스리 파인스였습니까?" 보부아르가 물었다.

올리비에는 고개를 저었다. "그건 저도 몰라요. 물어봤지만 그가 말해 주지 않았어요."

"그다음엔 어떻게 됐습니까?" 가마슈가 물었다.

"전에 말했듯이 그는 여기 내려와 오두막을 짓기 시작했습니다. 집이 준비된 뒤에는 창고에서 물건들을 꺼내 오두막으로 가져갔고요. 시간은 좀 걸렸지만 그에게는 시간이 많았으니까요."

"그가 체코슬로바키아에서 빼내 온 보물은 그의 것이었습니까?" 가마슈가 물었다.

"전 물어보지 않았고 그도 말하지 않았어요. 하지만 그의 물건은 아닐 거라 생각해요. 그가 너무 두려워했거든요. 그는 분명 누군가를 피해 숨어 있는 것이었어요. 그게 누군지는 모르지만요."

"당신 때문에 시간이 얼마나 낭비됐는지 압니까? 맙소사, 도대체 무슨 생각을 한 겁니까?" 보부아르가 따졌다.

"전 당신들이 그를 죽인 범인을 찾을 거라고만 생각했어요. 그 밖의 사안들은 알려지지 않아도 될 거라고 생각했어요."

"그 밖의 사안들?" 보부아르가 말했다. "어떻게 그런 생각을 할 수 있습니까? 그냥 사소한 내용이라고요? 당신이 거짓말을 하고 우리를 여기저기 뛰어다니게 만드는데 대체 우리가 어떻게 살인범을 찾을 거라고 생각했습니까?"

가마슈가 살짝 손을 들었고 보부아르는 심호흡을 하며 가까스로 물러났다.

"'우'에 대해 말해 주십시오." 가마슈가 요구했다.

올리비에가 고개를 들었다. 그의 눈이 피곤해 보였다. 그는 창백하고 수척했고, 일주일 사이에 20년은 늙어 보였다. "경감님이 그건 에밀리카의 원숭이라고 하셨잖아요."

"그랬죠. 하지만 계속 생각해 봤는데 '우'는 피해자에게 또 다른 의미가 있었던 것 같습니다. 보다 개인적이고 무서운 것이오. 거미줄과 조각으로 그 단어를 만들어 둔 건 위협이었다고 생각합니다. 은둔자와 살인범만 알아차릴 수 있는 방식으로 말입니다."

"그럼 왜 저한테 물으시는 거죠?"

"야코프가 말해 줬을 수도 있으니까요. 그랬나요, 올리비에?"

가마슈의 눈이 올리비에를 뚫어지게 보며 진실을 요구했다.

"그는 말해 주지 않았어요." 올리비에가 마침내 말했다.

믿기 힘든 말이었다.

가마슈는 올리비에를 응시하며 있는 힘을 다해 거짓말의 안개 저편을 보려 했다. 올리비에는 진실을 말한 걸까?

가마슈는 자리에서 일어났다. 문간에서 그는 몸을 돌려, 남아 있는 두 사람을 돌아보았다. 올리비에는 진이 빠진 채 텅 비어 보였다. 아무것도 남아 있지 않았다. 적어도 가마슈는 남은 것이 없길 바랐다. 거짓말이 하나씩 밝혀질 때마다 올리비에는 피부가 벗겨진 듯 너덜너덜해진 채 비스트로에 앉아 있었다.

"소년은 어떻게 되었습니까? 이야기 속의 그 소년 말입니다. 산이 그를 발견했나요?" 가마슈가 물었다.

"그랬겠죠. 그는 죽었어요. 아닌가요?" 올리비에가 말했다.

35

가마슈는 비앤비에서 샤워와 면도를 하고 옷을 갈아입었다. 그는 침대를 힐끗 보았다. 깨끗하고 빳빳한 시트와 잘 개어진 이불이 그를 기다리고 있었다. 그러나 그는 세이렌의 유혹을 뿌리쳤고, 곧 보부아르와 함께 마을 광장을 가로질러 라코스트와 모랭이 기다리고 있는 수사본부로 돌아갔다.

그들은 회의 테이블에 둘러앉았다. 그들 앞에는 진한 커피와 은둔자의 조각들이 있었다. 가마슈는 퀸 샬럿 제도에 갔다 온 이야기와 올리비에를 심문했던 내용을 간결하게 말해 주었다.

"그러니까 피해자는 조각품을 통해 이야기를 하고 있었군요." 라코스트가 말했다.

"정리해 봅시다." 보부아르가 벽에 붙어 있는 종이로 갔다. "은둔자는 소련이 붕괴되던 시기에 보물을 가지고 체코슬로바키아에서 빠져나왔습니다. 혼란스러운 시기여서 그는 항구의 공무원들에게 뇌물을 주고 몬트리올항으로 가는 배에 물건을 실을 수 있었습니다. 그리고 이곳에 도착하자 물건을 창고에 보관했습니다."

"그가 난민이나 이민자라면 지문이 기록에 뜨지 않을 리가 없는데요." 모랭이 말했다.

라코스트가 모랭을 돌아보았다. 그녀는 그가 젊고 경험이 없다는 것을 알고 있었다. "캐나다 어디에나 불법 이민자는 있어요. 숨어 있는 사람도 있고 진짜처럼 보이는 가짜 서류를 갖고 있는 사람도 있죠. 적절한 사람들에게 약간의 돈만 주면 돼요."

"그럼 그는 몰래 들어왔군요. 그런데 골동품은요? 훔친 물건일까요? 어디서 났을까요? 바이올린이나 호박 방 같은 거 말이에요." 모랭이 말했다.

"브루넬 경정님의 말에 따르면 호박 방은 이차 세계 대전 때 사라졌네. 호박 방의 행방에 대한 여러 가설 중에는 알베르트 슈페어가 산속에 숨겼다는 얘기도 있지. 독일과 체코슬로바키아 사이에 있는 산맥에 말일세." 가마슈가 말했다.

"정말요?" 라코스트가 머리를 재빨리 굴렸다. "야코프가 그걸 발견한 걸까요?"

"그가 그걸 발견했다면 전체를 갖고 있었겠지. 아마 누군가가 호박 방 전체나 그 일부를 발견했고 은둔자에게 팔았을 거야." 보부아르가 말했다.

"훔쳤을 수도 있고요." 모랭이 말했다.

"그래, 그 말이 맞다고 해 보지. 누군가가 수십 년 전쯤에 호박 방을 발견했다고 말이야. 그가 그걸 여러 개로 나눴고 그중 우리가 본 패널이 어느 가족에게 남아 있었어. 그리고 그들이 패널을 국외로 빼돌려 달라고 은둔자에게 맡겼지." 가마슈가 말했다.

"왜요?" 라코스트가 몸을 앞으로 기울고 물었다.

"그래야 새로운 삶을 시작할 수 있으니까." 보부아르가 끼어들었다. "캐나다에서 사업을 시작하거나 집을 사기 위해 이민자들은 가보를 밀반출해서 팔기도 해."

"그러니까 어떤 가족이 나라 밖으로 빼돌려 달라고 은둔자에게 패널을 줬군요." 모랭이 말했다.

"그럼 그 보물들은 모두 여러 사람에게 받은 걸까요? 책은 이 사람, 값진 가구는 저 사람, 유리잔이나 은 제품은 또 다른 사람, 이렇게요? 그리고 은둔자에게 보물을 맡긴 사람들은 모두 여기서 새로운 삶을 시작하길 바랐고요? 그러니까 은둔자가 그 모든 걸 밀반출했다는 얘기군요." 라코스트가 말했다.

"그렇다면 브루넬 경정님의 질문에도 답이 되지. 한 사람의 소장품이 아니라 여러 사람의 것이라면 그렇게 다양한 물건들이 있었던 게 말이 돼." 가마슈가 말했다.

"하지만 그렇게 귀중한 것들을 아무에게나 믿고 맡기진 않을 텐데요." 보부아르가 말했다.

"선택의 여지가 없었겠지." 가마슈가 말했다. "그들은 나라 밖으로 물건을 가져가야만 했어. 은둔자가 낯선 사람이라면 믿지 않았을지도 모르지. 하지만 그가 친구였다면……."

"그는 이야기 속의 소년처럼 자신을 믿은 사람들을 배신했군요." 보부아르가 말했다.

그들은 앞을 바라보며 침묵했다. 모랭은 살인자들이 침묵 속에 잡히리라고는 생각하지 못했다. 하지만 그랬다.

어떤 일이 있었을까? 은둔자에게 물건을 맡긴 사람들은 프라하나 작은 도시, 마을에서 기다렸으리라. 그들이 신뢰한 친구의 소식을. 그러다 어느 단계에서 희망이 절망으로 변했을까? 결국엔 분노했고 복수를 다짐했을까?

그들 중 하나가 신대륙으로 오는 데 성공했고 은둔자를 발견했을까?

"하지만 그는 왜 여기로 왔을까요?" 모랭이 물었다.

"왜 안 되나?" 보부아르가 물었다.

"글쎄요, 여기에는 체코인들이 많잖아요. 그가 훔친 물건, 그러니까 체코슬로바키아에 있는 사람들에게서 받은 물건을 가지고 있었다면 가능한 한 체코인들에게서 멀리 떨어져 있으려고 하지 않았을까요?"

가마슈는 그 말이 설득력 있다고 생각했다. 그는 가만히 들으며 생각했다. 이내 몸을 앞으로 내밀어 조각품 사진들을 가까이 가져왔다. 새 보금자리에 새로운 마을을 건설하고 있는 행복한 사람들을 주의 깊게 살펴보았다. 그곳에 청년은 없었다.

"어쩌면 올리비에만 거짓말한 게 아닐지도 모르네." 가마슈가 일어나며 말했다. "은둔자는 여기 왔을 때 혼자가 아니었을 수도 있어. 아마 공범이 있었겠지."

"아직도 스리 파인스에 있는 사람이겠지요." 보부아르가 말했다.

해나 파라는 점심 식탁을 치우고 있었다. 그녀가 준비했던 점심은 따뜻한 수프였고, 집에서 체코의 고향 마을에 있는 그녀의 어머니 집과 같은 냄새가 났다. 파슬리와 월계수 잎, 텃밭 채소들의 냄새였다.

금속과 유리로 된 반짝이는 이 집은 그녀가 자랄 때 살던 나무 오두막과는 전혀 달랐다. 예전에 살던 그곳에는 달콤한 향기가 가득하고 약간의 두려움이 감돌았다. 그들은 두드러지고 이목을 끄는 것을 두려워했다. 그녀의 부모, 친척, 이웃들은 규칙의 틀 안에서 편안하게 살았다. 하지만 다르다는 낙인이 찍힐 것에 대한 두려움이 사람들 사이에 얇은

막을 만들었다.

하지만 여기는 모든 것이 투명했다. 그들이 캐나다에 도착한 순간 그녀는 마음이 가벼워졌다. 이곳 사람들은 각자 자신의 일만 신경 썼다.

적어도 그녀는 그렇다고 생각했다. 해나의 손이 아직 대리석 조리대 위를 서성이고 있을 때 어떤 것에 반사된 햇빛이 그녀의 시선을 사로잡았다. 자동차 한 대가 진입로를 올라오고 있었다.

아르망 가마슈는 앞에 있는 유리와 금속으로 된 육면체를 바라보았다. 그는 파라 가족에 대한 보고서에서 집에 대한 설명을 읽었지만 여전히 놀라웠다.

햇빛 속에서 집이 반짝였다. 눈부신 정도는 아니었지만 자신들의 세계와는 조금 다른 세계에 있는 듯했다. 빛의 세계.

"아름답군." 가마슈가 거의 속삭이듯 말했다.

"안을 보셔야 합니다."

"그래야지." 가마슈는 고개를 끄덕였고 두 사람은 마당을 가로질러 걸어갔다.

해나 파라가 그들을 안으로 맞이하며 외투를 받아 주었다. "경감님, 만나 뵙게 되어 기뻐요."

그녀는 말에 약간 억양이 있었지만 완벽한 프랑스어를 구사했다. 그저 언어를 배우기만 한 것이 아니라 사랑한다는 것이 모든 음절에 드러났다. 가마슈는 언어와 문화를 분리할 수 없다는 걸 알고 있었다. 하나가 없으면 다른 하나는 약해진다. 언어를 사랑하는 것은 문화를 존중하는 것이다.

가마슈가 영어를 잘하는 이유는 그 때문이었다.

"괜찮으시다면 부인의 남편과 아들하고 이야기를 하고 싶습니다."

아르망 가마슈는 부드럽게 말했지만 그의 정중함이 말에 무게를 실어 주었다.

"로어는 여기 있지만 하보크는 숲에 있어요."

"숲 어디에 있습니까, 마담?" 보부아르가 물었다.

해나는 약간 당황한 듯 보였다. "뒤쪽 숲이오. 겨울을 대비해 죽은 나무들을 자르고 있어요."

"안으로 들어오라고 해 주시겠습니까?" 보부아르가 말했다. 정중함을 담으려고 애쓴 그의 말투는 불길한 느낌만 주었다.

"우리는 그 애가 어디 있는지 모릅니다."

뒤에서 목소리가 들려왔다. 두 사람이 돌아보니 로어가 머드룸 출입구에 서 있었다. 그는 다부지고 힘이 넘쳤다. 손을 허리에 올리고 팔꿈치를 밖으로 향하게 한 그는 위협을 느낀 동물이 몸을 부풀리고 있는 것처럼 보였다.

"그럼 당신과 얘기하면 되겠군요." 가마슈가 말했다.

로어는 꿈쩍도 하지 않았다.

"부엌으로 들어가세요. 거기가 더 따뜻해요." 해나가 말했다.

그녀가 그들을 집 안으로 안내하며 로어를 지나칠 때 그에게 경고의 표정을 지어 보였다.

햇살이 쏟아져 들어오는 부엌은 자연적인 온기로 가득했다.

"매, 세 포르미다블르Mais, c'est formidable 정말 기가 막히는군요." 가마슈가 말했다. 그는 천장부터 바닥까지 이어진 창을 통해 들판과 숲, 저 멀리 스리 파인스의 세인트 토마스 성당 첨탑까지 볼 수 있었다. 마치 자연 속에 사는 듯 집은 자연을 침범하지 않았다. 이곳은 분명 사람들이 예상할 수 없는 특이한 집이었지만 이질적이지 않았다. 오히려 그 반대였다. 집은 여기에 어울렸다. 완벽했다.

"펠리시타시옹-Félicitations 축하합니다. 대단한 성과입니다. 당신들이 오랫동안 꿈꿔 온 집이겠군요." 가마슈가 파라 부부를 향해 말했다.

로어는 팔을 내리고 유리 탁자에 있는 자리를 가리켰다. 가마슈가 흔쾌히 자리에 앉았다.

"우리는 이 문제에 대해 한동안 이야기했습니다. 제 첫 구상은 이런 집이 아니었습니다. 좀 더 전통적인 집을 원했죠."

가마슈가 탁자 끝에 앉은 해나를 바라보았다. "남편을 설득하기 힘드셨겠군요." 그는 미소를 지었다.

"그랬죠." 그녀가 그의 미소에 화답했다. 그녀의 예의 바른 미소는 따뜻함이나 유머와는 거리가 멀었다. "몇 년간 설득했어요. 여기엔 원래 오두막이 있었고 우린 하보크가 여섯 살 때까지 거기서 살았죠. 하지만 하보크가 커 가면서 저는 우리 집이라는 느낌이 드는 곳을 원했어요."

"주 콩프렁Je comprends 이해합니다. 하지만 왜 이런 집이었죠?"

"마음에 들지 않으세요?" 그녀의 목소리는 방어적이지 않았다. 그저 호기심에 묻는 것이었다.

"그 반대입니다. 정말 아름답습니다. 이곳에 딱 맞는 곳처럼 느껴집니다. 하지만 특이한 건 사실이죠. 이런 집을 가진 사람은 없으니까요."

"우린 우리가 자란 곳과 완전히 다른 집을 원했어요. 변화를 원했죠."

"우리요?" 가마슈가 물었다.

"내가 생각을 바꿨습니다." 로어가 경계하는 눈빛으로 딱딱하게 말했다. "도대체 무슨 일로 왔습니까?"

가마슈가 고개를 끄덕이며 상체를 앞으로 내밀고 탁자의 차가운 표면 위에 그의 큰 손을 펼쳤다. "아드님은 왜 올리비에 밑에서 일하죠?"

"돈이 필요하니까요." 해나가 말했다. 가마슈가 고개를 끄덕였다.

"압니다. 하지만 숲이나 건설 현장에서 일하면 더 많은 돈을 벌 텐데요? 웨이터는 팁을 받더라도 분명히 조금밖에 벌지 못할 테니까요."

"왜 우리에게 그런 걸 물으시는 거죠?" 해나가 물었다.

"글쎄요, 하보크가 여기 있었다면 그에게 물어봤겠죠."

로어와 해나가 시선을 교환했다.

마침내 로어가 말했다. "하보크는 제 엄마를 닮았습니다. 생긴 건 날 닮았지만 성격은 애 엄마랑 똑같지요. 사람을 좋아해요. 그는 숲에서 일하는 것도 좋아하지만 사람들과 일하는 걸 더 좋아합니다. 비스트로가 그 애에게 제격이죠. 거기서 일하는 걸 행복해합니다."

가마슈가 천천히 고개를 끄덕였다.

"하보크는 매일 밤 비스트로에서 늦게까지 일했습니다. 그는 몇 시에 집에 옵니까?" 보부아르가 말했다.

"한 시 정도에요. 가끔은 더 늦을 때도 있고요."

"가끔 늦는다고요?" 보부아르가 물었다.

"가끔 그런 것 같긴 한데 기다리지 않고 먼저 자서 정확히는 잘 모르겠습니다." 로어가 말했다.

"부인은 기다리실 거라 생각하는데요." 보부아르가 해나에게 말했다.

"맞아요." 그녀가 인정했다. "하지만 제 기억에 하보크가 한 시 반 이

후에 들어온 적은 없어요. 손님들이 늦게까지 있거나 특히 파티가 있을 때면 정리하고 오느라 평소보다 늦지요. 하지만 그렇게 많이 늦지는 않아요."

"신중하십시오. 마담." 가마슈가 조용히 말했다.

"신중하라고요?"

"우리는 진실을 알아야 합니다."

"당신이 들은 게 진실입니다, 경감." 로어가 말했다.

"그러길 바랍니다. 죽은 남자는 누구입니까?"

"왜 당신들은 우리에게 자꾸 그걸 묻는 거죠?" 해나가 물었다. "우리는 그를 몰라요."

"그의 이름은 야코프입니다. 체코인이었죠." 보부아르가 말했다.

"알겠군." 로어의 얼굴이 분노로 일그러졌다. "모든 체코인들이 서로를 안답니까? 그게 얼마나 모욕적인지 알아요?"

가마슈가 로어 쪽으로 몸을 기울었다. "그건 모욕이 아닙니다. 인간의 본성이지요. 내가 프라하에 가서 산다면 그곳에 사는 퀘벡 사람들에게 자연히 끌릴 겁니다. 특히 처음에는요. 야코프는 십여 년 전에 이곳에 와서 숲에 오두막을 지었습니다. 그곳을 보물로 가득 채웠죠. 그 보물들이 어디에서 났는지 아십니까?"

"우리가 어떻게 압니까?"

"우리는 그가 체코슬로바키아에 있는 사람들에게서 훔쳤을 거라고 생각합니다."

"그래서 그 물건들이 체코슬로바키아에서 왔으니까 우리가 알 거라는 겁니까?"

"그가 물건들을 훔쳤다면 여기 와서 제일 먼저 한 일이 체코인 자치회의 파트럭 디너에 나오는 거였겠어요? 우리는 그 야코프라는 사람을 몰라요." 해나가 따졌다.

"여기 오기 전에는 무슨 일을 하셨습니까?" 가마슈가 물었다.

"우리는 둘 다 학생이었어요. 프라하의 카를 대학에서 만났죠. 전 정치학을, 로어는 공학을 전공했어요." 해나가 말했다.

"당신은 이 지역의 의원이죠." 가마슈는 해나에게 말한 뒤 로어에게로 몸을 돌렸다. "하지만 당신은 여기서 관심사를 살리지 않은 것 같습니다. 왜죠?"

로어는 잠시 가만있다가 크고 거친 손을 내려다보며 굳은살을 뜯었다. "나는 사람들에게 진저리가 나서 사람들과 아무런 상관 없는 일을 하고 싶었습니다. 왜 도시에서 멀리 떨어진 이곳에 큰 체코인 커뮤니티가 있는지 압니까? 우리는 인간이 할 수 있는 짓에 신물이 났기 때문입니다. 사람들은 다른 이들에게 자극을 받고 용기를 얻습니다. 하지만 또한 냉소와 두려움, 의심에 영향을 받고 질투와 탐욕에 물들어 서로를 공격하지요. 나는 사람들과 아무런 관련을 맺고 싶지 않습니다. 나를 숲과 정원에서 조용히 일하게 내버려 둬요. 인간은 끔찍한 피조물입니다. 당신도 분명 알 겁니다. 경감. 인간이 서로에게 어떤 짓을 할 수 있는지 봐오셨겠죠."

"그랬죠." 가마슈가 인정했다. 그가 잠시 말을 멈춘 사이 살인반 반장이 목격했을 만한 끔찍한 일들이 스쳐 갔다. "인간이 어떤 일을 할 수 있는지 알고 있습니다." 그는 미소를 지은 뒤 조용히 말했다. "나쁜 일도 있지만 좋은 일도 있습니다. 저는 아무도 그럴 수 없을 것 같을 때에

희생하고 용서하는 사람들을 봤습니다. 선은 존재해요, 무슈 파라. 절
믿으세요."

그리고 잠시 동안 로어 파라는 믿는 듯했다. 그는 눈을 크게 뜨고 이
덩치 크고 차분한 남자가 자신이 들어가길 갈망했던 집으로 자신을 초
대하고 있다는 듯 가마슈를 응시했다. 하지만 로어는 뒤로 물러났다.

"어리석군요, 경감." 로어가 비웃었다.

"하지만 행복한 일입니다." 가마슈는 미소 지었다. "자, 우리가 무슨
얘기를 하고 있었죠? 아, 그래요. 살인."

"진입로에 있는 차는 누구 거예요?" 머드룸에서 젊은 목소리가 들리
고 곧 문이 쾅 닫히는 소리가 났다.

보부아르가 일어났고 해나와 로어도 일어서서 서로를 응시했다. 가마
슈가 부엌문으로 갔다.

"내 차네, 하보크. 얘기 좀 할 수 있나?"

"물론이죠."

하보크가 모자를 벗으며 부엌으로 걸어 들어왔다. 그의 얼굴은 땀
과 먼지로 뒤덮여 있었다. 그는 사람을 무장해제시키는 미소를 지었다.
"왜 이렇게 심각하세요?" 이윽고 그의 표정이 변했다. "또 다른 살인 사
건이 일어난 건 아니죠?"

"왜 그런 말을 하지?" 가마슈가 그를 지켜보며 물었다.

"모두 너무 침울해 보여서요. 성적표 나온 날 같은 느낌이에요."

"어떤 면에서는 그렇지. 잠깐 검토하는 시간일세." 가마슈가 로어 옆
에 있는 의자를 가리켰다. 하보크가 자리에 앉고 가마슈도 앉았다.

"지난 토요일 밤에 자네와 올리비에가 비스트로에서 마지막으로 나간

사람인가?"

"맞아요. 올리비에가 가고 제가 문단속을 했어요."

"그리고 올리비에는 어디로 갔나?"

"집으로 갔겠죠." 하보크는 그 질문이 재미있는 듯했다.

"우리가 알아낸 바로 올리비에는 밤늦게 은둔자를 찾아갔네. 사실 토요일 밤마다 갔지."

"정말요?"

"그래." 젊은 남자의 침착함은 지나칠 만큼 완벽했다. 지나치게 연습한 것 같다고 가마슈는 생각했다. "하지만 올리비에 말고도 누군가가 은둔자에 대해 알고 있었네. 야코프를 발견할 수 있는 방법이 몇 가지 있지. 하나는 풀이 무성한 말이 다니는 길을 따라가는 것이고 다른 하나는 올리비에를 따라 오두막까지 가는 것이지."

하보크의 미소가 흔들렸다. "지금 제가 올리비에를 따라갔다는 거예요?" 하보크는 시선을 돌려 부모의 얼굴을 살핀 뒤 다시 가마슈를 바라보았다.

"방금은 어디에 있었나?"

"숲에요."

가마슈가 천천히 고개를 끄덕였다. "뭘 했지?"

"나무를 벴어요."

"우리는 톱질 소리를 듣지 못했는데."

"나무는 이미 벴고 쌓고 있었던 것뿐이에요." 이제 하보크의 눈은 가마슈와 아버지 사이를 더 빠르게 오갔다.

가마슈가 일어나서 부엌문 쪽으로 몇 걸음 걸어갔다. 그가 허리를 숙여 뭔가를 집어 들었다. 그리고 다시 돌아와 앉은 뒤 그것을 반짝이는 탁자 위에 놓았다. 그것은 나뭇조각, 아니 정확히는 대팻밥이었다. 동그랗게 말려 있었다.

"이 집은 무슨 돈으로 지었습니까?" 가마슈가 로어에게 물었다.

"무슨 뜻입니까?" 로어가 물었다.

"수십만 달러가 든 것 같은데요. 자재만 해도요. 거기다 이렇게 특이한 집의 설계에 노동력까지 더하면요? 이 집을 십오 년 전쯤 지었다고 하셨죠. 그때 무슨 일이 있었기에 이런 집을 지을 수 있었던 겁니까? 돈이 어디서 났습니까?"

"무슨 일이 있었을 것 같습니까?" 로어가 경감에게 몸을 기울였다. "당신네 퀘베쿠아들은 매우 편협하죠. 십오 년 전에 무슨 일이 있었냐고요? 어디 보자. 퀘벡 주의 독립을 위한 주민 투표가 있었고, 아비티비에서 큰 산불이 있었고, 지방선거가 있었네요. 그 외에는 얘기할 만한 것이 별로 없군요."

로어가 말하는 동안 그의 입김에 탁자 위의 대팻밥이 흔들렸다.

"더는 못 참겠군요." 로어가 말했다. "세상에, 그때 무슨 일이 있었는지 당신은 어떻게 모를 수가 있습니까?"

"체코슬로바키아가 무너졌죠." 가마슈가 말했다. "그래서 체코와 슬로바키아 두 개의 공화국이 되었고요. 실제로는 이십 년 전에 일어난 일이지만 영향이 미치는 데는 시간이 걸리죠. 그곳의 벽이 무너지고 이곳의 벽이 세워졌군요." 그가 유리벽을 힐끗 보았다.

"우리는 가족들을 다시 볼 수 있었어요. 뒤에 남겨 두고 온 많은 것들을 되찾을 수 있었죠. 사랑하는 사람들과 친구들을요." 해나가 말했다.

"미술품과 은 제품, 가보도 말이죠." 보부아르가 말했다.

"그런 게 중요했다고 생각하세요?" 해나가 물었다. "우리는 그런 것 없이도 오랫동안 잘 살았어요. 우리가 그리워했던 건 사람들이지, 물건이 아니에요. 우리는 체코의 독립이 진짜 되리라고는 감히 바라지도 못했어요. 우리는 속아 살았으니까요. 1968년 여름에 기만 당한 적이 있으니까요.1968년 체코슬로바키아에서 '프라하의 봄'으로 알려진 자유 민주화 운동이 일어나 공산 체제에서 벗어나는 듯했으나 같은 해 여름에 소련이 침공하여 이를 저지했다. 게다가 우리가 서구에서 본 뉴스와 고향에서 듣는 이야기는 확실히 달랐어요. 이곳에서는 그게 얼마나 멋진 일인지만 얘기했죠. 깃발을 흔들며 노래하는 사람들만 보여 줬어요. 하지만 사촌들과 친척 아주머니의 얘기는 달랐어요. 기존의 체제는 끔찍했어요. 부패하고 잔인했죠. 그러나 적어도 체제였어요. 그게 무너지고 난 뒤에는 아무것도 없었죠. 진공상태, 혼돈뿐이었어요."

가마슈는 그 단어에 고개를 살짝 기울였다. '혼돈'이 또 등장했다.

"그게 얼마나 무서운 일인데요. 구타, 살인, 강도가 일어났고 경찰이나 법은 없었어요."

"물건을 밀반출하기 좋을 때였겠군요." 보부아르가 말했다.

"우리는 사촌들의 신원보증인이 되어 주려 했지만 그들은 그곳에 머물기로 결정했습니다." 로어가 말했다.

"물론 제 아주머니도 그들과 머물고 싶어 했고요."

"물론 그랬겠죠. 사람은 오지 않았다면 물건은요?" 가마슈가 말했다.

잠시 후 해나가 고개를 끄덕였다. "우리는 가보 몇 가지를 간신히 빼냈어요. 어머니와 아버지가 전쟁 후에 숨겨 놓으시고 상황이 안 좋을 때 팔려고 간직해 뒀다고 말씀하신 물건들이었죠."

"상황이 안 좋을 때라." 가마슈가 말했다.

"우리는 그것들을 밀반출해서 팔았어요. 그래서 우리가 꿈꾸던 집을 지을 수 있었죠." 해나가 말했다. "우리는 오랜 시간 고민했지만 결국 부모님도 이해하고 허락했을 거라 생각했어요. 그것들은 단지 물건이잖아요. 중요한 건 가정이죠."

"갖고 있던 물건은 어떤 것이었습니까?" 보부아르가 물었다.

"그림과 가구, 이콘이오. 우리는 이콘보다 집이 더 필요했어요." 해나가 말했다.

"그걸 누구에게 팔았죠?"

"뉴욕에 있는 딜러에게요. 친구의 친구였습니다. 그의 연락처를 알려 드릴 수 있어요. 그는 수수료를 떼긴 했지만 값을 잘 쳐 줬습니다." 로어가 말했다.

"네, 연락처를 알려 주십시오. 그에게 연락해 봤으면 합니다. 당신들은 확실히 돈을 유용하게 사용했군요." 가마슈가 로어에게 물었다. "당신은 목공 일도 하십니까?"

"가끔 하지요."

"그리고 자네는?" 가마슈가 하보크에게 물었다. 하보크는 어깨를 으쓱했다. "정확히 말해 주겠나?"

"가끔 해요."

가마슈는 손을 뻗어 대팻밥을 유리 탁자 건너편으로 천천히 밀어 하보크 앞에 놓고 기다렸다.

"맞아요. 숲에서 나무를 깎았어요." 하보크가 인정했다. "전 일이 끝나면 조용히 앉아 나무토막을 깎는 걸 좋아해요. 편안해지거든요. 차분하게 생각할 시간도 되고요. 전 찰스를 위해 작은 장난감 같은 걸 만들어요. 올드 먼딘이 저에게 나무토막을 주고 깎는 방법도 가르쳐 줬어요. 제가 만든 건 대부분 쓰레기 같아서 그냥 버리거나 태워 버려요. 하지만 가끔은 그렇게 나쁘지 않을 때도 있어서 그런 건 찰스에게 주고요. 그런데 제가 조각하는 것에 왜 관심을 가지시는 거죠?"

"피해자 근처에서 나무 조각이 발견되었네. '우'라고 새겨져 있었지. 하지만 야코프가 만든 건 아니었네. 우리는 살인범이 그걸 만들었다고 생각하네."

"당신은 하보크가……." 로어가 말을 맺지 못했다.

"저에겐 수색영장이 있고 수색 팀이 오는 중입니다"

"뭘 찾으시는 거죠?" 해나가 창백해진 얼굴로 물었다. "목공 도구요? 우리가 가져다 드릴 수 있어요."

"그게 다가 아닙니다, 마담. 야코프의 오두막에서 두 가지가 사라졌습니다. 흉기와 작은 캔버스 자루요. 우리는 그것도 찾고 있습니다."

"그런 건 본 적 없어요. 하보크, 네 도구들을 가져와." 해나가 말했다.

가마슈가 곧 도착할 수색 팀을 기다리는 동안 하보크가 보부아르를 헛간으로 안내했다. 보부아르는 목공 도구와 함께 다른 뭔가를 가지고 돌아왔다.

나무토막. 조각된 연필향나무였다.

수색은 보부아르가 지휘하고 가마슈는 수사본부로 돌아가기로 했다. 차 앞에서 두 사람이 이야기를 나눴다.

"저들 중에 누구라고 생각하십니까?" 보부아르가 가마슈에게 차 열쇠를 주며 물었다. "하보크는 올리비에를 따라가서 오두막을 발견할 수 있었습니다. 하지만 로어일지도 모릅니다. 말 다니는 길을 넓히다가 오두막을 발견했을 수도 있지요. 물론 파라 부인일 수도 있습니다. 힘이 세야 살인을 하는 건 아니니까요. 분노와 솟구치는 아드레날린은 필요하겠지만 힘이 꼭 필요한 건 아니죠. 아마 이들이 체코슬로바키아에 있을 때 야코프가 보물을 훔쳤고 그 후에 여기서 그를 보고 알아봤을 겁니다. 어쩌면 야코프도 그들을 알아보고 숲으로 도망가서 숨었고요."

"아니면 야코프와 파라 부부가 함께 했을 수도 있네." 가마슈가 말했다. "그들 세 사람이 체코슬로바키아에서 친구와 이웃을 설득해 보물을 맡은 다음 그것들을 가지고 같이 사라진 거지."

"그런데 이곳에 도착한 후엔 야코프가 파트너를 배신하고 숲으로 달아났습니다. 하지만 로어가 말이 다니는 길의 잡초를 베다가 오두막을 발견했고요."

가마슈는 수색 팀이 체계적으로 일을 시작하는 모습을 지켜보았다. 오래지 않아 그들은 파라 가족에 대해 속속들이 알게 되리라.

그는 생각을 정리할 필요가 있었다. 그는 보부아르에게 차 열쇠를 건넸다. "나는 걸어가겠네."

"농담하세요?" 걷는 것을 형벌이라고 생각하는 보부아르가 물었다. "몇 킬로미터나 된다고요."

"내게는 그게 좋을 것 같군. 생각을 정리할 수 있으니까. 스리 파인스에서 다시 보지." 그는 보부아르에게 마지막으로 손을 흔들고 흙길을 내려가기 시작했다. 무르익은 가을 공기 속에서 말벌 몇 마리가 윙윙거렸지만 위협적이지는 않았다. 뚱뚱하고 나른해 보이는 벌은 사과와 배, 포도의 과즙에 취한 것 같았다.

세상이 너무 익어 문드러지기 직전인 것처럼 느껴졌다.

가마슈가 천천히 걷는 동안 익숙한 냄새와 소리가 희미해졌고 경비원 존과 하늘을 날 수 있는 라비나가 그와 함께 했다. 그리고 에어캐나다의 복도 맞은편에 있던 남자아이. 그 아이 역시 하늘을 날며 이야기를 해 주었다.

이번 살인 사건은 보물 때문에 일어난 것 같았다. 그러나 가마슈는 그렇지 않다는 것을 알고 있었다. 단지 겉으로만 그렇게 보일 뿐이었다. 실은 보이지 않는 것 때문이었다. 살인은 늘 그랬다.

이번 사건은 두려움 때문에 일어난 것이었다. 그리고 두려움이 만들어 낸 거짓말. 하지만 보다 미묘하게는 이야기가 연관되어 있었다. 세상에 한 이야기와 자기 자신에게 한 이야기. 이야기와 사실 사이의 경계가 명확하지 않은 신화와 토템. 그리고 그 틈새로 떨어진 사람들. 이번 살인은 야코프의 조각들이 들려주는 이야기와 관련이 있었다. 그 이야기 속에는 혼돈과 복수, 절망하고 분노한 산, 배신이 있었고, 심지어 산까지 소름 끼치게 한 또 다른 무언가가 있었다.

그리고 그 중심에는 냉혹한 이야기가 있다는 것을 가마슈는 이제 알았다.

36

수색 팀은 이 건물을 이미 몇 번 뒤졌지만 또다시 살펴보고 있었다. 이번에는 더 자세하게 마룻장 밑, 처마 밑, 그림 뒤까지 살폈다. 그들은 보고, 보고 또 봤다.

그리고 마침내 발견했다.

그것은 커다란 벽난로의 벽돌 뒤에 있었다. 한시도 쉬지 않고 타는 듯한 난롯불 뒤에. 그들은 불을 끄고 검게 탄 통나무들을 끄집어냈다. 그리고 그곳에서 헐거운 벽돌을 하나둘씩 끄집어냈고 결국 총 네 장의 느슨한 벽돌을 찾았다. 벽돌을 치우자 작은 공간이 나타났다.

보부아르 경위가 이미 팔과 어깨에 검댕을 묻힌 상태로 장갑 낀 손을 조심스레 뻗었다.

"뭔가 잡히는군." 그가 말했다. 모든 눈이 그를 향했다. 모두가 천천히 구멍에서 빠져나오는 그의 팔을 지켜보았다. 그는 가마슈 경감 앞 탁자에 은촛대를 내려놓았다. 메노라유대교 전통 의식에 쓰이는 여러 갈래로 나뉜 큰 촛대였다. 은 제품에 대해 아무것도 모르는 보부아르가 봐도 굉장한 물건이란 것을 알 수 있었다. 단순하고 섬세하며 오래된 것이었다.

메노라는 포위 공격과 약탈, 학살, 홀로코스트에서 살아남았다. 사람들은 그것을 소중히 간직했다. 숨기고 지키며 그 앞에서 기도했다. 어느 날 밤 퀘벡의 숲 속에서 누군가가 그것을 망치기 전까지.

이 메노라가 사람을 죽였다.

"파라핀이죠?" 보부아르가 메노라에 붙어 있는 반투명한 물질을 가리켰다. 그것은 말라붙은 피와 섞여 있었다. "피해자는 초를 직접 만들었습니다. 절임 식품 때문만이 아니라 초를 만들기 위해 오두막에 파라핀이 있었던 거예요." 가마슈가 고개를 끄덕였다.

보부아르는 난로로 되돌아가 시커먼 구멍 안으로 다시 팔을 집어넣었다. 사람들이 그의 얼굴을 지켜보았고 마침내 그의 안색이 놀라움으로 바뀌는 모습을 보았다. 보부아르의 손에 또 다른 무언가가 부딪혔다.

보부아르가 메노라 옆에 작은 캔버스 자루를 내려놓았다. 아무도 말을 하지 않았다. 마침내 가마슈가 맞은편에 앉은 남자에게 질문했다.

"자루 안을 봤습니까?"

"아니요."

"왜요?"

또다시 긴 침묵이 이어졌지만 가마슈는 그를 재촉하지 않았다. 이제는 서두를 필요가 없었다.

"시간이 없었습니다. 은둔자의 오두막에서 가지고 나온 뒤 촛대와 함께 바로 숨겼거든요. 아침에 자세히 살펴볼 수 있을 거라 생각했는데 시체가 발견되는 바람에 너무 많은 관심이 집중되었어요."

"그래서 불을 지폈던 겁니까, 올리비에? 경찰이 오기 전에요?"

올리비에는 고개를 숙였다. 결국 끝났다.

"어떻게 저곳이라는 것을 아셨어요?" 그가 물었다.

"처음에는 몰랐습니다. 하지만 여기 앉아서 수색하는 모습을 지켜보다가 당신이 비스트로가 원래 철물점이었다고 말했던 것이 기억났지요. 그리고 벽난로를 다시 만들어야 했다는 말도요. 벽난로는 오래되어 보이지만 여기서 유일하게 새로 만든 것이었습니다. 그리고 불이 지펴져 있던 것이 기억났습니다. 습했지만 춥지는 않았던 아침에요. 시체가 발견되고 가장 먼저 당신은 불을 지폈습니다. 왜 그랬겠습니까?" 가마슈는 탁자 위에 놓인 물건들을 고갯짓으로 가리켰다. "우리가 이것들을 찾지 못하게 한 거죠."

가마슈는 메노라와 캔버스 자루 건너편에 있는 올리비에를 향해 몸을 앞으로 내밀었다. 그는 울타리를 벗어나 있었다. "무슨 일이 있었는지 말해 주십시오. 이번엔 진실을요."

가브리는 여전히 충격에 휩싸인 채 올리비에 옆에 앉아 있었다. 경찰청 수색 팀이 파라네 집에서 비스트로로 다시 왔을 때 처음에 가브리는 즐거워하며 시시한 농담도 던졌다. 하지만 수색이 더욱더 면밀하게 진행될수록 가브리의 즐거움은 사라졌고 짜증과 화가 치밀어 올랐다. 그리고 지금은 충격이 그를 덮쳤다.

그러나 가브리는 올리비에의 곁을 떠나지 않았고 지금도 그랬다.

"제가 발견했을 때 그는 죽어 있었어요. 제가 저걸 가져온 건 인정합니다." 올리비에가 탁자 위의 물건들을 가리켰다. "하지만 그를 죽이진 않았습니다."

"신중해요, 올리비에. 제발 신중하게 말해요." 날카로운 가마슈의 목소리가 수사관들까지 얼어붙게 했다.

"그게 진실이에요." 올리비에는 보지 않으면 그들이 사라지리라고 거의 믿는 듯 눈을 감았다. 은촛대와 누추한 작은 자루가 비스트로의 탁자 위에서 사라졌고 경찰이 사라졌다. 자신과 가브리만이 평온 속에 남겨졌다.

마침내 눈을 뜨자 자신을 똑바로 보고 있는 가마슈가 보였다.

"전 죽이지 않았어요. 하늘에 맹세해요. 제가 한 일이 아니에요."

올리비에가 가브리를 돌아봤다. 가브리도 그를 마주 본 뒤 그의 손을 잡고 가마슈를 향해 말했다. "당신도 올리비에를 알잖아요. 나는 올리비에를 알아요. 그가 하지 않았어요."

올리비에의 눈이 여기저기로 빠르게 움직였다. 분명히 탈출구가 있지 않을까? 간신히 빠져나갈 만한 아주 작은 틈이라도.

"무슨 일이 있었는지 말해 주십시오." 가마슈가 다시 한 번 말했다.

"전 이미 말했어요."

"다시 해요." 가마슈가 말했다.

올리비에가 크게 심호흡을 했다. "전 문단속하는 하보크를 남겨 두고 오두막으로 갔습니다. 거기서 차를 마시며 사십오 분 정도 머물렀어요. 그는 제가 떠날 때 작은 크림 그릇을 주겠다고 했습니다. 그런데 전 깜빡 잊었죠. 마을로 돌아온 뒤에야 그 사실을 깨닫고 화가 났습니다. 게다가 그가 항상 이것을 준다고 약속만 하고 절대 주지 않는 것에 더 화가 났어요." 그가 손가락으로 자루를 쿡 찔렀다. "그가 준 건 작은 물건들뿐이었어요."

"그 크림 그릇은 오만 달러는 나가는 물건입니다. 예카테리나 대제의 것이죠."

"하지만 저기 있던 물건은 아니지요." 올리비에는 다시 자루를 힐끗 보았다. "제가 돌아갔을 때 은둔자는 죽어 있었습니다."

"당신은 자루가 사라졌었다고 말했습니다."

"거짓말이었어요. 자루는 거기 있었습니다."

"이 메노라를 전에 본 적 있습니까?"

올리비에가 고개를 끄덕였다. "그는 항상 그걸 사용했어요."

"예배를 위해서요?"

"빛을 밝히려고요."

"이 촛대도 분명 값을 매길 수 없을 만큼 귀한 겁니다. 당신도 그걸 알았겠죠."

"그래서 제가 이걸 가져왔다는 말입니까? 아뇨. 제가 이걸 가져온 것은 온통 제 지문이 묻어 있기 때문이었어요. 전 초를 켜고 새 초를 갈아 끼우며 이걸 수백 번은 만졌으니까요."

"차근차근 설명해 보시죠." 가마슈가 말했다. 그의 목소리는 차분하고 이성적이었다.

올리비에의 이야기로 그날의 장면이 그들 앞에 펼쳐졌다. 올리비에가 다시 돌아갔을 때 오두막의 문이 조금 열려 있었고 포치 위로 한 줄기 빛이 새어 나오고 있었다. 올리비에가 문을 열자 은둔자가 보였다. 그리고 피. 올리비에는 놀라서 다가갔고 은둔자의 손에 있는 물체를 집어 들었다. 그리고 뒤늦게 피를 보고서 그것을 떨어뜨렸다. 그것은 바닥에 튕겨서 침대 밑으로 들어갔다. 그것이 라코스트 형사가 발견한 '우'였다.

올리비에는 바닥에 있는 메노라도 보았다. 피로 뒤덮여 있었다.

그는 다시 포치로 뒷걸음쳐 나왔고 도망칠 생각이었다. 하지만 그 자리에 멈춰 섰다. 그의 앞에는 끔찍한 장면이 펼쳐져 있었다. 그가 알며 정이 든 사람이 끔찍하게 죽어 있었다. 그의 뒤에는 어두운 숲과 오솔길이 있었다.

그리고 둘 사이에 붙들린 것은?

올리비에였다.

그는 포치에 놓인 흔들의자에 털썩 주저앉아 생각했다. 오두막 안의 끔찍한 장면을 뒤로하고 앞을 향해 생각을 뻗었다.

뭘 해야 하지?

올리비에는 말이 다니는 길이 문제라는 것을 알았다. 몇 주 전부터 그렇게 생각하고 있었다. 질베르네가 예기치 않게 옛 해들리 저택을 구입하고, 더 예기치 않게 말이 다니는 길을 다시 내기로 한 그때부터.

"자기가 그들을 왜 그렇게 미워했는지 이제 이해되네." 가브리가 다정하게 말했다. "과잉 반응처럼 보였던 게 사실은 그들이 비스트로와 비 앤비의 경쟁자여서가 아니었던 거지?"

"말 다니는 길 때문이었어. 그들이 로어에게 그 길을 다시 내 달라고 해서 화가 나고 두려웠던 거야. 로어가 오두막을 찾으면 모든 게 끝이라는 걸 알았으니까."

"그래서 어떻게 했습니까?" 가마슈가 물었다.

올리비에가 그들에게 말했다.

올리비에는 한참이라고 느껴진 시간 동안 현관에 앉아 생각했다. 상황을 몇 번이고 다시 생각했다. 그리고 마침내 쿠 드 그라스Coup de grâce 최후의 일격를 생각해 냈다. 그는 은둔자에게 한 번 더 도움을 받기로 했다. 그는 마르크 질베르를 망치는 동시에 말이 다니는 길도 멈추게 할 수 있었다.

"그래서 전 그를 수레에 싣고 해들리 저택으로 갔어요. 그곳에서 또 시체가 발견되면 사업이 망할 테고 스파 리조트가 없으면 그 길도 더 이상 필요 없을 테니까요. 로어가 작업을 중지하고 질베르네가 떠나면 길의 잡초도 다시 무성해질 테고요."

"그런 다음에는요?" 가마슈가 다시 물었다. 올리비에는 망설였다.

"전 오두막에서 원하는 것을 가질 수 있고 다 해결되는 거죠."

세 사람이 그를 빤히 바라보았다. 아무도 감탄하지 않았다.

"오, 올리비에." 가브리가 말했다.

"내가 달리 어떻게 할 수 있었겠어? 나는 오두막이 발견되게 내버려 둘 수 없었어." 올리비에가 파트너에게 애원했다. 하지만 새벽 2시 반, 3미터 뒤에 시체를 두고 어둠 속에 앉아서 생각했을 때는 그 생각이 얼마나 합리적이고 훌륭한 해결책으로 보였는지 설명할 수 없었다.

"이 상황이 어떻게 보이는지 알아?" 가브리가 쉿소리를 내며 말했다.

올리비에는 고개를 끄덕이고 푹 숙였다.

가브리가 가마슈를 향해 말했다. "올리비에가 정말 그를 죽였다면 절대 그러지 않았을 거예요. 경감님이라면 그러시겠어요? 살인을 했다면 광고하는 게 아니라 숨기려 하셨겠죠."

"그다음에는 어떻게 됐습니까?" 가마슈가 물었다. 그는 가브리를 무시하고 싶지 않았지만 옆길로 새고 싶지도 않았다.

"전 다시 수레를 갖다 놓고 이 두 가지를 집어 왔습니다."

그들은 탁자 위의 범행 도구와 자루를 보았다. 가장 꼼짝 못할 증거이자 가장 귀중한 물건이었다.

"전 이걸 갖고 이곳으로 다시 와서 벽난로 뒤 공간에 숨겼어요."

"자루 안은 보지 않고요?" 가마슈가 다시 물었다.

"전 시간이 많을 줄 알았습니다. 모든 관심이 질베르네 저택에 집중될 테니까요. 하지만 다음 날 아침 머나가 여기서 시체를 발견했고 전 거의 죽는 줄 알았습니다. 전 물건을 꺼낼 수 없어서 불을 지폈고 당신들이 그 안을 보지 못하게 했죠. 그 후로 며칠 동안은 비스트로에 너무 많은 관심이 쏠렸어요. 그리고 전 그 물건들이 존재하지 않는 척하고 싶었죠. 그 어떤 일도 일어나지 않은 것처럼요."

말이 끝나고 침묵이 이어졌다.

가마슈는 뒤로 기대어 잠시 올리비에를 보았다. "나머지 이야기를 해 주십시오. 은둔자가 조각에서 하던 얘기 말입니다."

"전 몰라요. 저걸 열어 보기 전까지는 알 수 없죠." 올리비에는 간신히 자루에서 눈을 뗄 수 있었다.

"아직은 열어 볼 필요가 없을 것 같습니다." 가마슈가 상체를 앞으로 일으켰다. "이야기를 해 주시죠."

올리비에가 깜짝 놀라서 가마슈를 바라보았다. "제가 아는 건 이미 다 말했어요. 그는 군대가 마을을 발견한 부분까지만 말해 줬어요."

"그리고 공포가 다가오고 있었고요. 기억합니다. 이제 이야기의 결말을 듣고 싶군요."

"하지만 전 그 결말을 몰라요."

"올리비에?" 가브리가 자신의 파트너를 자세히 바라보았다.

올리비에가 가브리의 시선을 마주한 뒤 가마슈를 보았다. "아세요?"

"압니다." 가마슈가 말했다.

"뭘 아신다는 거죠?" 가브리가 물었다. 그는 눈을 돌려 올리비에를 쳐다보았다. "말해 봐."

"이야기를 한 사람은 은둔자가 아니었지요." 가마슈가 말했다.

가브리는 이해가 안 된다는 듯이 가마슈를 응시했다가 다시 올리비에를 바라보았다. 올리비에가 고개를 끄덕였다.

"자기라고?" 가브리가 속삭였다.

올리비에가 눈을 감자 비스트로가 사라졌다. 그는 은둔자의 난롯불이 웅얼거리는 소리를 들었다. 통나무 오두막의 나무 냄새와 연기에서 피어오르는 달콤한 단풍나무 냄새가 났다. 그의 손에서 수백 번은 쥐었던 따뜻한 찻잔이 느껴졌다. 난롯불에 반짝이는 바이올린이 보였다. 건너편에 초라한 남자가 앉아 있었다. 깨끗하게 수선된 낡은 옷을 입은 남자가 보물에 둘러싸여 있었다. 앞으로 몸을 내민 은둔자의 눈은 빛났고 두려움으로 가득했다. 그는 들었고 올리비에가 말했다.

올리비에는 눈을 뜨고 비스트로로 다시 돌아왔다. "은둔자는 뭔가를 두려워하고 있었어요. 바로 이곳에서 그를 처음 만났을 때부터 전 그걸 알았습니다. 그는 해가 갈수록 점점 더 은둔했고 오두막을 떠나 마을로 오는 일도 거의 없었어요. 그는 제게 세상 소식을 물었습니다. 그래서 정치와 전쟁, 지역에서 일어나는 일들을 말해 줬죠. 한번은 이곳 성당에서 콘서트가 열린다는 얘기를 한 적이 있어요. 자기가 노래했던 그 콘서트 말이야." 그가 가브리를 보았다. "그가 거길 가고 싶어 했어요."

올리비에는 돌이킬 수 없는 지점에 와 있었다. 한번 뱉은 말은 다시 주워 담을 수 없었다.

"전 그런 일이 일어나게 둘 수 없었어요. 다른 사람들이 그를 만나고 그와 친구가 될 수도 있는 그런 일이 일어나지 않길 바랐어요. 그래서 은둔자에게 콘서트가 취소됐다고 말했어요. 그는 이유를 알고 싶어 했죠. 전 갑자기 왜 그랬는지 모르겠지만 아무튼 산과 마을 사람들, 그리고 산에서 물건을 훔쳐 달아나 숨은 소년에 대한 이야기를 지어내기 시작했어요."

올리비에는 탁자의 모서리를 집중해서 쳐다보았다. 매끄럽게 닳은 틈 사이로 나뭇결이 보였다. 오랜 세월 많은 사람들이 그곳에 손을 올리고 만지고 문질렀으리라. 지금 자신이 그러는 것처럼.

"은둔자는 뭔가를 두려워했고 그 이야기 때문에 더 두려워했어요. 그는 점점 더 예민해지고 정신이 이상해졌어요. 제가 숲 바깥에서 끔찍한 일이 일어난다고 말하면 그가 믿으리라는 걸 알았어요."

가브리는 몸을 뒤로 젖히고 파트너를 더 자세히 바라보았다. "자기는 일부러 그랬던 거야? 외부 세계를 두려워하게 만들어서 그가 오두막을 떠나지 않도록? 올리비에."

그는 구리다는 듯 마지막 말을 내뱉었다.

"하지만 그게 다가 아니었습니다." 가마슈가 조용히 말했다. "당신의 이야기는 은둔자를 죄수처럼 가두고 다른 사람들에게서 보물을 지켰을 뿐만 아니라 그가 조각을 하도록 영감을 줬습니다. 당신이 첫 번째 조각을 봤을 때 무슨 생각을 했을지 궁금하군요."

"그가 저에게 조각을 줬을 때 전 그걸 버리려고 했어요. 하지만 그게 좋은 물건이라고 확신하게 됐죠. 이야기는 그에게 영감을 주고 창작하게 만들었어요."

"걸어오는 산, 행진해 오는 괴물과 군대를 떠올리며 조각하는 게 좋아? 자기는 불쌍한 사람에게 악몽을 꾸게 했어." 가브리가 말했다.

"'우'는 무슨 뜻입니까?" 가마슈가 물었다.

"확실히는 잘 몰라요. 제가 이야기를 할 때 가끔 그가 그렇게 속삭였습니다. 처음에는 그냥 한숨을 내쉬는 거라고 생각했는데 나중엔 그가

'우'라는 단어를 말하고 있다는 사실을 깨달았어요."

올리비에는 은둔자가 그 단어를 말하는 모습을 흉내 내며 나지막하게 말했다. 우.

"그래서 당신은 그 단어가 있는 거미줄을 만들었지요. 그가 구해 달라고 부탁했던『샬럿의 거미줄』을 모방해서요."

"아니에요. 제가 그런 걸 어떻게 만들어요? 어디서부터 시작해야 할지도 모르는데요."

"그렇지만 가브리는 당신이 어릴 때 직접 옷을 만들었다고 말했습니다. 원한다면 방법은 알아낼 수 있어요."

"아니에요." 올리비에가 주장했다.

"그리고 당신은 그가 조각하는 법을 가르쳐 줬다고 인정했습니다."

"하지만 저는 소질이 없었어요." 올리비에가 애원했다. 그는 사람들의 얼굴에서 불신을 볼 수 있었다.

"그건 잘 만든 조각이 아니었습니다. '우'를 조각한 사람은 당신이었어요." 가마슈는 멈추지 않고 계속 밀고 나갔다. "당신은 몇 년 전에 그걸 만들어 두었습니다. '우'가 무슨 뜻인지 알 필요는 없었죠. 은둔자에게 어떤 끔찍한 의미가 있는 단어인 걸로 충분했습니다. 당신은 언젠가를 위해 그걸 간직하고 있었습니다. 나라가 만약을 대비해 최악의 무기를 보유하고 있는 것처럼. 나무로 깎은 '우'는 당신의 최종 무기였습니다. 당신의 팻맨_{1945년 일본 나가사키에 투하된 원자폭탄의 별칭}이었죠. 지치고 두려움에 떨며 제정신이 아닌 사람에게 떨어뜨릴 최후의 폭탄 말입니다.

당신은 고립으로 더욱 커진 그의 죄책감을 이용했습니다. 당신은 그가 물건들을 훔쳤을 거라 짐작하고 소년과 산 이야기를 지어냈죠. 이야기는 먹혀들었고 그를 숲 속에 붙잡아 두었습니다. 그러나 이야기는 또한 그에게 영감을 줘서 조각을 만들게 했고, 그 조각들은 아이러니하게도 그의 가장 훌륭한 보물이 되었습니다."

"전 그를 죽이지 않았어요."

"자기가 그를 죄수처럼 잡아 뒀다니. 어떻게 그럴 수가 있어?" 가브리가 말했다.

"나는 그가 믿으려는 것만 얘기했어."

"정말 그렇게 생각하는 거야?" 가브리가 말했다.

가마슈는 탁자 위의 물건들을 보았다. 살인에 사용된 메노라와 살인의 이유인 작은 자루를. 그는 더 이상 미룰 수가 없었다. 이제 자신의 냉혹한 이야기를 할 시간이었다. 그가 일어섰다.

"올리비에 브륄레." 가마슈가 피곤한 목소리와 엄한 얼굴로 말했다. "당신을 살인 혐의로 체포합니다."

37

아르망 가마슈가 다시 스리 파인스를 찾은 것은 땅 위에 서리가 두껍게 내린 때였다. 그는 옛 해들리 저택 옆에 차를 세우고 길을 따라 점점 더 깊은 숲 속으로 들어갔다. 나무에서 떨어진 마른 나뭇잎들이 발밑에서 바스락거렸다. 그는 잎 하나를 주워 들고 자연의 완벽함에 새삼스레 경탄했다. 나뭇잎은 삶의 마지막 순간에 가장 아름다웠다.

그는 가끔씩 멈춰 섰다. 방위를 확인하기 위해서가 아니었다. 그는 어디로 가는지, 어떻게 가는지 알고 있었다. 다만 주변을 감상하기 위해서였다. 조용했다. 부드러운 빛이 나무들 사이로 들어와 태양을 거의 보지 못하는 땅을 비췄다. 숲에서는 진하고 풍성하고 달콤한 냄새가 났다. 그는 서두르지 않고 천천히 30분쯤 걸어 오두막에 도착했다. 포치에 멈춰 서서 미소를 지으며 문 위의 놋쇠 숫자를 다시 보았다.

그리고 안으로 들어갔다.

보물들은 사진을 찍고 지문을 채취하고 목록을 작성한 뒤 모두 다른 곳으로 옮겨졌다. 그는 그 이후로 오두막을 본 적이 없었다.

그는 나무 바닥의 짙은 와인색 얼룩 앞에 잠시 멈춰 섰다.

그러고는 소박한 방을 거닐었다. 단 한 가지 소중한 것이 여기 있다면 그는 이곳을 집이라고 부를 수 있었다. 렌 마리.

두 개의 의자는 우정을 위한 것.

그가 조용히 서 있는 동안 오두막은 반짝이는 골동품과 유물, 초판본으로 서서히 채워졌다. 그리고 잊히지 않는 켈트족의 멜로디가 들려왔다. 가마슈는 바이올린으로 춤을 추는 모랭의 모습을 보았다. 그의 흐느적거리던 사지는 그 음악을 연주하기 위해 창조된 듯했다.

그리고 가마슈는 불가에서 홀로 나무를 깎는 은둔자 야코프를 보았다. 상감세공 탁자 위에는 소로의 책이 놓여 있었고 바이올린이 벽난로의 돌에 기대어 있었다. 그 남자는 가마슈와 비슷한 나이였지만 훨씬 늙어 보였다. 두려움이 그를 쇠약하게 만들었다. 그리고 산마저 두려워하는 뭔가가 더 있었다.

가마슈는 은둔자가 숨겨 두었던 조각품 두 점을 기억했다. 왜인지는 모르겠지만 그 조각들은 나머지 조각들과 달랐다. 그 두 점에만 밑바닥에 이해할 수 없는 암호가 있었다. 그는 암호의 키워드가 분명히 샬럿일 거라고 생각했다. 그다음에는 식스틴이라고 생각했고, 그렇다면 문 위의 이상한 숫자가 설명될 수 있다고 생각했다.

하지만 암호는 풀리지 않은 채 남았다. 미스터리였다.

가마슈는 생각을 잠시 멈췄다. 시저 암호. 제롬이 뭐라고 했더라? 줄리어스 시저가 최초의 암호를 어떻게 사용했다고 했지? 시저는 키워드가 아닌 숫자를 사용했다. 그는 알파벳의 문자들을 세 자리씩 이동했다.

가마슈는 벽난로 선반으로 걸어갔고 주머니에서 수첩과 펜을 꺼냈다. 그리고 먼저 알파벳을 쓴 다음 문자를 세었다. 식스틴이라는 단어가 아니라 숫자 16. 그것이 열쇠였다.

A B C D E F G H I J K L M N O P Q R S T U V W X Y Z
K L M N O P Q R S T U V W X Y Z A B C D E F G H I J

가마슈는 성급하게 굴다 실수하고 싶지 않아서 신중하게 문자를 확인했다. 은둔자는 해안에 있는 사람들 조각 밑에 MRKBVYDDO라고 새겼다. C, H, A, R……. 가마슈는 억지로 속도를 늦추며 온 정신을 집중했다. L, O, T, T, E.

긴 한숨과 함께 바로 그 단어가 입 밖으로 나왔다. 샬럿.

그리고 그는 배에 탄 희망찬 사람들 조각 밑에 있는 OWSVI도 풀기 시작했다.

그는 곧 그것도 알아냈다.

에밀리Emily.

미소를 지으며 그는 안개 덮인 산 위를 비행하던 기억과 영혼과 유령이 등장하는 전설을 떠올렸다. 그는 세월이 흘러 잊힌 장소와 절대 잊을 수 없는 경비원 존을 생각했다. 그리고 촌스러운 화가가 그림으로 영원하게 남겨 놓은 토템폴을 떠올렸다.

은둔자 야코프는 무슨 메시지를 보내려고 한 걸까? 그는 자신이 위험에 처해 있다는 걸 알고 메시지를 남긴 것일까? 단서를? 아니면 가마슈의 짐작처럼 훨씬 더 개인적이고 위안이 되는 것이었을까?

은둔자는 어떤 이유에서 이 조각품 두 점을 보관하고 있었다. 그리고 어떤 이유에서 바닥에 암호를 써 두었다. 암호는 샬럿과 에밀리였다. 그리고 어떤 이유 때문에 그는 퀸 샬럿 제도의 연필향나무로 그것들을 조각했다.

혼자 있는 사람에게 필요한 건 무엇일까? 은둔자는 모든 것을 갖고 있었다. 음식, 물, 책, 음악. 취미와 예술, 아름다운 텃밭까지. 뭐가 부족했던 걸까?

친구. 공동체. 울타리를 벗어나지 않는 것. 우정을 위한 두 개의 의자. 이 조각들은 그의 친구가 되어 주었다.

가마슈는 증명할 수는 없지만 은둔자가 캐나다에 도착한 초창기에 퀸 샬럿 제도에 머물렀던 게 분명하다고 생각했다. 그리고 그곳에서 조각하는 법과 통나무 오두막을 짓는 법을 배웠다. 또 거기서 처음으로 평화를 맛보았다. 시위대가 방해하기 전까지. 처음으로 평화를 찾았던 장소는 첫사랑처럼 절대 잊히지 않는다.

은둔자는 이곳 숲에 와서 그곳을 재현했다. 그는 퀸 샬럿 제도에서 본 것과 똑같은 오두막을 지었다. 연필향나무를 조각했고 익숙한 냄새와 느낌에서 위안을 받았다. 그리고 자신의 곁에 있어 줄 친구들을 조각했다. 행복한 사람들을.

그리고 한 명의 행복하지 않은 사람을.

그가 조각한 사람들은 그의 가족이자 친구가 되었다. 그는 조각품들을 곁에 두고 지켰으며 이름을 붙여 주었다. 그의 머리 아래 두고 함께 잤다. 그리고 길고 추운 어두운 밤에 나뭇가지가 부러지는 소리, 학살보다 끔찍한 뭔가가 다가오는 소리가 들릴 때 그들이 그의 친구가 되어 주었다.

그때 나뭇가지가 부러지는 소리가 들렸고 가마슈는 긴장했다.

"들어가도 되겠소?"

포치에 뱅상 질베르가 서 있었다.

"실 부 플레S'il vous plait 그러시죠."

뱅상이 걸어 들어왔고 두 사람은 악수를 했다.

"마르크네 집에 있다가 경감의 차를 봤소. 내가 뒤따라온 걸 언짢아 하지 않길 바라오."

"괜찮습니다."

"깊은 생각에 잠겨 있는 것 같던데."

"생각할 게 많습니다." 가마슈가 작게 미소 지으며 말했다. 그는 수첩을 다시 주머니에 집어넣었다.

"당신은 아주 힘든 일을 했소. 그래야 했던 걸 유감스럽게 생각하오."

가마슈는 아무 말도 하지 않았고 둘은 오두막 안에 조용히 서 있었다.

"나는 이만 자리를 피해 주리다." 마침내 뱅상이 그렇게 말하며 문으로 향했다.

가마슈는 잠시 주저하다가 그를 따라갔다. "그러실 필요 없습니다. 제 볼일은 끝났습니다." 그는 뒤돌아보지 않고 문을 닫은 뒤 포치에 있는 뱅상 곁으로 다가갔다.

"당신을 위해 서명해 왔소." 뱅상이 가마슈에게 하드커버 책 한 권을 건넸다. "이번 살인 사건과 재판을 둘러싼 언론의 관심 덕분에 책이 재발간됐소. 베스트셀러인가 보더군."

"메르시." 가마슈는 광택이 나는 『존재』의 뒤표지에 실린 저자 사진을 보았다. 더 이상 냉소는 없었다. 노려보지도 않았다. 대신 잘생기고 기품 있는 남자가 돌아보고 있었다. 인내와 이해심이 엿보였다. "펠리시타시옹Félicitations 축하합니다." 가마슈가 말했다.

뱅상 질베르가 미소를 짓더니 정원용 알루미늄 의자 두 개를 펼쳤다. "내가 방금 갖고 온 것이오. 앞으로 몇 가지를 더 가져올 거요. 마르크가 나더러 이 오두막에 살아도 된다고 했소. 여길 내 집으로 삼아도 된다고 했소."

가마슈가 자리에 앉았다. "당신을 여기서 볼 수 있겠군요."

"상류사회에서 멀리 떨어져서 말이오." 뱅상이 미소를 지었다. "우리 성인들은 고독을 즐기지요."

"그렇지만 두 개의 의자를 가져오셨군요."

"오, 당신도 그 구절을 아시오?" 뱅상이 말했다. "내 집에는 세 개의 의자가 있다. 하나는 고독을 위한 것이고 둘은 우정을 위한 것이며 셋은 사교를 위한 것이다."

"제가 좋아하는 소로의 말도 『월든』에 있습니다." 가마슈가 말했다. "그냥 놔두고 살아도 될 만한 것들이 많을수록 부유한 사람이다."

"당신이 하는 일에서는 그냥 놔두어도 되는 일이 많으면 안 되잖소?"

"그렇죠. 하지만 일단 끝나고 나면 놓아 버릴 수 있습니다."

"그럼 여기는 왜 왔소?"

가마슈는 잠시 조용히 앉아 있다가 입을 열었다. "어떤 것은 다른 것들보다 놓기 힘드니까요."

뱅상 질베르는 고개를 끄덕이고 아무 말도 하지 않았다. 가마슈가 허공을 응시하는 동안 뱅상은 배낭에서 작은 보온병을 꺼내 둘을 위해 커피를 따랐다.

"마르크와 도미니크는 어떻습니까?" 가마슈가 진한 블랙커피를 마시며 물었다.

"아주 잘 지냅니다. 첫 손님들이 왔다오. 그들은 그 일을 즐기는 것 같더군. 도미니크는 물 만난 물고기 같소."

"말 마르크는요?" 그는 묻기가 두려웠다. 뱅상이 느릿하게 고개를 저었고 가마슈의 두려움은 사실이 되었다. "특별한 말이었는데." 가마슈가 중얼거렸다.

"마르크는 그놈을 보낼 수밖에 없었소."

가마슈는 한쪽 눈이 멀고 반쯤 미친, 상처투성이의 거친 말을 떠올렸다. 수년 전부터 없애기로 결정되어 있던 말이라는 것을 알고 있었다.

뱅상이 말을 이었다. "도미니크와 마르크는 자리 잡고 있소. 당신 덕분이지. 당신이 사건을 해결하지 않았다면 그들은 망했을 거요. 나는 재판에서 올리비에가 시체를 옮긴 의도를 알았소. 그는 스파 리조트가 문을 닫길 바랐지."

가마슈는 아무 말도 하지 않았다.

"그러나 물론 그게 다는 아니었소." 뱅상은 멈추지 않았다. "올리비에는 욕심이 과했던 것 같소."

여전히 가마슈는 아무 말도 하지 않았다. 그는 여전히 친구로 생각하고 있는 사람을 더 이상 비난하고 싶지 않았다. 변호사, 판사, 배심원의 말로 충분했다.

"아귀." 뱅상이 말했다.

그 말에 가마슈는 퍼뜩 정신을 차렸다. 그는 의자에서 몸을 돌려 곁에 있는 남자를 바라보았다.

"파르동?"

"불교의 개념이오. 탐욕스러운 인간은 윤회의 단계에서 아귀로 태어난다고 하오. 아귀는 많이 먹을수록 더욱 배가 고파지. 최악의 존재로 여겨진다오. 아귀는 계속 깊어지기만 하는 구멍을 채우려고 애쓰지요. 음식이나 돈, 권력, 다른 사람의 존경 등 무엇이나 구멍에 집어넣어요."

"아귀라." 가마슈가 말했다. "끔찍하군요."

"당신은 절대 모를 거요." 뱅상이 말했다.

"당신은 아십니까?"

잠시 후 질베르가 고개를 끄덕였다. 그는 더 이상 그렇게 대단해 보이지 않았다. 하지만 상당히 더 인간적이었다. "나는 내가 정말 원하는 것을 얻기 위해 모든 것을 포기해야 했소."

"그게 뭐였습니까?"

질베르는 오랫동안 고민했다. "친구."

"친구를 찾기 위해 숲 속 오두막에 왔다고요?" 가마슈가 미소 지었다.

"나 자신에게 좋은 친구가 되는 법을 배우기 위해서요."

그들은 말없이 앉아 있었다. 마침내 질베르가 입을 열었다. "그러니까 올리비에는 보물 때문에 은둔자를 죽인 거요?"

가마슈는 고개를 끄덕였다. "올리비에는 보물이 발견될까 봐 두려워했습니다. 당신 아들이 여기로 이사 오고 로어 파라가 말이 다니는 길을 내기 시작하자 그는 오두막의 발견이 시간문제라는 것을 알았습니다."

"파라 말이 나와서 말인데 당신은 그들 가족을 용의자로 생각했소?"

가마슈는 자신의 큰 손을 따뜻하게 해 주는, 김이 나는 커피 잔을 바라보았다. 그는 이 남자에게 결코 모든 이야기를 하지 않을 작정이었다. 특히 하보크 파라가 주요 용의자였다는 사실을 말하지 않을 생각이었다. 하보크는 늦게까지 일했다. 그는 비스트로 문을 닫은 후 올리비에를 따라 오두막에 갈 수 있었다. 하보크의 목공 도구가 '우' 조각에 사용되지 않았다고 판명됐지만 어쩌면 다른 도구를 사용했을 수도 있었다. 게다가 은둔자는 체코인 아니던가?

하보크가 아니라면 아버지 로어일 수도 있었다. 로어는 말 다니는 길의 잡초를 제거하며 곧장 오두막을 향하고 있었다. 어쩌면 오두막을 발견했는지도 모른다.

어쩌면, 어쩌면, 어쩌면.

'어쩌면'의 넓은 길이 파라네 가족으로 곧장 향했다.

뱅상 질베르와 마르크와 도미니크도 용의자였지만 가마슈는 이 사실 또한 뱅상에게 말하지 않을 생각이었다. 오두막은 그들 소유의 땅에 있었다. 그들은 다른 곳을 구입할 수도 있었는데 왜 폐허가 된 낡은 저택을 샀을까? 그들은 왜 그렇게 서둘러 말이 다니는 길을 다시 내 달라고 부탁했을까? 그들은 거의 첫 번째로 그 일부터 했다.

그리고 왜 성인^{聖人} 질베르 박사와 시체가 동시에 등장했을까?

왜, 왜, 왜.

'왜'의 넓은 길이 옛 해들리 저택의 현관문으로 곧장 향했다.

수사관들은 그럴듯한 용의자들을 지목했었다. 그러나 실제 증거들이 모두 올리비에를 가리켰다. 지문, 살해 도구, 캔버스 자루, 조각품. 올리비에의 목공 도구는 찾지 못했지만 그것은 아무 의미 없었다. 올리비에는 몇 년 전에 이미 그것들을 버렸으리라. 그렇지만 비앤비에서 나일론 낚싯줄을 발견했다. 무게와 강도가 거미줄에 사용된 것과 같았다. 올리비에의 변호인은 그것이 일반적인 낚싯줄이라고 주장했지만 아무것도 입증하지 못했다. 가브리가 그 낚싯줄을 자신이 정원에서 인동덩굴을 묶는 데 사용했다고 증언했다.

그의 증언은 아무것도 입증하지 못했다.

"왜 그 단어를 거미줄로 만들고 나무에 조각했소?" 뱅상이 물었다.

"은둔자에게 겁을 주어 자루 안의 보물을 주게 하려고요."

놀라울 만큼 간단한 해결책이었다. 말이 다니는 길이 매일 가까워지고 있었다. 올리비에는 시간이 얼마 없다는 사실을 알았다. 오두막이 발견되기 전에 은둔자가 자신에게 그것을 주도록 설득해야 했다. 오두막이 발견되면 은둔자가 진실을 깨닫고 올리비에가 거짓말을 하고 있었다는 것을 알게 될 테니까. 산의 제왕은 없었다. 공포와 절망의 군대도 없었다. 혼돈도 없었다. 절대 만족을 모르는 욕심 많은 작은 골동품상뿐이었다.

다가오는 공포 대신 아귀뿐이었다.

올리비에가 캔버스 자루를 취할 마지막 희망은 은둔자에게 위험이 목전에 있다고 믿게 하는 것이었다. 자신의 목숨을 구하기 위해 야코프는 보물을 없애야 했다. 산이 도착해 자신을 찾아내더라도 자루는 찾지 못하도록.

하지만 이야기는 그를 충분히 겁주지 못했고 말이 다니는 길이 아주 가까이까지 오자 올리비에는 자신만의 네이팜탄, 독가스, 유도탄, 에놀라 게이히로시마와 나가사키에 원폭을 투하한 미국 폭격기의 애칭를 꺼냈다.

그는 오두막 구석에 거미줄을 쳤다. 그리고 야코프가 찾을 수 있는 어딘가에 '우' 조각을 놓아두었다. 은둔자가 그것을 보면 그는…… 어떻게 될까? 죽을까? 아마도. 어쨌든 그는 확실히 패닉에 빠질 터였다. 자신이 발견된 줄 알리라. 자신을 도망치고 숨게 만든 그것, 가장 두려워하는 그것이 자신을 발견하고 둘만 알아볼 수 있는 흔적을 남겼다고 여기리라. 뭐가 문제였을까? 은둔자가 거미줄을 보지 못했던 걸까? 은둔자가 올리비에보다 더 욕심이 많았던 걸까? 어떻게 됐든 간에 가마슈가 확실히 알고 있는 그 한 가지 일이 일어났다. 올리비에의 인내심이 끝을 보였다. 이성의 끈이 끊어지고 분노가 최고조에 달했다. 그는 메노라에 손을 뻗었고 그것을 움켜쥐고 내리쳤다.

올리비에의 변호인은 배심재판을 선택했다. 가마슈는 좋은 전략이라고 생각했다. 올리비에가 일시적으로 제정신이 아니었다고 배심원들을 설득할 수 있을 터였다. 가마슈는 올리비에가 모살이 아닌 고살사전에 계획하지 않은 상태에서 저지르는 살인으로 모살보다 가벼운 죄로 여겨진다로 재판 받아야 한다고 주장했고 검찰도 동의했다. 가마슈는 올리비에가 은둔자에게 저지른 많은 끔찍한 일들이 계획적이었다는 사실을 알고 있었다. 하지만 그를 죽인 것은 그렇지 않았다. 야코프를 죄수처럼 가둔 것, 그를 조종하고 이용한 것, 이미 약해진 정신을 불안정하게 만든 것은 계획적이었다. 하지만 살인은 그렇지 않았다. 가마슈는 올리비에조차 놀라고 질겁했으리라고 믿었다.

이에 적절한 표현은 고살이었다.

그것이 올리비에가 저지른 일이었다. 그는 사람을 죽였다. 한 번의 끔찍한 타격이 아니라 오랜 시간에 걸쳐 은둔자의 이마에 주름이 생기게 하고 나뭇가지가 부러지는 소리에도 영혼이 움츠러들게 만듦으로써 그를 마모시켰다.

하지만 이러한 일은 또한 자살이었다. 올리비에는 은둔자를 쇠약하게 만들면서 자신도 죽었다. 자신 안에 있는 친절과 선함을 깎아 내 결국 혐오가 자존감의 자리를 차지했다. 그가 될 수도 있었던 인간은 죽었다. 아귀에게 잡아먹혔다.

올리비에를 범인으로 지목하게 한 것은 추측이 아닌 사실과 증거였다. 오두막에서 올리비에 이외의 다른 사람의 흔적은 더 이상 나오지 않았다. 올리비에의 지문이 오두막과 범행 도구에서 발견되었다. 그는 은둔자를 알고 있었다. 은둔자의 보물 일부를 팔았고 조각품들을 팔았다. 캔버스 자루를 훔쳤다. 그리고 비스트로에 숨겨져 있던 살해 도구가 자루와 함께 발견되었다. 그의 변호사는 온갖 논거를 제시하겠지만 이 사건은 올리비에의 유죄로 판결될 터였다. 가마슈는 확신했다.

하지만 검찰, 판사, 배심원에게는 사실만으로 충분하겠지만 가마슈에게는 충분하지 않았다. 그는 그 이상이 필요했다. 동기가 필요했다. 그것은 보이지 않기에 증명될 수 없었다.

한 사람을 살인으로 몰아간 것은 무엇이었을까?

이 질문을 통해 가마슈는 이 사건의 결론을 확신했다. 그는 파라네 집을 다시 한 번 수색하라고 지시한 후 스리 파인스를 향해 걸으면서 사건에 대해 생각했다. 증거뿐 아니라 그 뒤에 있는 사악한 영혼에 대해 생각했다.

가마슈는 파라 가족이 범인일지도 모른다고 가리키는 모든 것들이 올리비에에게도 적용된다는 사실을 깨달았다. 두려움과 탐욕. 하지만 저울은 올리비에 쪽으로 기울었다. 파라 가족에게는 약간의 탐욕스러운 성향이 있었지만 올리비에는 탐욕에 푹 젖어 있었다.

가마슈는 올리비에가 두려워하는 두 가지를 알았다. 비밀이 밝혀지는 것과 없이 사는 것이었다.

그 두 가지 모두가 위협적으로 접근하고 있었다.

가마슈는 커피를 홀짝이며 썩고 쇠락해 가며 무너진 닌스틴츠의 토템폴을 다시 생각했다. 하지만 토템폴은 여전히 이야기를 담고 있었다.

그곳에서 가마슈의 생각이 싹트기 시작했다. 이번 살인 사건은 이야기에 관한 것이었다. 그리고 은둔자의 조각품들이 열쇠였다. 조각품들은 별개의 임의적인 작품이 아니었다. 그것들은 하나의 공동체를 이루었다. 각각도 나름의 의미를 갖고 있지만 함께 모이면 더 커다란 이야기를 만들었다. 토템폴처럼.

올리비에는 이야기를 들려주며 은둔자를 조종하고 가두었다. 은둔자는 이야기를 소재로 놀라운 조각품을 만들었다. 올리비에는 조각품을 이용해 자신이 꿈꾸던 것 이상으로 부자가 되었다.

그러나 올리비에는 자신의 이야기가 실재한다는 사실을 알지 못했다. 이야기는 우화였지만 그에 못지않게 진짜였다. 고통의 산이 다가왔다. 그리고 새로 거짓말을 하고 새로운 이야기를 덧붙일 때마다 산은 점점 커졌다.

아귀.

올리비에는 부유해질수록 더 많은 것을 원했다. 그리고 그가 무엇보다 원한 것은 그에게 허락되지 않는 한 가지, 즉 작은 캔버스 자루에 든 물건이었다.

야코프는 체코슬로바키아의 친구와 이웃에게서 훔친 보물들을 가지고 스리 파인스로 왔다. 철의 장막이 붕괴되고 떠날 수 있게 되자 그를 신뢰했던 사람들이 자신들의 돈에 대해 묻기 시작했다. 돈을 요구했다. 찾아오겠다고 위협했고 아마 실제로 나타나기까지 했으리라.

그래서 야코프는 자신의 보물, 그러니까 그들의 보물을 숲에 숨기고 자신도 숨었다. 위태로운 상황이 잠잠해지길, 사람들이 포기하고 고향으로 돌아가 자신을 평화롭게 놔두길 기다렸다.

상황이 진정되면 보물을 모두 팔 수 있었다. 개인 전용 제트기와 호화로운 요트를 구입하고, 첼시의 타운하우스, 부르고뉴의 포도밭도 살 수 있었다.

그랬다면 그는 행복했을까? 마침내 만족했을까?

하이다족의 장로 에스더는 그가 사랑한 것을 알아내면 그를 죽인 범인을 찾을 수 있을 거라고 말했다. 은둔자가 사랑한 것은 돈이었을까?

아마도 처음에는.

하지만 이후에 그는 화장실에서 돈을 휴지로 사용하지 않았던가? 통나무 오두막의 벽 틈새에 단열재로 끼워 둔 20달러 지폐도 발견되지 않았던가?

은둔자가 사랑한 것은 보물이었을까? 아마도 처음에는.

나중에 그는 그것들을 줘 버리고 우유와 치즈, 커피를 얻었다.

그리고 친구를 얻었다.

올리비에가 체포되어 간 뒤 가마슈는 다시 자리에 앉아 자루를 응시했다. 무엇이 혼돈, 절망, 전쟁보다 더 끔찍할 수 있을까? 무엇이 산의 제왕마저 도망치게 만들까? 가마슈는 많은 생각을 했다. 무엇이 사람들을 죽을 때까지 따라다니며 특히 임종 때에 괴롭히는 걸까? 무엇이 사람들을 뒤쫓으며 괴롭히고 무릎 꿇게 만드는 것일까? 그리고 가마슈는 대답을 찾은 것 같았다.

후회.

했던 말에 대한 후회. 한 일과 하지 못한 일에 대한 후회. 자신이 될 수도 있었던 사람이 되지 못한 것에 대한 후회.

혼자 있게 되었을 때 가마슈는 마침내 자루를 열어 안을 들여다보고 자신이 틀렸다는 것을 깨달았다. 최악의 것은 후회가 아니었다.

클라라 모로는 피터의 작업실 문을 두드렸다.

"준비됐어?"

"준비됐어." 그가 말했다. 그는 손에 묻은 유화물감을 닦으며 나왔다. 그는 자신이 열심히 작업한다고 클라라가 생각하도록 손에 물감을 뿌리는 습관이 생겼다. 하지만 그림은 사실 몇 주 전에 완성되어 있었다.

그는 마침내 그 사실을 인정했지만 다른 사람들에게는 아직 말하지 않았다.

"나 어때?"

"훌륭해." 피터는 클라라의 머리에서 빵 조각을 떼어 냈다.

"점심때 먹으려고 아껴 둔 거야."

"점심에 외식할 거야. 축하해야지." 그가 그녀를 따라 문밖으로 나가며 말했다.

그들은 차를 타고 몬트리올로 향했다. 클라라는 자신의 포트폴리오를 가지러 포틴에게 갔던 끔찍했던 그날, 에밀리 카의 조각상 앞에 갔었다. 누군가가 그곳에서 점심을 먹고 있었고 클라라는 벤치 끝에 앉아 청동으로 된 작은 여자를 바라보았다. 그리고 말과 개, 원숭이 우를 보았다.

에밀리 카는 위대한 예술가처럼 보이지 않았다. 그녀는 24번 버스 통로 저편에서 만날 수 있는 사람처럼 보였다. 약간 땅딸막하고 조금 촌스러운 작은 여자였다.

"그녀는 당신을 조금 닮았어요." 클라라 옆에서 목소리가 날아왔다.

"그렇게 생각하세요?" 칭찬은 아니라고 생각하며 클라라가 말했다.

아름다운 옷을 차려입은 60대 여성이었다. 차분하고 우아했다.

"테레즈 브루넬이에요." 그 여성이 손을 내밀었다. 클라라가 당황한 표정으로 계속 보고만 있자 그녀가 덧붙였다. "퀘벡 경찰청의 브루넬 경정이에요."

"그렇군요. 용서하세요. 가마슈 경감님과 스리 파인스에 오셨죠."

"그거 당신 작품인가요?" 브루넬이 포트폴리오를 가리켰다.

"네, 작품 사진이에요."

"봐도 될까요?"

클라라가 포트폴리오를 펼쳤다. 브루넬 경정이 살펴보며 미소를 짓고 감상평을 말하며 간간이 숨을 들이쉬었다. 그녀는 어떤 그림에서 멈췄다. 몸은 앞을 향하고 있지만 뒤를 돌아보고 있는 행복한 여자의 그림이었다.

"아름다운 여인이네요. 알고 싶은 사람이에요." 브루넬이 말했다.

클라라는 아무 말도 하지 않았고 그냥 기다렸다. 그리고 잠시 후 브루넬은 눈을 깜박이고 나서 미소를 지으며 클라라를 바라보았다.

"아주 놀라운 그림이네요. 이 여인은 은총으로 가득해요. 하지만 막 무슨 일이 일어난 거죠?"

클라라는 여전히 침묵한 채 자신의 작품 사진을 빤히 보았다.

테레즈 브루넬도 그림을 다시 바라보기 시작했다. 그러다 그녀는 갑자기 숨을 들이마시고 클라라를 쳐다보았다. "타락. 맙소사. 당신은 타락을 그렸군요. 그 순간을요. 이 여인은 아직 그걸 깨닫지도 못했어요. 그렇죠? 정확히는 아니지만 그녀는 뭔가를 봤어요. 다가오는 공포의 기미를요. 은총을 잃고 타락했군요." 브루넬은 다시 아주 잠잠해져, 그림 속 사랑스럽고 행복한 여인을 바라보았다. 그리고 그녀에게서 희미하고 눈에 보이지 않는 깨달음을 느꼈다.

클라라가 고개를 끄덕였다. "맞아요."

브루넬은 더 자세히 관찰했다. "하지만 뭔가 더 있어요. 그게 뭔지 알 것 같아요. 이 여인은 당신이죠. 그렇죠? 그녀는 당신이에요."

클라라는 고개를 끄덕였다.

잠시 후 테레즈는 정말 소리 내어 말을 했는지 클라라가 확신할 수 없을 만큼 작게 속삭였다. 바람 소리였을까. "당신은 뭐가 두려운 거죠?"

클라라는 입을 열기까지 오랜 시간이 걸렸는데 답을 몰라서가 아니라 그 말을 소리 내어 말한 적이 없기 때문이었다. "전 낙원을 알아보지 못할까 봐 두려워요."

잠시 침묵이 흘렀다. "나도 그래요." 브루넬이 말했다.

그녀가 클라라에게 전화번호를 적어 주었다. "사무실로 돌아가면 전화를 한 통 할 생각이에요. 여기 내 전화번호예요. 오후에 전화하세요."

클라라는 전화를 했고 놀랍게도 그 우아한 브루넬 경정은 클라라가 몬트리올 현대 미술관의 수석 큐레이터와 만나서 포트폴리오를 보여 줄 수 있도록 주선해 주었다.

그 일이 있은 후 몇 주가 흘렀고 많은 일이 있었다. 가마슈 경감은 올리비에를 살인 혐의로 체포했다. 모든 이가 올리비에의 체포를 경찰의 실수라고 생각했다. 하지만 증거가 계속 나왔고 그들의 의심도 커져 갔다. 이런 일이 벌어지는 사이 클라라는 현대 미술관에 자신의 작품을 보냈다. 그리고 이제 미술관에서 그녀를 보자고 했다.

"그들은 거절하지 않을 거야." 피터가 고속도로를 빠르게 달리며 말했다. "화가를 보자고 불러 놓고 거절하는 갤러리는 본 적이 없어. 좋은 소식일 거야, 클라라. 엄청 좋은 소식. 포틴이 해 줄 수 있었던 것보다 훨씬 더 좋은 걸 거야."

그리고 클라라는 그 말이 사실일 거라고 감히 생각했다.

피터는 운전하면서 이젤 위에 있는 자신의 그림을 생각했다. 이제 그는 그림이 완성되었다는 것을 알았다. 하지만 자신의 경력도 끝이었다.

피터는 흰색 캔버스 위에 검은색으로 크게 원을 그렸다. 완전히 닫힌 원은 아니었고 닫혀야 할 빈자리에 대신 점을 찍었다.

영원과 사교를 상징하는 세 개의 점을.

보부아르는 자신의 집 지하실에서 너덜너덜해진 종이쪽지들을 내려다보고 있었다. 위층에서 이니드가 점심을 준비하는 소리가 들렸다.

그는 지난 몇 주간 기회가 있을 때마다 지하실에 가곤 했다. 그는 텔레비전을 켜고 스포츠 경기를 보다가 텔레비전을 등지고 책상 앞에 앉아 종이쪽지들에 빠져들었다. 그는 이 종이쪽들이 미친 늙은 시인이 종이 한 장에 전체를 적은 뒤 조각조각 찢은 것이길 바랐다. 쪽지들을 그림 퍼즐처럼 맞출 수 있도록. 하지만 아니었다. 종이쪽지들은 하나로 맞춰지지 않았다. 그는 그 말들의 의미를 찾아내야 했다.

보부아르는 가마슈에게 거짓말을 했다. 그런 경우는 보통 없었는데 이번에는 왜 그랬는지 자신도 알 수가 없었다. 그는 바보 같은 말들이 적힌 쪽지를 다 버렸다고 가마슈에게 말했다. 루스가 문에 압정으로 꽂아 놓았던 것, 그의 주머니에 쑤셔 넣어 둔 것, 다른 사람을 시켜 자신에게 전해 준 것들을.

그는 쪽지들을 버리고 싶었지만 그 이상으로 그것이 무슨 의미인지 알고 싶었다. 하지만 거의 절망적이었다. 아마도 가마슈는 쪽지를 해독할 수 있겠지만 보부아르에게는 커다란 쓰레기 더미일 뿐이었다. 이제 그는 전체 시를 다 가지고 있었지만 어떻게 자신이 시를 조합할 수 있겠는가?

하지만 그는 몇 주 동안 시도하고 있었다.

그는 두 장의 쪽지 사이에 쪽지 하나를 끼워 넣은 다음 다른 조각을 제일 위에 놓았다.

나는 돌로 된 그 자리에 그대로 앉아
희망적인 생각을 하네
재미로 사람을 죽이는 신이
치유도 해 주기를.

그는 맥주를 한 모금 꿀꺽 마셨다.
"장 기." 그의 아내가 노래하듯 말했다. "점시-임."
"갈게."

너의 악몽 속에서,
마지막 악몽 속에서 친절한 암사자는
입에 붕대를 감고
여인의 부드러운 몸을 하고 온다네

이니드가 다시 불렀지만 보부아르는 대답하지 않고 시를 빤히 바라보았다. 이내 그의 눈이 책상 위 선반에서 달랑거리는 털북숭이 작은 발로 향했다. 그가 볼 수 있는 눈높이에 그가 비앤비에서 말없이 가져온 사자 인형이 있었다. 그는 처음에 친구 삼아 인형을 방으로 가져갔다. 그리고 침대에서 볼 수 있는 의자에 앉혀 두고 그녀가 거기 있다고 상상했다. 사람을 화나게 하고 열정적이고 활기찬 그녀는 그의 삶에 있는 조용한 빈구석을 생기로 채워 주었다.

그리고 사건이 종결됐을 때 그는 사자를 가방에 슬며시 넣어 이니드는 절대 오지 않는 이곳으로 가지고 내려왔다.

보드라운 피부와 미소를 가진 친절한 사자. 그는 나지막하게 노래를 흥얼거리며 마지막 연을 읽었다. "웜모웨, 아 웜모웨."

그리고 너를 핥아 열기를 닦아 주고
목덜미를 물어 너의 영혼을 부드럽게 들어 올리고
어둠과 낙원으로 너를 인도하네.

한 시간 후 가마슈는 숲에서 나와 스리 파인스로 향하는 비탈길을 내려갔다. 그는 비스트로의 포치에서 크게 심호흡을 하고 마음을 차분하게 가라앉힌 뒤 안으로 들어갔다.

어둑한 실내에 눈이 적응하는 데 시간이 조금 걸렸다. 눈이 적응되고 나자 바 뒤에 서 있는 가브리가 보였다. 올리비에가 항상 서 있던 곳이었다. 덩치가 큰 가브리는 살이 빠지고 약해져 있었다. 근심 걱정으로 초췌하고 지쳐 보였다.

"가브리." 가마슈가 말했다. 오랜 두 친구가 서로를 마주 보았다.

"무슈." 가브리가 말했다. 그는 반짝이는 나무 카운터에서 여러 종류의 사탕이 든 병과 젤리빈이 든 병을 치운 뒤 돌아 나왔다. 그리고 가마슈에게 파이프 모양 감초 사탕을 권했다.

잠시 뒤 비스트로에 온 머나는 불가에 조용히 앉아 이야기를 나누는 가브리와 가마슈를 보았다. 그들의 머리가 붙어 있었다. 그들의 무릎이 거의 맞닿아 있었다. 먹다 만 감초 사탕이 그들 사이에 놓여 있었다.

머나가 들어오자 그들이 고개를 들었다.

"아, 죄송해요." 그녀가 멈춰 섰다. "나중에 올게요. 그냥 이걸 자기한 테 보여 주고 싶었어요." 그녀가 종이 한 장을 가브리에게 내밀었다.

"나도 있어요. 루스가 최근에 쓴 시죠. 무슨 뜻인 것 같아요?" 가브리가 말했다.

"나야 모르지." 머나는 비스트로에 가브리만 있는 모습을 보는 데 익숙해지지 않았다. 올리비에가 감옥에 있다니 마치 중요한 뭔가가 없어진 것 같았고 소나무 한 그루가 베어진 것 같았다.

그동안 일어난 일은 고통스러웠다. 마을 사람들은 마음이 찢어지고 너덜너덜해졌다. 그들은 올리비에와 가브리를 지지하고 싶었다. 올리비에가 체포된 일에 경악을 금치 못했고 믿지 않았다. 그러나 가마슈 경감에게 확신이 없었다면 절대 올리비에를 체포하지 않았으리란 사실도 알았다.

친구를 체포한 가마슈의 대가가 얼마나 큰지 또한 분명했다. 다른 사람에 대한 배신 없이 한 사람을 지지하기란 불가능해 보였다.

가마슈가 일어나자 가브리도 일어섰다. "우린 그냥 근황을 얘기하던 중이었어요. 경감님에게 새로 손녀가 생긴 거 알아요? 이름이 조라래."

"축하해요." 머나가 할아버지가 된 가마슈를 포옹했다.

"전 신선한 공기를 좀 쐬어야겠어요." 가브리가 갑자기 들썩거리며 말했다. 그는 문간에서 가마슈를 돌아보았다. "같이 가실래요?"

가마슈와 머나는 가브리와 함께 마을 잔디 광장 주위를 천천히 걸었다. 거기서는 가마슈와 가브리가 함께 있는 모습을 누구나 볼 수 있었다. 상처는 아물지 않았지만 더 깊어지지도 않았다.

"올리비에는 그런 짓을 저지르지 않았어요." 가브리가 멈춰 서서 가마슈를 똑바로 보고 말했다.

"그의 곁을 그렇게 변함없이 지키다니 존경스럽군요."

"그에게 짜증 나는 점이 많다는 걸 알아요. 그렇지만 당연히 그런 것들도 제가 좋아하는 일부죠." 가마슈가 작게 껄껄 웃었다. "그건 그렇고 대답이 듣고 싶은 질문이 하나 있어요."

"뭐?"

"만약 올리비에가 은둔자를 죽였다면 왜 시체를 옮겼을까요? 왜 그것을 해들리 저택에 가져다 놔서 발견되게 했을까요? 왜 그것을 그냥 오두막에 두지 않았죠? 아니면 숲에 버리든가요."

가마슈는 가브리가 '그'가 아니라 '그것'이라고 한 것을 눈치챘다. 가브리는 올리비에가 살인을 했다는 사실을 받아들일 수 없었고 그는 확실히 올리비에가 '그것'이 아니라 '그'를 죽인 사실을 인정하지 못했다.

"법정에서 대답이 되었을 텐데요." 가마슈가 참을성 있게 말했다. "오두막이 발견될 참이었습니다. 로어가 그 길을 내고 있었죠."

가브리가 마지못해 고개를 끄덕였다. 머나는 이를 지켜보며 자신의 친구가 이제는 부정할 수 없는 진실을 받아들일 수 있길 바랐다.

"알아요." 가브리가 말했다. "그런데 왜 그걸 해들리 저택으로 가져갔죠? 왜 그것을 그냥 숲 깊숙이 놔두고 동물들이 알아서 처리하게 두지 않고요?"

"올리비에는 범인이 자기라는 것에 대해 시체가 결정적인 증거가 아니란 사실을 알았으니까요. 그에게 불리한 결정적인 증거는 오두막이었죠. 지문, 머리카락, 음식 등 수년간의 증거가 쌓여 있었어요. 올리비에 는 모든 것을 깨끗이 없앨 수 있을 거라 장담하지 못했습니다. 적어도 당장은 그랬죠. 하지만 수사가 마르크 질베르와 해들리 저택에 집중된 다면 길이 나는 걸 막을 수 있었습니다. 질베르네가 망하면 말이 다니는 길도 필요 없어지니까요."

가마슈의 목소리는 차분했다. 조바심이 느껴지지 않았다. 하지만 머 나는 그가 조바심을 낼 수도 있는 상황이란 것을 알고 있었다. 그녀는 경감이 가브리에게 이에 대해 설명하는 것을 적어도 열 번은 들었다. 그 러나 여전히 가브리는 믿지 않았다. 지금도 가브리는 고개를 저었다.

"유감입니다." 가마슈가 말했다. 분명 진심이었다. "다른 결론은 없습 니다."

"올리비에는 살인자가 아니에요."

"나도 동의합니다. 그렇지만 올리비에가 그를 죽였어요. 계획하지 않 은, 충동적인 살인이었죠. 당신은 올리비에가 분노에 휩싸여도 살인하 지 않으리라고 확실히 말할 수 있습니까? 그는 은둔자에게서 보물을 얻 기 위해 수년간 노력했고, 그것을 잃을까 봐 두려워했습니다. 정말 올리 비에가 폭력으로 치닫지 않았으리라 확신합니까?"

가브리는 머뭇거렸다. 가마슈와 머나는 가브리 주위를 퍼덕이는 소심 한 이성을 쫓아 버릴까 두려워 감히 숨도 쉬지 못했다.

"올리비에가 죽이지 않았어요." 가브리가 화를 내며 깊은 한숨을 내 쉬었다. "그가 왜 시체를 옮겼겠어요?"

가마슈는 가브리를 바라보았다. 말문이 막혔다. 괴로워하는 그를 설 득할 수 있는 방법이 있다면 시도했으리라. 가마슈는 가브리가 불필요한 짐을 지는 게 싫었다. 파트너가 억울하게 감옥에 갔다고 믿는 끔찍한 짓을 저지르지 않길 바랐다. 바람을 현실로 만들기 위해 애쓰며 사실을 왜곡하는 것보다는 비참한 진실을 인정하는 편이 더 나았다.

가브리는 가마슈에게 등을 돌리고 잔디밭 위를 걸어갔다. 그리고 마을 한가운데에 있는 벤치에 앉았다.

"참 대단한 사람이군요." 가마슈가 말했다. 그와 머나는 다시 걷기 시작했다.

"정말이에요. 가브리는 올리비에가 돌아오길 영원히 기다릴 거예요."

가마슈는 아무 말도 하지 않았고 두 사람은 말없이 산책했다. "뱅상 질베르를 우연히 만났습니다." 가마슈가 마침내 말했다. "마르크와 도미니크가 자리를 잡아 간다고 그러더군요."

"맞아요. 마르크는 시체를 마을에 갖다 놓지 않을 땐 좋은 사람이더라고요."

"말 마르크 일은 정말 안타깝습니다."

"그래도 말은 아마 더 행복할 거예요."

놀란 가마슈가 머나를 쳐다보았다. "죽지 않았습니까?"

"죽어요? 말은 뱅상이 라포르트로 보냈어요."

가마슈가 코웃음을 치며 고개를 저었다. 이런 개자식 같은 성인.

비스트로 앞을 지날 때 가마슈는 캔버스 자루에 대해 생각했다. 그것은 벽난로 뒤에 숨겨져 있다 발견되었고, 올리비에에게 그 무엇보다 불리한 증거였다.

루스네 문이 열리고 낡은 외투를 몸에 두른 늙은 시인이 절뚝이며 나왔다. 로사가 그 뒤를 따랐다. 그런데 오늘은 오리가 옷을 입지 않고 맨

깃털인 채였다.

가마슈는 옷을 입은 로사에게 너무 익숙해져서 이제 옷을 입지 않은 로사가 부자연스럽게 보일 지경이었다. 둘은 길을 건너 마을 잔디밭으로 걸어갔고 거기서 루스는 작은 종이봉투를 열고 로사에게 빵을 던져 주었다. 로사는 날개를 퍼덕이며 뒤뚱뒤뚱 빵 부스러기를 쫓아갔다. 머리 위로 꽥꽥거리는 소리가 점점 가까워졌다. 가마슈와 머나는 소리가 나는 쪽을 돌아보았다. 그러나 루스의 눈은 로사에게 고정되어 있었다. 머리 위로 오리 떼가 다가왔다. 겨울을 나기 위해 V 자 대형으로 남쪽으로 날아가는 중이었다.

그리고 그때 인간이 내는 것 같은 소리를 지르며 로사가 공중으로 날아올랐다. 로사는 원을 그리며 날았고 잠시 동안 모든 사람들은 오리가 돌아올 거라고 생각했다. 루스가 손을 들어 올렸다. 손바닥의 빵 부스러기를 주기 위해. 아니면 손을 흔들기 위해. 안녕.

그리고 로사는 떠났다.

"오, 이런 세상에." 머나가 속삭였다.

루스는 그들에게서 등을 돌리고 얼굴과 손을 하늘로 향한 채 바라보고 있었다. 빵 부스러기가 잔디 위로 떨어졌다.

머나가 주머니에서 구겨진 종이를 꺼내 가마슈에게 주었다.

그녀는 공중으로 솟아올랐고 버림받은 땅은 한숨을 내쉬었네.

그녀는 땅에 묶여 있는 집들의 지붕과 전신주를 지나 솟아올랐지.

그녀는 참새보다 날렵하게 솟아올랐고 환희에 찬 사이클론처럼 주위를 빙빙 돌았네.

"로사." 머나가 속삭였다. "루스."

가마슈는 늙은 시인을 지켜보았다. 그는 이제 산 뒤에 도사리고 있던 게 무엇인지 알았다. 눈앞의 모든 것을 짓밟는 것. 은둔자가 가장 두려워했던 것. 산이 가장 두려워했던 것.

그것은 양심이었다.

가마슈는 거친 자루를 열어 봤을 때를 떠올렸다. 자루 안에 집어넣은 손에 매끄러운 나무가 만져졌다. 그것은 소박한 조각이었다. 의자에 앉아 귀를 기울이고 있는 젊은 남자의 모습이었다.

올리비에였다. 가마슈는 조각을 뒤집어 나무에 새겨진 문자 세 개를 보았다. **GYY.**

그는 불과 몇 분 전에 오두막에서 그것을 해독하고 그 단어를 응시했었다.

우.

거친 자루에 숨겨져 있던 조각은 다른 섬세한 조각들보다도 훨씬 아름다웠다. 그것은 소박함 그 자체였다. 그 메시지는 우아하고 무시무시했다. 조각은 아름다웠지만 젊은 남자는 아주 공허해 보였다. 그의 결점은 모두 지워져 있었다. 나무가 단단하고 매끄러워서 세상이 그에게서 미끄러져 내렸다. 아무도 만지지 않으니 아무런 감정도 없었다.

그것은 인간으로 표현된 산의 제왕이었다. 난공불락일뿐더러 범접할 수 없는. 가마슈는 그것을 깊은 숲 속에 던져 버리고 싶었다. 은둔자가 자신이 만든 괴물에게서 숨기 위해 스스로 들어간 그곳에.

그러나 양심으로부터 숨을 수는 없었다.

새집과 새 차를 갖든, 여행을 가든, 명상이나 미친 짓을 하든, 아이들

틈에 있든, 대단한 경력이 있든, 발끝으로 살금살금 걷거나 무릎을 꿇고 빈다 해도 양심으로부터 숨을 수 없었다. 작은 오두막으로 피한다 하더라도.

양심은 사람들을 발견했다. 과거는 늘 찾아냈다.

그렇기 때문에 현재의 행동을 인식하고 있는 것이 중요하다는 사실을 가마슈는 알았다. 현재는 과거가 되고 과거는 점점 커진다. 그리고 일어나 뒤쫓아 온다.

그리고 쫓기는 이를 발견할 것이다. 은둔자를 발견했던 것처럼. 올리비에를 발견했던 것처럼. 가마슈는 자신의 손에 있는, 차갑고 딱딱한 생명 없는 보물을 바라보았다.

누가 이것을 두려워하지 않겠는가?

루스가 절뚝거리며 잔디 광장을 가로질러 벤치로 가서 앉았다. 그녀는 핏줄이 튀어나온 손으로 파란색 외투를 목까지 끌어 올려 쥐었다. 가브리가 손을 뻗어 그녀의 다른 한 손을 잡고 부드럽게 문지르며 중얼거렸다. "자, 자."

그녀는 솟아올랐지만 정중하게 손을 흔들며 작별 인사하는 걸 잊지 않았다네.

선과 악을 행하는 이야기의 힘

박현주(문학 칼럼니스트)

아르망 가마슈 시리즈 5편 『냉혹한 이야기』는 노동절 휴일을 배경으로 하고 있다. 9월의 첫 번째 월요일인 노동절은 여름의 끝, 가을의 시작을 알리는 날이다. 또한, 전통적으로 북미 문학에서 이 시기는 어린 시절이 끝나고 성숙을 알리는 상징으로도 많이 쓰인다. 『스틸 라이프』가 늦가을의 추수감사절, 『치명적인 은총』이 겨울의 크리스마스, 『가장 잔인한 달』이 봄의 부활절임을 기억해 보면 이제 이 시리즈도 한 바퀴를 돌아 나이를 먹었다는 것을 깨닫게 된다. 그만큼 아르망 가마슈 경감 시리즈 자체도 성숙해서, 이제 소설은 스리 파인스 마을 사람들 내면의 갈등이나 공동체 속 균열을 넘어서 더 긴 역사, 더 넓은 맥락을 아우른다. 주제 의식은 깊고 무거워지며, 시리즈를 더해 갈수록 인물들은 삶을 얻어 더욱 생생해진다.

표면적으로는 이 소설은 단 하나의 사건, 은둔자의 죽음을 둘러싼 수수께끼를 탐구한다. 전작을 통해 독자에게도 익숙해진 올리비에와 가브리 커플의 비스트로에서 정체 모를 시체가 발견된다. 그는 누구이며, 시체를 여기에 옮겨다 놓은 자는 누구인가? 죽은 자의 오두막에서 발견된 조각상과 암호의 의미는 무엇인가? 아르망 가마슈는 이런 질문에 대한 대답을 좇으며 언제나처럼 내적 갈등에 직면한다. 그러나 선의 존재를 믿는 가마슈는 양심이 인생의 끝까지 우리를 찾아올 것을 확신하며, 자신의 신념에 따라 행동한다.

루이즈 페니는 소설의 내적 측면에서 이처럼 인물을 더욱 구체적으로 그리며 연작 시리즈의 세계를 더욱 견고하게 구축하는 한편, 외연으로는 북미 원주민인 하이다족의 문화와 체코 이민자들의 역사를 엮어 넣어 소설의 지평을 넓혔다. 결국, 아르망 가마슈 시리즈는 공동체에 대한 소설이다. 소설 내에서 가브리가 말하듯, 스리 파인스의 사람들도 한때는 외부인이었으며, 그들이 갈등 속에서 균형을 찾아 가는 과정이 살인 사건의 구조로서 실현된다. 동일 선상에서 스리 파인스는 더 큰 공동체인 캐나다로 확대되고, 루이즈 페니의 세계는 현실적 생명력을 띤다.

전작에서 인간의 심연에 있는 죄악, 탐욕과 자기애, 질투를 파고들었던 작가는 이번에는 말의 힘을 탐색한다. 이는 제목 그대로, 이 책에서 일어난 사건의 범인은 이야기가 가진 냉혹한 힘이다. 말에는 한 사람의 인생을 가두고, 바꾸며, 앗아 갈 수 있는 위력이 있다.

미스터리로서 『냉혹한 이야기』는 미완성작이라고 해야 할지 모른다. 수수께끼는 완전히 풀리지 않았으며, 범인의 정체에 대해서는 의심이 남아 있다. 하지만 소설로서 작가가 하고자 했던 이야기는 완결성을 지녔다고 할 수 있을 것이다. 대답받지 못한 질문들은 또 다른 이야기를 만들어 낸다. 이 새로운 이야기가 바로 말이 가진 또 다른 힘일지 모르겠다. 이 책의 인물들처럼 『월든』의 한 구절을 빌려 본다. '우리의 눈을 끄는 빛은 우리에게는 어둠이다.' 어둠을 가져오는 말이 냉혹한 이야기라면, 눈을 뜨게 하는 빛의 말도 있다는 것이 이 책을 읽는 우리 모두의 신념이리라.

냉혹한 이야기

THE BRUTAL TELLING

초판 1쇄 발행 2014년 8월 23일
초판 2쇄 발행 2022년 3월 25일

지은이 | 루이즈 페니
옮긴이 | 김보은
발행인 | 박세진
불어감수 | 김문영
교　정 | 박은영, 양은희, 윤숙영, 이형일
표지디자인 | 허은정
출　력 | 대덕문화사
용　지 | 두송지업
인　쇄 | 대덕문화사
제　본 | 자현제책사

펴낸곳 | 피니스 아프리카에
출판등록 | 2010년 10월 12일 제25100-2010-000041호
주소　| 03958 서울시 마포구 망원동 419-3 참존 1차 501호
전화　| 02-3436-8813
팩스　| 02-6442-8814
블로그 | blog.naver.com/finisaf
메일　| finisaf@naver.com